魏光燾集

一

杜宏春 高彬彬 整理

国家古籍整理出版专项经费资助项目
全国高等院校古籍整理研究工作委员会
规划重点项目

岳麓書社·长沙

整理者简介：

杜宏春，男，1965年9月生，文学博士，滁州学院教授，长期从事清代历史文献的整理与研究，先后主持完成国家社科基金项目6项（重点2项）、教育部社科重大项目2项、省部级项目14项（重点2项），完成国家出版基金项目1项、国家古籍整理出版专项基金项目3项，出版学术专著14部，获省部级以上奖励4项。

高彬彬，女，山西长治市人，法学硕士，主要从事清代历史文献的整理与研究。

前 言

本书是将保存于两岸故宫等处有关魏光焘布政新疆、巡抚陕西及总督陕甘、云贵、两江时期的档案文献以及传世文献汇辑成集，并进行整理与研究，名之曰《魏光焘集》。

魏光焘（1837—1916），字午庄，湖南邵阳人，魏源族孙。咸丰六年（1856），投效湘军，办理老湘军营务，后随左宗棠赴陕戡乱。九年（1859），以功保从九品选用。十年（1860），保县丞，并赏戴蓝翎。十一年（1861），保知县，加知州衔。同治二年（1863），保同知，晋运同衔，赏戴花翎。三年（1864），保知府。四年（1865），保道员，加扬勇巴图鲁勇号。五年（1866），升盐运使衔。七年（1868），保道员改留陕西，加西林巴图鲁勇号，并赏二品顶戴。八年（1869），署甘肃平庆泾固道。光绪二年（1876），晋按察使衔。七年（1881），擢甘肃按察使。八年（1882），署甘肃藩司。九年（1883）授甘肃布政使。十年（1884），调补新疆布政使。十五年（1889），护理甘肃新疆巡抚。二十年（1894），随帮办军务大臣湖南巡抚吴大澂赴辽东抗日，与日军战于海城。二十一年（1895），擢云南巡抚，同年，调陕西巡抚。二十五年（1899），署陕甘总督，二十六年（1900），实授陕甘总督。二十七年（1901），调云贵总督。二十八年（1902），兼署云南巡抚。是年，调两江总督。三十年（1904），补闽浙总督。三十一年（1905），褫职。宣统三年（1911），补授湖广总督，以武昌兵变，未赴任。民国五年（1916），卒于里。有《勘定新疆记》《湖山老人自述》等存世。

魏光焘文献内容涉及新疆、陕甘、云贵、两江等地区政治、经济、军事、外交、民族、民生、地方治安以及宗教等一系列重大问题，真实地记录其在任新疆布政使、护理新疆巡抚期间，在抵御外侮、发展交通、开发边疆、推行教育、改善民族关系等方面所做的贡献，真实地再现了清王朝与地方官吏对新疆的治理情况，其内容涉及广泛，史料丰富翔实。因此，对魏光焘文献的整理与研究，不仅具有重要的现实意义，而且具有深远的历史意义。

由于其档案尚未整理，阅读极其不便，一般的研究者几乎无从下手，兼之其《朱批奏折》和《录副奏折》珍藏于两岸故宫，查考麻烦，伤财费时，苦心劳力，实属非易，故研究者望而却步。迄今为止，海内外尚未发现有关该书点校、考辨等方面的研究成果梓行。

本书将藏于两岸故宫及台北“中研院”的魏光焘2000多件文献逐一进行抄录、标点，并查照《上谕档》和《清实录》，采用对校、理校、补正及考辨之法，以朱批原件为准，对其奏折、函牍进行标点、校勘与补正，以期达到反映目前最新研究成果之目的，为清史研究者提供一部内容非常确信、资料极为丰富且较为完备的研究文本；并利用档案、史志等材料对重要人物之履历进行重新编写，纠正了史书、词典的许多舛误，使内容真实可靠；对文献的来龙去脉进行梳理，使内容更加丰富翔实，以期提高古籍整理与研究的品质。

本书为首次对魏光焘文献进行全面搜集、整理与研究，如有不当，祈请方家指正。

凡　例

一、底本与校本。本文以中国第一历史档案馆藏《朱批奏折》[①] 和《录副奏折》与台北故宫博物院藏《军机处折件》和《宫中档》为底本，以刊本《勘定新疆记》[②] 等为校补本，以朱批原件为准，并查照《上谕档》《清实录》。

二、标点。本书一律采用新式标点。

三、校勘。以校本校底本，采用校勘、补正及考辨之法，逐字校勘，并于页脚出校。

四、补正。对折件所涉之事件或文献，查找出处，并补录，以资参考；重要人物予以注释，相关馆藏文献全文照录，以保证文献的准确与完整。

五、为方便起见，本文按时间先后编排序号，并于标题下方附上中、西日期，俾资查照。

六、本文引用缩略语如下：

1. 中国第一历史档案馆藏《朱批奏折（片)》和《录副奏折(片)》，正文部分一律简称“原件”和“录副”，脚注一律用全称。

2. 台北故宫博物院藏《军机处折件》和《宫中档》，统一简称为“军机及宫中档”。

①本文以中国第一历史档案馆编《光绪朝朱批奏折》刊本为依据，为行文方便，注释以馆藏档号为之。

②魏光焘编《勘定新疆记》，台北：文海出版社，1966。

目　　录

奏议　西北卷一

光绪六年至十二年（1880—1886）

光绪十五年（1889）

奏议　西北卷一

光绪六年至十二年（1880—1886）

0001. 奏为回任平庆泾固道谢恩折

光绪六年三月二十二日（1880年4月30日）

二品顶戴按察使衔甘肃平庆泾固道臣魏光焘跪奏，为恭谢天恩，仰祈圣鉴事。

本月二十日，吏部以臣带赴内阁，经钦派王大臣验放，二十一日复奏堪以回任，准其卓异加一级，仍注册候升。奉旨：依议。钦此。窃臣湘省庸材，毫无知识，从戎柳幄，惭豹略之未娴；备职兰台，愧豸章之滥厕。涓埃莫报，兢惕方深！兹复蒙恩准予回任候升，卓异加级，自天闻命，倍切悚惶！伏念甘肃为边要之区，道员有监司之责。如臣梼昧，惧弗克胜，惟有吁求宸训，敬谨遵循，俾回任后于一切应办事宜矢慎矢勤，以期仰答高厚鸿慈于万一！

所有微臣感激下忱，谨缮折叩谢天恩。伏乞皇太后、皇上圣鉴。谨奏。光绪六年三月二十二日。①

0002. 奏报接署甘肃臬司篆务谢恩折

光绪六年十月十二日（1880年11月14日）

二品顶戴按察使衔署理甘肃按察使平庆泾固道臣魏光焘跪奏，为恭报微臣接署臬篆日期，叩谢天恩，仰祈圣鉴事。

---

①中国第一历史档案馆藏：《朱批奏折》，档号：04-01-13-0346-038。

窃臣于光绪六年正月，因本任七年俸满，保荐卓异，并案赴部引见，仰蒙鸿恩优渥，召见一次，跪聆圣训，感悚莫名！旋于六月二十八日回抵甘肃省城，遵限缴照，即赴哈密行营，于九月初六日接奉大学士陕甘总督臣左宗棠①檄饬，以甘肃按察使史念祖②奉旨陛见，委臣接署臬司印务❶，遵即起程入关，十月十一日到省，准正任臬司史念祖将印信、文卷等件移交前来。当即恭设香案，望阙叩头谢恩，祗领任事。

伏念臣湖南下士，识陋材庸，弱冠从戎，历保今职，补授平庆泾固道，分巡十稔，未报涓埃，循省五中，时深兢惕。兹蒙奏委署理臬篆，弥切悚惶。陇省地当边塞，臬司职总刑名，按狱当重夫衡情，察吏要皷于责实。现在地方初复，回汉杂处居，举凡缉捕抚绥，在在均关紧要，如臣梼昧，惧弗克胜。惟有勉竭驽骀，益加策励，随时随事禀商督臣，实力讲求，认真经理，万不敢以暂时署篆稍事因循，以冀仰答高厚鸿慈于万一！

---

①左宗棠（1812—1885），字季高，一字朴存，号湘上农人。道光十二年（1832），中式举人。十七年（1837），任教湖南醴陵渌江书院。咸丰元年（1851），入湘抚张亮基、骆秉章幕。咸丰六年（1856），升兵部郎中。十一年（1861），补太常寺卿。同治元年（1862），擢浙江巡抚，次年，升闽浙总督。三年（1864），加太子少保，封一等恪靖伯。五年（1866），创办福州马尾船厂、求是堂艺局；同年，创兰州制造局。六年（1867），补授陕甘总督、钦差大臣督办新疆军务。次年，晋太子太保。九年（1870），赏骑都尉。十二年（1873），授协办大学士，加一等轻车都尉。次年，授东阁大学士。光绪元年（1875），授钦差大臣陕甘总督督办新疆军务。光绪四年（1878），晋二等恪靖侯。光绪七年（1881），入职军机大臣，管理兵部事务，旋改授两江总督。十年（1884），任军机大臣，管理神机营事务。是年，改任钦差大臣，督办闽海军务。十一年（1885），卒于福州，追赠太傅。谥文襄。著有《左文襄公全集》等行世。

②史念祖（1843—1910），字绳之，别字弢园，号俞俞子，捷勇巴图鲁。江苏江都县（今扬州市）人，监生出身。同治初，以功保按察使衔。八年（1869），保山西按察使；同年，保直隶按察使。十年（1871），补授甘肃安肃道。光绪二年（1876），署甘肃臬司。翌年，实授甘肃按察使。十年（1884），调补云南按察使。十三年（1887），迁贵州布政使。十五年（1889），补授云南布政使。二十一年（1895），擢广西巡抚；同年，坐失察赃罪，罢免。三十一年（1905），赏加副都统衔，赴奉天随将军赵尔巽治赈，督三省盐务及财政局。宣统二年（1910），卒。平生善画花卉，工诗，著有《俞俞斋诗文集》《弢园词》《弢园随笔》《四书补注》《经史奥言》《春秋兵法释》《察吏誓言》《慎刑刍议》等行世。

所有微臣任事日期并感激下忱，谨缮折叩谢天恩。伏乞皇太后、皇上圣鉴。谨奏。十月十二日。

光绪六年十一月初三日，军机大臣奉旨：知道了。钦此。①

❶【案】光绪六年十月初四日，陕甘总督左宗棠奏报委令魏光焘署理臬司篆务，曰：

再，甘肃按察使史念祖钦奉谕旨陛见。所遗按察司篆务为甘肃刑名总汇，职任綦重，亟应遴员接署。臣查有二品顶戴按察使衔卓异候升甘肃平庆泾固道魏光焘，才品优长，实心任事，堪以委署。除由臣檄委接署外，理合附片具陈。伏乞圣鉴。谨奏。

光绪六年十月十四日，军机大臣奉旨：知道了。钦此。②

0003. 奏为补授甘肃臬司篆务谢恩折

光绪七年二月二十四日（1881 年 3 月 23 日）

二品顶戴新授甘肃按察使西林巴图鲁臣魏光焘跪奏，为微臣叩谢天恩，吁恳陛见，恭折仰祈圣鉴事。

窃臣于光绪七年二月十九日，蒙护理陕甘督臣行知，接准部咨，正月二十四日，奉上谕：史念祖着来京，另候简用。甘肃按察使着魏光焘补授。钦此。当即恭设香案，望阙叩头谢恩。伏念臣湖南下士，起自戎行，叠蒙洊保道员，补授平庆泾固道。上年俸满卓异，并案请咨，赴部引见，瞻仰圣颜，叩聆慈训，私衷欣感，忭跃难名！回甘后，蒙督臣委署臬篆，于十月十一日接印，当经恭折奏报在案。暂权陈臬，方惭未报涓埃，兹复简擢优隆，真除遽忝。自天闻命，伏地悚惶！

查甘肃当规模粗复之际，臬司为刑名总汇之区，察吏安民，诘奸禁盗，清理庶狱，整顿传邮，无一不关紧要。臣材惭樗栎，

①中国第一历史档案馆藏：《录副奏折》，档号：03-5153-088。

②中国第一历史档案馆藏：《录副奏片》，档号：03-5150-031。

失虞陨越之贻；心恋阙廷，倍切瞻依之愿。合无仰恳天恩，赏准微臣来京陛见，俾得钦聆圣训，有所秉承，臣无任依恋屏营之至！

所有微臣感激下忱并请旨陛见缘由，谨缮折叩谢天恩。伏乞皇太后、皇上圣鉴训示。谨奏。二月二十四日。

光绪七年三月十四日，军机大臣奉旨：着毋庸来见。钦此。①

0004. 奏为奉旨接署藩司篆务谢恩折

光绪八年七月初八日（1882年8月21日）

二品顶戴署理甘肃布政使按察使西林巴图鲁臣魏光焘跪奏，为恭报微臣接署藩篆日期，叩谢天恩，仰祈圣鉴事。

窃臣奉督臣谭钟麟②饬知，藩司杨昌濬遵旨陛见，所遗藩司印务委臣署理。旋于光绪八年七月初八日，准布政使杨昌濬将印信、文卷等件移交前来。臣当即恭设香案，望阙叩头，祗领任事。伏念臣湘楚下士，知识凡庸，臬事忝陈，隆恩渥荷，愧涓埃之未报，觉寝馈以难安。兹复忝署藩篆，兢惕弥深。查甘省当雕敝之余，藩司任旬宣之重，正供未复，清赋宜先。民气未纾，培元为本。理财裕饷，贵开源以节流；课吏用人，必整顿而率属。如臣梼昧，惧弗克胜，惟有竭尽愚诚，遇事禀称督臣，妥为经理，断不敢以

①中国第一历史档案馆藏：《录副奏折》，档号：03-5159-049。

②谭钟麟（1822—1905），字云觐、文卿，原名二监，湖南茶陵人，举人。咸丰六年（1856），中式进士，改庶吉士。九年（1859），授翰林院编修。十年（1860），充会试同考官。同治元年（1862），任湖北乡试副考官。二年（1863），补江南道监察御史。五年（1866），放杭州府知府。翌年，加道衔，旋署杭嘉湖道。七年（1868），升河南按察使。次年，丁母忧，回籍终制。十年（1871），迁陕西布政使。次年，护理陕西巡抚。光绪元年（1875），擢陕西巡抚，晋头品顶戴。五年（1879），调补浙江巡抚。七年（1881），授陕甘总督。十四年（1888），告病辞职。十七年（1891），补吏部左侍郎，兼署户部左侍郎，管理三库事务。十八年（1892），署工部尚书；同年，补授闽浙总督，兼福建船政大臣。二十年（1894），加太子少保，兼署福州将军；同年，调补四川总督。二十一年（1895），补授两广总督，兼署广州将军。二十五年（1899），兼署广东巡抚，旋以病归。三十一年（1905），卒于长沙。谥文勤。著有《谭文勤公奏稿》行世。

暂时署篆，稍涉因循，以冀仰酬高厚鸿慈于万一！

所有微臣接署藩篆日期并感激下忱，理合恭折叩谢天恩。伏乞皇太后、皇上圣鉴。谨奏。七月初八日。

光绪八年八月十三日，军机大臣奉旨：知道了。钦此。①

0005. 奏为补授甘肃布政使谢恩折

光绪九年三月二十三日（1883年4月29日）

新授甘肃布政使西林巴图鲁臣魏光焘跪奏，为叩谢天恩，吁恳陛见，恭折仰祈圣鉴事。

窃臣光绪九年三月二十日，奉督臣行知，接准部咨，三月初一日，奉上谕：魏光焘着补授甘肃布政使。钦此。当即恭设香案，望阙叩头谢恩。伏念臣湖南下士，起自戎行，数年之间，由道员洊升臬司，晋摄藩篆。愧涓埃之未报，实惶悚以弥深。兹复仰荷天恩，补授今职，自天闻命，伏地滋惭！

查甘省为边陲剧要之区，藩司有理财用人之责，整顿抚绥，均属今日切务。如臣梼昧，惧弗克胜。惟臣自光绪六年由平庆泾固道俸满卓异，并案引见，瞻仰圣颜，已逾三载，望阙廷而神往，时耿耿于寸衷。合无仰恳天恩，准臣入都陛见，亲聆圣训，俾得有所遵循。无任依恋屏营之至。

所有微臣感激下忱并请旨陛见缘由，谨缮折叩谢天恩。伏乞皇太后、皇上圣鉴训示。谨奏。三月二十二日。

光绪九年四月十六日，军机大臣奉旨：着毋庸来见。钦此。②

①中国第一历史档案馆藏：《录副奏折》，档号：03-5168-056。

②中国第一历史档案馆藏：《录副奏折》，档号：03-5178-051。

0006. 奏为调补甘肃新疆布政使谢恩折

光绪十年十月二十六日（1884 年 12 月 13 日）

二品顶戴调补甘肃新疆布政使臣魏光焘跪奏，为叩谢天恩，吁恳陛见，恭折仰祈圣鉴事。

窃臣于光绪十年十月二十六日奉督臣行知，接准部咨：十月初三日，奉上谕：魏光焘着调补甘肃新疆布政使。钦此。当即恭设香案，望阙叩头谢恩。伏念臣湘南下士，从事戎行，由监司洊授甘藩，未报涓埃，时深悚惕。兹复仰荷恩遇，开藩新疆，闻命自天，感惭无地！

查新疆建置行省，定绥边廓宇之规。微臣调任藩司，当承流宣化之昭。举凡抚辑教养、用人理财诸大端，实属创举，务协远谟，梼昧如臣，曷克胜任！溯臣自光绪六年由平庆泾固道俸满引见出都，于兹五载，恋阙之忱，每深耿耿。合无仰恳天恩，准臣赴京陛见，亲聆圣训，俾有遵循。不胜翘企屏营之至！

所有微臣感激下忱并请陛见缘由，谨缮折叩谢天恩。伏乞皇太后、皇上圣鉴训示。谨奏。十月二十六日。

光绪十年十一月二十五日，军机大臣奉旨：着毋庸来见。钦此。①

0007. 奏报接任新疆藩司印务日期折

光绪十一年四月二十八日（1885 年 6 月 10 日）

二品顶戴甘肃新疆布政使臣魏光焘跪奏，为恭报微臣抵省任事日期，恭折叩谢天恩，仰祈圣鉴事。

窃臣于光绪十年奉旨调补甘肃新疆布政使，比即具折谢恩，

①中国第一历史档案馆藏：《录副奏折》，档号：03-5190-074。

请旨陛见，钦奉批旨：着毋庸来见。钦此。遵由兰垣料理起程，本年四月二十三日驰抵新疆省城，蒙甘肃新疆抚臣以藩司印信尚未颁到，先行刊发木质关防，当即祗领，恭设香案望阙叩头谢恩，启用任事。伏念新疆改建行省，初设藩司，草创经营，事务繁剧，且地处边瘠，民气未苏，一切用人、理财，抚绥安辑，在在均关紧要。如臣梼昧，深惧弗胜，惟有勉竭驽骀，力矢勤慎，遇事禀商抚臣，实心办理，以期仰答高厚鸿慈于万一！

所有微臣抵省任事日期并感激下忱，理合恭折叩谢天恩。伏乞皇太后、皇上圣鉴训示。谨奏。四月二十八日。

光绪十一年六月二十六日，军机大臣奉旨：知道了。钦此。①

0008. 奏为赏加头品顶戴谢恩折

光绪十二年三月十六日（1886年4月19日）

头品顶戴甘肃新疆布政使臣魏光焘跪奏，为叩谢天恩，恭折仰祈圣鉴事。

窃臣接奉陕甘总督臣、甘肃新疆巡抚臣会檄，接准部咨内开，光绪十一年十二月十七日奉旨：魏光焘着赏加头品顶戴。钦此。谨即恭设香案，望阙叩头谢恩。伏念臣南湘下士，西域备虫，叠被温纶，洊膺方面，毫无建树，每切疚心！前者转馈金城，在事只循职分；兹荷颁恩彤陛，酬庸录及微劳。特晋头衔，荣叨极品，沐鸿施之逾格，实鳌戴以难名！

臣惟有竭尽丹忱，益坚素志，整躬率属，期共肃于班联；勉力从公，用仰酬夫高厚！所有微臣感激荣幸下忱，理合恭折叩谢天恩。伏乞皇太后、皇上圣鉴。谨奏。三月十六日。

光绪十二年五月初九日，军机大臣奉旨：知道了。钦此。②

---

①中国第一历史档案馆藏：《录副奏折》，档号：03-5197-069。

②中国第一历史档案馆藏：《录副奏折》，档号：03-5209-039。

光绪十五年（1889）

0009. 恭报接护抚篆日期并谢天恩折

光绪十五年二月二十八日（1889年3月29日）

头品顶戴护理甘肃新疆巡抚新疆布政使臣魏光焘跪奏，为恭报微臣接护抚篆日期，叩谢天恩，仰祈圣鉴事。

窃臣于光绪十五年二月二十三日奉抚臣转准吏部咨：光绪十四年十二月二十八日，内阁奉上谕：刘锦棠[①]奏，恳恩展假回籍省

①刘锦棠（1844—1894），字毅斋，湖南湘乡人，其父刘厚荣战殁于岳州，以报其父仇，随其叔刘松山转战于江西、安徽、陕西等地，成为老湘军中后起的年青将领。同治三年（1864），帮办老湘军营务，遵例报捐县丞。四年（1865），以军功赏戴蓝翎，擢知县，加同知衔，旋赏换花翎。五年（1866），以同知直隶州遇缺即选。六年（1867），奉旨以知府遇缺即选，旋以道员遇缺尽先即选，加按察使、布政使衔，加法福灵阿巴图鲁勇号。同治九年（1870），其叔父广东陆路提督刘松山阵亡，经陕甘总督左宗棠举荐，加三品卿衔，总统刘松山旧部。十年（1871），破金积堡，捕杀马化龙，得赏穿黄马褂、云骑尉世职。十三年（1874），署甘肃西宁兵备道。光绪元年（1875），升补甘肃甘凉道员，调甘肃西宁道。二年（1876），率部攻克乌鲁木齐，歼灭天山北路的妥明等部，封骑都尉世职。三年（1877），攻占达坂、托克逊等城，迫使阿古柏惧罪自杀。随后乘胜追歼阿古柏残部，攻克库车、拜城、喀什噶尔等地，赏双眼花翎，以三品京堂候补。四年（1878），晋二等男爵，擢太常寺卿，授通政使司通政使。六年（1880），始帮办新疆军务，旋以左宗棠奉诏晋京，饬署钦差大臣督办新疆军务，统哈密及镇迪道所属文武地方官。七年（1881），擢钦差大臣督办新疆军务。八年（1882），收复伊犁，提出新疆建省方案。九年（1883），补授兵部右侍郎。十年（1884），清廷批准新疆建省，授首任新疆巡抚，加尚书衔，仍以钦差大臣督办新疆事宜。担任巡抚期间，执行左宗棠建设新疆的规划，在修水利、奖励农桑、改革军事和田赋制度、修治驿道和城池等方面做出了重大贡献。十三年（1887），署伊犁将军。十五年（1889），回籍侍养，加太子少保衔。次年，晋太子太保。二十年（1894），晋一等男；同年，卒于里。赠太子太傅，谥襄勤。有《刘襄勤公奏稿》存世。

视祖母一折[❶]。览奏，情词恳切，自应勉如所请。刘锦棠着再赏假六个月，准其回籍省视，假满即行回任，以资倚畀。甘肃新疆巡抚着魏光焘暂行护理。钦此。行知到臣。旋于二月二十五日准抚臣刘锦棠委员将甘肃新疆巡抚关防暨王命旗牌、文卷等件赍送前来。臣当即恭设香案，望阙叩头谢恩，祗领任事讫。

伏念臣资湘下士，由监司洊擢甘肃藩司，调任新疆藩司，四年以来，惭无报称。兹复钦承恩命，暂护抚篆，抚衷循省，益切悚惶！查新疆行省初建，营制甫更，外接俄邻，内环诸部，举凡课吏、整军、防边、驭众，在在均关紧要。如臣梼昧，深惧弗胜，惟有勉竭愚忱，倍加勤慎，遇有重大事件，仍随时禀商督臣认真办理，断不敢以暂时护理稍涉因循，以期仰答高厚鸿慈于万一！

所有微臣接护抚篆日期并感激下忱，理合恭折叩谢天恩。伏乞皇上圣鉴。谨奏。光绪十五年二月二十八日。

(朱批：) 知道了。[①]

光绪十五年四月初十日，奉朱批：知道了。钦此。[②]

❶【案】光绪十四年十一月二十二日，新疆巡抚刘锦棠恳恩展假回籍省亲，曰：

尚书衔甘肃新疆巡抚二等男臣刘锦棠跪奏，为吁恳天恩展假数月，回籍省亲，恭折沥陈，仰祈圣鉴事。

窃臣前以久病叠荷圣慈，优给假期，宠颁珍药。现复蒙恩赏假六月，并赏给人参八两，俾资调摄，臣自应恪遵批旨，加意医调，以期上慰宸廑，亦何敢复有所请？惟臣少遭家难，赖祖母陈氏辛勤鞠育，得以有成。其后从役四方，相依之日恒少。今又十八年，未尝归省。上年臣弟自河南回籍省亲，臣未得归。臣祖母望之尤切，每遇乡人来者，必对之泣曰：安得吾孙使我一见也？臣祖母素明大义，非年衰病迫，亦不至以念思之意形于语言。臣是以叠次陈情，冀蒙允许。近得

①台北故宫博物院藏：《军机及宫中档》，文献编号：408006600。
②中国第一历史档案馆藏：《录副奏折》，档号：03-5248-044。

臣子来信，臣祖母于七月初间，倾仆不语，有类中风，数日医治未痊，家人皆轮流坐夜。此信系七月初十日发，今又数月未得来书，盖路远则闻信亦难。臣昼夜徬徨，罔知所措。

伏念臣祖母年逾八十有四，臣受恩深重，即不敢援例自陈，而贪禄忘亲，亦何以仰承孝治？且臣祖母平生艰苦，所出只臣父兄弟二人。臣父咸丰四年殁于岳州，臣叔原任广东陆路提督刘松山，于同治九年殁于金积堡，皆效命疆场，义不旋踵。臣叔无后，以臣弟嗣之。其在诸孙，又只臣兄弟二人而已。臣祖母之念臣最苦亦有由。然臣所以窃窃上陈者，亦以为宜邀矜悯也。臣诚知甫经赏假，不应遽有所陈，然臣祖母老病侵寻，危在旦夕，若不及今陈请，诚恐永无见期。再四思维，惟有仰恳天恩，展假数月，俾臣得回籍，一伸省视。

现在边陲无事，藩司魏光焘于应办一切均能措理裕如。臣到家后，一俟假满，即当星夜驰回本任，于边防亦不废事。如蒙恩允准，可否即以藩司魏光焘署理巡抚事务，俾臣迅速启程，臣不胜迫切屏营待命之至。谨恭折沥陈。伏乞皇太后、皇上圣鉴训示，施行。谨奏。光绪十四年十一月二十二日。①

光绪十四年十二月二十八日，奉朱批：另有旨。钦此。②

【案】光绪十五年二月二十五日，新抚刘锦棠为赏假回籍省亲具折谢恩，曰：

尚书衔甘肃新疆巡抚二等男臣刘锦棠跪奏，为恭谢天恩，仰祈圣鉴事。

窃臣于光绪十五年二月二十三日准吏部咨开：光绪十四年十二月二十八日，内阁奉上谕：刘锦棠奏，恳恩展假、回籍省视祖母一折。览奏，情词恳切，自应勉如所请。刘锦棠着赏假六个月，准其回籍省亲，假满即行回任，以资倚畀。甘肃新疆巡抚，着魏光焘暂行护理。钦此。跪聆之下，感激涕零。

---

①中国第一历史档案馆藏：《朱批奏折》，档号：04-01-12-0544-128。又，《刘襄勤公（毅斋）奏稿》，第1967—1971页。

②中国第一历史档案馆藏：《录副奏折》，档号：03-5242-147。

伏念臣自膺边寄，未效涓埃，只缘乌鸟之私，莫解黄牛之执，屡申曲请，上冒宸严！方竞惕以弗遑，乃矜全之备至。特颁温语，悯一念之愚忱；优展假期，拜重申之宠命。虽碎骨粉身而莫报，亦沦肌浃髓以何言！省亲而诏奉九重，固臣子非常之遇；锡类而恩衔万里，尤古今罕有之荣。臣惟有赶紧料理，遄归省亲，一俟假期届满，遵即驰回本任，仍旧供职，以期仰答高厚生成于万一！

除交卸起程日期恭折陈报外，所有微臣感激下忱，谨缮折叩谢天恩。伏乞皇太后、皇上圣鉴。谨奏。光绪十五年二月二十五日。①

光绪十五年四月初十日，奉朱批：知道了。钦此。②

0010. 奏报接护抚篆交藩篆情形片

光绪十五年二月二十八日（1889 年 3 月 29 日）

再，臣于光绪十五年二月二十五日接护抚篆，所遗本任藩司篆务，经抚臣刘锦棠檄委喀什噶尔道袁垚龄③署理。未到任以前，委镇迪道兼按察使衔恩纶暂行兼理，臣即于是日交卸藩篆讫。谨附片陈明。伏乞圣鉴。谨奏。

（朱批：）知道了。④

光绪十五年四月初十日，奉朱批：知道了。钦此。⑤

---

①中国第一历史档案馆藏：《朱批奏折》，档号：04-01-12-0545-175。又，《刘襄勤公（毅斋）奏稿》，第 141—143 页。

②中国第一历史档案馆藏：《录副奏折》，档号：03-5248-048。

③袁垚龄（1835—1889），安徽泗州人，由文童投效湘军。同治三年（1864），从湘军攻下天京后擢知县。五年（1866），湖北巡抚曾国荃饬调赴鄂，办理军务。十年（1871），赴甘肃佐刘锦棠营务，升同知。后饬赴新疆，攻剿阿古柏，克乌鲁木齐等城，以知府补用，并加盐运使衔。光绪十二年（1886），补阿克苏道。十四年（1888），调补喀什噶尔道。十五年（1889），调署新疆藩司，未及赴任，因病出缺。

④台北故宫博物院藏：《军机及宫中档》，文献编号：408006600-0-A。

⑤中国第一历史档案馆藏：《录副奏片》，档号：03-5248-045。

0011. 恭报十四年十一月雨水粮价折

光绪十五年三月十五日（1889年4月14日）

头品顶戴护理甘肃新疆巡抚新疆布政使臣魏光焘跪奏，为恭报光绪十四年十一月分粮价并得雪情形，谨缮折具陈，仰祈圣鉴事。

窃照光绪十四年十月分各厅州县粮价并得雪情形，业经抚臣刘锦棠奏报在案。兹查接管卷内，据藩司详报：十一月分，北路绥来、奇台得雪，积地三寸有余；镇西、昌吉、阜康得雪一二寸不等；迪化、吐鲁番、哈密微雪。伊塔道属宁远得雪，积地六寸；绥定微雪。南路拜城得雪，积地一尺；温宿、喀喇沙尔、玛喇巴什得雪三四寸不等；库车、乌什、疏勒、疏附、和阗、英吉沙尔、于阗、叶城微雪，余未得雪。

至通省粮价，哈密、镇西、吐鲁番、库尔喀喇乌苏、英吉沙尔、玛喇巴什、温宿、和阗、迪化、昌吉、阜康、绥来、绥定、拜城、于阗等厅州县俱与上月相同，余均略有增减。汇详请奏前来。

理合恭折具陈，并缮粮价清单，敬呈御览。伏乞皇上圣鉴。谨奏。光绪十五年三月十五日。

（朱批：）知道了。①

光绪十五年四月十八日，奉朱批：知道了。钦此。②

0012. 呈各属十四年十一月粮价清单

光绪十五年三月十五日（1889年4月14日）

谨将新疆各属光绪十四年十一月分米粮时估价值，缮具清单，

---

①台北故宫博物院藏：《军机及宫中档》，文献编号：408006601。

②中国第一历史档案馆藏：《录副奏折》，档号：03-6876-027。

恭呈御览。

计开十一月分

镇迪道属

迪化县：大米每京石价银三两八钱五厘，小麦每京石价银一两四钱一分五厘，莞豆每京石价银一两四钱四分，青稞每京石价银一两三分五厘，俱与上月相同。

昌吉县：大米每京石价银二两一钱六分四厘，小麦每京石价银一两六厘，莞豆每京石价银一两二钱一厘，青稞每京石价银八钱七分五厘，俱与上月相同。

阜康县：粟米每京石价银一两六分，小麦每京石价银一两一钱三分二厘，莞豆每京石价银一两一钱，高粱每京石价银五钱三分，俱与上月相同。

绥来县：大米每京石价银二两一钱七分五厘，小麦每京石价银九钱一分九厘，高粱每京石价银五钱六分三厘，莞豆每京石价银一两八分，俱与上月相同。

奇台县：大米每京石价银二两七钱六分一厘，与上月相同。小麦每京石价银八钱一分三厘，较上月增七分一厘。莞豆每京石价银一两一钱五厘，较上月增一钱四厘。

镇西直隶厅：小麦每京石价银一两八钱二分，莞豆每京石价银一两七钱一分，青稞每京石价银一两一钱二分，俱与上月相同。

吐鲁番厅：小麦每京石价银一两一钱八厘，大麦每京石价银五钱六分，黄豆每京石价银一两四钱九分三厘，高粱每京石价银四钱八分二厘，俱与上月相同。

哈密厅：粟米每京石价银一两七钱二分八厘，小麦每京石价银一两三钱八分，莞豆每京石价银一两七钱二分八厘，青稞每京石价银一两二厘，俱与上月相同。

库尔喀喇乌苏厅：小麦每京石价银一两二钱七分，莞豆每京石价银一两三钱三分三厘，高粱每京石价银七钱六分七厘，俱与上月相同。

伊塔道属

绥定县：大米每京石价银二两九钱六分，小麦每京石价银一两一钱四厘，大麦每京石价银七钱四分九厘，莞豆每京石价银一两二钱六分九厘，俱与上月相同。

宁远县：大米每京石价银四两一钱七分，较上月增一钱三分。小麦每京石价银一两一钱一分，较上月增一钱一分。大麦每京石价银七钱一分，较上月增五分。莞豆每京石价银一两一钱二分，较上月增一钱四分。

阿克苏道属

温宿直隶州：大米每京石价银一两五钱二分，小麦每京石价银八钱二分八厘，大麦每京石价银四钱二分，包谷每京石价银五钱四分四厘，俱与上月相同。

拜城县：小麦每京石价银四钱八分，大麦每京石价银二钱一分，莞豆每京石价银四钱，包谷每京石价银三钱四分，俱与上月相同。

喀喇沙尔直隶厅：大米每京石价银二两三钱六分八厘，较上月减二钱九分六厘。小麦每京石价银八钱二分八厘，较上月减一钱三分八厘。莞豆每京石价银九钱三分六厘，与上月相同。包谷每京石价银七钱四厘，较上月减六分四厘。

库车直隶厅：大米每京石价银一两九钱五分，较上月减一钱五分。小麦每京石价银五钱六分，包谷每京石价银三钱，俱与上月相同。莞豆每京石价银三钱三分，较上月减二分。

乌什直隶厅：大米每京石价银二两八分六厘，较上月减一钱一分九厘。小麦每京石价银七钱二分六厘，较上月减五分二厘。大麦每京石价银三钱二分一厘，与上月相同。包谷每京石价银六钱四分一厘，较上月减四分。

喀什噶尔道属

疏勒直隶州：大米每京石价银二两七钱，较上月减一钱五分。小麦每京石价银八钱二分八厘，高粱每京石价银六钱三分二厘，俱与上月相同。包谷每京石价银六钱四分，较上月减一钱二分八厘。

疏附县：大米每京石价银二两七钱，较上月减一钱五分。小麦每京石价银八钱二分八厘，包谷每京石价银八钱四厘，高粱每京石价银六钱三分二厘，俱与上月相同。

莎车直隶州：大米每京石价银一两一钱八分四厘，与上月相同。小麦每京石价银四钱二分七厘，较上月减一分七厘。大麦每京石价银三钱七分五厘，较上月增六分三厘。包谷每京石价银三钱一分六厘，较上月增一分三厘。

叶城县：大米每京石价银二两六钱一分，较上月增一钱四分五厘。小麦每京石价银四钱，较上月增五分。包谷每京石价银二钱八分八厘，较上月增六分八厘。青稞每京石价银三钱五分，与上月相同。

和阗直隶州：大米每京石价银一两四钱，小麦每京石价银八钱二分八厘，青稞每京石价银三钱四分五厘，包谷每京石价银四钱四分八厘，俱与上月相同。

于阗县：大米每京石价银二两七分，小麦每京石价银八钱七分一厘，包谷每京石价银六钱四分，俱与上月相同。

英吉沙尔厅：大米每京石价银三两四分，小麦每京石价银六钱九分，大麦每京石价银三钱四分，包谷每京石价银五钱三分六厘，俱与上月相同。

玛喇巴什厅：大米每京石价银三两七钱，小麦每京石价银六钱九分，包谷每京石价银六钱四分，俱与上月相同。

（朱批：）览。①

---

①中国第一历史档案馆藏：《单》，档号：03-6876-028。

0013. 请准潘效苏升补知府缘由片

光绪十五年三月十五日（1889 年 4 月 14 日）

头品顶戴护理甘肃新疆布政使臣魏光焘跪奏，为请调实任直隶州知州升补要缺知府，恭折仰祈圣鉴事。

窃臣前于藩司任内会同按察使衔镇迪道恩纶具详新疆建设省会，升迪化直隶州为迪化府，设知府一员，治迪化城，管辖迪化、昌吉、绥来、阜康、奇台等县，东界镇西厅，西北通伊犁、塔尔巴哈台，南接吐鲁番、喀喇沙尔厅。西域要领，控扼全疆。拟请定为冲、繁、难三项请调要缺，应即拣员请补，以重职守。查省会添改各缺，前请照吉林新章由外拣补一次，又于新疆留省补缺各章程内，请将甘肃候补及实缺人员如熟悉边情，调新差遣，遇有人地相宜缺出，准其分别请升、调补，均奉部覆准在案。

今迪化府知府员缺，查有补用知府和阗直隶州知州调署伊犁府知府潘效苏①，年五十一岁，湖南长沙府湘乡县人，由俊秀于咸丰十一年投效军营，历保同知衔福建补用通判。嗣于追剿直隶捻逆案内，保免补本班以同知改留陕西补用，赴部引见，奉旨：准其免补本班，以同知改留陕西补用。钦此。同治八年五月到陕缴照，历署肤施、澄城等县事。复经调甘委署河州篆务。经部议奏照章留于甘肃，以原官归原班补用，并免补交分发银两。嗣丁母

---

①潘效苏（1838—1913），号重贤，字少泉，效苏为官名，湖南湘乡人，西林巴图鲁。同治二年（1863），加同知衔。八年（1869），授肤施县知县。九年（1870），调澄城县知县。十年（1871），署狄州知州。光绪五年（1879），署河州知州。八年（1882），补西宁府循化同知。九年（1883），调补迪化直隶州知州。十二年（1886），改和阗直隶州知州。十四年（1888），擢伊犁知府。十五年（1889），补授迪化府知府，旋加盐运使衔。二十一年（1895），以道员归甘肃新疆补用，入关总理行营务，赏戴花翎。二十二年（1896），镇迪道尹兼按察使衔。二十三年（1897），擢补镇迪道兼按察使衔。二十四年（1898），调补巴里坤道，署新疆藩司。二十七年（1901），补授甘肃臬司，旋升新疆藩司。二十八年（1902），擢新疆巡抚，赏加头品顶戴。三十一年（1905），因案褫职。民国二年（1913），卒于里。

忧回籍，服满到甘，管带恪靖忠营，兼带左路左、后等营，交卸营务，委署狄道州事。荡平新疆南北两路案内，保俟补缺后以知府用，先换顶戴。调署河州知州，奏补西宁府循化同知。光绪八年四月，饬赴循化同知本任。九年十月，札调来营，调补迪化直隶州知州，十年三月二十二日接印视事。十二年，调署和阗直隶州知州，于二月初一日交卸迪化州事，奉到部文，因迪化直隶州改设知府，撤回留于新疆，归即用直隶州知州班内另补。旋经奏补和阗直隶州知州，是年六月到任。十四年，调署新设伊犁府知府，于九月初六日卸和阗州篆，十一月初二日到伊犁府任。

查该员潘效苏廉勤率属，才识优长，历任甘肃新疆各缺，办理一切，诸臻妥协，边情尤为熟悉，以之升补迪化府知府，实堪胜任，人地亦极相宜。准抚臣刘锦棠移交前来。

臣覆查无异，合无仰恳天恩俯念要缺需员，准调和阗直隶州知州潘效苏升补迪化府知府，实于地方有裨。如蒙俞允，俟奉部覆，即行给咨送部引见。该员各任内并无参罚案件。谨会同陕甘总督臣杨昌濬①，恭折具陈。伏乞皇上圣鉴训示。至所遗和阗直隶州知州员缺，系疲、难二项边远请调中缺，应请由外拣补。合并声明。谨奏。光绪十五年三月十五日。

①杨昌濬（1827？—1897），字石泉，湖南湘乡人，附生。咸丰二年（1852），从罗泽南练乡勇，会集湘潭，出《讨粤匪檄》，后随湘军进剿太平军。四年（1854），选训导。九年（1859），充教授。十年（1860），补知县，并赏戴花翎。同治元年（1862），保同知；同年，补浙江衢州府知府。二年（1863），授浙江粮储道。三年（1864），任浙江盐运使，加按察使衔；同年，迁浙江按察使，署浙江布政使。五年（1866），升补浙江布政使。八年（1869），署浙江巡抚。次年，实授浙江巡抚。光绪二年（1876），因杨乃武案革职。四年（1878），赴陕甘，赏给四品顶戴。五年（1879），署甘肃布政使，加二品顶戴。六年（1880），晋头品顶戴，护理陕甘总督。七年（1881），授甘肃布政使。九年（1883），迁漕运总督。十年（1884），帮办福建军务；同年，补授闽浙总督。十一年（1885），兼署福建巡抚。十四年（1888），调补陕甘总督。翌年，监临乡试。后因回民暴动革职。二十年（1894），加太子太保衔。二十三年（1897），卒于籍。著有《平浙纪略》《平定关陇纪略》《学海堂课艺》《五好山房诗稿》等存世。

（朱批：）吏部议奏。[1]

光绪十五年四月十八日，奉朱批：吏部议奏。钦此。[2]

0014. 标营等缺均作题缺由外拣补折

光绪十五年三月十九日（1889年4月18日）

头品顶戴陕甘总督臣杨昌濬、头品顶戴护理甘肃新疆巡抚新疆布政使臣魏光焘跪奏，为喀什噶尔、阿克苏、巴里坤提、镇各标营新添、改设副、参、游、都、守等缺，均请作为题缺，由外请补，以重边防，恭折仰祈圣鉴事。

窃查前陕甘督臣谭钟麟、新疆抚臣刘锦棠奏设喀什噶尔、阿克苏、巴里坤提、镇、标、路各营员缺一折❶，经兵部议覆所有添设副将、参将、游击、都司、守备作为何项之缺，应令体察情形，奏明办理等因。臣等查新疆抚标暨城守各营员缺，奏请作为题缺，经部议准咨行在案。兹喀什噶尔、阿克苏提、镇、标、路各营副、参、游、都、守员缺，原系分别地方险夷，酌量定拟，计设喀什噶尔提标中营参将一员，守备二员；左营游击一员，守备二员；右营游击一员，守备二员；前营游击一员，守备一员；提标城守营游击一员，守备二员。喀什噶尔回城协营副将一员，都司一员，守备一员。英吉沙尔营参将一员，守备一员。莎车协营，副将一员，都司一员，守备二员。玛喇巴什营游击一员，守备一员。和阗营参将一员，守备一员。阿克苏镇标中营游击一员，守备二员；左营游击一员，守备二员；右营游击一员，守备二员。阿克苏城守营都司一员，守备一员。乌什营副将一员，都司二员，守备一员。喀喇沙尔营参将一员，守备一员。库车营游击一员，守备一员。

以上新设各该员缺，或紧与俄邻，或毗连外部，较之抚标各

①台北故宫博物院藏：《军机及宫中档》，文献编号：408006602。

②中国第一历史档案馆藏：《录副奏折》，档号：03-5248-098。

营尤关紧要，非边情熟悉、强干有为之员，难期胜任。

至巴里坤镇标旧设中营游击一员，守备一员；左营游击一员，守备一员；右营游击一员，守备一员；巴里坤城守营都司一员，哈密协营副将一员，都司一员，添设守备一员；塔尔纳沁营改设守备一员；古城营游击一员，添设守备一员；木垒营守备一员。查该镇旧设各营员缺，均系由外拣补，现虽略添改，而巡防关紧，务在择人。

合无仰恳天恩俯准将喀什噶尔、阿克苏、巴里坤提、镇各标及城守等营副、参、游、都、守员缺均作为题缺，由外拣员请补，以重边防而资得力，并请将新疆抚标提、镇、标、路各营副、参、游、都、守员缺期俸仍照乌鲁木齐提标旧例，作为五年，俸满保题升用，俾昭激劝。

除咨部外。谨会同喀什噶尔提督臣谭上连①，合词恭折具陈。伏乞皇上圣鉴训示施行。再，此折系臣光焘主稿，合并声明。谨奏。光绪十五年三月十九日。

（朱批：）兵部议奏，片并发。②

光绪十五年四月二十三日，奉朱批：兵部议奏，片并发。钦此。③

❶【案】光绪十二年十月十九日，新疆巡抚刘锦棠会同陕甘总督谭钟麟奏报新疆应设抚标及城守等营员等情一折，曰：

①谭上连（？—1890），湖南衡阳县人。咸丰八年（1858），投效湘军，转战湖北、安徽、江南等省，迭克名城，以骁勇闻，累保花翎副将。同治六年（1867），随广东陆路提督刘松山入陕，剿办回、捻，委带寿字后营马队，洊保总兵，以提督记名。八年（1869），委统领楚军副、中马步等营，兼带老湘十旗马队，驻扎肃州。光绪二年（1876），补授陕西汉中镇总兵。旋因伤发，请假赴湖北就医。五年（1879），复调出关，历统马步等军。九年（1883），调补甘肃西宁镇总兵，以防务吃紧，奏署乌鲁木齐提督，旋移驻喀什噶尔。十五年（1889），补授喀什噶尔提督。十六年（1890），因病出缺。

②台北故宫博物院藏：《军机及宫中档》，文献编号：408006603。

③中国第一历史档案馆藏：《录副奏折》，档号：03-5861-122。

头品顶戴陕甘总督臣谭钟麟、尚书衔降一级留任甘肃新疆巡抚二等男臣刘锦棠跪奏，为新疆应设抚标及城守等营各员缺，谨将拟办情形分别缮具清单，恭折仰祈圣鉴事。

窃维兵者，国家之常制，承平日久，兵不可用，一旦有事，始改而募勇。新疆自遭回乱，迄乎底定十余年来，所恃以防卫地方者，皆为客勇。边疆瘠苦，勇丁远从征役，饷糈难以骤减，至今犹发行粮。揆以度支有常，勇非经制，原应改设制兵，以规久远。然他省之勇势不能强使为本地之兵，再四思维，惟有因勇设标，以官带勇，先设定员缺，以期渐就规模。臣锦棠于光绪十年四月二十八日具奏遵旨统筹新疆全局折内，请将标营员弁参用勇营章程，如副将作营旗官，即以中军都司为总哨，千把总、经制外委为正副哨长。参将、游击作营旗官，即以中军守备为总哨，千把总、经制外委为正副哨长。都司、守备作营旗官，即以中军千总为总哨，把总、经制外委为正副哨长。经部臣议奏，奉旨允准钦遵在案。

兹值提臣移驻喀什噶尔，拟就原隶提标各处应改定者，先议及之。查向章：勇丁一营，自营官、总哨以下至副哨长，共计官弁十员。标营设官，若一一牵合，其数未免过多，拟每营旗只以副、参、游、都、守作营旗官，而量设千、把为哨长，经制外委为巡查。其总哨、副哨长概从减省。又勇丁营制，步队一营，火勇占额四十余名；一旗，火勇占额三十余名，马队火勇向在额外。标营则向无火勇。兹既仍照勇营之制，蓄养精锐，使一勇得一勇之用，未便再以执爨负薪分其余力，火勇自应裁减。拟改步队以四百九十八人为一营，三百六十七人为一旗，官弁、火勇一概在内。马队以二百五十人为一营，一百二十六人为一旗，官弁在内，火勇在外，以符向章。而议设标营则不计火勇，以足原议镇迪道属设兵六千四百名之数。抚标拟以旧有之提标中、左、右三营改设，内设中军参将一员、游击二员并中军守备以下等官共四十余员，勇二千余人。虽未能尽如内地各抚标之制，然内地如河南抚标两营兵额，亦多至二千余人。

边省情形迥异，防守不容不严，设额自不宜过少。省城重地，城守尤关紧要，拟合旧有之迪化、巩宁二营，设省城城守协副将一员并中军都司以下等官，亦仿各直省城守协营之制，而以旧有之喀喇巴尔噶逊营隶之。此外玛纳斯营、济木萨、库尔喀喇乌苏营，皆依旧制，略为增减。精河旧设都司，其地当伊犁要冲，拟设参将一员，以资控制。吐鲁番昔为换防之兵，其地属镇迪道，今拟就镇迪道属设兵数内，增设游击一员，驻扎其地。以上均隶抚臣兼辖。计设副将二员、参将三员、游击四员、都司四员、守备十三员、千总十九员、把总五十二员、经制外委三十四员，共官一百三十一员。步队八营三旗，马队十五旗。除火勇不计外，共正勇六千四百四名。此拟设各标营制之大略也。

饷则照坐粮章程，有应稍为变通者。新疆各营旗勇丁类皆招自南方，各有室家，各怀乡里，断难强其改隶兵籍者，必以土著为宜。新疆北路人烟稀少，南路尽系缠回，土著无可招募，惟有招之关内。然由甘肃至新疆，近者五六千里，远或八九千里。小民抛弃室家，来隶营伍，欲其安心用命，亦当代计其身家。关内制兵挑练，则议练兵之饷，诚以一经团扎，日事操防，则不能别营生业，故饷亦因之以加。关外百物昂贵，较关内倍蓰。民间雇一小工，日尚需银二三钱不等。彼此相形，多愿佣工而不愿入伍。前此提标七旗土勇，照土勇章程发饷，试办之初，只期节省，究之逃亡踵接。其勉强应募者，率皆游惰之民，核其情形，虽给以坐粮，仍恐难资得力。土勇且犹如此，若由关内招募而来，使仅糊其口，而无丝毫余蓄，孰肯别离乡井，努力戎行？惟有略筹变计，较坐粮每名按月加银三钱，长夫概行不设。以坐粮章程每营每岁需饷二万四千余两，总数核计，仍属有减无增。较之现在勇营行粮额数，节省尤巨，与原奏每年关内外需饷三百数十万两之议，亦属相符。

至各员廉俸薪蔬、马干草料各项，悉照标营旧制。惟新疆文职各官廉俸等项，现均给发实银，并无减折。塞上地方瘠苦，文武事同一律。可否仰恳天恩准一体发给十成实银，毋庸减折，以示体恤。此拟定各标饷章之大略也。据藩司及镇迪道兼臬司详请具奏前来。

臣等覆核无异。仅分别缮具清单，恭呈御览。伏乞饬下户、兵等部核议施行。如蒙俞允，其余提镇各标营应请概照此章，以次议设。

其分防汛地勇营既宜团扎，难尽如标营旧制节节设塘分汛，将来惟有择要屯防，使之同力合操，咸成劲旅。抑臣等更有请者，新疆现拨新饷，岁有定数，必须裁一营客勇，始能招一营土勇。而客勇欠饷累累，前经部臣指拨各省关欠解协饷银二百八十万两，仅福建解银二万两，余均至今未见报解。旧勇不裁，新勇即难招募，而欲裁一名旧勇，必将挪一名新饷，是徒设标营，究无实效，转使旧欠未清，新亏又起。况各勇等锋镝余生，久羁绝域，日惟盼此余资，得以早还乡里。伏乞天恩饬部严催报解，俾得陆续裁旧改新，庶标营早定一日，饷糈早纾一分，边防幸甚，时局幸甚。

所有拟设抚标及城守等营各情形，谨会同署提督臣谭上连，合词具陈。伏乞皇太后、皇上圣鉴训示。再此折系臣锦棠主稿，合并声明。谨奏。光绪十二年十月十九日。

光绪十二年十一月二十一日，军机大臣奉旨：该部议奏，单三件并发。其各省关欠解饷银，着户部严催报解，毋任延缓。钦此。①

0015. 请裁原设蒙古千总六缺缘由片

光绪十五年三月十九日（1889 年 4 月 18 日）

再，查兵部咨称，新疆添设抚标城守营开花炮队一哨，并未声叙带哨官弁；又，原设乌鲁木齐中、左二营，巴里坤中、左二营，玛纳斯左营，库尔喀喇乌苏营，共设蒙古千总六缺。今喀什噶尔提标，阿克苏、巴里坤镇标拟各设蒙古把总二缺，其原设蒙古千总六缺是否裁改，均令奏明办理等因。查抚标城守营开花炮队一哨，拟仿照镇炮队章程，以九十二人为定额，内设守备一员，把总一员。除每岁廉俸、薪蔬、纸红、马干等项银两照章支领外，其各勇夫暨额外私夫、车夫口粮、车骡草干，每大建月支银两四百四十六两二钱，小建月支银四百三十一两八钱六分。该守备员

---

①中国第一历史档案馆藏：《朱批奏折》，档号：04-01-30-0186-034。又《录副奏折》，档号：03-5844-074。

缺请作为题缺，由外拣员请补，五年俸满，保题升用。

至喀什噶尔提标，阿克苏、巴里坤镇标，既经各设蒙古把总二缺，其原设蒙古千总六缺应请一律裁撤。除咨部外，谨合词恭折具奏。伏乞圣鉴训示。再，此片系臣光焘主稿，合并声明。谨奏。

（朱批：）览。[①]

光绪十五年四月二十三日，奉朱批：览。钦此。[②]

0016. 恭报十四年十二月雨水粮价折

光绪十五年三月二十八日（1889年4月27日）

头品顶戴护理甘肃新疆巡抚新疆布政使臣魏光焘跪奏，为恭报光绪十四年十二月分粮价并得雪情形，谨缮折具陈，仰祈圣鉴事。

窃照光绪十四年十一月分各厅州县粮价并得雪情形，业经臣奏报在案。兹据兼理新疆布政使兼按察使衔镇迪道恩纶详报：十二月分，北路镇西得雪，积地三寸；阜康、绥来得雪寸余，迪化、奇台、哈密微雪。伊塔道属宁远得雪，积地尺许。南路疏附得雪，积地七寸；莎车、拜城、叶城得雪五寸有余，温宿、疏勒、于阗、英吉沙尔得雪二三寸不等，乌什、和阗、玛喇巴什微雪，余未得雪。

至通省粮价，镇西、哈密、吐鲁番、喀喇沙尔、英吉沙尔、疏勒、莎车、迪化、昌吉、阜康、绥来、绥定、宁远、拜城、疏附、叶城等厅州县俱与上月相同，余均略有增减。汇详请奏前来。

理合恭折具陈，并缮粮价清单，敬呈御览。伏乞皇上圣鉴。谨奏。光绪十五年三月二十八日。

---

①台北故宫博物院藏：《军机及宫中档》，文献编号：408006603-0-A。

②中国第一历史档案馆藏：《录副奏片》，档号：03-5755-020。

（朱批：）知道了。[①]

光绪十五年四月三十日，奉朱批：知道了。钦此。[②]

0017. 呈各属十四年十二月粮价清单

光绪十五年三月二十八日（1889年4月27日）

谨将新疆各属光绪十四年十二月分米粮时估价值，缮具清单，恭呈御览。

计开十二月分

镇迪道属

迪化县：大米每京石价银三两八钱五厘，小米每京石价银一两四钱一分五厘，莞豆每京石价银一两四钱四分，青稞每京石价银一两三分五厘，俱与上月相同。

昌吉县：大米每京石价银二两一钱六分四厘，小麦每京石价银一两六厘，莞豆每京石价银一两二钱一厘，青稞每京石价银八钱七分五厘，俱与上月相同。

阜康县：粟米每京石价银一两六分，小麦每京石价银一两一钱三分二厘，莞豆每京石价银一两一钱，高粱每京石价银五钱三分，俱与上月相同。

绥来县：大米每京石价银二两一钱七分五厘，小麦每京石价银九钱一分九厘，莞豆每京石价银一两八分，高粱每京石价银五钱六分三厘，俱与上月相同。

奇台县：大米每京石价银二两五钱八分九厘，较上月减一钱七分二厘。小麦每京石价银九钱九分，较上月增一钱七分七厘。莞豆每京石价银一两一钱五厘，与上月相同。

镇西直隶厅：小麦每京石价银一两八钱二分，莞豆每京石价银一两七钱一分，青稞每京石价银一两一钱二分，俱与上月相同。

---

①台北故宫博物院藏：《军机及宫中档》，文献编号：408006604。

②中国第一历史档案馆藏：《录副奏折》，档号：03-6876-040。

吐鲁番厅：小麦每京石价银一两一钱八厘，大麦每京石价银五钱六分，黄豆每京石价银一两四钱九分三厘，高粱每京石价银四钱八分二厘，俱与上月相同。

哈密厅：粟米每京石价银一两七钱二分八厘，小麦每京石价银一两三钱八分，莞豆每京石价银一两七钱二分八厘，青稞每京石价银一两二厘，俱与上月相同。

库尔喀喇乌苏厅：小麦每京石价银一两九分，较上月减一钱八分。莞豆每京石价银一两四钱七分，较上月增一钱三分七厘。高粱每京石价银四钱九分，较上月减二钱七分七厘。

伊塔道属

绥定县：大米每京石价银二两九钱六分，小麦每京石价银一两一钱四厘，大麦每京石价银七钱四分九厘，莞豆每京石价银一两二钱六分九厘，俱与上月相同。

宁远县：大米每京石价银四两一钱七分，小麦每京石价银一两一钱一分，大麦每京石价银七钱一分，莞豆每京石价银一两一钱二分，俱与上月相同。

阿克苏道属

温宿直隶州：大米每京石价银二两一钱二分八厘，较上月增六钱八厘。小麦每京石价银九钱六分六厘，较上月增一钱三分八厘。大麦每京石价银四钱八分，较上月增六分。包谷每京石价银九钱五分二厘，较上月增四钱八厘。

拜城县：小麦每京石价银四钱八分，大麦每京石价银二钱一分，莞豆每京石价银四钱，包谷每京石价银三钱四分，俱与上月相同。

喀喇沙尔直隶厅：大米每京石价银二两三钱六分八厘，小麦每京石价银八钱二分八厘，莞豆每京石价银九钱三分六厘，包谷每京石价银七钱四厘，俱与上月相同。

库车直隶厅：大米每京石价银一两九钱二分，较上月减三分。小麦每京石价银五钱六分，包谷每京石价银三钱，莞豆每京石价银三钱三分，俱与上月相同。

乌什直隶厅：大米每京石价银二两八分六厘，与上月相同。小麦每京石价银七钱一分二厘，较上月减一分四厘。大麦每京石价银三钱二分一厘，与上月相同。包谷每京石价银六钱二分八厘，较上月减一分三厘。

喀什噶尔道属

疏勒直隶州：大米每京石价银二两七钱，小麦每京石价银八钱二分八厘，包谷每京石价银六钱四分，高粱每京石价银六钱三分二厘，俱与上月相同。

疏附县：大米每京石价银二两七钱，小麦每京石价银八钱二分八厘，包谷每京石价银八钱四厘，高粱每京石价银六钱三分二厘，俱与上月相同。

莎车直隶州：大米每京石价银一两一钱八分四厘，小麦每京石价银四钱二分七厘，大麦每京石价银三钱七分五厘，包谷每京石价银三钱一分六厘，俱与上月相同。

叶城县：大米每京石价银二两六钱一分，小麦每京石价银四钱，包谷每京石价银二钱八分八厘，青稞每京石价银三钱五分，俱与上月相同。

和阗直隶州：大米每京石价银一两五钱四分，较上月增一钱四分。小麦每京石价银八钱二分八厘，与上月相同。青稞每京石价银三钱八分二厘，较上月增三分七厘。包谷每京石价银四钱九分六厘，较上月增四分八厘。

于阗县：大米每京石价银二两七分，与上月相同。小麦每京石价银九钱二分一厘，较上月增五分。包谷每京石价银六钱四分，与上月相同。

英吉沙尔直隶厅：大米每京石价银三两四分，小麦每京石价银六钱九分，大麦每京石价银三钱四分，包谷每京石价银五钱三分六厘，俱与上月相同。

玛喇巴什厅：大米每京石价银四两七分，较上月增三钱七分。

小麦每京石价银六钱九分，包谷每京石价银六钱四分，俱与上月相同。

（朱批：）览。[①]

0018. 办结就地正法各案摘由汇报缘由折

光绪十五年三月二十八日（1889年4月27日）

头品顶戴护理甘肃新疆巡抚新疆布政使臣魏光焘跪奏，为卷查光绪十四年秋冬雨季暨十五年正、二月办结就地正法各案，照章摘由汇报，恭折具陈，仰祈圣鉴事。

窃准抚臣刘锦棠移交接管卷宗，新疆命盗等案情罪重大及决不待时人犯，暂准就地正法。其案内为从、罪应军流等犯，如系积匪，酌量监禁，系带铁杆，摘由汇报，历经奏明在案。上年秋冬雨季暨本年正、二月各属拿获情罪重大各案共计六起，或伙谋行劫，伤人得财；或勒毙事主，轮奸妇女；或以子戕父，或以妻杀夫，或图财害命，或临时行强，捆缚抢掠。经各地方官录供通详，批该管州道及镇迪道兼按察使衔恩纶核明转详，统经抚臣刘锦棠覆核案情，参诸律例，分别凌迟、斩决、枭示，批饬犯事地方就地正法在案。因交卸在即，将各案卷宗移臣，查案摘由开单，恭呈御览。

所有卷查光绪十四年秋冬雨季暨十五年正、二月办结就地正法各案，照章摘由汇报缘由，谨恭折具陈。伏乞皇上圣鉴训示，施行。谨奏。光绪十五年三月二十八日。

（朱批：）刑部知道，单并发。[②]

光绪十五年四月三十日，奉朱批：刑部知道，单并发。钦此。[③]

---

①中国第一历史档案馆藏：《单》，档号：03-6876-041。

②台北故宫博物院藏：《军机及宫中档》，文献编号：408006605。

③中国第一历史档案馆藏：《录副奏折》，档号：03-7312-019。

0019. 呈新疆办结就地正法各案摘由清单

光绪十五年三月二十八日（1889年4月27日）

谨将光绪十四年秋冬两季暨十五年正、二月抚臣刘锦棠任内办结就地正法各案移臣摘由，汇缮清单，恭呈御览。

计开

十四年秋季分

一件：盗犯泰来纠约已获夭洛大什、司底克、雀洛可、巴拉提并未获之木萨一共六人，行劫事主帖睦尔家，捆殴事主，搜掠银物，报经温宿直隶州知州陈名钰①会营勘验，获犯起赃，讯供议拟，解由阿克苏道黄光达②审明，咨镇迪道兼按察使衔恩纶核明转详。

复查首犯泰来起意纠抢，伤人得财，实属凶暴昭著，法无可贷，照章批饬就地正法，以昭炯戒。从犯巴拉提年十五岁，按例拟杖一百，流三千里，照章南北互发，责令屯垦。惟该犯年貌未

①陈名钰（1827—？），湖南宁远人，初由廪生投营效力。咸丰五年（1855），因克复湖南东安等处出力，保训导。七年（1857），以功保以本班不论双单月遇缺即选，并赏加五品衔。八年（1858），赏戴蓝翎。十年（1860），以克复安徽建德等处出力，保知县，加知州衔。十一年（1861），保知州，赏戴花翎。同治五年（1866），保直隶州知州留安徽补用。六年（1867），保知府，晋道衔。七年（1868），因功经陕甘总督左宗棠保升道员，并加三品衔；同年，予三品封典。八年（1869），经吏部带领引见，以道员升用。十年（1871），署安徽池州府篆。光绪元年（1875），闻讣丁父忧。四年（1878），回原省候补。六年（1880），请假回籍措资。七年（1881），经刘锦棠奏留甘肃补用，办理新疆南路善后事宜。十年（1884），借补温宿直隶州知州。十四年（1888），署迪化府知府；同年，署理阿克苏道篆。十六年（1890），迁阿克苏道。

②黄光达（1844—1901），湖南湘乡人。由文童投效军营，同治四年（1865），以从九品遇缺即选。是年，戴蓝翎。六年（1867），保县丞，旋保知县；同年，赏加同知衔，戴花翎，并赏五品封典，再保知府，赏给四品封典。光绪二年（1876），保升道员。四年（1878），赏加盐运使衔。六年（1880），以道员改留甘肃尽先题奏。历署阿克苏道、喀什噶尔道道员。光绪十九年（1893），以阿克苏驻营较多，商旅辐辏，兵勇、细民日用所需零星者多，成整者少，且红钱素窘，兑换维艰，军民俱困，乃向道库借成本银，铸造光绪银元，史称“阿克苏造光绪银元”。二十七年（1901），卒于任。

壮，不谙耕作，量为变通，监禁三年，满日再系铁杆二年，如知悛改，再行保释。从犯夭洛大什、司底克、雀洛克三犯罪应拟斩，均于取供后带病监毙，应与讯无凌虐之禁卒及带病进监之管狱官均免置议。木萨获日另结。

一件：盗犯哈生木、喀省木、哈沙木口可伙同他依尔、伊布拉引、阿奚木，行窃阿必斯家，被事主喊捕。他依尔、伊布拉引、阿奚木闻声先遁，哈生木起意行强，喀省木、哈沙木口可听从殴勒事主阿必斯，登时毙命，抢掠银钱。哈生木、喀省木并轮奸事主之女。报署疏勒直隶州知州黄丙焜勘验，获犯起赃，讯供议拟，详解喀什噶尔道袁垚龄亲提审明，咨镇迪道兼按察使衔恩纶核明转详。

覆查哈生木、喀省木、哈沙木口可临时行强，勒毙事主，搜掠财物，实属罪大恶极。哈生木、喀省木、哈沙木口可三犯按照“强盗得财，斩立决”例，照章就地正法，仍依强盗杀人，奸污妇女各本例，枭首示众，以昭炯戒。他依尔、伊布拉引、阿奚木伙同行窃，闻捕逃避，惟事后分赃，仍应并赃科罪，分别首从问拟。他依尔起意行窃，按照窃盗赃银一百一十两为首律，拟杖一百，流二千五百里。从犯伊布拉引、阿奚木于首犯流罪上减一等，各杖一百，徒三年，照章南北互相调发，并发各驿当差。惟该窃犯等均系游荡成性，难安耕作，量为变通，首犯他依尔改为监禁三年，从犯伊布拉引、阿奚木改为监禁两年，均于满日折责保释。

十四年冬季分

一件：逆犯库尔板砍伐树株，经伊父苏皮呵止。该犯抛下斧头，殴伤伊父脑后身死。报署疏勒直隶州知州黄丙焜验讯议拟，详解喀什噶尔道袁垚龄审明，咨镇迪道兼按察使衔恩纶核明转详。

覆查库尔板砍伐树株，经父呵止，胆敢将斧抛下，致伤苏皮脑后，登时殒命，伦纪攸关，洵属有心干犯，照例恭请王命，惟新疆案件暂未招解，犯事地方距省四千余里，此等蔑伦重犯，未便稍稽显戮，批饬凌迟处死，以昭炯戒。

一件：犯妇阿奚比比因伊前夫之女艾里木罕被夫休弃，后夫土的不准接归。该妇挟嫌谋杀土的身死，复将夫尸割成五块，用火烧毁。报署疏勒县知县张介祺验讯通详，未及招解，张介祺病故。经署疏附县知县柳葆元议拟招解，由疏勒州知州黄丙焜转详喀什噶尔道袁垚龄审明，咨镇迪道兼按察使衔恩纶核明转详。

复查犯妇阿奚比比挟夫土的微嫌，胆敢谋杀，并将夫尸烧毁，殊属残忍已极，纲纪攸关，未便久稽显戮，批饬凌迟处死，以昭炯戒。

十五年春季分

一件：凶犯张常乐挟田徽凌未借银两之嫌，复见身带银两，商同张万金图财害命，将田徽凌诱至城外山沟僻处，张万金用木

棍殴伤田徽凌右耳根倒地，张常乐又用刀割其咽喉，登时殒命，搜取银物，弃尸山沟。比经尸属呈报伊犁理事同知署抚民同知联恩获犯起赃，验明尸伤，讯供议拟，解署伊塔道英林[①]覆审，咨镇迪道兼按察使衔恩纶核明转详。

复查张常乐、张万金图财害命，法无可贷，按照强盗就地正法，以昭炯戒。

一件：盗犯赵经、史挨子、胡二听从马钰秋，纠同国青林、张守成、王虎、孙五一共八人，行窃事主张万忠家。马钰秋见人过多，分作两起。行至中途，张守成等畏冷折回。马钰秋因系起意，即在路旁破庙烤火等候。史挨子、胡二、国青林骑马，赵经步行，离事主家住处不远，令国青林看守马匹，胡二先抵事主门

①英林（1847—1903），镶黄旗满洲二甲喇本世管佐领下人，二品荫生。同治六年（1867），捐纳同知，分发山西，旋投效军营。七年（1868），赏戴花翎。八年（1869），丁父忧。十年（1871），经穆图善奏留差遣；同年，保知府。十一年（1872），服满起复。十二年（1873），告假回旗，归旗当差。十三年（1874），请假赴甘肃，经左宗棠奏留差委。光绪三年（1877），保参领。四年（1878），保副都统，经部驳回，改加二品衔。五年（1879），保道员，赏清字勇号；同年，丁祖母忧，经左宗棠奏请留营差委。七年（1881），以功加二品顶戴，并赏二品封典。九年（1883），委署镇迪道篆。十一年（1885），兼理新疆按察使。十四年（1888），委署伊塔道篆。十七年（1891），补授伊塔道员缺。二十一年（1895），调署镇迪道。二十五年（1899），调补甘肃西宁道。二十九年（1903），卒于任。

首，抽开挡门棍子，一同进院。赵经推开房门，事主张万忠听闻人声，正在下炕，赵经上前将事主揪倒，史挨子用绳捆住事主手足，胡二抢掠衣物，分拿出门，到国青林看马地方，各自上马，跑至破庙，见马钰秋，告知临时行强捆缚事主情事，行窃赃物交史□子收藏，约定事冷再分。旋据事主呈报，经署奇台县知县刘澄清勘验，获犯起赃，录供通详。

查赵经等八名均系免死减流、发新助屯人犯，情罪重大，批饬提省审办。据代理迪化府知府潘时策会同发审局委员讯明议拟，解由镇迪道兼按察使衔恩纶审明，详院亲提无异。此案赵经、史挨子、胡二三犯胆敢黑夜入室，捆缚事主，抢掠财物，实属凶暴昭著，法无可贷，照章批饬就地正法，以昭炯戒。马钰秋、国青林不知强情，计赃三十两，罪仅笞杖，虽该犯等发新助屯，与真正免死发遣人犯微有不同，然究系由死罪减流，未便遽照平常遣犯笞杖罪名问拟鞭责，自应酌量定拟。马钰秋、国青林各予监禁二年，满日再系带铁杆一年，如知悛改，再行开释。张守成、孙五听从行窃，中途畏冷折回，并未分赃，折责发落。王虎因病取保身故，应与讯无凌虐之保户均免置议。

（朱批：）览。[1]

0020. 马明其等保案有误请饬更正片

光绪十五年三月二十八日（1889 年 4 月 27 日）

再，臣据花翎尽先补用游击马明其禀称，该员本名“明其”，于关陇肃清案内经前陕甘总督臣左宗棠由军功保免补外委，以把总尽先拔补；于克复乌鲁木齐、玛纳斯各城案内，由蓝翎把总保免补把总、千总，以守备尽先补用，并换花翎。奉到二案行知，均缮作“明骐”。攻克达坂城托克逊贼巢，并会师克复吐鲁番满汉

①中国第一历史档案馆藏：《单》，档号：03-7312-016。

两城案内，保免补守备，以都司尽先补用；于新疆南北两路荡平案内，保免补都司，以游击尽先补用。又均缮作“明麒”，且查保把总一案，并未保有蓝翎，保守备案内误开蓝翎底衔，请换花翎。又，据尽先补用守备陈玉贵禀称：于新疆南北两路荡平案内，由蓝翎把总经前陕甘总督臣左宗棠保免补把总、千总，以守备尽先补用。原奉行知系“陈有贵”，请附奏更正。各等情。前来。

臣覆查无异，相应请旨饬部将该员马明其、陈玉贵等名照案更正，并将马明其得保花翎尽先补用守备改为尽先拔补把总，请保免补把总、千总以守备尽先补用，赏戴蓝翎。其递保都司底衔所开花翎，并请改为蓝翎，分别注册，出自鸿施。

除咨部外，谨附片具陈。伏乞圣鉴训示。谨奏。

（朱批：）着照所请，兵部知道。[①]

光绪十五年四月三十日，奉朱批：着照所请，兵部知道。钦此。[②]

0021. 恭报十五年正月雨水粮价情形折

光绪十五年四月二十一日（1889年5月20日）

头品顶戴护理甘肃新疆巡抚新疆布政使臣魏光焘跪奏，为恭报光绪十五年正月分粮价并得雪情形，谨缮折具陈，仰祈圣鉴事。

窃照光绪十四年十二月分各厅州县粮价并得雪情形，业经臣奏报在案。兹据兼理新疆布政使兼按察使衔镇迪道恩纶详报：本年正月分，北路镇西得雪，积地二寸；绥来得雪寸余；阜康、奇台、哈密、库尔喀喇乌苏微雪。伊塔道属宁远得雪，积地五寸；绥定微雪。南路温宿、拜城、库车、疏勒、疏附、和阗、于阗、英吉沙尔微雪，余未得雪。民情尚称安帖。

至通省粮价，镇西、哈密、乌什、英吉沙尔、玛喇巴什、迪

①台北故宫博物院藏：《军机及宫中档》，文献编号：408006604-0-A。

②中国第一历史档案馆藏：《录副奏片》，档号：03-5861-136。

化、昌吉、阜康、绥来、于阗等厅县俱与上月相同，余均略有增减。汇详请奏前来。

理合恭折具陈，并缮粮价清单，敬呈御览。伏乞皇上圣鉴。谨奏。光绪十五年四月二十一日。

（朱批：）知道了。[①]

光绪十五年五月二十三日，奉朱批：知道了。钦此。[②]

0022. 呈新疆各属十五年正月粮价清单

光绪十五年四月二十一日（1889年5月20日）

谨将新疆各属光绪十五年正月分米粮时估价值，缮具清单，恭呈御览。

计开正月分

镇迪道属

迪化县：大米每京石价银三两八钱五厘，小麦每京石价银一两四钱一分五厘，莞豆每京石价银一两四钱四分，青稞每京石价银一两三分五厘，俱与上月相同。

昌吉县：大米每京石价银二两一钱六分四厘，小麦每京石价银一两六厘，莞豆每京石价银一两二钱一厘，青稞每京石价银八钱七分五厘，俱与上月相同。

阜康县：粟米每京石价银一两六分，小麦每京石价银一两一钱三分二厘，莞豆每京石价银一两一钱，高粱每京石价银五钱三分，俱与上月相同。

绥来县：大米每京石价银二两一钱七分五厘，小麦每京石价银九钱一分九厘，莞豆每京石价银一两八分，高粱每京石价银五钱六分三厘，俱与上月相同。

奇台县：大米每京石价银二两五钱八分九厘，与上月相同。

①台北故宫博物院藏：《军机及宫中档》，文献编号：408006606。

②中国第一历史档案馆藏：《录副奏折》，档号：03-6877-031。

小麦每京石价银九钱九分七厘，较上月增七厘。莞豆每京石价银一两一钱五厘，与上月相同。

镇西直隶厅：小麦每京石价银一两八钱二分，莞豆每京石价银一两七钱一分，青稞每京石价银一两一钱二分，俱与上月相同。

吐鲁番厅：小麦每京石价银一两一钱一分八厘，较上月增一分。大麦每京石价银五钱六分，黄豆每京石价银一两四钱九分三厘，高粱每京石价银四钱八分二厘，俱与上月相同。

哈密厅：粟米每京石价银一两七钱二分八厘，小麦每京石价银一两三钱八分，莞豆每京石价银一两七钱二分八厘，青稞每京石价银一两二厘，俱与上月相同。

库尔喀喇乌苏厅：小麦每京石价银一两三钱一分，较上月增二钱二分。莞豆每京石价银一两二钱，较上月减二钱七分。高粱每京石价银五钱二分七厘，较上月增三分七厘。

伊塔道属

绥定县：大米每京石价银二两九钱六分，与上月相同。小麦每京石价银一两一钱四分，较上月增三分六厘。大麦每京石价银七钱四分九厘，莞豆每京石价银一两二钱六分九厘，俱与上月相同。

宁远县：大米每京石价银四两一钱七分，与上月相同。小麦每京石价银一两一钱六分，较上月增五分。大麦每京石价银八钱，较上月增九分。莞豆每京石价银一两一钱二分，与上月相同。

阿克苏道属

温宿直隶州：大米每京石价银二两一钱二分八厘，小麦每京石价银九钱六分六厘，俱与上月相同。大麦每京石价银四钱二分，较上月减六分。包谷每京石价银五钱四分四厘，较上月减四钱八厘。

拜城县：小麦每京石价银五钱二分，较上月增四分。大麦每京石价银二钱一分，与上月相同。莞豆每京石价银三钱九分，较上月减一分。包谷每京石价银三钱九分，较上月增五分。

喀喇沙尔直隶厅：大米每京石价银二两三钱六分八厘，小麦每京石价银八钱二分八厘，俱与上月相同。莞豆每京石价银八钱一分二厘，较上月减一钱二分四厘。包谷每京石价银七钱四厘，与上月相同。

库车直隶厅：大米每京石价银一两九钱五分，较上月增三分。小麦每京石价银五钱九分，较上月增三分。包谷每京石价银三钱五分，较上月增五分。莞豆每京石价银三钱五分，较上月增二分。

乌什直隶厅：大米每京石价银二两八分六厘，小麦每京石价银七钱一分二厘，大麦每京石价银三钱二分一厘，包谷每京石价银六钱二分八厘，俱与上月相同。

喀什噶尔道属

疏勒直隶州：大米每京石价银二两八钱五分，较上月增一钱五分。小麦每京石价银八钱二分八厘，包谷每京石价银六钱四分，高粱每京石价银六钱三分二厘，俱与上月相同。

疏附县：大米每京石价银二两八钱五分，较上月增一钱五分。小麦每京石价银一两一钱四厘，较上月增二钱七分六厘。包谷每京石价银九钱三分八厘，较上月增一钱三分四厘。高粱每京石价银六钱九分，较上月增五分八厘。

莎车直隶州：大米每京石价银一两四钱八分，较上月增二钱九分六厘。小麦每京石价银四钱一分四厘，较上月减一分三厘。大麦每京石价银三钱七分五厘，与上月相同。包谷每京石价银二钱九分四厘，较上月减二分二厘。

叶城县：大米每京石价银二两四钱六分五厘，较上月减一钱四分五厘。小麦每京石价银三钱五分，较上月减五分。包谷每京石价银二钱八分八厘，与上月相同。青稞每京石价银三钱七分五厘，较上月增二分五厘。

和阗直隶州：大米每京石价银一两六钱八分，较上月增一钱四分。小麦每京石价银八钱二分八厘，与上月相同。青稞每京石价银四钱，较上月增一分八厘。包谷每京石价银五钱一分二厘，较上月增一分六厘。

于阗县：大米每京石价银二两七分，小麦每京石价银九钱二分一厘，包谷每京石价银六钱四分，俱与上月相同。

英吉沙尔直隶厅：大米每京石价银三两四分，小麦每京石价银六钱九分，大麦每京石价银三钱四分，包谷每京石价银五钱三分六厘，俱与上月相同。

玛喇巴什厅：大米每京石价银四两七分，小麦每京石价银六钱九分，包谷每京石价银六钱四分，俱与上月相同。

（朱批：）览。①

0023. 古城等处城工动用经费核销折

光绪十五年四月二十一日（1889年5月20日）

头品顶戴护理甘肃新疆巡抚新疆布政使臣魏光焘跪奏，为北路古城、哈密、吐鲁番、绥来等处城工动用经费，恳恩敕部核销，恭折仰祈圣鉴事。

窃臣查北路兴修各城署，前经抚臣刘锦棠奏明需款在一十九万四千两以外，恳请饬部筹拨。旋准部覆：北路工程银两，应由指拨善后经费十四万两内动用。复于奏拨十四年实需饷数并估计十五年饷项各案，声请十四、十五两年仍拨银十四万两，弥补城署经费，经部议准在案。兹据粮台司道详称：北路古城、哈密、吐鲁番、绥来城垣，或择基创建，或因旧改修，陆续据报工竣，取具各印委丈尺、做法、工料银两、图册，并勘验保固印结，汇造转赍前来。

臣查北路户口稀少，人工较南路尤为昂贵。综计前项工程，拨派勇丁帮同工作，按旬犒赏酒肉一次，共工七十六万五千二百有奇，实省银十二万九千余两。雇办工匠、物料及搬运料木，共

①中国第一历史档案馆藏：《单》，档号：03-6877-032。

银八万九十九两一钱一分九厘，收回平余银六百四两三钱九分五厘，实用银七万九千四百九十四两七钱二分四厘，粮价在外，核与抚臣刘锦棠先后估奏古城城工需银二万九千余两、哈密二万六千余两、吐鲁番一万五千六百余两、绥来七千余两，数目尚属相符。查照部议，均于善后项下匀挪应用，委系工坚费省，并无草率浮滥情事。

除将册结、图说咨部，并饬将省垣城署各工赶紧造报，另案具奏外，谨缮具清单，会同陕甘总督臣杨昌濬，恭折具陈。伏乞皇上圣鉴。敕部核销，施行。谨奏。光绪十五年四月二十一日。

（朱批：）该部知道，单并发。①

光绪十五年五月二十三日，奉朱批：该部知道，单并发。钦此。②

0024. 呈古城等城工收支经费数目清单

光绪十五年四月二十一日（1889 年 5 月 20 日）

谨将已修北路古城、哈密、吐鲁番、绥来城工收支经费银两数目，缮具清单，恭呈御览。

计开

收款：一、收善后项下垫发各城经费新饷平银七万九千四百九十四两七钱二分四厘。

一、收扣回各城平余银六百四两三钱九分五厘。

以上共收新饷平银八万九十九两一钱一分九厘。

支款：一、改修哈密城工，共支经费新饷平银二万六千九百五两三钱二分三厘。

一、建修古城城工，共支经费新饷平银二万九千七百五十九两六钱六分九厘。

---

①台北故宫博物院藏：《军机及宫中档》，文献编号：408006607。

②中国第一历史档案馆藏：《录副奏折》，档号：03-7157-030。

一、补修吐鲁番城工，共支经费新饷平银一万五千九百三十八两八钱八分二厘。

一、改修绥来县城工，共支经费新饷平银七千四百九十五两二钱四分五厘。

以上城工四起，总共支发各款经费新饷平银八万九十九两一钱一分九厘。

（朱批：）览。[①]

0025. 回子郡王补行年班变通递推折

光绪十五年四月二十一日（1889年5月20日）

头品顶戴护理甘肃新疆巡抚新疆布政使臣魏光焘跪奏，为新疆吐鲁番回子郡王补行年班，拟请作为本年正班，变通递推，以示体恤，恭折具陈，仰祈圣鉴事。

窃臣卷查光绪十四年抚臣刘锦棠准理藩院咨，奏新疆回子王等年班以哈密、吐鲁番、库车回子王等三人定为三班，均令其间二年来京该班一次，总期每年年班有回子王一人来京朝觐。除哈密札萨克回子亲王沙木胡索特已于光绪十二年年班来京，十四年年班应令其次之吐鲁番札萨克回子郡王玛木特来京该班，以次递推等因。旋经抚臣刘锦棠因玛木特措资维艰，呈恳展缓，奏请以哈密、吐鲁番、库车回子王等三人，九年各该一班，用示优恤[❶]。十二月初一日，准理藩院咨：仍照前奏，各间二年该班一次。当即转饬该回子王等遵照办理。而十四年该班为期已迫，吐鲁番札萨克回子郡王玛木特赶办不及，兹据呈称：世爵承袭以来，久切天颜之觐，冀伸感戴之忱，现拟赶紧料理赴京引见等情。前来。

臣查理藩院奏定新例，十五年年班应饬库车回子郡王阿密特按限赴京，用崇盛典。惟吐鲁番回子郡王玛木特现请进京该班，

①中国第一历史档案馆藏，《单》，档号：03-7157-031。

可否以该郡王补行年班作为十五年正班，十六年始以库车回子郡王阿密特该班。其自十七年起，以哈密、吐鲁番、库车回子王等三人挨次该班，周而复始，俾该回子王等皆得借纾一年之力，仍与每年有回子王一人来京之例相符。惟事关朝觐大典，未敢擅拟，合无仰恳天恩饬下理藩院核议，以广怀柔而示体恤，出自鸿慈。

除饬吐鲁番回子郡王赴京该班外，谨会同陕甘总督臣杨昌濬，恭折具奏，伏乞皇上圣鉴训示，施行。谨奏。光绪十五年四月二十一日。

（朱批：）该衙门议奏。①

光绪十五年五月二十三日，奉朱批：该衙门议奏。钦此。②

❶【案】光绪十四年七月二十六日，新抚刘锦棠奏请回王年班分年分班赴京，曰：

尚书衔甘肃新疆巡抚二等男臣刘锦棠跪奏，为哈密、吐鲁番、库车回子王等年班拟恳援案分年分班赴京朝觐，以示怀柔而加体恤，恭折仰祈圣鉴事。

窃臣准理藩院咨：奏回子王等应行来京年班班次一片，于光绪十四年五月二十三日具奏，本日奉旨：依议。钦此。钦遵咨行前来。查原奏内称回子王等年班，例载本未明晰，应另定班次，将哈密、吐鲁番、库车回子王等三人定为三班，均令其间二年来京该班一次，总期每年有回子王一人来京。其本年年班，应令其次之吐鲁番回子王玛木特来京该班等因。当经钦遵转行去后，旋据玛木特呈称：世爵自承袭以来，未得瞻仰天颜，稍纾忱悃，自应赴京该班，以崇盛典。惟兵燹之后，拮据异常，前蒙借支历年廉俸，早经修理衙署、坟墓动用无存，目下负债累累。新疆距京甚远，往返旅费无从筹措，恳请再行展限三年，以纾困苦等情。

①台北故宫博物院藏：《军机及宫中档》，文献编号：408006608。

②此奉旨日期等，据《军机处随手登记档》（文献编号：03-0258-2-1215-139）校补。

臣查嘉庆十六年奉上谕：铁保等奏，阿奇木伯克入觐年班恳恩展限一折。阿奇木伯克等年班瞻觐之例，向系分为六班，六年一轮，为期既速，其程途迂远，往返旅费亦未免拮据，着照铁保等所请，所有八城回子阿奇木等年班，加恩改为九班，俾三品阿奇木俱得一律领班，而四品以下伯克亦得稍为宽假，以昭体制而示优恤等因。钦此。①

又，道光十年②正月二十六日，内阁奉上谕：向来回子伯克等每年朝觐，九班轮流。惟念万里驰驱，载途雨雪。朕俯怀况瘁，为期未免过勤，着加恩，自道光十九年起，回子伯克年班改为间二年朝觐，仍照旧九班轮流。第一班着于道光二十一年来京，第二班着于二十四年来京。此后照此办理，用示朕怀柔远服、体恤优加至意等因。钦此。现在新疆改设行省，阿奇木伯克业已裁撤，仅存哈密、吐鲁番、库车回子王等三人，内哈密回子亲王所部回众尚多，差堪自立。其吐鲁番、库车回子郡王自前遭兵燹，家产荡尽，虽承袭世爵，无阿奇木伯克可兼，而廉俸无几，卯粮寅支，负债既深，拮据万状。兹玛木特呈称，旅费无从筹措，恳展限三年，亦系实在情形。

①此“上谕”，载于《清实录》：“癸丑，上幸万寿山，谕内阁：铁保等奏，阿奇木伯克入觐年班恳恩展限一折。阿奇木伯克等年班瞻觐之例，向系分为六班，每班派三品阿奇木一员，带领四品以下伯克九人。该处三品阿奇木共九员，六班轮派，领班止须六员，其余三员即作为散众跟随，未免于官制未符，且四品以下伯克六年一轮，为期既速，其程途迂远，往返旅费亦未免拮据，着照铁保等所请，所有八城回子阿奇木等年班，加恩改为九班，俾三品阿奇木俱得一律领班，而四品以下伯克亦得稍为宽假，以昭体制而示优恤。”［《仁宗睿皇帝实录（四）》，卷二百四十，嘉庆十六年三月，第235—236页］

②道光十年，据上下文，此处应为“道光十九年”，查《道光朝上谕档》，确。其“谕旨”曰：“又谕：向来回子伯克每年朝觐，九班轮流。……惟念万里驰驱，载途雨雪。朕俯怀况瘁，为期未免过勤，着加恩，自道光十九年起，回子伯克年班改为间二年朝觐，仍照旧九班轮流，第一班着于道光二十一年来京，第二班着于二十四年来京。……四川土司年班，改为间五年朝觐一次，仍照旧班轮流，第一班着于道光二十四年来京，第二班着于三十年来京。此后均照此办理，用示朕怀柔远服、体恤优加至意。该衙门即遵谕行。”［中国第一历史档案馆编：《道光朝上谕档》，第十九册，第25页；又，《宣宗成皇帝实录（五）》，卷三百一十八，道光十九年正月，第975—976页］

合无仰恳天恩，饬下理藩院核议，准援照道光十年[①]间二年朝觐成案，将该回子王等仍分三班，哈密札萨克回子亲王沙木胡索特已于光绪十二年进京该班一次，应即作为第一班。其吐鲁番札萨克回子郡王玛木特请作为第二班，于十五年进京该班一次。库车回子郡王阿密特请作为第三班，于十八年进京该班一次。以后照此递推办理，为期既不过迫，其力自可稍纾。该回子王等自当各效悃忱，不敢再有违误，实足以存体制而示优恤。

所有哈密、吐鲁番、库车回子王等年班拟请援案分年分班朝觐缘由，是否有当，谨会同陕甘总督臣谭钟麟，恭折具陈。伏乞皇太后、皇上圣鉴训示。谨奏。光绪十四年七月二十六日。

光绪十四年八月二十九日[②]，奉朱批：该衙门议奏。钦此。[③]

0026. 奏报补署满营佐领员缺情形片

光绪十五年四月二十一日（1889年5月20日）

再，臣查乌鲁木齐、巴里坤各满营迁并古城，现遵部议，暂按六旗安设。所有佐领、防御、骁骑校等缺，应先就巴里坤旧补实缺及乌鲁木齐、古城补用各员，择其办事勤慎、衔缺相当者，暂行署理，以专责成。

兹据城守尉德胜呈称：新设镶黄正白旗佐领员缺请以四品花翎实缺佐领雅尔杭阿、防御员缺以五品蓝翎实缺防御琦彻图、骁骑校员缺以五品蓝翎实缺骁骑校恒麟分别署理。镶白正蓝旗佐领员缺请以四品蓝翎实缺佐领哈隆阿、防御员缺以蓝翎防御庆福、骁骑校员缺以五品军功实缺骁骑校倭仁布分别署理。正黄正红旗佐领员缺请以花翎即补协领文裕、防御员缺以四品花翎即补防御都成额、骁骑校员缺以五品军功即补骁骑校景文分别署理。镶红

①此处亦应为“道光十九年”。

②此朱批日期，据《军机处随手登记档》（文献编号：03-0257-3-1214-225）校补。

③《刘襄勤公奏稿》，第1889—1894页。

镶蓝旗佐领员缺请以四品花翎即补佐领多贵、防御员缺以五品军功补用防御怀塔奔、骁骑校员缺以六品蓝翎即补骁骑校福隆阿分别署理。左翼蒙古四旗佐领员缺请以三品花翎即补协领德克吉本、防御员缺以五品蓝翎即补防御苏克敦、骁骑校员缺以五品蓝翎即补骁骑校多印分别署理。右翼蒙古四旗佐领员缺请以四品花翎即补佐领富尼善、防御员缺以五品军功即补骁骑校伊克精额、骁骑校员缺以六品蓝翎即补骁骑校连奎分别署理。等情。前来。

除由臣给委并檄饬德胜查照奏案，开具巴里坤满营旧补各员衔名咨部开缺，按现设六旗员数另案呈请奏补外，谨会同伊犁将军臣色楞额[①]、陕甘总督臣杨昌濬，附片陈明。伏乞圣鉴。谨奏。

（朱批：）兵部知道。[②]

光绪十五年五月二十三日，奉朱批：兵部知道。钦此。[③]

---

①色楞额（？—1890），字石友，满洲正白旗人，六品荫生。咸丰六年（1856），充蓝翎侍卫。九年（1859），随叔父荆州将军都兴阿出兵江南，升三等侍卫。十一年（1861），加二等侍卫。同治三年（1864），随都兴阿出兵甘肃，晋头等侍卫。四年（1865），加副都统衔。七年（1868），赏戴花翎。光绪元年（1875），署兴京副都统。次年，实授斯缺。三年（1877），调成都副都统。五年（1879），调补驻藏帮办大臣，旋授驻藏办事大臣。九年（1883），补库伦掌印办事大臣。十二年（1886），擢伊犁将军。十六年（1890），卒于任。

②台北故宫博物院藏：《军机及宫中档》，文献编号：408006607-0-A。

③中国第一历史档案馆藏：《录副奏片》，档号：03-5862-060。

0027. 奏报拣员调补知州要缺缘由片

光绪十五年四月二十一日（1889 年 5 月 20 日）

再，署疏勒直隶州知州吐鲁番同知黄丙焜[①]调省遗缺，查有前署迪化府知府疏勒直隶州知州蒋诰[②]，上年经伊犁将军臣色楞额奏赴伊犁行营差遣，现在销差回省，应即饬回本任，以专责成。据兼理新疆布政使兼按察使衔恩纶具详前来。

除由臣批饬给委外，谨会同陕甘督臣杨昌濬，附片具陈。伏乞圣鉴。谨奏。

（朱批：）吏部知道。[③]

光绪十五年五月二十三日，奉朱批：吏部知道。钦此。[④]

0028. 代奏总兵张俊恭谢天恩折

光绪十五年四月二十五日（1889 年 5 月 24 日）

头品顶戴护理甘肃新疆巡抚新疆布政使臣魏光焘跪奏，为据情代奏恭谢天恩，仰祈圣鉴事。

---

①黄丙焜（1838—1919），字云轩，湖南长沙县人，附贡生。光绪二年（1876），随前大学士左宗棠出关，保知州。八年（1882），借补吐鲁番同知。十二年（1886），调署疏勒直隶州知州。十五年（1889），调署迪化府知府。十七年（1891），升补伊犁府知府。十九年（1893），调署阿克苏道。二十五年（1899），调署伊塔道。二十九年（1903），迁阿克苏道，调署镇迪道兼按察使衔。嗣经伊犁将军长庚、马亮两次奏保，交军机处记名，请咨送引。三十三年（1907），由吏部带领引见。三十四年（1908），交北洋大臣差遣委用，补四川成绵龙茂道；同年，调补四川建昌道。民国八年（1919），卒于里。

②蒋诰（1836—1893），福建福州人，附生。初由保举教谕报捐知府衔选用同知、花翎分省补用知府，加捐道衔。光绪九年（1883），署疏勒直隶州知州。新疆留在边防案内，保升道员，并加三品衔。十年（1884），署迪化直隶州知州；同年，借补疏勒直隶州知州。十二年（1886），署迪化府知府，旋代理喀什噶尔、阿克苏道篆。十七年（1891），回疏勒直隶州知州任。十九年（1893），因病出缺。

③台北故宫博物院藏：《军机及宫中档》，文献编号：408006606-0-A。

④中国第一历史档案馆藏：《录副奏片》，档号：03-5249-087。

窃臣据新授甘肃西宁镇总兵现署新疆乌什协营副将张俊①呈称：奉文转准陕甘督臣杨昌濬咨：准兵部咨开：光绪十五年正月初九日，内阁奉上谕：甘肃西宁镇总兵员缺，着张俊补授。钦此。谨即恭设香案，望阙叩头谢恩。

伏念总兵陇西武弁，知识庸愚，转战边疆，累蒙拔擢。本年二月，抚臣刘锦棠会同陕甘督臣谭钟麟，以新设乌什协营副将员缺奏委署理。涓埃未报，悚惕方深！兹复特沛殊恩，简授今职，荷丝纶之宠锡，非梦寐所敢期！惟有勉效驰驱，弥加策励，讲折冲之用，冀稍习夫韬钤；严防守之规，俾悉臻于绥谧！庶几仰答高厚鸿慈于万一！

所有感激下忱，恳请代奏叩谢天恩前来。理合据情代奏。伏乞皇上圣鉴。谨奏。光绪十五年四月二十五日。

（朱批：）知道了。②

光绪十五年六月初十日，奉朱批：知道了。钦此。③

0029. 支发满营迁徙经费饬部立案折

光绪十五年五月初九日（1889年6月7日）

头品顶戴护理甘肃新疆巡抚新疆布政使臣魏光焘跪奏，为支发满营迁徙经费，恳恩饬部立案，恭折具陈，仰祈圣鉴事。

窃查乌鲁木齐、巴里坤各满营迁并古城，原议由光绪十一二三等年指拨甘肃新饷平余项下岁拨银十万两，作为各该旗俸饷及

---

①张俊（1840—1900），字杰三，倭欣巴图鲁，甘肃宁夏府灵州（今宁夏灵武）人。同治九年（1870），报捐都司。十二年（1873），署理西宁永安营游击；同年，升参将。次年，迁副将，加总兵衔。光绪元年（1875），任西宁北川营都司。次年，晋提督衔。三年（1877），授定远军统领。五年（1879），署阿克苏镇乌什协副将。十五年（1889），补甘肃西宁镇总兵；同年，调伊犁镇总兵。二十一年（1895），擢喀什噶尔提督。二十三年（1897），调署甘肃提督。二十五年（1899），授武卫全军翼长。次年，卒于任，谥壮勤。

②台北故宫博物院藏：《军机及宫中档》，文献编号：408006609。

③中国第一历史档案馆藏：《录副奏折》，档号：03-5862-085。

迁徙一切经费，嗣因发给俸饷，并修理古城衙署、兵房、庙宇等项，拨款已将罄尽，迁费仍属无出，前经抚臣刘锦棠于奏拨十四年饷项折内声明请照原数拨给，以资支发，奉部议准在案。上年，乌鲁木齐、巴里坤各满营接续迁并，沿途需用车辆、帐房、米折、盐菜等项，饬司酌定，护领队给车七辆，协领五辆，佐领、防御每员给车三辆。帐房折银一两二钱，日给盐菜银一钱四分。骁骑校及各世职、笔帖式，每员给车二辆，帐房折银四钱，日给盐菜银一钱。官眷不另给车，大口日给盘费银一钱二分，小口六分，日各给粳米折价银一分二厘五毫。前锋、领催、马步兵役人等每三名给车一辆，帐房各折银四钱，日各给盐菜银五分。兵眷及孀妇、孤女每三名给车一辆，大口日给盘费银一钱二分，小口六分，日各给粟米折价银八厘三毫；孀妇、孤女各给恤银一两，幼丁每三名给车一辆，日各给盘费银六厘。

前项盘费、盐菜、米折等项银两，均查照程站，乌鲁木齐各旗按六日核发，巴里坤各旗按十一日算给。军装、卷宗、义学及阖营公物，乌鲁木齐满营计重九万一千余斤，巴里坤满营计重一十七万七千余斤，分拨车辆，俾资搬运。古城原设各官兵由旧城移入新城，共给车价银二十四两，孀妇各给恤银一两，当经分行古城城守尉德胜、护理巴里坤领队大臣金贵一体办理，现在满营迁并均已就绪。据兼理布政使兼按察使衔镇迪道恩纶详请具奏前来。

臣覆核无异，除饬将发过各项经费细数归入十四年销案造报外，谨会同伊犁将军臣色楞额、陕甘总督臣杨昌濬，恭折具奏。伏乞皇上圣鉴，敕部立案施行。谨奏。光绪十五年五月初九日。

（朱批：）该部知道。[①]

光绪十五年六月十五日，奉朱批：该部知道。钦此。[②]

---

①台北故宫博物院藏：《军机及宫中档》，文献编号：408006610。

②中国第一历史档案馆藏：《录副奏折》，档号：03-6115-079。

0030. 旗员札勒哈苏等请赏给俸银折

光绪十五年五月初九日（1889年6月7日）

头品顶戴护理甘肃新疆巡抚新疆布政使臣魏光焘跪奏，为旗员呈请休致，恳恩赏给俸银，以示体恤，恭折仰祈圣鉴事。

窃臣前据古城城守尉德胜呈称：满营迁并古城，现按六旗安设，所有巴里坤各旗裁撤人员内佐领札勒哈苏、双兴二员，年逾六十；佐领桂英，防御额勒和布、伊勒图堪三员，年逾五十；防御文明，现年五十。迭据各该员具禀乞休，并恳赏给俸银，各等情。当经行司议覆去后。兹据兼理布政使兼按察使衔镇迪道恩纶详称：查例载：内外三品以下官员老病告休，均准其原品休致。其曾经出征打仗，或杀贼，或捉生，或受伤，有一二项功绩者，年至六十以上，俱以可否赏给全俸请旨，五十以上俱以可否赏给半俸请旨，各等语。具覆前来。

臣查满营裁撤佐领以下各官，前经抚臣刘锦棠奏定，概给马甲、钱粮。朝廷体念各员，已属无微不至。惟新疆自经变乱，巴里坤孤悬贼中，该员等或登陴固守，力捍凶锋；或随队出征，迭歼逆贼。现在边陲安谧，员缺又经裁改，该员等自念锋镝余生，早形衰迈，未敢恋栈，贻误戎行，先后呈请告休，并恳支给俸银，借资养赡，与例既属相符，其情尤为可悯。合无仰恳天恩俯准将巴里坤满营裁缺佐领札勒哈苏、双兴、桂英，防御额勒和布、伊勒图堪、文明等六员，均以原品休致，照例分别支食全、半俸银，出自鸿施！

除饬取该员等履历清册另行咨部外，谨会同伊犁将军臣色楞额、陕甘总督臣杨昌濬，恭折具陈。伏乞皇上圣鉴训示。谨奏。

光绪十五年五月初九日。

（朱批：）着照所请，该部知道。①

光绪十五年六月十五日，奉朱批：着照所请，该部知道。钦此。②

0031. 审拟民人郭葆汰故杀人命一案折

光绪十五年五月初九日（1889年6月7日）

头品顶戴护理甘肃新疆巡抚新疆布政使臣魏光焘跪奏，为审明故杀人命，按律定拟，恭折具陈，仰祈圣鉴事。

窃据绥来县知县李原琳详报：客民郭葆汰因口角起衅，故杀张振标身死一案，当经本任抚臣刘锦棠以案情不确批饬提省，发委迪化府审办。兹据代理迪化府知府潘时策讯明议拟，详由镇迪道兼按察使衔恩纶解勘前来。

臣亲提覆讯，缘郭葆汰籍隶河南濬县，来绥来县属织席营生，与已死张振标素好无嫌。光绪十一年冬，郭葆汰媒娶已故黄芝桂之妻张氏为室，并带前夫之子黄金淮随母抚养。十二年二月，郭葆汰外出，托王光河照料妻子，旋王光河因事进城，复转托张振标看顾。维时郭张氏正在患病，随即身死。张振标带领伊子黄金淮赴邻右陈万科、王文智家报丧，央求佽助。经陈万科等同往看视，帮为殓埋。遗子黄金淮值伊生父之友李大牙经过，怜其孤苦，凭众领去育养。郭葆汰在外误闻张氏身死不明，抚子黄金淮被张振标卖去，心中忿恨，赶紧回归，行抵绥来县山峡口地方，与张振标在途相遇。郭葆汰急询前情，张振标答无其事，斥其平空诬赖。彼此争论。张振标拾石掷伤郭葆汰左眼角，郭葆汰气忿，顺抽身带小刀戳伤张振标左臂、左腿，张振标仰跌路旁，肆口辱骂，声言伤痊报复。郭葆汰尚不知前事有无，被骂忿激，兼恐将来吃亏，遂顿起杀机，有意将张振标致死，用小刀向其咽喉很砍数下，

①台北故宫博物院藏：《军机及宫中档》，文献编号：408006611。

②中国第一历史档案馆藏：《录副奏折》，档号：03-5250-073。

登时毙命。郭葆汰逃匿。经县访闻诣验，获犯通详，批司提省，饬发迪化府审明，由兼臬司转详，臣覆审无异。

查律载：故杀者，斩监候等语。此案郭葆汰因与张振标口角争殴，故杀张振标毙命，自应按律问拟。郭葆汰合依“故杀者，斩监候”律，拟斩监候，秋后处决，照例先行刺字。王光河因事外出，转将郭葆汰家眷托张振标看顾，张氏实系病死，黄金淮凭众交李大牙领育，尚无不合，应与无干之陈万科等均免置议。尸棺饬埋，凶刀案结销毁。是否允协？

除全案供招咨送刑部外，谨将故杀人命，审明定拟缘由，恭折具陈。伏乞皇上圣鉴，敕部核议施行。谨奏。光绪十五年五月初九日。

(朱批：) 刑部议奏。①

光绪十五年六月十五日，奉朱批：刑部议奏。钦此。②

0032. 奏请预支边陲官兵俸银缘由片

光绪十五年五月初九日（1889年6月7日）

再，查上年满营迁并，一体发给经费，饬令启程。嗣据城守尉德胜、护领队金贵呈称：各该官兵自经变乱，元气未复，亏欠甚多，现值挈眷远迁，追呼日迫，恳请赏给银两，以资清理而便成行等情。抚臣刘锦棠以经费业已酌给，未便议加，而迁并亟应就绪，又未便任其贫不中徙，饬司详定，佐领以下各官预支半年俸廉，乌鲁木齐兵丁二百七十一名，预支一季饷银；巴里坤兵丁六百九十五名，预支两季饷银，由俸饷内分别划扣。惟各兵丁贫窘尤甚，车薪杯水，仍属不敷，而寅食卯粮，碍难再给，因复酌借乌鲁木齐兵丁银各十两，巴里坤兵丁银各十二两，俟支款扣毕，再将借款分限划还。古城官兵二十七员名，亦各借银六两；炮手、

①台北故宫博物院藏：《军机及宫中档》，文献编号：408006612。

②中国第一历史档案馆藏：《录副奏折》，档号：03-7312-026。

步甲五名，各借银三两，一体照扣。兹据德胜转据各旗兵丁沥陈艰苦，恳请将借款免扣前来。

臣维该兵丁世受国恩，穷边远戍，自逆回蠢动，乌鲁木齐、古城满兵散亡殆尽，其收集归旗者，皆流离困苦之余。巴里坤城幸克保全，各兵丁近剿远援，伤亡不少。戡定后，地方瘠苦、荒歉频遭，其存者亦属积困待苏之众，而时会所值，忽议迁移，各兵丁携持保抱，先后赴防，舍旧营新，倍形支绌。前项支借银两虽暂为补苴罅漏之谋，实隐负剜肉医疮之痛。现在迁并既定，额饷只有此数，若令一并扣还，将前项未清，新亏又启，弥缝无计，必事推延，积岁累年，终无了局，甚非所以仰体朝廷优待戍卒之意。

臣查乌鲁木齐、巴里坤兵丁及古城官兵、炮手、步甲共借银一万一千二百二十七两，饷项关重，何敢妄为渎陈！而以已借之款分恤兵丁，则一厘一毫皆有裨于生计。合无吁恳天恩俯准将各该兵丁前项借款一律免扣，由臣归入旗营经费项下造销，俾得渥沐皇仁，共图生聚，长卫边陲。其乌鲁木齐、巴里坤官兵预支俸廉、饷银，并恳恩准由臣饬司分作三年划扣，以纾其力，出自鸿慈！

除咨部外，谨会同伊犁将军臣色楞额、陕甘总督臣杨昌濬，附片具陈。伏乞圣鉴训示。谨奏。

（朱批：）着照所请，该部知道。①

光绪十五年六月十五日，奉朱批：着照所请，该部知道。钦此。②

---

①台北故宫博物院藏：《军机及宫中档》，文献编号：408006610-0-A。

②中国第一历史档案馆藏：《录副奏折》，档号：03-6115-080。

0033. 会议伊塔等处统辖事宜缘由折

光绪十五年五月十七日（1889年6月15日）

太子少保甘肃新疆巡抚二等男臣刘锦棠、太子少保头品顶戴陕甘总督臣杨昌濬、护理甘肃新疆巡抚布政使臣魏光焘跪奏，为遵旨会议伊犁、塔尔巴哈台等处统辖事宜，恭折具陈，仰祈圣鉴事。

窃臣等承准军机大臣字寄：光绪十五年正月三十日，奉上谕：色楞额等奏，伊塔远距边要，巡抚碍难遥制，拟将地方文武仍归将军、副都统就近专辖一折。新疆改设行省，分置郡县，左宗棠创议于前，刘锦棠等详议于后，一切官制、营制甫经议定，自未便遽行更张。惟据色楞额等所陈，伊塔距新疆省会太远，文移往返数千里，动辄兼旬。文武各官若不就近专辖，深恐呼应不灵，致误事机，拟援照直隶承德府归热河都统管辖之例，仍归伊犁将军、副都统专辖等情。事关边防紧要，不厌求详，着杨昌濬、谭钟麟、刘锦棠、魏光焘按照所奏各节，详细核议，务就现在地方情形斟酌妥善，会同覆奏。原折着钞给阅看。将此由四百里谕知杨昌濬、谭钟麟、刘锦棠，并传谕魏光焘知之。钦此。

臣等窃维自古有治人无治法，而择人以使权在朝廷，非臣下所敢私议。臣锦棠是于本年二月初二日具奏，请旨定夺，比奉批旨，仍令会同议复。仰见圣虑周详、慎重边防之至意，臣等何敢引嫌自避、终默不言？伏查色楞额等所奏各节，自系为边防紧要起见，但伊犁、塔尔巴哈台本皆新疆境地，昔年屯兵置守，则南北各有不同；今既建省设官，则伊塔无容独异。盖同此边疆，必须联为一气，而巡抚统辖全境，尤应并计兼筹，若以伊塔一隅之地画疆而理，不特事涉纷歧，且恐形势扞格，贻误必多。前此部议伊犁将军改为驻防，旋即奏准，裁参赞，设副都统，以改照驻防之制。是体制业经奏定，诚如圣谕“一切官制、营制甫经议定，未便遽行更张”也。况前奏声明将军节制镇道，较之内地驻防，其分更崇，其权更重，何必再行改易？

至原奏内称伊犁距省太远，巡抚碍难遥制，查南路之阿克苏道，距省二千余里，远于伊犁约一倍；喀什噶尔道距省四千余里，远于伊犁约且数倍。伊犁距省不过一千四百余里已难遥制，然则南路两道所属又将如何？且塔尔巴哈台之距伊犁与伊犁之距省城正相等耳。将军能制塔尔巴哈台之地，岂巡抚独不能制伊犁之地？

原奏又称塔尔巴哈台遇有要务及地方重大事件，即由副都统随时办理，一面咨明将军酌核。其仓库之盈缩、驿传之迟速、文武官吏之贤不肖，均由副都统就近考核进退。若命盗案件，仍归伊塔道核转等语。体制亦多不合，惟原奏请于汉队分拨一千五百人，仿成都将军之例设立军标一节，臣等查将军、副都统设立标营，借壮声威，自应照办，拟请于伊犁原定汉队四千人之内，分拨一千人隶之将军，余悉隶之镇标。塔尔巴哈台原定汉队二千人之内，分拨五百人隶之副都统，余悉隶之协标。于兵数、饷数并无增加。除旗营及蒙哈藩部、喇嘛等事并中俄交涉事宜必须随时决制者，概归将军办理，其伊犁、塔尔巴哈台等处地方文武，均请归新疆巡抚管辖；仍照前奏，由伊犁将军节制镇道。

如蒙俞允，其一切应办事宜，容臣等详晰会商，另行奏明办理。臣锦棠于本月初间行次兰州，与臣昌濬相见，并由臣光焘咨商各节，意见相同。谨将遵旨会议缘由合词恭折具陈，是否有当，伏乞皇上圣鉴训示，施行。再，此折系臣昌濬主稿，谭钟麟前已交卸起程，未及会议，故未列衔。合并陈明。谨奏。光绪十五年五月十七日。

（朱批：）着照所请，该部知道。[1]

光绪十五年六月初一日，奉朱批：着照所请，该部知道。钦此。[2]

---

①中国第一历史档案馆藏：《朱批奏折》，档号：04-01-01-0968-008。

②中国第一历史档案馆藏：《录副奏折》，档号：03-5250-007。

0034. 恭报十五年二月雨水粮价情形折

光绪十五年五月二十六日（1889 年 6 月 24 日）

头品顶戴护理甘肃新疆巡抚新疆布政使臣魏光焘跪奏，为恭报光绪十五年二月分粮价并雨雪情形，谨缮折具陈，仰祈圣鉴事。

窃照光绪十五年正月分各厅州县粮价并得雪情形，业经臣奏报在案。兹据兼理新疆布政使兼按察使衔镇迪道恩纶详报：本年二月分，北路奇台得雪，积地五寸；阜康、哈密得雪，积地二寸；绥来得雨，入土寸余；昌吉、镇西、吐鲁番、库尔喀喇乌苏微雪。伊塔道属绥定微雪。南路拜城得雪，积地三寸有余；库车微雪，余未得雨雪。民情尚称安帖。

至通省粮价，镇西、哈密、吐鲁番、乌什、英吉沙尔、温宿、迪化、昌吉、阜康、绥来、宁远、拜城、于阗等厅州县俱与上月相同，余均略有增减。汇请详奏前来。

理合恭折具陈，并缮粮价清单，敬呈御览。伏乞皇上圣鉴。谨奏。光绪十五年五月二十六日。

（朱批：）知道了。①

光绪十五年六月三十日，奉朱批：知道了。钦此。②

0035. 呈新疆各属本年二月粮价清单

光绪十五年五月二十六日（1889 年 6 月 24 日）

谨将新疆各属光绪十五年二月分米粮时估价值，缮具清单，恭呈御览。

计开二月分

镇迪道属

---

①台北故宫博物院藏：《军机及宫中档》，文献编号：408006613。

②中国第一历史档案馆藏：《录副奏折》，档号：03-6878-027。

迪化县：大米每京石价银三两八钱五厘，小麦每京石价银一两四钱一分五厘，莞豆每京石价银一两四钱四分，青稞每京石价银一两三分五厘，俱与上月相同。

昌吉县：大米每京石价银二两一钱六分四厘，小麦每京石价银一两六厘，莞豆每京石价银一两二钱一厘，青稞每京石价银八钱七分五厘，俱与上月相同。

阜康县：粟米每京石价银一两六分，小麦每京石价银一两一钱三分二厘，莞豆每京石价银一两一钱，高粱每京石价银五钱三分，俱与上月相同。

绥来县：大米每京石价银二两一钱七分五厘，小麦每京石价银九钱一分九厘，莞豆每京石价银一两八分，高粱每京石价银五钱六分三厘，俱与上月相同。

奇台县：大米每京石价银二两七钱六分一厘，较上月增一钱七分二厘。小麦每京石价银一两二分六厘，较上月增二分九厘。莞豆每京石价银一两一钱五厘，与上月相同。

镇西直隶厅：小麦每京石价银一两八钱二分，莞豆每京石价银一两七钱一分，青稞每京石价银一两一钱二分，俱与上月相同。

吐鲁番厅：小麦每京石价银一两一钱一分八厘，大麦每京石价银五钱六分，黄豆每京石价银一两四钱九分三厘，高粱每京石价银四钱八分二厘，俱与上月相同。

哈密厅：粟米每京石价银一两七钱二分八厘，小麦每京石价银一两三钱八分，莞豆每京石价银一两七钱二分八厘，青稞每京石价银一两二厘，俱与上月相同。

库尔喀喇乌苏厅：小麦每京石价银一两三钱，较上月减一分。莞豆每京石价银一两二钱，与上月相同。高粱每京石价银五钱二分六厘，较上月减一厘。

伊塔道属

绥定县：大米每京石价银四两四钱四分，较上月增一两四钱八分。小麦每京石价银一两一钱四分，大麦每京石价银七钱四分九厘，莞豆每京石价银一两二钱六分九厘，俱与上月相同。

宁远县：大米每京石价银四两一钱七分，小麦每京石价银一两一钱六分，大麦每京石价银八钱，莞豆每京石价银一两一钱二分，俱与上月相同。

阿克苏道属

温宿直隶州：大米每京石价银二两一钱二分八厘，小麦每京石价银九钱六分六厘，大麦每京石价银四钱二分，包谷每京石价银五钱四分四厘，俱与上月相同。

拜城县：小麦每京石价银五钱二分，大麦每京石价银二钱一分，莞豆每京石价银三钱九分，包谷每京石价银三钱九分，俱与上月相同。

喀喇沙尔直隶厅：大米每京石价银二两三钱六分八厘，小麦每京石价银八钱二分八厘，俱与上月相同。莞豆每京石价银八钱一分一厘，较上月减一厘。包谷每京石价银七钱四厘，与上月相同。

库车直隶厅：大米每京石价银一两八钱六分，较上月减九分。小麦每京石价银六钱二分，较上月增三分。包谷每京石价银三钱，较上月减五分。莞豆每京石价银三钱五分，与上月相同。

乌什直隶厅：大米每京石价银二两八分六厘，小麦每京石价银七钱一分二厘，大麦每京石价银三钱二分一厘，包谷每京石价银六钱二分八厘，俱与上月相同。

喀什噶尔道属

疏勒直隶州：大米每京石价银二两八钱五分，与上月相同。小麦每京石价银一两一钱四厘，较上月增二钱七分六厘。包谷每京石价银八钱九分六厘，较上月增二钱五分六厘。高粱每京石价银六钱九分，较上月增五分八厘。

疏附县：大米每京石价银二两八钱五分，与上月相同。小麦每京石价银一两二钱四分，较上月增一钱三分八厘。包谷每京石价银九钱三分八厘，高粱每京石价银六钱九分，俱与上月相同。

莎车直隶州：大米每京石价银一两八钱五分，较上月增三钱七分。小麦每京石价银四钱五分五厘，较上月增四分一厘。大麦每京石价银三钱七分五厘，与上月相同。包谷每京石价银三钱五分六厘，较上月增六分二厘。

叶城县：大米每京石价银二两六钱一分，较上月增一钱四分五厘。小麦每京石价银三钱五分，包谷每京石价银二钱八分八厘，俱与上月相同。青稞每京石价银三钱二分五厘，较上月减五分。

和阗直隶州：大米每京石价银二两一钱，较上月增四钱二分。小麦每京石价银九钱一分，较上月增八分二厘。青稞每京石价银四钱，包谷每京石价银五钱一分二厘，俱与上月相同。

于阗县：大米每京石价银二两七分，小麦每京石价银九钱二分一厘，包谷每京石价银六钱四分，俱与上月相同。

英吉沙尔直隶厅：大米每京石价银三两四分，小麦每京石价银六钱九分，大麦每京石价银三钱四分，包谷每京石价银五钱三分六厘，俱与上月相同。

玛喇巴什厅：大米每京石价银四两二钱一分八厘，较上月增一钱四分八厘。小麦每京石价银八钱二分八厘，较上月增一钱三分八厘。包谷每京石价银七钱六分八厘，较上月增一钱二分八厘。

（朱批：）览。①

0036. 请准张清和借补玛纳斯协副将折

光绪十五年五月二十六日（1889年6月24日）

头品顶戴护理甘肃新疆巡抚新疆布政使臣魏光焘跪奏，为拣员借补副将要缺，以重边防，恭折仰祈圣鉴事。

窃查玛纳斯协副将员缺，前经抚臣刘锦棠奏请以记名提督张清和借补❶，嗣准兵部议奏：该员保案不符，咨行详细声覆，再行

①中国第一历史档案馆藏：《单》，档号：03-6878-028。

核办。复经抚臣刘锦棠行查，千总一阶漏未列保，奏请逐层递减更正，部议改为提督衔，以总兵记名简放，奉旨允准钦遵行知在案❷。现在新疆营制已定，玛纳斯协营地处要冲，亟应拣员请补，以重职守。臣查署该协营副将张清和，朴实稳练，勇略兼长，且署任已久，于营务、边防均属谙悉，以之借补斯缺，实堪胜任。合无仰恳天恩俯念边缺紧要，仍准以张清和借补玛纳斯协副将员缺，以期得力。如蒙俞允，应请敕部发给署札，一俟防务大定，即行给咨赴部引见，以符定制。

除饬取履历清册咨部查照外，谨会同陕甘总督臣杨昌濬，恭折具陈。伏乞皇上圣鉴训示。谨奏。光绪十五年五月二十六日。

（朱批：）兵部议奏。①

光绪十五年六月三十日，奉朱批：兵部议奏。钦此。②

❶【案】光绪十年五月二十八日，新抚刘锦棠奏委张清和署理玛纳斯协副将一片，曰：

再，署玛纳斯协副将张怀玉因病禀请交卸，经臣批准在案。所遗该协副将篆务，应即拣员接署，以重职守。兹查有提督衔留甘尽先补用总兵张清和，久历戎行，明白稳练，堪以委署。除檄饬遵照外，谨会同陕甘总督臣谭钟麟、乌鲁木齐提督臣金运昌，附片具陈。伏乞圣鉴。谨奏。

光绪十年闰五月二十一日，军机大臣奉旨：兵部知道。钦此。③

❷【案】光绪十四年三月初九日，新抚刘锦棠奏请更正张清和保案底衔一片，曰：

再，记名提督署玛纳斯协副将张清和，咸丰年间由武童投效军营，历保今职。前据该提督造赍出身履历清册，经臣咨送兵部。嗣准

---

①台北故宫博物院藏：《军机及宫中档》，文献编号：408006614。

②中国第一历史档案馆藏：《录副奏片》，档号：03-5862-107。

③台北故宫博物院藏：《军机及宫中档》，文献编号：127711。又，中国第一历史档案馆藏：《朱批奏片》，档号：04-01-12-0531-057。

部咨：该员于随剿大股发逆肃清皖境案内，由蓝翎外委保免补把总，以千总尽先补用。又随征陕西援剿回逆鄜州、洛川等处迭次获胜案内，由花翎游击保以参将，仍留原省尽先补用。检查原保、原咨各案，均无其名，应令查明声复，再行核办等因。当即饬行查覆去后，旋据禀称：肃清皖境案内经前安徽抚臣乔松年以该员随队打仗，屡带重伤，先行发给拟保千总行知，因戎马仓皇，随军征剿他省，即以千总底衔累保提督。兹奉部查，始悉前所保千总漏未列奖。至参将一阶，查前陕甘督臣左宗棠原保底案，实有其名。请将漏保尽先拔补千总在于以后各案逐层递减。禀请奏咨更正前来。

臣查张清和束发从戎，身经百战，洵属异常出力，合无仰恳天恩俯准，将该员于克复漳州等处城池肃清全闽案内原保换戴花翎尽先补用守备，改由蓝翎拔补外委，请免补把总，以千总尽先拔补；克复广东镇平、嘉应、塔子屿歼除首逆、收复州城、发逆全股荡平案内原保留闽尽先补用游击，改由蓝翎尽先拔补千总，请以守备尽先补用，并换戴花翎；随征陕西援剿回逆鄜州、洛川等处获胜案内原保留闽尽先补用参将，改由花翎尽先补用守备，请免补都司，以游击仍留原省尽先补用；陕西全境肃清案内原保挚勇巴图鲁留闽补用副将，改由留闽尽先补用游击，请以参将仍留原省尽先补用，并仍给挚勇巴图鲁名号；克复巴燕戎格、擒获叛逆、剿灭河州窜贼、戡定各境肃清案内原保留闽补用总兵，改为留闽尽先补用参将，请以副将仍留原省尽先补用；关陇肃清案内原保提督衔，改由留闽尽先补用副将，请以总兵仍留原省补用；新疆南北荡平案内原保改留甘肃补用总兵，改由留闽补用总兵，请加提督衔；五次剿平边寇案内原保正一品封典，改由提督衔留闽补用总兵，请以总兵改留甘肃尽先补用；六载边防案内原保记名提督并换阿克丹巴图鲁，改由留甘尽先补用总兵，请给正一品封典，并仍给阿克丹巴图鲁名号。饬部逐层递减，更正注册，以昭核实，出自逾格鸿施。除咨部外，谨附片具陈，伏乞圣鉴训示。谨奏。

光绪十四年四月二十一日，奉朱批：兵部议奏。钦此。①

0037. 请准提督李克常等留新补用片

光绪十五年五月二十六日（1889年6月24日）

再，投效新疆及从前征剿各武员，迭经抚臣刘锦棠奏留甘肃新疆补用，并声明俟续查有应行留省之员，再行陈奏，奉旨允准钦遵在案。臣兹查有头品顶戴记名提督勒尔金巴图鲁李克常、记名提督铿僧额巴图鲁李洪超、记名提督达桑阿巴图鲁王占富、记名提督振勇巴图鲁李玉山、记名提督刘永泰、记名总兵资勇巴图鲁谭正南、总兵衔补用副将胡松额巴图鲁焦大聚，尽先补用参将周元吉、尽先补用游击杨德发、尽先补用游击刘日华等十员，均在新疆叠著战功，边情极为熟悉，合无仰恳天恩俯准将头品顶戴记名提督李克常等十员，一并以原官、原衔留于甘肃新疆尽先补用，于边防、营伍实有裨益。

除饬取该员等履历清册咨部查核，并俟续查尚有应行留省人员随时奏请外，谨会同陕甘总督臣杨昌濬，附片具奏。伏乞圣鉴训示。谨奏。

（朱批：）着照所请，兵部知道。②

光绪十五年六月三十日，奉朱批：着照所请，兵部知道。钦此。③

0038. 造销修筑哈密等处城垣经费片

光绪十五年五月二十六日（1889年6月24日）

再，新疆北路哈密、古城、吐鲁番、绥来四城垣业经告竣，

---

①中国第一历史档案馆藏：《朱批奏片》，档号：04-01-16-0225-095。又，《录副奏片》，档号：03-5855-099。

②台北故宫博物院藏：《军机及宫中档》，文献编号：408006613-0-A。

③中国第一历史档案馆藏：《录副奏片》，档号：03-5862-108。

省城亦经完工。查库尔喀喇乌苏厅西达伊犁，北通塔尔巴哈台，为迤北重地；昌吉县地当冲要，尤属省城门户。该两处城垣自经兵燹，城楼、角亭、瓮洞均被拆毁，城身、垛墙复为雨雪所侵，坍塌尤甚。前据各厅县禀请兴修，以资防守等情。当经抚臣刘锦棠饬各防营帮同版筑，并饬将工料切实估计在案。兹据兼理布政使兼按察使衔镇迪道恩纶详称：该两处户口稀少，地方雕残，匠工、物料均由他处雇办，价甚昂贵；木料均产自深山，离城三四百里不等，山路狭小，脚价不赀。先后据库尔喀喇乌苏同知估银八千六百余两，昌吉县估银九千余两，食粮在外，汇详前来。臣覆核无异，除饬俟工竣造销外，谨会同陕甘督臣杨昌濬，附片具陈。伏乞圣鉴，饬部立案施行。谨奏。

（朱批：）该部知道。[①]

光绪十五年六月三十日，奉朱批：该部知道。钦此。[②]

0039. 核销十三年防军善后收支各款折

光绪十五年六月初八日（1889年7月5日）

头品顶戴护理甘肃新疆巡抚新疆布政使臣魏光焘跪奏，为造报甘肃新疆光绪十三年分防军、善后收支各款，分缮清册，恳恩饬部核销，恭折仰祈圣鉴事。

窃照甘肃新疆光绪十一二三等年防军、善后用款，统筹全局案内，经部议准按年指拨各省的款银四百八十万两，统名曰甘肃新饷。新疆应分银二百二十万两，由甘肃藩库统收分支，业将十一、十二两年防军、善后用款造销在案。兹据粮台司道详称：光绪十三年分，旧管：存银一十六万六千六百八十一两九毫，欠发各军营、旗、哨十年以前并十一、十二两年分新旧饷银二百九十一万六千六十七两六钱九分九厘。

---

①台北故宫博物院藏：《军机及宫中档》，文献编号：408006613-0-B。

②中国第一历史档案馆藏：《录副奏片》，档号：03-6115-093。

新收：部拨及甘肃藩库分解新饷、广东续解西征欠饷、各军营旗报缴截旷、粮草缴价、采买、制办、运脚、扣回平余等项，通计收银三百六十九万六千九百一十八两二钱一厘，此收款之总数也。

开除：十三年分关饷、统费、夫价、倒马价值共银一百六十三万一千四十一两七钱七分一厘，清发十年以前旧饷并十一、十二两年分新饷，共银一百七十三万一千八百九十二两九钱九分五厘，随营及各台局薪粮、口食、运脚、采买、制办、杂款共银一十五万五千四十六两八分二厘，义学、保甲、牛痘及供支伊犁遣撤吉江马队官兵车脚、口分等项共银六万四千七百五十二两二钱五分二厘，拨发哈密、吐鲁番、古城、绥来及省城等处城工、衙署经费，共银一十九万七千四百九十四两七钱二分四厘。通计开除银三百七十八万二百二十七两八钱二分四厘。此支拨之总数也。

实在：存银八万三千三百七十一两三钱七分七厘九毫，欠发各军营、旗、哨十二年以前新旧饷银，除清发前项暨提缴统领、营官薪公、夫价银六十七万七千二百八十九两六钱七分八厘外，尚欠银五十万六千八百八十五两二分六厘，内十年以前病故勇丁存饷银一十一万五千八百八十两六钱三分九厘，应俟各故勇亲属请领，由十四年以后新饷内匀给；留营弁勇十年以前旧饷银三十一万九千三百五十七两四钱九分，又十一、十二两年分新饷银七万一千六百四十六两八钱九分七厘，均俟江西、四川两省欠解十一、十二两年分新饷解到，再行补发。至十三年分营饷，概系按关发给。甘藩司代借商款银二十万两，应于十四年分归还。此存款、欠发之实数也。造具总散清册，详请奏销前来。

臣覆查无异，除将清册分送各部查核外，谨缮简明清单，会同陕甘总督臣杨昌濬，恭折具奏。伏乞皇上圣鉴，饬部核销，施行。再，新疆十四年分防军、善后销案，已饬司道等接续赶造，应俟造报至日，再行办理。合并声明。谨奏。光绪十五年六月初八日。

（朱批：）该部议奏，单并发。[①]

光绪十五年七月十一日，奉朱批：该部议奏，单并发。钦此。[②]

0040. 呈十三年分防军善后收支各款清单

光绪十五年六月初八日（1889年7月5日）

谨将甘肃新疆光绪十三年分防军、善后收支各款数目，缮具清单，恭呈御览。

计开

旧管：一、上案新疆防军、善后报销案内，截至光绪十二年十二月抵止，实存银一十六万六千六百八十一两九毫。

一、截至光绪十二年十二月底止，欠发新疆各军营、旗、哨十年以前旧饷并十一、十二两年分新饷，共银二百九十一万六千六十七两六钱九分九厘。

新收：一、收协饷案内甘藩司分拨新饷，并各省补发十一年短平欠饷，共银二百一十九万九千三百二十四两一钱三分八厘。

一、收部拨各省关协解西征欠饷银一百万两，内除山东省短平银一百一十六两、四川省短平银六十两均不计外，实收库平银九十九万九千八百二十四两，以九六归算新平银一百四万一千四百八十三两三钱三分三厘。

一、收广东省续解西征欠饷库平银一万两，以九六归算新平银一万四百一十六两六钱六分六厘。

一、收甘藩司由兰州代借商款库平银二十万两，以九六归算新平银二十万八千三百三十三两三钱三分三厘。

一、收动用关内上年拨解新疆藩库库平银二十万两，以九六归算新平银二十万八千三百三十三两三钱三分三厘。

---

①台北故宫博物院藏：《军机及宫中档》，文献编号：408006615。

②中国第一历史档案馆藏：《录副奏折》，档号：03-6115-103。

一、收变卖官车、骡马、骆驼，价值银一万二百一十八两。

一、收各军营、旗、哨报缴截旷银一万二千三百八十二两六钱一分九厘。

一、收八年分征粮并十年分征草共扣缴价银五千四百七十九两五分八厘。

一、收各台局支发运脚、采买、制办等项扣回平余银九百四十七两七钱二分一厘。

开除：一、除发马队各营、旗、哨十三年分饷银五十八万七千一百九十三两九钱八分六厘。

一、除发步队各营旗十三年分饷银九十九万八千五百一十八两三钱三分。

一、除发马步各营旗十年以前并十一、十二两年新旧欠饷银一百七十三万一千八百九十二两九钱九分五厘。

一、除发开花炮队十三年分饷银二万五千八百八十一两三钱六分。

一、除发各军十三年分统预公费、夫价银九千二百一十一两三钱四分五厘。

一、除发马队各营、旗、哨十三年分倒马价值银一万二百三十六两七钱五分。

一、除发随员及各台局十三年分薪水银二万二千五百七十两。

一、除发各台局经贴各书、字识十三年分口食银三千九百八十一两一钱三分六厘。

一、除发各台局十三年分纸张、笔墨、油烛银九百三十六两。

一、除发各台局护勇、长夫、通事十三年分口粮银六千八百八十一两二钱八分。

一、除发采运各局仓夫、斗级十三年分工食银六百四十五两一钱二分。

一、除发十三年分采买粮料、柴草、津贴价值银二千三百五两九钱六厘。

一、除发各台局十三年分押运饷装、军火等项员役、护勇盘费、盐菜、口粮银七百三十三两八钱五分二厘。

一、除发十三年分官车、骡马、骆驼、委员薪水、护运长夫、牵夫工食并骡马料草折价、灌药、饮水、歇店、灯油、油盐、添制什物等项银三万四千四百三十三两六钱四分八厘。

一、除发十三年分军装制办局招募浙、粤并关内、本地各匠工食银六千五百八十九两九钱一分六厘。

一、除发各台局医生十三年分工食银四百二十两。

一、除发十三年分转运军装、军火等项水路脚价银三百二两七钱二厘。

一、除发十三年分转运饷装、军火等项脚价，除官车、骡马、骆驼不再支销外，共支陆路运脚银二万七千九百一十五两八钱七分五厘。

一、除发十三年分假遣员弁勇丁及残废、病故员弁勇丁灵柩回籍车脚银三万二千六百一十二两三钱四分八厘。

一、除发供支伊犁遣散回旗吉江马队官兵车脚、口分银一万七千二百两七钱二分九厘。

一、除发十三年分采制军装、军火、骡马、什物，并修整军装、器械、车骡、什物等项价值银一万四千七百一十八两二钱九分九厘。

一、除发各处保甲局十三年分经费银一万二千二百三十四两四钱六分三厘。

一、除发义学塾师十三年分薪水暨购办纸张、笔墨银二万八千二百四十两一钱四分。

一、除发牛痘局医生、跟役、通事、伙夫十三年分工食、口食暨药实银七千七十六两九钱二分。

以上二十四款，共支发银三百五十八万二千七百三十三两一钱。

一、除拨发哈密、吐鲁番、古城、绥来、省城等处城工、衙署经费银一十九万七千四百九十四两七钱二分四厘。前项应另案造报，理合登明。

通共支销、拨发共银三百七十八万二百二十七两八钱二分四厘，内除拨发哈密、吐鲁番、古城、绥来等处城工经费已另案造报，省城城工、衙署经费应另案造报，共银一十九万七千四百九十四两七钱二分四厘外，应由兵部核销步队子药夫口粮，马队倒马价值，开花炮队车夫口粮，车骡，料草，转运饷装，军火，粮料，假遣员弁勇丁及残废，病故员弁灵柩回籍，伊犁遣撤吉江官兵车辆、口分、官车骡、驮驼经费、解运饷装盘费等项银一十四万一千四百九十四两九钱九分三厘；应由工部核销制办军装、军火、骡马、什物、义学书籍等件，修整车骡、军装、器械、物料等项银一万六千三百八十二两二钱二分；应由户部核销各军营、旗、哨暨随营各台局薪水、工食、口粮、统费、夫价、欠饷、采买、粮料、柴草、津贴价值、笔墨、油烛、纸张，义学、保甲、牛痘医生、洋炮、铁木各匠薪水、薪粮、工食、口食，押运饷装员役骑骡、脚价、盐菜、口粮等项银三百四十二万四千八百五十五两八钱八分七厘。

实在：一、存银八万三千三百七十一两三钱七分七厘九毫。

一、欠各军营旗十年以前病故员丁存饷银一十一万五千八百八十两六钱三分九厘。

一、欠留营弁勇十年以前旧饷银三十一万九千三百五十七两四钱九分。

一、欠留营弁勇十一、十二两年分新饷银七万一千六百四十六两八钱九分七厘。

以上三款，共欠银五十万六千八百八十五两二分六厘。

一、欠甘肃藩司由兰州代借商款库平银二十万两。

前件查截至十二年底止，欠发各军营、旗、哨十年以前旧饷银二百五十六万四千一百二十七两七钱四分，又欠发十一、十二两年分新饷银三十五万一千九百三十九两九钱五分九厘，二共欠发新旧存饷银二百九十一万六千六十七两六钱九分九厘，内除十三年陆续发过十年以前旧饷银一百四十五万一千五百九十九两九钱三分三厘，又发过十一、十二两年分新饷银二十八万二百九十三两六分二厘，又除提拨统领、营官应领薪公、夫价银六十七万七千二百八十九两六钱七分八厘均不计外，尚欠发十二年以前新旧饷银五十万六千八百八十五两二分六厘，内欠十年以前病故勇丁存饷银一十一万五千八百八十两六钱三分九厘，应俟该各故勇亲属请领，即由十四年以后新饷内匀给。欠留营弁勇十年以前旧饷银三十一万九千三百五十七两四钱九分，欠十一、十二两年分新饷银七万一千六百四十六两八钱九分七厘，均应俟十四年以后江西、四川两省将欠解十一、十二两年分新饷如数解到补发，自无蒂欠。又欠甘藩司由兰州代借商款库平银二十万两，应于十四年分归还之项。理合登明。

（朱批：）览。[①]

0041. 审拟缠民他意儿妒奸谋杀一案折

光绪十五年六月初八日（1889年7月5日）

头品顶戴护理甘肃新疆巡抚新疆布政使臣魏光焘跪奏，为妒奸谋杀，核明定拟，恭折具陈，仰祈圣鉴事。

窃疏附县缠民他意儿妒奸起意，伙同奸妇沙里罕谋杀成芳洲身死一案，据署疏附县知县柳葆元验讯议拟，解由署疏勒州知州黄丙焜转解代理喀什噶尔道蒋诰审明，咨镇迪道兼按察使衔恩纶核明转详。

臣覆加查核，缘缠民他意儿籍隶疏附县，与汉民成芳洲素不认识，成芳洲于光绪十四年六月，不记日期，与不守妇道被夫休弃之沙里罕通奸，并常邀沙里罕到家奸宿，给过钱物，亦无确数。

---

①中国第一历史档案馆藏：《单》，档号：03-6115-104。

七月间，沙里罕又与他意儿奸好，经成芳洲查知辱骂，沙里罕怀恨。十一月初，沙里罕路遇他意儿，告诉成芳洲辱骂情由。他意儿心生妒忌，欲将成芳洲谋死，沙里罕应允，约定十二日二更，同至成芳洲门首，沙里罕喊门，成芳洲开门放入，随即关闭。三更，沙里罕悄出开门，放他意儿入内，成芳洲正出房外，沙里罕即用手搯住成芳洲咽喉，他意儿赶拢帮拖倒地，他意儿骑压成芳洲身上，顺抽身佩小刀向成芳洲头上乱戳，致伤其偏左囟门、左额角、左颔颏。沙里罕松手站起，他意儿见成芳洲尚有气息，复用刀戳咽喉一下，登时身死。他意儿、沙里罕一同潜逃。越日，经街邻查看报验获犯，讯供通详，批饬审拟，解州转道，咨兼按察使衔核转前来。臣覆查无异。

查例载：挟嫌妒奸，乘机杀伤，图泄私忿者，仍照谋杀本律问拟。又，谋杀人，造意者斩，从而加功者绞，各等语。此案他意儿妒奸起意，商同沙里罕谋杀成芳洲身死，自应按律问拟。他意儿除犯奸轻罪不议外，合依“挟嫌妒奸，乘机杀伤，图泄私忿者，仍照谋杀本律问拟，谋杀造意者斩”律，拟斩监候，秋后处决，先行刺字。沙里罕听从奸夫他意儿谋杀奸夫成芳洲身死，系属为从，亦应按律问拟。沙里罕除犯奸轻罪不议外，合依“谋杀从而加功者绞”律，拟绞监候，秋后处决。成芳洲先与沙里罕通奸，罪有应得，业已身死，应毋庸议，无干省释。尸棺饬埋，凶刀据供撩弃，邀免查起。是否允协？

除全案供招咨送刑部外，合将妒奸谋杀，核明定拟缘由，恭折具陈。伏乞皇上圣鉴，敕部议覆施行。谨奏。光绪十五年六月初八日。

（朱批：）刑部议奏。[①]

光绪十五年七月十一日，奉朱批：刑部议奏。钦此。[②]

---

①台北故宫博物院藏：《军机及宫中档》，文献编号：408006616。

②中国第一历史档案馆藏：《录副奏折》，档号：03-7312-031。

0042. 审拟亦思拉木伤妻身死一案折

光绪十五年六月初八日（1889年7月5日）

头品顶戴护理甘肃新疆巡抚新疆布政使臣魏光焘跪奏，为核明戳妻致死，按律定拟，恭折具陈，仰祈圣鉴事。

窃疏勒州缠民亦思拉木戳伤伊妻哎密西比比身死一案，据署疏勒直隶州知州黄丙焜验讯议拟，详解代理喀什噶尔道蒋诰提审，咨镇迪道兼按察使衔恩纶核明转详。

臣覆加查核，缘亦思拉木籍隶疏勒州，娶哎密西比比为妻，平日和顺。光绪十四年七月，不记日期，亦思拉木与妻口角，赌其改嫁。哎密西比比负气奔回娘家，亦思拉木随出外佣工。十月二十七日回归，亲自往接。哎密西比比声称：叫我改嫁，不肯同归。亦思拉木生气，顺抽身佩小刀连戳，致伤其下唇吻、右胳膊。哎密西比比泼闹，亦思拉木扭住头发拖走，哎密西比比亦抓住亦思拉木衣服在地乱滚。亦思拉木情急，用刀连戳，致伤其右后肋、左后胁、右腰眼。经夏外比比赶拢喝阻，讵哎密西比比伤重，旋即殒命。投约报验获犯，审拟解道，咨兼按察使衔核转前来，臣覆核无异。

查律载：夫殴妻致死者，绞监候等语。此案亦思拉木因妻哎密西比比不肯回归气忿，用刀吓戳，适伤毙命，自应按律问拟。亦思拉木合依“夫殴妻致死者，绞监候”律，拟绞监候，秋后处决。夏外比比救阻不及，应无庸议，无干省释。尸棺饬埋，凶刀案结销毁。是否允协？

除全案供招咨刑部外，谨将戳妻致死，核明定拟缘由，恭折具陈。伏乞皇上圣鉴，敕部核议施行。谨奏。光绪十五年六月初八日。

（朱批：）刑部议奏。①

光绪十五年七月十一日，奉朱批：刑部议奏。钦此。②

0043. 奏报伊犁绥定添设底驿情形片

光绪十五年六月初八日（1889年7月5日）

再，臣据兼理布政使兼按察使衔镇迪道恩纶详称：伊犁绥定县添设底驿，并旧有沙喇布拉克、鄂博勒齐尔鄂勒、著依图博木、瑚素图布拉克等驿，共计五驿，概归该县经管。又于宁远县城内添设底驿，所需经费银两，均照新疆改设驿站奏定变通章程支给。详请奏咨前来。臣覆核无异，除将马匹、里数开单咨送户、兵二部查照外，谨会同伊犁将军臣色楞额、陕甘总督臣杨昌濬，附片具陈。伏乞圣鉴，饬部立案施行。谨奏。

（朱批：）该部知道。③

光绪十五年七月十一日，奉朱批：该部知道。钦此。④

0044. 请准曾松明借补城守协副将折

光绪十五年六月初十日（1889年7月7日）

头品顶戴护理甘肃新疆巡抚新疆布政使臣魏光焘跪奏，为拣员借补副将要缺，以实营伍，恭折仰祈圣鉴事。

窃新疆省城新设城守协营副将员缺，前经抚臣刘锦棠奏请作为题缺，由外请补，奉旨允准钦遵在案。查省会重地，人烟稠密，弹压巡防，最关紧要；且营制甫立，非精明干练、熟悉地方情形之员，难资整顿。臣查有现署该协营副将头品顶戴留甘肃新疆尽

---

①台北故宫博物院藏：《军机及宫中档》，文献编号：408006617。

②中国第一历史档案馆藏：《录副奏折》，档号：03-7312-030。

③台北故宫博物院藏：《军机及宫中档》，文献编号：408006615-0-A。

④中国第一历史档案馆藏：《录副奏片》，档号：03-5251-043。

先补用提督额腾额巴图鲁曾松明，晓畅戎务，朴诚有为，自署任以来，于巡防一切均能认真整顿，措理裕如，以之借补斯缺，洵堪胜任。合无仰恳天恩准以该员借补省城城守协营副将员缺，以期得力。如蒙俞允，应请敕部先给署札，俟防务大定，即行给咨送部引见，以符定制。

除饬取履历清册咨部查照外，谨会同陕甘总督臣杨昌濬，恭折具陈。伏乞皇上圣鉴训示。谨奏。光绪十五年六月初十日。

（朱批：）兵部议奏。①

光绪十五年七月十五日，奉朱批：兵部议奏。钦此。②

0045. 奏报汤彦和署理巴里坤总兵折

光绪十五年六月初十日（1889年7月7日）

头品顶戴护理甘肃新疆巡抚新疆布政使臣魏光焘跪奏，为遵旨拣员署理总兵要缺，以重边防，恭折仰祈圣鉴事。

窃臣前准抚臣刘锦棠函称：光绪十五年二月二十四日，具奏巴里坤镇总兵徐占彪③因病呈请开缺，并拟会商督臣暂行由外拣员奏请署理。四月十九日，途次奉朱批：着照所请，兵部知道。钦此。恭录到臣。当经钦遵檄行总兵徐占彪遵照并分咨在案。臣查巴里坤辖境，哈密为南北两路咽喉，古城尤与省城相为唇齿，迤北毗连科布多，均属蒙部牧场，路径纷歧，藏奸最易。现在该标改设营制尚未就绪，满营官兵又经移驻古城，操防布置，尤关紧

---

①台北故宫博物院藏：《军机及宫中档》，文献编号：408006618。

②中国第一历史档案馆藏：《录副奏折》，档号：03-5863-031。

③徐占彪（1840—1890），名承安，字昆山，四川西充人，坚勇巴图鲁，晋清字哈西巴巴图鲁名号。咸丰十年（1860），投效果勇营。因功拔千总，同治五年（1866），升守备；同年，保都司，加游击衔。十二年（1873），封云骑尉。光绪二年（1876），奉调率部出关。三年（1877），进军南疆，收复吐鲁番等地。八年（1882），补授巴里坤镇总兵，赏黄马褂，戴双眼花翎。十五年（1889），因病开缺。十六年（1890），卒于籍。

要。所遗总兵员缺，非得深明韬略、干练有为之员，不足以资镇慑。

查有现统库尔喀喇乌苏、精河等处马步营旗头品顶戴记名提督札福孔阿巴图鲁汤彦和[①]，勇略兼优，营务娴熟，自效力行间，转战湖南、皖、豫、陕、甘等省，肃清新疆南路各城，勋劳最著。嗣统老湘各营旗，驻防阿克苏，移防北路，均能认真训练，和辑兵民，屹然为边陲保障，以之署理巴里坤镇总兵员缺，洵属人地相宜，于边防大有裨益。臣等往复咨商，意见相同。

除檄委并饬取历册咨部外，所有遵旨拣员署理总兵要缺缘由，谨会同陕甘总督臣杨昌濬、喀什噶尔提督臣谭上连，恭折具奏。伏乞皇上圣鉴训示。谨奏。光绪十五年六月初十日。

（朱批：）兵部知道。[②]

光绪十五年七月十五日，奉朱批：兵部知道。钦此。[③]

0046. 奏报委令张俊署理副将员缺片

光绪十五年六月初十日（1889年7月7日）

再，统领库尔喀喇乌苏、精河等处马步营旗记名提督汤彦和现经臣奏请署理巴里坤镇总兵。查库尔喀喇乌苏径达塔尔巴哈台、精河，紧接伊犁辖境，幅员广袤，路尤纷歧，回、汉、蒙部，种

---

①汤彦和（1837—?），湖南湘潭县人。咸丰五年（1855），由武童投效湘军，以功经湘抚骆秉章给予六品功牌。同治元年（1862），保把总，赏戴蓝翎。四年（1865），保千总，加守备衔；同年，保守备，晋都司衔。五年（1866），保都司，换花翎。六年（1867），保参将，加副将衔，经部核改游击补用。七年（1868），保副将，加总兵衔，赏给卫勇巴图鲁名号；同年，保总兵遇缺简放，加提督衔，赏给正一品封典。九年（1870），赏还札福孔阿巴图鲁名号。十年（1871），赏头品顶戴。十二年（1873），署甘肃灵武营参将。光绪四年（1878），赏穿黄马褂。五年（1879），交部照头等军功议叙。十年（1884），保提督记名简放。十五年（1889），署理巴里坤镇总兵。十八年（1892），补授陕西河州镇总兵。二十一年（1895），因打仗溃败革职。二十二年（1896），请假回籍葬亲。二十三年（1897），开复原官。

②台北故宫博物院藏：《军机及宫中档》，文献编号：408006619。

③中国第一历史档案馆藏：《录副奏折》，档号：03-5863-032。

类错杂，匪徒极易潜踪，且伊犁营制未定，旧勇正在遣撤，分起进关，弹压巡防，均关紧要。所遗马步营旗，亟应遴员接统，以专责成。

查有署乌什协营副将头品顶戴题奏提督倭欣巴图鲁张俊，韬略娴习，声望夙隆，自同治八年投效湘军，攻剿甘肃、西宁、金积堡及肃州、河州等处贼巢，旋出关荡平南北两路逆匪，均属战功卓著。该员籍隶甘肃，又在新日久，边情尤为熟悉，洵属不可多得之员。现在奉旨补授甘肃西宁镇总兵，例应迅赴本任，以重职守。惟新疆防务吃紧，不得不因地择人，合无仰恳天恩俯念边圉需才，将该员暂留新疆，接统库尔喀喇乌苏、精河等处马步营旗，俾臣得收指臂之效。一俟防务稍松，仍即饬令赴任。所遗乌什协营副将员缺，容臣另行拣员奏请署理。

臣为慎重边防起见，是否有当，谨会同陕甘总督臣杨昌濬、喀什噶尔提督臣谭上连，附片陈明。伏乞圣鉴训示。施行。谨奏。

（朱批：）着照所请，兵部知道。①

光绪十五年七月十五日，奉朱批：着照所请，兵部知道。钦此。②

0047. 委令张开鑑等署理知县情形片

光绪十五年六月初十日（1889年7月7日）

再，库车直隶同知潘震调省遗缺，查有候补知府张开鑑堪以委署。又，署阜康县知县王廷赞卸署遗缺，查有即补知县左兆凤堪以委署。据兼理新疆布政使兼按察使衔镇迪道恩纶具详前来。除由臣批饬分别给委外，谨会同陕甘总督臣杨昌濬，附片具陈。伏乞圣鉴。谨奏。

---

①台北故宫博物院藏：《军机及宫中档》，文献编号：408006619-0-A。

②中国第一历史档案馆藏：《录副奏片》，档号：03-5863-033。

（朱批：）吏部知道。①

光绪十五年七月十五日，奉朱批：吏部知道。钦此。②

0048. 恭报十五年三月雨水粮价情形折

光绪十五年六月十九日（1889年7月16日）

头品顶戴护理甘肃新疆巡抚新疆布政使臣魏光焘跪奏，为恭报光绪十五年三月分粮价并得雨情形，谨缮折具陈，仰祈圣鉴事。

窃照光绪十五年二月分各厅州县粮价并得雨雪情形，业经臣奏报在案。兹据兼理新疆布政使兼按察使衔镇迪道恩纶详报：本年三月分，北路绥来得雨，入土六寸；镇西、奇台得雨，入土五寸；昌吉、阜康得雨，入土三寸及寸余不等；迪化、吐鲁番、哈密、库尔喀喇乌苏微雨。伊塔道属绥定、宁远微雨。南路喀喇沙尔得雨，入土四寸有余；疏勒得雨四寸；玛喇巴什得雨，入土六分；温宿、拜城、库车、乌什、疏附、叶城微雨，余未得雨。时值山中积雪融化，渠水畅流，土膏滋润，民情安帖。

至通省粮价，镇西、哈密、吐鲁番、库尔喀喇乌苏、喀喇沙尔、乌什、英吉沙尔、疏勒、莎车、迪化、昌吉、阜康、绥来、宁远、拜城、于阗等厅州县俱与上月相同，余均略有增减。汇详请奏前来。

理合恭折具陈，并缮粮价清单，敬呈御览，伏乞皇上圣鉴。谨奏。光绪十五年六月十九日。

（朱批：）知道了。③

光绪十五年七月二十三日，奉朱批：知道了。钦此。④

---

①台北故宫博物院藏：《军机及宫中档》，文献编号：408006618-0-A。

②中国第一历史档案馆藏：《录副奏片》，档号：03-5251-057。

③台北故宫博物院藏：《军机及宫中档》，文献编号：408006621。

④中国第一历史档案馆藏：《录副奏折》，档号：03-6879-031。

0049. 呈新疆光绪十五年三月粮价清单

光绪十五年六月十九日（1889年7月16日）

谨将新疆各属光绪十五年三月分米粮时估价值，缮具清单，恭呈御览。

计开三月分

镇迪道属

迪化县：大米每京石价银三两八钱五厘，小麦每京石价银一两四钱一分五厘，莞豆每京石价银一两四钱四分，青稞每京石价银一两三分五厘，俱与上月相同。

昌吉县：大米每京石价银二两一钱六分四厘，小麦每京石价银一两六厘，莞豆每京石价银一两二钱一厘，青稞每京石价银八钱七分五厘，俱与上月相同。

阜康县：粟米每京石价银一两六分，小麦每京石价银一两一钱三分二厘，莞豆每京石价银一两一钱，高粱每京石价银五钱三分，俱与上月相同。

绥来县：大米每京石价银二两一钱七分五厘，小麦每京石价银九钱一分九厘，莞豆每京石价银一两八分，高粱每京石价银五钱六分三厘，俱与上月相同。

奇台县：大米每京石价银二两五钱八分九厘，较上月减一钱七分二厘。小麦每京石价银九钱九分七厘，较上月减二分九厘。莞豆每京石价银一两二钱四分三厘，较上月增一钱三分八厘。

镇西直隶厅：小麦每京石价银一两八钱二分，莞豆每京石价银一两七钱一分，青稞每京石价银一两一钱二分，俱与上月相同。

吐鲁番厅：小麦每京石价银一两一钱一分八厘，大麦每京石价银五钱六分，高粱每京石价银四钱八分二厘，黄豆每京石价银一两四钱九分三厘，俱与上月相同。

哈密厅：粟米每京石价银一两七钱二分八厘，小麦每京石价银一两三钱八分，莞豆每京石价银一两七钱二分八厘，青稞每京石价银一两二厘，俱与上月相同。

库尔喀喇乌苏厅：小麦每京石价银一两三钱，莞豆每京石价银一两二钱，高粱每京石价银五钱二分六厘，俱与上月相同。

伊塔道属

绥定县：大米每京石价银三两七钱，较上月减七钱四分。小麦每京石价银一两三钱八分，较上月增二钱四分。莞豆每京石价银一两九钱七分四厘，较上月增七钱五厘。大麦每京石价银一两一钱三分，较上月增三钱八分一厘。

宁远县：大米每京石价银四两一钱七分，小麦每京石价银一两一钱六分，大麦每京石价银八钱，莞豆每京石价银一两一钱二分，俱与上月相同。

阿克苏道属

温宿直隶州：大米每京石价银一两八钱二分四厘，较上月减三钱四厘。小麦每京石价银八钱二分八厘，较上月减一钱三分八厘。大麦每京石价银四钱二分，包谷每京石价银五钱四分四厘，俱与上月相同。

拜城县：小麦每京石价银五钱二分，大麦每京石价银二钱一分，莞豆每京石价银三钱九分，包谷每京石价银三钱九分，俱与上月相同。

喀喇沙尔直隶厅：大米每京石价银二两三钱六分八厘，小麦每京石价银八钱二分八厘，莞豆每京石价银八钱一分一厘，包谷每京石价银七钱四厘，俱与上月相同。

库车直隶厅：大米每京石价银一两九钱，较上月增四分。小麦每京石价银五钱六分，较上月减六分。包谷每京石价银三钱，莞豆每京石价银三钱五分，俱与上月相同。

乌什直隶厅：大米每京石价银二两八分六厘，小麦每京石价银七钱一分二厘，大麦每京石价银三钱二分一厘，包谷每京石价银六钱二分八厘，俱与上月相同。

喀什噶尔道属

疏勒直隶州：大米每京石价银二两八钱五分，小麦每京石价银一两一钱四厘，包谷每京石价银八钱九分六厘，高粱每京石价银六钱九分，俱与上月相同。

疏附县：大米每京石价银三两，较上月增一钱五分。小麦每京石价银一两二钱四分二厘，与上月相同。包谷每京石价银一两七分二厘，较上月增一钱三分四厘。高粱每京石价银六钱九分，与上月相同。

莎车直隶州：大米每京石价银一两八钱五分，小麦每京石价银四钱五分五厘，大麦每京石价银三钱七分五厘，包谷每京石价银三钱五分六厘，俱与上月相同。

叶城县：大米每京石价银二两六钱一分，与上月相同。小麦每京石价银四钱，较上月增五分。包谷每京石价银二钱八分八厘，与上月相同。青稞每京石价银三钱七分五厘，较上月增五分。

和阗直隶州：大米每京石价银二两二钱四分，较上月增一钱四分。小麦每京石价银一两二分一厘，较上月增一钱一分一厘。包谷每京石价银五钱六分三厘，较上月增五分一厘。青稞每京石价银四钱四分一厘，较上月增四分一厘。

于阗县：大米每京石价银二两七分，小麦每京石价银九钱二分一厘，包谷每京石价银六钱四分，俱与上月相同。

英吉沙尔直隶厅：大米每京石价银三两四分，小麦每京石价银六钱九分，包谷每京石价银五钱三分六厘，大麦每京石价银三钱四分，俱与上月相同。

玛喇巴什厅：大米每京石价银三两九钱九分六厘，较上月减二钱二分二厘。小麦每京石价银九钱六分六厘，较上月增一钱三分八厘。包谷每京石价银六钱四分，较上月减一钱二分八厘。

（朱批：）览。①

---

①中国第一历史档案馆藏：《单》，档号：03-6879-032。

0050. 奏报喀什噶尔道袁垚龄因病出缺折

光绪十五年六月十九日（1889年7月16日）

头品顶戴护理甘肃新疆巡抚布政使臣魏光焘跪奏，为委署藩司实任道员因病出缺，请旨简放，以重职守，恭折仰祈圣鉴事。

窃喀什噶尔道袁垚龄，前经抚臣刘锦棠奏署新疆布政使员缺，未到任以前，委兼按察使衔镇迪道恩纶暂行兼理。递遗喀什噶尔道，委甘肃候补道向邦倬①署理在案。兹据恩纶详：据疏勒直隶州知州蒋诰申：据袁垚龄之家丁刘升呈称：窃家主年五十六岁，安徽泗州直隶州人，由文童投效军营，历保二品顶戴、盐运使衔，尽先题奏道。光绪十二年，奏补阿克苏道，旋署喀什噶尔道，十三年三月二十一日到任。十四年，调补斯缺。本年三月，委署新疆布政使。三月二十一日，交卸道篆，拟赴新任。不料感受风寒，日渐沉重，延至五月十三日病故等情。详请具奏前来。

臣覆查无异。所遗喀什噶尔道系冲、繁、疲、难四项最要缺，相应请旨简放，以重职守。除布政使员缺容臣咨商督臣另行拣员奏请署理外，谨会同陕甘总督臣杨昌濬，恭折具陈，伏乞皇上圣鉴训示。再，此案改题为奏。合并陈明。谨奏。光绪十五年六月十九日。

（朱批：）已有旨将饶应祺调补矣。②

光绪十五年七月二十三日，奉朱批：已有旨将饶应祺调补矣。钦此。③

---

①向邦倬（1841—?），云南昆明人，监生。初以候选按经历投效云南军营，办理军务，保花翎二品顶戴盐运使衔，以道员分省补用，签分甘肃。光绪九年（1883），署甘肃臬司。十一年（1885），署甘凉道。十五年（1889），署喀什噶尔道。

②台北故宫博物院藏：《军机及宫中档》，文献编号：408006622。

③中国第一历史档案馆藏：《录副奏折》，档号：03-5251-089。

【案】光绪十五年七月十三日，吏部为袁垚龄因病出缺请旨简放事致军机处知会，曰：

吏部为知会事。所有新疆喀什噶尔兵备道，于光绪八年十一月十五日奏明新设定为冲、繁、疲、难请旨最要缺，并据新疆巡抚刘锦棠等奏准，先行由外拣补一次，请以遇缺尽先题奏道黄光达奏补，嗣以阿克苏兵备道袁垚龄对调。今袁垚龄由实缺喀什噶尔道因病出缺，所遗喀什噶尔道一缺，按照奏定章程，应行请旨简放。相应知会贵处查照可也。须至知会者。右知会军机处。光绪十五年七月十三日。主簿范广衡。①

0051. 奏闻同知杨廷珍丁忧开缺折

光绪十五年六月十九日（1889年7月16日）

头品顶戴护理甘肃新疆巡抚新疆布政使臣魏光焘跪奏，为同知丁忧开缺，恭折仰祈圣鉴事。

窃据兼理新疆布政使恩纶详：准署阿克苏道陈名钰转：据喀喇沙尔同知杨廷珍之家丁方贵呈称：窃家主杨廷珍，年四十六岁，系湖南宁乡县人，由附生投效武字营，于剿抚松潘，各路全境肃清案内，保以训导不论双单月遇缺尽先前选用；嗣在京铜局遵筹饷例报捐通判，并补交附生捐监实银；复于攻拔贵州、全黔底定案内，保免选本班以同知分发省分，归候补班补用，旋投效新疆军营。光绪八年，委署绥来县事，奉吏部照章留甘，以原官归原班补用；监修乌鲁木齐巩宁满城案内汇保，经部议覆，补缺后以应升之缺升用；乌鲁木齐历办边防、善后案内汇保，经部议覆，俟补缺后以知府用，先换顶戴；新疆六载边防案内，保戴花翎。十一年，委署拜城县篆务。十三年，奏补喀喇沙尔同知员缺，奉部覆准，十四年三月十五日到任。兹于十五年五月初八日接到家

①中国第一历史档案馆藏：《知会》，档号：03-5251-054。

信，家主亲母王氏于十四年十一月三十日，在湖南宁乡县原籍病故，家主系属亲子，例应丁忧等情，详转前来。

臣查该员现丁母忧，应即照例开缺，回籍守制。除饬俟该员交代清楚，取具亲供咨部外，谨会同陕甘总督臣杨昌濬，恭折具陈。伏乞皇上圣鉴，饬部查照施行。再，喀喇沙尔同知系冲、繁、难三项要缺，例应扣留由外拣员请补。合并陈明。谨奏。光绪十五年六月十九日。

（朱批：）吏部知道。①

光绪十五年七月二十三日，奉朱批：吏部知道。钦此。②

0052. 奏报古城巡检移驻奇台情形片

光绪十五年六月十九日（1889年7月16日）

再，古城地当孔道，形势扼要，前经抚臣刘锦棠会同陕甘总督臣谭钟麟、乌鲁木齐都统臣恭镗，奏请修筑城署，将奇台县治移建该处，古城巡检移置奇台兼管驿丞事务，奇台典史应随印官移驻，经部议奏，奉旨允准。抚臣刘锦棠当即钦遵办理，饬派防营帮筑新城，以便移建。嗣经奏准将乌鲁木齐、巴里坤满营归并古城，即以新城作为满城，奇台县暂仍旧治。上年，满营迁竣该处，商贾辐辏，户口殷繁，弹压抚绥，均关紧要，仍查照原奏，饬奇台县及典史并古城巡检以次移驻，用资治理。其奇台县衙署、仓廒、监狱，饬于领队原驻旧城内酌量修理，俟该县移建后，再将城垣陆续筹修。奇台巡检即就该县旧署，以资办公，各在案。兹据兼理布政使兼按察使衔镇迪道恩纶详：据奇台县知县刘澄清报称：该县已于光绪十五年四月初十日率同典史，移驻古城；古城巡检亦于四月十五日移驻奇台。转请奏咨前来。

臣覆查无异，除饬将城署各工估计经费，次第兴办，另案具奏

---

①台北故宫博物院藏：《军机及宫中档》，文献编号：408006623。

②中国第一历史档案馆藏：《录副奏折》，档号：03-5251-088。

外，谨会同陕甘总督臣杨昌濬，附片具陈。伏乞圣鉴，敕部立案施行。再，古城巡检既移驻奇台旧治兼管驿丞事务，所有原用印信，应即送部查销，暂饬藩司刊刻钤记给领启用，相应请旨敕部换铸奇台县巡检铜印一颗，由臣咨领转给，俾昭信守。合并陈明。谨奏。

（朱批：）该部知道。[①]

光绪十五年七月二十三日，奉朱批：吏部知道。钦此。[②]

0053. 请以宋先培署喀喇沙尔同知片

光绪十五年六月十九日（1889 年 7 月 16 日）

再，喀喇沙尔同知杨廷珍丁忧遗缺，查有补用同知宋先培堪以委署。据兼理新疆布政使兼按察使衔镇迪道恩纶详请具奏前来。除由臣批饬给委外，谨会同陕甘总督臣杨昌濬，附片具奏。伏乞圣鉴。谨奏。

（朱批：）吏部知道。[③]

光绪十五年七月二十三日，奉朱批：吏部知道。钦此。[④]

0054. 代奏回王阿密特为子袭爵谢恩折

光绪十五年六月二十五日（1889 年 7 月 22 日）

头品顶戴护理甘肃新疆巡抚新疆布政使臣魏光焘跪奏，为据情代奏恭谢天恩，仰祈圣鉴事。

窃臣据库车回子郡王阿密特呈称：接奉文行，准理藩院咨开：具奏照甘肃新疆巡抚刘锦棠咨请将库车回子郡王阿密特之嫡长子玛木特照例给予头等台吉职衔，以备将来袭爵等因一折。光绪十

①台北故宫博物院藏：《军机及宫中档》，文献编号：408006623-0-A。

②中国第一历史档案馆藏：《录副奏片》，档号：03-5251-090。

③台北故宫博物院藏：《军机及宫中档》，文献编号：408006621-0-A。

④中国第一历史档案馆藏：《录副奏片》，档号：03-5251-090。

四年十二月二十五日，奉旨：依议。钦此。钦遵恭录，转行知照。谨即恭设香案，望阙叩头谢恩。伏念远居外服，忝备藩封，累蒙覆帱之恩，未效涓埃之报。兹复赏延于世，命锡自天，拜逾格之鸿慈，弥悚衷而鳌戴！惟有严加训督，倍矢慎勤，以期仰答高厚生成于万一！所有感激荣幸下忱，呈请代奏前来。

理合据情代奏叩谢天恩。伏乞皇上圣鉴。谨奏。光绪十五年六月二十五日。

(朱批：) 知道了。[①]

光绪十五年八月初一日，奉朱批：知道了。钦此。[②]

0055. 新疆初次郑工捐输拨解山东折

光绪十五年六月二十五日（1889 年 7 月 22 日）

头品顶戴护理甘肃新疆巡抚新疆布政使臣魏光焘跪奏，为新疆初次郑工捐输银两，遵旨拨解山东作为培修堤埝经费，恭折仰祈圣鉴事。

窃臣准户部咨：光绪十五年四月十二日，工部会奏，山东巡抚张曜[③]奏山东黄河两岸堤埝议准修培，所需经费，请饬下各省督

①台北故宫博物院藏：《军机及宫中档》，文献编号：408006624。

②中国第一历史档案馆藏：《录副奏折》，档号：03-5252-001。

③张曜（1832—1891），字亮臣，号朗斋，直隶大兴（在今河北）人，原籍浙江钱塘。咸丰初，以县丞留河南补用。四年（1854），请假回籍。五年（1855），保知县，加同知衔；次年，署固始县知县。七年（1857），保直隶州知州，赏换花翎，加霍钦巴图鲁名号。八年（1858），保知府，加道衔。九年（1859），署光州直隶州知州。十年（1860），丁母忧，保道员，晋按察使衔；同年，丁父忧。十一年（1861），迁河南布政使，旋以“目不识丁”被劾。同治元年（1862），改保总兵。二年（1863），晋提督衔。四年（1865），乞假葬亲。六年（1867），保提督，加骑都尉。九年（1870），补授广东陆路提督，加骑都尉兼一云骑尉，赏双眼花翎。光绪二年（1876），随左宗棠入疆，收复伊犁。三年（1877），晋一等轻车都尉兼一云骑尉。六年（1880），署帮办新疆军务。十年（1884），加巡抚衔、头品顶戴。次年，补广西巡抚，晋兵部尚书衔。十二年（1886），调补山东巡抚。十五年（1889），晋太子少保。十七年（1891），卒于任，赠太子太保，谥勤果。前被劾后，致力于学业，工诗善书，兼通六法，有《河声岳色楼集》行世。

抚将报存郑工捐输银两，遵照指拨数目，迅速解赴山东应用，奉旨：依议。钦此。钦遵飞咨到臣，当经行司遵办去后。兹据兼理布政使兼按察使衔镇迪道恩纶详称：查新疆郑工初次捐输报存库平银九千八百一十一两五钱四分，自应悉数提解，以济要需。惟新疆距山东辽远，委解维艰，拟在甘肃应解新疆饷内，照数截拨，即由甘肃藩司汇归甘肃提解山东堤工银两案内，一并搭解验收，既免径解往返之烦，并益昭妥速等情。详请奏咨前来。

臣覆查无异，除分咨查照外，谨恭折具陈。伏乞皇上圣鉴。谨奏。光绪十五年六月二十五日。

（朱批：）户部知道。①

光绪十五年八月初一日，奉朱批：户部知道。钦此。②

0056. 请将彭祯祥保案饬部更正缘由片

光绪十五年六月二十五日（1889年7月22日）

再，记名提督彭祯祥于同治六年陕北肃清案内，由参将保补用副将，历保提督。嗣照头等军功议叙三次，三等军功议叙一次，均奉旨允准在案。兹据该员禀称：陕北肃清一案，底衔实系都司衔尽先补用守备，因开保时适奉差赴陕，营官误以参将底衔请保副将，遂致以后递保沿误，禀请附奏逐层改保等情。前来。

臣查彭祯祥自以参将底衔保副将，累保提督，委系错误。而自保提督后，如攻克古牧地坚巢、荡平新疆南北两路、五次剿平边寇各案，均属著有战功。合无仰恳天恩俯准将陕北肃清案内准保补用副将改为都司衔尽先补用守备，保免补守备，以都司尽先补用；克复灵州案内准保补用总兵，改为免补都司，以游击尽先补用，仍给揖勇巴图鲁勇号；荡平金积堡案内准保提督，改为免补游击，以参将尽先补用；攻克古牧地坚巢，克复乌鲁木齐、迪

①台北故宫博物院藏：《军机及宫中档》，文献编号：408006625。

②中国第一历史档案馆藏：《录副奏折》，档号：03-7081-013。

化州等城案内照头等军功，从优议叙，改为免补参将，以副将尽先补用；荡平新疆南北两路案内照头等军功议叙加一级、纪录二次，改为免补副将，以总兵补用；五次剿平边寇案内照头等军功，议叙加三级，改为补用总兵，保以提督记名。饬部逐层改保。其攻克小峡口、立解西宁府围案内所换瑳武巴图鲁勇号，荡平西宁府属立解府城重围，克复大通县城案内所给正一品封典，六载边防案内照三等军功从优议叙加一级，均照原案注册，出自鸿施！

除饬取历册咨部查照外，谨附片具奏。伏乞圣鉴训示。再，六载边防案内，彭祯祥“祯”字误缮“桢”字，并恳饬部更正。谨奏。

（朱批：）兵部议奏。[①]

光绪十五年八月初一日，奉朱批：兵部议奏。钦此。[②]

0057. 恭报十五年四月雨水粮价情形折

光绪十五年七月二十日（1889 年 8 月 16 日）

头品顶戴护理甘肃新疆巡抚新疆布政使臣魏光焘跪奏，为恭报光绪十五年四月分粮价并得雨情形，谨缮折具陈，仰祈圣鉴事。

窃照光绪十五年三月分各厅州县粮价并得雨情形，业经臣奏报在案。兹据兼理新疆布政使兼按察使衔镇迪道恩纶详报：本年四月分，北路昌吉、奇台得雨，入土五寸；镇西、阜康得雨，入土三寸有余；迪化、绥来、哈密、库尔喀喇乌苏微雨。伊塔道属绥定、宁远微雨。南路叶城得雨，入土六寸；于阗、莎车得雨，入土四寸；喀喇沙尔、库车、疏勒、疏附、和阗、英吉沙尔、玛喇巴什微雨，余未得雨。幸值天气和暖，渠水畅流，地亩足资灌溉，民情安帖。

至通省粮价镇西、哈密、吐鲁番、库尔喀喇乌苏、英吉沙尔、

---

①台北故宫博物院藏：《军机及宫中档》，文献编号：408006625-0-A。

②中国第一历史档案馆藏：《录副奏片》，档号：03-5863-068。

温宿、疏勒、迪化、昌吉、阜康、绥来、绥定、宁远、于阗等厅州县俱与上月相同，余均略有增减，汇详请奏前来。

理合恭折具陈，并缮粮价清单，敬呈御览，伏乞皇上圣鉴。谨奏。光绪十五年七月二十日。

（朱批：）知道了。[①]

光绪十五年八月二十四日，奉朱批：知道了。钦此。[②]

0058. 呈新疆各属本年四月粮价清单

光绪十五年七月二十日（1889年8月16日）

谨将新疆各属光绪十五年四月分米粮时估价值，缮具清单，恭呈御览。

计开四月分

镇迪道属

迪化县：大米每京石价银三两八钱五厘，小麦每京石价银一两四钱一分五厘，莞豆每京石价银一两四钱四分，青稞每京石价银一两三分五厘，俱与上月相同。

昌吉县：大米每京石价银二两一钱六分四厘，小麦每京石价银一两六厘，莞豆每京石价银一两二钱一厘，青稞每京石价银八钱七分五厘，俱与上月相同。

阜康县：粟米每京石价银一两六分，小麦每京石价银一两一钱三分二厘，莞豆每京石价银一两一钱，高粱每京石价银五钱三分，俱与上月相同。

绥来县：大米每京石价银二两一钱七分五厘，小麦每京石价银九钱一分九厘，莞豆每京石价银一两八分，高粱每京石价银五钱六分三厘，俱与上月相同。

奇台县：大米每京石价银二两四钱一分六厘，较上月减一钱

①台北故宫博物院藏：《军机及宫中档》，文献编号：408006626。

②中国第一历史档案馆藏：《录副奏折》，档号：03-6880-038。

七分三厘。小麦每京石价银七钱七分八厘，较上月减二钱一分九厘。莞豆每京石价银九钱六分六厘，较上月增二钱七分七厘。

镇西直隶厅：小麦每京石价银一两八钱二分，莞豆每京石价银一两七钱一分，青稞每京石价银一两一钱二分，俱与上月相同。

吐鲁番厅：小麦每京石价银一两一钱一分八厘，大麦每京石价银五钱六分，高粱每京石价银四钱八分二厘，黄豆每京石价银一两四钱九分三厘，俱与上月相同。

哈密厅：粟米每京石价银一两七钱二分八厘，小麦每京石价银一两三钱八分，莞豆每京石价银一两七钱二分八厘，青稞每京石价银一两二厘，俱与上月相同。

库尔喀喇乌苏厅：小麦每京石价银一两三钱，莞豆每京石价银一两二钱，高粱每京石价银五钱二分六厘，俱与上月相同。

伊塔道属

绥定县：大米每京石价银三两七钱，小麦每京石价银一两三钱八分，莞豆每京石价银一两九钱七分四厘，大麦每京石价银一两一钱三分，俱与上月相同。

宁远县：大米每京石价银四两一钱七分，小麦每京石价银一两一钱六分，大麦每京石价银八钱，莞豆每京石价银一两一钱二分，俱与上月相同。

阿克苏道属

温宿直隶州：大米每京石价银一两八钱二分四厘，小麦每京石价银八钱二分八厘，大麦每京石价银四钱二分，包谷每京石价银五钱四分四厘，俱与上月相同。

拜城县：小麦每京石价银四钱八分，较上月减四分。大麦每京石价银二钱一分，莞豆每京石价银三钱九分，俱与上月相同。包谷每京石价银三钱四分，较上月减五分。

喀喇沙尔直隶厅：大米每京石价银二两三钱六分八厘，与上月相同。小麦每京石价银八钱二分六厘，较上月减二厘。莞豆每京石价银八钱一分一厘，包谷每京石价银七钱四厘，俱与上月相同。

库车直隶厅：大米每京石价银一两九钱，与上月相同。小麦每京石价银六钱，较上月增四分。包谷每京石价银三钱，莞豆每京石价银三钱五分，俱与上月相同。

乌什直隶厅：大米每京石价银二两八分六厘，与上月相同。小麦每京石价银六钱八分六厘，较上月减二分六厘。大麦每京石价银三钱二分一厘，与上月相同。包谷每京石价银六钱二厘，较上月减二分六厘。

喀什噶尔道属

疏勒直隶州：大米每京石价银二两八钱五分，小麦每京石价银一两一钱四厘，包谷每京石价银八钱九分六厘，高粱每京石价银六钱九分，俱与上月相同。

疏附县：大米每京石价银三两七钱五分，较上月增七钱五分。小麦每京石价银一两二钱四分二厘，包谷每京石价银一两七分二厘，高粱每京石价银六钱九分，俱与上月相同。

莎车直隶州：大米每京石价银二两七分二厘，较上月增二钱二分二厘。小麦每京石价银四钱五分五厘，大麦每京石价银三钱七分五厘，包谷每京石价银三钱五分六厘，俱与上月相同。

叶城县：大米每京石价银二两六钱一分，小麦每京石价银四钱，包谷每京石价银二钱八分八厘，俱与上月相同。青稞每京石价银三钱二分五厘，较上月减五分。

和阗直隶州：大米每京石价银二两二钱四分，小麦每京石价银一两二分一厘，俱与上月相同。包谷每京石价银六钱一厘，较上月增三分八厘。青稞每京石价银四钱四分一厘，与上月相同。

于阗县：大米每京石价银二两七分，小麦每京石价银九钱二分一厘，包谷每京石价银六钱四分，俱与上月相同。

英吉沙尔直隶厅：大米每京石价银三两四分，小麦每京石价银六钱九分，包谷每京石价银五钱三分六厘，大麦每京石价银三钱四分，俱与上月相同。

玛喇巴什厅：大米每京石价银三两九钱九分六厘，与上月相同。小麦每京石价银八钱二分八厘，较上月减一钱三分八厘。包谷每京石价银六钱四分，与上月相同。

（朱批：）览。[①]

0059. 审拟缠回思马以殴毙二命一案折

光绪十五年七月二十日（1889 年 8 月 16 日）

头品顶戴护理甘肃新疆巡抚新疆布政使臣魏光焘跪奏，为殴毙妻母，故杀妻命，核明定拟，恭折仰祈圣鉴事。

窃玛喇巴什厅缠回思马以口角起衅，棍伤妻母计米里罕，复故杀伊妻海里姐，先后殒命一案。据玛喇巴什厅通判杨敏验讯议拟，解署喀什噶尔道向邦倬审明，咨镇迪道兼按察使衔恩纶核明转详。

臣覆加查核，缘缠回思马以籍隶疏勒州。光绪十四年六月，娶缠妇计米里罕之女海里姐为妻，言明不要财礼，赡养妻母，同居共度。十五年二月，思马以因事与妻母计米里罕口角，计米里罕带女海里姐同到内侄亦闵家居住。思马以欲撇妻母，带妻另居。三月初五日挨晚，思马以执大头木棍前往接妻，以为女流见棍害怕，不敢拦阻，行至距亦闵家里许，路遇妻母同妻海里姐走来。思马以声言领妻另居，妻母计米里罕同妻海里姐均不应允。思马以生气，棍殴海里姐偏左一下，妻母计米里罕即举杖手木棒向思马以打来，思马以举棍回殴，致伤计米里罕右眉。计米里罕扑殴，思马以又用木棍殴伤计米里罕右额角倒地。海里姐赶拢拚命，思马以用棍殴伤海里姐额颅接连左额角，海里姐倒地滚闹。思马以一时忿恨，顿起杀机，举棍连殴，致伤海里姐偏右、右眉、左眉、接连额颅、鼻梁、右腮颊、发际，登时殒命。妻母计米里罕旋亦因伤身死。思马以赴厅自首，验讯议拟，解道咨兼臬司核转前来，

---

①中国第一历史档案馆藏：《单》，档号：03-6880-039。

臣覆核无异。

查律载：殴妻父母致死者，斩。又，故杀妻者，亦绞。又，二罪俱发，以重论，各等语。此案缠回思马以口角起衅，棍殴妻母计米里罕，复又故杀伊妻海里姐，先后殒命，自应按律定拟。思马以除故杀妻亦绞轻罪不议外，合依“殴妻父母致死者，斩”律，拟斩监候，秋后处决。虽据自首，无因可免，犯事在光绪十五年三月十六日恭逢恩诏以前，惟案关致毙二命，情节较重，应否查办，听候部议。无干省释。尸饬领埋，凶棍案结销毁。是否允协？

除全案供招咨送刑部外，合将殴毙妻母，故杀妻命，核明定拟缘由，恭折具陈。伏乞皇上圣鉴，饬部核覆施行。谨奏。光绪十五年七月二十日。

（朱批：）刑部议奏。①

光绪十五年八月二十四日，奉朱批：刑部议奏。钦此。②

0060. 奏报巡抚节制提镇各营情形片

光绪十五年七月二十日（1889 年 8 月 16 日）

再，臣准兵部咨：新疆抚标所属提镇是否仍听陕甘总督节制，应令奏明办理等因。臣查乌鲁木齐提督、巴里坤总兵向听陕甘总督节制，伊犁总兵听伊犁将军、陕甘总督节制。嗣议建立行省，督办新疆军务臣刘锦棠奏设巡抚，请赏加兵部尚书衔，以便统辖全疆官兵。光绪十年，刘锦棠奉旨补授甘肃新疆巡抚，恭奉敕谕：自提督、总兵以下等官，并听节制等因。钦此。旋于具奏标路各营员缺、营制、饷章折内声明：提镇各营统由巡抚节制，经部议准在案。现在乌鲁木齐提督业经奏准移驻喀什噶尔，喀什噶尔换防总兵移驻阿克苏，作为挂印总兵，应与巴里坤总兵，均由巡抚节制，仍照旧例，并听陕甘总督节制。

①台北故宫博物院藏：《军机及宫中档》，文献编号：408006627。

②中国第一历史档案馆藏：《录副奏折》，档号：03-7312-041。

伊犁镇标员缺、营制、饷章现未举办，其原设总兵亦应由巡抚节制，俾归画一，仍照旧例，暨奏准伊犁将军节制镇道之案，并听伊犁将军、陕甘总督节制。遇有提镇各标事件，由抚臣咨会督臣办理，以昭慎重。除咨部外，谨会同陕甘总督臣杨昌濬，附片具陈，伏乞圣鉴。谨奏。

（朱批：）兵部知道。[①]

光绪十五年八月二十四日，奉朱批：兵部知道。钦此。[②]

0061. 审拟徐三沅妒奸谋杀一案缘由折

光绪十五年七月二十四日（1889 年 8 月 20 日）

头品顶戴护理甘肃新疆巡抚新疆布政使臣魏光焘跪奏，为妒奸谋杀，核明定拟，恭折具陈，仰祈圣鉴事。

窃镇西厅镇标革勇徐三沅妒奸起意，纠约回民秦幅磬，谋杀镇标左营右哨百长候补千总王佐道身死，并哄诱赵长发、张得胜共殴成伤一案。据巴里坤镇标左营游击罗平安移镇西厅同知甘承谟相验，获犯议拟，详镇迪道兼按察使衔恩纶核明转详。

臣覆加查核，缘革勇徐三沅、回民秦幅磬分隶甘肃敦煌、平凉等县，与已死镇标左营右哨百长候补千总王佐道素识。徐三沅先在镇标当勇，因不守营规，于光绪十三年七月革粮，在外闲游，与王高氏通奸，花用银两亦无确数。嗣因无力佽助，王高氏又与王佐道通奸，并许嫁王佐道为室。徐三沅闻知，心生妒忌，起意将王佐道致死泄忿，商同秦幅磬应允，虑及王佐道武弁力大，二人恐不能敌。徐三沅复哄诱张得胜、赵长发，只言捉奸出气，张得胜等信以为实。光绪十四年十一月初六日晚，一共四人各持木棍，同至王高氏门首，见门虚掩，天井有灯，秦幅磬、张得胜把守大门，徐三沅、赵长发进内，声喊捉奸。王佐道走出，被赵长

---

①台北故宫博物院藏：《军机及宫中档》，文献编号：408006626-0-A。

②中国第一历史档案馆藏：《录副奏片》，档号：03-5863-112。

发棍殴王佐道左脚踝接连脚背，王佐道夺门欲出，被张得胜棍殴王佐道右脚跟接连外踝，秦幅磬接打一棍，致伤王佐道右臂膊接连胳肘，王佐道倒地。徐三沅赶拢用棍连殴，致伤其右后胁、左腿肚，徐三沅骑压王佐道身上，秦幅磬用手很捏王佐道肾囊一下，王佐道喊叫一声，遂不言语。邻右黄魁等闻闹趋视，徐三沅等各散。当将王佐道抬回，医治罔效，越日殒命。经营移厅相验获犯，讯供议拟，详兼按察使衔核转前来。臣覆查无异。

查例载：挟嫌妒奸，谋故别情，乘机杀伤，图泄私忿者，仍照谋故杀本律问拟。又，谋杀人造意者，斩；从而加功者，绞。又，同谋共殴人因而致死者，余人各杖一百。又例载：军民相奸，奸夫、奸妇各枷号一个月，杖一百，各等语。此案革勇徐三沅妒奸起意，商同秦幅磬谋杀王佐道身死，并哄诱张得胜等共殴成伤，自应按律问拟。徐三沅除犯奸轻罪不议外，合依“谋杀人造意者，斩”律，拟斩监候，秋后处决，先行刺字。事犯虽在光绪十五年三月十六日恭逢恩诏以前，系因奸谋杀造意，不在援免之列。秦幅磬听从谋杀，力捏王佐道肾囊，以致毙命。秦幅磬合依“谋杀人，从而加功者，绞”律，拟绞监候，秋后处决，犯事在本年恩诏以前，系谋杀人，从而加功者，并无贪贿、挟嫌及奸盗别情，应入缓决。

张得胜、赵长发系被徐三沅哄骗同往共殴成伤，不知谋杀情弊，亦应各科各罪，张得胜、赵长发合依“同谋共殴人因而致死者，余人杖一百”律，各杖一百。王高氏与徐三沅、王佐道通奸，合依“军民相奸，奸夫、奸妇各枷号一个月，杖一百”，系犯奸之妇，杖决枷赎；犯事均在本年三月十六日恭逢恩诏以前，所有张得胜、赵长发及王高氏应得杖罪并收赎银两，均行豁免。王佐道武弁犯奸，罪有应得，业已身死，应与不及救阻之邻右黄魁等，均免置议。所有失察营弁犯奸之该管上司应开职名，恭逢本年三月十六日恩诏，邀免开送。是否允协？

除全案供招咨送刑部外，合将妒奸谋杀，核明定拟缘由，恭折具奏。伏乞皇上圣鉴，饬部核覆施行。谨奏。光绪十五年七月二十四日。

（朱批：）刑部议奏。[①]

光绪十五年八月二十九日，奉朱批：刑部议奏。钦此。[②]

0062. 审拟流犯张七娃斗殴毙命一案折

光绪十五年七月二十四日（1889年8月20日）

头品顶戴护理甘肃新疆巡抚新疆布政使臣魏光焘跪奏，为斗殴毙命，审明定拟，恭折具陈，仰祈圣鉴事。

窃发新助屯流犯张七娃因争荒地起衅，戳伤同配流犯李苐葆左胯等处身死一案，据迪化县知县陈希洛验讯议拟，由代理迪化府知府潘时策解镇迪道兼按察使衔恩纶覆审转详前来。

臣亲提研讯，缘张七娃籍隶甘肃合水县，因殴伤林渟漳身死案内拟绞减流，发往新疆助屯，于光绪十二年到新，发交迪化县，安插六道湾，拨地屯垦，与已死甘肃静宁州绞罪减流发新助屯之李苐葆同院居住，素好无嫌。张七娃所领地亩与李苐葆屯地毗连，内有荒地一段，经张七娃垦种成熟。光绪十五年三月初六日，张七娃前往犁地，正用小刀修整犁耙，李苐葆走拢阻挡，声称荒地系伊所领。张七娃分辩，李苐葆生气，扯住张七娃发辫向地揿按，张七娃顺执整犁小刀向李苐葆左膝、左腿冒戳两下，意欲使其护痛松手，讵李苐葆愈扭愈紧，两人一并倒地。张七娃被扭情急，又用刀吓戳两下，适伤李苐葆左右胯。比经王永胜喝散，李苐葆伤重，移时殒命。报县验讯议拟，解府详兼按察使审明转详。臣亲审无异。

查律载：已流而又犯罪者，依律再科后犯之罪。又例载：平常发遣人犯在配杀人者，仍分别谋、故、斗殴定拟。又律载：斗

---

①台北故宫博物院藏：《军机及宫中档》，文献编号：408006628。

②中国第一历史档案馆藏：《录副奏折》，档号：03-7312-042。

殴杀人者，不问手足、他物、金刃，并绞监候，各等语。此案张七娃先在原籍殴死人命，拟绞减流，发新助屯，今在配所因争荒地起衅，被扭情急，刀戳同配流犯李茀葆左胯等处，移时殒命，自应按律问拟。张七娃合依“平常发遣人犯在配杀人，仍分别谋、故、斗殴定拟”，又“斗殴杀人者，不问手足、他物、金刃，并绞监候”律，拟绞监候，秋后处决，犯事在光绪十五年三月十六日恭逢恩诏以前，核其情罪，系在查办之列，应候部议。王永胜阻救不及，应毋庸议。凶刀据供抛弃，邀免查起。无干省释。尸棺交属，愿否回籍，均听自便。是否允协？

除全案供招咨送刑部外，合将斗殴毙命，审明定拟缘由，恭折具陈。伏乞皇上圣鉴，饬部核覆施行。谨奏。光绪十五年七月二十四日。

（朱批：）刑部议奏。[①]

光绪十五年八月二十九日，奉朱批：刑部议奏。钦此。[②]

0063. 请以孙志焄补授哈密通判缘由折

光绪十五年八月初六日（1889年8月31日）

头品顶戴护理甘肃新疆巡抚新疆布政使臣魏光焘跪奏，为拣员请补要缺通判，以裨地方，恭折仰祈圣鉴事。

窃抚臣刘锦棠前于新疆补署各缺案内，奏明北路镇迪道属旧有各缺，援照云贵、甘肃变通章程，由外拣员请补，经部议准在案。查变通章程内开：试用人员，无论正、佐各官，如遇要缺，一并准其请补等语。兹据兼理新疆布政使兼按察使衔镇迪道恩纶详称：新疆哈密通判员缺系冲、繁二项要缺，查有四品衔留新试用通判孙志焄，年三十五岁，湖南长沙县人。咸丰八年，其父湖

①台北故宫博物院藏：《军机及宫中档》，文献编号：408006629。
②中国第一历史档案馆藏：《录副奏折》，档号：03-7312-043。

北补用道孙守信[1]在安徽三河剿匪阵亡，经湖广总督臣官文[2]、湖北巡抚臣胡林翼[3]奏奉谕旨，承袭骑都尉世职。光绪五年，在山西第七次赈捐案内，由骑都尉世职报捐双月选用通判。嗣投效新疆，于六载边防案内汇保，十年十月初四日奉上谕：双月选用通判骑都尉世职孙志焄，着以本班归部，不论双单月尽先选用，并赏加四品衔。钦此。十二年，抚臣刘锦棠奏请留于甘肃新疆补用，经部议覆：孙志焄系候选人员，准照定章以原官留于新疆，归试用班补用。查该员才具开展，处事稳练，历经差委，毫无贻误，边情尤为熟悉。详请奏补前来。

臣查孙志焄年富才明，干练有为，以之请补哈密通判员缺，

---

①孙守信（？—1858），湖南长沙人，由内阁供事叙从九品，官湖北，从军积功，累擢道员。咸丰八年（1858），在安徽剿匪阵亡。赠按察使，加太常寺卿、骑都尉世职。

②官文（1798—1871），即王佳·官文，字秀峰，满洲正白旗拜堂阿，初隶内务府汉军正白旗。道光元年（1821），充蓝翎侍卫。六年（1826），升三等侍卫。十二年（1832），拔侍卫副班领。十八年（1838），补二等侍卫班领，旋迁头等侍卫。二十年（1840），兼管养狗处养狗使。次年，补广州汉军副都统。二十七年（1847），调荆州左翼副都统。咸丰四年（1854），授荆州将军。次年，授钦差大臣，补湖广总督。八年（1858），兼署湖北巡抚，加太子少保；是年，擢协办大学士。十年（1860），晋大学士。翌年，授文渊阁大学士，晋太子太保。同治元年（1862），升文华殿大学士。三年（1864），封一等伯。次年，加封一等果威伯。六年（1867），任正白旗蒙古都统，兼署镶白旗蒙古都统、正蓝旗满洲都统，充稽查坛庙大臣、玉牒馆总裁、翻译乡试阅卷大臣、武乡试监射大臣。同年，调直隶总督，兼署长芦盐政。八年（1869），调三库大臣，转内大臣。九年（1870），授崇文门正监督。同年，充阅兵大臣。十年（1871），卒于任。赠太保，谥文恭。

③胡林翼（1812—1861），字贶生，号润芝，湖南益阳人。道光十五年（1835），中举。十六年（1836），中式进士，改庶吉士。十八年（1838），授翰林院编修。翌年，充国史馆协修。二十年（1840），任会试同考官、江南乡试副考官。次年，丁父忧，回籍终制，改捐中书。二十六年（1846），以知府分发贵州补用。二十八年（1848），署安顺府知府。三十年（1850），署镇远府知府。同年，调署思南府知府，赏戴花翎。咸丰元年（1851），补贵州黎平府知府。四年（1854），升贵州贵东道，补四川按察使；同年，调补湖北按察使。五年（1855），迁湖北布政使，署湖北巡抚。六年（1856），擢湖北巡抚。八年（1858），加太子少保；是年，丁母忧。十一年（1861），卒于任。授太子太保、骑都尉。谥文忠。著有《读史兵略》《胡文忠公奏议》《大清中外一统舆图》《宦黔书牍》《长沙府益阳县箴言书院志》《弟子箴言》《抚鄂书牍》《抚鄂批札》等行世。

实堪胜任，人地亦极相宜。合无仰恳天恩俯念要缺需员，准以四品衔留新试用通判孙志焄补授哈密通判。如蒙俞允，俟奉准部覆，即行给咨送部引见，以符例章；仍俟试俸年满，另请销去“试”字。谨会同陕甘总督臣杨昌濬，恭折具陈，伏乞皇上圣鉴训示。谨奏。光绪十五年八月初六日。

（朱批：）吏部议奏。①

光绪十五年九月十一日，奉朱批：吏部议奏。钦此。②

0064. 请以杨其澍补拜城知县缘由折

光绪十五年八月初六日（1889 年 8 月 31 日）

头品顶戴护理甘肃新疆巡抚新疆布政使臣魏光焘跪奏，为拣员请补知县，以裨地方，恭折仰祈圣鉴事。

窃据兼理新疆布政使兼按察使衔镇迪道恩纶详称：新疆新设拜城县知县员缺，地当冲要，俗敝民偷，距省较远，应请定为冲、疲二项请调中缺。该县系属新设，亟应遴员请补，以重职守。查南路新设各缺，前奉部议照吉林新章由外拣补一次在案。兹查有同知衔留新补用知县现署昌吉县知县杨其澍，年四十一岁，湖南湘阴县人，由附贡生于同治十三年在陕西甘捐局报捐中书科中书衔；关陇肃清案内汇保，光绪二年二月初四日奉上谕：中书科中书衔附贡生杨其澍，着以知县分省补用。旋投效新疆，于六载边防案内汇保，十年十月初四日奉上谕：分省补用知县杨其澍，着赏加同知衔，并赏戴花翎。钦此。十二年，抚臣刘锦棠奏准留于新疆，以原官仍归原班补用。十一月，委署昌吉县知县，十二月初二日到任。查该员年强才明，实心任事，现于署任内，办理一切，诸臻妥协，以之请补拜城县知县，实堪胜任，人地亦极相宜等情。详请具奏前来。

---

①台北故宫博物院藏：《军机及宫中档》，文献编号：408006630。

②中国第一历史档案馆藏：《录副奏折》，档号：03-5253-057。

臣查该员杨其澍才具稳练，办事勤谨，合无仰恳天恩俯念边疆员缺需人，准以同知衔留新补用知县现署昌吉县知县杨其澍补授拜城县知县，洵于地方有裨。如蒙俞允，俟奉准部覆，照例给咨送部引见；仍俟试俸年满，另请销去“试”字。该员署任内并无参罚案件。谨会同陕甘总督臣杨昌濬，恭折具陈，伏乞皇上圣鉴训示。谨奏。光绪十五年八月初六日。

（朱批：）吏部议奏。①

光绪十五年九月十一日，奉朱批：吏部议奏。钦此。②

0065. 委令道员王久铭总理营务片

光绪十五年八月初六日（1889年8月31日）

再，新疆营务殷繁，需员经理，查有调赴新疆差遣陕西题奏道王久铭，器识宏远，晓畅戎机，堪以总理，借资臂助。除檄委外，谨附片陈明，伏乞圣鉴。谨奏。

（朱批：）知道了。③

光绪十五年九月十一日，奉朱批：知道了。钦此。④

0066. 恭报十五年五月雨水粮价情形折

光绪十五年八月二十二日（1889年9月16日）

头品顶戴护理甘肃新疆巡抚新疆布政使臣魏光焘跪奏，为恭报光绪十五年五月分粮价并得雨情形，谨缮折具陈，仰祈圣鉴事。

窃照光绪十五年四月分各厅州县粮价并得雨情形，业经臣奏报在案。兹据兼理新疆布政使兼按察使衔镇迪道恩纶详报：本年

---

①台北故宫博物院藏：《军机及宫中档》，文献编号：408006631。

②中国第一历史档案馆藏：《录副奏折》，档号：03-5253-056。

③台北故宫博物院藏：《军机及宫中档》，文献编号：408006630-0-A。

④中国第一历史档案馆藏：《录副奏折》，档号：03-5864-012。

五月分，北路奇台得雨，入土五寸；阜康、绥来、昌吉、镇西得雨，入土三寸；迪化、吐鲁番、哈密、库尔喀喇乌苏微雨。伊塔道属绥定、宁远微雨。南路拜城得雨，入土二寸有余；温宿、喀喇沙尔、库车、叶城、英吉沙尔、玛喇巴什微雨，余未得雨。正值天时炎热，渠水畅流，地亩足资灌溉，民情亦均安帖。

至通省粮价吐鲁番、库尔喀喇乌苏、乌什、英吉沙尔、温宿、迪化、昌吉、绥来、宁远、疏附、于阗等厅州县俱与上月相同，余均略有增减。汇详请奏前来。

理合恭折具陈，并缮粮价清单，敬呈御览，伏乞皇上圣鉴。谨奏。光绪十五年八月二十二日。

（朱批：）知道了。①

光绪十五年九月二十三日，奉朱批：知道了。钦此。②

0067. 呈新疆光绪十五年五月粮价清单

光绪十五年八月二十二日（1889 年 9 月 16 日）

谨将新疆各属光绪十五年五月分米粮时估价值，缮具清单，恭呈御览。

计开五月分

镇迪道属

迪化县：大米每京石价银三两八钱五厘，小麦每京石价银一两四钱一分五厘，莞豆每京石价银一两四钱四分，青稞每京石价银一两三分五厘，俱与上月相同。

昌吉县：大米每京石价银二两一钱六分四厘，小麦每京石价银一两六厘，莞豆每京石价银一两二钱一厘，青稞每京石价银八钱七分五厘，俱与上月相同。

阜康县：粟米每京石价银九钱五分五厘，较上月减一钱五厘。

①台北故宫博物院藏：《军机及宫中档》，文献编号：408006632。

②中国第一历史档案馆藏：《录副奏折》，档号：03-6881-025。

小麦每京石价银九钱九分，较上月减一钱四分二厘。莞豆每京石价银九钱九分，较上月减一钱一分。高粱每京石价银五钱三分，与上月相同。

绥来县：大米每京石价银二两一钱七分五厘，小麦每京石价银九钱一分九厘，莞豆每京石价银一两八分，高粱每京石价银五钱六分三厘，俱与上月相同。

奇台县：大米每京石价银二两四钱一分六厘，小麦每京石价银七钱七分八厘，俱与上月相同。

库尔喀喇乌苏厅：小麦每京石价银一两三钱，莞豆每京石价银一两二钱，高粱每京石价银五钱二分六厘，俱与上月相同。

伊塔道属

绥定县：大米每京石价银三两七钱，与上月相同。小麦每京石价银一两三钱四分二厘，较上月减一钱三分八厘。莞豆每京石价银一两四钱一分，较上月减五钱六分四厘。大麦每京石价银一两一分七厘，较上月减一钱一分三厘。

宁远县：大米每京石价银四两一钱七分，小麦每京石价银一两一钱六分，大麦每京石价银八钱，莞豆每京石价银一两一钱二分，俱与上月相同。

阿克苏道属

温宿直隶州：大米每京石价银一两八钱二分四厘，小麦每京石价银八钱二分八厘，大麦每京石价银四钱二分，包谷每京石价银五钱四分四厘，俱与上月相同。

拜城县：小麦每京石价银四钱三分，较上月减五分。大麦每京石价银二钱一分，莞豆每京石价银三钱九分，俱与上月相同。包谷每京石价银三钱，较上月减四分。

喀喇沙尔直隶厅：大米每京石价银一两九钱二分四厘，较上月减四钱四分四厘。小麦每京石价银六钱九分，较上月减一钱三分六厘。莞豆每京石价银七钱二分，较上月减九分一厘。包谷每京石价银五钱一分二厘，较上月减一钱九分二厘。

库车直隶厅：大米每京石价银一两九钱，与上月相同。小麦每京石价银六钱八分，较上月增八分。包谷每京石价银三钱，莞豆每京石价银三钱五分，俱与上月相同。

乌什直隶厅：大米每京石价银二两八分六厘，小麦每京石价银六钱八分六厘，大麦每京石价银三钱二分一厘，包谷每京石价银六钱二厘，俱与上月相同。

喀什噶尔道属

疏勒直隶州：大米每京石价银三两七钱五分，较上月增九钱。小麦每京石价银一两二钱四分二厘，较上月增一钱三分八厘。包谷每京石价银一两二分四厘，较上月增一钱二分八厘。高粱每京石价银六钱九分，与上月相同。

疏附县：大米每京石价银三两七钱五分，小麦每京石价银一两二钱四分二厘，包谷每京石价银一两七分二厘，高粱每京石价银六钱九分，俱与上月相同。

莎车直隶州：大米每京石价银二两二钱二分，较上月增一钱四分八厘。小麦每京石价银五钱五分二厘，较上月增九分七厘。大麦每京石价银三钱七分五厘，与上月相同。包谷每京石价银三钱九分六厘，较上月增四分。

叶城县：大米每京石价银二两六钱一分，与上月相同。小麦每京石价银四钱五分，较上月增五分。包谷每京石价银三钱三分六厘，较上月增四分八厘。青稞每京石价银三钱，较上月减二分五厘。

和阗直隶州：大米每京石价银二两一钱，较上月减一钱四分。小麦每京石价银一两二分一厘，包谷每京石价银六钱一厘，俱与上月相同。青稞每京石价银四钱一分四厘，较上月减二分七厘。

于阗县：大米每京石价银二两七分，小麦每京石价银九钱二分一厘，包谷每京石价银六钱四分，俱与上月相同。

英吉沙尔直隶厅：大米每京石价银三两四分，小麦每京石价银六钱九分，包谷每京石价银五钱三分六厘，大麦每京石价银三钱四分，俱与上月相同。

玛喇巴什厅：大米每京石价银四两一钱四分四厘，较上月增一钱四分八厘。小麦每京石价银八钱九分七厘，较上月增六分九厘。包谷每京石价银七钱四厘，较上月增六分四厘。

（朱批：）览。①

0068. 奏报防营官兵及各台局义学数目折

光绪十五年八月二十二日（1889年9月16日）

头品顶戴护理甘肃新疆巡抚新疆布政使臣魏光焘跪奏，为新疆防营员弁勇丁及各台局、义学，自光绪十四年七月初一日起至十二月底止实在数目，分别缮具清单，奏明立案，恭折仰祈圣鉴事。

窃新疆马步营旗、炮队、台局、义学，截至光绪十四年六月底止实在数目，前经抚臣刘锦棠奏咨在案。兹据新疆粮台详称：自十四年七月初一日起，遵照奏定标营章程，挑募步队四营一旗一哨、马队一旗。又，十四年六月底止，裁减步队六旗、马队一旗。通截至十四年十二月底止，共存马步七十六营旗一哨、开花炮队三哨，共计额设弁勇二万五百三十三名，额设营、旗、哨官二百九十三员，营书二百一十二名，巡查九十七员，额外伙夫、私夫、马夫、车夫四千七百五十一名。其各台局、义学于十二月底止并无增减。分晰缮具清单，详请奏咨前来。

臣覆核无异，所有新疆各营局、义学自光绪十四年七月初一日起至十二月底止实在数目，除咨部外，理合缮具清单，恭呈御览。伏乞皇上圣鉴，饬部立案施行。谨奏。光绪十五年八月二十二日。

（朱批：）该部知道，单二件并发。②

---

①中国第一历史档案馆藏：《单》，档号：03-6881-026。

②台北故宫博物院藏：《军机及宫中档》，文献编号：408006633。

光绪十五年九月二十三日，奉朱批：该部知道，单二件并发。钦此。[①]

0069. 呈新疆各台局义学数目四柱清单

光绪十五年八月二十二日（1889 年 9 月 16 日）

谨将新疆各台局暨义学数目自光绪十四年七月初一日起至十二月底止，缮具四柱清单，恭呈御览。

旧管：光绪十四年六月底止，实存新疆粮台局，省城军装总局，省城采运局、柴草局，哈密军装局。

哈密新城、吐鲁番新城、喀喇沙尔、库车、阿克苏、乌什、英吉沙尔、喀什噶尔汉城、叶尔羌、和阗古城、绥来、迪化、省城等处十三保甲局。

哈密、巴里坤、昌吉、吐鲁番、喀喇沙尔、库车、阿克苏、乌什、喀什噶尔、英吉沙尔、玛喇巴什、叶尔羌、和阗等处十三牛痘局。

哈密义学五堂，吐鲁番义学六堂，喀喇沙尔义学四堂，库车义学五堂，拜城义学二堂，温宿义学三堂，乌什义学三堂，疏勒义学三堂，疏附义学二堂，玛喇巴什义学三堂，英吉沙尔义学三堂，莎车义学五堂，叶城义学二堂，和阗义学二堂，于阗义学二堂，巴里坤义学四堂，奇台义学四堂，济木萨义学三堂，阜康义学二堂，迪化义学六堂，昌吉义学二堂，绥来义学四堂，呼图壁义学二堂，共计义学七十七堂。

新收：无项。

开除：无项

实在：光绪十四年十二月底止，实存新疆粮台，省城军装总局，省城采运局、柴草局，哈密军装局。

哈密新城、吐鲁番新城、喀喇沙尔、库车、阿克苏、乌什、

---

①中国第一历史档案馆藏：《录副奏折》，档号：03-6025-024。

英吉沙尔、喀什噶尔、汉城、叶尔羌、和阗古城、绥来、迪化、省城等处十三保甲局。

哈密、巴里坤、昌吉、吐鲁番、喀喇沙尔、库车、阿克苏、乌什、喀什噶尔、英吉沙尔、玛喇巴什、叶尔羌、和阗等处十三牛痘局。

哈密义学五堂，吐鲁番义学六堂，喀喇沙尔义学四堂，库车义学五堂，拜城义学二堂，温宿义学三堂，乌什义学三堂，疏勒义学三堂，疏附义学二堂，玛喇巴什义学三堂，英吉沙尔义学三堂，莎车义学五堂，叶城义学二堂，和阗义学二堂，于阗义学二堂，巴里坤义学四堂，奇台义学四堂，济木萨义学三堂，阜康义学二堂，迪化义学六堂，昌吉义学二堂，绥来义学四堂，呼图壁义学二堂，共计义学七十七堂。

(朱批：) 览。①

0070. 呈十四年下半年防营勇丁等清单

光绪十五年八月二十二日（1889年9月16日）

谨将新疆驻防马步各营旗员弁勇丁、夫马、炮车数目自光绪十四年七月初一日起至十二月底止，缮具四柱清单，恭呈御览。

旧管：光绪十四年六月底止，实存防军标营饷章马队一营四十旗，步队一十六营二十旗，开花炮队三哨，总共存马步七十七营旗、开花炮队三哨。共计旧存额设营、旗、哨官二百九十一员，旧存额设营书二百一十名，旧存额设巡查九十四员，旧存额设弁勇二万二百七十九员名，旧存额外伙夫五百八十七名，旧存额外私夫、马夫、车夫四千一百二十六名，旧存额马五千三百七十二匹，旧存炮车一十八辆、车骡四十八头。

查前项原系旧存营、旗、哨官二百九十五员，营书二百一十

①中国第一历史档案馆藏：《单》，档号：03-6189-067。

三名，巡查九十五员，弁勇二万六百三十八员名，伙夫五百八十七名，私夫、马夫、车夫四千一百四十二名，额马五千三百七十二匹，炮车一十八辆，车骡四十八头。嗣以截至四月底止，裁撤抚标左旗□未开除，所有旧存数目，自应照减，前于造具夏季分季情内核减，合符上数，并声明将前送春夏两季清单内更正在案。合并声明。

新收：光绪十四年七月初一日起，挑募老湘三旗、老湘四旗、安边一旗、巴里坤镇标左营，共步队四营、巴里坤城守营步队一旗；挑募哈密协标塔尔纳沁营步队一哨，遵照标营章程，新添额设营、旗、哨官二十六员，新添额设营书二十名，新添额设巡查九员，新添额设弁勇二千四百八员名，新添额外私夫一百三十四名。

光绪十四年七月初一日起，挑募巴里坤镇标中营马队一旗，遵照标营章程，新添额设旗、哨官三员，新添额设营书二名，新添额设巡查一员，新添额设弁勇一百二十员名，新添额外伙夫一十四名，新添额外马夫、私夫七十九名，新添额马一百二十八匹。

开除：光绪十四年六月底止，裁减老湘三旗、老湘四旗、安边一旗、绥定中旗、巴里坤镇标右营、哈密协营，共步队六旗，共计裁减额设官弁勇丁二千二百二员名，裁减额外私夫九十六名。

光绪十四年六月底止，裁减巴里坤城守营马队一旗，计裁减额设官弁勇丁一百二十六员名，裁减额外伙夫一十四名，裁减额外马夫、私夫七十九名，裁减额马一百二十八匹。

实在：光绪十四年十二月底止，实存防军标营饷章马队一营四十旗、步队二十营一十五旗一哨、开花炮队三哨。共计实存额设营、旗、哨官二百九十三员，实存额设营书二百一十二名，实存额设巡查九十七员，实存额设弁勇二万五百三十三员名，实存额外伙夫五百八十七名，实存额外私夫、马夫、车夫四千一百六十四名，实存额马五千三百七十二匹，实存炮车一十八辆、车骡四十八头。

（朱批：）览。[①]

【案】此清单目录既未署具呈者，且具呈日期仅署“光绪十五年”，亦未确。兹据《随手档》[②] 及清单内容推断，其为03-6025-024号折附件无疑。兹据校正。

0071. 审拟回民李幅故杀妻命一案折

光绪十五年八月二十二日（1889年9月16日）

头品顶戴护理甘肃新疆巡抚新疆布政使臣魏光焘跪奏，为故杀妻命，核明定拟，恭折具陈，仰祈圣鉴事。

窃莎车州回民李幅故杀伊妻沙拉比比身死一案，据莎车直隶州知州刘嘉德验讯议拟，详署喀什噶尔道向邦倬审明，咨镇迪道兼按察使衔恩纶核转前来。

臣覆加查核，缘回民李幅籍隶莎车州，小贸生理。已死沙拉比比系属伊妻，平日式好无嫌。光绪十四年十二月十三日午后，李幅往邻妇怕拉比比家闲坐，乘间与怕拉比比调戏成奸，以后遇便行奸，不记次数，亦未给过钱物。十五年正月十三日夜，李幅在怕拉比比家奸宿，次早被妻沙拉比比捕获不依，经众劝散。二十九日上午，沙拉比比撞遇李幅从怕拉比比家走出，又复吵闹。李幅将沙拉比比拉回，用绳捆缚，将门关闭，拾取柴棍一根，打伤沙拉比比右手腕、右臂膊、脊背，不准喧闹。讵沙拉比比愈加凶闹，李幅忿激，临时顿起杀机，有心致死，执棍向其乱戳，致伤沙拉比比右后肋、脊膂、左右胁、右腿等处。比经邻妇百合比比及二比子汉翻墙进内劝阻，解其缚绳。不料，沙拉比比伤重，移时殒命。报验获犯讯供，详批审拟解道，咨兼按察使衔核明转

---

①中国第一历史档案馆藏：《单》，档号：03-6025-025。

②中国第一历史档案馆藏：《军机处随手登记档》，文献编号：03-0259-1-1215-256。

详。臣覆核无异。

查律载：夫殴妻，故杀者，亦绞。又例载：军民相奸者，杖一百，枷号一个月，各等语。此案李幅与怕拉比比通奸，因妻沙拉比比捕获吵闹，该犯临时起意，有心用棍殴伤致死，实属故杀，自应按律问拟。李幅除和奸轻罪不议外，合依“夫殴妻，故杀者，亦绞”律，拟绞监候，秋后处决。犯事虽在光绪十五年三月十六日恭逢恩诏以前，系自犯邪淫，逞忿故杀，不在援免之列。怕拉比比与李幅通奸，讯无唆使情事，合依“军民相奸”例，杖一百，枷号一个月。系犯奸之妇，杖决枷赎。恭逢恩诏，所得枷、杖，概行援免。邻妇百合比比等救阻不及，均免置议。无干省释。尸棺饬埋，凶棍案结销毁。是否允协？

除全案供招咨送刑部外，谨将故杀妻命，核明定拟缘由，恭折具奏。伏乞皇上圣鉴，敕部核议施行。谨奏。光绪十五年八月二十二日。

（朱批：）刑部议奏。①

光绪十五年九月二十三日，奉朱批：刑部议奏。钦此。②

0072. 奏拨应解新饷赴鲁修河片

光绪十五年八月二十二日（1889年9月16日）

再，臣承准军机大臣字寄：光绪十五年七月初三日，奉上谕：张曜奏，前经部议加培黄河两岸堤埝，指拨各省郑工捐输银两，现除山西等省陆续解到外，其余指拨江苏、甘肃、新疆、福建、台湾、江西、湖北、湖南、四川、广东、广西、云南、贵州应解山东银两，迄今尚未起解等语。山东黄河增培堤埝工程，需款孔亟，既经该部指拨各省郑工捐项，均系有着之款，何以尚未报解？即着各该省督抚迅将前项银两，如数解往山东，以资工用，毋稍

①台北故宫博物院藏：《军机及宫中档》，文献编号：408006634。

②中国第一历史档案馆藏：《录副奏折》，档号：03-7312-044。

延缓！将此由四百里各谕令知之。钦此。

查新疆第一次郑工捐输，报存库平银九千八百一十一两五钱四分。前准部咨奏准解赴山东，作为培修黄河堤埝经费等因。当经饬据藩司详报，咨由甘肃藩司于应解新疆新饷项下照数兑拨，汇归甘肃提解山东堤工银两案内一并搭解验收，业于六月二十五日具奏，并咨部查照在案。谨附片陈明，伏乞圣鉴。谨奏。

（朱批：）户部知道。①

光绪十五年九月二十三日，奉朱批：户部知道。钦此。②

0073. 请将王毓芬等留新补用缘由折

光绪十五年八月二十六日（1889 年 9 月 20 日）

头品顶戴护理甘肃新疆巡抚新疆布政使臣魏光焘跪奏，为援案请将差委人员照章留新补用，恭折具陈，仰祈圣鉴事。

窃维为治务在得人，新疆设省伊始，兴革事繁，非洞达边情，无以资通变，非练习劳苦，无以策事功。因地制宜，需材尤亟。卷查光绪十一年，抚臣刘锦棠奏准将随营当差人员，照云贵、甘肃变通章程，凡分省候选及他省候补各员，留新补用。旋将分省补用知府张起宇等十一员奏留甘肃新疆补用，奉旨允准在案。现查在新年久，历承差委，未经奏留者，不乏朴实有为之员。据兼理布政使兼按察使衔镇迪道恩纶详请援照成案，将运同衔升用知府留陕尽先补用同知王毓芬、知府衔候选同知严金清、分省候补班前先补用同知谭传科、运同衔前山西岢岚州知州候补直隶州知州吴光熊、运同衔遇缺尽先前即选直隶州知州易寿崧、归部尽先选用知州刘人佺、候选布理问魏景桐、同知衔河南补用知县王俊、分省补用知县杨名树、六品衔分省补用知县胡岑、分省归候补班前补用知县易绍昌等十一员，奏留新疆补用前来。

①台北故宫博物院藏：《军机及宫中档》，文献编号：408006632-0-A。

②中国第一历史档案馆藏：《录副奏片》，档号：03-7081-042。

臣查该员等或操守平正，或才识明通，办事既耐勤劳，情形尤为熟悉。值边圉需才之时，均堪留备司牧之选。合无仰恳天恩俯准饬部将王毓芬等十一员一律注册，留于甘肃新疆补用，期于地方有裨。

除饬取该各员历册咨部查照外，谨会同陕甘总督臣杨昌濬，恭折具陈。伏乞皇上圣鉴训示，施行。谨奏。光绪十五年八月二十六日。

（朱批：）吏部知道。①

光绪十五年九月二十八日，奉朱批：吏部知道。钦此。②

0074. 请以陈希洛升补温宿知州缘由折

光绪十五年八月二十六日（1889 年 9 月 20 日）

头品顶戴护理甘肃新疆巡抚新疆布政使臣魏光焘跪奏，为请调实任知县升补直隶州知州要缺，以裨地方，恭折具陈，仰祈圣鉴事。

窃据兼理新疆布政使兼按察使衔镇迪道恩纶详称：温宿直隶州知州陈名钰俸满开缺，奉部覆准，并令将所遗温宿直隶州要缺另行拣补等因。亟应遴员请补，以重职守。查南路新设各缺，前经抚臣刘锦棠奏准仿照吉林章程由外拣补一次，以后出缺，援照甘肃变通章程办理。查甘肃变通章程内开：丞、倅、州、县以及佐杂各要缺，将现任各员按照应升官阶，任内无论有无升案，并是否到任实授以及历俸、试俸未、经期满各员，择其人地相宜者一律升调。又，定例：应调缺出，俱令于现任人员内拣选调补，各等语。

今温宿直隶州系冲、繁、疲三项要缺，非熟悉边务、精明练达之员，难资治理。于通省现任各员内逐加拣选，查有尽先升用

①台北故宫博物院藏：《军机及宫中档》，文献编号：408006635。

②中国第一历史档案馆藏：《录副奏折》，档号：03-5253-129。

直隶州知州迪化县知县陈希洛，年四十五岁，湖南善化县人，由监生于克复张家川、龙山镇、莲花城等处案内汇保，同治四年四月二十三日奉上谕：陈希洛着以从九品不论双单月，遇缺尽先选用，并赏戴蓝翎。钦此。克复巩昌府城案内汇保，六年四月初三日奉上谕：陈希洛着免补本班，以府经历县丞分发省分，归军功班遇缺尽先补用，并赏加盐提举衔。钦此。又于击退华亭县、张家川等处回逆案内汇保，是年五月初七日奉上谕：陈希洛着免补本班，以知县分发省分，归军功班遇缺尽先补用。钦此。防守甘肃省城案内汇保，八年五月初九日奉上谕：陈希洛着赏换花翎。钦此。规复肃州案内汇保，经部覆奏俟补缺后，以直隶州知州尽先升用注册。其所请加运同衔，系逾加衔限制，改为议叙。九年六月初九日奉旨：依议。钦此。八年，委署玉门县，十一年六月交卸。十二年，复委署玉门县篆务，十三年正月交卸，奉准吏部议奏，留于甘肃以原官归原班补用。光绪五年，请咨赴部引见。十月十五日，蒙钦派大臣验放，奏请照例发往甘肃。十月十六日奉旨：依议。钦此。十月二十日，由部领照赴甘。六年三月十七日，到省缴照。七年七月，委署平番县篆务，八年十二月交卸。十一年，调赴新疆差遣，十二年正月初五日到新。八月，委署迪化县事，是月二十一日到任。十三年十一月，经抚臣刘锦棠奏补斯缺，奉准部覆在案。查该员老成练达，办事安详，历任甘肃新疆各缺，办理一切，诸臻妥协，舆情爱戴，边防尤为熟悉，详请奏补前来。

臣查陈希洛勤廉笃实，练达有为，以之升补温宿直隶州知州，实堪胜任，人地亦极相宜。合无仰恳天恩俯念要缺需员，准调尽先升用直隶州知州迪化县知县陈希洛，升补温宿直隶州知州，以裨地方。如蒙俞允，俟奉部覆，照例给咨送部引见；仍令试俸年满，另请销去“试”字。该员任内并无参罚案件。所遗迪化县知县系冲、繁、疲三项要缺，应请由外拣补。是否有当，谨会同陕甘总督臣杨昌濬，恭折具奏，伏乞皇上圣鉴训示。

再，温宿直隶州知州陈名钰俸满开缺，接准部覆，系光绪十五年三月十二日奉旨，应以奉旨后第五日由部行文之日起，按照程限减半扣算七十一日，应以五月二十八日到新作为开缺日期。合并声明。谨奏。光绪十五年八月二十六日。

(朱批:) 吏部议奏。①

光绪十五年九月二十八日，奉朱批：吏部议奏。钦此。②

0075. 请饬更正刘日华原保底衔片

光绪十五年八月二十六日（1889 年 9 月 20 日）

再，臣据尽先补用游击刘日华禀称，该员于陕省全境肃清案内，经前陕甘总督臣左宗棠由把总保以千总尽先补用；于陕境防剿案内，适因出差，营官误以守备衔尽先补用千总底衔开呈，经前陕西巡抚臣邵亨豫③请保免补守备，以都司尽先补用，并戴蓝翎。部议改为免补千总，以守备尽先补用。禀请附奏更正，等情。前来。

臣覆核无异，相应请旨饬部将补用游击刘日华于陕境防剿案

---

①台北故宫博物院藏：《军机及宫中档》，文献编号：408006636。

②中国第一历史档案馆藏：《录副奏折》，档号：03-5253-131。

③邵亨豫（1817—1883），字子立，一字汴生，江苏常熟人，寄籍顺天府宛平县。道光十九年（1839），中顺天乡试副榜。二十四年（1844），中举人。三十年（1850），中式进士，改庶吉士。咸丰二年（1852），授翰林院编修。四年（1854），补授实录馆纂修，充国史馆协修。八年（1858），充河南乡试正考官、安徽学政。同治二年（1863），授国子监祭酒、实录馆纂修官。三年（1864），补日讲起居注官。次年（1865），补授翰林院侍讲、侍读、右春坊右庶子。七年（1868），授内阁学士兼礼部右侍郎。十年（1871），补礼部右侍郎，兼吏部右侍郎、仓场侍郎。十一年（1872），补授陕西巡抚，兼兵部侍郎，后乞病开缺。光绪三年（1877），调湖北巡抚。次年，再调湖南巡抚。五年（1879）任礼部左侍郎。次年，充会试复试阅卷大臣、庶吉士散馆阅卷大臣，调吏部左侍郎。七年（1881），兼署户部右侍郎兼管钱法堂事务，是年，任考试大臣。九年（1883），卒于任。著有《愿学堂诗存》22 卷、《雪泥鸿爪》等。其生平事迹见俞樾《诰授光禄大夫头品顶戴吏部左侍郎邵公墓志铭》（《续碑传集》卷一三），邵亨豫自编，邵松年、邵椿年续编《诰授光禄大夫头品顶戴吏部左侍郎汴生府君自订年谱》。

内所开底衔删去守备衔，以尽先补用千总请保免补千总，以守备尽先补用注册，以免歧异。除咨部外，谨附片具陈。伏乞圣鉴训示。谨奏。

（朱批：）兵部知道。[①]

光绪十五年九月二十八日，奉朱批：兵部知道。钦此。[②]

【案】此奏片之具奏日期，原件目录署“光绪十五年八月二十六日”，而录副目录则署为“光绪十五年八月二十二日”，未敢擅断。据此片朱批日期“光绪十五年九月二十八日”查《随手档》[③]，则署有“朱批魏光焘折，报四百里，八月二十六日发”等字样。据此，此奏片之具奏日期当为“光绪十五年八月二十六日”无疑。兹据原件及《随手档》校正。

0076. 奏闻黄丙焜堪署知府缘由片

光绪十五年八月二十六日（1889 年 9 月 20 日）

再，代理迪化府知府潘时策卸代遗缺，查有吐鲁番同知黄丙焜才具练达，为守兼优，堪以委署。据兼理新疆布政使兼按察使衔镇迪道恩纶具详前来。除由臣批饬给委外，谨会同陕甘总督臣杨昌濬，附片具奏。伏乞圣鉴。谨奏。

（朱批：）吏部知道。[④]

光绪十五年九月二十八日，奉朱批：吏部知道。钦此。[⑤]

---

①台北故宫博物院藏：《军机及宫中档》，文献编号：408006636-0-A。

②中国第一历史档案馆藏：《录副奏片》，档号：03-5864-049。

③中国第一历史档案馆藏：《军机处随手登记档》，文献编号：03-0259-1-1215-261。

④台北故宫博物院藏：《军机及宫中档》，文献编号：408006635-0-A。

⑤中国第一历史档案馆藏：《录副奏片》，档号：03-5253-130。

0077. 新疆十四年征信册刷印散发折

光绪十五年九月初七日（1889 年 10 月 1 日）

头品顶戴护理甘肃新疆巡抚新疆布政使臣魏光焘跪奏，为新疆各属光绪十四年征信册籍，遵章刷印散发，恭折具陈，仰祈圣鉴事。

窃照新疆各属光绪十三年征信册籍，前经抚臣刘锦棠饬据藩司遵照部咨造册，详请奏咨，并饬刷发各属绅民查阅在案。兹据兼理新疆布政使恩纶详称：各厅、州、县、县丞、巡检光绪十四年征收额粮及催征、带征民欠、缓征、豁免粮石征信册籍底本，饬据各属陆续申覆，除镇迪道属之哈密厅、吐鲁番厅、阜康县、精河巡检，呼图壁巡检及阿克苏、喀什噶尔两道属之各厅州县经征十四年已垦熟地应征粮石，并温宿、拜城两州县带征灾缓粮草，均于十四年下忙截数之前一律征收全完。应请毋庸造具征信册外，至镇西、迪化、昌吉、绥来、奇台、济木萨、库尔喀喇乌苏等属经征十四年粮石，并催征、带征均有未完，内镇西、绥来尚有因灾蠲缓之案，阜康、呼图壁仅只催征、带征民欠未完，陆续据各该属造具征信册底本，由司发交经历司雇募工匠，添刻活字印板，首列部拟清厘民欠章程十条，次列各项民欠应蠲、应缓各数目，一律摆印，并委库大使会同校对。

计刊印镇西厅经征十四年未完册四十本，并催征节年民欠及十四年因灾蠲免册各四十本；库尔喀喇乌苏厅经征十四年未完册三十本；迪化县经征十四年未完册四十本，并催征节年民欠册四十本；昌吉县经征十四年未完册三十本，并催征节年民欠及带征十一年原缓册各三十本；阜康县催征节年民欠及带征十一年灾缓册各三十本；绥来县经征十四年未完册四十本，并十四年因灾豁免及缓征册各四十本，又带征递缓十三年民欠册四十本；奇台县经征十四年未完册四十本，并催征节年民欠册四十本；济木萨县丞经征十四年未完册三十本，并催征节年民欠及带征十三年灾缓册各三十本；呼图壁巡检催征节年民欠册三十本。注明页数，钤用司印，内迪化府属各县、县丞、巡检，遵章移送镇迪道一半，发交迪化府一半；道属镇西厅、库尔喀喇乌苏厅则全送镇迪道，分别转发各属绅民，分给各乡民，公同查阅，俾使周知。附赍各册，详请奏咨前来。

臣覆查无异，除将各册咨部查核外，所有新疆各属光绪十四年征收额粮及催征、带征民欠、缓征、蠲免粮石征信册，遵章刷印散发缘由，谨会同陕甘督臣杨昌濬，恭折具陈，伏乞皇上圣鉴训示。再，此案征信册照章应于六月底刷印分发，因关外雇匠奇艰，必由内地，遇事须另雇更换，辄停工以待，是以稍迟。合并陈明。谨奏。光绪十五年九月初七日。

（朱批：）户部知道。①

光绪十五年十月初九日，奉朱批：户部知道。钦此。②

0078. 请以潘震调补和阗知州缘由折

光绪十五年九月初七日（1889年10月1日）

头品顶戴护理甘肃新疆巡抚新疆布政使臣魏光焘跪奏，为调补直隶州知州员缺，以裨地方，恭折具陈，仰祈圣鉴事。

窃据兼理新疆布政使兼按察使衔镇迪道恩纶详称：和阗直隶州知州潘效苏调补迪化府知府，奉部覆准，并令将所遗和阗直隶州员缺另行拣补等因。亟应遴员请补，以重职守。查南路新设各缺，前经抚臣刘锦棠奏准仿照吉林章程由外拣补一次❶，以后出缺，照甘肃变通章程，丞、倅、州、县以及佐杂各要缺，将现任各员按照应升官阶，任内无论有无升案，并是否到任实授以及历俸、试俸未、经期满各员，择其人地相宜者，准其一律升调。又，定例：应调缺出，俱令于现任人员内拣选调补，各等语。

---

①台北故宫博物院藏：《军机及宫中档》，文献编号：408006637。

②中国第一历史档案馆藏：《录副奏折》，档号：03-6232-006。

今和阗直隶州系属调缺，查有准补库车同知潘震，年四十岁，系安徽太平府当涂县人，由监生遵例报捐典史，分发甘肃试用。关陇肃清案内汇保，于光绪二年十月十五日奉旨：着俟补缺后，以应升之缺升用。钦此。复遵例加捐州判，仍分发甘肃试用。六年三月赴部，经钦派王大臣验看，领照起程，到省缴照。新疆南北两路一律肃清案内汇保，是年正月三十日奉旨：着以知县补用。钦此。随即禀请过班，试看年满甄别，以知县留省补用。修理董志县丞、合水、平远各县城工案内保奏，八年六月二十日奉旨：赏加同知衔。钦此。九年三月，奏补甘肃平凉府华亭县知县，旋调赴新疆差遣。新疆六载边防案内汇保，十年十月初四日奉旨：着以同知直隶州知州在任候补。钦此。十二年十月，经抚臣刘锦棠奏补库车同知，奉准部覆，十三年七月到任。十五年七月，奉调卸事。查该员公事勤慎，稳练廉明，前于同知任内已历两年，措置咸宜，舆情爱戴，边情、土俗尤为熟悉。详请奏补前来。

臣查潘震明白稳练，洁己爱民，以之调补和阗直隶州知州员缺，洵堪胜任。合无仰恳天恩俯准以库车同知潘震调补和阗直隶州知州，以裨地方。如蒙俞允，俟奉部覆，照例给咨并案送部引见；仍俟试俸年满，另请销去“试”字。该员任内并无参罚案件。所遗库车同知系冲、繁二项请调中缺，应请由外调补。是否有当，谨会同陕甘总督臣杨昌濬，恭折具陈。伏乞圣鉴训示。

再，潘效苏调补迪化府知府，所遗和阗直隶州员缺，奉准部覆，系光绪十五年六月初十日奉旨，应以奉旨后第五日由部行文之日起，按照程限减半扣算七十一日，应以八月二十六日到新作为开缺日期。合并声明。谨奏。光绪十五年九月初七日。

（朱批：）吏部议奏。①

光绪十五年十月初九日，奉朱批：吏部议奏。钦此。②

①台北故宫博物院藏：《军机及宫中档》，文献编号：408006638。

②中国第一历史档案馆藏：《录副奏折》，档号：03-5254-029。

❶【案】光绪九年四月二十日，新疆巡抚刘锦棠会同陕甘总督谭钟麟，具折奏报委员试署南路各官并筹现办情形，曰：

钦差大臣督办新疆军务通政使司通政使二等男臣刘锦棠、头品顶戴陕甘总督臣谭钟麟跪奏，为承准部覆准设新疆南路道厅州县各官，现委员前往试署，以便详察地势、民情，续陈未尽事宜，并筹现办情形，恭折仰祈圣鉴事。

窃臣锦棠承准吏部咨会：遵旨会议臣等前请变通新疆官制具陈一折，奉旨：依议。钦此。黏连原奏，知照到营。当即钦遵，分咨关外在事诸臣，并饬现办善后局员，各将所管地段界址暨一切情形，详悉察夺具报去后。伏维体国经野，通筹局势，须原始以要终，庶可大而可久。特当创办之初，有因一处之妨而致疑全局之多碍，有因一端之阻而动谓众务之未宜。风气之所侵渍，成例之所拘迫，欲变之于一旦，微论法制尚未详订，急切靡所适从。即使纲举目张，自谓灿然大备，且有箕风毕雨之好，足以淆我视听，扰我神明。种落之殊，教令之别，非独其地有以限之，抑由其俗积渐使然也。关陇为天下之屏蔽，而塞外又踞关陇之上游，山水之所从出。其地则高寒而多沙碱，其人虽浑朴而不联属，不问向之居国行国，究其居处、服食、文字、语言，迥异中土。汉唐以来，殷忧西事，罔不经营捍御，聊固吾圉。盖既为形势所必争，则即为声教所必及。乃以一其习尚无复他虞。夫因创之所乘，实有天时、人事之所凑拍。曩者汉置河西四郡，当时虽不免耗中事西之苦，而至今赖之。西域自古羁縻之地，往往一隅蠢动，腹地为震。自祖宗朝栉风沐雨，先后勘定南北两路，或分置屯防，或间设郡县，星罗棋布，远近相维。南疆地虽饶沃，而因俗类榛狉，难骤绳以礼法，于是分命大臣督率文武员弁、兵丁，镇驻扼要之区，弹压巡缉。差繇赋税，量为征收。举凡疏节阔目，用壮厥声灵，坚其趋向，以待我皇太后、皇上今日因事制宜，变通尽利。

臣锦棠适躬逢其盛，前陈应设、应裁、应改、应移诸端，仰荷睿衡，饬部会议。兹各部院议复折内于议设者，如置巡抚、布政使，及镇迪道加按察使衔，管理刑名，改迪化州为县，设迪化府各节，暂从缓议。而议裁、议改、议移者，如裁各城都统、参赞、办事、领队各大臣，应俟南八城建置事宜办有成效，奉旨准设巡抚，再行会奏请旨。又裁去回官阿奇木伯克等，另行酌设头目。则以均有职掌责任，应更体察，妥议章程核办。改设额兵，将乌鲁木齐提督移驻喀什噶尔，亦令俟后请旨。回童现入义塾读书，有能诵习一经、熟悉华语者，咨部给予生监顶戴，议以向无成案，拟请俟回童粗通文艺时，酌设学额，凭文取进。如以该回童等但须读书认字，不必责其文理，应另酌给奖励，请旨遵行。至请南路改设道厅州县各官，均经先行议准，令将应办事宜会商妥协，次第奏明办理，各等因。详绎部院诸臣议复各条，其余应准、应缓之事体，无不斟酌至当，上慰宸衷。诚以损益之举，动关久远之规，纵使疑无可疑，犹当慎之又慎。然创制早开乎其先，则变通宜善乎其后。从前滇黔之改流官，近如台湾、奉天、吉林之添郡县，皆时会之所趋，圣化翔洽，几若行乎其所不得不行。回童如能熟诵儒书，谙习华语，日久渐摩，帖然就范。既已革其旧习，自当被以政教，故应裁、应改、应移者，刻下既须筹拟，一则一气相承，因势利道，可收及时整饬之功。一则经费宜定，合计从长，可免异日虚縻之弊。部臣深知其然，而现未即请旨饬办者，应俟准设之官具有规模，然后分别举行，盖即臣钟麟所拟设立行省当从州县办起之意。

兹准部复，即经往返函商，熟筹办法，定即由臣锦棠就近先行委员往署，详察东西两道应分之界限，并各直隶州与其辖县应分之村境。各处城垣多未完固，尚有应行改建增修之城。各官衙署能否各就善后办公局屋改作，或应别筹营造。坛庙、仓廒、监狱，亦应择要修建。驿传塘站，视其冲僻安设。文员杂职，置辅分司。现除教职缓议外，其各厅州县之照磨、吏目、典史，应与印官同城佐理。此外，各属辖境辽阔，应添州同、州判、县丞、巡检分防，各按所属繁简酌添，以便控制。凡此要图，务为先正其名，而后能责其事。否则委员以空名理实政，既无职守，亦无考成，难期与斯民相维系，诚有如臣钟麟所云者。臣锦棠拟遵部议，就差遣各员内分委道员、同知直隶州知州、通判、知县各官，前往署理，暂刊木质关防、钤记，给令启用，俾昭信守。惟是设官之后，文移、征收、词讼，宜照官署之式。

南路向无汉民，镇迪所属自经兵燹，书吏更少于前，无可调派。前经分饬甘肃各府州，于所属书吏中拣公事谙练者，各派数名，优给川赀，令其携眷西来，备日后之分拨。回官三四品阿奇木、伊什罕伯克阶职较崇，臣前虑其权重扰累，曾请裁去衔额，实欲杜渐防微，而相沿已久，未可骤加屈抑，请仍留顶戴，略如各省之待所辖绅士，假以礼貌，使有别于齐民。昔之众伯克等分理粮役、讼狱诸务，将来拟分拟为吏、户、礼、兵、刑、工各书，与汉书胥杂处，互授汉回文言，期于相观而善，既可收其把持之权，又可借为公家之用，似属两有裨益。俟印官履任后，徐为图之，如能行之有济，届时另行奏报。各官每年应支廉俸、公费银两，已经部议，照镇迪道所属数目支领。所有应设书办及各项人役名数、月支工食、银两、面斤数目，亦应请照镇迪道所属定章，招设支发，以归一律。两道综司各属政务，须有通晓各项文字之人，以备翻译，应请各添清字、回文书办各数名，各属传讯讼案、勘划经界，必先通其语言，乃能从而剖断，应请各添回书通事数名。以上月支工食、银两、面斤数目，均请照镇迪道所属书吏章程开支。道员以下各官印信，应恳饬部按照拟就各项缺衔，铸造颁行。查吐鲁番同知之印文，系兼用清、汉、回字。此项印信似应一体兼铸回文，并恳饬下妥议定铸。

南疆此次设官，事属创始，当就练习边情之员，先将应办壹是赶紧兴办，方足以资治理。现准先设各官，吁恳天恩，准照吉林新设民官各缺成案，统归因地择人，由外拣补一次。则相从边塞者，知所奋勉，吏治可期起色。至于城垣、衙署、仓廒、监禁应修各工，举不容缓。南路土性松浮多碱，即烧成之砖块，曾不数年，多被潮碱剥蚀。墙垣基身，务较宽厚，始可耐久。已饬湘楚各军选派勇丁，赶将城工挑筑，并商帮办军务臣张曜，饬令嵩武军营勇，择要兴修，许以事竣，恳恩择尤奖励，均极踊跃用命。第计工程浩大，仍须兼雇缠回，乃能期其成功。其须用之铁木器及各项工匠器物，防营之不能办者，令各委员核实动用，再恳饬拨的款，以济要工。

值此经费支绌之际，臣等受恩深重，尤当格外撙节，无如地处边荒，工系创建，但期力杜浮冒，未能牵合成规。合无仰恳圣慈，俯准俟后蒇役，除绘图贴说咨部外，即照实用实销，开单具报，借省一再造册之烦。徭赋上关国计，下系民生。综计南路征粮，每年二十余万石。将来兵制酌改，需粮较少，日久积储，势难多备仓廒。变价又苦无从销售，潮腐堪虞。臣锦棠拟饬各属，于此后科定赋役时，权其轻重，或有前章稍重者，仰体皇仁，即予酌减。征粮较多之处，核计兵食之外，所余犹多，即行折征银两，凑充度支，以为涓滴之助，庶仓粮不至霉朽，而边储得以常充矣。

除屯田、兵制及未尽事宜容俟会商妥筹随时具奏外，所有承准部覆准设新疆南路道厅州县各官，现拟委员前往试署，以便详察地势、民情，续陈未尽事宜，并筹现拟情形各缘由，是否有当，谨会同帮办军务广东陆路提督臣张曜，恭折具陈。伏乞皇太后、皇上圣鉴训示，施行。再，此折系臣锦棠主稿，合并陈明。谨奏。光绪九年四月二十日。

光绪九年五月十三日，军机大臣奉旨：该部议奏。钦此。①

0079. 恭报十五年六月雨水粮价情形折

光绪十五年九月十九日（1889年10月13日）

头品顶戴护理甘肃新疆巡抚新疆布政使臣魏光焘跪奏，为恭报光绪十五年六月分粮价并得雨情形，谨缮折具陈，仰祈圣鉴事。

窃照光绪十五年五月分各厅州县粮价并得雨情形，业经臣奏报在案。兹据兼理新疆布政使兼按察使衔镇迪道恩纶详报：本年六月分，北路绥来得雨，入土五寸；昌吉、奇台、镇西得雨，入土二三寸不等；迪化、阜康、哈密、库尔喀喇乌苏微雨。伊塔道属绥定、宁远微雨。南路拜城、喀喇沙尔、库车、疏勒、疏附、叶城、英吉沙尔、玛喇巴什微雨，余未得雨。正值天气炎热，渠水畅流，地亩足资灌溉，民情亦均安帖。

---

①中国第一历史档案馆藏：《朱批奏折》，档号：04-01-01-0949-009。又，《录副奏折》，档号：03-5179-040。

至通省粮价，镇西、哈密、吐鲁番、喀喇沙尔、乌什、英吉沙尔、昌吉、阜康、绥来、于阗等厅县俱与上月相同，余均略有增减。汇详请奏前来。

理合恭折具陈，并缮粮价清单，敬呈御览。伏乞皇上圣鉴。谨奏。光绪十五年九月十九日。

（朱批：）知道了。[①]

光绪十五年十月二十四日，奉朱批：知道了。钦此。[②]

0080. 呈新疆光绪十五年六月粮价清单

光绪十五年九月十九日（1889年10月13日）

谨将新疆各属光绪十五年六月分米粮时估价值，缮具清单，恭呈御览。

计开六月分

镇迪道属

迪化县：大米每京石价银三两八钱七分六厘，较上月增七分一厘。小麦每京石价银一两四钱八分六厘，较上月增七分一厘。莞豆每京石价银一两五钱一分二厘，较上月增七分二厘。青稞每京石价银一两一钱三分八厘，较上月增一钱三厘。

昌吉县：大米每京石价银二两一钱六分四厘，小麦每京石价银一两六厘，莞豆每京石价银一两二钱一厘，青稞每京石价银八钱七分五厘，俱与上月相同。

阜康县：粟米每京石价银九钱五分五厘，小麦每京石价银九钱九分，莞豆每京石价银九钱九分，高粱每京石价银五钱三分，俱与上月相同。

绥来县：大米每京石价银二两一钱七分五厘，小麦每京石价银九钱一分九厘，莞豆每京石价银一两八分，高粱每京石价银五

---

①台北故宫博物院藏：《军机及宫中档》，文献编号：408006639。

②中国第一历史档案馆藏：《录副奏折》，档号：03-6882-028。

钱六分三厘，俱与上月相同。

奇台县：大米每京石价银二两九钱三分四厘，较上月增五钱一分八厘。小麦每京石价银七钱七分八厘，与上月相同。莞豆每京石价银八钱九分七厘，较上月减一钱三分八厘。

镇西直隶厅：小麦每京石价银一两五钱八分，莞豆每京石价银一两七钱一分，青稞每京石价银一两，俱与上月相同。

吐鲁番厅：小麦每京石价银一两一钱一分八厘，大麦每京石价银五钱六分，高粱每京石价银四钱八分二厘，黄豆每京石价银一两四钱九分三厘，俱与上月相同。

哈密厅：粟米每京石价银一两七钱二分八厘，小麦每京石价银一两四钱二分一厘，莞豆每京石价银一两七钱六分四厘，青稞每京石价银一两二厘，俱与上月相同。

库尔喀喇乌苏厅：小麦每京石价银一两一钱，较上月减二钱。莞豆每京石价银一两二钱，高粱每京石价银五钱二分六厘，俱与上月相同。

伊塔道属

绥定县：大米每京石价银三两七钱，与上月相同。小麦每京石价银一两三分五厘，较上月减二钱七厘。莞豆每京石价银一两五分七厘，较上月减三钱五分三厘。大麦每京石价银七钱九分一厘，较上月减二钱二分六厘。

宁远县：大米每京石价银三两五钱五分，较上月减六钱二分。小麦每京石价银九钱七分，较上月减一钱九分。大麦每京石价银六钱四分，较上月减一钱六分。莞豆每京石价银一两一钱五分，较上月增三分。

阿克苏道属

温宿直隶州：大米每京石价银一两八钱二分四厘，与上月相同。小麦每京石价银六钱九分，较上月减一钱三分八厘。大麦每京石价银三钱六分，较上月减六分。包谷每京石价银四钱八厘，较上月减一钱三分六厘。

拜城县：小麦每京石价银三钱九分，较上月减四分。大麦每京石价银二钱一分，与上月相同。莞豆每京石价银三钱，较上月减九分。包谷每京石价银二钱六分，较上月减四分。

喀喇沙尔厅：大米每京石价银一两九钱二分四厘，小麦每京石价银六钱九分，莞豆每京石价银七钱二分，包谷每京石价银五钱一分二厘，俱与上月相同。

库车直隶厅：大米每京石价银一两九钱，与上月相同。小麦每京石价银五钱六分，较上月减一钱二分。包谷每京石价银三钱，莞豆每京石价银三钱五分，俱与上月相同。

乌什直隶厅：大米每京石价银二两八分六厘，小麦每京石价银六钱八分六厘，大麦每京石价银三钱二分一厘，包谷每京石价银六钱二厘，俱与上月相同。

喀什噶尔道属

疏勒直隶州：大米每京石价银三两六钱，较上月减一钱五分。小麦每京石价银一两一钱四厘，较上月减一钱三分八厘。包谷每京石价银八钱九分六厘，较上月减一钱二分八厘。高粱每京石价银六钱九分，与上月相同。

疏附县：大米每京石价银三两六钱，较上月减一钱五分。小麦每京石价银一两一钱四厘，较上月减一钱三分八厘。包谷每京石价银九钱三分八厘，较上月减一钱三分四厘。高粱每京石价银六钱九分，与上月相同。

莎车直隶州：大米每京石价银二两二钱二分，与上月相同。小麦每京石价银四钱一分四厘，较上月减一钱三分八厘。大麦每京石价银三钱七分五厘，与上月相同。包谷每京石价银三钱六分九厘，较上月减二分七厘。

叶城县：大米每京石价银二两六钱一分，与上月相同。小麦每京石价银四钱，较上月减五分。包谷每京石价银二钱八分八厘，较上月减四分八厘。青稞每京石价银三钱，与上月相同。

和阗直隶州：大米每京石价银一两九钱六分，较上月减一钱四分。小麦每京石价银八钱八分三厘，较上月减一钱三分八厘。包谷每京石价银五钱一分二厘，较上月减八分九厘。青稞每京石价银三钱五分八厘，较上月减五分六厘。

于阗县：大米每京石价银二两七分，小麦每京石价银九钱二分一厘，包谷每京石价银六钱四分，俱与上月相同。

英吉沙尔直隶厅：大米每京石价银三两四分，小麦每京石价银六钱九分，包谷每京石价银五钱三分六厘，大麦每京石价银三钱四分，俱与上月相同。

玛喇巴什厅：大米每京石价银四两一钱四分四厘，小麦每京石价银八钱九分七厘，俱与上月相同。包谷每京石价银六钱四分，较上月减六分四厘。

（朱批：）览。[①]

0081. 请以张怀玉借补屯防副将折

光绪十五年九月十九日（1889 年 10 月 13 日）

头品顶戴护理甘肃新疆巡抚新疆布政使臣魏光焘跪奏，为塔尔巴哈台屯防副将员缺，拟请作为题缺，拣员借补，以重边陲，恭折仰祈圣鉴事。

窃照伊犁镇总兵业经督臣杨昌濬会奏以西宁镇总兵张俊调补，奉旨允准钦遵在案。臣查伊犁镇属塔尔巴哈台旧设屯防副将一员，历由陕、甘二省绿营实缺官员轮班换防。嗣经参赞大臣锡纶奏准，暂行委员署理。光绪十年，督办新疆军务臣刘锦棠于统筹全局案内奏明，此后旗绿官兵不须换防，奉部覆准，塔尔巴哈台应即一律照办。该处地面广袤，紧与俄邻，实为迤北门户，加以五方杂处，镇抚不易。该营甫经裁并，操练、屯防，均关紧要，非得声威素著、练达有为之员，难资得力。应请将塔尔巴哈台屯防副将

---

①中国历史第一档案馆藏：《单》，档号：03-6882-029。

员缺作为题缺，由外拣补，以期人地相宜。

查有头品顶戴陕甘委用提督年常阿巴图鲁现署精河营参将张怀玉，谋勇兼优，办事干练，在新疆带队有年，训练认真，边情尤为熟悉，以之借补斯缺，洵堪胜任。合无仰恳天恩俯准以该员借补塔尔巴哈台屯防副将员缺，实于边陲有裨。如蒙俞允，并恳敕部先给署札，俟防务大定，照例给咨送部引见。

除饬取履历册咨部外，谨会同伊犁将军臣色楞额、陕甘总督臣杨昌濬、署塔尔巴哈台参赞臣额尔庆额①、喀什噶尔提督臣谭上连，恭折具奏，伏乞皇上圣鉴训示。谨奏。光绪十五年九月十九日。

（朱批：）兵部议奏。②

光绪十五年十月二十四日，奉朱批：兵部议奏。钦此。③

0082. 请将主簿黄泽琅改奖缘由片

光绪十五年九月十九日（1889 年 10 月 13 日）

再，候选主簿黄泽琅前于新疆六载边防案内，经抚臣刘锦棠保奏请免选本班，以盐大使不论双单月遇缺即选。奉准吏部议覆：该员系正九品，所请奖叙非应升之项，应令另核请奖等因。当经转行遵照去后。兹据该员禀请改奖州判等情前来。

臣覆查州判系主簿应升之阶，与章程相符，合无仰恳天恩俯

---

①额尔庆额（1838—1893），字蔼堂，格何恩氏，隶满洲镶白旗，墨尔根城驻防，出身披甲。咸丰九年（1859），充骁骑校，旋赏戴花翎，补委参领。同治四年（1865），保以协领即补。五年（1866），加法福灵阿巴图鲁勇号。七年（1868），晋副都统衔。九年（1870），补授佐领，兼营总。十年（1871），授黑龙江副总管；同年，调补凉州副都统。光绪三年（1877），补古城领队大臣。六年（1880），兼署科布多参赞大臣、帮办大臣。七年（1881），授科布多帮办大臣。十年（1884），兼署科布多参赞大臣。十二年（1886），补伊犁副都统。十四年（1888），授塔尔巴哈台参赞大臣。十九年（1893），卒于任。

②台北故宫博物院藏：《军机及宫中档》，文献编号：408006640。

③中国第一历史档案馆藏：《录副奏折》，档号：03-5864-107。

准将候选主簿黄泽琅改奖免选本班，以州判不论双单月遇缺即选，敕部注册，以示鼓励，出自鸿施！除咨部外，谨附片具陈，伏乞圣鉴训示。谨奏。

（朱批：）吏部议奏。①

光绪十五年十月二十四日，奉朱批：吏部议奏。钦此。②

【案】此奏片之具奏日期，原件目录署"光绪十五年九月十九日"，录副目录则署为"光绪十五年十月十九日"，而朱批日期为"光绪十五年十月二十四日"。查阅《随手档》③，则署有"朱批魏光焘折，报四百里，九月十九日发"等字样。据此，此奏片之具奏日期当为"光绪十五年九月十九日"，录副误无疑。兹据原件及《随手档》校正。

0083. 饬令饶应祺应迅赴新任情形片

光绪十五年九月十九日（1889 年 10 月 13 日）

再，甘肃新疆布政使篆务，前经陕甘总督臣杨昌濬会臣附奏，委现署甘肃按察使兰州道饶应祺④署理在案。兹查该员业于九月十

①台北故宫博物院藏：《军机及宫中档》，文献编号：408006640-0-A。

②中国第一历史档案馆藏：《录副奏片》，档号：03-5254-071。

③中国第一历史档案馆藏：《军机处随手登记档》，文献编号：03-0259-2-1215-285。

④饶应祺（1837—1903），字子维，号春山，湖北恩施人。幼颖悟好学，试作浑天仪，旋转合度。入县学，中秀才，选贡生。咸丰九年（1859），由候补训导荐为国子监学正。同治元年（1862），中式举人，充刑部江西司行走，授知县。旋以丁父忧回乡守制，后入湖广总督李鸿章幕僚。同治六年（1867），至甘陕总督左宗棠军中供职，随左攻克金积堡、巴燕戎格等地，以军功擢知府。光绪三年（1877），任同州府知府，兴修水利。四年（1878），加盐运使衔。十年（1884），授甘肃甘州知府，设纺织局、孤嫠所，捐廉俸购纺织机，州民穿用有余。十一年（1885），升补兰州道员，署按察使衔。十五年（1889），调补新疆喀什噶尔道员，后改镇迪道，仍兼按察使衔。十七年（1891），署新疆藩司。十九年（1893），实授甘肃新疆布政使。二十一年（1895），署理甘肃新疆巡抚。二十二年（1896），擢新疆巡抚。二十八年（1902），调补安徽巡抚。次年，行抵哈密，因病出缺。有《饶应祺文献集成》存世。

三日抵新，应即饬赴署任，以专责成。

除饬兼理新疆布政使兼按察使衔镇迪道恩纶将藩司印信移送，并将交代办理清楚另行咨部外，谨附片具陈。伏乞圣鉴。谨奏。

（朱批：）吏部知道。①

光绪十五年十月二十四日，奉朱批：吏部知道。钦此。②

0084. 奏委蒋光陛署理通判缺缘由片

光绪十五年九月十九日（1889年10月13日）

再，新设伊塔道及伊犁府、宁远、绥定等县员缺，业经抚臣刘锦棠先后委员署理附奏在案。兹查有补用知县蒋光陛，堪以委署霍尔果斯通判员缺。据兼理新疆布政使兼按察使衔镇迪道恩纶具详前来。

除由臣批饬给委，并刊发霍尔果斯通判钤记祗领启用外，谨会同伊犁将军臣色楞额、陕甘总督臣杨昌濬，附片具陈，伏乞圣鉴。谨奏。

（朱批：）吏部知道。③

光绪十五年十月二十四日，奉朱批：吏部知道。钦此。④

0085. 审拟吕振林抢夺良家妇女一案折

光绪十五年九月二十二日（1889年10月16日）

头品顶戴护理甘肃新疆巡抚新疆布政使臣魏光焘跪奏，为聚众入室抢夺良家妇女已成，分别定拟，恭折具陈，仰祈圣鉴事。

窃迪化县客民吕振林挟嫌起意，聚众入室，抢夺陈万发养女

---

①台北故宫博物院藏：《军机及宫中档》，文献编号：408006639-0-A。

②中国第一历史档案馆藏：《录副奏片》，档号：03-5254-073。

③台北故宫博物院藏：《军机及宫中档》，文献编号：408006639-0-B。

④中国第一历史档案馆藏：《录副奏片》，档号：03-5254-072。

存兄子已成，并罗洪甫等被诱同行一案，据迪化县知县陈希洛访闻，起获存兄子，并拿吕振林等讯供通详，经本任抚臣刘锦棠以情罪重大，批迪化府审讯。兹据代理迪化府知府潘时策讯明议拟，解镇迪道兼按察使衔恩纶，覆审转详前来。

臣亲提研审，缘吕振林籍隶盩厔县。光绪十三年，帮迪化县煤行陈万发作工数月，并无主仆名分。吕振林性情凶恶，陈万发将其辞退。吕振林从此挟嫌，见陈万发养女存兄子少艾，起意抢夺奸占为妻，又恐人少不能抢获。光绪十四年十一月十三日，向素识之杨帼贞诳称伊定陈姓孀妇，本月十九日晚上门成婚，央允是日前往帮忙；又向罗占鳌诳称陈万发愿将养女许伊次子罗洪吉，不要财礼，只用押庚银十两。罗占鳌信以为实，当即付银十两。吕振林旋称婚已说成，约十九日认亲。罗占鳌命长子罗洪甫、内侄张复生前往，行抵距陈万发家不远，遇杨帼贞同行。吕振林改称：今日不是认亲，也非我娶孀妇，是陈万发之妻要将养女许内侄柳天福为妻，陈万发不愿，教令罗家抢去等语。罗洪甫等畏惧不允。吕振林声称：有我承当。罗洪甫进去助势，杨帼贞等在外看守，吕振林挺身入室，将存兄子强抢出门。陈万发之妻赶护，罗洪甫上前拦阻，将门反扣。存兄子哭喊，吕振林用布勒口吓禁声张，自行上马，令杨帼贞等帮扛，将存兄子捆伊身后，一同逃跑。吕振林故意落后，另从小路走卡子湾，想到相好关世福家借屋成亲，夜深误投李胜祥家。吕振林解开捆绳，存兄子受冻昏倒马下。李胜祥命妻扶进烘火。吕振林诳称系买张姓之女，看定今晚成婚，明日即往古城，向李胜祥借屋住宿。存兄子私向李胜祥之妻哭诉被抢情节，李胜祥力阻。次日，信知陈万发，适迪化县已经访闻，当起存兄子，并拿吕振林等讯供，由府提审，解兼按察使衔讯明转详。臣覆鞫无异。

查例载：聚众伙谋，于素无瓜葛之家，入室抢夺妇女，一经抢获出门，即属已成，审实为首者，斩立决。又，强夺良家妻女奸占为从之犯，如被逼诱随行，止于帮同扛抬，杖七十，徒一年半，各等语。此案吕振林与陈万发素无瓜葛，胆敢挟嫌起意，聚众入室，抢夺年十五岁幼女存兄子，捆缚马上，事属已成。虽罗洪甫等系被哄诱，并非伙谋，在该犯吕振林不得谓非聚众，律贵诛心，自应按例问拟。吕振林除哄骗押庚银两，并教诱罗洪甫等助势帮扛各轻罪不议外，合依“聚众于素无瓜葛之家，入室抢夺妇女，一经抢获出门，即属已成，为首者斩立决”例，拟斩立决，照例先行刺字。犯事虽在光绪十五年三月十六日恭逢恩诏以前，系聚众入室抢夺妇女，不在援免之列。

罗洪甫、张复生、杨帼贞先被哄诱，迨吕振林诳称女父教抢，辄行助势帮扛，亦应按例定拟。罗洪甫、张复生、杨帼贞合依“强夺良家妻女奸占为从之犯，如被逼诱随行，止于帮同扛抬，杖七十，徒一年半”例，各杖七十，徒一年半。犯事在本年三月十六日恭逢恩诏以前，所得杖、徒各罪，应予豁免。罗占鳌命子侄等认亲，并出押庚银两，系被哄诱，应免置议，仍追原银给领。存兄子未被奸污，赖李胜祥阻止之力，已由迪化县捐廉给赏。存兄子交陈万发领归。是否有当？

除全案供招咨送刑部外，合将聚众入室抢夺良家妇女已成，分别定拟缘由，恭折具陈。伏乞皇上圣鉴，敕部核覆施行。谨奏。光绪十五年九月二十二日。

（朱批：）刑部速议具奏。①

光绪十五年十月二十六日，奉朱批：刑部速议具奏。钦此。②

0086. 审拟奸妇奸夫谋杀本夫一案折

光绪十五年九月二十二日（1889年10月16日）

头品顶戴护理甘肃新疆巡抚新疆布政使臣魏光焘跪奏，为奸妇、奸夫谋杀纵奸本夫身死，审明定拟，恭折具陈，仰祈圣鉴事。

---

①台北故宫博物院藏：《军机及宫中档》，文献编号：408006641。

②中国第一历史档案馆藏：《录副奏折》，档号：03-7356-069。

窃迪化县客民李坦因与张白氏通奸，商同谋杀纵奸本夫张进才身死，弃尸邻邑昌吉县地界井内，据署昌吉县知县杨其澍验明，获犯通详，经本任抚臣刘锦棠以犯事凶犯均在迪化县境内，批饬解归迪化县审办，由迪化县知县陈希洛讯明议拟，招解代理迪化府知府潘时策，详镇迪道兼按察使衔恩纶审转前来。

臣亲提研审，缘李坦籍隶陕西凤翔县，寄居迪化县佣工，与已死张进才素识。张进才娶妻张白氏已十余年，生有二女，夫妇合好，张进才种有瓜地。光绪十四年七月，张进才因患气痛，不能力作，邀李坦入伙，言明瓜熟卖钱分用。张进才夫妇与李坦同住瓜棚，不分内外。李坦与张白氏通奸，李坦带来烟土，任张进才取出还帐，公同煮吃，卖瓜钱文并未分给李坦，所有家中吃用均是李坦供给，张进才又靠李坦工作，贪利纵容。同居之沈元英并幼女存福子，均所共知。张白氏因与李坦亲密，张进才不服吵闹。

十月，张白氏烧毁坑毡，被张进才借故殴打。李坦以丈夫打你，不如跟我。张白氏回称情愿，只要你把丈夫致死。李坦又以妇女主意不定，必要盟誓。张白氏跪地发誓，李坦应允，约定乘便下手。至十二月十六日二更，李坦拉草回来，见张进才睡熟，张白氏坐在坑边。李坦顺拾劈柴斧头，用斧背向张进才右额角很打一下，张进才将欲挣起，李坦接打一下，张进才不复作声。其女存福子惊起，张白氏将其按倒，吓令睡下。李坦拖尸下坑，见其气犹未绝，复用斧头连打二下，致伤右太阳、右耳窍，张进才登时殒命。李坦移尸灭迹，随将张进才身穿棉袄、棉裤裹其头颅，用绳捆扎，李坦备马拴在门首，令张白氏帮同抬尸，横置马背上，盖无面羊皮袍。李坦先已看定昌吉县东三工有一枯井，将尸驮往，连皮袍一并弃井转回。次日，李坦又将血斧抛至野地雪内。光绪十五年二月十七日，户民曾有培见井内雪消，露出死尸，报署昌吉县验明，获犯通详，批犯事之迪化县审拟解府，详兼按察使衔讯明转详，臣覆审无异。

查例载：因奸同谋杀死亲夫，若本夫纵容，审有确据人所共知者，奸妇斩立决，奸夫斩监候等语。此案张白氏因待奸夫情厚，被纵容本夫不服，借事殴打，张白氏起意，商同奸夫谋杀本夫身死，亟应按例问拟。张白氏除犯奸帮同抬尸轻罪不议外，合依"因奸同谋杀死纵容本夫，奸妇拟斩立决"例，拟斩立决。奸夫李坦听从奸妇张白氏起意，该犯用斧将张进才砍死，又复弃尸灭迹，亦应按例问拟。李坦除犯奸弃尸轻罪不议外，合依"同谋杀死纵容本夫，奸夫拟斩监候"例，拟斩监候。犯事虽在光绪十五年三月十六日恭逢恩诏以前，系奸妇、奸夫同谋杀死本夫，不在援免之列，且张白氏被本夫殴打之时，李坦辄以"丈夫打你，不如跟我"，以诱其背夫之念，复要盟誓以坚其谋杀之心。迨其下手很毒，情节较重，请照新疆变通章程，斩候秋审入实人犯，即行正法，以儆淫凶。张进才纵奸，罪有应得，业已身死，应与同居之沈元英、见尸之曾有培，均免置议。无干省释。凶斧据供抛弃，邀免查起。是否允协？

除全案供招咨部外，谨将奸妇、奸夫商同谋杀纵奸本夫身死，审明定拟缘由，恭折具陈。伏乞皇上圣鉴，饬部议覆施行。谨奏。光绪十五年九月二十二日。

（朱批：）刑部速议具奏。[1]

光绪十五年十月二十六日，奉朱批：刑部速议具奏。钦此。[2]

0087. 请销十三年司库收支银粮等项折

光绪十五年九月二十八日（1889年10月22日）

头品顶戴护理甘肃新疆巡抚新疆布政使臣魏光焘跪奏，为造报甘肃新疆光绪十三年分司库收支银粮、草束，分缮总、散清册，恳恩饬部核销，恭折仰祈圣鉴事。

---

①台北故宫博物院藏：《军机及宫中档》，文献编号：408006642。

②中国第一历史档案馆藏：《录副奏折》，档号：03-7312-047。

窃照光绪十二年分司库收支各属正杂银粮、草束，业经抚臣刘锦棠奏请核销在案。兹据兼理甘肃新疆布政使恩纶详称：光绪十三年分各属征收本折粮草、地课、杂税等项，支发文武廉费、俸工、驿站夫马、工料、孤贫花布、祭祀各款，仍分司库、道库实收、实支数目，分别造册，汇总请销。至十三年分各军营旗以及善后各项支领粮料、草束应扣价银，已由军需、善后项下扣收解司；各属征收税课银两，其有善后项下动用者，亦由善后项下解还司库，照数列收汇报。

统计光绪十三年分，旧管存银三十二万四千七百九十二两二钱七分一厘。新收各款银三十六万八千三百一十两一钱一分二厘。开除银三十九万五千八百七十五两七钱九分九厘。实在截至十三年底止，共存银二十九万七千二百二十六两五钱八分四厘，又未支银一万四千九两六钱七分九厘，又仍未支十一、十二两年分银三千七百六十三两八钱一分八厘，又长支银五百七十二两五钱五分二厘，又仍长支十二年分银二百五十五两三钱一分八厘。

旧管：存各属仓储各色京斗粮三十五万二千八百三十七石二斗六升一合九勺。新收：各色京斗粮二十万一千一百五十七石八斗六升五合六勺。开除各色京斗粮一十二万四千二百二十二石八斗四升一合五勺。实在：截至十三年底止，共存各色京斗粮四十二万九千七百七十二石二斗八升六合，又各属征收未完籽种额粮一万四千五百七十石一斗六升二合七勺，又未支料一百二十六石六斗八升六合六勺，又仍未支十一、十二两年分料一百三十九石四斗五升七合五勺，又长支料一百四十九石七斗二升四合四勺，又仍长支十二年分料三百五十七石一斗七升八合四勺。

旧管：各属厂储草一千二百七十七万二千一百八十四斤一十两四分。新收：草一千五百三十一万七千三百六十二斤一十一两二钱八分。开除：草一千五百六十三万六千八百三十六斤一十两四钱。实在：截至十三年底止，共存草一千二百四十五万二千七百一十斤一十两九钱二分，又未支草二万九千五百二十三束，又仍未支十一、十二两年分草五万六千九百七十束。其长支未支银粮、草束，俟找发扣还后，归入下届造报附销。造具银粮、草束四柱清单，并总、散报销清册，详请奏咨核销前来。

臣覆核无异，理合缮具简明清单，恭呈御览，仰恳天恩饬部核销。除将清册分送部、科查核外，谨会同陕甘总督臣杨昌濬，恭折具奏，伏乞皇上圣鉴训示。谨奏。光绪十五年九月二十八日。

（朱批：）户部议奏，单并发。①

光绪十五年十一月初三日，奉朱批：户部议奏，单并发。钦此。②

0088. 呈十三年管收除在各款银粮清单

光绪十五年九月二十八日（1889年10月22日）

谨将新疆各属光绪十三年分管、收、支、除、在各银粮、草束数目，缮具四柱清单，恭呈御览。

计开

一、银两项下

旧管：一、存银三十二万四千七百九十二两二钱七分一厘。

新收：一、收甘藩司委员解到旗营经费银九万六千两。

一、收园地课折色粮草银五万八千八百八十六两四钱三分九厘。

一、收牲税银八千四百六十五两二钱六分五厘。

一、收水磨碓税银一万二千五十两三钱四分六厘。

一、收金课银七十四两八钱七厘。

一、收金砂变价银四千六百八十五两七钱六分。

一、收草湖税银一千三百四十五两六钱九分九厘。

一、收契税银四千五百七十三两八钱八分四厘。

---

①台北故宫博物院藏：《军机及宫中档》，文献编号：408006643。

②中国第一历史档案馆藏：《录副奏折》，档号：03-6624-001。

一、收军需、善后项下解缴粮草价银七万五千八百七十八两三钱九分七厘。

一、收平粜粮石价银三千一百四十八两二钱七分。

一、收变卖草束价银一千八百五十九两二钱八分二厘。

一、收百货、土产税银六万八千八百三十四两五厘。

一、收减平银一万八千六百三十四两六钱五分七厘。

一、收面价银七千二十七两八钱。

一、收哈密回子亲王沙木胡索特、库车回子郡王阿密特坐扣一半俸银一千五百四两。

一、收各属缴还十二年分报销册内长支、廉费、驿费银三百七十四两三钱九分三厘。

以上十七款，共新收银三十六万八千三百一十两一钱一分二厘。

总共管、收银六十九万三千一百二两三钱八分三厘。

开除：一、支发文职廉俸、工费等项银一十五万八千八百八两七钱四分四厘。

一、支发驿站经费一十一万九十一两六钱六分。

一、支发武职廉俸、薪蔬、纸红、马干、料草、公费、勒鞋、兵饷等项银五万六千九百九十三两三钱三分七厘。

一、支发库尔喀喇乌苏同知采买书役面粮银三百二十六两四钱。

一、支发祭祀银一千五百二十五两三钱八分五厘。

一、支发哈密回子亲王沙木胡索特、库车回子郡王阿密特、吐鲁番回子郡王玛木特俸银六千两。

一、支发孤贫花布银四百九十八两八钱一分六厘。

一、支发刊刻《时宪书》工料银四百九十九两二钱。

一、支发刊刻征信册工料银一千一十两四钱一分五厘。

一、支发刊刻誊黄工料银三百九十三两四钱一分八厘。

一、支发坎巨提头目进贡金砂例赏大缎价值银七十六两八钱。

一、支发渡船水手工食、岁修经费银二百二两三钱九分五厘。

一、支发税局局费银一万二百二十三两三钱四分三厘。

一、支发扣收各属长支、廉费、减平银二十二两二钱二分六厘。

一、支发乌鲁木齐、巴里坤、古城三旗营经费银四万九千二百三两六钱六分。

以上十五款，共支发银三十九万五千八百七十五两七钱九分九厘。

实在：一、存银二十九万七千二百二十六两五钱八分四厘，内司库存银二十五万六千四百二十八两八钱五分九厘，阿克苏道库存银九百八十三两一分七厘，喀什噶尔道库存银三万九千八百一十四两七钱八厘。

一、未支银一万四千九两六钱七分九厘。

一、仍未支十一、十二两年分银三千七百六十三两八钱一分八厘。

一、长支银五百七十二两五钱五分二厘。

一、仍长支十二年分银二百五十五两三钱一分八厘。

一、粮石项下

旧管：一、存各色京斗粮三十五万二千八百三十七石二斗六升一合九勺。

新收：一、收各色京斗粮二十万一千一百五十七石八斗六升五合六勺。

以上管、收共京斗粮五十五万三千九百九十五石一斗二升七合五勺。

开除：一、支发书役口食京斗粮九千三百六十三石三斗九升六合七勺。

一、支发驿书夫口食京斗粮四千八百八十石四斗一升六合二勺。

一、支发乌鲁木齐、巴里坤、古城三旗营官兵俸米食粮、马料京斗粮一万一千一百六石五斗一升八合一勺。

一、支发乌鲁木齐提标各营例马料京斗粮一千一百九石五斗二合六勺。

一、支发孤贫残废口食京斗粮二千五百三十八石四斗七升九合四勺。

一、支发监禁、递解人犯、官犯口食京斗粮三百九石二斗四升五合。

一、支发渡船水手、凿修冰路民夫口食京斗粮三百七十二石七斗九升二合。

一、支发军需、善后领用京斗粮八万六千四百六十二石三斗九升九合三勺。

一、支发平粜京斗粮四千五十石。

一、支发户民借领籽种京斗粮三千八百七十二石二升五合。

一、支发库尔喀喇乌苏同知十一、十二两年分不敷京斗粮一百五十八石六升七合二勺。

以上十一款，共支发京斗粮一十二万四千二百二十二石八斗四升一合五勺。

实在：一、存各色京斗粮四十二万九千七百七十二石二斗八升六合。

一、存民欠未完籽种粮三千二百七十九石三斗六升一合六勺。

一、存缓征及民欠未完额粮三千二百八十九石七斗九升九合八勺。

一、存民欠未完九、十、十一、十二等年分籽种粮四千二百七十四石一斗一升六合八勺。

一、存民欠未完九、十、十一、十二等年分额粮三千七百二十六石八斗八升四合五勺。

一、玛纳斯协喀喇巴尔噶逊、精河等营及阿克苏镇未支例马料一百二十六石六斗八升六合六勺。

一、乌鲁木齐提标各营仍未支十一、十二两年分例马料一百三十九石四斗五升七合五勺。

一、乌鲁木齐提标各营长支例马料一百四十九石七斗二升四合四勺。

一、乌鲁木齐提标各营仍长支十二年分例马料三百五十七石一斗七升八合四勺。

一、草束项下

旧管：一、存本色草一千二百七十七万二千一百八十四斤一十两四分。

新收：一、收本色草一千五百三十一万七千三百六十二斤一十一两二钱八分。

以上管、收共草二千八百八万九千五百四十七斤五两三钱二分。

开除：一、支发本色草一千五百六十三万六千八百三十六斤一十两四钱。

实在：一、存本色草一千二百四十五万二千七百一十斤一十两九钱二分。

一、乌鲁木齐提标各营，并阿克苏镇未支例马草二万九千五百二十三束。

一、乌鲁木齐提标各营仍未支十一、十二两年分例马草五万六千九百七十束。

（朱批：）览。[①]

0089. 请将知州黄率淮即行革职缘由片

光绪十五年九月二十八日（1889年10月22日）

再，新疆北路地广民稀，全在地方官洁己奉公，培养元气。查有候补知州黄率淮，前在署库尔喀喇乌苏同知任内一味贪猾，

---

①中国历史第一档案馆藏：《单》，档号：03-6624-002。

罔恤民瘼。据兼理布政使镇迪道兼按察使衔恩纶具详揭参前来。臣覆查无异，相应请旨将候补知州黄率淮即行革职，以肃官箴。谨会同陕甘总督臣杨昌濬，附片具陈。伏乞圣鉴训示，施行。谨奏。

（朱批：）着照所请，该部知道。①

光绪十五年十一月初三日，奉朱批：着照所请，该部知道。钦此。②

【案】此奏片之具奏日期，原件目录署“光绪十五年九月二十八日”，而《录副》目录仅以“光绪十五年十一月初三日”即朱批日期为之。查《随手档》③“朱批魏光焘折”，则署有“报四百里，九月二十八日发”等字样。据此，此奏片具奏日期当为“光绪十五年九月二十八日”无疑。兹据校正。

0090. 据情代奏新任总兵张俊谢恩折

光绪十五年十月二十日（1889 年 11 月 12 日）

头品顶戴护理甘肃新疆巡抚新疆布政使臣魏光焘跪奏，为据情代奏叩谢天恩，仰祈圣鉴事。

窃臣接准兵部咨开：陕甘督臣杨昌濬奏，请将甘肃西宁镇总兵接统新疆库、精等营张俊与伊犁镇总兵邓增④互相对调，以重边

---

①台北故宫博物院藏：《军机及宫中档》，文献编号：408006643-0-A。

②中国第一历史档案馆藏：《录副奏片》，档号：03-5707-059。

③中国第一历史档案馆藏：《军机处随手登记档》，档案编号：03-0259-2-1215-294。

④邓增（1843—1905），字锦亭，广东新会人，武童。咸丰十一年（1861），赏给六品军功，旋换五品顶戴。同治二年（1863），保以把总尽先拔补，并赏戴蓝翎。次年，赏换花翎。五年（1866），保以都司留福建尽先补用，加游击衔；同年，再保游击，晋参将衔。九年（1870），保参将。次年，保升副将。十一年（1872），保总兵衔，加伊博德恩巴图鲁勇号。次年，保以总兵记名简放。光绪二年（1876），保以提督记名简放，并赏穿黄马褂。六年（1880），晋头品顶戴。十一年（1885），署伊犁镇总兵，旋实授。十五年（1889），调补甘肃西宁镇总兵。二十二年（1896），迁陕西固原提督。三十一年（1905），卒于任。三十三年（1907），附祀左宗棠专祠。

防一折❶，光绪十五年八月初四日奉朱批：着照所请，兵部知道。钦此。钦遵恭录咨会到臣，当经转行遵照在案。兹准该镇咨称：遵即恭设香案，望阙叩头谢恩。

伏念久征边塞，未效微劳。本年正月，仰沐殊施，简授西宁镇总兵员缺，因统领防营，未及履任。兹复宠锡恩纶，调补今职，荷鸿慈之优渥，弥鳌戴而悚惶！惟有力策驽庸，倍加黾勉，讲韬钤之略，冀备驰驱，明镇守之规，用资练习，庶几仰答高厚生成于万一！所有感激下忱，恳请代奏叩谢天恩前来。

理合据情代奏，伏乞皇上圣鉴。谨奏。光绪十五年十月二十日。

(朱批：)知道了。[①]

光绪十五年十一月初三日，奉朱批：知道了。钦此。[②]

❶【案】光绪十五年七月二十日，陕甘总督臣杨昌濬奏请以西宁镇总兵张俊与伊犁镇总兵邓增互相对调，以重边防，曰：

太子少保头品顶戴陕甘总督臣杨昌濬跪奏，为请旨拣员对调要缺总兵，以重边防，恭折仰祈圣鉴事。

案准部咨：光绪十五年正月初九日，奉上谕：甘肃西宁镇总兵员缺，着张俊补授。钦此。等因。当经转行钦遵去后。兹查得该员系甘肃固原州人，例应回避本省，且久在新疆，叠著勋绩，于关外地方情形最为熟谙。昨准护理新疆抚臣魏光焘会奏，请将该员留于新疆接统库、精等处防军，用资臂助，一时未能饬赴新任。而西宁地居边徼，蒙、番、汉、回杂处，一切抚绥弹压，极关紧要，应即拣员对调，以重职守。

臣查有现任伊犁镇总兵邓增，系广东新会县人，曾在陕甘带队剿贼有年，于甘省情形亦甚洞悉，拟请将甘肃西宁镇总兵张俊调补伊犁镇总兵员缺，其所遗甘肃西宁镇总兵员缺，即以伊犁镇总兵邓增调

①台北故宫博物院藏：《军机及宫中档》，文献编号：408006644。

②中国第一历史档案馆藏：《录副奏折》，档号：03-5865-082。

补。如此一转移间，不惟人地均属相宜，且于营伍、边防实有裨益。日前新疆抚臣刘锦棠假归过兰，曾与面商，意见相同。合无仰恳天恩俯准以西宁镇总兵张俊与伊犁镇总兵邓增互相对调，俾资得力，恭候命下，分饬遵行。

除该员等历册另咨送部外，谨会同伊犁将军臣色楞额、护理新疆抚臣魏光焘、甘肃提督臣周达武，合词恭折具奏。伏乞皇上圣鉴训示。谨奏。光绪十五年七月二十日。

光绪十五年八月初四日，奉朱批：着照所请，兵部知道。①

0091. 恭报十五年七月雨水粮价情形折

光绪十五年十月二十四日（1889 年 11 月 16 日）

头品顶戴护理甘肃新疆巡抚新疆布政使臣魏光焘跪奏，为恭报光绪十五年七月分粮价并得雨情形，谨缮折具陈，仰祈圣鉴事。

窃照光绪十五年六月分各厅州县粮价并得雨情形，业经臣奏报在案。兹据署理新疆布政使饶应祺详报：本年七月分，北路昌吉、镇西、绥来得雨，入土二寸有余；奇台、阜康得雨，入土一寸；迪化、吐鲁番、哈密、库尔喀喇乌苏微雨。伊塔道属绥定、宁远微雨。南路喀喇沙尔得雨，入土三寸；拜城得雨，入土寸余；库车、乌什、疏附、英吉沙尔微雨，余未得雨。

至通省粮价镇西、吐鲁番、库尔喀喇乌苏、喀喇沙尔、乌什、英吉沙尔、玛喇巴什、疏勒、莎车、迪化、昌吉、绥来、宁远、于阗等厅州县俱与上月相同，余均略有增减。汇详请奏前来。

理合恭折具陈，并缮具粮价清单，敬呈御览。伏乞皇上圣鉴。谨奏。光绪十五年十月二十四日。

（朱批：）知道了。②

---

①中国第一历史档案馆藏：《朱批奏折》，档号：40-01-16-0228-001。又，《录副奏折》，档号：03-5863-075。

②台北故宫博物院藏：《军机及宫中档》，文献编号：408006646。

光绪十五年十二月初二日，奉朱批：知道了。钦此。①

0092. 呈新疆光绪十五年七月粮价清单

光绪十五年十月二十四日（1889年11月16日）

谨将新疆各属光绪十五年七月分米粮时估价值，缮具清单，恭呈御览。

计开七月分

镇迪道属

迪化县：大米每京石价银三两八钱七分六厘，小麦每京石价银一两四钱八分六厘，莞豆每京石价银一两五钱一分二厘，青稞每京石价银一两一钱三分八厘，俱与上月相同。

昌吉县：大米每京石价银二两一钱六分四厘，小麦每京石价银一两六厘，莞豆每京石价银一两二钱一厘，青稞每京石价银八钱七分五厘，俱与上月相同。

阜康县：粟米每京石价银八钱一分三厘，较上月减一钱四分二厘。小麦每京石价银八钱四分九厘，较上月减一钱四分一厘。莞豆每京石价银八钱四分九厘，较上月减一钱四分一厘。高粱每京石价银五钱三分，与上月相同。

绥来县：大米每京石价银二两一钱七分五厘，小麦每京石价银九钱一分九厘，莞豆每京石价银一两八分，高粱每京石价银五钱六分三厘，俱与上月相同。

奇台县：大米每京石价银二两九钱三分四厘，与上月相同。小麦每京石价银八钱一分三厘，较上月增三分五厘。莞豆每京石价银八钱二分八厘，较上月减六分九厘。

镇西直隶厅：小麦每京石价银一两五钱八分，莞豆每京石价银一两七钱一分，青稞每京石价银一两，俱与上月相同。

吐鲁番厅：小麦每京石价银一两一钱一分八厘，大麦每京石

①中国第一历史档案馆藏：《录副奏折》，档号：03-6884-006。

价银五钱六分，高粱每京石价银四钱八分二厘，黄豆每京石价银一两四钱九分三厘，俱与上月相同。

哈密厅：粟米每京石价银一两五钱八分四厘，较上月减一钱四分四厘。小麦每京石价银一两三钱三分八厘，较上月减八分三厘。莞豆每京石价银一两五钱八分四厘，较上月减一钱八分。青稞每京石价银八钱二分二厘，较上月减一钱八分。

库尔喀喇乌苏厅：小麦每京石价银一两一钱，莞豆每京石价银一两二钱，高粱每京石价银五钱二分六厘，俱与上月相同。

伊塔道属

绥定县：大米每京石价银三两七钱，与上月相同。小麦每京石价银九钱六分六厘，较上月减六分九厘。莞豆每京石价银九钱八分七厘，较上月减七分。大麦每京石价银七钱九分一厘，与上月相同。

宁远县：大米每京石价银三两五钱五分，小麦每京石价银九钱七分，大麦每京石价银六钱四分，莞豆每京石价银一两一钱五分，俱与上月相同。

阿克苏道属

温宿直隶州：大米每京石价银一两八钱二分四厘，小麦每京石价银六钱九分，俱与上月相同。大麦每京石价银三钱，较上月减六分。包谷每京石价银四钱八厘，与上月相同。

拜城县：小麦每京石价银三钱九分，与上月相同。大麦每京石价银一钱八分，较上月减三分。莞豆每京石价银二钱六分，较上月减四分。包谷每京石价银二钱六分，与上月相同。

喀喇沙尔直隶厅：大米每京石价银一两九钱二分四厘，小麦每京石价银六钱九分，莞豆每京石价银七钱二分，包谷每京石价银五钱一分二厘，俱与上月相同。

库车直隶厅：大米每京石价银一两八钱，较上月减一钱。小麦每京石价银五钱六分，包谷每京石价银三钱，莞豆每京石价银三钱五分，俱与上月相同。

乌什直隶厅：大米每京石价银二两八分六厘，小麦每京石价银六钱八分六厘，大麦每京石价银三钱二分一厘，包谷每京石价银六钱二厘，俱与上月相同。

喀什噶尔道属

疏勒直隶州：大米每京石价银三两六钱，小麦每京石价银一两一钱四厘，包谷每京石价银八钱九分六厘，高粱每京石价银六钱九分，俱与上月相同。

疏附县：大米每京石价银三两六钱，与上月相同。小麦每京石价银九钱六分六厘，较上月减一钱三分八厘。包谷每京石价银八钱四厘，较上月减一钱三分四厘。高粱每京石价银六钱九分，与上月相同。

莎车直隶州：大米每京石价银二两二钱二分，小麦每京石价银四钱一分四厘，大麦每京石价银三钱七分五厘，包谷每京石价银三钱六分九厘，俱与上月相同。

叶城县：大米每京石价银二两六钱一分，与上月相同。小麦每京石价银三钱，较上月减一钱。包谷每京石价银二钱八分八厘，与上月相同。青稞每京石价银三钱二分五厘，较上月增二分五厘。

和阗直隶州：大米每京石价银一两九钱六分，与上月相同。小麦每京石价银七钱七分二厘，较上月减一钱一分一厘。包谷每京石价银五钱一分二厘，青稞每京石价银三钱五分八厘，俱与上月相同。

于阗县：大米每京石价银二两七分，小麦每京石价银九钱二分一厘，包谷每京石价银六钱四分，俱与上月相同。

英吉沙尔直隶厅：大米每京石价银三两四分，小麦每京石价银六钱九分，包谷每京石价银五钱三分六厘，大麦每京石价银三钱四分，俱与上月相同。

玛喇巴什厅：大米每京石价银四两一钱四分四厘，小麦每京石价银八钱九分七厘，包谷每京石价银六钱四分，俱与上月相同。

（朱批：）览。①

0093. 恭逢恩诏查办官犯赵沃等情形折

光绪十五年十月二十四日（1889 年 11 月 16 日）

头品顶戴护理甘肃新疆巡抚新疆布政使臣魏光焘跪奏，为恭逢恩诏查办官犯，开单具陈，仰祈圣鉴事。

窃臣接准刑部咨开：恭逢恩诏查办军流官犯，事犯在本年三月十六日以前，无论到配已、未满三年，实系安静守法，别无过犯，抄录犯事全案、到配年月日期，造具清册，汇疏具题等因。于光绪十五年三月二十七日具奏，奉旨：依议。钦此。咨行到臣，遵即转行去后。兹据镇迪道兼按察使衔恩纶造具发往新疆效力官犯共一十五员犯事全案及到配年月日期清册前来。

臣查官犯已革道员赵沃，已革提督柳泰和、陈维新，已革侍卫黄兆晋，已革知府萧锡龄，已革通判赵清韶，已革骁骑校张荣陞，已革云骑尉世职元淋，已革县丞叶锡麒，已革守备赵汶篙、王兆熊、杨有义、石紫钰，已革外委杜建威，已革笔帖式文霖，于光绪九年起至十四年止，陆续到配，均各安静守法，别无过犯，或委办屯政，或稽查保甲，或派司矿务，或教课义塾，无不奋勉从事，力赎前愆。其悔过迁善有足取者，谨摘录该官犯等犯事案由及到配日期，开具清单，恭呈御览，伏候恩施。

除将各官犯犯事全案清册咨送刑部外，所有恭逢恩诏查办官犯缘由，谨恭折具陈。伏乞皇上圣鉴训示，施行。谨奏。光绪十五年十月二十四日。

（朱批：）刑部议奏，单、片并发。②

光绪十五年十二月初二日，奉朱批：刑部议奏，单、片并发。

---

①中国第一历史档案馆藏：《单》，档号：03-6884-007。

②台北故宫博物院藏：《军机及宫中档》，文献编号：408006645。

钦此。[1]

0094. 呈新疆效力官犯摘叙案由等情清单

光绪十五年十月二十四日（1889年11月16日）

谨将本年恭逢恩诏查办发往新疆效力官犯，摘叙犯案事由暨到配日期，开具清单，恭呈御览。

计开

已革道员赵沃，因战事失利，奉旨免予勾决，发往新疆效力赎罪，于光绪十三年五月十一日到配，经本任抚臣刘锦棠奏明委办屯田。

已革提督柳泰和，因废弛管务、贪滑不力一案，发往新疆效力，于光绪十四年正月初六日到配。

已革提督陈维新，因开场聚赌、致酿人命一案，发往乌鲁木齐等处效力赎罪，于光绪十二年十月初二日到配。

已革知府萧锡龄，因在籍挟制官长、咆哮公堂一案，发往新疆效力赎罪，于光绪十三年十一月十六日到配。

已革侍卫黄兆晋，因在籍妄为，借端吓诈，武断乡曲，欺压愚民一案，发往新疆充当苦差，于光绪十三年七月初七日到配。

已革通判赵清韶，因解饷进京，由都察院条陈管见一案，发往军台效力赎罪，嗣后挟嫌兴讼，在配潜逃，赴部妄控，改发新疆充当苦差，于光绪九年八月初二日到配。

已革骁骑校张荣陞，因开场聚赌一案，发往新疆效力赎罪，于光绪十年正月初四日到配。

已革附生叶锡麒，挑挖淤滩，隐瞒工价一案，从重发往新疆，于光绪十三年十二月初四日到配，于十四年七月初一日经本任抚臣刘锦棠补参前保官阶、翎枝。

已革守备赵汶篙，踢伤钱得溃身死一案，发往新疆效力赎罪，于光绪十三年十二月二十八日到配。

---

①中国第一历史档案馆藏：《录副奏折》，档号：03-7400-069。

已革守备王兆熊，因殴伤朱载之身死一案，发往新疆效力赎罪，于光绪十四年正月十二日到配。

已革守备杨有义，因诬指僧守严与荣童氏有奸，率众捆缚寺僧，剥衣吓诈一案，发往新疆效力赎罪，于光绪十三年七月二十一日到配。

已革云骑尉世职元淋，因殴伤王阿巧身死一案，发往新疆效力赎罪，于光绪十三年九月十三日到配。

已革外委杜建威，因擅责民人安当阮伤溃身死一案，发往新疆效力赎罪，于光绪十三年九月十三日到配。

已革守备石紫钰，因殴伤营书刘招赈身死一案，发往新疆效力赎罪，于光绪十四年二月初四日到配。

已革笔帖式文霖，系捏造假契、诳骗财物案内，从重发往新疆效力赎罪，于光绪十四年八月初四日到配。

（朱批：）览。①

0095. 请准释免已革道员赵沃缘由片

光绪十五年十月二十四日（1889年11月16日）

再，已革道员赵沃于十三年到配，正值部议拟将直隶、山东、山西、河南、四川、陕西、甘肃七省绞罪减流人犯发新助屯，加之各属兴办民屯，事极殷繁，经本任抚臣刘锦棠奏派管理民遣屯田事务❶。该革员仰荷圣慈曲赐矜全，感激涕零，力图报称，于镇迪道各属屯垦事宜，认真督劝，周历巡查，寒暑无间。现在垦成熟地甚多，实属奋勉自新，著有微劳。

本年恭逢恩诏查办效力官犯，业已恭折具陈，听候恩施。惟该革员办理屯务，尚属得力，可否准予免罪矜释，仍留新疆，以收屯垦之效，出自鸿慈！谨附片具陈，伏乞圣鉴训示，施行。谨奏。

---

①中国第一历史档案馆藏：《单》，档号：03-7400-070。

(朱批:)览。[1]

光绪十五年十二月初二日,奉朱批:览。钦此。[2]

❶【案】光绪十三年七月初三日,新疆巡抚刘锦棠奏报赵沃到配日期,并派令管理民遣屯田事务,曰:

再,臣前准部咨:光绪十二年十一月十六日,奉上谕:徐延旭、赵沃均着加恩免予勾决,发往新疆效力赎罪。钦此。又准部咨:徐延旭途次病故,各等因。均经先后转行去后。兹查革员赵沃,于本年五月十一日投到。据镇迪道兼按察使衔恩纶转详前来。臣维新疆现值举办屯垦,事务殷繁,察看该革员精力尚健,拟派令管理民遣屯田事务,以期得力。除火牌咨部查销外,谨附片具奏。伏乞圣鉴训示。谨奏。

光绪十三年八月初三日,奉朱批:知道了。钦此。[3]

0096. 请将故道袁垚龄从优议恤缘由折

光绪十五年十一月初七日(1889年11月29日)

头品顶戴护理甘肃新疆巡抚布政使臣魏光焘跪奏,为胪陈已故道员事实,吁恳天恩敕部从优议恤,恭折陈明,仰祈圣鉴事。

窃委署甘肃新疆布政使二品顶戴喀什噶尔道袁垚龄因病开缺,

①台北故宫博物院藏:《军机及宫中档》,文献编号:408006645-0-A。

②中国第一历史档案馆藏:《录副奏片》,档号:03-7400-071。

③中国第一历史档案馆藏:《朱批奏片》,档号:04-01-12-0539-090。又《录副奏片》,档号:03-9554-077。

业经臣具奏在案。查袁垚龄于咸丰十一年从今两江督臣曾国荃[1]襄办营务，平粤寇金陵，及随赴鄂剿捻，屡著成劳，曾国荃特见器重，声誉日隆。时甘肃军事急，今抚臣刘锦棠慕名，借助书牍，商调至再，始命之行。至则官军方剿贼西宁，战大峡、小峡间，深入阻险。刘锦棠每战身先，袁垚龄辄骑以从，大小五十余战，恒夜不收队，露立雪窖中达旦，有时据鞍草檄，矢石纷落，不少动，仍能曲尽事情，洞中机要，侪辈益以服其蕴蓄。解西宁围，旋克大通，复肃州，无役不从，赞画指挥，深得其力。

关内肃清，刘锦棠督师进规新疆，委总理老湘全军营务，破古牧地，克复乌鲁木齐，议乘胜南图，以北路为根本重地，不亟治必为前军忧，而善后条绪百端，且逆酋裹胁民众，预为收抚安插计，尤非才莫办。乃商委袁垚龄署迪化州篆，既视事，招流亡，办保甲，缮城隍，政敏效彰，隐足自固，于是大兵长驱南指，八城荡定，拔达坂城、吐鲁番、托克逊等处，释回被掳难民万计，一律安插。事甫竣，仍调往前敌。安集延布鲁特结党寇边，我师由英吉沙尔进，间道要截归寇，绳梯緪度，径奇险，人争先赴。袁垚龄固持稳慎，既见路遗鲜羊血，知贼踪不远，乃请急进纵击，擒斩无算。其运奇决胜类此。

南疆平，请假回籍。刘锦棠念其才可大用，光绪九年，以忠信明决、深达治体等语保奏，恳恩破格录用。旋调赴哈密，权总

---

①曾国荃（1824—1890），字沅甫，号叔纯，又名子植，湖南湘乡人，曾国藩之弟。道光二十七年（1847），府试第一。咸丰二年（1852），取优贡。六年（1856），加同知衔。翌年，丁父忧。八年（1858），升知府，加道衔，赏戴花翎。十一年（1861），保按察使，加布政使衔、伟勇巴图鲁勇号，赏头品顶戴，赐黄马褂。同治元年（1862），补浙江按察使；同年，迁江苏布政使。二年（1863），擢浙江巡抚。三年（1864），加太子少保，封一等威毅伯，赐双眼花翎。五年（1866），调补湖北巡抚。光绪元年（1875），授河东河道总督。二年（1876），调山西巡抚。七年（1881），迁陕甘总督。次年，补两广总督。十年（1884），署礼部尚书。同年，调两江总督，兼办理通商事务大臣。十五年（1889），晋太子太保。十六年（1890），卒于官。赠太傅，赐金治丧，命江宁将军致祭，谥忠襄。著述有《曾忠襄公批牍》《曾忠襄公奏议》《曾文正公大事记》《宦黔书牍》《宗圣志》《曾子家语》《抚鄂批札》《山西通志》《曾忠襄公抚鄂公牍》等。

营务，隐欲以吏事相属，袁垚龄犹谦让弗遑也。历保道员，补阿克苏道，调喀什噶尔道。

十三年，刘锦棠促令赴官。抵任后，饬属条陈利病，凡农桑、义学，有裨于民者，厘然备举。案牍无钜细，必躬亲。经理通商，尤能持大体，相感以诚，故居官未逾两载，政和民乐，所属晏然。此袁垚龄前后在营、在官之梗概也。刘锦棠尝与臣言：平定新疆之役，非袁垚龄经营迪化、无北顾忧，断不能长驱成破竹之势，必至旷时纵敌，老师糜饷，军事亦正未可料。故其时袁垚龄身在后路，事如前敌，治化虽在一隅，功德实在全疆。

臣查袁垚龄，性慷直，留心时务，识足以明，才足以达。倘假之以年，获竟其用，有裨时局不少，不谓积劳成疾。本年三月，委署藩篆，方料理起程，病日增剧，遂以溘逝。死之日，萧然一室书籍外，并无余资。此军民所同声嗟悼，刘锦棠闻耗痛惜，来书谓“抚今追昔，至不能忘，而尤为边陲太息也”。

合无吁恳天恩俯准敕部照道员军营立功后积劳病故例，从优议恤，并将生平事实宣付史馆立传，仍附祀新疆省城敕建前大学士左宗棠专祠，以彰忠荩，出自鸿慈！除查取历册咨部并委员护送遗榇回籍外，谨会同陕甘总督臣杨昌濬，恭折具陈。伏乞皇上圣鉴训示。谨奏。光绪十五年十一月初七日。

（朱批：）另有旨。①

光绪十五年十二月十四日，奉朱批：另有旨❶。钦此。②

❶【案】此奏旋于光绪十五年十二月十四日得允行。《清实录》：

予故喀什噶尔道袁垚龄，照军营立功后病故例优恤，附祀新疆左宗棠专祠，并将事迹宣付史馆立传。③

---

①台北故宫博物院藏：《军机及宫中档》，文献编号：408006648。

②中国第一历史档案馆藏：《录副奏折》，档号：03-5256-062。

③《德宗景皇帝实录（四）》，卷之二百七十八，光绪十五年十二月，第715页。

0097. 本届计典恳请展至下届办理折

光绪十五年十一月初七日（1889年11月29日）

头品顶戴护理甘肃新疆巡抚新疆布政使臣魏光焘跪奏，为新疆本届计典仍难举行，恳恩展至下届再行办理，恭折仰祈圣鉴事。

窃查定例，各省官员大计，三年一次。新疆分设行省，经部臣奏定州县以上至道员共十五缺，准保荐一员；杂职十八缺，不敷准荐额数，应毋庸议等因。嗣届光绪十二年大计，抚臣刘锦棠以新省尚无俸满人员，奏请缓至下届办理，奉旨允准钦遵在案❶。兹扣至本年十二月，又届三年期满，应即照例荐举，并将有干"六法"人员确实参劾，以副朝廷澄叙官方之至意。惟新疆设省未久，各缺随时请补，尚多历俸未满，保荐于例不符。其有一二俸满三年者，查无应举、应劾之员，未便稍事迁就。据署布政使饶应祺、兼按察使衔镇迪道恩纶详请奏缓前来。

臣覆查无异，合无仰恳天恩准再展至下届遵例举行，以昭慎重。如有应劾人员，臣仍当随时查察，据实参奏，断不敢稍涉徇隐，贻误地方。除咨部外，谨会同陕甘总督臣杨昌濬，恭折具奏。伏乞皇上圣鉴训示。谨奏。光绪十五年十一月初七日。

（朱批：）着照所请，该部知道。①

光绪十五年十二月十四日，奉朱批：着照所请，该部知道。钦此。②

❶【案】光绪十二年十一月二十八日，新疆巡抚刘锦棠奏请大计缓至下届办理，曰：

尚书衔降一级留任甘肃新疆巡抚二等男臣刘锦棠跪奏，为新疆初设行省，各员历俸未满三年，本年大计巨典碍难举办，吁恳恩准展至

①台北故宫博物院藏：《军机及宫中档》，文献编号：408006647。

②中国第一历史档案馆藏：《录副奏折》，档号：03-5256-064。

下届办理，以昭慎重，恭折仰祈圣鉴事。

臣准吏部咨：定例各省官员，大计三年一次。自光绪九年十二月扣至本年十二月，三年之期已届，令将大计卓异按额荐举，有干“六法”之员，照例参奏，于光绪十二年十二月内具题，各等因。光绪十二年八月十六日题，本月十八日奉旨：依议。钦此。钦遵知照到臣，当经饬司遵照去后。兹据新疆布政使魏光焘、兼按察使衔镇迪道恩纶会详称：查定例，道府州县各官，核计本省历俸已满三年，任内并无正项钱粮未完，其平日循声政绩，该上司实系灼见真知，准其列入荐举等因。历经遵办在案。新疆初设行省，北路镇迪道所属各官，虽系旧有之缺，而署事人员较多，即有实缺人员，亦历俸未满三年。南路新设各缺，委员先行署理，多系十年到任。其有请补实缺者，亦皆于十一年始行奉准核计，均无历俸已满三年之员，与大计荐举之例不符。详请具奏展缓前来。

臣复核无异，合无仰恳天恩，准于展至下届再行举办，以昭慎重。如有应劾人员，臣仍当随时访察，据实参奏，断不敢稍事徇隐，贻误地方。是否有当，除咨部查照外，谨会同陕甘总督臣谭钟麟，恭折具奏。伏乞皇太后、皇上圣鉴训示。谨奏。光绪十二年十一月二十八日。

光绪十三年正月初二日，军机大臣奉旨：着照所请。吏部知道。钦此。①

0098. 奏报郝忠裔堪署副将缘由片

光绪十五年十一月初七日（1889年11月29日）

再，署乌什协营副将调补伊犁镇总兵张俊，前经臣奏委接统库尔喀喇乌苏、精河等处营旗在案。所遗副将员缺，查有署抚标中军参将郝忠裔，明练有为，熟悉营务，堪以委署。

---

①中国第一历史档案馆藏：《朱批奏折》，档号：04-01-12-0536-022。又，《录副奏折》，档号：03-5545-001。

除饬遵外，谨会同陕甘总督臣杨昌濬、喀什噶尔提督臣谭上连，附片陈明。伏乞圣鉴。谨奏。

(朱批:) 兵部知道。①

光绪十五年十二月十四日，奉朱批：兵部知道。钦此。②

0099. 饬令汤彦和迅赴总兵新任片

光绪十五年十一月初七日（1889年11月29日）

再，巴里坤镇总兵员缺，前经臣奏请以统领库尔喀喇乌苏、精河等处营旗记名提督汤彦和署理，所遗防务并请以署乌什协营副将现调补伊犁镇总兵张俊接统，各在案。兹查汤彦和业将防务交卸晋省，应即饬赴署任，以专责成。除咨行外，谨附片具奏。伏乞圣鉴。谨奏。

(朱批:) 知道了。③

光绪十五年十二月十四日，奉朱批：知道了。钦此。④

0100. 札勒哈苏预支俸廉免其追缴片

光绪十五年十一月初七日（1889年11月29日）

再，查乌鲁木齐、巴里坤满营迁并古城，经臣奏明佐领以下等官预支半年俸廉，分作三年扣还。巴里坤镶红旗佐领札勒哈苏计支银一百四两二钱四分，迁并后该员年老告休，并经臣奏奉旨准赏给俸银在案。兹据城守尉德胜呈称，该员于本年八月初七日病故，身后萧条，并无余积，所有预支俸廉银一百四两二钱四分，委属无从抵扣。恳请附奏免缴前来。

---

①台北故宫博物院藏：《军机及宫中档》，文献编号：408006647-0-A。

②中国第一历史档案馆藏：《录副奏片》，档号：03-5865-091。

③台北故宫博物院藏：《军机及宫中档》，文献编号：408006647-0-B。

④中国第一历史档案馆藏：《录副奏片》，档号：03-5865-092。

臣覆查无异，理合据情仰恳恩准，将已故告休佐领札勒哈苏预支半年俸廉银两，免其追缴，以示体恤。除咨部查照外，谨会同伊犁将军臣色楞额、陕甘总督臣杨昌濬，附片具陈，伏乞圣鉴训示。谨奏。

光绪十五年十二月十四日，奉朱批：着照所请，该部知道。钦此。①

0101. 奏报陈希洛等委署知州等缺情形片

光绪十五年十一月初七日（1889 年 11 月 29 日）

再，署温宿直隶州知州江遇璞调省遗缺，查有请升温宿直隶州知州迪化县知县陈希洛，勤廉笃实，练达有为，堪以先行署理。所遗员缺查有署昌吉县知县杨其澍，才具稳练，为守兼优，堪以调署。递遗之缺查有署藩经历司补用知县邓以潢，年壮才优，办事勤慎，堪以调署。据藩、臬两司会详前来。

除批饬分别给委外，谨会同陕甘总督臣杨昌濬，附片具陈，伏乞圣鉴。谨奏。

（朱批：）吏部知道。②

光绪十五年十二月十四日，奉朱批：吏部知道。钦此。③

0102. 恭报十五年八月雨水粮价情形折

光绪十五年十一月二十四日（1889 年 12 月 16 日）

头品顶戴护理甘肃新疆巡抚新疆布政使臣魏光焘跪奏，为恭报光绪十五年八月分粮价并得雨情形，谨缮折具陈，仰祈圣鉴事。

窃照光绪十五年七月分各厅州县粮价并得雨情形，业经臣奏

---

①中国第一历史档案馆藏：《录副奏片》，档号：03-5256-065。

②台北故宫博物院藏：《军机及宫中档》，文献编号：408006647-0-C。

③中国第一历史档案馆藏：《录副奏片》，档号：03-5256-063。

报在案。兹据署理新疆布政使饶应祺详报：本年八月分，北路镇西得雨，入土五寸；奇台得雨，入土寸余；昌吉、阜康、绥来、哈密、库尔喀喇乌苏微雨。伊塔道属并未得雨。南路拜城、喀喇沙尔、库车微雨，余未得雨。

至通省粮价，镇西、吐鲁番、喀喇沙尔、英吉沙尔、疏勒、莎车、阜康、拜城等厅州县俱与上月相同，余均略有增减。汇详请奏前来。

理合恭折具陈，并缮粮价清单，敬呈御览，伏乞皇上圣鉴。谨奏。光绪十五年十一月二十四日。

(朱批：) 知道了。①

光绪十六年正月初五日，奉朱批：知道了。钦此。②

0103. 呈新疆光绪十五年八月粮价清单

光绪十五年十一月二十四日 (1889 年 12 月 16 日)

谨将新疆各属光绪十五年八月分米粮时估价值，缮具清单，恭呈御览。

计开八月分

镇迪道属

迪化县：大米每京石价银三两五钱九分四厘，较上月减二钱八分二厘。小麦每京石价银一两三钱四分四厘，较上月减一钱四分二厘。莞豆每京石价银一两三钱六分八厘，较上月减一钱四分四厘。青稞每京石价银一两三分五厘，较上月减一钱三厘。

昌吉县：大米每京石价银一两九钱八分二厘，较上月减一钱八分二厘。小麦每京石价银九钱九分二厘，较上月减一分四厘。莞豆每京石价银一两一钱三分五厘，较上月减六分六厘。青稞每京石价银八钱七分五厘，与上月相同。

---

①台北故宫博物院藏：《军机及宫中档》，文献编号：408006649。

②中国第一历史档案馆藏：《录副奏折》，档号：03-6885-001。

阜康县：粟米每京石价银八钱一分三厘，小麦每京石价银八钱四分九厘，莞豆每京石价银八钱四分九厘，高粱每京石价银五钱三分，俱与上月相同。

绥来县：大米每京石价银二两一钱七分五厘，与上月相同。小麦每京石价银八钱五分五厘，较上月减六分四厘。莞豆每京石价银九钱二分一厘，较上月减一钱五分九厘。高粱每京石价银五钱六分三厘，与上月相同。

奇台县：大米每京石价银二两四钱一分六厘，较上月减五钱一分八厘。小麦每京石价银七钱七分八厘，较上月减三分五厘。莞豆每京石价银六钱九分，较上月减一钱三分八厘。

镇西直隶厅：小麦每京石价银一两五钱八分，莞豆每京石价银一两七钱一分，青稞每京石价银一两，俱与上月相同。

吐鲁番厅：小麦每京石价银一两一钱一分八厘，大麦每京石价银五钱六分，高粱每京石价银四钱八分二厘，黄豆每京石价银一两四钱九分三厘，俱与上月相同。

哈密厅：粟米每京石价银一两五钱八分四厘，与上月相同。小麦每京石价银一两三钱三分八厘，与上月相同。莞豆每京石价银一两四钱七分六厘，较上月减一钱八厘。青稞每京石价银八钱二分二厘，与上月相同。

库尔喀喇乌苏厅：小麦每京石价银一两一钱四分，较上月增四分。莞豆每京石价银一两二钱五分，较上月增五分。高粱每京石价银六钱三厘，较上月增七分七厘。

伊塔道属

绥定县：大米每京石价银四两四钱四分，较上月增七钱四分。小麦每京石价银九钱六分六厘，莞豆每京石价银九钱八分七厘，大麦每京石价银七钱九分一厘，俱与上月相同。

宁远县：大米每京石价银三两五钱五分，与上月相同。小麦每京石价银八钱九分七厘，较上月减七分三厘。大麦每京石价银五钱八分八厘，较上月减五分二厘。莞豆每京石价银一两八厘，较上月减一钱四分二厘。

阿克苏道属

温宿直隶州：大米每京石价银一两六分四厘，较上月减七钱六分。小麦每京石价银四钱八分三厘，较上月减二钱七厘。大麦每京石价银三钱，与上月相同。包谷每京石价银四钱八厘，与上月相同。

拜城县：小麦每京石价银三钱九分，大麦每京石价银一钱八分，莞豆每京石价银二钱六分，包谷每京石价银二钱六分，俱与上月相同。

喀喇沙尔直隶厅：大米每京石价银一两九钱二分四厘，小麦每京石价银六钱九分，莞豆每京石价银七钱二分，包谷每京石价银五钱一分二厘，俱与上月相同。

库车直隶厅：大米每京石价银一两七钱，较上月减一钱。小麦每京石价银五钱，较上月减六分。包谷每京石价银三钱，与上月相同。莞豆每京石价银三钱，较上月减五分。

乌什直隶厅：大米每京石价银二两八分六厘，与上月相同。小麦每京石价银六钱二分，较上月减六分六厘。大麦每京石价银二钱九分九厘，较上月减二分二厘。包谷每京石价银五钱八分九厘，较上月减一分三厘。

喀什噶尔道属

疏勒直隶州：大米每京石价银三两六钱，小麦每京石价银一两一钱四厘，包谷每京石价银八钱九分六厘，高粱每京石价银六钱九分，俱与上月相同。

疏附县：大米每京石价银三两，较上月减六钱。小麦每京石价银九钱六分六厘，包谷每京石价银八钱四厘，高粱每京石价银六钱九分，俱与上月相同。

莎车直隶州：大米每京石价银二两二钱二分，小麦每京石价银四钱一分四厘，大麦每京石价银三钱七分五厘，包谷每京石价银三钱六分九厘，俱与上月相同。

叶城县：大米每京石价银二两六钱一分，与上月相同。小麦每京石价银三钱五分，较上月增五分。包谷每京石价银二钱八分八厘，青稞每京石价银三钱二分五厘，俱与上月相同。

和阗直隶州：大米每京石价银一两六钱八分，较上月减二钱八分。小麦每京石价银七钱七分二厘，包谷每京石价银五钱一分二厘，青稞每京石价银三钱五分八厘，俱与上月相同。

于阗县：大米每京石价银一两五钱一分八厘，较上月减五钱五分二厘。小麦每京石价银八钱七分一厘，较上月减五分。包谷每京石价银六钱四分，与上月相同。

英吉沙尔直隶厅：大米每京石价银三两四分，小麦每京石价银六钱九分，包谷每京石价银五钱三分六厘，大麦每京石价银三钱四分，俱与上月相同。

玛喇巴什厅：大米每京石价银三两七钱，较上月减四钱四分四厘。小麦每京石价银八钱二分八厘，较上月减六分九厘。包谷每京石价银六钱四分，与上月相同。

（朱批：）览。①

0104. 请以黄万鹏借补喀什回城副将折

光绪十五年十一月二十四日（1889年12月16日）

头品顶戴护理甘肃新疆巡抚新疆布政使臣魏光焘跪奏，为拣员借补副将要缺，以重边防，恭折仰祈圣鉴事。

窃新设喀什噶尔回城协营副将员缺，业经奏准作为题缺，应即遴员请补，以专责成。查该副将与分巡通商道同驻回城，中外交涉事繁，营制甫经设定，弹压、操防，均关紧要，非精明强干之员，难资得力。查有留甘肃新疆尽先补用提督现署该协营副将二等轻车都尉伯奇巴图鲁黄万鹏，精勤勇敢，深明韬略，在新带

①中国第一历史档案馆藏：《单》，档号：03-6885-002。

队有年，边情极为熟悉，署任以来，措置均能裕如，以之借补斯缺，洵堪胜任。合无仰恳天恩俯准以该员借补喀什噶尔回城协营副将员缺，实于边陲有裨。如蒙俞允，并恳敕部先给署札，俟防务大定，照例给咨送部引见。

除饬取历册咨部外，谨会同陕甘总督臣杨昌濬、喀什噶尔提督臣谭上连，恭折具陈。伏乞皇上圣鉴训示。谨奏。光绪十五年十一月二十四日。

（朱批：）兵部议奏。①

光绪十六年正月初五日，奉朱批：兵部议奏。钦此。②

0105. 请以万胜常借补喀什提标参将折

光绪十五年十一月二十四日（1889年12月16日）

头品顶戴护理甘肃新疆巡抚新疆布政使臣魏光焘跪奏，为拣员借补参将员缺，以重操防，恭折仰祈圣鉴事。

窃新设喀什噶尔提标中营参将员缺，业经奏准作为题缺，亟应拣员请补，以专责成。查有留甘肃新疆尽先补用提督现署该营参将讲阿巴图鲁万胜常，胆识优长，办事勤奋，在新带队有年，巡防、操练，均能认真，以之借补斯缺，洵堪胜任。合无仰恳天恩俯准以该员借补喀什噶尔提标中营参将员缺。如蒙俞允，并恳敕部先给署札，俟防务大定，照例给咨送部引见。

除饬取历册咨部外，谨会同陕甘总督臣杨昌濬、喀什噶尔提督臣谭上连，恭折具陈，伏乞皇上圣鉴训示。谨奏。光绪十五年十一月二十四日。

（朱批：）兵部议奏。③

---

①台北故宫博物院藏：《军机及宫中档》，文献编号：408006651。

②中国第一历史档案馆藏：《录副奏折》，档号：03-5867-001。

③台北故宫博物院藏：《军机及宫中档》，文献编号：408006650。

光绪十六年正月初五日，奉朱批：兵部议奏。钦此。①

0106. 请将张宝祥原保底案饬部更正片

光绪十五年十一月二十四日（1889年12月16日）

再，记名总兵张宝祥于立解西宁府重围、克复大通县城、肃清边境案内，由军功汇保蓝翎拔补把总，累保今职，均奉旨允准钦遵行知在案。兹据该员禀称：克复乌鲁木齐、玛纳斯案内，应由把总加保千总，开保时营官误以守备请保免补守备，以都司尽先补用。恳请附奏更正、递减前来。

臣覆核无异，合无仰恳天恩俯准将克复乌鲁木齐等城案内准保尽先补用都司张宝祥，改为由蓝翎拔补把总，请保免补把总，以千总尽先拔补；攻克达坂城、托克逊贼巢，并克复吐鲁番满汉两城案内准保参将衔尽先补用游击，改为免补千总，以守备尽先补用，并加都司衔；新疆南北路一举荡平案内免补游击、参将准保尽先推补副将，改为免补守备、都司，以游击尽先补用；新疆南路诸军五次剿平边寇案内准保记名总兵，改为免补游击，以参将尽先补用。敕部更正注册，以昭核实而免歧异，出自鸿施！

除咨部外，谨附片具陈，伏乞圣鉴训示。谨奏。

（朱批：）兵部知道。②

光绪十六年正月初五日，奉朱批：兵部知道。钦此。③

【案】此奏片之具奏日期，原件目录署“光绪十五年十一月二十四日”，而录副目录仅以“光绪十六年正月初五日”即朱批日期为之。查《随手档》④“朱批魏光焘折”，则署有“报四百里，十一月二十四

---

①中国第一历史档案馆藏：《录副奏折》，档号：03-5867-002。

②台北故宫博物院藏：《军机及宫中档》，文献编号：408006650-0-A。

③中国第一历史档案馆藏：《录副奏片》，档号：03-5869-077。

④中国第一历史档案馆藏：《军机处随手登记档》，文献编号：03-0264-1-1216-004。

日发”等字样。据此，此奏片具奏日期当为“光绪十五年十一月二十四日”无疑。兹据校正。

0107. 委令潘震署理莎车知州缘由片

光绪十五年十一月二十四日（1889年12月16日）

再，莎车直隶州知州刘嘉德请咨赴部引见遗缺，查有调省库车直隶同知潘震，勤政爱民，官声素好，堪以委署。据藩、臬两司会详前来。除批饬给委并咨部查照外，谨会同陕甘总督臣杨昌濬，附片具奏，伏乞圣鉴。谨奏。

（朱批：）吏部知道。[①]

光绪十六年正月初五日，奉朱批：吏部知道。钦此。[②]

【案】此奏片之具奏日期，原件目录署“光绪十五年十一月二十四日”，而录副目录仅以“光绪十六年正月初五日”即朱批日期为之。查《随手档》[③]“朱批魏光焘折”，则署有“报四百里，十一月二十四日发”等字样。据此，此奏片具奏日期当为“光绪十五年十一月二十四日”无疑。兹据校正。

0108. 奏报汤彦和打仗受伤请免骑射片

光绪十五年十一月二十四日（1889年12月16日）

再，打仗受伤人员如实不能练习弓马，例准免其骑射。又准部咨：嗣后请免骑射人员，即令改习枪炮等因。兹查有署巴里坤镇总兵汤彦和，于同治五年攻打陕西长安县属雨花寨，右腿受矛

---

①台北故宫博物院藏：《军机及宫中档》，文献编号：408006649-0-A。

②中国第一历史档案馆藏：《录副奏片》，档号：03-5260-002。

③中国第一历史档案馆藏：《军机处随手登记档》，档案编号：03-0264-1-1216-004。

伤一处。是年，攻打朝邑县，左腿受矛伤一处。九年，攻打甘肃金积堡属马家滩，左手臂被飞子洞穿，筋骨俱损，历经医治，每逢阴雨，时作疼痛，挽弓维艰，呈请奏免骑射前来。

臣亲加验看，委无捏饰情弊，合无仰恳天恩俯念该员受伤深重，赏准免其骑射，改习枪炮，以示体恤，出自鸿慈！除咨部外，谨附片具陈，伏乞圣鉴训示。谨奏。

（朱批：）着照所请，兵部知道。[①]

光绪十六年正月初五日，奉朱批：着照所请，兵部知道。钦此。[②]

【案】此奏片之具奏日期，原件目录署“光绪十五年十一月二十四日”，而录副目录仅以“光绪十六年正月初五日”即朱批日期为之。查《随手档》[③]“朱批魏光焘折”，则署有“报四百里，十一月二十四日发”等字样。据此，此奏片具奏日期当为“光绪十五年十一月二十四日”无疑。兹据校正。

0109. 奏报伊犁分隶事宜并划分饷数折

光绪十五年十二月初三日（1889 年 12 月 24 日）

太子少保头品顶戴陕甘总督臣杨昌濬、伊犁将军臣色楞额、头品顶戴护理甘肃新疆巡抚新疆布政使臣魏光焘跪奏，为伊犁分隶事宜定期交接，先将饷数划分，恭折仰祈圣鉴事。

窃臣昌濬等前奏伊犁分隶事宜等因一折，光绪十五年六月初一日，奉朱批：着照所请，该部知道。钦此。随准部咨：伊犁、塔尔巴哈台两处汉队现既分隶，所有营制、饷章应由该将军、督、

---

①台北故宫博物院藏：《军机及宫中档》，文献编号：408006651-0-A。

②中国第一历史档案馆藏：《录副奏折》，档号：03-5860-002。

③中国第一历史档案馆藏：《军机处随手登记档》，档案编号：03-0264-1-1216-004。

抚等迅即详细分晰，奏咨立案等因。前来。臣色楞额以抽裁勇队，规复旗营，未能克期清理，奏恳暂缓交割，仍一面赶办，一面咨商臣光焘，定期光绪十六年正月，将镇标勇队移交接管。截至十五年底止，旗、绿、标、兵饷数概由将军臣清理。十六年起，镇标饷项分由抚臣经管，届时交接，自应先将饷数划分，以清界限。

查臣色楞额前奏伊犁满蒙驻防，规复营制，酌减兵额、饷额，并筹练军口分及军装、马匹无额杂款，岁需银五十五万两，军标千人额饷尚不在内。合镇标兵饷、善后经费，为数实巨。臣等往复咨商，拟分拨伊犁将军岁饷银四十万两，就饷筹兵，官俸、杂支均在其内，以后定为常额。伊犁饷项，十六年分原拨银八十四万两，除议分伊犁将军银四十万两，遵照部议清理伊犁陈饷案内拨还前借甘肃藩库银五万两外，新疆巡抚应分银三十九万两，应俟各省解到十六年分协饷，由臣昌濬饬甘肃藩司照数统收分解。其营制、饷章，俟交接后由臣色楞额、臣昌濬等分别详细奏咨立案。至塔尔巴哈台交接、分饷事宜，容会商另案具奏。

所有伊犁分隶事宜定期交接，先将饷数划分缘由，谨合词恭折具奏，伏祈皇上圣鉴训示。再，此折系臣光焘主稿，合并陈明。谨奏。光绪十五年十二月初三日。

（朱批：）户部知道。①

光绪十六年正月十二日，奉朱批：户部知道。钦此。②

0110. 奏报垫解伊犁勇饷情形片

光绪十五年十二月初三日（1889 年 12 月 24 日）

再，臣光焘准色楞额咨称：伊犁分隶事宜业已定期交割，截至光绪十五年底止积欠勇饷，应即一手清理。商由臣先行垫解银十万两，以资散放，俟四川、江西等省解到前欠伊犁分饷，如数

①台北故宫博物院藏：《军机及宫中档》，文献编号：408006652。

②中国第一历史档案馆藏：《录副奏折》，档号：03-6625-005。

划还等因。臣查新疆饷项，涓滴皆属急需，无款挪垫，惟伊犁交割为期已迫，不得不勉为挹注，当饬藩司暂行垫解银十万两，交将军臣查收，早行清结。一面咨商督臣杨昌濬，在于甘肃藩库无论何款，筹借银十万两，解还新疆，俾免支绌；仍由督臣赶催四川、江西迅将欠饷解赴甘肃，由甘肃藩司于伊犁应分项下，收还前项借款，以期便速而顾要需。

除咨部外，谨附片陈明。伏乞圣鉴。谨奏。

(朱批：)户部知道。①

光绪十六年正月十二日，奉朱批：户部知道。钦此。②

0111. 奏报本年夏秋禾收成分数情形折

光绪十五年十二月初七日（1889年12月28日）

头品顶戴护理甘肃新疆巡抚新疆布政使臣魏光焘跪奏，为查明甘肃新疆本年夏秋禾收成分数，缮具清单，恭折仰祈圣鉴事。

窃查新疆各属每年收成分数，历经抚臣刘锦棠奏报在案。兹据署布政使饶应祺详：据各属先后申报光绪十五年收成分数，牵匀计算，通省夏禾实在七分有余，秋禾实在七分有余，汇案详请具奏前来。

臣覆核无异，相应缮具清单，恭呈御览。除咨部查照外，谨会同陕甘总督臣杨昌濬，恭折具奏，伏乞皇上圣鉴。谨奏。光绪十五年十二月初七日。

光绪十六年正月十四日，奉朱批：知道了。钦此。③

---

①台北故宫博物院藏：《军机及宫中档》，文献编号：408006652-0-A。

②中国第一历史档案馆藏：《录副奏片》，档号：03-6118-007。

③中国第一历史档案馆藏：《录副奏折》，档号：03-6234-005。

0112. 呈光绪十五年夏秋禾收成分数清单

光绪十五年十二月初七日（1889 年 12 月 28 日）

谨将甘肃新疆光绪十五年各属夏秋禾收成分数，开具清单，恭呈御览。

计开

夏禾约收九分者：喀喇沙尔厅、库车厅、叶城县。

约收八分者：昌吉县、温宿州、乌什厅、疏勒州、莎车州、疏附县、宁远县。

约收七分者：迪化县、奇台县、精河巡检、济木萨县丞、拜城县、英吉沙尔厅、于阗县。

约收六分者：阜康县、绥来县、哈密厅、吐鲁番厅、呼图壁巡检、玛喇巴什厅、和阗州、绥定县。

约收五分者：库尔喀喇乌苏厅、镇西厅。

秋禾约收九分者：精河巡检、喀喇沙尔厅、莎车州、叶城县。

约收八分者：迪化县、昌吉县、绥来县、吐鲁番厅、温宿州、库车厅、乌什厅、疏勒州。

约收七分者：阜康县、奇台县、库尔喀喇乌苏厅、呼图壁巡检、拜城县、疏附县、和阗州、于阗县、英吉沙尔厅、玛喇巴什厅、绥定县、宁远县。

约收六分者：济木萨县丞。

约收五分者：哈密厅。

再，查镇西厅地气较寒，向不种植秋禾，故无分数。合并声明。

（朱批：）览。①

---

①中国第一历史档案馆藏：《单》，档号：03-6239-003。

0113. 查明新疆各属来春毋庸接济缘由折

光绪十五年十二月初七日（1889 年 12 月 28 日）

头品顶戴护理甘肃新疆巡抚新疆布政使臣魏光焘跪奏，为遵旨查明新疆各属均未被灾，毋庸接济，恭折仰祈圣鉴事。

窃臣于光绪十五年十一月初九日承准兵部火票递到军机大臣字寄：光绪十五年十月初三日，奉上谕：本年，山东各属被灾，先经加恩赏拨南漕十万石，复钦奉懿旨发给内帑银十万两，广为抚恤，并因滨河各州县堤埝漫溢，谕令张曜截留该省新漕十万石，豫筹冬赈。嗣经该抚奏到章邱等处被灾情形，又将本年上忙钱粮分别缓征。四川涪、雅两江涨溢，居民被淹，特谕刘秉璋①于捐输项下，拨银五万两，借资赈济。安徽霍邱等州县被淹，浙江温州等处被风、被水，严州等处被水，湖南武陵等州县被淹，河南周家口被火、河内等县被淹，山东莒州、沂水县各被雹，四川石泉等州县被水、泸州被火，陕西咸宁等县被水、被雹，长安等县被水、鄜州被雹，甘肃阶州被水，广东嘉应州等处被水、新安县被风。均经该督抚等查勘抚恤，小民谅可不至失所。惟念来春青黄不接之时，民力未免拮据，着传谕该督抚等体察情形，如有应行接济之处，即查明据实覆奏，务于封印以前奏到，候朕于新正降旨加恩。再，安徽宿松等县被水，江西进贤等县被淹、新喻等县被旱，浙江杭州等府被水，湖南澧州等州县被淹，河南滑县被水，甘肃皋兰等州县被雹，云南昆阳等州县被水、石屏州被旱，均经

---

①刘秉璋（1826—1905），字仲良，安徽庐江人，先以举人赞钦差大臣张芾戎幕，授知县。咸丰十年（1860），中式进士。同治元年（1862），调赴李鸿章沪营，剿办太平军。四年（1865），补授江苏臬司。六年（1867），升江西藩司。十一年（1872），调补山西藩司。光绪元年（1875），擢江西巡抚。九年（1883），擢浙江巡抚。十年（1884），督师击败法国海军舰队。十二年（1886），实授四川总督。二十年（1894），以滥举非人，革职留任。二十一年（1895），以四川屡发教案总督办理荒谬，褫职。三十一年（1905），卒于籍。

该督抚等委员查勘，即着迅速办理，并将来春应否接济之处一并查明，于封印前奏到。此外各省有无被灾地方应行调剂抚恤之处，着该将军、督抚等一并查奏，候旨施恩。将此各谕令知之等因。钦此。仰见皇上轸念民依、无微弗周之至意！当经钦遵转饬查办去后。

兹据署藩司饶应祺详称：本年新疆南北两路雨旸尚属应时，先后据各厅州县申报，夏秋禾均称中稔，民力不至拮据，来春毋庸调剂抚恤。恳请覆奏前来。

臣覆查无异，谨会同陕甘总督臣杨昌濬，恭折具陈。伏乞皇上圣鉴。谨奏。光绪十五年十二月初七日。

（朱批：）知道了。[①]

光绪十六年正月十四日，奉朱批：知道了。钦此。[②]

0114. 奏报兴修县署估报银两片

光绪十五年十二月初七日（1889年12月28日）

再，新疆南北两路城垣、衙署已竣各工，业经奏报在案。查阜康县地当冲要，为省城东路门户，自经兵燹，城身、城楼、炮亭均已坍塌。北路奇台县治移驻古城，南路叶城县系属新设，该两县署并各典史衙署、仓廒、监狱均须从新修建。前据各该县禀请兴修，当饬防营帮同工作，并饬将工料切实估计。兹据署布政使饶应祺详称：关外物料、匠工价极昂贵，采办木料，离城动至数站，运脚亦属不赀。先后据阜康县估报城垣经费银一万一千余两，奇台县估报衙署经费银六千余两，叶城县估报银四千余两，食粮在外。汇详请奏前来。

臣覆核无异，除饬俟工竣造销外，谨会同陕甘总督臣杨昌濬，附片具陈，伏乞圣鉴，饬部立案施行。谨奏。

---

①台北故宫博物院藏：《军机及宫中档》，文献编号：408006653。

②中国第一历史档案馆藏：《录副奏折》，档号：03-5597-001。

（朱批：）该部知道。①

光绪十六年正月十四日，奉朱批：该部知道。钦此。②

0115. 请饬各省迅解欠银缘由片

光绪十五年十二月初七日（1889年12月28日）

再，新疆北路城工经费，部议由岁拨善后经费项下取给，此支彼绌，已费腾挪。南路城、署各工程经部指拨各省关银三十六万六千余两，除陆续提解外，尚欠银一十九万余两。上年，抚臣刘锦棠奏奉谕旨钦遵咨催，并经户部飞咨催解各在案。本年仅准湖南、湖北两省先后各汇解银一万两。

臣查南路已修工程，前因经费不继，挪用饷项，急待清还，其未办各工尤须接续兴修，以期蒇事。若各省关仍前延缓，臣实无以为计，相应请旨饬下四川、湖广各总督，山东、河南、江西、湖南、湖北各巡抚，迅将下欠银两悉数筹解，以符部拨而济要需，出自鸿施！谨会同陕甘总督臣杨昌濬，附片具陈，伏乞圣鉴训示。谨奏。

（朱批：）户部知道。③

光绪十六年正月十四日，奉朱批：户部知道。钦此。④

0116. 发新人犯恭逢恩诏拟请量予施恩折

光绪十五年十二月初九日（1889年12月30日）

头品顶戴护理甘肃新疆巡抚新疆布政使臣魏光焘跪奏，为发新助屯人犯本年恭逢恩诏，拟恳量予恩施，恭折仰祈圣鉴事。

窃维新疆远处极边，兵燹之后，地旷人稀，部议将直隶、山

①台北故宫博物院藏：《军机及宫中档》，文献编号：408006653-0-A。

②中国第一历史档案馆藏：《录副奏片》，档号：03-6185-062。

③台北故宫博物院藏：《军机及宫中档》，文献编号：408006653-0-B。

④中国第一历史档案馆藏：《录副奏片》，档号：03-7158-003。

东、山西、河南、四川、陕西、甘肃七省斩、绞减等人犯，发往新疆助兴屯政。嗣因只身人犯沿途滋事，到配又不能咸安耕凿，十年生聚之谋，于若辈无望，经部议凡有家室者，佥同起解；实系只身人犯，仍令按表定发内地。又准部议：此项改发新疆人犯，原与实在遣犯不同，应于钱粮全完之年，即准入籍为民等因在案。

兹查前项人犯，陆续解到一千六十四名。除逃亡、病故外，共九百七十六名，分置迪化、昌吉、阜康、奇台等县屯垦，按照原奏章程，每户借给耕牛、农具等项成本银七十三两有奇，初年限还一半，次年全还。钱粮自第三年起，初年征半，次年全征。计自光绪十二年到配安置起，迄今有已满年限者，有未满年限者，亦有年限虽满，因所垦荒地工本较费，加之收成丰歉不一，还本力有未逮，尚须量展升科者。本年恭逢恩诏，此项减流人犯，内地本在应赦之列，若因远徙边庭、助兴屯垦，不与查办，未免向隅。若竟援赦释回，又与实边之初议不合。

臣再四筹思，拟恳量予恩施，无论该犯是否已满升科年限，钱粮全征与否，凡到配在本年三月十五日以前者，即准一体免罪，入籍为民，遇事照平民办理；仍责成各地方官妥为抚驭，督饬认真屯垦，照章缴本纳粮，以期永实边荒，俾臻富庶。此后如有成本未缴，私行逃脱，即属该犯自外生成，应由各地方官随时详报，咨行拿办。如此量为变通，庶于推广皇仁之中仍不至有碍屯政。据署布政使饶应祺、镇迪道兼按察使衔恩纶会详前来。

臣覆查无异，谨会同陕甘总督臣杨昌濬，恭折具陈。是否有当，伏乞皇上圣鉴，饬部核议施行。谨奏。光绪十五年十二月初九日。

（朱批：）刑部议奏。[①]

光绪十六年正月二十一日，奉朱批：刑部议奏。钦此。[②]

---

①台北故宫博物院藏：《军机及宫中档》，文献编号：408006654。

②中国第一历史档案馆藏：《录副奏折》，档号：03-9555-001。

0117. 请以王久铭补授阿克苏道缺缘由折

光绪十五年十二月初九日（1889年12月30日）

头品顶戴护理甘肃新疆巡抚布政使臣魏光焘跪奏，为拣员请补巡道要缺，以资治理，恭折仰祈圣鉴事。

切[①]光绪十三年，抚臣刘锦棠请以阿克苏道袁垚龄调补喀什噶尔道员缺，奉部覆准并令将所遗阿克苏道缺由外遴员请补等因。查南路新设道、厅、州、县各缺，奏准由外拣补一次，以后援照甘肃变通章程办理。其随营之分省候选并他省候补各员从事有年，于边务亦多熟悉，均准留于新疆，照章补署在案。今阿克苏兵备道员缺，以守兼巡，督饬所属水利、屯垦、钱粮、刑名，抚驭蒙部，弹压布鲁特，稽查卡伦，系冲、繁、疲三项要缺，亟应遴员请补，以重职守。

查有调新差遣二品顶戴盐运使衔陕西遇缺尽先题奏道乌能依巴图鲁王久铭，现年五十二岁，湖南湘乡县人，由文童投效湘军，于安徽徽州解围案内保奏，同治元年十一月初八日奉上谕：着以从九品不论双单月，遇缺尽先即选。钦此。克复旌德、坚守宁国府、泾县案内保奏，四年二月二十三日奉上谕：着免选本班，以县丞不论双单月尽先即选，并赏戴蓝翎。钦此。肃清皖南案内保奏，是年闰五月初一日奉上谕：着免选本班，以知县尽先选用。钦此。旋同湘军赴陕，于剿击回、土各匪、肃清陕北、克复甘肃灵州城池案内保奏，九年闰十月二十五日奉上谕：着以本班知县留于陕西，归候补班前先补用，并俟补缺后以直隶州知州归候补班前先补用，并赏加运同衔，赏换花翎。钦此。嗣经部核所叙在后之加运同衔并换花翎，均逾准奖层数，应毋庸议。荡平金积堡老巢案内保奏，十年十月初三日奉上谕：着俟知县补缺后，免补

①因避讳，改“窃”为“切”。

直隶州，以知府仍留原省补用，先换顶戴，并赏换花翎。钦此。经部议驳，另核附奏荡平金积堡案内改请免补知县，以同知直隶州仍留原省，归军功候补班补用，并换花翎。此次攻破小峡口要隘，立解西宁城围，又踏平大通县属向阳堡贼巢，复收大通县城两案，该员迭次陷阵，擒斩要逆，请由陕西补用同知直隶州加保免补本班，以知府仍留原省，归军功候补班补用，饬部分别注册。十三年七月二十八日奉朱批：吏部知道。钦此。旋经吏部注册。关陇肃清案内保奏，光绪二年二月初四日奉上谕：着赏加盐运使衔。钦此。攻克乌鲁木齐等城案内保奏，三年九月初五日奉上谕：着赏给三品封典。钦此。新疆南北路一举荡平案内保奏，六年正月三十日奉上谕：着免补本班，以道员仍留原省，遇缺尽先题奏。钦此。新疆南路诸军五次剿平边寇案内保奏，七年五月二十日奉上谕：着赏加二品顶戴，并赏给正二品封典。钦此。八年，奏办营务，督办行营粮台，并委带老湘中营。六载边防搜捕余匪案内保奏，十年十月初四日奉上谕：着赏给乌能依巴图鲁名号。钦此。十一年，奏委节制哈密马步各营，旋丁继母艰，交卸回籍守制。十三年七月服满，抚臣刘锦棠以办事需才，奏请调赴新疆差遣，奉朱批：即着该部咨行湖南巡抚，饬令王久铭迅赴新疆，交刘锦棠差遣。钦此。十五年八月到省。

查该员王久铭，廉明笃实，通达治体，在新疆办事有年，勋劳最著，边情尤为熟悉，以之请补阿克苏道员缺，实堪胜任，人地亦极相宜。合无仰恳天恩俯念边疆要缺需员治理，准以调新差遣二品顶戴盐运使衔陕西遇缺尽先题奏道乌能依巴图鲁王久铭补授阿克苏兵备道员缺，实于地方有裨。如蒙俞允，俟奉部覆，给咨送部引见，以符定制。

是否有当，谨会同陕甘总督臣杨昌濬，恭折具陈。伏乞皇上圣鉴训示。谨奏。十五年十二月初九日。

（朱批：）吏部议奏。[①]

光绪十六年正月二十一日，奉朱批：吏部议奏。钦此。[②]

0118. 代奏汤彦和署理总兵印务谢恩折

光绪十五年十二月初九日（1889年12月30日）

头品顶戴护理甘肃新疆巡抚新疆布政使臣魏光焘跪奏，为据情代奏叩谢天恩，仰祈圣鉴事。

窃臣接准署巴里坤镇总兵汤彦和咨称：前在库尔喀喇乌苏防次接奉文行，以巴里坤镇总兵徐占彪呈请开缺，所遗篆务奏委署理，饬即赴任，遵将所统库、精等营防务交卸清楚，驰抵巴里坤，于十一月初七日准前任总兵徐占彪饬委中军游击丁连科，将光字二十二号银印一颗暨文案、卷宗赍交前来。当即恭设香案，望阙叩头谢恩，祗领任事。伏念湘楚末弁，知识庸愚，叠蒙国恩，洊升提督，愧涓埃之未报，方兢惕以弗遑。兹复仰荷隆施，准署斯职，自天闻命，伏地滋惭！查巴里坤地属要冲，总兵职膺专阃，举凡督饬将弁，整顿标营，训练巡防，在在均关紧要。自维梼昧，惧弗克胜，惟有殚竭愚诚，倍加勤慎，随时随事禀商抚、提臣认真经理，断不敢以暂时摄篆稍涉因循，以期仰答高厚鸿慈于万一！

所有到任接印日期，并感激下忱，恳请据情代奏叩谢天恩。前来。理合据情代奏，伏乞皇上圣鉴。谨奏。光绪十五年十二月初九日。

（朱批：）知道了。[③]

光绪十六年二月初九日，奉朱批：知道了。钦此。[④]

---

①台北故宫博物院藏：《军机及宫中档》，文献编号：408006655。

②中国第一历史档案馆藏：《录副奏折》，档号：03-5260-081。

③台北故宫博物院藏：《军机及宫中档》，文献编号：408006656。

④中国第一历史档案馆藏：《录副奏折》，档号：03-5867-082。

0119. 委令雷铭三等署理同知等缺片

光绪十五年十二月初九日（1889 年 12 月 30 日）

再，伊塔道属新设精河直隶同知员缺，查有候补知县雷铭三，堪以委署。改设塔城直隶同知员缺，查有候补直隶州知州石本清，堪以委署。据署新疆布政使饶应祺、镇迪道兼按察使衔恩纶会详前来。

除由臣批饬分别给委并刊发木质钤记祗领赴任外，谨会同伊犁将军臣色楞额、陕甘总督臣杨昌濬，附片具陈。伏乞圣鉴。谨奏。

（朱批：）吏部知道。①

光绪十六年正月二十一日，奉朱批：吏部知道。钦此。②

0120. 饬令张起宇即赴同知本任等情片

光绪十五年十二月初九日（1889 年 12 月 30 日）

再，署吐鲁番同知准补英吉沙尔同知张起宇应即饬赴本任，以重职守。所遗吐鲁番同知员缺，查有候补直隶州知州傅寿森，堪以委署。玛喇巴什通判杨敏因事撤任遗缺，查有候补同知谭传科，堪以委署。据署新疆布政使饶应祺、镇迪道兼按察使衔恩纶会详前来。

除由臣批饬分别给委外，谨会同陕甘总督臣杨昌濬，附片具陈。伏乞圣鉴。谨奏。

（朱批：）吏部知道。③

---

①台北故宫博物院藏：《军机及宫中档》，文献编号：408006656-0-A。

②中国第一历史档案馆藏：《录副奏片》，档号：03-5260-083。

③台北故宫博物院藏：《军机及宫中档》，文献编号：408006656-0-B。

光绪十六年正月二十一日，奉朱批：吏部知道。钦此。[1]

0121. 实任总兵等员循例年终密考折

光绪十五年十二月十三日（1890年1月3日）

头品顶戴护理甘肃新疆巡抚新疆布政使臣魏光焘跪奏，为新疆实任总兵，城守尉、司、道循例年终密考，缮具清单，恭折仰祈圣鉴事。

窃查新疆实缺文武各员，每届年终经抚臣刘锦棠循例加考具奏在案。兹本年又已届期，各员操守才具，臣详加察看，皆有以观其深，理合循例注考，以备查核。除伊犁镇总兵暂应由伊犁将军办理，迪化府知府虽系实缺，尚未到任，其余镇、道、知府各缺均系署事，例不注考外，谨将实任总兵，城守尉、司、道，出具切实考语，密缮清单，恭呈御览。伏乞皇上圣鉴。谨奏。光绪十五年十二月十三日。

（朱批：）知道了，单留中。[2]

光绪十六年正月二十一日，奉朱批：知道了，单留中。钦此。[3]

0122. 第三次遵办郑捐请饬核奖缘由折

光绪十五年十二月十三日（1890年1月3日）

头品顶戴护理甘肃新疆巡抚新疆布政使臣魏光焘跪奏，为新疆第三次遵办郑工新例捐输，恳恩饬部奖叙，以资鼓励，恭折仰祈圣鉴事。

窃查接管卷内，光绪十三年十一月二十五日准户部咨开：郑

---

①中国第一历史档案馆藏：《录副奏片》，档号：03-5260-082。

②台北故宫博物院藏：《军机及宫中档》，文献编号：408006657。

③中国第一历史档案馆藏：《录副奏折》，档号：03-5867-031。

工新例捐输，外省以接到部文之日起，予限一年。又于光绪十四年十二月初七日准部咨：各省郑工捐输，收捐一年限满后，统行展限一年，各等因。均经转行遵照办理。查新疆自光绪十四年三月十三日开捐起，截至十二月底止，共收库平银一万八千七百八十两六钱二分，经抚臣刘锦棠列为两次分别奏请奖叙在案。兹据署布政使饶应祺详称：自光绪十五年正月初一日起，截至九月底止，计各捐生报捐实官、职衔等项共三十七名，填发实收，共收库平银一万一千四十七两一钱六分，存库候拨。其随收部饭、照费银两并各捐生履历清册及填过副实收，相应赍解，详请具奏，并咨部填发执照，以凭转给等情前来。

臣覆核无异，合无仰恳天恩俯准分别奖叙，以资鼓励。除将副实收、饭银、照费随册咨解外，所有新疆第三次遵办郑工新例捐输，恳请饬部核奖缘由，恭折具奏，伏乞皇上圣鉴训示。谨奏。光绪十五年十二月十三日。

（朱批：）该部议奏。[①]

光绪十六年正月二十一日，奉朱批：该部议奏。钦此。[②]

0123. 会查职官呈控侵冒军饷缘由折

光绪十五年十二月十七日（1890年1月7日）

奴才色楞额、臣魏光焘跪奏，为遵旨会查职官呈控侵冒军饷等款，核实覆陈，仰祈圣鉴事。

窃查承准军机大臣字寄：光绪十三年十二月十二日，钦奉慈

①台北故宫博物院藏：《军机及宫中档》，文献编号：408006658。

②中国第一历史档案馆藏：《录副奏折》，档号：03-7082-008。

禧端佑康颐昭豫庄诚皇太后懿旨：本日，据醇亲王奕譞①等及户部奏，收到锡纶咨文内，均有职官呈控侵冒军饷等事❶等因。又，十四年正月二十三日，奉上谕：户部奏，特参擅动军饷之署将军，请澈底查办一折❷等因。钦此。遵即恭录咨商，拣派索伦领队大臣崇起、署伊塔运署伊塔道陈晋蕃，迅将参控各案澈底查明，逐款具覆，以凭核办；一面分饬被控各员呈递切实亲供，行令绥定县查传马瑞麟到案，听候分别质讯；一面咨取锡纶借还商款、弥补兵饷经手各员衔名、商人姓名、住地卷宗、簿据。锡纶因病出缺，未准咨覆。陈晋蕃旋亦撤任，移交接署道英祥②，会同崇起办理。绥定县遍查马瑞麟，伊犁各城向未闻有此人，无从传质。并据该领队大臣等按款查明呈请核办前来。奴才等再三审度，此案应以出入粮饷为最重，人命次之，营务又次之，余则半属荒诞之词，概从减略。然有关国计民生、官箴名节者，仍须详慎从事。原控既无其人，虚实碍难根究，谨就查明情形，据实声覆，为我皇上

①奕譞（1840—1890），道光帝第七子，光绪帝之父。道光三十年（1850），封多罗醇郡王。咸丰十一年（1861），任御前大臣、领侍卫内大臣。同治初，总理神机营事务，署镶黄旗蒙古都统，擢正黄旗汉军都统，署奉宸苑事务。三年（1864），封亲王衔，调正红旗满洲都统。四年（1865），管稽查弘德殿皇帝读书事务、弘德殿行走，改正黄旗满洲都统，兼总理善扑勇射大臣。十一年（1872），封和硕醇亲王，管火器营、神机营、善扑营、虎枪处、御鸟枪事务，兼掌纛大臣、阅兵大臣。因同治帝无子，以其次子载湉继位，即光绪帝。光绪五年（1879），赐食亲王双俸，受赐御书匾额。十年（1884），监理军机，总理海军衙门事务。光绪十二年（1886），巡阅北洋水师。十六年（1890），卒，慈禧亲临祭奠，配享太庙，寝庙制祀典用天子之礼，谥号贤。著《航海吟草》行世。

②英祥（1847—1903），镶黄旗满洲二甲喇本世管佐领下人，二品荫生。同治六年（1867），捐纳同知，分发山西，旋投效军营。七年（1868），赏戴花翎。八年（1869），丁父忧。十年（1871），经穆图善奏留差遣；同年，保知府。十一年（1872），服满起复。十二年（1873），告假回旗，归旗当差。十三年（1874），请假赴甘肃，经左宗棠奏留差委。光绪三年（1877），保参领。四年（1878），保副都统，经部驳回，改加二品衔。五年（1879），保道员，赏清字勇号；同年，丁祖母忧，经左宗棠奏请留营差委。七年（1881），以功加二品顶戴，并赏二品封典。九年（1883），委署镇迪道篆。十一年（1885），兼理新疆按察使。十四年（1888），委署伊塔道篆。十七年（1891），补授伊塔道员缺。二十一年（1895），调署镇迪道。二十五年（1899），调补甘肃西宁道。二十九年（1903），卒于任。

缕陈之。

如户部奏参锡纶借用商款次数、商人籍贯、归还日期，均不相符，与控案内称伊犁商号借垫银二十五万两系属捏造，并无其事一节。查被告记名副都统马亮①，从前管理饷局，散放不敷，暂向号商通挪，事所常有。据供二十五万两一项，实无其事。如何奏报，彼时尚未接管粮项，亦未与闻。饬据绥定县查明，伊犁向无富商大贾，断难借助如许巨款。光绪十一年，前督臣谭钟麟奏准拨银三十万两，交刘锦棠带赴伊犁，清理勇饷，用过二十一万余两，存银移交锡纶，作为遣撤吉江马队之用。嗣因该官兵从征年久，积欠过多，不得已挪用新饷，一经户部议驳，锡纶无可如何，遂捏称借用商款，希图请款弥补，以致情节支离，多有不符。是挪新补旧固属擅专，而事在因公，尚非侵吞可比。

原呈内称：马亮遣撤吉江官兵恳求酌给川资，借词逗留，私许多加银两，串通营总，自同治十二年起光绪十一年止，造就欠饷数目，每兵有积至千余两、六七百两、三四百两不等，共欠七八十万两之多。

五个月川资被马亮私扣一节，查马亮接统队伍，系光绪十年十一月奉委，十二年春间遣撤，计官兵六百余员名，除减成实发银二十五万余两，银粮系各起笔帖式合算，兵册乃该管营总所造，马亮备齐，由金顺咨送刘锦棠、锡纶核发。层层转手，果有不实不尽，岂能蒙蔽许多耳目？川资在正饷扣除，并未另给，皆为各起自领，何能多加？又何能无故泛滥？如马亮有私扣情弊，而谓该官兵钳口不言，恐无是理。

---

①马亮（1845—1909），原隶汉军正白旗，改隶满洲正白旗，哈丰阿巴图鲁。同治五年（1866），补骁骑校。八年（1869），加佐领衔。十二年（1873），升协领，晋副都统衔。光绪元年（1875），署巴里坤领队大臣。九年（1883），充防御。翌年，调补宁古塔佐领。十四年（1888），转拉林佐领。二十一年（1895），署伊犁镇总兵。二十六年（1900），补密云副都统。二十七年（1901），迁伊犁将军。三十一年（1905），调补乌里雅苏台将军，兼镶黄旗汉都统。三十四年（1908），补授成都将军。宣统元年（1909），卒于任。谥勇僖。

又，给遣撤吉江官兵一千四百余人，马亮经手每人先给银五十两，由所存八万余两内支发，下欠兵饷兑赴新疆、甘肃具领，其中亦有马亮抽提银两兑赴京师一节。查马亮所部官兵仅计六百余员名，系第一起遣撤，因经费不敷，每人先给银八十两，余则兑赴新、甘两处，由各该官兵自领。今马亮既未经手，何从抽提兑京？原控员数、兵数均不相符，显系捏诬。

又称：马亮工于献媚，捏报借垫商款，请奏提各省关旧欠一二成，可获银百余万两，通同分肥，扣留若干，顶补塔城历年亏耗一节。查借垫商款，马亮既不知情，奏拨旧欠又非专责，塔城有无亏耗，向未经理，似无所用其献媚，亦不至通同分肥。果有此事，疏奏可稽，纵能欺人，断难逃圣明洞鉴。

又称：马亮闻金顺①病故，卷宗、帐据携带进关，料定无从查考，竟将积欠兵饷浮加六七倍，勇号马干全数领获，至未散放分厘；旧日办事人员，虑其泄漏弊端，驱逐净尽；佐领穆克德春等亦因勇号马干参革被押，是以营员明知其弊，恐被谋害，均不敢谈。现虑别经发觉，闻已派人抽换卷宗一节。查马亮所部官兵饷册，系呈送金顺转咨，有无浮加补领，何难即时发觉？断不至悠悠至今。勇号马干，营员未领分厘，岂能甘听马亮尽数入手？其旧日办事之人，究竟泄漏者谁、驱逐者谁，不难一一枚举。穆克德春向隶吉江马队翼长果权所部，虽因案被参，实与此事无涉。卷宗、簿据，接缝黏连，向均盖有关防印信，马亮纵欲抽换，此物将从何得来？所控殊多荒谬！

---

①金顺（1831—1886），字和甫，伊尔根觉罗氏，世居吉林，隶满洲镶蓝旗人，图尔格齐巴图鲁。咸丰四年（1854），充领催。六年（1856），补吉林骁骑校。八年（1858），升吉林防御。十年（1860），授协领，加副都统衔。同治三年（1864），补镶黄旗汉军副都统；同年，调补西安左翼副都统。五年（1866），授宁夏副都统；同年，署宁夏将军。九年（1870），率军下金积堡，平宁夏。十年（1871），擢乌里雅苏台将军。十二年（1873），授正白旗汉军都统。十三年（1874），充帮办新疆军务大臣。光绪元年（1875），调乌鲁木齐都统。二年（1876），授伊犁将军，封云骑尉。十二年（1886），回京述职，病逝于途。赠太子太保，谥忠介。

又称：马亮前办采运粮台，空仓捏报，桑家渠、黄草湖运粮伊犁，冒领脚价银五万余两，武生陈占鳌具控在案。查伊犁产粮之区，马亮历年在本地买就粮料，捏报由后路运来，每石冒领脚价银十两有奇，前后约计侵占银二十余万两，甚至空仓无粮，糗粮充数，营勇因此哗溃，金顺以情罪重大，未便参处，立即棍责四百，众情稍平一节。查马亮办理采、屯事务，仅有稽核之权，无采运、收支之责。分局非一处，委员非一人，粮价、脚价，职有所归，马亮既不经手，安能冒领？金顺一军初放伊犁就，地户民无几，缠回人众归中归俄，尚在会议；商人屯粮居奇，不得已暂由后路采运。陈占鳌挟嫌控告，字识陈天禄串通各局舞弊。金顺派员审系捏诬，勒令陈占鳌回籍。营勇哗溃在十一年二月十三日，马亮被责在六月二十二日，委因强勇马队帮带官李志高求充营官，曾予斥责。金顺以擅责管带官，遂棍责马亮数十，并非以腐粮激变营勇。如果情最重大，金顺虽愚，断不至因回护一人故坏全军。且马亮此次追剿溃勇出力，金顺奏牍可考。今反以此事引为证据，未免有意陷人。

又称：马亮总理粮饷，局用月费千余两，结纳私人，加美党羽，无端例外杂支，每年侵耗已逾十万两一节。查马亮月支办公等项银一百六十两，并无例外杂支，饷帐可稽。即向来军营办事人员，从未闻有领款如许之多。所控未免支离。

又称：办理文案知府熊龙超折奏委员举人李镒，□谓吉江官兵数年积欠宜从实奏请，致撄马亮之怒撤逐一节。查吉江官兵遣撤时，马亮并未经管营务，何能置喙？亦何能遣逐人员？熊龙超系派饷局主稿，李镒承办折奏，又均在遣撤之后，如何奏请？积欠实未与闻，亦未与马亮谈及，暨撄怒遣逐之事，所供尚属实情。

又称：马亮传马宗海赴局，议及吉江官兵宜加体恤，翼长、统领、营总亏空须变通弥补。马宗海因积欠兵饷浮报太多，又诈称商号借垫，恐致偾事，马亮嘱为机密，马宗海酒后语言竟遭其忌，密令陈宗胜回营，手提洋炮，向胞卧室乱轰。身被十二炮子，登时殒命；马哨官向前揽劝，亦被轰毙；口称奉令杀人，决不抵偿。报经提督曹正兴承审，马亮央托丁凤鸣、江及元贿串改供，谓系一时疯魔，仅将旗官撤委，听候另用一节。查陈宗胜为军标左旗旗官，马宗海即该旗字识，与马亮素未谋面，何遽传至局中密谈公事？吉江官兵饷帐向无汉员经管，纵马宗海深悉其情，马亮曾否欲加体恤，变通弥补，何至独畏一字识？既与筹商而复杀之？详核陈宗胜所供，并非奉令杀人，亦无有人主使，实因自己撤委，受哨官藐视，被字识挟制，一时气忿情急。地方官勘验复称，马亮会同曹正兴提讯案牍俱在，又何能贿串改供？且陈宗胜一经出事，即被哨官许柏林捆送绥定，发厅严禁，实无听候另用情事。此案由奴才另案办理。

又称：马亮生日，总兵邓增为首，摊派寿礼，每旗百余金或数百金不等一节。马亮在营当差，从未办过生日，邓增亦未摊派寿礼。取有各统领营官供结为凭。试思当日果有摊派，貌恭未必心服。今既发觉，正好泄忿，谁又肯多方徇隐？此即理之显而易见者。

又称：伊犁大米市价每百斤值银一两八钱，白面每百斤一两。马亮定章，支发全军文武官弁兵勇大米，每百斤扣银三两六钱，白面扣银二两二钱。马队向章一百二十五人为一旗，步队三百七十五人为一旗。丁凤鸣力请马亮传谕各旗，马队准一百人，步队准三百人，余出饷银，填补饷局侵耗一节。查军营粮价，向照定章划扣，从不敢多加分厘。马亮果有其事，兵勇恐未必甘心。各旗人数只有虑其不足，谁敢明示缺额、自干罪戾？该营将领又安能悉听指挥？惟锡纶抵任伊犁带有马队，致浮原额。马亮曾力请裁撤，未蒙允准。被控之由，或即以此。再四访查，实无颟顸情弊。

又称：伊犁铺商货银求给印票，兑赴新疆领用，坐省委员傅煊串通直隶州明征，向商人言明二八扣提，否则领取无日；该商守候日久，情急允许，旋即翻悔具控，敬未究办一节。卷查光绪十三年六月，商民杜华兴控告同伙李权在新疆领取票银，委员减成勒发，节经伊犁府厅县营等官先提讯明确，实系李权与李德润兑换期票，具结销案。实与傅煊等无涉。

又称：同一吉江官兵，马亮所部减至五成，双全、果权所部又系减至七八成，事涉两歧，无此政体；前由伊犁起程，合新疆、甘肃每兵给银一百六十两，内有翼长、统领、营总等官、亲近兵丁并各起有情面者，每名竟给银二三百两不等一节。查马亮所部官兵积年欠饷，锡纶照五成减发，由各起自行请领，并无每兵只给一百六十两之议，亦无关顾情面之事。其双全、果权所部亦系按年分久暂、存饷多寡，分别减成核发，呈报有案。果有偏枯，该官兵岂能甘于缄默，毫无怨言乎？

又称：金顺未交卸时，饬令马亮购就粮料三万余石，合银七万有奇，捏称由后路运来，每石开报脚价二两零，合银六万余两，共合银十三万有奇。金顺以原报粮料移交锡纶接收，仍系马亮管理。此后解到饷银，先尽粮料价扣清，发给民户七万余两，余存运脚银六万余两，全数入己一节。查金顺系十一年十一月交卸，马亮接管粮饷系十三年春间事。此项粮料均系预先采备十二年分仓储，价银十三万余两。因饷欠拖欠，并无运脚在内。金顺交卸北上，不及清理，饬交马亮照料领发，均经陆续照办，现有兑票可凭、金顺移交原案为据。按款查明，实无入己。

又称：提督殷华廷在马亮局中会议赴甘领到银两，以五成归公，以五成与马亮、邓增、曹正兴、王凤鸣、汪友元、丁凤鸣按大小股匀分，抽出一股安置陈天禄、谢祖亮、王植山、刘文斗并共事同城诸人，此系马亮新近裁撤之人，面诉的确一节。查殷华廷驰赴甘肃，原系锡纶派往与谭钟麟面商请加新饷之事，并非领饷程内匀分抽股。即便有意侵吞，有何敢公然会议、肆无忌惮？

又称：总兵邓增由哨弁拔充旗官，私放商债，盘剥重利；委署总兵，保荐实缺，骤统五旗，半由贿取，每哨缺额三十余名；纵容营勇明火劫抢商户财帛，委经曹正兴审明勇数缺额、营勇劫抢属实，取具确供。因依附马亮，贿嘱问官，捺搁未办一节。查邓增同治十三年在浙江帮带何勇营，九年，经故大学士左宗棠委带恪靖开花炮队；肃州克复，带后膛炮队，随同金顺出关，底定新疆。光绪十一年七月，金顺奏署斯缺，蒙恩简放。旋由刘锦棠、锡纶会委，统领绥定各旗，皆由该总兵战功卓著，宣力有年，历经疆、帅各臣委任、保荐。其非贿取可知。所统各旗，该镇向不经手粮饷，四季造册点验，自难缺额。如果每哨空额三十余名，纵该营官弁缄默不言，锡纶岂能毫无觉察？明火劫抢，乃游勇魏中礼、张益顺等所为。邓增恐系营勇，飞饬固勒扎防营拿获，讯供追赃，禀经锡纶立正典刑。有卷可查。曹正兴审明之案，原以邓增所部旗官柴洪山被勇丁讦告，虽讯无克扣侵吞、胆妄不法等事，究属未能服众，遂撤去旗官差使，实与抢案无涉。其私放商债，盘剥重利，再四访查，实无其事，亦无依附马亮贿嘱问官、捺搁不办情弊。

又称：日事钻营，惟利是求，数年营制，毫无振作。上年饷项艰窘，借购开花炮子为名，派员赴粤，豫支帘俸二年、口分一年，运回银三万余两一节。查该镇才具、操守，见诸奏牍，无庸渎陈。开花炮子，实已无几，边防紧要，购储是其专责。光绪十二年七月，禀经锡纶奏派副将周家光赴上海，才搬炮子、洋枪、洋火等项，仅计价银一万三千两。所控三万余两巨款，究从何处运回，据查从无此项案据。廉俸由中军领发，统带随勇饷开放。纵有预支，亦不为过。何况积欠过多乎？饷帐犹存，尽可覆按。所控日事钻营，究竟钻营者何事？惟利是求，所求者何利？又不能指实，显系捏词倾陷。该镇办事稳慎，奉职惟谨，而于整顿营伍，督率操防，历任疆、帅各臣均资臂助。所控营制漫无振作，尤属□□。

又称：署察哈尔领队大臣德克津布娶霍尔果斯巡检雷发声之岳母命妇为妾一节。查□□自光绪九年送女伊犁，即依其婿雷发声度日，现已年近五旬，尚有二子二婿，并未再嫁。所控未免不经。

又称：刘翰、雷霈霖、炳泰总办善后，重敛房价、货厘，七成肥己，百弊丛生，商贾不堪苛虐，铺户大半移回省城，市廛萧条一节。查绥定城铺屋房间，有伊犁哈萨克因冒充药官，时启讼端。锡纶饬委该员详加厘定，发给执照，俾息纷争。货厘一层，伊犁□□□，该员均能遵札经理，实无重敛肥己及苛虐情弊。

又称：提督曹正兴因汪友元密保，奏调来伊，委办营务，月支马小队四十名，折银二百余两，统费二百两，杂支二百余两，以具禀前督臣谭钟麟、详陈锡纶病势获咎。半年来，口分照领，未办一事。承审陈宗胜命案、邓镇营勇抢案，得贿五千两，派人先寄四千两一节。查曹正兴经金顺奏准回籍终制之员，锡纶奏调伊犁，委派营务，始与汪友元相识。薪公、津贴、办公等项，月支银二百两；小马队四十名，饷照定章支发，既非折银，亦无杂支统费。游勇抢案，并未承审，从何受贿？陈宗胜命案，虽经审讯，现在既能照例惩办，其非受贿可知。

又称：玛纳斯协副将王凤鸣久历戎行，战功卓著，惟不孝父母，贪残好杀。伊犁风气日见浇漓，自王凤鸣始；马亮浮开饷帐，捏借商款，王凤鸣实为谋主；平日克扣军饷，一钱如命，山西商人贸易固勒扎，被邻佑谋财戕命，碎尸河滩，均不查究；又在马亮局中会议领到饷银，以五成匀分，各一节。查王凤鸣兄弟四人，同治元年，奉父命，偕胞弟凤岐、凤云报效军营，仅留季弟侍亲。西征之后，凤岐战殁同州，凤云战殁金积堡。该员二十余年亦屡濒危险，迄未归省。左宗棠奏署斯缺。其父年迈，未肯远行。将母迎养至晋，因北地严寒，仍携女、孙南返。经营婚嫁，原呈谓王凤鸣生父不相认识，生母以奴仆呵之，兄弟则鞭挞流涕。再四访查，并无言其不孝不弟。分统卓胜军，纪律虽严，从未妄杀一人。果如所控有误杀杀、仇杀、辜杀等事，当时帅臣岂能一一容忍？王凤鸣操守谨严，向未克扣粮饷，亦无匀分领款之事。至图财碎尸，地方官应办案件，该副将尤不能过问。

又称：署都司汪友元旧在副都统托云布部下充当戈什，查系会匪，革逐出境，潜赴塔城，派充巡捕，戴五品花翎，上年随锡纶赴任伊犁，忽称副将衔参将，委署镇标都司，兼管事务，管带两营卫队；今春通行公牍，总办军标营务处，节制马队四旗，会同统领办事，仍在巡捕房行走，总理官药局，开探金银铜矿；兵部查取履历，未能声覆，依马亮、邓增为长城。马亮、邓增、汪友元为心腹；事务处印条例外浮支，每月万余两，娶妻亦几费万金，统由饷局开销；喜给内戈什娶亲，饷局每人支给数百金，又自领万余两；开挖金铜厂，暨后路往来贩货，计二年中，此等亏耗已逾十万余两。以重资聘请为游春泽局报销之刘文斗、陈天禄、谢祖亮，捏款造报，尚未奏咨立案。时越半年，竟未完竣，翻增靡费数千两，各一节。查汪友元自报效原任湖广总督官文一迄关外，历保副将衔留甘肃补用参将。锡纶带赴伊犁，先后委署镇标都司、参将两缺，带卫队兼军标营务处，并未充当托云布戈什哈，亦无因会匪被逐。事务处日支万余两，实系管饷之人，以金顺交代未清，不敢自专；应领印条，交由汪友元呈递请示，锡纶批准后，汪友元盖用图记。伊犁仅有铜厂，锡纶派副将邱应成试办，矿苗不旺，大雪停工，费银三千余两。官药局委职员傅文彬等接办，汪友元不过奉派查点□□。余事概属捏诬。

又称：天津商民王姓等被哈萨劫抢银货，戕毙十三命，署抚民同知上官振勋以得赃纵盗，被参革职，近又开复，派塔城营务处。锡纶到任后，派队将哈萨克霍加克拿获，抄灭家产鞭责身死；兄弟子侄，刑讯毙命。如霍加克确系盗犯，则上官振动得赃纵盗并应审办，何以尚准开复？如系误拿，则全家抄灭，独无冤乎一节。查天津此起商民，由阿克苏取道冰岭阪，贸易伊犁，经特克斯川被霍加克之子加克巴斯等二十余人劫抢银货，戕毙性命，并将尸躯脔割成块，凿冰为孔，抛弃河流，实系异常惨毒！卸署抚民同知雷铭三拿获讯供，凶犯确凿。上官振勋接署迟误一年，□□认真审究，以致该商等冤莫能伸，未免玩视民命。经金顺奏参革职看管，听候查办。苦主控其得赃纵盗，虽无实迹情弊，显然即属同盗。哈萨克俄官来文，亦有认赔银货、命偿之语。是惩办凶盗参革问官，均无冤抑。

以上所控情形，或事出有因，或查无实据，抑或全属子虚。县丞马瑞麟本系职官，眼见事理不得其平，因公起愤，自可明正厥职，何竟仅有其名，独无其人？且又终无下落？而徒以无情无理、无凭无据之事，摭拾填砌，牵缀虚词，希图陷人。此心殊不可问！奴才等因不敢稍存回护，亦不可遇事吹求，既经按款查明，似应随案拟结。前署伊犁将军锡纶因挪用商银，部议驳查。即控借商款，亦涉欺朦，咎固难辞。但早经因病出缺，惟有仰恳天恩免其置议。记名副都统马亮尚无捏造欠款、侵吞军饷情事。卸署察哈尔领队大臣德克津布、提督曹正兴、王凤鸣、总兵邓增、知府熊龙超、已革举人李镒、直隶州明徵、知县傅煊，均系无故牵涉。提督殷华廷既已病故，参将汪友元、直隶州上官振勋既已先后革职，应请一并毋庸置议。此外，同知丁凤鸣，知县刘文斗，县丞王植山、陈天禄、谢祖亮，核其所供，尚无不合，应请免究。驿书朱瑞，讯无通同拆散公文情弊，但以驿站公所容留闲人，亦有不合，业经斥责革役，递籍管束。其余呈内无关重情节，应请免叙，以省案牍。马瑞麟曾否于公文内擅附呈词，无从查究，应请议结。

所有遵旨会查职官呈控侵冒军饷等款缘由，谨恭折据实复奏。伏乞皇上圣鉴训示。再，此折系奴才色楞额主稿。合并声明。谨奏。十二月十七日。

光绪十六年二月初五日，奉朱批：另有旨❸。钦此。[①]

❶【案】光绪十三年十二月十二日，王大臣奕譞奏闻职官讦告马亮一折，曰：

---

①中国第一历史档案馆藏：《录副奏折》，档号：03-7414-003。

臣奕譞等谨奏，为职官讦告统领，据实奏闻，恭折仰祈慈鉴事。

窃臣营向以吉林、黑龙江官兵征调远省，凯撤回旗，道路遥远，实深苦累，曾经奏定章程，于此项官兵过境时量予接济银两，以利遄行而作士气，历办有案。本年四月间，领队大臣双全所带吉林二、四两起马队官兵遣撤回省，顺道抵京，臣等照章办给接济银两。乃据该官兵等呈称：自新疆起程，领过七成口分、马干，尚欠三成，并五个月川资，均未能承领。官兵等饥寒在道，困累已极，恳请转催等语。当经咨查伊犁将军将此项欠饷、川资作何办理去后。于十一月二十一日接到该署将军锡纶咨文一件，钞录历次具奏借款，找发吉林、黑龙江官兵欠饷，酌给川资，陆续饬令回旗情形原折，咨覆前来。

臣营自应参酌办理，惟锡纶原咨封筒内附有甘肃候补县丞马瑞麟讦告统带马亮纵令陈宗胜将伊叔马宗海轰毙，并马亮总理粮饷靡费浮支呈各一件。臣等查马瑞麟果有冤抑，不难在该管将军、大臣前申诉，不理亦应赴京呈控，何得于公文封筒内擅附呈词？本应照匿名揭帖例，将原呈销毁。详查其原呈，不惟列有衔名，且所讦马亮草菅人命、虚糜饷糈，并牵涉大员久病废弛，在营文武员弁多有劣迹，案情重大，曷敢壅于上闻！如该县丞挟嫌妄告，自当按例重惩。如所讦非虚，亦应彻底根究，以安边圉。

谨将县丞马瑞麟原呈照录呈览，应如何饬查之处，臣等未敢擅便。谨恭折具陈。伏乞皇太后慈鉴训示，遵行。谨奏请旨。光绪十三年十二月十二日。臣奕譞（假）、臣奕劻、臣景寿、臣尚宗瑞、臣善庆（赴任）、臣熙敬、臣耀年、臣容贵。①

【案】同日，奕譞等附呈钞录县丞马瑞麟原禀呈文，曰：

为具略呈事。胞叔马宗海，去秋马总台亮传赴局中，议及吉江官兵宜加体恤，翼长、统领、营总亏耗，均须变通弥补。马宗海详悉吉江马队每兵积欠银百余两，今浮报太多，凭空称商号借银恐致偾事。马亮谓事须机密，毋庸过虑。今正，马宗海酒后言语被马亮所忌。二月中，传陈宗胜密谈，三月初一日回防。突于初六日，陈宗胜手提洋

---

①中国第一历史档案馆藏：《录副奏折》，档号：03-5853-016。

炮，向胞叔卧室乱炮轰击。马宗海身被十二炮子，登时殒命。马哨官向前拦劝，亦被轰毙。陈宗胜口称奉令杀人，决无抵偿。报经营务处提督曹正兴研讯。嗣经马亮央丁凤鸣、江及元贿串改供，谓陈宗胜一时疯魔，仅将陈宗胜旗官撤委，听候另用。此陈宗胜连杀二命讯供未办之实在情形也。

伊犁总兵邓增由哨弁拔充旗官，私放商债，盘剥重利；委署总兵，保荐实缺，骤统五旗，半由贿取，每哨缺额三十余名；纵容营勇明火劫抢商户财帛。委经曹提督审明勇数缺额、营勇劫抢属实，讯取确供在案。因依附马亮，贿嘱问官，捺搁未办。马亮生日，邓镇为首摊派寿礼，每旗百余金、数百金不等，日事钻营，惟利自求，数年营制，漫无振作。上年饷项艰窘之际，借购开花炮子为名，派员赴粤运回银三万余两，豫支帘俸二年、口分一年。节前奉准部文，吉江官兵积欠，商请兰院设法办理。马亮、邓增欣喜欲狂，以邓镇幕友旧开京货铺，挽其密邀各家京货铺家出人，同委员赴甘具领，曾经捏报由商号借垫二十五万两之款，旋因各铺户惧怕拖累，不敢承领，即派善于言词之殷提督赴甘请领。约计此项领回，正值新旧交接之候，势不敢运回伊犁。以千余名吉江官兵积欠中浮冒几十万两，大种银款，即使半途存放，机密妥当，可保始终无人泄漏乎？马亮、邓增以浮开吉江饷帐情弊重大，中怀馁怯，面许游春泽等开复原官，将来九人原官或难开复，可保不赴京实诉乎？此马亮、邓增通同舞弊、冒领军饷之实在情形也。

署都司汪友元旧在托副都统部下充当戈什，查系会匪，革逐出境，潜赴塔城，派充巡捕，系戴五品花翎。上年随节来伊，忽称副将衔参将委署镇标都司，兼管事务处，又兼管带两营卫队。今春通行公牍，总办军标营务处，节制马步四旗（会同各统领办事，仍在巡捕房行走，总理官药局，兼办开采金银铜厂事）。部文查取履历，迄未声复。依马亮、邓增为长城。马亮、邓增亦恃汪友元为心腹。事务处印条例外浮支，每月万余两。汪友元自娶江提督之女，几费万金，统由饷局开销。又喜给内戈什娶亲，饷局每人支给数百金，又自领万余两。开挖金铜厂，暨后路往来贩货，计二年中，此等亏耗，饷局浮支已逾十万余两。以重资聘请曾在游春泽局中承办善后报销之刘文斗并陈天禄、谢祖亮，另捏别款，做造报销。第向未奏咨立案，捏造半年，尚未完竣，靡费翻增数千两。丁凤鸣献策，酌拨马步数营，赴塔尔巴哈台驻扎，以填塔城溃勇营数，饷干归塔局支给，腾出数营军饷，弥补伊犁饷局亏耗。所虑为日过促，恐难相抵。伊犁大米市价每百斤纹银一两八钱，白面每百斤纹银一两。马亮定章，转发全军兵勇暨委员人等，大米每百斤扣银三两六钱，白面每百斤扣银二两二钱。马步二十二旗，马队一百二十五名为一旗，步队三百七十名为一旗。丁凤鸣力请马亮传谕各旗，马队每旗准一百名，步队每旗准三百名，所余饷项一并填补饷局侵耗。伊犁众铺户凑集货银交饷局，给印票兑，至新疆领用，以免中途耽心。

坐省委员傅煊串同候选直隶州明徵，向商民言明二八抽提，如果不允，领取无日。商民守候日久，情急允扣，旋即翻悔，具控在案。明徵等系马亮私人，竟未究办（操业甚贱，著名庸劣），重贿马亮、汪友元，立获重用，偶蹈咎戾，亦置之不理。访有谈谕饷局情弊者，立置非刑，名曰背马鞍。提督衔记名总兵李志高、刘镇等先后背马鞍、鞭责在案。提督徐得标以退缩不前，经金前将军奏参在案。去年，以千金贿求马亮专折开复。

天津商民王姓等被哈萨劫抢银货，戕毙十三命，以抚民同知上官振勋得赃纵盗，经金前将军奏参，奉旨严讯监押在案。近奉批示，亦准开复，派赴塔城总理营务处。查上官振勋前将霍嘉克擅行释放，复经派队前往捕捉，将霍嘉克父子弟侄男女人口二次获案，家产抄灭，霍嘉克鞭责身死，其子侄兄弟刑讯毙命。查霍嘉克如确系盗犯，则原参上官振动得赃纵盗，并应审办，何以尚准开复？如系误拿，则霍嘉克全家诛灭，独无冤乎？总之，司柄者杨梅疮毒时发时愈，马亮、汪友元目不识丁，边防大局，二人主专，平日侵沾国帑，妄杀人命为儿戏，有马大将军、汪二将军之号。其左右丁凤鸣、陈天禄、谢祖亮、王植山，著名无赖，参酌大事，唆令联络同寅，为署领队德克津布娶现任霍尔果斯巡检雷发声之岳母命妇为妾。近数月来，政令颠倒，礼法荡然。曹正兴因汪友元密保奏调来伊，委办营务，月支马小队四十名，折银二百余两，统费二百两，杂支二百余两，以上禀督宪、详陈病势情形获咎。半年来，口分照领，未办一事。承审陈宗胜命案、邓镇营勇抢案，得贿五千两，派人回籍，先寄家银四千两。殷提督华廷初进队时，向俄商购买粮料十万石，先请给票兑，由各省关拨给俄商粮价银三十万两。俄商先缴粮万余石，即持票由俄人向各省关逼银到手。俄商逃回俄境，叠次行文追取，不知下落。金前将军无可如何，仅将殷华廷撤委。今又自称与兰省各宪有旧，于八月二十七日起程赴甘冒领军饷之实在情形也。

玛纳斯副将王凤鸣，久历戎行，战功卓著，惟不孝父母。生父来，不相认识；生母来，以奴仆呵之；弟兄来，鞭挞流涕而去。贪残好杀、不孝情形，早在爵帅洞鉴。每称述生平杀人之多，或误杀寨民，或仇杀营员，或辜杀商民，向人矜夸。现在伊犁当道，每以言语之故，起意谋杀营员。风气日见浇漓，自王凤鸣抵伊之日始。马亮浮开饷帐，捏称商号借垫，王凤鸣实为谋主。新垣南北各铺寄存银两逾十万，平日刻扣军饷，一钱如命，薄古圣贤谓迂腐，而称张献忠为人杰。现值各营兵勇谋杀人命重案叠出，并山西商人开设果勒札地方被邻右谋财戕命，碎尸河滩，均不查究。塔城官长由马亮废置，遇有应行咨商督抚宪公牍，马亮力为阻挠。边防重镇，据为自家私物，可为长叹息也。①

【案】同日，大学士管理户部事务阎敬铭等以马瑞麟控告马亮之案具折曰：

大学士管理户部事务革职留任臣阎敬铭等谨奏，为请旨事。

窃臣部于光绪十三年十一月二十六日收到署伊犁将军锡纶寻常公文一角，于咨文内拆出甘肃遇缺尽先补用县丞马瑞麟控告伊犁军营捏造欠款、侵吞军饷等事呈一件。阅其所言各节，在前伊犁将军金顺任内，则有马亮捏报采运、冒领脚价及殷提督持票交俄人向各关逼银潜逃各款；在锡纶任内，则有副都统马亮、总兵邓增等浮开欠款、侵冒军饷、抽换案卷、饷帐捏报、借垫缠商银两及刘翰、雷霈霖、炳泰之

①中国第一历史档案馆藏：《呈文》，档号：03-5853-085。

重敛肥己，丁凤鸣之冒称知县，面订贿赂，与夫陈宗胜之连杀二名，邓增之勇数缺额、明火抢劫，马亮、王凤鸣之浮扣勇丁粮价、空名填补亏耗，汪友元、刘文斗之捏做报销、侵耗饷项等款。

臣部查匿名揭帖，例不准行，案关重大，仍应陈奏。今呈内所开既有补用县丞马瑞麟衔名，自非匿名可比，究竟马瑞麟有无其人，并所叙各款或虚或实，臣部无由悬拟。惟事关军饷出入，情节重大，未敢壅于上闻，谨钞录马瑞麟原呈，恭呈御览。应如何查办之处，请旨遵行。伏乞皇太后、皇上圣鉴。谨奏。光绪拾叁年拾贰月拾贰日。

大学士管理户部事务革职留任臣阎敬铭（假），经筵讲官协办大学士户部尚书革职留任臣宗室福锟（假），户部尚书革职留任臣翁同龢，户部左侍郎革职留任臣嵩申（赴库），户部左侍郎革职留任臣孙诒经，户部右侍郎臣熙敬，户部右侍郎臣曾纪泽。①

【案】同日，阎敬铭等又附片曰：

再，臣部正缮折具奏间，复于十二月初十日收到署伊犁将军锡纶寻常咨文一件，内又拆出马瑞麟呈控侵冒军饷等事一纸，与前呈大略相同，谨一并录呈御览。理合附片陈明。伏乞圣鉴。谨奏。②

【案】同日，阎敬铭等随折附呈钞录县丞马瑞麟原禀呈文，曰：

甘肃遇缺尽先补用县丞马瑞麟，为查明吉江官兵历年饷帐事。

窃查吉江马队官兵每月应领饷干十两，每年每兵共银一百二十两，内扣单、棉、皮衣、巾帽等项银十余两，月扣粮料、草价三两零，一年计银四十两；三节满饷银三十两，月支七天半银二两五钱，计九个月发银二十二两五钱，每年每兵发过银百余两。除发每兵欠银十两有奇，查金前将军自同治年间起至光绪六年底止，开单报销（从前饷糈较裕，声明我清在案），接续光绪七八两年，造册报销，奏咨到部。吉江马队官兵共欠积饷干银三万有奇。九十两年报销虽未咨部，查阅底册，与七八两年发饷数目大略相同。惟查十一年分，因各省关协饷未能依限解到，短发吉江官兵满饷一关七天半，三关合银三

①中国第一历史档案馆藏：《录副奏折》，档号：03-5230-047。

②中国第一历史档案馆藏：《录副奏折》，档号：03-5230-048。

万余两，共合计每兵积欠银百余两。光绪十一年，钦奉谕旨，户部拨银三十万两，清理伊犁营勇积欠。爵抚宪刘、署将军锡节临伊犁，清理营勇积欠，将马步各营裁并资遣，共发银二十一万有奇，下余八万数千两，作为资遣吉江官兵之饷。金前将军查明历年积欠饷帐，议给每兵一百二十两，即令全数凯撤回旗。嗣因统带吉江官兵记名副都统宁古塔佐领马亮始而面求金、爵、锡帅酌添川资，以示体恤。

旋因金前将军起程，爵抚宪回省，马亮又面求锡署将军垂念吉江马队从征年久，清理铺帐，暂准从缓起程。借词逼留者数月之久。马亮面许吉江官兵多加银两，串同营总，自同治十二年起至光绪十一年止，造就历年欠饷数目，每兵有积欠至千余两、六七百两、三四百两者，共积欠至七八十万两之多。同一征兵积欠悬殊（查吉江官兵上路亦甚清苦，五个月川资被马亮私扣）。金前将军上年报销，奏咨到部，声明积欠吉江官兵饷干银三万有奇，如果吉江官兵积欠真有如许之多，金前将军任内各省关历年积欠饷项几及千万两，即使吉江积欠再加数倍，亦足相抵，毋须掩饰，断不致以多报少，致遗后来莫大之忧！查各路军营以少增多，容或有之。若以兵勇欠饷本有可抵之项，翻以多报少，相悬数十万两，家产尽绝，莫可赔偿，人虽至愚，亦不出此。户部奏明有四可疑、七不合，岂从前该官兵未领分毫之指驳。

查原奏在伊犁商号借垫银二十五万两，散给吉江官兵，系属捏造，并无其事。吉江官兵由伊犁起程，经马亮手每兵先给银五十两，共一千四百余名，所存八万数千两之款，除发稍有余剩，其余兑赴新疆、甘肃两处具领，闻内中尚有马亮抽提之银，兑赴京中。官兵上路亦不宽裕。且伊犁收复数年，荒残之余，向无借银商号，现有铺面资本较厚者不过万金，亦止数家，存货尚多，现银难以骤集。自派刘翰、雷霈霖、炳泰总办善后，重敛房价、货厘，七成肥己，百弊丛生，商贾大有不堪苛虐，铺户大半移回省，商旅裹足不前，市廛萧条尤甚。偶直发饷，缓急通融数千金，挨户搜罗，势已为难，况至二十五万两之多。在马亮工于献媚，捏报借垫商号钜款，请奏拨各省关旧欠一二成，可获银百余万两，通同分肥之余，抽匀银两，顶补塔尔巴哈台任内历年亏耗、碍难报部之款，以为移花接木之计。若照部文开注商号姓名，亲身赴部具领，抑或甘省藩库给领，则不知马亮另作何弊搪塞。

查吉江官兵每年除发并应扣各项，每兵欠银十两有奇，核与金前将军原奏七、八两共积欠吉江官兵饷干三万有奇相符。至十一年底止，五年统计每兵应找银百余两，计之亏短亦止十余万两。上年，金前将军造册报部，原凭吉江官兵呈送领过饷数清折并饷局底账为据。马亮因前将军病故肃州行营，饷帐卷宗携带进关，定系无从查考，竟将积欠浮加六七倍。马亮又补领勇号马干全数入手，本营本员未获分厘；猜疑旧日办事人员泄漏饷帐情弊，先后驱逐净尽。佐领穆克德春等均因勇号马干银两参革被押，是以营员明知其弊，诚恐先被谋害，均属不敢偶谈。现闻派人抽换旧日卷宗，亦虑别经发觉，思图豫先改换。

马亮从前总办采运粮台，空仓捏报，由桑家渠、黄草湖采运粮石，转运伊犁，冒领脚价五万余两，经武生陈占鳌具控在案。查伊犁产粮之区，马亮历年在本地民户买就粮料，捏报由后路载运而来，每石冒领脚价银十两有奇，甚至空仓无粮可支，糗粮充数，约计侵沾脚价银二十余万两，以致上年营勇哗溃，金前将军以情罪重大，未便参处，立将马亮重责四百军棍，众情稍平。此全军人众共见共闻。

查其捏报虚帐，是其惯技，不独此次吉江官兵任意浮开，捏称由伊犁商号借垫银二十余万两之一端，前次上下贿赂，幸免参劾。核其情罪，浮于原参九人之上。去年奏参游春泽等，或遗误边防，婪赃巨万；或勒发糗粮，激变军心，奉旨严讯定拟重案。马亮代为夤缘，面求从缓，延搁日久，委派前在省垣开设烟馆、包娼卖奸、曾经犯案新来投效之冒称知县候选从九品丁凤鸣承审，当堂交接私话，旋即亲赴九人寓所，面订贿赂，许结开复功名。军民传为笑柄。

马亮巧于逢迎，结纳亲信，左右均有馈送，宠誉日隆。亲戚故旧，据夫要津；端人正士，摒诸远方。本年饷干，督、抚、藩宪垂念边卒苦寒，源源接济，较往年本极宽裕。马亮总理粮饷，局用月支千余两，又结纳私人，加美党羽，无端例外杂支，一年侵耗已逾十万两。既不合部章，为从来所未有，将来不知作何报销？总理文案盐运使衔甘肃遇缺奏补知府熊龙超折奏、委员举人李镒，均谓吉江官兵数年积欠宜从实奏请，均撄马亮之怒彻逐。是以军民缄口，道路以目。边防似此欺饰情弊，全系确有证据，委无虚诬，致干反坐之条。惟马亮财势浩大，党羽甚多，且道路窎远，种种情弊尚多，请再访察，以昭详尽。

傥蒙明允执中，期无枉纵；调集旧日行营饷帐全案卷宗，详细核对，并咨行吉江都统衙门，查取该官兵领银实数，由该官兵自行投递清折，不由营总转报；并将原奏伊犁商号借垫银二十五万两之银主、原捏商户十六家开设何处，饬令亲身赴省面质，以清朦混；并查明光绪十二、十三两年饷局出入底账靡费、浮支、亏耗实数，澈底澄清矣。①

【案】阎敬铭等随折又附呈马瑞麟禀为查明吉江官兵历年饷帐实情，曰：

照钞县丞马瑞麟原呈：甘肃遇缺尽先补用县丞马瑞麟，为查明吉江官兵历年饷帐事。

窃查吉江马队官兵每月应领饷干拾两，每年每兵共银壹百贰拾两，内扣单棉、皮衣、巾帽等项银拾余两，月扣粮料草价叁两零，壹年计银肆拾两，叁节满饷银叁拾两，月支柒天半银贰两伍钱，计玖个月发银贰拾贰两伍钱，每年每兵发过银百余两，除发每兵欠银拾两有奇。查金前将军自同治年间起至光绪陆年底止，开单报销②。接续光绪柒、捌两年，造册报销，奏咨到部。吉江马队官兵共积欠饷干银叁万有奇，玖、拾两年报销虽未咨部，查阅底册，与柒、捌两年发饷数目亦大略相同。惟查拾壹年分因各省关协饷未能依限解到，短发吉江官兵满饷壹关柒天半，叁关合银叁万余两，共合计每兵积欠银百余两。光绪拾壹年冬，钦奉谕旨，户部拨银叁拾万两清理伊犁营勇积欠，爵抚院刘、署将军锡节临伊犁清理营勇积欠，将马、步各营裁并资遣，共发银贰拾壹万有奇，下余捌万数千两作为资遣吉江官兵

①中国第一历史档案馆藏：《呈文》，档号：03-5853-086。

②此处小字注曰："从前饷糈较裕，声明清厘在案。"

之饷。

金前将军查明历年积欠饷帐，议给每兵壹百贰拾两，即令全数凯撤回旗，嗣因统带吉江官兵记名副都统宁古塔佐领马亮始而面求金爵锡帅酌添川资，以示体恤。旋因金前将军起程，爵抚院回省，马亮又面求锡署将军垂念吉江马队从征年久，清理铺帐，暂准从缓起程，借词逗留者数月之久。马亮面许吉江官兵多加银两，串同营总，自同治拾贰年起，至光绪拾壹年止，造就历年欠饷数目，每兵有积欠至千余两，陆柒百两，叁肆百两者，共积欠至柒捌拾万两之多，同一征兵积欠悬殊。金前将军上年报销奏咨到部，声明积欠吉江官兵饷干银叁万有奇，如果吉江官兵积欠真有如许之多，金前将军任内各省关历年积欠饷项，几及千万两，即使吉江积欠再加数倍，亦足相抵，无须掩饰，断不致以多报少，致遗后来莫大之忧。查各路军营以少增多容或有之，若以兵勇欠饷本有可抵之项，翻以多报少，相悬数拾万两，家产尽绝，莫可赔偿，人虽至愚，亦不出此。户部奏明有四可疑、七不合，岂从前该官兵未领分毫之指驳！

查原奏在伊犁缠商借垫银贰拾伍万两，散给吉江官兵，系属捏造，并无其事。吉江官兵由伊犁起程，经马亮手每兵先给银伍拾两，共壹千肆百余名所有捌万数千两之款，除发稍有余剩，其余兑赴新疆、甘肃两处具领，闻内中尚有马亮抽提之银兑赴京中，官兵上路亦不宽裕。且伊犁收复，数年荒残之余，向无借银商号，现有铺面资本较厚者不过万金，亦止数家，存货尚多，现银难以骤集。自派刘翰、雷霈霖总办善后，重敛房价货厘，七成肥已，三成归公，续派炳泰，纨绔子弟，任令左右舞弄，百弊丛生，商贾大有不堪苛虐，是以铺户大半移回省，商旅裹足不前，市廛萧条尤甚，偶直发饷缓急，通融数千金，挨户搜罗，势已为难，况至贰拾伍万两之多。在马亮工于献媚，捏报借垫缠商银款，请奏拨各省关旧欠一二成可获银百余万两，通同分肥之余，抽匀银两顶补塔尔巴哈台任内历年亏耗、碍难报部之款，以为移花接木之计。若照部文开注缠商姓名，亲身赴部具领，抑或甘省藩库面领，则不知马亮另作何弊搪塞。

查吉江官兵每年除发并应扣各项，每兵欠银拾两有奇，核与金前将军原奏七八两年共积欠吉江官兵饷干叁万有奇相符，至十一年底止，五年统计每兵应找银百余两计之，亏短亦止拾余万两。上年，金前将军造册报部，原凭吉江官兵呈造领过饷数清折并饷局底账为据。马亮因前将军病故肃州行营，饷帐卷宗携带进关，定系无从查考，竟将积欠浮加六七倍。马亮又补领勇号马干全数入手，本营本员未获分厘，猜疑旧日办事人员泄漏饷帐情弊，先后撤逐，佐领穆克德春、双喜德禄因勇号马干银两参革被押，是以军民知其弊，深恐先被谋害，均属不敢偶谈，现闻派人抽换旧日案卷、饷帐，亦虑别经发觉，豫先改换。

马亮从前总办采屯，粮台空仓，捏报由桑家渠、黄草湖采运粮料转送伊犁，冒领脚价伍万余两，经武生陈占鳌具控在案。查伊犁产粮之区，马亮历年在本地民户买就粮料，捏称由后路载运而来，每石冒领脚价银拾两有奇，甚至空仓无粮可支，粜粮充数，约计侵占脚价银贰拾余万两，以致上年营勇哗溃，金前将军以情罪重大，未便参处，立将马亮重责四百军棍，众愤稍平，此全军人众共见共闻。

查其捏报虚帐，是其惯技，不独此次吉江官兵任意浮报，捏称由伊犁缠商借垫银贰拾伍万两之一端。前次上下贿赂，幸免参劾，核其情罪浮于原参九人之上。去年奏参游春泽等或贻误边防，婪赃巨万；或勒发粜粮，激变军心①。旋奉谕旨，游春泽等严讯定拟。马亮面求从缓，延搁日久，经汪友元保荐前开烟馆，包娼卖奸，曾经犯案新来投效之冒称知县候选从玖品丁凤鸣承审，当堂交接私话，旋即亲赴九人寓所，面订贿赂，许给开复功名，军民传为笑柄。

马亮巧于逢迎，结纳亲信，左右均有馈送，宠誉日隆，亲戚故旧，据夫要津，端人正士，摒诸远方②。本年饷干，督抚院垂念边卒苦寒，源源接济，较往年本极宽裕，马亮总理粮饷，局用月支千余两，又结纳私人，加美党羽，无端例外杂支，一年侵耗已逾拾万两，既不合部章，为从来所未有，不知如何报销？总理折奏委员李镒等谓

①此处小字注曰："金前将军由伊起程，沿途日夜痛苦，惊悸忧郁，云亡。"
②此处小字注曰："金前将军旧人，不论文武、贤愚，驱逐净尽。"

吉江官兵积欠宜从实奏，均撄马亮之怒撤逐，是以军民缄口，道路以目。边防似此欺饰情弊，全系确有证据，委无虚诬，致干反坐之条。惟马亮财势浩大，党羽甚多，且道路窎远，种种弊窦尚多，请再访察，以昭详尽。

伏思马步汉队营数、人数比吉江官兵几增十倍，若如前项浮开，将来资遣进关，须银千万两，何以上年裁并资遣十分之三，仅给银贰拾壹万有奇，未免向隅。查吉江官兵千余名，按照五成并七成发给，已需银柒拾肆万两，若不核减，应需壹百数拾两，不待智者而后知其谬妄。在马亮之用心虽系浮冒，又报核减，朝廷览其减成发给，不疑其浮冒，实有过人之巧。且查吉江官兵由伊起程，每兵发给银伍拾两，新疆省给银伍拾两，甘肃省陆拾两，每兵共领银壹百陆拾两，内中或系翼长、统领、营总亲近并各起有情面者，给发银贰百余两、叁百余两不等，亦不过十分之二，合计柒拾肆万余两之银，各起官兵到手实数不过一半。吉江官兵旧欠口分无论到手，足与不足，明知马亮等通同舞弊，侵吞贰叁拾万两军饷，有挟而求将来哓哓续请，势不可已。

如蒙查办，必须机密妥速，恐马亮急则生变，将捏造借缠商银贰拾伍万两之款无从掩盖，私请送给俄国，翻生外夷枝节，意在意中，仰祈明允执中，期无枉纵，调集旧日行营饷帐全案卷宗，详晰核对，并咨行吉江将军、都统衙门，查取该官兵领银实数，由该官兵自行投递清折，不由营总转报，并将原奏伊犁商号借垫银贰拾伍万两之银主、原捏商户十六家字号开设何处，饬令亲身赴省认领，以清朦混，暨查明光绪十二、十三两年饷局出入底帐，靡费侵耗，澈底澄清矣。

光绪十三年九月日，甘肃补用县丞马瑞麟呈，为具略呈事。

胞叔马宗海，去秋马总理粮饷马亮传议吉江官兵宜加体恤，翼长、统领、营总亏耗，均须变通办理。马宗海详悉吉江每兵积欠银百余两，今浮开报太多，恐部中不准，凭空称商号借银，须详酌。马亮谓事须机密，毋庸过虑。今正，马宗海酒后言语被马亮所忌。二月中，传陈旗官密谈，至三月初一日回防。突于初六日，陈宗胜手提洋炮，向胞叔卧室乱炮轰击。马宗海身被拾贰炮子，登时殒命。马哨官向前拦劝，亦被轰毙。陈宗胜口称奉令杀人，决无抵偿，报经营务处提督曹正兴研讯。嗣因马亮央丁凤鸣、汪友元，贿嘱改供，谓陈宗胜一时疯魔，仅将陈宗胜旗官撤委，听候另用。此陈宗胜连杀二命，讯供未办之实在情形也。

伊犁总兵邓增由哨弁拔充旗官，私放商债，盘剥重利；委署总兵，保荐实缺，统领五旗，半由贿取，每哨缺额三十余名；纵容营勇明火劫抢商户财帛。委经曹提督审明勇数缺额、营勇劫抢属实，讯取确供在案。因依附马亮，贿嘱问官，捺搁未办。马亮生日，邓镇为首摊派寿礼，每旗百余金、数百金不等，日事钻营，惟利自求，数年营制，漫无振作。上年饷项艰窘之际，借购开花炮子为名，派员赴粤运回银叁万余两，豫支帑俸二年、口分一年。节前奉准部文，吉江官兵积欠，商请兰院设法办理。马亮、邓增欣喜欲狂，以邓镇幕友旧开京货铺，挽其密邀各家京货铺家出人，同委员赴甘具领曾经捏报由商号借垫贰拾伍万两之款。旋因各铺家惧怕拖累，不敢承领，即派善于言词之殷提督赴甘请领。约计此项领回，正值新旧交接之际，势不敢运回伊犁。以千余名吉江官兵积欠中浮冒几拾万两大种银款，即使半途存放机密妥当，可保始终无人泄漏乎？马亮、邓增以浮开吉江饷帐情弊重大，中怀馁怯，面许游春泽等开复原官，将来九人原官或难开复，可保不赴京实诉乎？此马亮、邓增通同舞弊、冒领军饷之实在情形也。

署都司汪友元旧在托副都统部下充当戈什，查系会匪，革逐出境，潜赴塔城，派充巡捕，系戴五品花翎。上年随节来伊，忽称副将衔参将委署镇标都司，兼管事务处，又兼管带两营卫队。今春通行公牍，总办军标营务处，节制马步肆旗，会同各统领办事，又兼办开采金铜厂，兼总官药局，仍在巡捕房行走。部文查取履历，迄未声复。依马亮、邓增为长城。马亮、邓增亦恃汪友元为心腹。事务处印条例外浮支，每月万余两。汪友元自娶江提督之女，几费万金，统由饷局开销。又喜给内戈什娶亲，饷局每人支给数百金，又自领万余两。开挖金铜厂，暨后路往来贩货，计二年中，此等浮支，饷局侵耗已逾拾万余两。

以重资聘请曾在游春泽局中承办善后报销之刘文斗并陈天禄、谢祖亮，另捏别款，做造报销。第向未奏咨立案，捏造半年，尚未头绪，靡费翻增数千两。丁凤鸣献策，酌拨马步数营，赴塔尔巴哈台驻扎，以填塔城溃勇营数，饷干归塔局支给，腾出数营军饷，弥补伊犁饷局亏耗。所虑为日过促，恐难相抵。伊犁大米市价每百斤纹银壹两陆钱，白面每百斤纹银壹两。马亮定章，发给全军兵勇暨委员人等，大米每百斤扣银叁两陆钱，白面每百斤贰两。马步二十二旗，马队每旗一百二十五名，步队每旗三百七十名。丁凤鸣力请马亮面谕各旗，马队准一百名，步队准三百名，所余空名银两一并填入饷局亏耗。伊犁各铺家凑集货银交饷局，给票兑赴新疆省取用，坐省委员傅煊串同候选直隶州明徵，向商民言明勒令二八抽提，如果不允，取银无日。商民守候日久，情急允扣，旋即翻悔具控。明徵系马亮私人，竟不查办。新来投效，无论操业甚贱，著名庸劣，钻营马亮、汪友元，立获录用，偶蹈重咎，亦置之不理。平日私访有谈谕饷局弊窦者，即置非刑，名曰背马鞍。提督衔记名总兵李志高、刘镇等先后背马鞍、鞭责在案。提督徐得标以退缩不前，经金前将军奏参革职，嗣以千金贿求马亮，即邀专折开复。商民王姓等以哈萨劫抢银货，戕毙十三命，经金前将军以抚民同知上官振勋得赃纵盗奏参，奉旨严讯，定拟监押在案。近奉批示，亦准开复。

查上官振勋前将霍嘉克擅行释放，复经派队前往捕捉，将霍嘉克父子弟侄男女人口二次获案，家产，牛、马、骆、羊、衣服、货物约值万余金，均行抄对，霍嘉克鞭责立死，其子侄兄弟刑讯毙命。如果霍嘉克如确系强盗，则原参上官振动得赃纵盗，亟应究办，何以尚准开复？如系误拿无辜，则霍嘉克全家诛灭，独无冤乎？总之，司柄者杨梅疮毒时发时愈，每拟奏请病假，马亮、汪友元力为阻止。马亮、汪友元目不识丁，边防大局，二人主专，平日侵沾国帑、妄杀人命为儿戏，有马大将军、汪二将军之号。

其左右丁凤鸣、陈天禄、谢祖亮、王植山等，著名无赖，参酌大事，唆令联络同寅，为署领队德克津布娶现任霍尔果斯巡检雷发声之岳母命妇为妾。近数月来，政令颠倒，礼法荡然。曹提督因汪友元密保奏调伊犁营务处，月支马小队四十名，折银贰百余两，统费、杂支又肆百两。旋以上禀督宪、详陈病势获咎。半年来，口分照领，未办一事。承审陈宗胜命案、邓镇营勇抢案，得贿肆、伍千两，派人带回本籍。殷提督华廷初进伊犁，向俄商购买粮料拾万石，先请给票兑，由各省关拨给银叁拾万两。俄商先缴粮万余石后，即持票交俄人向各省关逼银到手，潜回俄境。叠次行文追取，不知下落。今又自恃雄辩，诡称与甘省各官有旧，赴甘冒领军饷，于八月二十七日由伊起程情形也。

玛纳斯副将王凤鸣，久历戎行，战功卓著，惟不孝父母。生父来，则不相认；生母来，以奴仆呵之；弟兄来，鞭挞而逐去。其贪残好杀、不孝情形，早在爵帅洞鉴。每称述生平杀人之多，向人称夸。近来伊犁当道，每以言语之故，起心谋杀营员。风气日见浇漓，自王凤鸣抵伊之日始。新疆南北南北存银逾拾万，平日刻扣军饷，一钱都好。马亮浮报吉江饷数，谋害人命，半出王凤鸣主见，薄古圣贤谓迂腐，而称张献忠为人杰。现在营勇谋杀案件叠出，并山西商人开设果勒札被邻人谋财害命，碎尸河滩，均不查究。塔城官长由马亮主专废置，凡遇应商公牍，请督抚宪会议者，马亮力为阻止。边防重镇，据为自家私物，可为长叹息也。①

【案】此案清廷于当日颁布谕旨，饬令刘锦棠等彻查究办，“廷寄”曰：

军机大臣字寄：伊犁将军色、甘肃新疆巡抚刘：光绪十三年十二月十二日，钦奉慈禧端佑康颐昭豫庄诚皇太后懿旨：本日据醇亲王奕譞等及户部奏，收到锡纶咨文，内均有职官呈控侵冒军饷等事，钞录原呈呈览各折片。览奏，殊堪诧异！马瑞麟呈控统带马亮纵令陈宗胜轰毙人命，及马亮、邓增等捏造欠款，侵吞军饷，并牵涉大员废弛营务各节。所控案情重大，虚实亟应彻底根究。色楞额甫经赴任，无所用其回护，着会同刘锦棠，确切查明，据实具奏，毋稍徇隐。至马瑞麟于锡纶公文内擅附呈词，实属胆大妄为！即所讦非虚，亦应治以应

①中国第一历史档案馆藏：《呈文》，档号：03-6108-028。

得之罪，着色楞额等一并查究，按律惩办。原呈均着钞给阅看。将此各谕令知之。钦此。遵旨寄信前来。①

❷【案】光绪十四年正月二十三日，大学士管理户部事务阎敬铭等奏参署伊犁将军锡纶擅动军饷请饬彻查一折，曰：

大学士管理户部事务臣阎敬铭等谨奏，为特参擅动军饷之署将军，请旨交部议处，并请澈底查办，以杜弊混而儆效尤，恭折仰祈圣鉴事。

窃臣部于本年正月拾壹日准署伊犁将军锡纶咨称：前准部议上年遣撤旗队，由伊犁筹借，缠商姓名、居址报部，当将居址、字号开单咨呈在案。兹准部咨，仍将何时借用、何时归款具报等因。查伊犁旗队遣撤，统计饷局垫款银玖万两，商民借款银拾柒万叁百拾捌两，不能久假不归，均由现饷款下随时陆续清还。谨将借用商款详细数目及还过日期另具清折，备文咨覆等语。臣部查光绪贰拾贰年拾壹月，据锡纶奏称，遣撤吉林、黑龙江官兵壹千余名，补发欠饷银柒拾肆万两有奇，内有由伊犁设法挪凑并筹借缠商银共贰拾伍万两，先行照发，请部拨还。臣部以欠饷数目与金顺报部案据不符，其中情节支离，殊多不合，当即逐一驳查。

其挪凑筹借银两一节，臣部以奏定章程不准擅向商借，锡纶挪借缠商银两，并不先行请旨，亦不报部候覆，实属擅专。且伊犁收还后，问其人民，则孑遗仅存；问其赋税，则颗粒无有，安有富商大贾持数拾百万金，运至荒凉之地，觅取奇赢！前据金顺声称，伊犁商贾稀少，皆系零星小贩。乃锡纶所借商款为数甚多，核其前后，自相矛盾，显有不实不尽，未便听锡纶无据之词、滥准补发。究竟由伊犁设法挪凑银若干，筹借缠商银若干，应令指实款目、年月，并将商人住址、姓名、字号报部，再行核办，非由臣部复准，不准擅发等因。奏准行知在案。光绪拾叁年伍月，据锡纶开单咨部，喀什噶尔缠商共拾

①中国第一历史档案馆藏：《字寄》，档号：03-5853-104。又，《光绪朝上谕档》，第13册，第479页。又，《德宗景皇帝实录》（四），卷之二百五十，光绪十三年十二月，第369页。

处，叁次借用银伍万壹千柒百玖拾两；陕甘商号捌处，叁次借用银贰万玖千柒百伍拾两；陕西、山西商号陆处，叁次借用银捌万捌千捌百肆拾两。叁处商人共借用银拾柒万零叁百捌拾两，其余均由饷局通融找付等语。复经臣部驳查，以该署将军拾贰年贰月奏称由伊犁挪凑并借缠商银共贰拾伍万两。拾叁年伍月，复据奏称实由伊犁缠商等处零星借用银贰拾陆万两。此次单开又只借用银拾柒万零叁百捌拾两，行令将何年月日借某商银若干，其余由饷局找付若干，于何年月日找付，逐款详细分晰报部等因，亦在案。上年拾壹月，锡纶请款归还商欠。臣部复以借款前后自相矛盾，未准归还，并请旨饬查，俟查确后核办。倘锡纶擅挪正饷，即应参处等因，奏准行知遵照各在案。今据锡纶将借用商款及还过日期开单报部，声称借款银拾柒万叁百捌拾两，均由现饷下随时陆续清还。

臣等窃维伊犁商欠自当俟查明核办，实不知锡纶何以急急如此。现在新饷各有定数，锡纶既将月饷归还商款，势必以欠饷移交后任，令其请臣部添拨，而不明不白之商欠，则已称归还清楚，事后将无可如何。查帑项所关，即遇紧要军需，尚不准擅自动用。伊犁商款借时既不听候核覆，还时又任意擅专，且款项至拾数万之多，并经臣部屡次驳查，未准归还之案，何得擅自动用军饷，率行归还？若纷纷效尤，流弊何所底止！相应请旨将署伊犁将军锡纶交部议处，以为擅专者戒。再，锡纶前咨借用商款拾柒万余两，臣部上年咨驳行查，并无何时归款具报之语。锡纶前咨含糊其词，惟云其余均由饷局找付。臣部以其既称找付，或系商款，均不可知，令其将找付月日报部。今据声复，系饷局垫银玖万两。既系饷局之款，则前咨由饷局找付，将找付何人，臣部实所不解。

至前后报部案据不符之处，以借款商人而论，始则惟有缠商，继又添出天津、陕甘、山西商人。今将两次报部清单核对，如德和永等捌家，前次声明系天津、陕甘商民，此次忽云系本处汉民。复盛隆等陆家，前次声明系陕西、山西商人，此次忽云系陕甘客民。是商民籍贯前后既不符。以借款次数而论，前次声明萨德克、阿珲等共叁次借用银若干，以下各家均系叁次借用；此次单开则以萨德克、阿珲等列为第壹次借用，德和永等号为第贰次，复盛隆等号为第叁次。是所借次数前后又不符。以归还日期而论，据锡纶拾叁年闰肆月出咨声称，天津、陕商之款尚可从容还款，何以此次忽云德和永等捌处已于叁肆月内提还清楚？据锡纶拾叁年玖月出咨声称尚未清还，何以此次忽云复盛隆等陆处已于陆月给票由月饷内提还清楚？是归还日期前后均不相符。抵牾之处既多，显有不实不尽情弊！

谨将锡纶前后两次咨部清单钞录，恭呈御览。请旨饬下伊犁将军会同新疆巡抚，迅速提集经手官员并承借客商人等，破除情面，认真严讯，务须澈底根究，勿任稍涉含糊。傥有串同假捏、侵蚀情弊，按律严行惩办，以杜弊混而儆效尤。所有特参擅自动用军饷之署将军，并请旨查办缘由，理合恭折具陈。伏乞皇太后、皇上圣鉴。谨奏。光绪拾肆年正月贰拾叁日。

大学士管理户部事务臣阎敬铭（假），经筵讲官协办大学士户部尚书臣宗室福锟，户部尚书臣翁同龢，户部左侍郎臣嵩申，户部左侍郎臣孙诒经，户部右侍郎臣熙敬，户部右侍郎臣曾纪泽。①

【案】同日，此奏获清廷谕示，饬令色楞额、刘锦棠确切查奏。“廷寄”曰：

军机大臣字寄：伊犁将军色、甘肃新疆巡抚刘：光绪十四年正月二十三日，奉上谕：户部奏，特参擅动军饷之署将军，请彻底查办一折。已有旨将锡纶交部议处。据原奏内称，锡纶前借商银，补发兵饷，其中情节支离，当即逐一驳查，现尚未经核定。复据锡纶咨称，由现饷款下陆续归还，惟商人籍贯、借款次数、归还日期，前后均不相符，显有不实不尽情弊等语。览奏，殊堪诧异！着色楞额、刘锦棠按照原参各节，迅提经手官员并承借客商人等，确切查明，据实具奏，毋稍徇隐！原折、单均着钞给阅看。将此各谕令知之。钦此。遵旨寄信前来。②

---

①中国第一历史档案馆藏：《朱批奏折》，档号：03-5854-026。

②《光绪朝上谕档》，第14册，第20页；又，《德宗景皇帝实录》（四），卷之二百五十一，光绪十四年正月，第388页。

❸【案】此案于光绪十六年二月初五日得清廷批示，《上谕档》载曰：

光绪十六年二月初五日，内阁奉上谕：前因锡纶咨行户部文内有职员马瑞麟揭告统带马亮等侵吞军饷呈词一件，当交色楞额等查明具奏。嗣据户部奏参锡纶擅动军饷各情，复谕令一并查奏。兹据色楞额、魏光焘查明覆奏，此案记名副都统马亮既经查明尚无捏造欠款、侵吞军饷情事，且原告之马瑞麟查无其人，显系借名捏控。即着与无故牵涉之前署察哈尔领队大臣德克津布等暨业经革职、病故各员，均毋庸置议。惟已故署伊犁将军锡纶因挪用正款经部议驳，辄即捏借商款报部，款目种种不符，实属有心朦蔽，大负委任。其所报借款曾否拨给，着户部确切查明，据实复奏。余着照所议办理。钦此。①

0124. 恭报十五年九月雨雪粮价情形折

光绪十五年十二月十八日（1890年1月8日）

头品顶戴护理甘肃新疆巡抚新疆布政使臣魏光焘跪奏，为恭报光绪十五年九月分粮价并得雨雪情形，谨缮折具陈，仰祈圣鉴事。

窃照光绪十五年八月分各厅州县粮价并得雨情形，业经臣奏报在案。兹据署新疆布政使饶应祺详报：本年九月分，北路镇西得雪，积地尺余；迪化、绥来、奇台、阜康得雪，积地五寸及二三寸不等；吐鲁番微雨，昌吉、库尔喀喇乌苏微雪。伊塔道属绥定微雨，宁远微雪。南路拜城、喀喇沙尔、库车、乌什、莎车、叶城微雨，余未得雨雪。

至通省粮价镇西、喀喇沙尔、英吉沙尔、玛喇巴什、莎车、和阗、迪化、拜城、叶城、于阗等厅州县俱与上月相同，余均略有增减。汇详请奏前来。

---

①《光绪朝上谕档》，第16册，第35页；又，《德宗景皇帝实录》（四），卷之二百八十一，光绪十六年二月，第743—744页。

理合恭折具陈，并缮粮价清单，敬呈御览。伏乞皇上圣鉴。谨奏。光绪十五年十二月十八日。

（朱批：）知道了。①

光绪十六年正月二十三日，奉朱批：知道了。钦此。②

0125. 呈新疆光绪十五年九月粮价清单

光绪十五年十二月十八日（1890年1月8日）

谨将新疆各属光绪十五年九月分米粮时估价值，缮具清单，恭呈御览。

计开九月分

镇迪道属

迪化县：大米每京石价银三两五钱九分四厘，小麦每京石价银一两三钱四分四厘，莞豆每京石价银一两三钱六分八厘，青稞每京石价银一两三分五厘，俱与上月相同。

昌吉县：大米每京石价银一两九钱八分二厘，与上月相同。小麦每京石价银八钱四分二厘，较上月减一钱五分。莞豆每京石价银九钱九分，较上月减一钱四分五厘。青稞每京石价银八钱七分五厘，与上月相同。

阜康县：粟米每京石价银九钱五分五厘，较上月增一钱四分二厘。小麦每京石价银九钱九分，较上月增一钱四分一厘。莞豆每京石价银八钱四分九厘，高粱每京石价银五钱三分，俱与上月相同。

绥来县：大米每京石价银一两七钱七分，较上月减四钱五厘。小麦每京石价银八钱五分五厘，莞豆每京石价银九钱二分一厘，高粱每京石价银五钱六分三厘，俱与上月相同。

奇台县：大米每京石价银二两四钱一分六厘，小麦每京石价

①台北故宫博物院藏：《军机及宫中档》，文献编号：408006662。

②中国第一历史档案馆藏：《录副奏折》，档号：03-6885-028。

银七钱七分八厘，俱与上月相同。莞豆每京石价银七钱二分五厘，较上月增三分五厘。

镇西直隶厅：小麦每京石价银一两五钱八分，莞豆每京石价银一两七钱一分，青稞每京石价银一两，俱与上月相同。

吐鲁番厅：小麦每京石价银一两四分四厘，较上月减七分四厘。大麦每京石价银五钱六分，与上月相同。高粱每京石价银五钱五分七厘，较上月增七分五厘。黄豆每京石价银一两四钱九分三厘，与上月相同。

哈密厅：粟米每京石价银一两四钱四分，较上月减一钱四分四厘。小麦每京石价银一两二钱五分五厘，较上月减八分三厘。莞豆每京石价银一两四钱一分一厘，较上月减六分五厘。青稞每京石价银八钱二分二厘，与上月相同。

库尔喀喇乌苏厅：小麦每京石价银一两一钱三分，较上月减一分。莞豆每京石价银一两二钱五分，高粱每京石价银六钱三厘，俱与上月相同。

伊塔道属

绥定县：大米每京石价银三两八钱二分五厘，较上月减六钱一分五厘。小麦每京石价银九钱六分六厘，莞豆每京石价银九钱八分七厘，俱与上月相同。大麦每京石价银七钱九分，较上月减一厘。

宁远县：大米每京石价银三两二钱五分六厘，较上月减二钱九分四厘。小麦每京石价银八钱九分七厘，大麦每京石价银五钱八分八厘，莞豆每京石价银一两八厘，俱与上月相同。

阿克苏道属

温宿直隶州：大米每京石价银九钱一分二厘，较上月减一钱五分二厘。小麦每京石价银四钱八分三厘，大麦每京石价银三钱，俱与上月相同。包谷每京石价银三钱四分，较上月减六分八厘。

拜城县：小麦每京石价银三钱九分，大麦每京石价银一钱八分，莞豆每京石价银二钱六分，包谷每京石价银二钱六分，俱与上月相同。

喀喇沙尔厅：大米每京石价银一两九钱二分四厘，小麦每京石价银六钱九分，莞豆每京石价银七钱二分，包谷每京石价银五钱一分二厘，俱与上月相同。

库车直隶厅：大米每京石价银一两七钱，与上月相同。小麦每京石价银四钱七分，较上月减三分。莞豆每京石价银三钱，包谷每京石价银三钱，俱与上月相同。

乌什直隶厅：大米每京石价银一两八钱九分二厘，较上月减一钱九分四厘。小麦每京石价银六钱二分，大麦每京石价银二钱九分九厘，包谷每京石价银五钱八分九厘，俱与上月相同。

喀什噶尔道属

疏勒直隶州：大米每京石价银二两八钱五分，较上月减七钱五分。小麦每京石价银一两一钱四厘，与上月相同。包谷每京石价银七钱六分八厘，较上月减一钱二分八厘。高粱每京石价银六钱九分，与上月相同。

疏附县：大米每京石价银二两八钱五分，较上月减一钱五分。小麦每京石价银一两一钱四厘，较上月增一钱三分八厘。包谷每京石价银八钱四厘，高粱每京石价银六钱九分，俱与上月相同。

莎车直隶州：大米每京石价银二两二钱二分，小麦每京石价银四钱一分四厘，大麦每京石价银三钱七分五厘，包谷每京石价银三钱六分九厘，俱与上月相同。

叶城县：大米每京石价银二两六钱一分，小麦每京石价银三钱五分，包谷每京石价银二钱八分八厘，青稞每京石价银三钱二分五厘，俱与上月相同。

和阗直隶州：大米每京石价银一两六钱八分，小麦每京石价银七钱七分二厘，包谷每京石价银五钱一分二厘，青稞每京石价银三钱五分八厘，俱与上月相同。

于阗县：大米每京石价银一两五钱一分八厘，小麦每京石价银八钱七分一厘，包谷每京石价银六钱四分，俱与上月相同。

英吉沙尔直隶厅：大米每京石价银三两四分，小麦每京石价银六钱九分，包谷每京石价银五钱三分六厘，大麦每京石价银三钱四分，俱与上月相同。

玛喇巴什厅：大米每京石价银三两七钱，小麦每京石价银八钱二分八厘，包谷每京石价银六钱四分，俱与上月相同。

（朱批：）览。①

0126. 审拟季惺五斗杀人命一案折

光绪十五年十二月十八日（1890年1月8日）

头品顶戴护理甘肃新疆巡抚新疆布政使臣魏光焘跪奏，为斗殴杀人，审明定拟，恭折具陈，仰祈圣鉴事。

窃吐鲁番厅客民季惺五因索欠斗殴，刀伤聂灔汶左乳等处身死一案，经署吐鲁番厅同知张起宇获犯，验讯议拟，解镇迪道兼按察使衔恩纶转详前来。

臣亲提审讯，缘季惺五籍隶四川崇庆州，光绪十四年二月来至吐鲁番，开设成衣店，与已死聂灔汶同乡素好。十五年正月，季惺五见聂灔汶度日惟艰，令其在店居住。五月初，季惺五歇业，与聂灔汶同住吉祥客栈。六月初，聂灔汶搬出，该欠客栈伙食银三两，央季惺五代为承认。七月十六日上午，吉祥客栈向季惺五催索前项银两，季惺五即往聂灔汶住处追讨，聂灔汶斥其不应代人索欠，彼此口角。聂灔汶抓住季惺五衣领，划伤颈项。季惺五即拾棹上切瓜小刀，戳聂灔汶左手腕一下。聂灔汶松手，湾身拾棍。季惺五复用小刀戳聂灔汶脊背一下，聂灔汶持棍追赶，打伤季惺五左肩甲。季惺五转身持刀吓戳，适伤聂灔汶左乳。经邻居李守福等赶拢喝住，讵聂灔汶伤重，移时殒命。报厅验讯，解兼按察使衔转详。臣覆审无异。

---

①中国第一历史档案馆藏：《单》，档号：03-6885-029。

查律载：斗殴杀人者，不问手足、他物、金刃，并绞等语。此案凶犯季惺五因与聂灉汶索欠口角，被殴回戳，适伤聂灉汶左乳等处，移时殒命，自应按律问拟。季惺五合依"斗殴杀人者，不问手足、他物、金刃，并绞"律，拟绞监候，秋后处决。聂灉汶所欠吉祥客栈伙食银两，身死无征。吉祥客栈向季惺五索讨承认银两，并无不合，应与阻救不及之李守福等均免置议。无干省释。尸棺饬埋，凶刀案结销毁。是否允协？

除全案供招咨送刑部外，合将斗殴杀人，审明定拟缘由，恭折具陈。伏乞皇上圣鉴，饬部议覆，施行。谨奏。光绪十五年十二月十八日。

（朱批：）刑部议奏。①

光绪十六年正月二十三日，奉朱批：刑部议奏。钦此。②

0127. 审拟革员秦玉贵诱奸幼女一案折

光绪十五年十二月十八日（1890年1月8日）

头品顶戴护理甘肃新疆巡抚新疆布政使臣魏光焘跪奏，为革员诱奸幼女未成，并女父捏报被责愧悔自尽，核明定拟，恭折具陈，仰祈圣鉴事。

窃玛喇巴什厅寄居之副将衔补用游击秦玉贵即秦上标，诱奸十岁幼女李腊梅未成，女父李奉友控告捏报情节，经玛喇巴什通判杨敏将其掌责，以致愧悔自尽。因被告秦玉贵恃符狡展，由厅详喀什噶尔道袁垚龄，移镇迪道兼按察使衔恩纶，详经抚臣刘锦棠附奏，请将副将衔补用游击秦玉贵即秦上标革职，归案审办❶。光绪十四年十一月初八日奉朱批：着照所请，该部知道。钦此。钦遵在案。嗣据玛喇巴什通判杨敏饬令稳婆验明，李腊梅实未破身，议拟通详。臣因案情较重，批署理喀什噶尔道向邦倬亲提审

①台北故宫博物院藏：《军机及宫中档》，文献编号：408006660。

②中国第一历史档案馆藏：《录副奏折》，档号：03-7313-004。

讯去后。兹据审明，咨镇迪道兼按察使衔恩纶核转前来。

臣覆加查核，缘革员秦玉贵即秦上标，籍隶湖南宁乡县，由勇目历保副将衔补用游击。光绪十四年，来玛喇巴什谋事，与已死李奉友之女杨李氏比邻居住。是年六月十八日，杨李氏上街，留其妹十岁幼女李腊梅在家看门，适秦玉贵走来，诱与行奸未成，被杨李氏回家撞见，秦玉贵即自回归。杨李氏正盘问间，李奉友亦至，共悉前情。李奉友随带李腊梅至秦玉贵家不依，秦玉贵斥其诬赖，李奉友复邀李腊梅义父陈有余赴厅呈控。正值公出。迨二十三日提问，李奉友捏称：亲见秦玉贵在厕屋内与其女李腊梅行奸已成，当时捉拿，被伊跑脱等语。质之杨李氏、李腊梅，各供不符。秦玉贵借词狡赖。玛喇巴什通判杨敏开导李奉友不必捏报情节，李奉友固执不遵，遂令掌责五十。讵李奉友愧悔莫释，回家潜服洋药，毒发殒命。秦玉贵恃符狡展，杨敏详道咨镇迪道兼按察使衔，详经抚臣刘锦棠附片奏参，归案审办，复经臣批道亲提议拟，咨镇迪道兼按察使衔核明转详。臣覆核无异。

查律载：奸幼女十二岁以下者，虽和同强论。又例载：强奸十二岁以下幼女未成者，发黑龙江给披甲人为奴，各等语。此案革员秦玉贵即秦上标奸十岁幼女李腊梅未成，应照“虽和同强论”，革员秦玉贵即秦上标合依“强奸十二岁以下幼女未成，发黑龙江给披甲人为奴”例，拟发黑龙江，给披甲人为奴。惟究系和而未成，与强奸未成者有间。犯事在光绪十五年三月十六日恭逢恩诏以前，应否查办，听候部议。李奉友捏报情节，罪有应得，业已服毒身死，应与不知服毒之陈有余等，均免置议。玛喇巴什通判杨敏承审此案，李奉友捏报成奸、捉拿、跑脱各情，致秦玉贵借口狡展。杨敏因秦玉贵系三品武职，不便用刑，开导李奉友不必捏报，李奉友固执不遵，遂令掌责五十，系属依法拷讯。李奉友愧悔自尽，亦非杨敏所料。惟因被告不便用刑，转责控出有因之原告，致酿人命，未便照依法拷讯邂逅身死者，遽予勿论，且李奉友被其掌责五十，虽据杨敏验报，并无伤痕，即署理喀什噶尔道讯据尸亲人等，均供无伤，第未详请委验，与例不合。除饬藩司将杨敏撤任外，相应请旨将玛喇巴什厅通判杨敏交部议处。本年恭逢恩诏，应否免议？亦听部议。

除全案供招咨送刑部外，合将革员诱奸幼女未成，并女父捏报被责愧悔自尽，核明定拟缘由，恭折具奏。伏乞皇上圣鉴，饬部核覆施行。谨奏。光绪十五年十二月十八日。

（朱批：）刑部议奏。①

光绪十六年正月二十三日，奉朱批：刑部议奏。钦此。②

❶【案】光绪十四年十月初三日，新疆巡抚刘锦棠附片特参游击秦上标强奸民女，恃符狡展，坚不承认，请旨革职，归案审办，曰：

再，据镇迪道兼按察使衔恩纶详：准喀什噶尔道袁垚龄咨：据署玛喇巴什通判杨敏详称：据民人陈有余呈控秦玉贵奸伊义女腊梅一案，当经提讯事出有因，而秦玉贵即秦上标系由军功保加副将衔补用游击，恃符狡展，坚不承认。详请参革，以便严审等情。前来。臣复查无异，相应请旨将副将衔补用游击秦上标即行革职，归案审办。谨会同陕甘总督臣谭钟麟，附片具陈。伏乞圣鉴训示，施行。谨奏。

光绪十四年十一月初八日，奉朱批：着照所请，该部知道。钦此。③

0128. 城署各工在事出力人员请奖折

光绪十五年十二月十八日（1890年1月8日）

头品顶戴护理甘肃新疆巡抚新疆布政使臣魏光焘跪奏，为新疆城署各工在事出力文武员弁遵旨择尤请奖，恭折仰祈圣鉴事。

---

①台北故宫博物院藏：《军机及宫中档》，文献编号：408006664。

②此奉旨日期与内容，据《军机处随手登记档》（文献编号：03-0264-1-1216-022）校补。

③中国第一历史档案馆藏：《朱批奏片》，档号：04-01-01-0966-053。又，《录副奏片》，档号：03-5858-104。

窃臣承准抚臣刘锦棠移交，前奏新疆城署各工次第告竣，拟将在事出力文武员弁遵照部章，恳恩俯准择尤汇奖一折[1]。光绪十三年八月三十日，奉朱批：着准其择尤酌保，毋许冒滥。钦此。当经钦遵饬行各军营、台局陆续查开前来。抚臣刘锦棠未及核办，移交到臣。查新疆南路新设郡县应修城垣、衙署，前经奏明拨款兴修。旋因建置行省，抚、藩臣先后抵省受篆，城署各工尤不容缓。北路古城等城地居扼要，亦经先后兴修奏报在案。计自光绪九年兴工起，北路则修古城、哈密、吐鲁番、绥来四城，南路则修喀喇沙尔、库车、阿克苏、乌什、玛喇巴什、喀什噶尔、英吉沙尔、叶尔羌、和阗九城，又道、厅、州、县衙署十三起，省城城垣抚、藩两署亦皆落成。此抚臣前奏请奖时已成之工也。

上年，续修昌吉、库尔喀喇乌苏两城、喀什噶尔、阿克苏提、镇两署、迪化府、叶城县、奇台县三署。统查南北两路，共成城垣一十六起、衙署二十起，内各首领、佐职衙署、仓廒、监狱悉附修如制。此外，抚、提、镇标新设副将以下各官应修衙署，前经抚臣奏明饬派勇丁，就营垒盖造，由外筹款，分别略给津贴。现在，省城城守协营、哈密协营、玛纳斯协营副将、抚标左营、吐鲁番营游击各署已次第完竣，余仍陆续饬修，捍卫足资，体制粗备。五六年来，抚臣筹画经营，固属不遗余力，而各将领踊跃从事，亦诚奋勉可嘉。兵燹之余，人民稀少，一夫之值日需银二三钱不等，若恃民工，不特费不易筹，且亦工难速竟，不得已专资勇力。该将士始支行粮，继改坐粮，均不敌民工半价。百战余生，留戍远塞，或就驻扎之地，以工兼防；或调隔属之营，通力合作。负畚荷锸，胼胝不辞，并日计工，寒暑无间，得以费省工倍，蒇兹大役，实着勤劳！

至于相度形势，筹备物料，与夫收支经费，稽核报销一切事宜，各地方台局印委各员能于事当初创、毫无成法可循之际，悉心经画，诸臻妥善，亦不无微劳足录。仰蒙天恩准其择尤汇奖。臣谨就各营局原开奖案，逐细查核删减，择其在事最久、出力尤著者，遵照原奏部议准，按军务省分劝捐督修绅董保奖章程，分别请奖，不敢稍涉冒滥。缮具清单，恭呈御览。其应归咨保各弁，另单送部，合无仰恳天恩敕部一律准照所拟奖叙，以示鼓励而昭激劝。

除遵章查取履历随案咨送，并工料销册分起送部查核外，谨会同陕甘总督臣杨昌濬，恭折具陈。伏乞皇上圣鉴训示，施行。谨奏。光绪十五年十二月十八日。

（朱批：）该部议奏，单二件、片一件并发。[①]

光绪十六年二月初十日，奉朱批：该部议奏，单二件、片一件并发。钦此。[②]

❶【案】光绪十三年七月二十六日，新抚刘锦棠为新疆城署各工告竣具折请奖，曰：

尚书衔降一级留任甘肃新疆巡抚二等男臣刘锦棠跪奏，为新疆城署各工次第告竣，抚臣、藩司均已迁入新署，拟将在事出力文武员弁遵照部章，恳恩俯准择尤汇奖，以示鼓励，恭折仰祈圣鉴事。

窃臣前因南疆新置郡县、城署等工势不容缓，奏请兴修城工十三起、衙署十五起，仰蒙天恩准拨的款，得以次第兴修。惟各省关未能如期报解，不得不设法腾挪，以期蒇事。嗣因北路迪化新建省城，城垣、衙署尤应及时修理。古城、哈密、吐鲁番、绥来各城，悉属扼要，均经先后奏明兴修在案。兹据粮台司道详报：南路除疏附、拜城、于阗、叶城四县城尚待缓办外，其喀喇沙尔、阿克苏、和阗、库车、乌什、玛喇巴什、喀什噶尔、英吉沙尔、叶尔羌九城，北路古城、哈密、吐鲁番、绥来四城，均经次第完工，省城亦刻期告竣。南路应修衙署十五起，已修十三起，抚藩衙署俱已落成。臣于本年六月十三日移入巡抚衙署，藩司亦于上年十月间迁入新署。

新疆初设行省，城垣为屏蔽所关，官廨亦体制攸系，规模粗具，

---

①台北故宫博物院藏：《军机及宫中档》，文献编号：408006659。

②中国第一历史档案馆藏：《录副奏折》，档号：03-7158-011。

堪以仰慰宸廑。惟前项土工专资勇力，原为撙节经费、体恤民艰起见。臣前奏事竣后恳恩奖励，经部议准，按照军务省分劝捐督修绅董保奖章程，择尤奖叙，奉旨：依议。钦此。钦遵咨行在案。各防营员弁勇丁感激思奋，或监程督队，或掘堑筑墉，以工兼防，均能黾勉从公，不辞劳瘁。现在综计南北两路已用营工三百数十万，南路缠回生齿渐繁，佣值稍贱。北路人烟稀少，民间小工日需银二三钱不等。此项营勇帮工，通盘从减，估计约可节省银五十余万两，而频年河渠等工奚啻倍蓰？多系营勇之力，尚不在此数内。

至于审择要隘，布置程式，筹采物料，协济工赈诸要务，创制之初，并无成法，罔不悉心筹画，俾臻妥善，则地方台局文武员弁之力居多，不无微劳足录。现值次第完竣，所有在事出力人等，合无仰恳天恩，俯准择尤照章保奖，以励勤劳而昭激劝。如蒙俞允，俟奉旨后，由臣开单汇案奏保，不敢稍涉浮滥。除饬取销册分起咨部外，谨会同陕甘总督臣谭钟麟，恭折具陈。伏乞皇太后、皇上圣鉴训示。谨奏。光绪十三年七月二十六日。

光绪十三年八月三十日，奉朱批：着准其择尤酌保，毋许冒滥。钦此。①

0129. 呈城工在事出力拟保文职清单

光绪十五年十二月十八日（1890年1月8日）

谨将甘肃新疆城工在事出力择尤拟保文职各员衔名，汇缮清单，恭呈御览。

计开

二品头品顶戴盐运使衔陕西题奏道乌能依巴图鲁王久铭，补用道留新补用知府刘肇瑞。以上二员，均请交部从优议叙。

三品衔甘肃新疆补用道陈名钰，请赏给二品顶戴。

三品衔题奏道补用知府疏勒直隶州知州蒋诰，请俟道员到班

①中国第一历史档案馆藏：《录副奏折》，档号：03-6617-116。

后，赏给二品顶戴。

盐运使衔甘肃补用知府张道生，请赏给三品封典。

调补迪化府知府潘效苏，请赏加盐运使衔。

补用知府莎车直隶州知州刘嘉德，知府用喀喇沙尔同知杨廷珍，升用知府甘肃补用直隶州知州刘式南，运同衔升用知府留新补用同知王毓芬。以上四员，均请俟归知府班后，赏加道衔。

运同衔选用直隶州知州易寿崧，请赏给正四品封典。

盐运使衔留甘补用知府李庆棠，盐运使衔分省补用知府潘时策、刘昭南，三品衔候补知府英吉沙尔同知张起宇，知府用江西补用直隶州知州江遇璞。以上五员，均请俟知府补缺后，以道员升用。

选用知府吐鲁番同知黄丙焜，请俟知府得缺后，以道员在任候补。

知府衔乌什直隶厅同知袁运鸿，请以知府升用。

知府衔分省补用同知奚麟，四品衔留甘补用直隶州知州周鼎铭，分省补用直隶州知州鲍德俊，知府衔留新委用同知严金清，运同衔留新补用直隶州知州吴光熊，留甘肃补用同知王廷赞。以上六员，均请俟补缺后，以知府在任候补。

留新补用同知谭传科，盐提举衔补用直隶州知州迪化县知县陈希洛，同知直隶州知州用留甘补用知县刘荣阁，同知用奇台县知县刘澄清。以上四员，均请俟补同知直隶州知州缺后，以知府用，先换顶戴。

在任候补直隶州知州叶城县知县黄袁，请俟补直隶州知州缺后，以知府在任候补。

甘肃补用知州徐鼎藩、寻选，分省补用知州刘济坤，选用知州张成基，选用布理问魏景桐。以上五员，均请赏加四品衔。

留甘补用同知李坤鼎，留陕补用同知胡冠沅，留甘补用知州傅泽霖。以上三员，均请赏加盐运同衔。

库车直隶厅同知潘震。选用同知张刘沅。以上二员，均请赏加知府衔。

同知衔留新补用知县王俊，请赏加四品顶戴。

同知衔留陕补用通判宋先坤，同知衔留甘补用知县罗霖润、陈日新、颜廷奎、黄廷珍，同知衔分省补用知县刘兆麟、夏绣春，同知衔知县用选用县丞尚安国。以上八员，均请赏给正五品封典。

同知衔分省补用知县邓以潢、龚光法，六品衔分省补用知县胡岑。以上三员，均请俟补缺后，以同知补用。

候选知州刘人佺，请俟选缺后，以同知直隶州知州补用。

甘肃补用通判潘仲勋、高敬昌，分省补用通判刘毓坤，选用通判黄勋，分省补用知县杨名树、甘澍、张复观、易绍昌、文立山、梁国栋、罗经史，留陕补用知县易俊昌，留甘补用知县左兆凤、王炳堃、刘承泽、谈镇堃，陕西补用知县陈正源，留闽补用知县陈先觐，拣选知县谢序勋、选用知县童廷选、杨敬熙，知县用选用县丞李章锦、易作霖，六品顶戴笔帖式英忠。以上二十四员，均请赏加同知衔。

知县用分省补用府经历县丞方正廉，升用知县甘肃候补县丞赵树棠，知县用选用县丞饶翰霄。以上三员，均请俟归知县班后，赏加同知衔。

四品衔新疆试用通判世袭骑都尉孙志焄，同知衔留新补用知县杨其澍，同知衔分省补用知县田鼎铭，分省补用知县罗廷庆。以上四员，均请俟补缺后，以直隶州知州在任候补。

同知衔分省补用知县周振岳、宋均平、蒋光陞、曾广均，盐提举衔留陕补用知县罗正湘，同知衔留新试用知县李征煦、同知衔留甘补用知县朱熿，分省补用知县陈光明、张金兰。以上九员，均请俟补缺后，以直隶州知州补用。

选用知县沈锡藩、钱渠。以上二员，均请俟选缺后，以直隶州知州用。

同知衔绥来县知县李原琳，请以直隶州知州升用。

即补主事成寿，选用州同李进才，知县用留甘补用州判陈廷灿。以上三员，均请赏加五品衔。

选用布理问陈显治、刘际昌、魏仲青、周鼎铭、杨丙章。以上五员，均请俟选缺后，以知州补用。

分省补用州同郭国栋，请俟补缺后，以通判补用。

选用布理问张璪光，请赏加知州衔。

赞礼郎衔笔帖式荫锡，请赏给五品顶戴。

六品衔选用县丞赵维垚，请赏给六品封典。

补用知县分省补用县丞杨崇恩、颜昌禄、喻晋康，知县用选用县丞韩旭阳、喻达善、王佐，留甘补用县丞潘嵩高，选用县主簿文炬莲，知县用候补县丞借补温宿州巡检萧庆祥，选用巡检徐炳奎、廖杰、胡振芝、欧阳湜，县丞用选用从九品金铸颜、张浩、黄承萼、黎锦珑，选用从九品刘华昭，翰林院待诏刘文杏，选用典史杨炳銮。以上二十员，均请赏加六品衔。

州同衔欧阳永勋，请以州同不论双单月，尽先选用。

选用巡检袁用均，选用从九品刘华源、魏华鉴、彭纯愉。以上四员，均请赏加州同衔。

选用巡检常子季，请赏给六品顶戴。

同知衔留甘补用知县余猷澄，请以知县仍留原省，归候补班前遇缺即补。

分省补用知县闵家镇，请赏给随带加三级。

知县用留甘补用州判常炳堃，请俟补缺后，以知县归候补班前尽先补用。

选用州判殷邦甸，分省补用盐大使韩瑶光，留甘补用府经历刘芬，分省补用府经历何沂，广东补用府经历程锷，候选府经历黄长煜，理问衔湖北补用县丞吕勋，六品衔分省补用县丞童光湖、蒋元善，六品衔留陕补用县丞柴士桢，六品衔留甘补用县丞陈家培，留甘补用县丞张英楷、韦鹤斌，分省补用县丞王树镕、周源。以上十五员，均请俟补缺后，以知县补用。

理问衔候补县丞借补吐鲁番听巡检徐沄，候补县丞借补奇台县古城巡检邹子鸿，候补县丞借补喀喇沙尔厅布告尔巡检武纬，候补县丞借补莎车直隶州回城巡检廖沛霖。以上四员，均请俟俸满后，以知县即补。

选用盐大使姚元恺，选用县丞饶凤珪、丁鹤仲、王策勋、张鼎勋、陈海澜、杨振海、鞠崧俊、姜灏、何其相。以上十员，均请俟选缺后，以知县补用。

分省补用盐大使严襄，分省补用县丞欧培墉、刘宗陶。以上三员，均请俟补缺后，以知县前先补用。

选用教谕罗霁、魏振宗、曹昺星，选用复设教谕范家琛。以上四员，均请俟选缺后，以知县在任尽先即选。

选用训导赵椿年，请俟选缺后，以知县归部即选。

补用县丞选用从九品成泽湘，补巡检缺后分省补用县丞萧禹传。以上二员，均请俟补县丞缺后，以知县用。

盐大使用分省补用从九品罗春传，请俟补盐大使缺后，以知县用。

州判职衔盛泽斌、萧叶。以上二员，均请以州判归部不论双单月，尽先即选。

州判府经县丞用选用训导魏寿彭，请俟选训导缺后，以州判选用。

六品衔甘肃试用按司狱张贵松，请俟补缺后，以府经历用。

升用县主簿试用从九品绥来县典史杨光咏，请俟补用主簿缺后，以府经历补用。

留甘补用主簿朱文蔚，分省补用主簿萧经士、何振汉，县丞用留甘补用从九品高涣泉，留陕补用巡检周承澍，湖北试用从九品黄高霖。以上六员，均请俟补缺后，以县丞补用。

选用县主簿左泉、李源鈵、萧植本、罗教莹、杨颂元，选用巡检胡学效，选用从九品谭元瑞。以上七员，均请俟选缺后，以县丞补用。

县丞职衔刘廷柱、刘高华，附生王道直。以上三员，均请以县丞归部不论双单月即选。

升用主簿选用巡检吴鸿熙，请俟补巡检缺后，以县丞尽先补用。

主簿用分省补用典史魏连芳，请俟升主簿缺后，以县丞补用。

主簿用选用从九品孔日文，请俟补主簿缺后，以县丞用。

廪生李遇春，增生姚锡藩，附贡生闵杰，附生徐宗易。以上四员，均请以县丞不论双单月，归部尽先选用。

六品衔升缺后补用县丞甘肃成县典史戴光坫，请仍以县丞遇缺即补。

浙江补用府税课司大使严受田，请以原班仍留原省，归候补班前，尽先补用。

廪生欧豫，请以州学正不论双单月，归部尽先选用。

候选教谕李长檀，请以本班不论双单月，遇缺尽先前即选。

选用训导陆云锦，请赏加国子监典簿衔。

候选训导舒昭晋，请以本班尽先前遇缺选用。

岁贡生注册选用训导王芝荣，廪生张华焱、申锡光、赵重华、齐敦元、任兆钧、陈启鉴、安思敬、饶应祚，增生袁之瀛。以上十员，均请以训导归部不论双单月，尽先选用。

六品翎项选用巡检王润生，选用巡检陶峙衡、李廷晳、李泽沛、舒鼎、甘铭鼎、张冀成、张绍伯、萧贻淦、周洪炁、万鹏程、甘应龙，选用从九品汤秀芳、张秉赤、袁简、杨庆蕃、谭华元、钟岳灵、傅博儒、曾兴宇、杨芳甲、孙潭，选用从九品未入流廖永鳌，选用典史刘逢甲、魏昌炽。以上二十五员，均请俟选缺后，以主簿补用。

留陕补用州吏目魏纪兰，分省补用巡检萧贻昺，留甘补用从九品胡润成，江苏补用从九品魏涛，分省补用从九品曹文昭、赵永普、黄傅湛，分省补用未入流孙政达，广西试用典史陈元勋，分省补用典史首书田。以上十员，均请俟补缺后，以主簿补用。

附生余鼎煌，请以县主簿不论双单月，遇缺即选。

选用典史蔡恭，选用未入流黄海清。以上二员，均请俟选缺后，以巡检补用。

选用从九品陈瀛，请仍以从九品尽先前选用。

从九品职衔刘炳炎，请赏给从九品封典。

附生赵凤章、曾荣圭。以上二员，均请以州吏目不论双单月，归部尽先选用。

从九职衔周树基，监生梁耆云、陈炳、王文奇，文童沈永清、刘宗炽。以上六员，均请以巡检不论双单月，归部尽先选用。

选用未入流谭古道、李雨龙、徐明修、葛熙烈，从九职衔李芾云、夏维藩、黄钟、陈绍棠、杜佐兴、毛国钧、陈安策、张应选、杨秉廉、黄承彝、王镒、吴绍璘、曾毓瑜、夏炳勋、王焜、余鼎焜、李兴旋、刘文训、何生桂、彭名甲、袁黻章、彭英杰，附生谭春恩、周泽盛，监生蒋草尧，文童张培滋、汤海恩、林希涛、张兴怡、刘然开、龙友爰、龙世瓌、刘献钊、杨敦濬、盛卓、杨亦纯、王道成、邵植棠、彭绍隆、蒋炳堃、萧福亭、邹进德、陈国墀、龙庆昌、宋绍焜、欧阳振鳌、苟书仓、唐棣、杨宗震、龙邦杰、张世谦、谢沛霖、李邦瀚、刘崇恩、魏荣显、张云枢、龙知镛、曾毓鹤、曾石渠、曾瑞龄、康秉均、汤聘衡、刘显宦、卫来泰、王运钧、陈傅谟、韩昌炽、杨承泽、余良佐、谭维翰、黄仁沅、谭绩、谭伟云。以上七十七员，均请以从九品不论双单月，尽先选用。

吏员张在兹，文童谢典邑、张金瑞、杨焱、恩未煐、杨炳煊、张鹤龄、曾广铭、姚家昺、姚继尧、徐宗海、雷象贤、张开泰、雷进贤、罗正濬、李摹荣、王之光。以上十七员，均请以典史不论双单月，归部选用。

（朱批：）览。[1]

---

[1]中国第一历史档案馆藏：《单》，档号：03-5261-041。

0130. 呈新疆城工出力武职员弁清单

光绪十五年十二月十八日（1890年1月8日）

谨将甘肃新疆城工在事出力择尤拟保武职员弁，缮具清单，恭呈御览。

计开

头品顶戴记名提督札福孔阿巴图鲁汤彦和，头品顶戴题奏提督额腾额巴图鲁曾松明，头品顶戴记名提督二等轻车都尉伯奇巴图鲁黄万鹏，头品顶戴记名提督骑都尉世职巴克坦巴图鲁萧元亨，头品顶戴记名提督霍罗奇巴图鲁胡义和，头品顶戴记名提督阿尔杭阿巴图鲁喻先达，头品顶戴留陕甘题奏提督阿克丹巴图鲁汤秀斋，头品顶戴记名提督勒尔金巴图鲁李克常。以上八员，均请交部从优议叙。

头品顶戴记名提督额尔德蒙额巴图鲁赵实林，头品顶戴记名提督奇臣巴图鲁张宗本，头品顶戴记名提督伯清额巴图鲁潘凤翔，头品顶戴记名提督绷僧额巴图鲁宋贤声，头品顶戴记名提督额腾依巴图鲁苏贵兴，记名提督喀喇崇依巴图鲁余占魁，记名提督花尚阿巴图鲁宋有贵，记名遇缺尽先前题奏提督乌拉星额巴图鲁戴富臣，记名提督劲勇巴图鲁陈国明，记名提督色拉谨巴图鲁张复良，记名提督霍罗奇巴图鲁汤咏山，奏留甘肃新疆尽先补用提督讷奇欣巴图鲁颜昌灿，头品顶戴提督衔留浙江补用总兵业普肯巴图鲁徐万福，提督衔记名总兵兴僧额巴图鲁谭用宾，记名提督壮勇巴图鲁马心胜，记名提督利勇巴图鲁牛允诚，记名提督力勇巴图鲁王允功，记名提督振勇巴图鲁李玉山。以上十八员，均请交部议叙。

头品顶戴记名提督讷齐欣巴图鲁杜锡斌，头品顶戴陕甘委用提督年常阿巴图鲁张怀玉，记名提督腾奇初克巴图鲁罗平安，记名提督苏彰阿巴图鲁张云辉，记名提督年常阿巴图鲁杨先胜，记名提督珠尔杭阿巴图鲁李万明，记名提督刘永泰，提督衔记名总兵霍钦巴图鲁林语，提督衔记名总兵爽勇巴图鲁朱德和，提督衔留甘尽先补用总兵才勇巴图鲁邹冠群。以上十员，均请赏给正一品封典。

改留新疆题奏提督讲阿巴图鲁万胜常，记名提督琫武巴图鲁彭祯祥，记名提督年昌阿巴图鲁沈宝堂，记名提督芬臣巴图鲁周添才，留甘尽先补用总兵阿克丹巴图鲁张清和。以上五员，均请赏给头品顶戴。

头品顶戴记名总兵霍隆武巴图鲁田九福，提督衔记名总兵精济巴图鲁赵有正，提督衔题奏总兵穆特本巴图鲁何有道，提督衔记名总兵年长阿巴图鲁禹中海，提督衔记名总兵杨勇巴图鲁彭秀文，提督衔记名总兵唐华光，记名总兵喀崇依巴图鲁杨德俊，记名总兵西林巴图鲁刘高汉，改留新疆补用总兵长勇巴图鲁杨鹤皋，改留新疆补用总兵劼勇巴图鲁谷振杰。以上十员，均请俟补总兵缺后，以提督尽先补用。

记名遇缺尽先题奏总兵博卿额巴图鲁查春华，记名总兵花尚阿巴图鲁余福章，记名总兵哈西巴图鲁贺光南，记名总兵资勇巴图鲁谭正南，记名总兵义勇巴图鲁何光田，留陕甘遇缺题奏总兵懋勇巴图鲁蔡义兴，奏留陕甘补用总兵勤勇巴图鲁王文安，尽先补用总兵劼勇巴图鲁周惟翔，尽先补用总兵彰勇巴图鲁周良骥，记名总兵刘忠亮，推补总兵贺福春，补用总兵舒万胜。以上十二员，均请赏加提督衔。

花翎总兵衔尽先推补副将阿克敦巴图鲁李清海，花翎总兵衔留甘尽先即补副将倭协春巴图鲁李金良，花翎总兵衔尽先补用副将胡松额巴图鲁焦大聚，花翎总兵衔留湖南尽先补用副将诚勇巴图鲁谭其祥，花翎总兵衔留江西尽先补用副将效勇巴图鲁周陞朝，花翎总兵衔尽先补用副将揆勇巴图鲁沈义堂，花翎二品顶戴留陕甘尽先补用副将锐勇巴图鲁贾永清，花翎二品顶戴留陕甘尽先补用副将卓勇巴图鲁薛成德，花翎总兵衔留陕甘尽先补用副将蓝胜和，花翎总兵衔留甘尽先补用副将董大荣，花翎总兵衔留甘尽先推补副将刘有成，花翎总兵衔留陕遇缺尽先补用副将蒋云龙，花翎刘陕甘遇缺推补副将坚勇巴图鲁赵达元，花翎留甘遇缺尽先推补副将依博德恩巴图鲁徐积诚，花翎尽先推补副将才勇巴图鲁熊福堂，花翎尽先补用副将超勇巴图鲁许明耀，花翎留陕甘尽先补用副将李昌照，花翎尽先补用副将刘合春、朱明山、陈国富、张天有，蓝翎尽先补用副将王凤臣。以上二十二员，均请俟补副将遇缺后，以总兵尽先补用。

记名总兵纳清额巴图鲁吴首怀，花翎总兵衔遇缺尽先推补副将确勇巴图鲁米汉璋，花翎总兵衔尽先补用副将赵辉春，花翎留甘尽先补用副将敏勇巴图鲁张毓灵，花翎尽先补用副将伟勇巴图鲁杨其祥，花翎留陕甘遇缺尽先推补副将余洪顺，花翎留甘尽先补用副将谭得胜、谢阶兰、杨得功，花翎尽先推补副将刘明辉，花翎尽先补用副将徐广学，花翎副将衔归湖广督标遇缺即补参将何官佑，蓝翎副将衔留陕甘遇缺尽先推补参将叶福祥，花翎副将衔尽先补用参将江镜堂，花翎副将衔尽先推补参将孔嘉宾、胡金田，花翎副将衔留陕甘督标尽先即补游击姚雁凌。以上十七员，均请赏给正二品封典。

花翎补缺后总兵用留甘尽先推补副将巴克坦巴图鲁王定德，花翎总兵衔尽先推补副将制勇巴图鲁熊正国，花翎尽先推补副将力勇巴图鲁徐耀南，花翎尽先推补副将悍勇巴图鲁徐光斗，花翎尽先补用副将劲勇巴图鲁方庆瑞，花翎尽先补用副将周汉臣，花翎尽先推补副将万先益，花翎副将衔归山东抚标尽先补用参将胡三元，花翎副将衔留湖南补用参将余星魁。以上九员，均请赏给二品封典。

花翎尽先补用副将恒祥，花翎留陕甘尽先补用副将质勇巴图鲁徐丕先，花翎留甘尽先补用副将业铿额巴图鲁郝忠裔，花翎留陕尽先推补副将健勇巴图鲁黄泽忠，花翎尽先补用副将超勇巴图鲁赵兴骥，花翎留陕甘尽先补用副将彭桂馥、牟春阳，花翎留甘尽先补用副将李兰桂，花翎尽先推补副将李金全，奏留甘肃新疆副将用尽先补用游击恒勇巴图鲁陈文英。以上十员，均请赏加总兵衔。

花翎二品顶戴留甘尽先前推补参将谋勇巴图鲁陈东旸，花翎二品顶戴尽先补用参将慎勇巴图鲁汤廷干，花翎副将衔尽先推补参将勉勇巴图鲁苏正德，花翎副将衔尽先补用参将便勇巴图鲁徐春先，花翎副将衔尽先补用参将识勇巴图鲁陈木林，花翎副将衔尽先补用参将育勇巴图鲁张宗文，花翎副将衔尽先补用参将彪勇巴图鲁谭发青，花翎副将衔留陕甘尽先推补参将张吉飞，花翎副将衔留甘尽先即补参将张合安，花翎副将衔留甘尽先补用参将谭楚南，花翎副将衔留甘补用参将罗立堂，花翎副将衔尽先补用参将刘显福、符克复、罗桂堂、李有仓、徐凤高、朱祥胜、赵明祥、陈定魁、曾春祥、徐文秀，花翎尽先补用参将祥勇巴图鲁贺福祥，花翎尽先补用参将固勇巴图鲁陈玉亭，花翎留两江督标尽先即补参将顾怀福，花翎留陕西尽先补用参将任春光，花翎留甘尽先前推补参将谢典礼，花翎留甘尽先补用参将文福基，花翎尽先补用参将裴傅明、赵得福、易道生、周元吉、韩国禧、张春林、周遇贵、朱鸿飞，蓝翎留湖南抚标遇缺尽先推补参将承袭骑都尉陈黄喆。以上三十六员，均请俟补参将缺后，以副将尽先推补。

花翎补用副将留甘尽先补用参将勋勇巴图鲁陶廷相，花翎留浙江归标尽先补用参将盛勇巴图鲁章寿田，花翎尽先补用参将懋勇巴图鲁王桂林，花翎尽先补用参将勉勇巴图鲁杨大鹏，花翎留甘尽先补用参将杨友成、丁万发，蓝翎留甘尽先补用参将邹玉祥，花翎尽先补用参将戴有元、叶财保，花翎尽先推补参将周洪顺。以上十员，均请赏加副将衔。

花翎补缺后补用参将尽先补用游击刘得胜，请赏加二品衔。

蓝翎参将衔留甘尽先补用游击龙玉堂，花翎留陕尽先补用游击孚勇巴图鲁陈以林，花翎尽先补用游击敢勇巴图鲁吕方仁。以上三员，均请赏给二品顶戴。

花翎尽先推补参将刘奏凯，花翎留甘尽先补用游击汤昭泽，花翎尽先补用游击刘得胜。以上三员，均请赏给三品封典。

巴里坤驻防满营正红旗佐领多贵，请俟补佐领缺后，以协领用。

二品顶戴奏留新疆尽先补用游击武勇巴图鲁廖克明，花翎副将衔留陕甘尽先补用游击刘克俊，花翎副将衔尽先补用游击陈光前，花翎参将衔尽先补用游击著勇巴图鲁周得金，花翎参将衔尽先补用游击严勇巴图鲁张大林，花翎参将衔留陕西尽先补用游击杨全甫，花翎参将衔尽先补用游击谢复胜、孙友义、李成林、周义胜、湛东海、王万生、胡清和、陈澍霖、童明才、成海春、蓝德清，花翎尽先补用游击世袭骑都尉兼一云骑尉杨光初，花翎尽先补用游击励勇巴图鲁朱克照，花翎留川尽先前补用游击刘和顺，花翎留川尽先补用游击徐承元，花翎留陕尽先即补游击李万清，花翎留甘尽先补用游击汤东陞、刘邦祯，花翎尽先推补游击刘宗清、李喜恩、薛蕴华、姚炳义，花翎尽先补用游击陈邦贤、罗瑞廷、杨德发、丁国春、郭明扬、李炳正、米义胜、邓生春、董南斌、张广吉、黎春胜、胡洪湘、张明福，蓝翎尽先补用游击赵三魁，尽先补用游击程万松。以上四十三员，均请俟补游击缺后，以参将尽先补用。

花翎留江西尽先补用游击朱干臣，花翎留甘尽先补用游击盛德隆，蓝翎留甘尽先补用游击王连陞、唐国光，花翎尽先补用游击刘万胜、刘人代、喻先选、康春贵、陆连春。以上九员，均请赏加参将衔。

花翎游击衔留浙江归标尽先补用都司何震珊，请俟补都司缺后，以游击仍留浙江，归标尽先补用。

花翎游击衔陕甘尽先即补都司陈登魁，花翎游击衔留甘尽先补用都司孙凤福，花翎游击衔尽先补用都司辜荣义、向得贵、蒋光陞、陈明胜，花翎游击衔补用都司喻东成，蓝翎游击衔尽先补用都司邓世英、刘吉霖、戴富林，蓝翎游击衔补用都司杨洪春，花翎留川遇缺尽先补用都司李逢滨，花翎留陕甘尽先补用都司何振元、谭春林、彭寿春、邹凌云、丁忠辉，花翎留甘尽先补用都司谭桂荣、宋德昌、杨柏材、陶立忠，花翎奏留甘肃新疆尽先补用都司张鸿畴，花翎尽先即补都司熊正辅，花翎尽先补用都司曹喜、蒋述堂、胡明隆、谭尧钦、廖玉贵、马茂森、谈焦祺、谭福卿、钟玉声、盛思义、刘添清、李贵春、萧福春、谭迪安、彭仁和、苏永发、杨万全、倪鸿章、汤仁泽、贺得云、陈泗海、王振海、虎进元、袁寿全、彭仕英、贾云龙、徐茂林、秦春鸣，花翎尽先推补都司张守祥、石光贤，蓝翎尽先补用都司许华高、王开泰、王槐庭、刘清和、谭竹林、邹国梁、王义和、萧有勋、徐忠贵、冯嘉宾、蒋富仁，花翎补用都司陶定邦、周福连、萧桂轩、刘成仁、邓春华，蓝翎即补都司黄清龙，蓝翎补用都司张贵清、蒋光富、胥文林，留甘补用都司冯家禧，尽先补用都司刘继堂，补用都司严德清。以上七十六员，均请俟补都司缺后，以游击尽先补用。

花翎留陕甘补用都司汤仁泽，花翎留陕尽先补用都司万胜彪，蓝翎留陕甘尽先补用都司钟海澜，花翎尽先补用都司张九龄、胡潜龙、周祯祥、汤成明、何桂林、陈希贤，花翎补用都司王定彪，蓝翎尽先补用都司李定佩、刘春廷、张文华、王定陞，尽先即补都司童资财，补缺后补用都司魏荣斌。以上十六员，均请赏加游击衔。

蓝翎尽先补用佐领即补防御德明，补用佐领即补骁骑校保亮。以上二员，均请俟佐领得缺后，以协领补用。

花翎尽先即补防御金文布，蓝翎尽先补用防御克兴布。以上二员，均请俟补缺后，以佐领尽先即补。

花翎都司衔河南归德镇标尽先即补守备曾殿明，花翎都司衔尽先补用守备李建德、何开云、朱楚南，蓝翎都司衔遇缺尽先前即补守备宋继唐，蓝翎补用都司尽先补用守备周申吾，蓝翎都司衔补用卫守备聂锡庚，蓝翎都司衔留陕甘补用守备王殿斌、严宝泰，蓝翎都司衔留陕尽先补用守备秦得林，蓝翎都司衔尽先补用守备王生举、周桂斋、贺彩云、萧得益、连广财、严上桢、陈盈庭、刘廷杰、江连陞，都司衔尽先补用守备孙庆麟、刘琦，陕甘督标补用营守备张全信，花翎留陕甘督标尽先补用守备徐彪、曾秉一，花翎留甘尽先补用守备何亨发，蓝翎留甘尽先补用守备罗俊杰，花翎尽先补用守备徐瑞海、李瑞标、王鹤鸣、孙得荫、王明、张秉彝、谢长胜、姚王林、张行志、李得芳、杨国栋、武克昌、张从福、赵康蒲、复兴、易长松、吕凤祥、潘开胜、王义春、李世洪、王春森、李玉林、李建唐、甘正洪、宋勋臣、李春和、钟华美、王筱堂、刘维顺、王席珍，蓝翎遇缺尽先前即补守备贾海山、徐炳金、许海潮，蓝翎尽先前补用守备蔡廷栋，蓝翎尽先补用守备侯锡明、贺碧云、张云舫、刘福春、范凤鸣、胡得贵、曾得一、丁忠尉、钟春和、禹中明、禹庆祥、成希仁、邹高陞、李贵全、方三义、周桂林、胡盈庭、张新明、李明贵、张鹏举、柳逢春、张继元、袁惠霖，花翎补用守备何生科、胡兰桂，留陕甘尽先补用守备姚傅州，尽先补用守备余本学、黄承恩、马河图，尽先拔补守备唐有先，蓝翎补用守备杨达元，留闽尽先补用守备云骑尉世职杨让梨。以上九十二员，均请俟补守备缺后，以都司尽先补用。

花翎留陕甘补用守备谭成璋，蓝翎留甘尽先补用守备李少鸿，花翎尽先补用守备成召勋、董寿廷、汤澍春、张学保、张少堂、彭镇湘，蓝翎尽先即补守备廖德华，蓝翎尽先补用守备张庚荣、侯成銮、陈松青、邵树棠、李楚德、陈耀彩、杨舫斋、陈同寅、毛仁凤、陈政明、黄得胜、陈得贵，蓝翎补用守备向亿胜，尽先补用守备李栋，尽先拔补守备喻仕轩，补缺后补用守备尽先拔补千总张贤楚，千总补缺后补用守备张钟，蓝翎守备用补用千总萧世禧，守备用尽先补用千总魏献廷，蓝翎尽先拔补千总朱玉升。以上二十九员名，均请赏加都司衔。

花翎尽先补用守备刘春华，请赏给正五品封典。

蓝翎五品顶戴尽先拔补骁骑校萨英阿、达秀，五品顶戴即补骁骑校景文。以上三员，均请俟补缺后，以防御尽先即补。

蓝翎选用守御所千总蔡有元，请俟选缺后，以卫守备尽先补用。

陕西补用守备段彦彪，请以本班尽先前即补。

蓝翎尽先拔补守御所千总王会祥，花翎守备衔留固原提标尽先拔补千总曹赞，花翎守备衔留甘尽先拔补千总符名扬，花翎守备衔尽先拔补千总张猷、何作舟、贺馥翘、龙尚恢、江培源、朱荣梧，花翎守备衔补用千总徐明星，五品花翎归陕西固原提标尽先拔补千总陈光玉，五品花翎留甘尽先拔补千总吕克举，蓝翎守备衔归湖广督标尽先拔补千总成勋，蓝翎守备衔尽先补用千总李祯祥，蓝翎守备衔尽先拔补千总李全林、许绍堂、潘云琪、赵耀南、王勋亮、周承发、吴雪颜、方澍东、陈宗方、汤绍农、廖正科、朱光来、张福胜、罗新扬、向兴发、王大兴、刘瑞才、王福胜、谭日升、杨作霖、李才保、彭连捷、刘长清、赵汉武、罗云乔、萧延福、李虞徽、段辉胜、郑吉庆、王腾龙、李元藻、张启发、任永陞、潘文耀，守备衔尽先补用千总罗腾蛟，蓝翎守备衔即补营千总陈国瑛，五品花翎尽先拔补千总王永胜，守备衔尽先拔补千总李蛟、朱瑞峰、王广山、何满仓、杨崇基，蓝翎留甘尽先拔补千总汪介芳、杨得，蓝翎遇缺尽先前即补千总徐启朝，五品蓝翎尽先拔补千总张禄，蓝翎归标尽先拔补千总曹福成、彭义山、张得林、陈嘉全、朱全增、周培发、陈永富、景开发、王纯嘏，蓝翎尽先拔补千总杨生润、王义丰、汤懋南、朱正芳、张傅胜、王庆春、胡泳溪、蒋玉堂、柯春山、洪福胜、贺本立、萧玉光、王种香、伍如海、张发棠、汤新甲、谭光普、张宇高、金玉章、朱得名、王树亭、王占魁、陈凤寰、戴高陞、万星平、蓝汉卿、谭国卿、张永祺、樊宝臣、陈赞有、何占元、欧阳贞、李云龙、王得成、赵应隆、李生莲、钟孔怀、沈祥和、易有山、余彩畴、杨连发、高挹群、石庆良、罗扬兴、刘全福、何长发、徐彩元、杨彦魁、刘万明、张凤桐、张春和、文群立、张翔、冯汝奇、徐炳礼、宋明山、阎发俊、宋登云、陈金山、康成林、邓福祥、张桂山、张维楚、康福有、胡文绣、黄春秀、郑春荣、杨春华、曾毓球、王百亮、张贵义、梅盛杰、沈瑚、王荣、刘济卿、吴延龄，拣选营卫千总陈受封，蓝翎拔补千总游胜发、喻得义，尽先拔补千总杨定荣、刘春云、吴定启、李进禄、马占奇、汤彩华、戴彤云、易国祥、蓝贞平、郑芝元、施占元、傅德俊、李咏春、黄国馨、袁晖全、马玉春、张履升，拔补千总任殿魁、龙浩、杨柏林、刘大垣、刘印南、丁祥和，蓝翎补缺后补用千总尽先拔补把总陈有举、李肇安，补缺后拔补千总尽先拔补把总符佩芝。以上一百七十四员名，均请俟补千总缺后，以守备尽先拔补。

蓝翎补缺后补用守备尽先拔补千总萧傅科、钟玉声，补缺后补用守备尽先拔补千总葛承恩，蓝翎留陕甘督标尽先拔补千总李润，蓝翎留四川尽先拔补千总姚国顺，蓝翎尽先拔补千总杨秀春、段贵、蒋其忠、李天保、凤来仪、冯寿山，蓝翎尽先拔补把总卢家训，补缺后拔补千总尽先拔补把总黄毓英。以上十三员，均请赏加守备衔。

（朱批：）览。[①]

0131. 请以陶生林借补莎车协营副将折

光绪十五年十二月十八日（1890 年 1 月 8 日）

头品顶戴护理甘肃新疆巡抚新疆布政使臣魏光焘跪奏，为拣员借补副将要缺，以重边防，恭折仰祈圣鉴事。

窃新设喀什噶尔提属莎车协营副将员缺，业经奏准作为题缺，应即遴员请补，以专责成。该处汛地辽阔，紧与爱乌罕各部毗连，巡防弹压，在在关重，非练达有为之员，难资得力。查有头品顶戴陕甘遇缺题奏提督现署该协营副将叶铿额巴图鲁陶生林，老成

①中国第一历史档案馆藏：《单》，档号：03-5261-042。

练达，晓畅戎机，历在新疆带队，边情极为熟悉，署任以来，遇事均能认真，以之借补斯缺，洵堪胜任。合无仰恳天恩俯准以该员借补莎车协营副将员缺，实于营伍有裨。如蒙俞允，并恳敕部先给署札，俟防务大定，照例给咨送部引见。

除饬取履历咨部外，谨会同陕甘总督臣杨昌濬、喀什噶尔提督臣谭上连，恭折具陈。伏乞皇上圣鉴训示。谨奏。光绪十五年十二月十八日。

(朱批：) 兵部议奏。①

光绪十六年正月二十三日，奉朱批：兵部议奏。钦此。②

0132. 请以江遇璞借补喀喇沙尔同知折

光绪十五年十二月十八日（1890 年 1 月 8 日）

头品顶戴护理甘肃新疆巡抚新疆布政使臣魏光焘跪奏，为拣员请补要缺同知，以重地方，恭折仰祈圣鉴事。

窃据署新疆布政使饶应祺、镇迪道兼按察使衔恩纶会详称：喀喇沙尔同知杨廷珍于光绪十五年五月初八日在任闻讣丁忧，应以丁忧本日作为开缺日期，业经详请奏咨在案。所遗喀喇沙尔同知员缺，亟应遴员请补，以重职守。查南路新设各缺，前经抚臣刘锦棠奏准仿照吉林章程，由外拣补一次，以后出缺援照甘肃变通章程办理。查变通章程内开：丞、倅、州、县以及佐杂各要缺，将现任各员按照应升官阶，任内无论有无升案，并是否到任实授，以及历俸、试俸未、经期满各员，择其人地相宜者，一律升调。又，定例：应调缺出，俱令于现任人员内拣选调补，如无合例堪调之员，准以候补人员题补，各等语。

今喀喇沙尔同知系冲、繁、难三项要缺，于通省现任各员内逐加拣选，非现居要缺，即人地不宜。惟查有奏留新疆知府用候

①台北故宫博物院藏：《军机及宫中档》，文献编号：408006661。

②中国第一历史档案馆藏：《录副奏折》，档号：03-5867-034。

补直隶州知州现署温宿直隶州知州江遇璞，年六十五岁，湖北随州人，由监生于同治八年在陕西捐饷局报捐分缺先补用知县，指分江西。嗣投效卓胜军，荡平金积堡贼巢、宁灵肃清案内汇保俟补缺后，以直隶州知州用。十年二月初二日，奉上谕：着照所请。钦此。驻扎秦晋边地防剿三年在事出力案内汇保，以直隶州知州用。是年七月三十日，奉上谕：着照所请。钦此。关陇肃清案内汇保，光绪二年二月初四日奉上谕：直隶州用江西候补知县江遇璞，着赏戴蓝翎。钦此。驻防晋边防剿案内汇保，俟得缺后以知府用，先换顶戴。三年正月三十日奉旨：着照所请。钦此。新疆六载边防案内汇保，十年十月初四日奉上谕：蓝翎知府用江西候补直隶州知州江遇璞，着赏换花翎。钦此。十二年，抚臣刘锦棠奏准留于新疆补用。是年七月，委署喀喇沙尔同知。十四年二月，调署温宿直隶州知州，四月二十日接印任事。

查该员江遇璞老成练达，勤政爱民，在新疆年久，土俗、边情最为熟悉，历在署任筹办一切，诸臻妥协，舆情亦极爱戴，以之请补斯缺，实堪胜任，虽以直隶州知州借补同知，于例稍有未符。惟新疆各班人少，情形不同，而边缺紧要，尤须因地择人，以资治理等情。详请具奏前来。

臣查该员政勤守洁，深惬舆情，合无仰恳天恩俯念要缺需员，准以奏留新疆知府用候补直隶州知州江遇璞，借补喀喇沙尔同知，洵于地方有裨。如蒙俞允，俟奉部覆，给咨送部引见，以符定例。是否有当，谨会同陕甘总督臣杨昌濬，恭折具陈。伏乞皇上圣鉴训示。再，该员署任内并无参罚案件。合并声明。谨奏。光绪十五年十二月十八日。

（朱批：）吏部议奏。[①]

光绪十六年正月二十三日，奉朱批：吏部议奏。钦此。[②]

---

①台北故宫博物院藏：《军机及宫中档》，文献编号：408006663。

②中国第一历史档案馆藏：《录副奏折》，档号：03-5260-094。

0133. 提督谭上连等卓著勤劳请奖片

光绪十五年十二月十八日（1890 年 1 月 8 日）

再，新疆城署各工，各路统将之在事出力者，均经臣汇单奏请奖叙。此外喀什噶尔提督谭上连、阿克苏镇总兵董福祥[①]、调补伊犁镇总兵张俊等，在事最久，卓著勤劳，惟系实任专阃大员，应如何优给奖叙之处，出自圣裁。谨会同陕甘总督臣杨昌濬，附片陈明。伏乞圣鉴训示。谨奏。

光绪十六年二月初十日，奉朱批：览。钦此。[②]

【案】此奏片之具奏日期，录副目录以朱批日期即“光绪十六年二月初十日”为之，未确。查《随手档》[③]“朱批魏光焘折”，即有此片。据同批折件推断，此片具奏日期当为“光绪十八年十二月十八日”无疑。兹据校正。

0134. 奏报新疆各营局义学实在数目折

光绪十五年十二月十九日（1890 年 1 月 9 日）

头品顶戴护理甘肃新疆巡抚新疆布政使臣魏光焘跪奏，为新疆防营员弁勇丁及各台局、义学，自光绪十五年正月初一日起至

---

①董福祥（1839—1908），字星五，甘肃平凉府固原州（宁夏固原）人。同治元年（1862），率众抗清，为刘松山击败，投清。所部改编为董字三营，先后从刘松山等剿办西北民变，保提督。光绪元年（1875），进兵新疆，以收复乌鲁木齐等地及平定南疆功，加云骑尉、骑都尉世职，授阿尔杭阿巴图鲁勇号。十二年（1886），经刘锦棠奏请，补阿克苏总兵。十六年（1890），擢喀什噶尔提督。二十年（1894），晋尚书衔。二十二年（1896），调补甘肃提督，赏太子少保衔。二十六年（1900），授随扈大臣。宣统元年（1908），卒于甘肃。

②中国第一历史档案馆藏：《录副奏片》，档号：03-5867-087。

③中国第一历史档案馆藏：《军机处随手登记档》，文献编号：03-0264-1-1216-037。

六月底止实在数目，分别缮具清单，奏明立案，恭折仰祈圣鉴事。

窃新疆马步营旗、炮队、台局、义学截至光绪十四年十二月底止实在数目，前经分别奏咨在案。兹据新疆粮台详称：自十五年三月起，遵照奏定标营章程，挑募马队一旗、步队一营。又，十五年三月底止，裁减马队一旗、步队一旗。通截至十五年六月底止，实存马步七十六营旗一哨、开花炮队三哨，共计额设弁勇二万六百六十一员名，额设营、旗、哨官二百九十四员，营书二百一十三名，巡查九十八员，额外火夫、私夫、马夫、车夫四千七百六十三名。其各台局、义学于六月底止并无增减。缮具清单，详请奏咨前来。

臣覆核无异，所有新疆各营、局、义学自光绪十五年正月初一日起至六月底止实在数目，除咨部外，理合缮具清单，恭呈御览。伏乞皇上圣鉴，饬部立案施行。谨奏。光绪十五年十二月十九日。

（朱批：）该部知道，单二件并发。[①]

光绪十六年正月二十七日，奉朱批：该部知道，单二件[②]并发。钦此。[③]

0135. 呈十五年上半年防营官兵清单

光绪十五年十二月十九日（1890 年 1 月 9 日）

谨将新疆驻防马步各营旗员弁勇丁、夫马、炮车数目自光绪十五年正月初一日起至六月底止，缮具四柱清单，恭呈御览。

旧管：光绪十四年十二月底止，实存防军标营饷章马队一营四十旗、步队二十营一十五旗一哨、开花炮队三哨。共计旧存额设营、旗、哨官二百九十三员，旧存额设营书二百一十二名，旧

①台北故宫博物院藏：《军机及宫中档》，文献编号：408006665。

②清单一查无下落，待考。

③中国第一历史档案馆藏：《录副奏折》，档号：03-5755-038。

存额设巡查九十七员，旧存额设弁勇二万五百三十三员名，旧存额外火夫五百八十七名，旧存额外私夫、马夫、车夫四千一百六十四名，旧存额马五千三百七十二匹，旧存炮车一十八辆、车骡四十八头。

新收：光绪十五年三月初一日起，挑募哈密协标左旗马队一旗，遵照标营章程，新添额设旗、哨官三员，新添额设营书二名，新添额设巡查一员，新添额设弁勇一百二十员名，新添额外火夫一十四名，新添额外马夫、私夫七十九名，新添额马一百二十八匹。

光绪十五年四月初一日起，挑募济木萨营步队一营，遵照标营章程，新添额设营、哨官五员，新添额设营书四名，新添额设巡查二员，新添额设弁勇四百八十七员名，新添额外私夫二十八名。

开除：光绪十五年二月底止，裁减巴里坤镇标左营马队一旗，计裁减额设官弁勇丁一百二十六员名，裁减额外火夫十四名，裁减额外马夫、私夫七十九名，裁减额马一百二十八匹。

光绪十五年三月底止，裁减济木萨营步队一旗，计裁减额设官弁勇丁三百六十七员名，裁减额外私夫一十六名。

实在：光绪十五年六月底止，实存防军标营饷章马队一营四十旗、步队二十一营一十四旗一哨、开花炮队三哨。共计实存额设营、旗、哨官二百九十四员，实存额设营书二百一十三名，实存额设巡查九十八员，实存额设弁勇二万六百六十一员名，实存额外火夫五百八十七名，实存额外私夫、马夫、车夫四千一百七十六名，实存额马五千三百七十二匹，实存炮车一十八辆、车骡四十八头。

（朱批：）览。①

①中国第一历史档案馆藏：《单》，档号：03-6026-077。

0136. 奏闻满营随缺亩招种征粮数目折

光绪十五年十二月十九日（1890年1月9日）

头品顶戴护理甘肃新疆巡抚新疆布政使臣魏光焘跪奏，为满营所遗随缺地亩，招户承种，现征额粮数目，恭折具陈，仰祈圣鉴事。

窃查乌鲁木齐满营前由迪化州属拨给随缺熟、荒地二万一千余亩，上年该营迁并古城，当经抚臣刘锦棠行司转饬迪化县将前项地亩接收招户承种，奏明在案。兹据署布政使饶应祺详称：该县于光绪十四年接收满营熟、荒地二万一千四百二十二亩七分，十五年招安二百九户半，承种上等熟地四千六百三十四亩二分、中等熟地四千九百一十三亩四分、下等熟地六千七百二十七亩五分，共计上、中、下三等熟地一万六千二百七十五亩一分。照章上地每亩征粮七升、中地四升、下地三升，共应征粮七百二十二石七斗五升五合。即自十五年起归入该县额粮项下，征收造报。下余荒地五千一百五十一亩一分，均系碱滩，户民多不愿种。俟续行招垦，另将应完粮数具报等情。前来。

臣覆核无异，除将现征额粮清册咨部查核外，谨会同陕甘督臣杨昌濬，恭折具陈。伏乞皇上圣鉴，饬部立案施行。谨奏。光绪十五年十二月十九日。

（朱批：）户部知道。①

光绪十六年正月二十七日，奉朱批：户部知道。钦此。②

---

①台北故宫博物院藏：《军机及宫中档》，文献编号：408006666。

②中国第一历史档案馆藏：《录副奏折》，档号：03-6234-017，03-6234-018。

0137. 奏报同知业已迁移城内情形片

光绪十五年十二月十九日（1890年1月9日）

再，库尔喀喇乌苏旧设粮员，兵燹后，城垣倒塌，暂驻西湖。光绪十一年，抚臣刘锦棠奏准改设抚民同知，仍就西湖暂驻。本年，经臣饬将库尔喀喇乌苏旧治城垣估计经费，奏请兴修，并饬就该城遗存营房稍行修补，暂为同知、照磨办公处所，以备移驻而资治理。兹据署布政使饶应祺、镇迪道兼按察使衔恩纶详：据署库尔喀喇乌苏同知周鼎铭申称：该同知业于五月二十六日率同照磨，迁移城内等情。转请奏咨前来。

臣覆核无异，除应修衙署各工另行查明办理外，谨会同陕甘总督臣杨昌濬，附片陈明。伏乞圣鉴，饬部立案施行。谨奏。

（朱批：）该部知道。[①]

光绪十六年正月二十七日，奉朱批：该部知道。钦此。[②]

---

①台北故宫博物院藏：《军机及宫中档》，文献编号：408006666-0-B。

②中国第一历史档案馆藏：《录副奏片》，档号：03-7158-007。

光绪十六年（1890）

0138. 恭报十五年九月雨雪粮价情形折

光绪十六年正月二十六日（1890年2月15日）

头品顶戴护理甘肃新疆巡抚新疆布政使臣魏光焘跪奏，为恭报光绪十五年十月分粮价并得雪情形，谨缮折具陈，仰祈圣鉴事。

窃照光绪十五年九月分各厅州县粮价并得雨雪情形，业经臣奏报在案。兹据署理新疆布政使饶应祺详：十五年十月分，北路奇台得雪，积地五寸；绥来、昌吉、镇西得雪，积地二三寸不等；迪化、阜康、哈密、库尔喀喇乌苏微雪。伊塔道属绥定、宁远微雪，余未得雪。

至通省粮价，吐鲁番、英吉沙尔、昌吉、绥来、宁远、拜城、叶城等厅县俱与上月相同，余均略有增减。汇详请奏前来。

理合恭折具陈，并缮粮价清单，敬呈御览。伏乞皇上圣鉴。谨奏。光绪十六年正月二十六日。

（朱批：）知道了。①

光绪十六年闰二月初四日，奉朱批：知道了。钦此。②

---

①台北故宫博物院藏：《军机及宫中档》，文献编号：408006668。

②中国第一历史档案馆藏：《录副奏折》，档号：03-6887-006。

0139. 呈新疆光绪十五年十月分粮价清单

光绪十六年正月二十六日（1890 年 2 月 15 日）

谨将新疆各属光绪十五年十月分米粮时估价值，缮具清单，恭呈御览。

计开十月分

镇迪道属

迪化县：大米每京石价银二两九钱六分，较上月减六钱三分四厘。小麦每京石价银一两六分一厘，较上月减二钱八分三厘。莞豆每京石价银一两一钱五分二厘，较上月减二钱一分六厘。青稞每京石价银七钱五分九厘，较上月减二钱七分六厘。

昌吉县：大米每京石价银一两九钱八分二厘，小麦每京石价银八钱四分二厘，莞豆每京石价银九钱九分，青稞每京石价银八钱七分五厘，俱与上月相同。

阜康县：粟米每京石价银九钱五分五厘，小麦每京石价银九钱九分，俱与上月相同。莞豆每京石价银一两六分一厘，较上月增二钱一分二厘。高粱每京石价银五钱三分，与上月相同。

绥来县：大米每京石价银一两七钱七分，小麦每京石价银八钱五分五厘，莞豆每京石价银九钱二分一厘，高粱每京石价银五钱六分三厘，俱与上月相同。

奇台县：大米每京石价银二两五钱八分九厘，较上月增一钱七分三厘。小麦每京石价银七钱七分八厘，莞豆每京石价银七钱二分五厘，俱与上月相同。

镇西直隶厅：小麦每京石价银一两五钱，较上月减八分。莞豆每京石价银一两五钱一分，较上月减二钱。青稞每京石价银九钱二分，较上月减八分。

吐鲁番厅：小麦每京石价银一两四分四厘，大麦每京石价银五钱六分，高粱每京石价银五钱五分七厘，黄豆每京石价银一两四钱九分三厘，俱与上月相同。

哈密厅：粟米每京石价银一两四钱四分，与上月相同。小麦每京石价银一两一钱七分三厘，较上月减八分二厘。莞豆每京石价银一两四钱一分一厘，青稞每京石价银八钱二分二厘，俱与上月相同。

库尔喀喇乌苏厅：小麦每京石价银一两二钱，较上月增七分。高粱每京石价银七钱八分一厘，较上月增一钱七分八厘。莞豆每京石价银一两四钱二分八厘，较上月增一钱七分八厘。

伊塔道属

绥定县：大米每京石价银三两二钱五分六厘，较上月减五钱六分九厘。小麦每京石价银九钱六分六厘，莞豆每京石价银九钱八分七厘，俱与上月相同。大麦每京石价银七钱九分一厘，较上月增一厘。

宁远县：大米每京石价银三两二钱五分六厘，小麦每京石价银八钱九分七厘，大麦每京石价银五钱八分八厘，莞豆每京石价银一两八厘，俱与上月相同。

阿克苏道属

温宿直隶州：大米每京石价银一两二钱一分六厘，较上月增三钱四厘。小麦每京石价银五钱五分二厘，较上月增六分九厘。大麦每京石价银三钱，与上月相同。包谷每京石价银五钱四分四厘，较上月增二钱四厘。

拜城县：小麦每京石价银三钱九分，大麦每京石价银一钱八分，莞豆每京石价银二钱六分，包谷每京石价银二钱六分，俱与上月相同。

喀喇沙尔直隶厅：大米每京石价银一两九钱二分四厘，小麦每京石价银六钱九分，莞豆每京石价银七钱二分，俱与上月相同。包谷每京石价银五钱二分，较上月增八厘。

库车直隶厅：大米每京石价银一两七钱，小麦每京石价银四钱七分，俱与上月相同。莞豆每京石价银三钱一分，较上月增一分。包谷每京石价银三钱二分，较上月增二分。

乌什直隶厅：大米每京石价银一两七钱二分八厘，较上月减一钱六分四厘。小麦每京石价银五钱五分四厘，较上月减六分六厘。大麦每京石价银二钱五分六厘，较上月减四分三厘。包谷每京石价银五钱一分，较上月减七分九厘。

喀什噶尔道属

疏勒直隶州：大米每京石价银三两，较上月增一钱五分。小麦每京石价银一两一钱四厘，包谷每京石价银七钱六分八厘，高粱每京石价银六钱九分，俱与上月相同。

疏附县：大米每京石价银三两，较上月增一钱五分。小麦每京石价银一两一钱四厘，包谷每京石价银八钱四厘，高粱每京石价银六钱九分，俱与上月相同。

莎车直隶州：大米每京石价银一两七钱七分六厘，较上月减四钱四分四厘。小麦每京石价银六钱七厘，较上月增一钱九分三厘。大麦每京石价银三钱七分五厘，与上月相同。包谷每京石价银三钱九分六厘，较上月增二分七厘。

叶城县：大米每京石价银二两六钱一分，小麦每京石价银三钱五分，包谷每京石价银二钱八分八厘，青稞每京石价银三钱二分五厘，俱与上月相同。

和阗直隶州：大米每京石价银一两六钱八分，与上月相同。小麦每京石价银八钱八分三厘，较上月增一钱一分一厘。包谷每京石价银五钱一分二厘，青稞每京石价银三钱五分八厘，俱与上月相同。

于阗县：大米每京石价银一两五钱一分八厘，与上月相同。小麦每京石价银八钱九分七厘，较上月增二分六厘。包谷每京石价银六钱四分，与上月相同。

英吉沙尔直隶厅：大米每京石价银三两四分，小麦每京石价银六钱九分，包谷每京石价银五钱三分六厘，大麦每京石价银三钱四分，俱与上月相同。

玛喇巴什厅：大米每京石价银三两七钱，小麦每京石价银八钱二分八厘，俱与上月相同。包谷每京石价银五钱一分二厘，较上月减一钱二分八厘。

（朱批）览。[①]

0140. 奏报阎克俊等均应承袭世职缘由折

光绪十六年正月二十六日（1890年2月15日）

头品顶戴护理甘肃新疆巡抚新疆布政使臣魏光焘跪奏，为世职年已及岁，例应承袭，恭折仰祈圣鉴事。

窃臣据署新疆布政使饶应祺详：据镇西厅同知甘承谟详：准巴里坤镇标中营游击丁连科移称：该镇标左营把总阎作楹，于同治三年九月二十一日在盐池军台被贼伤亡；中营经制外委褚建陞，于同治五年正月二十七日在富家滩打仗阵亡；又，中营把总芮玉、经制外委苏守文，于同治五年十一月初九、十九两日，先后在哈密、柳树泉打仗阵亡。迭由前巴里坤镇总兵何琯具奏，旋经兵部议覆，照阵亡例给云骑尉世职，袭次完时，给予恩骑尉，世袭罔替等因。均奉旨允准钦遵转行各在案。兹查伤亡把总阎作楹之嫡长子阎克俊，现年二十九岁；阵亡经制外委褚建陞之嫡长子褚三俊现年二十五岁，把总芮玉之嫡长子芮生荣现年二十八岁，经制外委苏守文之嫡长子苏忠现年二十五岁，均应请袭云骑尉世职，并无假冒、过继、搀越等弊，造具三代宗图并履历册结，加具印结，移厅核转，由司详请验看具奏前来。

臣覆查该请袭世职阎克俊等，既据署布政使饶应祺详称实系伤亡、阵亡，巴里坤镇标左营把总阎作楹等嫡长子，年已及岁，均应准其承袭。

除将该世职等先行验看，俟奉准部覆后，就近发标学习，准食全俸，扣至三年期满，照例给咨送部引见，并将赍到宗图、履

---

①中国第一历史档案馆藏：《单》，档号：03-6887-007。

历册结分送部、科外，谨会同陕甘总督臣杨昌濬、喀什噶尔提督臣谭上连，恭折具奏。伏乞皇上圣鉴，敕部查照施行。再，此案改题为奏。合并声明。谨奏。光绪十六年正月二十六日。

（朱批：）兵部议奏。①

光绪十六年闰二月初四日，奉朱批：兵部议奏。钦此。②

0141. 戴富臣保案有误请饬更正缘由片

光绪十六年正月二十六日（1890 年 2 月 15 日）

再，臣据尽先补用提督戴富臣禀称：该员由军功历保今职，并经抚臣刘锦棠奏准改留甘肃新疆补用。惟荡平西宁立解府城重围并克复大通县城案内，应以蓝翎尽先拔补千总底衔请保，误由都司请保免补都司以游击留于陕西尽先补用，并换花翎，致漏保守备、都司二级，请附奏递减前来。

臣覆核无异，合无仰恳天恩俯准将荡平西宁案内准保游击并换花翎，改为由蓝翎千总请免补千总，以守备尽先补用，并换花翎；关陇肃清案内准保参将，改为免补守备，以都司尽先补用；克复乌鲁木齐、玛纳斯各城案内准保副将，改为免补都司，以游击尽先补用；攻克达坂城托克逊并会克吐鲁番满汉两城案内准保总兵，改为免补游击以参将尽先补用；克复西四城、新疆南路一律肃清案内准保提督，改为免补参将，以副将尽先补用。饬部逐层递减，以实官阶。至该员五次剿平边寇、六载边防两案准保乌拉星额巴图鲁勇号及赏给一品封典，可否仍照原案注册，均出自逾格鸿施！

除咨部外，谨附片具陈。伏乞圣鉴训示。谨奏。

（朱批：）兵部议奏。③

---

①台北故宫博物院藏：《军机及宫中档》，文献编号：408006667。

②中国第一历史档案馆藏：《录副奏折》，档号：03-5868-012。

③台北故宫博物院藏：《军机及宫中档》，文献编号：408006667-0-A。

光绪十六年闰二月初四日，奉朱批：兵部议奏。钦此。①

【案】此奏片之具奏日期，原件目录署“光绪十六年正月二十六日”，而录副则以朱批日期为之，未确。查光绪十六年闰二月初四日《随手档》②“朱批魏光焘折”，署有“报四百里，正月二十六日发”等字样。据此，原件确无疑。兹据校正。

0142. 潘凤翔等员请留新疆补用缘由片

光绪十六年正月二十六日（1890年2月15日）

再，投效新疆及从前征剿各武员，迭经奏留甘肃新疆补用，并声明俟续查有应行留省之员，再行陈奏，奉旨允准钦遵在案。臣兹查有头品顶戴记名提督伯清额巴图鲁潘凤翔、头品顶戴记名提督霍罗奇巴图鲁胡义和、头品顶戴记名提督额腾依巴图鲁苏贵兴、头品顶戴记名总兵霍隆武巴图鲁田九福、提督衔记名总兵兴僧额巴图鲁谭用宾、副将衔尽先补用参将赵明祥、尽先补用都司谈隽祺等七员，均在新疆叠著战功，边情极为熟悉，合无仰恳天恩俯准将头品顶戴记名提督伯清额巴图鲁潘凤翔等七员，一并以原官原衔留于甘肃新疆尽先补用，于边防、营伍实有裨益。

除饬取该员等履历清册咨部查核，并俟续查有应行留省人员随时奏请外，谨会同陕甘总督臣杨昌濬，附片具奏。伏乞圣鉴训示。谨奏。

（朱批：）着照所请，兵部知道。③

光绪十六年闰二月初四日，奉朱批：着照所请，兵部知道。钦此。④

---

①中国第一历史档案馆藏：《录副奏片》，档号：03-5262-040。

②中国第一历史档案馆藏：《军机处随手登记档》，文献编号：03-0264-1-1216-061。

③台北故宫博物院藏：《军机及宫中档》，文献编号：408006667-0-B。

④中国第一历史档案馆藏：《录副奏片》，档号：03-5868-013。

【案】此奏片之具奏日期，原件目录署“光绪十六年正月二十六日”，而录副则以朱批日期为之，未确。查光绪十六年闰二月初四日《随手档》[①]“朱批魏光焘折”，署有“报四百里，正月二十六日发”等字样。据此，原件确无疑。兹据校正。

0143. 接收伊犁标勇队地方善后事宜等情折

光绪十六年二月十二日（1890年3月2日）

头品顶戴护理甘肃新疆巡抚新疆布政使臣魏光焘跪奏，为接收伊犁镇标勇队、地方善后事宜，并饬实缺总兵赴任，恭折仰祈圣鉴事。

窃照伊犁分隶事宜，前经臣会同将军臣色楞额、总督臣杨昌濬具奏，定期光绪十六年正月，将镇标勇队移交巡抚接管，饷项截至十五年底止，由将军臣清厘，十六年起由抚臣经理等因在案。兹准色楞额将伊犁汉队应隶镇标三千人，咨拨步队一营三旗、马队十一旗，共员弁兵勇二千九百八十九员名，开具饷数清单并地方善后，一并移交前来。

臣当饬现任伊犁镇总兵邓增、署伊塔道英林、署伊犁府知府潘效苏分别接收，并照色楞额单开马步营旗数目，将十六年正、二两月分应需饷银三万八千余两，先行解交邓增，按月发给。其该标营制、饷章及驻扎处所，现饬调补伊犁镇总兵张俊迅赴本任，熟察该处情形，查照抚臣刘锦棠奏设抚、提、镇各标章程，妥筹核办，再行奏明立案。善后事宜，即饬由地方官妥为经理。至塔尔巴哈台标营、善后，应俟署参赞大臣额尔庆额交割后，另案奏咨。

所有接收伊犁镇标、地方善后，并饬总兵赴任各缘由，除咨

---

①中国第一历史档案馆藏：《军机处随手登记档》，文献编号：03-0264-1-1216-061。

部外，谨会同陕甘总督臣杨昌濬，恭折具奏。伏乞皇上圣鉴训示。谨奏。光绪十六年二月十二日。

（朱批：）该部知道。[①]

光绪十六年闰二月十七日，奉朱批：该部知道。钦此。[②]

0144. 代奏回王沙木胡索特谢恩折

光绪十六年二月十二日（1890年3月2日）

头品顶戴护理甘肃新疆巡抚新疆布政使臣魏光焘跪奏，为据情代奏恭谢天恩，仰祈圣鉴事。

窃臣接据哈密札萨克回子亲王沙木胡索特呈到满文，饬据译称：光绪十六年正月十九日，承准军机处咨到清文内开年终恩赏荷包、银锞、银钱、食物等项，交兵部由驿递到，当即恭设香案，望阙叩头祗领。伏以忝备藩封，渥叨覆帱，未效涓埃之报，乃邀赏赉之恩，承宠自天，滋惭伏地！所有感激下忱，呈请代奏前来。

理合据情代奏叩谢天恩，伏乞皇上圣鉴。谨奏。光绪十六年二月十二日。

（朱批：）知道了。[③]

光绪十六年闰二月十七日，奉朱批：知道了。钦此。[④]

0145. 审拟缠回共殴汉民身死一案缘由折

光绪十六年二月十二日（1890年3月2日）

头品顶戴护理甘肃新疆巡抚新疆布政使臣魏光焘跪奏，为共殴毙命，核明定拟，恭折具陈，仰祈圣鉴事。

---

①台北故宫博物院藏：《军机及宫中档》，文献编号：408006669。

②中国第一历史档案馆藏：《录副奏折》，档号：03-6118-037。

③台北故宫博物院藏：《军机及宫中档》，文献编号：408006670。

④中国第一历史档案馆藏：《录副奏折》，档号：03-5262-093。

窃宁远县缠回阿布都拉依木与俄国回民伊里阿洪共殴汉民祁得发偏左等处，越三日身死一案，知照俄领事会同审问，犯供各执。俄领事将伊里阿洪解回俄国，致阿布都拉依木恃无质证，狡供推诿。臣因案关中外交涉，批饬署伊犁府秉公审拟去后。兹据署伊犁府潘效苏审明，汉民祁得发实死于阿布都拉依木锄殴囟门所致，将阿布都拉依木按律拟绞，解署伊塔道英林审明，咨镇迪道兼按察使衔恩纶转详前来。

臣覆加查核，缘阿布都拉依木籍隶宁远县，属同俄国回民伊里阿洪，均与已死汉民祁得发共渠种地，素识无嫌。光绪十四年四月初六日上午，阿布都拉依木手携铁锄，与伊里阿洪前往各庄，派人挖渠，遇见祁得发并同种地之陈百仓在地工作。阿布都拉依木即令派人挖渠，祁得发、陈百仓只出二人，阿布都拉依木嫌少，祁得发复找洋帖银一两，阿布都拉依木等不收，向祁得发斥骂，祁得发回骂。伊里阿洪即用手中木棒连殴祁得发顶心、右肩甲、右耳根。陈百仓拢护，棒伤伊里阿洪左额角，阿布都拉依木跑走，祁得发、陈百仓追赶，阿布都拉依木因见祁得发赶近身旁，举锄吓殴，讵料锄背伤及祁得发囟门接连偏左倒地。经苟士彩喝阻各散。祁得发声称囟门一伤，疼痛得紧，移时即不言语。陈百仓投明温巴什阿孜纳巴海，报署理事同知奎光，验伤获犯，取辜医调，祁得发旋于初九日夜因伤身死。续据报验，知照俄领事会同审讯，犯供各执，俄领事将伊里阿洪送回俄国，致阿布都拉依木恃无质证，狡供推诿。随值改设宁远县治署，知县高敬昌到任，提讯犯证，仍以伊里阿洪未到，供情游移，并准俄领事回文，讯明伊里阿洪实只帮殴成伤，已照斗殴拟罪圈禁等语。由县通详，经臣批伊犁府秉公审明，解道咨镇迪道兼按察使衔核明转详，臣覆核无异。

查例载：共殴人身死以后，下手重者，当其重罪。若当时未死而过后身死者，当究明何伤致死，以伤重者坐罪。又律载：斗殴杀人者，不问手足、他物、金刃，并绞监候，各等语。此案阿布都拉依木因令祁得发派人挖渠，彼此争角，与伊里阿洪先后将祁得发殴伤，越三日身死。查祁得发先被伊里阿洪用木棒殴伤顶心、右肩甲、右耳根，虽有致命部位，尚能追赶寻殴，不致于死。惟后被阿布都拉依木用铁锄背殴伤致命囟门接连偏左，至于骨损，为伤最重，且祁得发声称此伤最疼，其为因此损命无疑，自应按律问拟。阿布都拉依木合依“斗殴杀人者，不问手足、他物、金刃，并绞”律，拟绞监候。事犯在光绪十五年三月十六日恩诏以前，揆核案情，应在援免之列。俄回伊里阿洪棒殴祁得发顶心等处，例应满杖，已由俄国定罪，应无庸议。陈百仓棍殴伊里阿洪额角成伤，亦应科罪，恭逢恩诏，应与阻救不及之苟士彩，均免置议。尸棺饬埋，凶器案结销毁。是否允协？

除供招咨送刑部外，合将共殴毙命，核明定拟缘由，恭折具陈。伏乞皇上圣鉴，饬部核覆施行。谨奏。光绪十六年二月十二日。

（朱批：）刑部议奏。①

光绪十六年闰二月十七日，奉朱批：刑部议奏。钦此。②

0146. 请以张怀玉兼统伊犁防务缘由片

光绪十六年二月十二日（1890 年 3 月 2 日）

再，统领库尔喀喇乌苏、精河等处马步营旗调补伊犁镇总兵张俊，现经臣奏明饬赴本任。所遗防务查有请补塔尔巴哈台副将现署精河营参将张怀玉，久历戎行，威望夙著，堪以兼统。除檄委并咨部外，谨会同陕甘总督臣杨昌濬，附片具陈。伏乞圣鉴。谨奏。

（朱批：）兵部知道。③

---

①台北故宫博物院藏：《军机及宫中档》，文献编号：408006671。

②中国第一历史档案馆藏：《录副奏折》，档号：03-7313-013。

③台北故宫博物院藏：《军机及宫中档》，文献编号：408006670-0-A。

光绪十六年闰二月十七日，奉朱批：兵部知道。钦此。[①]

0147. 呈进光绪十六年回部贡金情形折

光绪十六年二月二十四日（1890年3月14日）

头品顶戴护理甘肃新疆巡抚新疆布政使臣魏光焘跪奏，为呈进回部贡金，恭折具陈，仰祈圣鉴事。

窃照新疆色勒库尔之南回部坎巨提，向来按年进贡沙金，该头目俄则项前于光绪四年遵例呈进，经前大学士陕甘总督臣左宗棠奏准援案赏给大缎二匹，由左宗棠就近发给祗领，历经钦遵办理在案。兹据署喀什噶尔道向邦倬申称：该头目赛必德哎里罕呈到光绪十六年分进贡沙金一两五钱，遵将例赏大缎二匹，发交赛必德哎里罕祗领，申请具奏前来。

臣覆查无异，除将所进沙金一两五钱咨送内务府呈进外，理合恭折具奏。伏乞皇上圣鉴。谨奏。光绪十六年二月二十四日。

（朱批：）该衙门知道。[②]

光绪十六年三月十四日，奉朱批：该衙门知道。钦此。[③]

0148. 奏报恭缴光绪十五年朱批情形折

光绪十六年二月二十四日（1890年3月14日）

头品顶戴护理甘肃新疆巡抚新疆布政使臣魏光焘跪奏，为恭缴朱批事。

窃臣于光绪十五年二月二十五日护理抚篆，计至十二月底止，奉到抚臣刘锦棠奏事朱批折、片一十件，臣奏事朱批折、片六十六件，共计七十六件，理合汇封呈缴。伏乞皇上圣鉴。谨奏。光

①中国第一历史档案馆藏：《录副奏片》，档号：03-5868-039。

②台北故宫博物院藏：《军机及宫中档》，文献编号：408006672。

③此朱批日期与内容，据《军机处随手登记档》（文献编号：03-0264-1-1216-099）校补。

绪十六年二月二十四日。

（朱批：）知道了。①

光绪十六年三月十四日，奉朱批：知道了。钦此。②

0149. 恭报十五年十一月雨雪粮价情形折

光绪十六年闰二月初五日（1890 年 3 月 25 日）

头品顶戴护理甘肃新疆巡抚新疆布政使臣魏光焘跪奏，为恭报光绪十五年十一月分粮价并得雪情形，谨缮折具陈，仰祈圣鉴事。

窃照光绪十五年十月分各厅州县粮价并得雪情形，业经臣奏报在案。兹据署理新疆布政使饶应祺详称：十五年十一月分，北路库尔喀喇乌苏得雪，积地一尺；迪化、阜康、昌吉、镇西、奇台、绥来得雪，积地二三寸不等；哈密微雪。伊塔道属绥定、宁远微雪。南路喀喇沙尔得雪，积地二寸；拜城、库车、乌什、疏勒、疏附、英吉沙尔微雪，余未得雪。

至通省粮价，镇西、哈密、迪化、昌吉、阜康、绥来、宁远等厅县俱与上月相同，余均略有增减。汇详请奏前来。

理合恭折具陈，并缮粮价清单，敬呈御览。伏乞皇上圣鉴。谨奏。光绪十六年闰二月初五日。

（朱批：）知道了。③

光绪十六年三月初八日，奉朱批：知道了。钦此。④

【案】此折之具奏日期，原件署“光绪十六年闰二月初五日”，而

---

①台北故宫博物院藏：《军机及宫中档》，文献编号：408006673。

②此朱批日期与内容，据《军机处随手登记档》（文献编号：03-0264-1-1216-099）校补。

③台北故宫博物院藏：《军机及宫中档》，文献编号：408006674。

④中国第一历史档案馆藏：《录副奏折》，档号：03-6888-012。

录副则署为“光绪十六年二月初五日”，敚“闰”无疑。兹据校正。

0150. 呈新疆光绪十五年十一月粮价清单

光绪十六年闰二月初五日（1890 年 3 月 25 日）

谨将新疆各属光绪十五年十一月分米粮时估价值，缮具清单，恭呈御览。

计开十一月分

镇迪道属

迪化县：大米每京石价银二两九钱六分，小麦每京石价银一两六分一厘，莞豆每京石价银一两一钱五分二厘，青稞每京石价银七钱五分九厘，俱与上月相同。

昌吉县：大米每京石价银一两九钱八分二厘，小麦每京石价银八钱四分二厘，莞豆每京石价银九钱九分，青稞每京石价银八钱七分五厘，俱与上月相同。

阜康县：粟米每京石价银九钱五分五厘，小麦每京石价银九钱九分，莞豆每京石价银一两六分一厘，高粱每京石价银五钱三分，俱与上月相同。

绥来县：大米每京石价银一两七钱七分，小麦每京石价银八钱五分五厘，莞豆每京石价银九钱二分一厘，高粱每京石价银五钱六分三厘，俱与上月相同。

奇台县：大米每京石价银二两七钱六分一厘，较上月增一钱七分二厘。小麦每京石价银七钱七厘，较上月减七分一厘。莞豆每京石价银六钱五分六厘，较上月减六分九厘。

镇西直隶厅：小麦每京石价银一两五钱，莞豆每京石价银一两五钱一分，青稞每京石价银九钱二分，俱与上月相同。

吐鲁番厅：小麦每京石价银一两一钱一分八厘，较上月增七分四厘。大麦每京石价银五钱六分，与上月相同。高粱每京石价银四钱八分二厘，较上月减七分五厘。黄豆每京石价银一两四钱九分三厘，与上月相同。

哈密厅：粟米每京石价银一两四钱四分，小麦每京石价银一两一钱七分三厘，莞豆每京石价银一两四钱一分一厘，青稞每京石价银八钱二分二厘，俱与上月相同。

库尔喀喇乌苏厅：小麦每京石价银一两二钱，莞豆每京石价银一两四钱二分八厘，俱与上月相同。高粱每京石价银九钱五分，较上月增一钱六分九厘。

伊塔道属

绥定县：大米每京石价银三两二钱五分六厘，小麦每京石价银九钱六分六厘，俱与上月相同。莞豆每京石价银一两五分七厘，较上月增七分。大麦每京石价银七钱九分一厘，与上月相同。

宁远县：大米每京石价银三两二钱五分六厘，小麦每京石价银八钱九分七厘，大麦每京石价银五钱八分八厘，莞豆每京石价银一两八厘，俱与上月相同。

阿克苏道属

温宿直隶州：大米每京石价银一两二钱一分六厘，与上月相同。小麦每京石价银六钱九分，较上月增一钱三分八厘。大麦每京石价银三钱，包谷每京石价银五钱四分四厘，俱与上月相同。

拜城县：小麦每京石价银三钱五分，较上月减四分。大麦每京石价银一钱八分，莞豆每京石价银二钱六分，包谷每京石价银二钱六分，俱与上月相同。

喀喇沙尔厅：大米每京石价银一两九钱二分四厘，小麦每京石价银六钱九分，莞豆每京石价银七钱二分，俱与上月相同。包谷每京石价银五钱三分，较上月增一分。

库车直隶厅：大米每京石价银一两四钱，较上月减三钱。小麦每京石价银四钱七分，莞豆每京石价银三钱一分，包谷每京石价银三钱二分，俱与上月相同。

乌什直隶厅：大米每京石价银一两六钱六分八厘，较上月减六分。小麦每京石价银五钱一分四厘，较上月减四分。大麦每京石价银二钱五分六厘，与上月相同。包谷每京石价银四钱七分一厘，较上月减三分九厘。

喀什噶尔道属

疏勒直隶州：大米每京石价银三两三钱，较上月增三钱。小麦每京石价银一两三钱八分，较上月增二钱七分六厘。包谷每京石价银一两二分四厘，较上月增二钱五分六厘。高粱每京石价银八钱五厘，较上月增一钱一分五厘。

疏附县：大米每京石价银三两三钱，较上月增三钱。小麦每京石价银一两三钱八分，较上月增二钱七分六厘。包谷每京石价银一两七分二厘，较上月增二钱六分八厘。高粱每京石价银八钱五厘，较上月增一钱一分五厘。

莎车直隶州：大米每京石价银二两二钱二分，较上月增四钱四分四厘。小麦每京石价银八钱，较上月增一钱九分三厘。大麦每京石价银五钱，较上月增一钱二分五厘。包谷每京石价银五钱九分四厘，较上月增一钱九分八厘。

叶城县：大米每京石价银二两六钱一分，与上月相同。小麦每京石价银四钱七分五厘，较上月增一钱二分五厘。包谷每京石价银三钱六分，较上月增七分二厘。青稞每京石价银三钱二分五厘，与上月相同。

和阗直隶州：大米每京石价银一两八钱二分，较上月增一钱四分。小麦每京石价银九钱三分八厘，较上月增五分五厘。包谷每京石价银五钱一分二厘，与上月相同。青稞每京石价银四钱一分四厘，较上月增五分六厘。

于阗县：大米每京石价银二两七分，较上月增五钱五分二厘。小麦每京石价银九钱三分八厘，较上月增四分一厘。包谷每京石价银六钱四分，与上月相同。

英吉沙尔厅：大米每京石价银二两七钱三分，较上月减三钱一分。小麦每京石价银五钱五分，较上月减一钱四分。包谷每京石价银四钱，较上月减一钱三分六厘。大麦每京石价银二钱三分，较上月减一钱一分。

玛喇巴什厅：大米每京石价银三两七钱，与上月相同。小麦每京石价银九钱六分六厘，较上月增一钱三分八厘。包谷每京石价银六钱四分，较上月增一钱二分八厘。

（朱批：）览。①

0151. 奏请饬部铸印颁发启用片

光绪十六年闰二月初五日（1890 年 3 月 25 日）

再，改设塔尔巴哈台同知、新设精河同知、伊犁府分防霍尔果斯通判，并塔尔巴哈台、精河各同知、照磨，业经接准部咨，分别委员署理，暂刊木质钤记，给领启用，亟应循例颁发关防、印信，俾垂久远。兹据署新疆布政使饶应祺开单请铸塔尔巴哈台直隶厅抚民同知兼理事衔、精河直隶厅抚民同知、伊犁府分防霍尔果斯通判兼理事衔各关防一颗，塔尔巴哈台直隶厅抚民同知照磨兼司狱、精河直隶厅抚民同知照磨兼司狱印各一颗。详请附奏前来。

臣覆核无异，相应请旨饬部分别铸造，颁发启用，以昭信守。除将清单咨部查照外，谨会同陕甘总督臣杨昌濬，附片具陈。伏乞圣鉴训示。谨奏。

（朱批：）礼部知道。②

光绪十六年三月初八日，奉朱批：礼部知道。钦此。③

【案】此折之具奏日期，原件署“光绪十六年闰二月初五日”，而录副则署为“光绪十六年二月初五日”，敚“闰”无疑。兹据校正。

①中国第一历史档案馆藏：《单》，档号：03-6888-013。

②台北故宫博物院藏：《军机及宫中档》，文献编号：408006674-0-A。

③中国第一历史档案馆藏：《录副奏片》，档号：03-5263-036。

0152. 防营员弁勇台局义学实在数目折

光绪十六年闰二月十七日（1890年4月6日）

头品顶戴护理甘肃新疆巡抚新疆布政使臣魏光焘跪奏，为新疆防营员弁勇丁及各台局、义学，自光绪十五年七月初一日起至十二月底止实在数目，分别缮具清单，奏明立案，恭折仰祈圣鉴事。

窃新疆马步营旗、炮队、台局、义学截至光绪十五年六月底止实在数目，前经分别奏咨在案。兹据新疆粮台详称：自十五年七月初一日起，遵照奏定标营章程，挑募步队一营、添募马队一旗。又，十五年六月底止，裁减步队一旗。通截至十五年十二月底止，实存马步七十七营旗一哨、开花炮队三哨，共计额设弁勇二万九百九员名，额设营、旗、哨官二百九十八员，营书二百一十六名，巡查一百员，额外火夫、私夫、马夫、车夫四千八百六十八名。其各台局、义学于十二月底止并无增减。缮具清单，详请奏咨前来。

臣覆核无异，所有新疆防营员弁勇丁、台局、义学自光绪十五年七月初一日起至十二月底止实在数目，除咨部外，理合缮具清单，恭呈御览。伏乞皇上圣鉴，饬部立案施行。谨奏。光绪十六年闰二月十七日。

（朱批：）该部知道，单二件并发。①

光绪十六年三月二十一日，奉朱批：该部知道，单二件并发。钦此。②

①台北故宫博物院藏：《军机及宫中档》，文献编号：408006675。

②中国第一历史档案馆藏：《录副奏折》，档号：03-5868-094。

0153. 呈新疆防营员弁勇丁等四柱清单

光绪十六年闰二月十七日（1890年4月6日）

谨将新疆驻防马步各营旗员弁勇丁、夫马、炮车数目自光绪十五年七月初一日起至十二月底止，缮具四柱清单，恭呈御览。

旧管：光绪十五年六月底止，实存防军标营饷章马队一营四十旗，步队二十一营一十四旗一哨，开花炮队三哨。共计旧存额设营、旗、哨官二百九十四员，旧存额设营书二百一十三名，旧存额设巡查九十八员，旧存额设弁勇二万六百六十一员名，旧存额外私夫、马夫、车夫四千一百七十六名，旧存额马五千三百七十二匹，旧存炮车一十八辆、车骡四十八头。

新收：光绪十五年七月初一日起，挑募抚标右营步队一营，遵照标营章程，新添额设营、哨官五员，新添额设营书四名，新添额设巡查二员，新添额设弁勇四百八十七员名，新添额外私夫二十八名。

光绪十五年八月初一日起，添募定远右旗马队一旗，遵照标营章程，新添额设旗、哨官三员，新添额设营书二名，新添额设巡查一员，新添额设弁勇一百二十员名，新添额外火夫一十四名，新添额外马夫、私夫七十九名，新添额马一八二十八匹。

开除：光绪十五年六月底止，裁减抚标右营步队一旗，计裁减额设官弁勇丁三百六十七员名，裁减额外私夫一十六名。

实在：光绪十五年十二月底止，实存防军标营饷章马队一营四十一旗，步队二十二营一十三旗一哨，开花炮队三哨。共计实存额设营、旗、哨官二百九十八员，实存额设营书二百一十六名，实存额设巡查一百员，实存额设弁勇二万九百九员名，实存额外火夫六百一名，实存额外私夫、马夫、车夫四千二百六十七名，实存额马五千五百匹，实存炮车一十八辆、车骡四十八头。

（朱批：）览。[①]

0154. 呈新疆各台局暨义学数目四柱清单

光绪十六年闰二月十七日（1890年4月6日）

谨将新疆各台局暨义学数目自光绪十五年七月初一日起至十二月底止，缮具四柱清单，恭呈御览。

旧管：光绪十五年六月底止，实存新疆粮台局，省城军装总局，省城采运局、柴草局，哈密军装局。

哈密新城、吐鲁番新城、喀喇沙尔、库车、阿克苏、乌什、英吉沙尔、喀什噶尔汉城、叶尔羌、和阗、古城、绥来、迪化省城等处十三保甲局。

哈密、巴里坤、昌吉、吐鲁番、喀喇沙尔、库车、阿克苏、乌什、喀什噶尔、英吉沙尔、玛喇巴什、叶尔羌、和阗等处十三牛痘局。

哈密义学五堂，吐鲁番义学六堂，喀喇沙尔义学四堂，库车义学五堂，拜城义学二堂，温宿义学三堂，乌什义学三堂，疏勒义学三堂，疏附义学二堂，玛喇巴什义学三堂，英吉沙尔义学三堂，莎车义学五堂，叶城义学二堂，和阗义学二堂，于阗义学二堂，巴里坤义学四堂，奇台义学四堂，济木萨义学三堂，阜康义学二堂，迪化义学六堂，昌吉义学二堂，绥来义学四堂，呼图壁义学二堂，共计义学七十七堂。

新收：无项。

开除：无项。

实在：光绪十五年十二月底止，实存新疆粮台局，省城军装总局，省城采运局、柴草局，哈密军装局。

哈密新城、吐鲁番新城、喀喇沙尔、库车、阿克苏、乌什、

---

①中国历史第一档案馆藏：《单》，档号：03-5868-095。

英吉沙尔、喀什噶尔汉城、叶尔羌、和阗、古城、绥来、迪化省城等处十三保甲局。

哈密、巴里坤、昌吉、吐鲁番、喀喇沙尔、库车、阿克苏、乌什、喀什噶尔、英吉沙尔、玛喇巴什、叶尔羌、和阗等处十三牛痘局。

哈密义学五堂，吐鲁番义学六堂，喀喇沙尔义学四堂，库车义学五堂，拜城义学二堂，温宿义学三堂，乌什义学三堂，疏勒义学三堂，疏附义学二堂，玛喇巴什义学三堂，英吉沙尔义学三堂，莎车义学五堂，叶城义学二堂，和阗义学二堂，于阗义学二堂，巴里坤义学四堂，奇台义学四堂，济木萨义学三堂，阜康义学二堂，迪化义学六堂，昌吉义学二堂，绥来义学四堂，呼图壁义学二堂，共计义学七十七堂。

（朱批：）览。①

0155. 汇报十五年办结就地正法各案折

光绪十六年闰二月十七日（1890年4月6日）

头品顶戴护理甘肃新疆巡抚新疆布政使臣魏光焘跪奏，为光绪十五年夏、秋、冬三季办结就地正法各案，照章摘由汇报，恭折具陈，仰祈圣鉴事。

窃新疆远处极边，强盗等案及情罪重大、决不待时，人犯暂准就地正法。其案内为从、罪应军流等犯，如系积匪，酌量监禁，系带铁杆，摘由汇报，历经奏明在案。上年夏、秋、冬三季，拿获决不待时重大各案计共十起，或图财害命，或强盗轮奸，或骑马持枪，拦劫伤人；或捆缚搜赃，殴毙事主；或护伙拒捕，杀死二命；或谋杀幼孩，砍落头颅；或行强拒捕，一死一伤；或伙同谋财，致死灭口。经各地方官勘验通报，批各该管道审明，咨镇

①中国第一历史档案馆藏：《单》，档号：03-5868-096。

迪道兼按察使衔恩纶，覆核转详，统由臣详核案情，参诸律例，分别斩决枭示，即于犯事地方就地正法，以昭炯戒。谨将各案摘由开单，恭呈御览。

所有光绪十五年夏、秋、冬三季办结就地正法各案，照章摘由汇报缘由，恭折具陈。伏乞皇上圣鉴训示，施行。谨奏。光绪十六年闰二月十七日。

（朱批：）刑部知道，单并发。①

光绪十六年三月二十一日，奉朱批：刑部知道，单并发。钦此。②

0156. 呈十五年办结就地正法各案清单

光绪十六年闰二月十七日（1890 年 4 月 6 日）

谨将光绪十五年夏、秋、冬三季办结就地正法各案摘由，汇缮清单，恭呈御览。

计开夏季分

一件：凶犯秦兴顺见行路助屯流犯李建成身带银钱，起意图财害命，纠约在逃之张木匠，转邀已获之李维保，伙谋李建成身死，得财俵分，经署昌吉县知县杨其澍验讯议拟，解代理迪化府知府潘时策，详镇迪道兼按察使衔恩纶，审明转详，臣覆讯无异。查秦兴顺图财害命，不法已极，当批就地正法，以昭炯戒。从犯李维保供被张木匠诳诱同往，并本动手得赃，是否属实，仍发回昌吉县监禁，俟缉获张木匠到案，再行质讯详办。

一件：凶犯那四尔见益孜哎迪拉与雇工库旺装货四驮，起意图财害命，用洋枪轰毙益孜哎迪拉并库旺二人，登时殒命，搜得马匹、银物，弃尸被狼残毁无存。犯事在卡伦之外，经喀什噶尔道袁垚龄访闻，责成该处头目查拿正凶送案，起出原赃马匹等项，

①台北故宫博物院藏：《军机及宫中档》，文献编号：408006676。

②中国第一历史档案馆藏：《录副奏折》，档号：03-7357-031。

传尸亲认领，由喀什噶尔道袁垚龄亲审议拟，咨镇迪道兼按察使衔恩纶覆核转详。臣查凶犯那四尔起意图财，致伤事主及其雇工二命，实属罪大恶极，当批就地正法，并传首犯事地方，悬竿示众，俾卡伦以外部落咸知炯戒。

一件：监犯依斯玛依尔、阿哈要鲁行窃入室，只见事主缠妇艾里雅汉一人，起意行强，将其捆缚，强行轮奸，搜劫财物，经署伊犁理事同知奎光勘验获犯，录供通报，复改设宁远县治，由署宁远县知县高敬昌议拟，招解署伊塔道英林审明，咨镇迪道兼按察使衔恩纶覆核转详。臣查依斯玛依尔、阿哈要鲁二犯，强盗得财，轮奸妇女，均属不法已极，当批就地正法，并传首犯事地方，悬竿示众，以昭炯戒而儆将来。

一件：监犯王守义伙同在逃之马有才、童老四，骑马持枪，拦路连劫缠民咱客尔等得财，拒伤事主。经署宁远县知县高敬昌验讯议拟，解署伊塔道英林提审，咨镇迪道兼按察使衔恩纶，核明转详。臣查监犯王守义执持洋枪，拦路连劫，拒伤事主，搜掠财物，实属凶暴昭著，当经批示遵照新章，斩决枭示，以昭炯戒。逃犯马有才等，赶紧捉拿，获日另结。

秋季分

一件：凶盗阿希木商约坎思海、一布拉引、肉则、乌爱克、比里牙一共六人，行窃事主毛拉哎则木家，挖孔入室，被事主惊醒喊捕。肉则、乌爱克、比里牙携赃先逃。阿希木起意行强，坎思海、一布拉引应允，各执木棍，□殴事主毛拉哎则木倒地，因伤身死。事主之子克力赶护，坎思海等将其按倒捆缚。一布拉引复将事主之妻用毡裹压，搜掠财物。经署英吉沙尔厅同知李庆棠验讯议拟，解署喀什噶尔道向邦倬审明，咨镇迪道兼按察使衔恩纶，覆核转详。臣查凶盗阿希木、坎思海、一布拉引三犯，行强杀人，捆缚搜赃，实属凶暴昭著，法无可逭，当批就地正法，以昭炯戒。从犯肉则、乌爱克、比里牙听从行窃，闻喊先逃，不知强情，应按“回民行窃，结伙三人以上，执持棍棒，俱不分首从，不计赃数、次数，改发云贵、两广极边烟瘴充军”。新疆变通章程，南北互相调发，以助屯政。惟该犯等游荡性成，难安耕作，量为变通，改为各予监禁二年，满日再系铁杆二年，由地方官随时查看，如知悛改，交保管束。

一件：凶贼肉则、土的纠伙艾买提、巴海行窃，入室尚未得赃，土的被事主阿瓦子之子热亦木扭获。该犯肉则护伙，刃伤热亦木，土的刃伤阿瓦子，致死父子二命。经署疏附县知县柳葆元验明获犯，讯供议拟，由疏勒州知州蒋诰解署喀什噶尔道向邦倬审明，咨镇迪道兼按察使衔恩纶核转。臣查凶贼土的、肉则护伙，拒杀事主父子二命，洵属罪不容诛，当批就地正法，以昭炯戒。从犯艾买提、巴海不知拒捕情事，应按“回民行窃结伙三人以上，执持棍棒、小刀，俱不分首从，不计赃数、次数，改发云贵、两广极边烟瘴充军”。新疆变通章程，南北互相调发，以助屯政。惟该犯艾买提等游荡成性，难安耕作，量为变通，改为各予监禁二年，满日系带铁杆二年，由地方官随时查看，如知悛改，交保管束。

冬季分

一件：缠妇黑力木比比因与邻妇有嫌，谋杀邻妇十一岁幼子肉则，诱至家内，用斧砍其颈项，致将头颅砍落，气犹未平，复连砍头面等处。经署英吉沙尔厅同知李庆棠验讯议拟，解署喀什噶尔道向邦倬审明，咨镇迪道兼按察使衔恩纶复核转详。臣查缠妇黑力木比比谋杀幼孩，情节凶残，洵属决不待时，当批就地正法，以昭炯戒。

一件：凶犯乌勺尔见同伙雇工肉孜身上带有银两，起意图财害命，乘其睡熟，棍殴肉孜右耳根一下，复用镰刀很割咽喉，登时殒命，搜取银两并银戒指。经喀喇沙尔厅同知杨廷珍验讯议拟，解阿克苏道陈名钰审明，咨镇迪道兼按察使衔恩纶覆核转详。臣查凶犯乌勺尔图财害命，不法已极，当批就地正法，以昭炯戒。

一件：凶犯阿五吐听从阿那也提，纠伙阿里木他乙尔，行窃事主托乎大买提家，得赃逃边，被事主托乎大买提惊醒喊捕。阿五吐一人落后，用棍拒伤托乎大买提倒地。其子哈四木赶护，亦被拒伤。讵托乎大买提伤重殒命。经库车厅同知潘震验讯议拟，解署阿克苏道陈名钰审明，咨镇迪道兼按察使衔恩纶覆核转详。臣查阿五吐行窃拒捕，一死一伤，不法已极，当批就地正法，以昭炯戒。阿那也提等闻喊先逃，不知拒捕情事。惟纠窃数在三人以上，应照“回民行窃，执持木棍，俱不分首从，不计赃数、次数，改发云贵、两广极边烟瘴充军”。新疆变通章程，南北互相调发，以助屯政。惟该犯等游荡性成，难安耕作，量为变通，改为各予监禁二年，满日系带铁杆二年，由地方官察看，如知悛改，交保管束。

一件：凶盗高思满商同托乎大，拦劫事主赫里黑斯羊只，被事主认识斥骂。高思满起意致死灭口，喝令托乎大拾石，连殴事主右太阳等处，登时殒命，得羊俵分。经署疏附县知县柳葆元验讯议拟，解疏勒州知州蒋诰，详署喀什噶尔道向邦倬审明，咨镇迪道兼按察使衔恩纶复核转详。臣查高思满、托乎大二犯，行劫杀人，法无可贷，当批就地正法，以昭炯戒。

（朱批：）览。①

0157. 奏闻副将张清和丁继开缺缘由折

光绪十六年闰二月二十日（1890年4月9日）

头品顶戴护理甘肃新疆巡抚新疆布政使臣魏光焘跪奏，为副将丁忧开缺，恭折仰祈圣鉴事。

窃据署玛纳斯协右营都司周惟翔呈：据玛纳斯协副将张清和之家丁郭志林呈称：窃家主张清和，年五十岁，湖南宁乡县人，由武童投效军营，打仗出力，历保提督衔记名总兵。光绪十年，

①中国第一历史档案馆藏：《单》，档号：03-7357-032。

委署玛纳斯协副将。十五年，奏请借补斯缺，奉部覆准，发给署札，于十六年正月十五日祇领在案。兹于二月十八日接到家信，家主继母甘氏于十五年三月二十七日，在籍病故，家主例应丁忧等情。呈请开缺前来。

臣查张清和现丁继母忧，应即照例开缺回籍守制。除饬该员出具亲供咨部，并将所遗玛纳斯协副将员缺另行拣员请补外，谨会同陕甘总督臣杨昌濬，恭折具陈。伏乞皇上圣鉴，饬部查照，施行。谨奏。光绪十六年闰二月二十日。

（朱批：）兵部知道。①

光绪十六年三月二十五日，奉朱批：兵部知道。钦此。②

0158. 请以高敬昌借补宁远县知县折

光绪十六年闰二月二十日（1890 年 4 月 9 日）

头品顶戴护理甘肃新疆巡抚新疆布政使臣魏光焘跪奏，为拣员请补要缺知县，以重地方，恭折仰祈圣鉴事。

窃据署新疆布政使饶应祺、镇迪道兼按察使衔恩纶会详称：新疆伊塔道属新设宁远县知县员缺，地属边疆，汉缠杂处，商贾辐辏，治理繁难，且俄领事驻扎于此，交涉事多，应请定为繁、难二项请调要缺。该县系属新设，亟应遴员请补，以重职守。查伊犁新设各缺，前经抚臣刘锦棠奏请仿照吉林章程由外拣补一次，又于新疆补署各缺章程内声明甘肃候补以及实缺人员调赴新疆差遣，遇有人地相宜缺出，准予分别请补、调补，均奉部覆准在案。

今宁远县知县员缺，查有甘肃补用通判现署该县知县高敬昌，年四十九岁，湖南长沙府善化县人，由文童投效湖北军营，山东运防堵剿出力案内汇保，同治七年六月二十五日奉上谕：文童高敬昌着以巡检留于湖北补用，并赏戴蓝翎。钦此。八年，投效山

---

①台北故宫博物院藏：《军机及宫中档》，文献编号：408006677。

②中国第一历史档案馆藏：《录副奏折》，档号：03-5868-106。

西军营，晋防堵御出力案内汇保六品衔，十二年八月初十日奉旨：该部议奏。钦此。经吏部议准覆奏，十一月初八日奉旨：依议。钦此。十三年，投效甘肃军营。光绪四年，在湖南协黔新捐局捐升县丞不论双单月，指分甘肃试用。九月，委署固原直隶州吏目，六年八月交卸，请咨赴部。七年正月二十八日，经钦派大臣验看，领照起程，五月初四日到省缴照。新疆南北两路一律肃清案内汇保，六年正月三十日奉上谕：蓝翎六品衔甘肃试用县丞高敬昌，着以通判补用。钦此。旋即禀请过班。八年，试用期满，经前陕甘总督臣谭钟麟甄别附奏，以原班补用。十年十一月，委代西宁府循化同知，十二月交卸。复委代西宁府丹噶尔同知，十一年二月交卸。十二年七月，因公差赴新疆，经抚臣刘锦棠留省差遣。十四年三月，委署宁远县知县，四月十五日到任。

查该员高敬昌，才明识练，勤慎奉公，于署任内筹办一切，诸臻妥善，舆情极为爱戴，以之请补宁远县知县，实堪胜任，人地亦极相宜。虽以通判借补知县于例未符，惟伊犁设官伊始，边缺极关紧要，必须因地择人，以资治理等情。详请具奏前来。

臣查该员才明识练，办事勤谨，合无仰恳天恩俯念要缺需员，准以甘肃补用通判高敬昌借补宁远县知县，洵于地方有裨。如蒙俞允，俟奉部覆，给咨送部引见，以符定制。该员署任内并无参罚案件。是否有当，谨会同伊犁将军臣色楞额、陕甘总督臣杨昌濬，恭折具奏。伏乞皇上圣鉴训示。谨奏。光绪十六年闰二月二十日。

（朱批：）吏部议奏。①

光绪十六年三月二十五日，奉朱批：吏部议奏。钦此。②

---

①台北故宫博物院藏：《军机及宫中档》，文献编号：408006678。

②中国第一历史档案馆藏：《录副奏折》，档号：03-5263-094。

0159. 请以黄袁调补迪化县知县缘由折

光绪十六年闰二月十二日（1890 年 4 月 9 日）

头品顶戴护理甘肃新疆巡抚新疆布政使臣魏光焘跪奏，为调补要缺知县，以重地方，恭折仰祈圣鉴事。

窃据署新疆布政使饶应祺、镇迪道兼按察使衔恩纶会详称：迪化县知县陈希洛升补温宿直隶州知州，奉部覆准，系于光绪十五年十一月十六日奉旨，按照行文程限，应以十六年二月初三日作为开缺日期。所遗迪化县知县系附府首县，亟应由外遴员请补，以重职守。查北路添改各缺，前经抚臣刘锦棠奏准仿照吉林章程由外拣补一次，以后出缺援照甘肃变通章程办理。查变通章程内开：丞、倅、州、县以及佐杂各要缺，将现任各员按照应升官阶，任内无论有无升案，并是否到任、实授以及试俸、历俸、未经期满各员，准择其人地相宜者，一律升调。又，定例：应调缺出，俱令于现任人员内拣选调补，各等语。

今迪化县知县系冲、繁、难三项要缺，于现任人员内逐加拣选，查有叶城县知县黄袁，年四十八岁，湖南长沙府善化县人，由附贡生于同治十二年在湖南援防捐局报捐盐运司经历，指分广东，加盐课司提举升衔，并免赴部验看。是年十一月，经湖南抚臣验看给咨。十三年五月十四日到省试用，奉准部咨注册。前陕甘督臣左宗棠因该员前在军营效力，于克复乌鲁木齐等城案内汇保，光绪三年九月初五日奉上谕：黄袁着免补本班，以知县仍留广东，归候补班前尽先补用。钦此。六年，复奉委赴甘肃侦探军务。十二月十八日，抵湖南原籍，便道省亲，适于七年正月一十一日丁母忧，九年四月二十一日服满，呈明咨部起复，经抚臣刘锦棠札调出关，随营差遣。六载边防案内汇保，十年十月初四日奉上谕：黄袁着俟补缺后，以直隶州知州在任候补，并赏戴花翎。钦此。是年，委办总理文案事务。十一年，留省候补，八月十七日禀到。十二年，奏准留于新疆委用。十三年四月，奏补叶城县知县，奉准部覆，十四年十一月二十七日到任。

查该员黄袁才识明通，公事练达，现在叶城县任内，措置裕如，舆情爱戴，以之调补迪化县知县，实堪胜任，人地亦极相宜等情。详请具奏调补前来。

臣查该员稳练安详，通达事理，合无仰恳天恩俯念要缺需员，准以叶城县知县黄袁调补迪化县知县，洵于地方有裨。如蒙俞允，俟奉部覆，并案给咨送部引见，以符定制。该员任内并无参罚案件，所遗叶城县知县员缺系冲、疲、难三项要缺，应请由外拣补。

除咨部外，谨会同陕甘总督臣杨昌濬，恭折具奏。伏乞皇上圣鉴训示。谨奏。光绪十六年闰二月二十日。

（朱批：）吏部议奏。[①]

光绪十六年三月二十五日，奉朱批：吏部议奏。钦此。[②]

0160. 委令吴光熊等署理知州等缺片

光绪十六年闰二月二十日（1890年4月9日）

再，署于阗县知县夏毓衡调省遗缺，查有候补直隶州知州吴光熊，堪以委署。拜城县知县李凌汉卸署遗缺，查有候补知州徐鼎藩，堪以委署。据署新疆布政使饶应祺、镇迪道兼按察使衔恩纶会详前来。除批饬分别给委并咨部查照外，谨会同陕甘总督臣杨昌濬，附片具奏。伏乞圣鉴。谨奏。

（朱批：）吏部知道。[③]

光绪十六年三月二十五日，奉朱批：吏部知道。钦此。[④]

---

①台北故宫博物院藏：《军机及宫中档》，文献编号：408006679。

②中国第一历史档案馆藏：《录副奏折》，档号：03-5263-093。

③台北故宫博物院藏：《军机及宫中档》，文献编号：408006678-0-A。

④中国第一历史档案馆藏：《录副奏片》，档号：03-5263-095。

0161. 委令李克常接署副将员缺片

光绪十六年闰二月二十日（1890 年 4 月 9 日）

再，玛纳斯协副将张清和丁忧遗缺，亟应委员接署，以重职守，查有头品顶戴留甘肃新疆尽先补用提督署济木萨营参将李克常，勇略兼长，实心任事，堪以委署。除檄饬遵照外，谨会同陕甘总督臣杨昌濬，附片具奏。伏乞圣鉴。谨奏。

（朱批：）兵部知道。①

光绪十六年三月二十五日，奉朱批：兵部知道。钦此。②

0162. 恭报十五年十二月雨雪粮价情形折

光绪十六年闰二月二十四日（1890 年 4 月 13 日）

头品顶戴护理甘肃新疆巡抚新疆布政使臣魏光焘跪奏，为恭报光绪十五年十二月分粮价并得雪情形，谨缮折具陈，仰祈圣鉴事。

窃照光绪十五年十一月分各厅州县粮价并得雪情形，业经臣奏报在案。兹据署新疆布政使饶应祺详称：十五年十二月分，北路库尔喀喇乌苏、迪化得雪，积地尺余；绥来、奇台、镇西得雪，积地五寸；昌吉、阜康、吐鲁番得雪，积地二三寸不等；哈密微雪。伊塔道属绥定得雪，积地八寸；宁远得雪，积地尺余。南路库车、莎车得雪，积地一尺；拜城、疏勒、疏附、叶城得雪，积地八寸；温宿、喀喇沙尔、于阗得雪，积地三寸；乌什、英吉沙尔、和阗、玛喇巴什微雪。

至通省粮价，镇西、吐鲁番、哈密、库尔喀喇乌苏、乌什、英吉沙尔、温宿、莎车、迪化、昌吉、阜康、绥来、宁远、拜城、

①台北故宫博物院藏：《军机及宫中档》，文献编号：408006677-0-A。

②中国第一历史档案馆藏：《录副奏片》，档号：03-5868-108。

于阗等厅州县俱与上月相同，余均略有增减，汇详请奏前来。

理合恭折具陈，并缮粮价清单，敬呈御览。伏乞皇上圣鉴。谨奏。光绪十六年闰二月二十四日。

（朱批：）知道了。[①]

光绪十六年三月三十日，奉朱批：知道了。钦此。[②]

0163. 呈新疆光绪十五年十二月粮价清单

光绪十六年闰二月二十四日（1890年4月13日）

谨将新疆各属光绪十五年十二月分米粮时估价值，缮具清单，恭呈御览。

计开十二月分

镇迪道属

迪化县：大米每京石价银二两九钱六分，小麦每京石价银一两六分一厘，莞豆每京石价银一两一钱五分二厘，青稞每京石价银七钱五分九厘，俱与上月相同。

昌吉县：大米每京石价银一两九钱八分二厘，小麦每京石价银八钱四分二厘，莞豆每京石价银九钱九分，青稞每京石价银八钱七分五厘，俱与上月相同。

阜康县：粟米每京石价银九钱五分五厘，小麦每京石价银九钱九分，莞豆每京石价银一两六分一厘，高粱每京石价银五钱三分，俱与上月相同。

绥来县：大米每京石价银一两七钱七分，小麦每京石价银八钱五分五厘，莞豆每京石价银九钱二分一厘，高粱每京石价银五钱六分三厘，俱与上月相同。

奇台县：大米每京石价银二两五钱八分九厘，较上月减一钱七分二厘。小麦每京石价银六钱七分二厘，较上月减三分五厘。

①台北故宫博物院藏：《军机及宫中档》，文献编号：408006680-1。
②中国第一历史档案馆藏：《录副奏折》，档号：03-6889-020。

莞豆每京石价银七钱二分五厘，较上月增六分九厘。

镇西直隶厅：小麦每京石价银一两五钱，莞豆每京石价银一两五钱一分，青稞每京石价银九钱二分，俱与上月相同。

吐鲁番厅：小麦每京石价银一两一钱一分八厘，大麦每京石价银五钱六分，高粱每京石价银四钱八分二厘，黄豆每京石价银一两四钱九分三厘，俱与上月相同。

哈密厅：粟米每京石价银一两四钱四分，小麦每京石价银一两一钱七分三厘，莞豆每京石价银一两四钱一分一厘，青稞每京石价银八钱二分二厘，俱与上月相同。

库尔喀喇乌苏厅：小麦每京石价银一两二钱，莞豆每京石价银一两四钱二分八厘，高粱每京石价银九钱五分，俱与上月相同。

伊塔道属

绥定县：大米每京石价银三两二钱五分六厘，小麦每京石价银九钱六分六厘，俱与上月相同。莞豆每京石价银一两五钱七分，较上月增五钱一分三厘。大麦每京石价银七钱九分一厘，与上月相同。

宁远县：大米每京石价银三两二钱五分六厘，小麦每京石价银八钱九分七厘，大麦每京石价银五钱八分八厘，莞豆每京石价银一两八厘，俱与上月相同。

阿克苏道属

温宿直隶州：大米每京石价银一两二钱一分六厘，小麦每京石价银六钱九分，大麦每京石价银三钱，包谷每京石价银五钱四分四厘，俱与上月相同。

拜城县：小麦每京石价银三钱五分，大麦每京石价银一钱八分，莞豆每京石价银二钱六分，包谷每京石价银二钱六分，俱与上月相同。

喀喇沙尔直隶厅：大米每京石价银一两九钱二分四厘，小麦每京石价银六钱九分，莞豆每京石价银七钱二分，俱与上月相同。包谷每京石价银五钱一分二厘，较上月减一分八厘。

库车直隶厅：大米每京石价银一两四钱，小麦每京石价银四钱七分，莞豆每京石价银三钱一分，俱与上月相同。包谷每京石价银三钱，较上月减二分。

乌什直隶厅：大米每京石价银一两六钱六分八厘，小麦每京石价银五钱一分四厘，大麦每京石价银二钱五分六厘，包谷每京石价银四钱七分一厘，俱与上月相同。

喀什噶尔道属

疏勒直隶州：大米每京石价银三两三钱，小麦每京石价银一两三钱八分，俱与上月相同。包谷每京石价银一两一钱五分二厘，较上月增一钱二分八厘。高粱每京石价银八钱五厘，与上月相同。

疏附县：大米每京石价银三两三钱，小麦每京石价银一两三钱八分，俱与上月相同。包谷每京石价银一两二钱六厘，较上月增一钱三分四厘。高粱每京石价银八钱五厘，与上月相同。

莎车直隶州：大米每京石价银二两二钱二分，小麦每京石价银八钱，大麦每京石价银五钱，包谷每京石价银五钱九分四厘，俱与上月相同。

叶城县：大米每京石价银二两六钱一分，与上月相同。小麦每京石价银七钱五分，较上月增二钱七分五厘。包谷每京石价银四钱五分六厘，较上月增九分六厘。青稞每京石价银三钱二分五厘，与上月相同。

和阗直隶州：大米每京石价银一两八钱二分，小麦每京石价银九钱三分八厘，俱与上月相同。包谷每京石价银五钱六分三厘，较上月增五分一厘。青稞每京石价银四钱九分七厘，较上月增八分三厘。

于阗县：大米每京石价银二两七分，小麦每京石价银九钱三分八厘，包谷每京石价银六钱四分，俱与上月相同。

英吉沙尔直隶厅：大米每京石价银二两七钱三分，小麦每京石价银五钱五分，包谷每京石价银四钱，大麦每京石价银二钱三分，俱与上月相同。

玛喇巴什厅：大米每京石价银四两一钱四分四厘，较上月增四钱四分四厘。小麦每京石价银一两一钱四厘，较上月增一钱三分八厘。包谷每京石价银八钱九分六厘，较上月增二钱五分六厘。

（朱批：）览。[①]

0164. 奏报古城城守尉德胜因病出缺折

光绪十六年闰二月二十四日（1890年4月13日）

头品顶戴护理甘肃新疆巡抚新疆布政使臣魏光焘跪奏，为城守尉因病出缺，请旨迅赐简放，以重职守，恭折仰祈圣鉴事。

窃臣据署古城满营正黄正红旗佐领文裕等禀称：古城城守尉德胜于光绪十六年闰二月初三日偶得伤寒时证，医药罔效，于本月十三日子时身故等情。禀报前来。

臣查德胜奉旨补放古城城守尉员缺，管辖旗务将满三年。兹遽因病身故，殊堪悯惜！除饬将该故员身后事宜妥为料理外，所遗古城城守尉员缺，相应请旨迅赐简放，以重职守，谨会同伊犁将军臣色楞额、陕甘总督臣杨昌濬，恭折具奏。伏乞皇上圣鉴训示。谨奏。光绪十六年闰二月二十四日。

（朱批：）该衙门知道。[②]

光绪十六年三月三十日，奉朱批：该衙门知道。钦此。[③]

0165. 委令文裕护理古城城守尉情形片

光绪十六年闰二月二十四日（1890年4月13日）

再，古城满营城守尉德胜病故遗缺，亟应委员护理，以重职守。查有花翎副都统衔尽先即补协领现署满营正黄正红旗佐领文

---

①中国第一历史档案馆藏：《单》，档号：03-6889-021。

②台北故宫博物院藏：《军机及宫中档》，文献编号：408006680。

③中国第一历史档案馆藏：《录副奏折》，档号：03-5868-118。

裕，堪以暂行护理。所遗佐领员缺，查有即补佐领署正黄正红旗防御都成额，堪以暂行接署。

除给委并另行拣员委署防御外，谨会同伊犁将军臣色楞额、陕甘总督臣杨昌濬，附片陈明。伏乞圣鉴。谨奏。

（朱批：）兵部知道。[①]

光绪十六年三月三十日，奉朱批：兵部知道。钦此。[②]

0166. 新疆现留各台局暂难裁并缘由折

光绪十六年三月初四日（1890 年 4 月 22 日）

头品顶戴护理甘肃新疆巡抚新疆布政使臣魏光焘跪奏，为遵旨查明新疆现留各台局暂难裁并，恭折覆陈，仰祈圣鉴事。

窃臣于光绪十六年正月初六日准户部咨：内阁钞出光绪十五年十一月十五日奉上谕：国家综核度支，必先严除冗滥。从前各省办理军务，创立支应、采办、转运等局，本属一时权宜，不能视为常例。迨军事敉定，又以善后为名，凡事之应隶藩司者，分设各局，名目众多，盐务则督销、分销，局卡林立，大率以候补道员为总办，而会办、随办各员，其数不可胜计。所有专管之藩、运两司，转以循例画诺为了事。又如清讼、保甲、捕盗等事，本系臬司专责，亦皆另设一局，授权委员。论公事则推诿转多，论库款则虚糜甚巨。至船政、机器各局，原为当务之急，而局用开支，尤属弊窦丛生，漫无稽考，若不一律认真整顿，何以昭核实而塞漏卮！前于光绪十一年八月二十二日钦奉懿旨：各省设立各局，种种名目，滥支滥应，无非瞻徇情面，为位置闲员地步，饬令大加裁汰，定议覆奏。仰见圣慈诰戒严明，各该省虽经遵议奏明，量为裁减，总未能将烦费认真革除。近年以来，冗员愈多，浮费愈甚，着各直省将军、督抚破除情面，将所有各局通行查覆，

①台北故宫博物院藏：《军机及宫中档》，文献编号：408006680-0-A。

②中国第一历史档案馆藏：《录副奏片》，档号：03-5868-119。

或删减，或归并。其有必不能裁者，即将按月经费限定数目，不准任意增添。自接奉此旨后，勒限三个月，将议定现留各局开单奏报，并将各局经费每月若干，咨报户部存案。该部于每年报销册内逐一查对，毋任稍有含混。理财与用人相辅而行，实为图治之大端，各将军、督抚身膺重寄，务当振刷精神，切实经理，不得狃于积习，敷衍塞责。将此通谕知之。钦此。当即钦遵转行办理去后。

兹据署布政使饶应祺、镇迪道兼按察使衔恩纶会详称：查新疆所设台局，光绪十二年抚臣刘锦棠于覆奏核实删减用费折内，声明各路台局原设一百四十余处，近来裁撤除牛痘局外，只存二十余处。嗣又裁撤古城屯采局、哈密粮运局，巴里坤、吐鲁番采运局，奏明在案。现在各路台局只存一十八处，并牛痘局一十三处，共计三十一处，均系因地制宜，刻难裁减。月支经费，亦无浮冒。开列清单，详请具奏前来。

臣覆查无异，应请将现留各台局暂行照旧设立，一俟诸务就绪，仍当体察情形，酌量裁并，仰副朝廷综核度支、严除冗滥之至意！除将经费数目另行咨部外，理合恭折覆陈，并缮具清单，敬呈御览。伏乞皇上圣鉴训示。谨奏。光绪十六年三月初四日。

（朱批：）户部知道，单并发。①

光绪十六年四月初九日，奉朱批：户部知道，单并发。钦此。②

0167. 拣员调署防御等员缺情形片

光绪十六年三月初四日（1890年4月22日）

再，署古城满营正黄正红旗防御都成额委署该旗佐领事务，

---

①台北故宫博物院藏：《军机及宫中档》，文献编号：408006681。

②此奉旨日期与内容，据《军机处随手登记档》（文献编号：03-0264-2-1216-124）校补。

业经臣附奏在案。所遗防御员缺，查有五品军功蓝翎署镶黄镶白旗骁骑校恒麟，堪以署理。递遗骁骑校员缺，查有正黄正红旗六品军功委前锋校色克图肯，堪以署理。除分别给委外，谨会同伊犁将军臣色楞额、陕甘总督臣杨昌濬，附片具陈。伏乞圣鉴。谨奏。

（朱批：）兵部知道。①

光绪十六年四月初九日，奉朱批：兵部知道。钦此。②

【案】此奏片之具奏日期，原件目录署“光绪十六年三月十三日”，录副则以朱批日期即“四月初九日”为之。查四月初九日《随手档》③“朱批魏光焘折”，则署有“报四百里，三月初四日发”等字样。据此，其具奏日期当为“光绪十六年三月初四日”无疑。原件、录副均未确。兹据校正。

0168. 奏报领队大臣金贵因病出缺片

光绪十六年三月初四日（1890年4月22日）

再，臣准护理古城城守尉文裕呈称：副都统衔前护巴里坤领队大臣篆务开缺巴里坤满营右翼协领金贵，于光绪十五年十一月内得疾，医药罔效，本年闰二月十一日未时身故等因。呈报前来。除咨部外，谨附片具奏。伏乞圣鉴。谨奏。

（朱批：）知道了。④

光绪十六年四月初九日，奉朱批：知道了。钦此。⑤

---

①台北故宫博物院藏：《军机及宫中档》，文献编号：408006682-0-B。

②中国第一历史档案馆藏：《录副奏片》，档号：03-5869-015。

③中国第一历史档案馆藏：《军机处随手登记档》，文献编号：03-0264-2-1216-124。

④台北故宫博物院藏：《军机及宫中档》，文献编号：408006682-0-C。

⑤中国第一历史档案馆藏：《录副奏片》，档号：03-5869-014。

【案】此奏片之具奏日期，原件目录署“光绪十六年三月十三日”，录副则以朱批日期即“四月初九日”为之。查四月初九日《随手档》①“朱批魏光焘折”，则署有“报四百里，三月初四日发”等字样。据此，其具奏日期当为“光绪十六年三月初四日”无疑。原件、录副均未确。兹据校正。

0169. 奏报王久铭病故请旨优恤缘由折

光绪十六年三月十三日（1890年5月1日）

头品顶戴护理甘肃新疆巡抚新疆布政使臣魏光焘跪奏，为请补实缺道员在营病故，吁恳天恩，饬部从优议恤，恭折仰祈圣鉴事。

窃二品顶戴盐运使衔请补阿克苏道陕西题奏道乌能依巴图鲁王久铭，历在新疆军营办事。光绪十一年，丁忧回籍守制，服阕奏调出关，经臣奏委总理营务。十五年十二月初九日，奏请补阿克苏道员缺，钦奉朱批：吏部议奏。钦此。钦遵在案。尚未奉准部覆，本年二月初六日在营病故。

查该员籍隶湖南湘乡县。咸丰初年，粤贼窜扰县境，以治团练知名道员张运兰领老湘军出境讨贼，邀请襄赞营务，递前广东陆路提督刘松山②、今抚臣刘锦棠先后接统，更相倚重，参预戎事，总理军需粮饷。老湘一军，转战江、皖、燕、豫、齐、晋、秦、陇，平发、平捻、平回，以迄荡定新疆，一切度支，该员一手经理。每军书告急，饷事奇艰，辄百计千营，辛苦支拄。论者谓是军能所向立功者，该员实与有力焉。同治八年，果军勇叛，

①中国第一历史档案馆藏：《军机处随手登记档》，文献编号：03-0264-2-1216-124。

②刘松山（1833—1870），字寿卿，湖南湘乡人，乡勇出身。同治元年（1862），分统老湘一军。后从曾国藩剿办太平军，历任守备、游击、参将。三年（1864），陷天京，升总兵。五年（1866），入陕剿捻。六年（1867），擢提督。七年（1868），从左宗棠剿办陕甘回变。九年（1870），率军攻金积堡，中炮阵亡。谥壮武。

戕统将高连陞，勾煽湘营。该道督饷陕西绥德州，闻变，乃窖藏之，驰白刘松山，斩首乱十数人，遂定。档册、饷装均无恙。其处事精密，虽仓卒尚如此也。在军三十余年，入理军糈，出临战阵，卓著勋勤，有时迅赴戎机，日驰数百里，露处野宿，积受瘴湿，右臂偏废，以左手代勾核，筹运如故。新疆设行省，立标营，裁遣客军，清厘积欠，该员总办糈台，实与老湘军相终始。本年二月，偶感风寒，牵动劳疾，咳嗽气喘，日以增剧，遂致不起。臣查该故道，秉性沉毅，托志忠雅，资望材器实为新疆特出之选。方期策以吏事，讵料天不假年。顾念边材，良深悼惜！

除查取履历清册咨部，另行拣员请补阿克苏道员缺，并委员护送该员遗榇回籍外，合无仰恳天恩俯准，饬部将该员照军营立功后积劳病故例，从优议恤，并请附祀前广东陆路提督刘松山甘肃省城专祠，以彰忠荩，出自逾格鸿慈！谨会同陕甘总督臣杨昌濬，恭折具奏。伏乞皇上圣鉴训示。谨奏。光绪十六年三月十三日。

（朱批：）着照所请，该部知道。①

光绪十六年四月十五日，奉朱批：着照所请。该部知道。钦此。②

0170. 代奏文裕护理城守尉篆务谢恩折

光绪十六年三月十三日（1890年5月1日）

头品顶戴护理甘肃新疆巡抚新疆布政使魏光焘跪奏，为据情代奏护理城守尉篆务日期，叩谢天恩，仰祈圣鉴事。

窃臣准护理古城城守尉文裕呈称：光绪十六年闰二月十八日，接奉行知：古城城守尉德胜因病出缺，所遗篆务奏委副都统衔尽先即补协领署满营正黄正红旗佐领文裕，暂行护理等因。遵于闰

---

①台北故宫博物院藏：《军机及宫中档》，文献编号：408006682。

②中国第一历史档案馆藏：《录副奏折》，档号：03-5264-043。

二月二十日恭设香案，望阙叩头，谢恩任事。伏念满营甫经迁并，城守尉职重操防，自维才识庸愚，深惧弗能胜任，惟有益加奋勉，矢慎矢勤，一切事宜随时禀承护抚臣认真经理，断不敢以暂时委护稍涉因循，以期仰答高厚鸿慈于万一。所有护理城守尉篆务日期并感激下忱，呈请据情代奏叩谢天恩，前来。

理合恭折代奏，伏乞皇上圣鉴。谨奏。光绪十六年三月十三日。

（朱批：）知道了。[①]

光绪十六年四月十四日，奉朱批：知道了。钦此。[②]

0171. 委令邓以湨调署知县遗缺片

光绪十六年三月十三日（1890 年 5 月 1 日）

再，署绥定县知县明徵丁忧遗缺，查有现署昌吉县知县邓以湨，稳练安详，才足肆应，堪以调署。据署新疆布政使饶应祺、镇迪道兼按察使衔恩纶会详前来。除由臣批饬给委外，谨会同伊犁将军臣色楞额、陕甘总督臣杨昌濬，附片具陈。伏乞圣鉴。谨奏。

（朱批：）吏部知道。[③]

光绪十六年四月十五日，奉朱批：吏部知道。钦此。[④]

0172. 审拟缠回托乎大斗杀人命一案缘由折

光绪十六年三月十七日（1890 年 5 月 5 日）

头品顶戴护理甘肃新疆巡抚新疆布政使臣魏光焘跪奏，为疑

①台北故宫博物院藏：《军机及宫中档》，文献编号：408006683。
②中国第一历史档案馆藏：《录副奏折》，档号：03-5869-029。
③台北故宫博物院藏：《军机及宫中档》，文献编号：408006682-0-A。
④中国第一历史档案馆藏：《录副奏片》，档号：03-5264-042。

奸起衅，斗杀人命，核明定拟，恭折仰祈圣鉴事。

窃英吉沙尔厅缠回托乎大因疑伊妻只提比比与克比通奸，口角起衅，戳伤克比身死一案，经署英吉沙尔厅同知李庆棠验明，获犯讯供，招解署喀什噶尔道向邦倬审明，咨镇迪道兼按察使衔恩纶核转前来。

臣覆加查核，缘缠回托乎大籍隶英吉沙尔厅，种地度日，与已死克比素识无嫌。托乎大娶妻只提比比，多年和好。近因家贫，只提比比常回娘家居住。托乎大恐有外遇，忆及岳家常叫克比织布，遂疑伊妻与克比通奸。投鸣乡约，同至岳家，说明以后不准克比来往。光绪十五年十月二十五日，托乎大受雇出外。十一月初八日回归，见妻外出，谅回娘家。初九日往接，中途遇妻，托乎大仍往岳家探问，行抵岳家门首，见克比在内织布，托乎大生气斥说克比不是好人，曾投乡约不准来往。克比听闻不依斥骂，托乎大回骂。克比赶拢扑殴，托乎大顺拾机旁小刀冒戳，划伤克比鼻准。克比举左脚向踢，托乎大闪侧，用刀戳伤克比左腿。克比扭住托乎大胸襟撞头，托乎大情急，用刀吓戳，适伤克比左胁倒地。经木沙比比喝阻，不料克比伤重，移时殒命。尸父报验，讯供详道，咨兼按察使衔核转，臣覆核无异。

查律载：斗殴杀人者，不问手足、他物、金刃，并绞监候等语。此案托乎大因疑奸口角起衅，刀伤克比身死，自应按律问拟。托乎大合依“斗殴杀人者，不问手足、他物、金刃，并绞监候”律，拟绞监候，秋后处决。只提比比讯与克比实未通奸，应与救阻不及之木沙比比，均免置议。无干省释。尸棺饬埋，凶刀案结销毁。是否允协？

除全案供招咨送刑部外，合将疑奸起衅，斗杀人命，核明定拟缘由，恭折具陈。伏乞皇上圣鉴，饬部核覆施行。谨奏。光绪十六年三月十七日。

（朱批：）刑部议奏。[①]

光绪十六年四月二十日，奉朱批：刑部议奏。钦此。[②]

0173. 审拟缠回买卖下伙毙人命一案缘由折

光绪十六年三月十七日（1890年5月5日）

头品顶戴护理甘肃新疆巡抚新疆布政使臣魏光焘跪奏，为挟嫌谋杀，伙毙人命，核明定拟，恭折仰祈圣鉴事。

窃于阗县缠回买卖下挟索帐詈辱之嫌，起意商同尼牙子转约他易尔、再一董，伙谋汉民谢绍春身死一案，据署于阗县知县夏毓衡验明获犯，详署和阗州知州刘昭南，解署喀什噶尔道向邦倬审明，咨镇迪道兼按察使衔恩纶转详前来。

臣覆加查核，缘缠回买卖下、尼牙子、他易尔、取供后病故之再一董，均籍隶于阗县，种地度日，与已死汉民谢绍春皆相熟识。买卖下买过谢绍春棉花，价银八两，陆续还银七两，下欠未清。光绪十五年四月十三日，谢绍春路遇买卖下，追索欠帐，买卖下央缓，谢绍春不允，大肆詈骂。二十四日，谢绍春向买卖下坐索拌闹，经街邻劝散。买卖下因此挟恨，起意谋死泄忿，一人不能动手，探知尼牙子曾替再一董、他易尔作保，各借谢绍春银两未归，屡被谢绍春窘辱，于五月初三日到尼牙子家中，商议将谢绍春谋死。尼牙子应允，转邀再一董、他易尔，亦皆允从。于初四日夜三更，一共四人，他易尔随带木棍，余俱徒手，同抵谢绍春门首。买卖下、尼牙子在外瞭望，再一董、他易尔上屋，由天窗下房。镫犹未息，见谢绍春睡熟，再一董潜至床边，很揢住谢绍春咽喉，他易尔用棍连戳其左太阳，致谢绍春登时殒命。他易尔等开门出外，会见买卖下等，告知已将谢绍春致死各散。随据乡约报验获犯，讯供通详，讵再一董原患痨疾，于取供后病故。

---

①台北故宫博物院藏：《军机及宫中档》，文献编号：408006684。

②中国第一历史档案馆藏：《录副奏折》，档号：03-7313-025。

详明委验，由县覆审议拟，详州解道，咨兼按察使衔核转，臣覆核无异。

查律载：谋杀人，造意者，斩；从而加功者，绞；不加功者，杖一百、流三千里等语。此案缠回买卖下挟谢绍春索欠詈骂之嫌，起意商同尼牙子，转邀他易尔与病故之再一董，将谢绍春谋杀身死。买卖下合依“谋杀人，造意者，斩”律，拟斩监候。他易尔、再一董听从下手，合依“从而加功者，绞”律，拟绞监候，均秋后处决。尼牙子听从谋杀，并未加功，合依“从而不加功者，杖一百、流三千里”律，拟杖一百、流三千里。再一董于取供后病故，应与讯无凌虐之禁卒人等，均无庸议。各犯所欠银两，仍行追给谢绍春亲属具领。尸棺饬埋。再一董系带病进监，所有监毙绞犯一名管狱官职名，邀免开报。是否允协？

除全案供招咨送刑部外，合将挟嫌谋杀，伙毙人命，核明定拟缘由，恭折具陈。伏乞皇上圣鉴，饬部议覆施行。谨奏。光绪十六年三月十七日。

（朱批：）刑部议奏。[①]

光绪十六年四月二十日，奉朱批：刑部议奏。钦此。[②]

0174. 奏报提督谭上连因病出缺缘由折

光绪十六年三月十七日（1890年5月5日）

头品顶戴护理甘肃新疆巡抚新疆布政使臣魏光焘跪奏，为喀什噶尔提督因病出缺，请旨迅赐简放，以重地方，恭折仰祈圣鉴事。

窃臣前准喀什噶尔提督臣谭上连咨称：迩来旧伤时发，痰血交唾，设法医调，益形委顿，请据情代奏开缺回籍等因。臣以喀什噶尔地方紧要，标营甫立，防范未可稍松，当经咨覆在任调养，

①台北故宫博物院藏：《军机及宫中档》，文献编号：408006685。

②中国第一历史档案馆藏：《录副奏折》，档号：03-7313-024。

借资镇守。兹据署喀什噶尔提标中营参将万胜常、疏勒直隶州知州蒋诰禀报：该提督于光绪十六年三月初三日丑时病故等情。前来。臣查谭上连忠勇性成，勋劳卓著，兹以旧伤触发，在任病故，殊堪悯惜！

除饬将该提督身后一切妥为料理，并查明生平战绩事实另案具奏请恤外，所遗喀什噶尔提督员缺，相应请旨迅赐简放，以重职守。谨会同陕甘总督臣杨昌濬，恭折由驿驰奏。伏乞皇上圣鉴训示。谨奏。光绪十六年三月十七日。

（朱批：）另有旨。[①]

光绪十六年四月二十日，奉朱批：另有旨❶。钦此。[②]

【案】此奏旋于十六年四月二十日得旨，《上谕档》载曰：

光绪十六年四月二十日，内阁奉上谕：喀什噶尔提督着董福祥补授，黄万鹏着补授阿克苏镇总兵。钦此。[③]

0175. 请以董福祥等署理提督等缺片

光绪十六年三月十七日（1890 年 5 月 5 日）

再，喀什噶尔提督员缺极关紧要，亟应遴员署理，以重地方。查有头品顶戴甘肃新疆尽先补用提督阿克苏镇总兵云骑尉世职阿尔杭阿巴图鲁董福祥，忠诚果敢，器识闳深，前此克复新疆各城，战功卓著。嗣统军驻防喀什噶尔，威望夙孚，兵民翕服，迄署阿克苏镇总兵，旋补实缺，设立标营，尤能悉心规画，措置咸宜，堪以署理提督篆务。其所遗总兵篆务，查有头品顶戴甘肃新疆尽先补用提督请补喀什噶尔回城协营副将现署该营副将二等轻车都尉伯奇巴图鲁黄万鹏，驭军整暇，韬略优娴，久历边疆，情形洞

---

①台北故宫博物院藏：《军机及宫中档》，文献编号：408006686。

②中国第一历史档案馆藏：《录副奏折》，档号：03-5869-034。

③《光绪朝上谕档》，第 20 册，第 131 页。

悉，堪以署理。

除分别咨行外，谨会同陕甘总督臣杨昌濬，附片具奏，伏乞圣鉴。谨奏。

（朱批：）兵部知道。①

光绪十六年四月二十日，奉朱批：兵部知道。钦此。②

【案】此奏旋于十六年四月二十日得旨，《清实录》载曰：

甘肃新疆喀什噶尔提督谭上连病故，以阿克苏镇总兵董福祥为喀什噶尔提督，喀什噶尔回城协副将黄万鹏为甘肃阿克苏镇总兵官。③

0176. 恭报十六年正月雨雪粮价情形折

光绪十六年三月二十五日（1890年5月13日）

头品顶戴护理甘肃新疆巡抚新疆布政使臣魏光焘跪奏，为恭报光绪十六年正月分粮价并得雪情形，谨缮折具陈，仰祈圣鉴事。

窃照光绪十五年十二月分各厅州县粮价并得雪情形，业经臣奏报在案。兹据署新疆布政使饶应祺详称：十六年正月分，北路迪化得雪，积地一尺；阜康得雪，积地五寸有余；绥来、奇台、昌吉、库尔喀喇乌苏、镇西、哈密得雪，积地三四寸不等。伊塔道属绥定得雪，积地八寸；宁远得雪，积地尺余。南路库车得雪，积地一尺；拜城、叶城得雪，积地五寸；和阗、于阗得雪，积地三寸；喀喇沙尔得雪，积地一寸；余均微雪。

至通省粮价镇西、哈密、吐鲁番、库尔喀喇乌苏、喀喇沙尔、乌什、英吉沙尔、疏勒、莎车、和阗、迪化、昌吉、阜康、绥来、宁远、拜城、疏附、于阗等厅州县，俱与上月相同，余均略有增减，汇详请奏前来。

---

①台北故宫博物院藏：《军机及宫中档》，文献编号：408006686-0-A。

②中国第一历史档案馆藏：《录副奏片》，档号：03-5869-035。

③《德宗景皇帝实录》（四），卷之二百八十四，光绪十六年四月，第786页。

理合恭折具陈，并缮粮价清单，敬呈御览。伏乞皇上圣鉴。谨奏。光绪十六年三月二十五日。

（朱批：）知道了。①

光绪十六年五月初三日，奉朱批：知道了。钦此。②

0177. 呈新疆光绪十六年正月粮价清单

光绪十六年三月二十五日（1890 年 5 月 13 日）

谨将新疆各属光绪十六年正月分米粮时估价值，缮具清单，恭呈御览。

计开正月分

镇迪道属

迪化县：大米每京石价银二两九钱六分，小麦每京石价银一两六分一厘，莞豆每京石价银一两一钱五分二厘，青稞每京石价银七钱五分九厘，俱与上月相同。

昌吉县：大米每京石价银一两九钱八分二厘，小麦每京石价银八钱四分二厘，莞豆每京石价银九钱九分，青稞每京石价银八钱七分五厘，俱与上月相同。

阜康县：粟米每京石价银九钱五分五厘，小麦每京石价银九钱九分，莞豆每京石价银一两六分一厘，高粱每京石价银五钱三分，俱与上月相同。

奇台县：大米每京石价银二两四钱一分六厘，较上月减一钱七分三厘。小麦每京石价银七钱七厘，较上月增三分五厘。莞豆每京石价银八钱六分三厘，较上月增一钱三分八厘。

绥来县：大米每京石价银一两七钱七分，小麦每京石价银八钱五分五厘，莞豆每京石价银九钱二分一厘，高粱每京石价银五钱六分三厘，俱与上月相同。

①台北故宫博物院藏：《军机及宫中档》，文献编号：408006687。

②中国第一历史档案馆藏：《录副奏折》，档号：03-6891-003。

镇西直隶厅：小麦每京石价银一两五钱，莞豆每京石价银一两五钱一分，青稞每京石价银九钱二分，俱与上月相同。

哈密厅：粟米每京石价银一两四钱四分，小麦每京石价银一两一钱七分三厘，莞豆每京石价银一两四钱一分一厘，青稞每京石价银八钱二分二厘，俱与上月相同。

吐鲁番厅：小麦每京石价银一两一钱一分八厘，大麦每京石价银五钱六分，高粱每京石价银四钱八分二厘，黄豆每京石价银一两四钱九分三厘，俱与上月相同。

库尔喀喇乌苏厅：小麦每京石价银一两二钱，莞豆每京石价银一两四钱二分八厘，高粱每京石价银九钱五分，俱与上月相同。

伊塔道属

绥定县：大米每京石价银三两九钱四分八厘，较上月增六钱九分二厘。小麦每京石价银九钱六分三厘，较上月减三厘。莞豆每京石价银一两二钱六分八厘，较上月减三钱二厘。大麦每京石价银七钱九分一厘，与上月相同。

宁远县：大米每京石价银三两二钱五分六厘，小麦每京石价银八钱九分七厘，大麦每京石价银五钱八分八厘，莞豆每京石价银一两八厘，俱与上月相同。

阿克苏道属

温宿直隶州：大米每京石价银一两二钱一分六厘，小麦每京石价银六钱九分，大麦每京石价银三钱，俱与上月相同。包谷每京石价银三钱四分，较上月减二钱四厘。

拜城县：小麦每京石价银三钱五分，大麦每京石价银一钱八分，莞豆每京石价银二钱六分，包谷每京石价银二钱六分，俱与上月相同。

喀喇沙尔直隶厅：大米每京石价银一两九钱二分四厘，小麦每京石价银六钱九分，莞豆每京石价银七钱二分，包谷每京石价银五钱一分二厘，俱与上月相同。

库车直隶厅：大米每京石价银一两二钱，较上月减二钱。小麦每京石价银四钱九分，较上月增二分。莞豆每京石价银二钱八分，较上月减三分。包谷每京石价银三钱，与上月相同。

乌什直隶厅：大米每京石价银一两六钱六分八厘，小麦每京石价银五钱一分四厘，大麦每京石价银二钱五分六厘，包谷每京石价银四钱七分一厘，俱与上月相同。

喀什噶尔道属

疏勒直隶州：大米每京石价银三两三钱，小麦每京石价银一两三钱八分，包谷每京石价银一两一钱五分二厘，高粱每京石价银八钱五厘，俱与上月相同。

疏附县：大米每京石价银三两三钱，小麦每京石价银一两三钱八分，包谷每京石价银一两二钱六厘，高粱每京石价银八钱五厘，俱与上月相同。

莎车直隶州：大米每京石价银二两二钱二分，小麦每京石价银八钱，大麦每京石价银五钱，包谷每京石价银五钱九分四厘，俱与上月相同。

叶城县：大米每京石价银二两六钱一分，与上月相同。小麦每京石价银八钱九分，较上月增一钱四分。包谷每京石价银五钱七分六厘，较上月增一钱二分。青稞每京石价银三钱五分，较上月增二分五厘。

和阗直隶州：大米每京石价银一两八钱二分，小麦每京石价银九钱三分八厘，包谷每京石价银五钱六分三厘，青稞每京石价银四钱九分七厘，俱与上月相同。

于阗县：大米每京石价银二两七分，小麦每京石价银九钱三分八厘，包谷每京石价银六钱四分，俱与上月相同。

英吉沙尔直隶厅：大米每京石价银二两七钱三分，小麦每京石价银五钱五分，包谷每京石价银四钱，大麦每京石价银二钱三分，俱与上月相同。

玛喇巴什厅：大米每京石价银三两五钱五分二厘，较上月减五钱九分二厘。小麦每京石价银八钱二分八厘，较上月减二钱七分六厘。包谷每京石价银六钱四分，较上月减二钱五分六厘。

（朱批：）览。[①]

0178. 预估新疆及伊犁十七年以后军饷折

光绪十六年三月二十五日（1890年5月13日）

头品顶戴护理甘肃新疆巡抚新疆布政使臣魏光焘跪奏，为预估光绪十七年以后新疆及伊犁军饷，恭折仰祈圣鉴事。

窃臣准户部咨：具奏甘肃关内外各军饷项、军装及善后一切经费，十七年以后奏令预行裁省，于十六年春间先行估奏，以便汇总指拨等因。当经行司核议。兹据署甘肃新疆布政使饶应祺详称：新疆抚、提、镇标，岁需俸饷银一百五十六万两；添制军装、器械，岁需银十万两；司库例支不敷，岁需银十五万两；地方例支杂差、车脚、口分，岁需银五万两。古城旗营经费，岁需银六万五千两；均属常年应需之款。善后经费岁拨银十四万两，前于十三年估拨十四年饷项案内，原请减银七万两，嗣因部议北路城工令于此项银内取给，复请仍拨十四万两，以资补苴。现查北路城工，用费犹巨，善后亦未告竣，需款尚多，应仍照原数估拨十四万两。通共岁需银二百六万五千两。

查十三年以前，新疆岁分协饷银二百二十万两，复由四分平余项下提拨银十万两，作为古城旗营经费，实收银二百三十万两。十四年至十六年止，平余一项，不准提拨，此三年中旗营经费由新疆分饷内支给，每年已减银十万两，又提出转运公用银四万两，合饷装等项及提存共收银二百十六万两。十七年以后，岁需银二百六万五千两，较之十三年以前，共减银二十三万五千两，委实无可再减。前项岁需银二百六万五千两，应请奏明指拨。

再，伊犁军饷等项，岁分银八十四万两。十六年分饷前经奏

---

①中国第一历史档案馆藏：《单》，档号：03-6891-004。

明拨归伊犁将军，旗绿各营饷装等项银四十万两，定为常额，又除甘肃司库扣抵借款银五万两，余银三十九万两，概归新疆统收分支。现在伊犁镇标营制未定，善后一切，需款极繁，十七年饷项应一并请照原数估拨等情。详请具奏前来。

臣查新疆地处极边，全恃协饷接济。迩来东南迭告灾歉，能节省一分，即纾各省一分之力。无如行省改建，兴举百端，边防紧要，情形与关内不同。伊犁郡县甫设，诸同创始，情形又与所属各道不同。时势所值，倍极艰难，固不敢图宽裕以糜财，实未便因省啬而废事。合无仰恳天恩俯念饷需关重，饬部照议指拨。至新疆提存银两，可否援照关内估案，照旧指拨银八万两，提存司库，以裕边储而备缓急之处，并恳饬部核议。

所有预估甘肃新疆及伊犁光绪十七年以后军饷缘由，谨会同伊犁将军臣色楞额、陕甘总督臣杨昌濬，恭折具奏。伏乞皇上圣鉴训示，施行。谨奏。光绪十六年三月二十五日。

（朱批：）户部议奏。①

光绪十六年五月初三日，奉朱批：户部议奏。钦此。②

0179. 请照原拨伊犁饷数再拨三年饷银片

光绪十六年三月二十五日（1890 年 5 月 13 日）

再，伊犁岁饷上年定期交割划分饷数，奏明十六年新疆巡抚分银三十九万两，内善后经费银十一万二千两，提存银五万两，实只分镇标饷装银二十三万八千两。查色楞额移交马步三千人，马队较多，核计军饷，尚属不敷。现饬伊犁镇总兵张俊会同伊塔道府，按照新疆设立抚、提、镇各标马三步七章程，将营制、饷章议详核办，将来岁饷自可较减。惟伊犁郡县甫设，善后事宜亟当及时举办，如满城城垣、将军、都统、领队衙署、旗营兵房、

---

①台北故宫博物院藏：《军机及宫中档》，文献编号：408006688。

②中国第一历史档案馆藏：《录副奏折》，档号：03-6118-103。

庙宇、绿营分驻处所及添设道、府、厅、县佐职，应修城垣、衙署、祠庙，并修整卡伦、发给屯户籽种、牛具，诸务纷繁，需款极巨，缓无可缓。若仅恃岁拨善后经费银十一万二千两以资展布，非六七年不能蒇役，势将待款停工，旋作旋辍。

臣辗转筹思，事既在所必举，款即在所必需，与其岁月迁延，待款于五六年之外；何如从宽请拨，集事于二三年之中！成效可以立收，一劳可以永逸！拟请饬部照原拨伊犁饷数，再拨十七、八、九三年，每年饷银八十四万两，毋庸再行提存。计自十七年起，将军分银四十万两，巡抚分银四十四万两，除镇标岁需饷装银二十余万两，尚余银二十万两有奇，俾得赶将伊犁一切事宜尽此三年布置停妥，应需经费仍当极力撙节，随时估报造销，不敢丝毫滥溢，以重帑项而纾宸廑。是否有当，谨附片具奏。伏乞圣鉴训示，施行。谨奏。

（朱批：）户部议奏。①

光绪十六年五月初三日，奉朱批：户部议奏。钦此。②

0180. 委令任兆观署理知县遗缺片

光绪十六年三月二十五日（1890年5月13日）

再，署昌吉县知县邓以潢现调署绥定县知县，所遗员缺查有候补知县任兆观，堪以委署。据署新疆布政使饶应祺、镇迪道兼按察使衔恩纶会详前来。除由臣批饬给委外，谨会同陕甘总督臣杨昌濬，附片具奏。伏乞圣鉴。谨奏。

（朱批：）吏部知道。③

光绪十六年五月初三日，奉朱批：吏部知道。钦此。④

---

①台北故宫博物院藏：《军机及宫中档》，文献编号：408006688-0-A。

②中国第一历史档案馆藏：《录副奏片》，档号：03-6625-009。

③台北故宫博物院藏：《军机及宫中档》，文献编号：408006687-0-A。

④中国第一历史档案馆藏：《录副奏片》，档号：03-5265-012。

0181. 奏闻伊犁将军色楞额因病出缺折

光绪十六年三月三十日（1890年5月18日）

头品顶戴护理甘肃新疆巡抚新疆布政使臣魏光焘跪奏，为伊犁将军因病出缺，请旨迅赐简放，恭折仰祈圣鉴事。

窃臣据伊犁镇总兵张俊、署伊犁府知府潘效苏呈报：伊犁将军臣色楞额前于光绪十六年二月十四日以旧伤复发，奏请赏假一月调理，旋于闰二月十八日奏明力疾销假在案。三月二十五日戌刻，陡患痰壅气逆，不能言语，即于是日亥时出缺，医治不及等情，到臣。

除伊犁将军篆务并色楞额身后一切事宜应由副都统臣富勒铭额①分别奏明办理外，所遗伊犁将军员缺，理合请旨迅赐简放，以重边疆。谨恭折由驿驰奏，伏乞皇上圣鉴。谨奏。光绪十六年三月三十日。

（朱批：）另有旨。②

光绪十六年五月初三日，奉朱批：另有旨❶。钦此。③

❶【案】此折旋于是年五月初三日得旨，《上谕档》载曰：

光绪十六年五月初三日，内阁奉上谕：伊犁将军色楞额，老成勤慎，前在军营带兵剿贼，著有战功，历任副都统、驻藏大臣，洊升将军，宣力有年，可称厥职。兹闻溘逝，轸惜殊深，着加恩照将军例赐恤。任内一切处分，悉予开复；应得恤典，该衙门察例具奏。灵柩回

---

①富勒铭额（？—1903），佚其氏，甘肃新疆古城人，隶满洲镶白旗。道光年间，任前锋校。光绪九年（1883），署乌鲁木齐满营协领，兼署乌鲁木齐领队大臣。十二年（1885），署理乌鲁木齐都统。十四年（1887），以都统恭镗荐，迁伊犁副都统。十六年（1889），以伊犁副都统兼署伊犁将军。十九年（1892），调补塔尔巴哈台参赞大臣。二十三年（1896），乞归。二十九年（1903），卒，恤如制。

②台北故宫博物院藏：《军机及宫中档》，文献编号：408006689。

③中国第一历史档案馆藏：《录副奏折》，档号：03-5869-071。

旗时，沿途地方官妥为照料。该将军子孙几人，着魏光焘查明具奏，候旨施恩。钦此。[①]

0182. 奏报富勒铭额等足资镇抚边疆片

光绪十六年三月三十日（1890年5月18日）

再，伊犁地处极边，内辖蒙、哈诸部，外与俄疆毗连，抚驭均关紧要。现在旗营军标正须布置整顿，不料色楞额遽行出缺，幸左翼副都统富勒铭额久在边疆，忠诚干练，洞达边情，遇事尤善持大体。索伦领队大臣崇勋识度闳远，处事精详，平时与色楞额区画经营，均能尽虑竭忠，力维大局。此次事出意外，必能和衷商榷一切，妥为料理，翕协群情，镇安边宇，借以仰纾宸廑。理合附片具陈。伏乞圣鉴。谨奏。[②]

光绪十六年五月初三日，原片归箍。[③]

【案】光绪十六年五月二十七日，塔尔巴哈台参赞大臣额尔庆额以新疆伊犁事局紧要，具折密陈请饬在籍新疆巡抚刘锦棠驰回本任，以资镇抚，曰：

奴才额尔庆额跪奏，为伊犁事局紧要，拟请将地方文武升迁降调各事宜，由将军会同督抚办理，以重事权，并请旨饬催在籍巡抚速回本任，以资镇抚，谨恭折密陈，仰祈圣鉴事。

窃维伊犁为极边要地，控驭素难。将军系专阃大员，事权宜重。溯查新疆自乾隆年间勘定以来，设立将军员缺，统辖南北两路，印信、敕书特加总统字样，节制都统、提督以下，所以隆体制而重事权也。自新疆改建行省，伊犁新设府道，而将军之权遂轻，伊犁事局因

---

①《光绪朝上谕档》，第16册，第151页。

②中国第一历史档案馆藏：《录副奏片》，档号：03-5868-107。

③此奉旨日期等，据《军机处随手登记档》（档案编号：03-0264-2-1216-147）校补。

之日坏。查已故伊犁将军色楞额于前年赴任时，道过新疆省城，自以于关外情形不甚熟习，商之抚臣调员差遣，以收指臂之效。于是劣员钻营，转相汲引，随同该将军前往办事，名相维持，实则箝制。道府则虚文崇奉而呼应不灵，将弁则骄蹇奢华而积习不改。其余同城文武皆以旗绿各别，无所忌惮，每存轻视之心。色楞额见遇事龃龉，业已积忿难平。兹复因属员朦蔽钱法，办理不善，贻害地方，而且牵涉俄商，恐生边衅。自以累世受恩深重，愧愤交集，服毒捐生，虽咎由自取，而情实可矜。

奴才之愚以为色楞额之事既往矣，无可深求，似宜亟思变计，以图补救之方。惟伊犁地处极边，毗连俄境，中外交涉，关系匪轻，将军员缺自非他省驻防可比。查陕甘总督距伊犁五千余里，甘肃新疆巡抚距伊犁一千余里，均属鞭长莫及。拟请将伊犁文武员弁自镇道以下如有优劣，应听伊犁将军随时举劾。凡升迁、调补各事宜，并由将军随时会同督抚办理，以重事权。如此酌量变通，庶属吏知所敬畏，而边防得以措手矣。傥邀俞允，并恳天恩饬部立案，以便遵守。

抑奴才更有请者，新疆行省初立，一切粗有规模，惟南路缠回苦官吏之烦苛，狡焉思逞，徒以慑于兵威，暂就羁縻，苟安无事，游匪潜踪。各处稽查难遍，遇事生风，吏治渐习因循，民气日趋浇薄。整顿抚绥，实非易易。护理甘肃新疆巡抚布政使魏光焘，居心刻薄，物议沸腾，众望未孚，难资表率。查准假在籍甘肃新疆巡抚刘锦棠，夙著声威，军民悦服，行省之议，实总其成。相应请旨饬催该抚臣，迅速驰回本任，俾得一手经理，以资镇抚而竟全功。

奴才愚昧之见，是否有当，谨恭折密陈，伏乞皇上圣鉴训示。谨奏。光绪十六年五月二十七日。①

0183. 奏明拟办伊犁地方事宜情形折

光绪十六年四月初六日（1890 年 5 月 24 日）

头品顶戴护理甘肃新疆巡抚新疆布政使臣魏光焘跪奏，为拟

①中国第一历史档案馆藏：《录副奏折》，档号：03-5265-083。

办伊犁地方事宜大概情形，恭折仰祈圣鉴事。

窃维伊犁为新疆重地，向设将军，统辖驻防旗务，兼理地方。风会所趋，建省设郡，地方文武奏归巡抚管辖，责任所属，经画宜周。臣前准将军臣色楞额移交，悉心体察，有不敢以暂时摄篆，稍涉因循，亦未便以时绌举赢，概行缓办者。

一曰：整顿营伍。设兵所以卫民，防务废弛，士卒惰偷，非特缓急不足恃也。伊犁辖境辽阔，户口稀少。哈萨克恃其慓悍，三五成群，外来匪徒又复隐相勾结，劫抢之案，层见迭出，往来行旅，各有戒心，是宜以巡防缉捕责之营汛。现饬伊犁镇总兵张俊，将所部营旗勤加训练，申明纪律，以作士气；一面妥筹布置，择要扼扎，联络巡防，务使缓急有备，边境晏然，地方事宜乃可以次举行。

一曰：修理水渠。该处地亩多由哈什、辟里沁、伊犁等河开渠引溉，惟冰雪消融，河流暴涨，时有冲塌之患。现据署宁远县知县高敬昌禀报：所属巴彦岱渠被水刷裂数十丈，毁坏庐舍十余户，正会营拨勇，酌派民夫，分工赶筑；而哈什河及七里沟、城盘子等渠复行溃决，宽十数丈长至四十余丈不等。臣查该县甫经招户，渠道忽被冲决，亟应修整，以便耕垦，当饬署伊犁府知府潘效苏驰往勘办，并饬张俊多拨队伍，迅往修复。此外各处渠道兵燹后，多半坍塌淤塞，均应及时修浚，俾广水利。又，绥定县属果子沟为迤东孔道。上年，色楞额奏请提拨银两，以备岁修。查该处层峦夹峙，仄径崎岖，冬令雪积冰凝，既须开凿，方春融释，或大雨时行，山水陡发，一经刷洗，多成深坑。运解军饷，递送公文，阻滞动至经旬，亦应借资勇力，兼筹并及。

一曰：兴办屯务。伊犁水土肥饶，乱后尽成荒废，欲兴地利，首重屯田。该处向分旗屯、兵屯、回屯、民屯，旗屯地亩，应由将军臣饬令查丈，计户授田，联成片段，不与各屯参杂，以示区别。兵屯原为抵兵饷、实边储起见，惟查现在情形，似应改作民屯，一律招垦。查光绪九年户部奏请大兴屯田一折[1]，经前将军臣金顺覆奏，收获略无赢余，不能接济军食，请从缓议[2]。抚臣刘锦棠亦于统筹全局折内声明屯田抵饷，难求速效[3]，各等因。是该处兵屯不能不变通办理。新疆现设各标，系以客勇抵兵，此辈虽来自田间，大半不安耕作，亦既挂名兵籍，岂愿更事耘耔？即令迫之使前，而人非土著，事不经心，卤莽之耕，虽遇丰年，无殊歉岁，抵饷不能，边储何有？况标勇只有此数，既须操演，日事巡防，而筑城建署，资其力；浚渠平道，护解饷装，又资其力；并顾兼营，日不暇给，复欲其作苦陇亩，有不辍耕而叹者乎？臣愚以为与其寓农于兵，徒博抵饷实边之虚名，不如改为民屯，立收升科成赋之实效。数年后，兵制大定，诸事就绪，如果兵屯可复，再行察看情形，酌量指拨荒地，俾令垦种。至现未充兵旧户及各户余丁所垦熟地，应与民屯一体科粮，用杜冒占。回屯本为民地，惟汉缠气类各殊，应分段落，各奠厥居。其如何分等、清丈、给照、管业，借给牛籽，定限起征，业经派员会同地方官，妥为筹办。

一曰：联络保甲。伊犁五方杂处，又近俄疆，无业闲民，往来游匪，逗遛城市，摇煽百端，积习相沿，几难穷诘。若不设法整顿，将变本加厉，且有猝难收拾之虞。现于城关地面委员填发门牌，分行保甲，联络各户，互相稽查。从来不靖之徒多成于勾引，无人敢为，窝容宵小，自当敛迹，除莠安良，当无逾此。

一曰：推广义学。边荒风会，骤难转移，非以诗书之泽隐相渐摩不可。查惠远、塔勒奇各城居民尚少，暂可毋庸设学；绥定、宁远现设义学九堂，膏火、薪粮暂由善后项下支给。慎择塾师，朝夕训课，“章句”之外，兼习“幼”“仪”，并将四子书浅近义理，日与讲说，冀牖其秉彝之良，渐化其嚣凌之气。兴学立教，取效不必速入，人固甚深也。

一曰：修建城署。伊犁向列九城，棋布星罗，雄镇边圉。今惟绥定、拱宸、广仁、瞻德四城及惠远大城曾经奏修，多未完工，其余各城均待兴筑。将军及副都统，前经刘锦棠奏准同驻惠远，以资镇守，因衙署未修，暂驻绥定。新设道府各官，或出租赁住，或筑室暂居，遂至废址颓城，并无障蔽官司廨舍陋等民廛，既无以震慑强邻，亦无以昭垂体制。现惠远城未竣工程及应修衙署、兵房、庙宇，容咨商将军臣，酌计经费，先行兴修。其未修各城及文职道府以下武职总兵以下衙署、监狱、仓廒、祠庙等工，亦应以次举办，均照南北两路城署章程，派拨营勇，帮同工作，以期节省。所需匠工、物料，饬由地方官核实估报，分案奏咨。

一曰：修整卡伦。东南通商，尚有重洋阻隔。伊犁则沙漠广袤，处处可通，既无以杜阑入之路。沿边地段并无居民，又无以资声息之通居室者，须固藩篱卡伦，实关紧要。查该处自光绪九年，界务分画完竣，总计新旧设立卡伦三十二处，由锡伯、索伦、察哈尔、额鲁特等营分派官兵驻扎，历时既久，各卡均应补修完固，仍由锡伯各营分段驻守。中俄通商，应按照约章，祗准由指定霍尔果斯卡伦出入，责成该处通判认真稽查，此外卡伦概行封禁，业饬署伊塔道英林照会俄领事，商妥照办。

一曰：清理交涉。中俄事件，轇轕滋多。清查界址，自为最要关键。查俄商贸易圈原在惠远城外，今则萃处宁远一隅。当伊犁交还之时，缠民被胁迁入俄境。收还以后，田产迄未清厘，现中国商民反有出租银赁俄商房屋以居者。住中国之地，取中国之租，而不纳中国税饷，揆诸事理，未免失平，非亟为清理，实无以严中外之防而弭侵占之患。臣檄饬署伊塔道英林派员查明，先将宁远城内俄商购置房地，备价赎回；其余田庐、园地，在指定贸易圈以外者，均按约章，完纳税饷，仍饬令推诚相与，不激不随，务期妥善，仰副朝廷绥边之至意。

以上各端，或次第推行，或同时并举，事等创始，头绪纷繁，成效能否速收，臣不敢多所论列，惟有分饬文武各员认真办理，裨益边疆。需用经费，已于估饷折内奏明在案。

除镇标营制、饷章、驻扎处所容俟议定另行奏咨外，所有现办伊犁地方事宜大概情形，是否有当，谨会同陕甘总督臣杨昌濬，恭折具奏，伏乞皇上圣鉴训示。谨奏。光绪十六年四月初六日。

（朱批：）知道了，该衙门知道。[①]

光绪十六年五月初九日，奉朱批：知道了，该衙门知道。钦此。[②]

❶【案】光绪九年十一月十八日，户部尚书额勒和布等以饷款艰窘，具折奏请饬令新疆南北两路大兴屯田，以裕边储，曰：

户部尚书臣额勒和布等谨奏，为饷款艰难，新疆南北两路急需大兴屯田，以裕边储，恭折仰祈圣鉴事。

窃维天下之患，常苦于兵多而饷不足。兵愈多则国愈弱，饷愈多则国愈贫。史册具在，可考而知。自军务平定以来，俸禄未复，官已困矣。厘金未裁，商已困矣。京协各饷，定有考成，追呼急则农亦困。各处欠饷累千百万，积欠多则兵亦无不困。夫尽搜括裁省之术，而犹不足以养兵。此臣等所为夙夜忧惶、靡知所措也。

以现在兵饷论之，惟新疆一隅较各省养勇为多，饷需亦较各省为急。每年军饷不下七百余万。各省关频年协济，竭蹶不遑，偶有不敷，动请部垫。部库关系根本，且全倚外省解款，支用繁多，时虞不给，万难将钜款屡行垫出，致误要需。以现存营勇论之，新疆尚有四万余人，不裁则终年并无战事，遽裁则又恐疏虞。长此不已，坐耗资粮，其患何所底止？况目下各省水患频仍，海防吃紧，假令协饷提解不前，军心摇动。在臣部既无可支拨之区，各路统兵大臣又将何以为善后之计乎？当此时事艰难，臣等弥深焦灼，勉图补救，实乏良谋。惟有于新疆南北两路急为大兴屯田，为当今紧要切务，借人以尽地利，即借地利以养人，是有五利焉。

新疆军粮向由内地运至哈密分运各城，或于各城设采运局分运各处。山谷阻深，道路辽远，核计运脚，所费不赀。若兴屯政，就地收耕获之利，内地无转饷之劳，其利一。各路请饷太多，势难按期拨

①台北故宫博物院藏：《军机及宫中档》，文献编号：408006690。

②中国第一历史档案馆藏：《录副奏折》，档号：03-6721-006。

解，若兴屯政，口粮无忧缺乏。且该处新收粮食即可划抵该处饷需，每年当节省银数十万两，足以纾饷力、固军心，其利二。新疆现收民粮，每年约有三十余万石，皆以供支各营，扣抵兵饷。若兴屯政，寓农于兵，所收民粮即可改征折色，用备度支，其利三。兵燹之后，户鲜盖藏，若兴屯政，数年之内必有余资，粮价因之而平，边储亦因之而实，其利四。凡兵以劳而强，以逸而弱。各军无事坐食，筋骨懈弛，窃恐师老财殚，缓急俱不足恃。若兴屯政，劳其筋骨，将来驱赴战场，必更勇健，其利五。

臣等反覆思维，虽富强之效不能期诸旦夕，而屯垦之事殊难缓于斯须。且修屯政以实边陲，非自今始也，古人尝行之矣。新疆开办屯田，亦非自今始也，乾隆、嘉庆年间已行之矣。历代屯政，难以缕述。我朝自开辟新疆以来，旧有旗屯、兵屯、户屯、回屯，成效昭然。遗规具在，可仿而行，岂空言哉？查臣部于上年十月，会议新疆善后事宜折内，曾请将屯田事宜由该大臣等明定章程，奏奉谕旨，行知遵照在案。迄今一年有余，仍未据该大臣等声复。臣等悬揣其故必有三难，一则虑边地苦寒，西戍难必。一则虑军卒骄惰，不习锄犁。一则虑心力不齐，难归一致。臣等以为无足虑也。

新疆地广，间有戈壁。然北路自木垒河起西抵伊犁，地皆肥润，种一石可获数十石。南路八城素称饶沃，各营驻扎处所即不能一律，大抵可耕之地居多，不难择地开垦。前闻俄国山诺尔地方产粮甚多，曾代楚军采运。夫以山诺尔偏隅之地尚有余粮售买，新疆地大物博，果能勤事耕作，储积自必丰盈。是边地苦寒不足虑。昔唐臣郭子仪封汾阳王，自耕百亩以励军士。于是谷麦充赡，军有余粮。该大臣等若严加督课，以身先之，该管弁勇何敢告劳？是军卒骄惰亦无是虑。所可虑者，心力不齐耳。心力不齐，坐食者任意优游，力耕者转扣底饷，人情既有所不甘，各营或困而观望。相应请旨饬下新疆各路统兵大臣，速议章程，刻期一律兴办屯政，并须明定赏罚，以示劝惩，嗣后该管营官以本营收获之多寡为殿最，庶几士皆用命，饷不虚縻。一俟开办稍有端倪，臣部即为筹拨款项，续行奏明办理。

所有屯田事宜，臣等谨缮清单，恭呈御览。伏乞皇太后、皇上圣鉴训示。谨奏。光绪九年十一月十八日。

户部尚书臣额勒和布，户部尚书臣阎敬铭，户部左侍郎臣孙诒经学差，署户部左侍郎顺天府尹臣周家楣，户部右侍郎臣宗室敬信假，署户部右侍郎吏部右侍郎臣宗室昆冈，户部右侍郎臣孙家鼐。①

【案】户部尚书额勒和布、阎敬铭等随折附有清单一件，曰：

谨将新建屯田事宜缮具清单，恭呈御览。一、各处屯田地方宜预行筹画也。查新疆于三年冬收复，前督臣左宗棠即有就地取资之论，派委员分投清丈地亩。迄今六年之久，当已丈竣。此次开办屯田，或因昔时旧屯，或逆回叛产，以及零星荒地皆可耕种。该大臣等应将某境内可垦田地若干亩，迅速查明，报部备核。

一、各营承种地亩宜分任责成也。查新疆从前开办屯田之时，每兵一名，种地二十亩至二十余亩不等。现在各营承种，必须分任责成。该大臣等应将某营认种某境内某处，地亩若干，每勇一名承种地亩若干，分晰报部查核。

一、兴修水利以资灌溉也。查南北两路，河流甚多。百余年来，水利叠兴，尤以故督臣林则徐所修伊拉里克水利为最著。前伊犁将军曾奏请加新赋二十万两，今查其地在吐鲁番、托克逊之间，水田甚广，故屯田尤以得人为要。应由该大臣等拣派熟谙水利之员，遍勘地势，或引河水，或浚山泉。若著有成效，准其择尤保奖，并令久于其任，以资熟手而竟全功。

一、农具等项宜分别购买修补也。查开办屯田，所有农具以及籽种、牛只皆需经费，或招工匠制造，或由他处购买，或就仓存籽粮拨给，由该大臣等查明某营种地若干，应用各项若干，报部查核。嗣后购买修补，或动余存经费，或将收获余粮变价津贴，届时酌度情形办理。

一、收获粮石宜分别扣抵存储也。查光绪八年，乌鲁木齐都统咨称：巴里坤屯地，初年耕种，除口食粮及籽种外，尚余各色粮数十石。三年，即余二百余石。巴里坤系著名瘠苦之区，必须歇年耕种，

①中国第一历史档案馆藏：《录副奏折》，档号：03-6714-082。

收获尚能如此，况各处腴区甚多，若每营以一半应差操，一半事耕作，约计每一人种地，尽可供数人口粮。一俟收获之时，该大臣等将某营某处实收某色粮若干，除籽种外，扣抵各营兵饷若干，余存若干，按年造报查核。其余剩粮石，择拣高燥之地，建仓存储，以免霉烂。

一、分别赏罚以示劝惩也。查光绪四五等年，伊犁将军派官兵在塔尔巴哈台等处屯田，将出力官兵奏请奖励。其实所种之地无多，且有赏无罚，何以示惩？屯田各营耕作不无勤惰之分，劝惩宜有赏罚之别。嗣后各营中如有收获最多者，准将该营官保奖升阶，以示优异。收获较少，查系耕作不力者，即将该营官严行参办，以警效尤。该大臣等均视各营收获多寡，分别议叙、议处。若总办、督办大臣果能尽心尽力，每年实能以粮放兵、抵省银饷数十万两者，仰恳天恩特予格外优赏。其为数实多者，由特恩锡以世职，以为广筹兵食者劝，非臣下所敢妄请。均俟该处开办定章，再由臣部奏明，会同吏、兵二部遵照办理。①

【案】户部尚书额勒和布、阎敬铭等又以新疆屯田必以得人总会其成，附片曰：

再，屯田一事必以得人为要。得其人则饷需节省，不得其人则帑项虚糜。查乾隆二十五年，阿桂以参赞大臣专理屯田，开渠灌溉，利赖已百余年。乾隆五十五年，叠奉谕旨，以伊犁地广田肥，分给官兵地亩，用资生计。历任将军均以灌溉乏水未及筹办，旋经将军松筠亲为履勘地势，始得道水要领，浚通惠渠，引丕里沁山泉灌田数万顷。此皆得人之明验。然亦由当时事权专一，故动则有成。

现在统兵大员、将军、都统、参赞，时有更调。即有才识，亦难尽展施为。复有督办、帮办军务大臣，众口相传。目为五帅，位均势敌，钤辖殊难。所有各路情形，早在圣明洞鉴之中，臣等何敢轻为置论。惟是开办屯务以及善后一切事宜，必须得人，总会其成，庶免夹

①中国第一历史档案馆藏《单》，档号：03-6714-083。

杂牵混之弊。至应如何区处、俾归画一之处，臣等未敢擅拟，伏候圣裁。谨奏。①

❷【案】光绪十年十一月初八日，伊犁将军金顺为遵议伊犁屯田事宜缘由一折，曰：

帮办军务大臣革职留任伊犁将军奴才金顺谨跪奏，为遵议伊犁屯田事宜，分别办理，恭折具陈，仰祈圣鉴事。

窃奴才准户部咨开：本部具奏饷款艰难，新疆南北两路急须大兴屯田，以裕边储一折，光绪九年十二月初一日，军机大臣面奉谕旨：户部奏，新疆南北两路急须大兴屯田，开单呈览，暨开办屯务，必须得人各折、片，着户部咨行新疆各路统兵大臣，酌议办理。钦此。恭录谕旨，钞录原奏、清单、附片，飞咨遵照等因。前来。

窃查屯田之事，从来筹边者，莫不亟以为言，实亦备塞之良策也。我朝开辟新疆，于武定功成之后举行农政，于是拨南路之缠回，移内地之绿兵，先后设立兵屯、回屯、户屯，酌收租粮，以济兵食。后因旗营官兵驻防年久，生齿日繁，生计维艰，始设法开渠拨地，添设旗屯，令闲散余丁代耕，并雇人佃种，以资养赡。百余年来，已著成效。迨同治年间，全疆沦陷，伊犁各城兵，或被害尤酷，地方蹂躏不堪，沃壤之区，皆成莽旷。仰蒙皇威远振，还隶版图，亟应认真整顿。

光绪八年三月中旬，收复伊犁各城后，奴才即思举办屯务，以裕军食。无如遍野荒芜，沟渠湮没，且彼时俄人尚在境内驻兵一年，居民之归中、归俄者，亦尚未定，碍难举办屯垦。及九年二月十三日俄兵撤回，又将从前殷实种地缠回全行逼迁归俄，所剩缠回贫苦者二千数百户，除老幼、妇女外，强壮者已属无多，收辑汉民，更属无几。当即拨给地亩，酌发牛、籽，俾其各安耕凿，借以维系人心，即为将来举办屯务张本。至于绿营，尚未及挑补足额，而各旗除察哈尔、鲁特原系游牧不谙稼穑外，其满营兵丁自遭兵燹后，孑遗无多，先后收辑，尚不敷挑补兵额之数。正在讲求操练，势难兼事耰锄。至防营兵

①中国第一历史档案馆藏：《录副奏片》，档号：03-6714-084。

勇久征边徼，不但未习耕耨，且伊犁收复未久，逼处强邻，地方辽阔，分段扼扎，防务极关紧要。又兼新入俄籍之狡黠陕回、汉回、缠回、哈萨克等众环处藩篱，恃俄人为护符，往往数十成群，去来飘忽无定。所有防营兵勇昼夜梭巡，搜捕不暇，更难远离营所，此旗兵、营勇难以举办之实在情形也。

所有屯粮抵饷一节，前经督办军务臣刘锦棠奏请暂从缓议，并声明俟裁勇后，伊犁屯务由奴才妥筹等因。具奏在案。奴才受恩深重，当此时事艰难之际，正力求补救之时，何敢坐失地利？但奴才昔年军行所在，极力兴屯，乃试办有年，其中利弊，实已深知难求速效。及上年复挑选锡伯营闲散壮丁及强壮缠回、汉回等，酌给牛对、籽种，令其承垦，并修浚阿齐乌苏渠，以资灌溉，原冀办有成效，即可推广而行。及秋成收获，通计略无赢余，仍不能接济军食。若再强责旗兵、营勇承垦，不特开浚水渠一切费即不赀，饷项仍难节省，且乍垦之土将来之成否，有无利益，尚未可必。再四熟筹，惟有先将回屯、户屯两项竭力劝兴开垦，以期渐还旧规。所有旗兵、营勇两项屯田，合无仰恳天恩俯念防务紧要，暂从缓议，俟兵制定妥，边境乂安，再行察看情形，仍照旧章办理，以求实际。

奴才为慎重边防起见，是否有当，理合恭折具陈。伏乞皇太后、皇上圣鉴训示。谨奏。光绪十年十一月初八日。

光绪十年十二月十九日，军机大臣奉旨：户部知道。钦此。①

❸【案】光绪十年四月二十八日，新疆巡抚刘锦棠奏报统筹新疆情形一折，曰：

钦差大臣督办新疆军务兵部右侍郎二等男臣刘锦棠跪奏，为遵旨统筹新疆兵饷、官制、屯田情形，并陈欠饷不可折发，全疆宜联一气，以规久远，恭折仰祈圣鉴事。

窃臣承准军机大臣字寄：光绪十年二月十七日，奉上谕：户部奏，西路军饷浩繁，急须统筹全局，并详筹未尽事宜各折片。近年部

---

①中国第一历史档案馆藏：《朱批奏折》，档号：04-01-22-0063-022。又，《录副奏折》，档号：03-9554-019。

库及各省库款倍形支绌，而供亿浩繁，以西路饷需为尤钜。似此年复一年，殊非持久之道。部臣通盘计算，请饬统筹，系属顾念时艰、力图久远起见。着刘锦棠、金顺、张曜、谭钟麟，按照该部所奏各节，悉心区画，切实筹商，将款项之应用应抵、兵勇之应留应汰，务就左宗棠原议三百数十万之饷，量入为出，撙节开支，以期经久而昭核实。议定后速行具奏。原折片均着钞给阅看。等因。钦此。跪读之余，仰见睿谟广运，下逮刍荛，莫名钦悚。

伏查新疆兵备，向有旗绿之分。旗则酌拨满洲、锡伯、索伦之兵，绿则酌拨陕西、甘肃标路之兵，或携眷驻守，或按期换防。当是庙算于各本营挂支额粮，可免骤增新饷。扼地周数万里之遥，兵不更添，而防戍周匝，棋布星罗。北路郡县而外，以伊犁为重镇，设将军、领队以下官，并设理事抚民同知。塔尔巴哈台设参赞。乌鲁木齐设都统、领队，库尔喀喇乌苏、古城、巴里坤设领队。又有乌鲁木齐提督、巴里坤镇总兵所辖官弁。南路则叶尔羌设参赞，和阗设协办，喀什噶尔、英吉沙尔、阿克苏、乌什、库车、喀喇沙尔设办事，吐鲁番设领队。哈密当南北之总汇，设办事、协办各一员。又喀什噶尔有换防总兵及各城副、参、游、都、守所辖官弁，更有章京、通判、粮员、笔帖式等专司征收各务大小员弁多至数千，兵屯并兴，以资弹压，而辟荆榛，远近相维，疏密相间，种民效顺，部落畏威。百数十年，安之若素。惟回疆民事委之于阿奇木伯克，情伪无可防谙，上下恒多隔阂，民怨沸腾，官尚罔觉。驯至全疆沦陷，一切荡然无存，耗宇内之金钱，始得削平大难。譬人久病之后，一息仅属，专赖滋培。征军之留戍者，除臣部诸军外，明春、恭镗所统各营近虽已散，而北有金顺、锡纶之军，南有张曜之军。若伊犁、塔尔巴哈台、乌鲁木齐、古城、巴里坤所存之旗兵，亦已渐次收集。饷章歧出，头绪纷纭，以云省费，诚有可省！左宗棠屡疏请设行省，实见时会所趋，舍此不足言治。勇粮则积欠愈深，协饷则报解日短，虽频年多方腾挪，陆续裁遣，无如月饷善后所需出入，断难弥缝。臣仰荷恩纶，谬负督办之责，而自湘楚及提镇各营外，如金顺、张曜、锡纶所部，未能代为筹画，穷年累月，限制毫无，竭各省之转输，烦朝廷之廑系，时觉寝馈不安。部臣责以考核，又复深谅其艰，故以定额饷、定兵额、一事权三者为当务之亟，诚系今日新疆之要图。所贵先具规模，力求撙节，于大局则骨节灵通，于协济则力堪供亿。谨按部臣原奏，就臣管见所及，总举四端，敬为我皇太后、皇上陈之。

一、拟留营兵勇以定饷数也。查承平时，新疆旗绿各营，数逾四万，协饷系与甘肃并估，一岁之中，预拨正饷四百一十五万有奇，常例分半提用，曾经左宗棠查明奏报有案。其换防之兵九千余人来自关内，则关外历来得饷较优，经出之名亦夥，就地抵征无几，盖仰支于协饷。乱后情形迥殊于昔，安集延各部为俄所并，哈萨克布鲁特大半归俄。于是南北两路边界多与毗连，所在防范宜周，不仅伊犁一隅扼要也。从前额兵职官北路独多，今则两路并重。南路形胜以喀什噶尔为最，阿克苏、乌什次之。现拟规复兵额，全疆旗绿定以三万一千人为准，应如部臣所议，将旧有之乌鲁木齐、巴里坤、古城、库尔喀喇乌苏、吐鲁番各处旗丁归并伊犁，即以伊犁将军与塔尔巴哈台参赞为驻防旗制，合马步勇营共足万人，余以六千三百人归喀什噶尔道属，以四千五百人归阿克苏道属，以六千四百人归镇迪道属。其巴里坤镇则定三千八百人。甘肃兵饷旧章，满年四本八折，马兵每名月支银二两、粮二石，应支银十六两、粮八石。步兵每名月支银一两五钱、粮一石五斗，应支银十二两、粮六石。守兵每名月支银一两、粮一石，应支银八两、粮四石。遇闰递加。马步之饷稍裕，守兵几难自存。内地人稠，犹有疲弱充数，平时多不归伍，偶值迎送差使，始行招集。饷数过少，不能严以相绳。新疆地旷人稀，求其虚应伍籍，亦不可得。精壮之丁远来边外，募之为兵，必须优给饷银方敷食用。勇营无款可裁，势宜仍照行粮支给。臣曾沥陈苦况，仰蒙圣慈，准如所请。兵制未复，旧勇久役思归。若改坐粮，大都籍隶东南，距家万里，必非所愿。即伊、塔两处之锡伯、索伦、兀鲁特、察哈尔等各项旗兵，经此乱离，异常寒苦，月饷暂宜宽给，以稍养其元气。约计三年之内，当可设法将旧勇裁并，旗兵困亦少纾，再按坐粮起支。以马步三万一千人并算，马三步七，每年照行粮需银二百九十一万余两。照坐粮每年需银二百十万余两。兹除金顺、锡纶两军外，臣与张曜所部共计二万七千五百余员名。适谭钟麟息借陕西商款之三十万，分解哈密十八万。臣即勉为挪凑，已将董字、定远、蜀军改营为旗，裁并二千。张曜之嵩武军自光绪元年出关，时阅十年，不无疲废，拟商抽裁千数百人。至臣前接部覆，议准修建南路城署，当即分饬遵办，趁此防营相助，事半功倍，经费暂于军饷挹注，共需三十七万四千余两，满拟照数请拨部储，归款即可权挪，再裁二千余人。旋经户部议驳，艰窘概可想见。只以勇存饷积，年须多耗二十余万。能暂腾挪的款，臣得资以周转，将来并张曜所部于二万一千之额，一无所溢，实为一举两得。部库未充，更何敢坚申前请？伏读谕旨务就左宗棠原议三百数十万之饷，量入为出。揆时度势，目前断不能敷。无论如何，兵勇共留三万一千人，万难再减。除已改之坐粮标勇、土勇外，余存之营尚须照支行饷，则臣部应分饷银百五十万，加善后经费银十四万，添制军装、器械银十六万。金顺、锡纶共分饷银九十四万，加善后经费银十六万，添制军装、器械银十万。张曜共分兵饷、制办银四十万。已需三百四十万。顷接谭钟麟缄商，关内须分饷银百二十万。是合甘肃新疆现尚须的饷四百六十万，较之向额四百一十五万，仅多费银四十余万。若旧勇裁毕，统改坐粮，新疆每年可省兵饷八十余万。其善后之三十万两，于三年后均可停止，则每年合关内外止须协银三百数十万两，适符左宗棠前奏所定之数。此通筹额兵以定饷数之大略也。

一、酌改营制以归实用也。查向来驻防旗营，例分前锋、领催、马甲、步甲及养育兵，月饷季粮，各有等第。绿营分马、步、守三项，今于伊、塔两处共拟分兵万人，必照旗例则概须以次安设。成规稍繁，边防关紧，征剿极不可忽。臣愚妄拟伊犁分七千人，塔尔巴哈台分三千人。伊犁即就该处现存之锡伯、索伦、察哈尔、厄鲁特及现拟移乌鲁木齐各城之旗丁内，挑选三千人以作旗兵，再于金顺所部勇营挑留四千人，作为马步游击之兵。应如何归旧设之伊犁总兵等官统驭，即由将军辖制酌定。伊犁各城旗丁素多，此后生齿繁衍，似应酌添旗兵之额，既便安插，且即资其捍卫，并由将军详察筹拟。塔城挑留旗兵一千人，再于锡纶所部勇营挑留二千人，作马步游击之兵。该处亦有绿营官弁，应由参赞酌夺，便于随时调派。兵力实已不单，战守自当确有把握。惟该两军并张曜之嵩武军均议裁汰旧勇，必须钜款解到乃能分遣，应请饬下原协各该军之省关，迅筹大批起解，以便各得赶定汰留，借免贻累。日后其三道所属总二万一千人，马步分编，择驻险要，马为马营，步为步营，不想搀杂。有事出征，一兵可得一兵之用。左宗棠、杨昌濬等前议减兵加饷，声明酌提马步数成，择地团扎操练，技艺必须精强，枪炮务期有准，系为猝有战事起见。关外防守较前尤须严密，正在复兵伊始，除酌拨各处分汛足敷弹压匪类、查缉盗贼外，余兵随所隶之将军、参赞、巡抚、提镇驻扎常川练习，俾成劲旅。严除应差挂名离伍之陋习，即偶有蠢动，直可灭以朝食，不必悉借客勇始足以殄寇氛。饷则由勇改兵，旧本行粮，今议俟后复兵，改支坐粮，业经节省。因其既已着籍，不须往返川资，且室人聚处，粮饷所入无颗粒分毫之浪掷。苟善用其经营之术，尚勉足以支撑。倘更减于坐粮，则将无以存活，何能养其锋锐，缓急足恃？是则司农给饷当持之以坚，不可久而核减。边将练兵当驭之有道，不可从而冒侵，庶几防剿兼资，斥堠无惊，允堪靖邻固圉。旗绿各兵常驻其地，从此不须换防，兼卫身家，其志益固。此酌改兵制以备征守之大略也。

一、酌定官制，以一事权也。查关外向止有镇迪一道，近则南路添设两道，并划哈密通判以隶新疆，计厅州县二十余属。回疆始有治民之官，旗丁概归伊塔驻防。前此之都统、参赞、办事、协办、领队各官，若仍沿例简放，则直无事可办，无队可领，坐使有用之材置诸闲散之地。诸臣世受国恩，岂肯徒縻禄糈？且各州县抚此孑遗，疲瘠不堪，每遇大僚过境，虽无不格外体恤，然如车马所需，本系例所应供，况长途戈壁，使臣遄征，艰辛已极。有司守土，往往不待传索，谊应稍尽东道之情。塞外百物腾昂，一差经过，恒致负累。兹欲从新整理，臣愚拟请除留伊犁将军、塔尔巴哈台参赞两处旗营外，其余两路之都统、参赞、办事、协办、领队各缺，概予裁撤。移乌鲁木齐提督于喀什噶尔，移喀什噶尔旧有之换防总兵于阿克苏。其所属各营旗分防城隘，应更详勘明确，再行定义。乌鲁木齐地可兼扼南北，即裁都统，则臣原议请设甘肃新疆巡抚、藩司未可再缓。镇迪道属之兵，即作抚标。倘缘节费不亟设省，别无钤辖之方。至暂留都统仿前节制镇迪之例，系属权宜敷衍，终亦务须更张。每岁协饷仍归陕甘总督统估，按数分起拨解关外。各部不许各自派员坐催守提，免耗薪水、旅费，且免不肖委员挪饷带货，多索车马。而摊销抵饷之累，亦将不禁自除。又，配造子药所需物料，虽不必尽由内地置办，而价昂工贵，甚不合算，应归总督督饬甘肃新疆总粮台，分别购办，拨解各处应用。共费若干，年终由应分协饷内划抵归款。本地岁入之项，除伊塔两城不计外，三道所属岁征银六万八千余两，额粮二十四万余石，拨发各营，扣收价银，目前但勉敷各文员廉俸、书役工食及各军台、塘汛、驿站、卡伦、兵丁、夫马、工料之需。日后垦荒益广，额粮必增，入款可望起色。营旗各员参用营勇之章，便于训练，如副将作营官，即以中军都司为总哨，千把、经制、外委为正副哨长。参将、游击作营旗官，即以中军守备为总哨，千把、经制、外委为正副哨长。都司、守备作旗官，即以中军千总为总哨，把总、经制、外委为正副哨长。兵署即同行营壁垒，营官、总哨、哨长共居垒中。兵房随哨盖建，无故不准出外，逐日操演，俾其常存锐气，以免日久疏懈，渐就颓唐。否则各居衙署，散漫无归，骤难查察。其应如何安置眷属，容再详拟。从此官署兼仿营垒之式，则队伍自然整齐。马步分起编列成营，则声息自然联络。治兵之官不似往者之冗。牧令勤求民瘼，诚意感孚，使之渥沾圣化。去其阿奇木伯克之权，薄赋轻徭，想与维系。数年之间，语言文字或可渐轨大同。部臣所谓同是血气之伦，绥之斯来。理有固然。此筹议官制以一事权之大略也。

一、屯田归兵徐议抵饷也。前准户部咨钞折稿，以饷款艰难，新疆南北两路急需大兴屯政，以裕边储。钦奉谕旨，饬臣等酌议办理。方与诸臣熟商，此次户部又以屯田抵饷为言。查屯田之说，自汉以后言兵农者，莫不引为足食节饷之大经。其制不一，唐之营田，明之卫田，所在有屯后，率有名无实。新疆旗屯、兵屯、商屯、回屯，酌收租粮。其效惟伊犁为最大，次则塔尔巴哈台亦设屯营。南路各城较少，而伊拉里克之水利经故督臣林则徐议修，于是中外称善。臣前率师经历两路，曾经访及屯务，如伊拉里克隶吐鲁番，旧有民耕坎井。

其法系向天山之麓开井而下，更为上下浚渠，循此间十数丈，以次接开渠道，暗通道引雪水伏流，以资灌溉。每修一坎，费钱约千余缗，浇地二三百亩不等。其不修明渠者，一恐风沙吹压，一则渠深数丈，搬土较难。惟吐鲁番土质坚致，乃能潴流固岸，不虞浮壅，本是成法。林则徐复为加意讲求，其利益溥，故该处之地，民但有力，无不争垦。臣曾于南路哈密各处仿此试开，或无水可迎，或旋开旋塌。地势所限，有非人力所能强争者。至若旗屯、兵屯，地率专为片段，中无民地淆杂。抵饷之议，臣昔以费繁饷绌兴屯，为大利源，极思仿而行之。比年试办，始知其效不可骤期。久遭兵燹，水道湮塞，兴修各工咸资力于营勇，未免一律尽力于农。非如宋臣陈恕之所云军卒骄惰也。各勇远征绝徼，复迫之东作，心志既不专壹，人地本属生疏，将领虽严加程督，而时而耒耜，时而干戈，无非勉强以应，终难谙悉。驻营多在冲途，附近之可垦者早经土民承种。即以哈密言之，择地拨归营屯，求其与民无碍，除戈壁不任开垦外，偏在大泉湾、塔尔纳沁等处，远隔百余或二百余里。上年总计各处所获粮石，扣还成本，略无赢余。倘因屯垦之故移营以就，则应防之汛地又须添营填扎，不特甫辟之土成否尚未可必，即使丰收，已先专糜月饷，统算岂不极亏？此而欲抵实饷，必俟兵制定妥，宽予年限，乃有着落。盖农夫之于耕务，先谙其土性，播种随宜，然后秋成无误。勇丁各怀故土之思，暂耕于此，虽任耰锄之役，不期收获之丰。又须购器、豢牛、籽种之需，耗费颇钜。事属大众，只图塞责。如或界接民田，虽毫无骚扰，亦甚恐惶。浇水争先，漫无分志。燥湿过度，日至鲜成。民田固隐受其困，而官本亦坐耗矣。南路缠回多以农务为生，间有荒莱，则实苦于无水。张曜谓其有类石田。北路乌鲁木齐一带，恭镗咨称：旗兵各屯折抵，均无所获。伊犁境内，金顺、升泰覆咨，亦云通算迄无利益。伊地夙号膏腴，果能不相攘害，咸愿耕于其野，委弃殊为可惜。塔城亦多沃壤，锡纶当不忽视。现拟复兵，臣愚请于裁勇后，除伊塔两处由金顺等妥筹外，余就各兵驻防之所，如有荒地可拨，为之酌数分给，即同己业。兵虽不皆土著，既经入伍，自各愿有室家。令其操防之暇，从事陇亩，人情各营其私，致力自倍寻常，甲年无息，取偿乙岁。扣抵复从其轻，必且乐此不疲。公家既得略抵饷项，仓储亦得借以充盈，有恃不恐，其利可以操券。苟务期效旦夕，考成所迫，始长虑而却顾，卒致无功。此兴屯抵饷难求速效之大略也。

以上四者，部臣筹之甚切。臣苦识虑短浅，有惭远谟。而边寄忝膺，用敢竭诚条上，吁恳饬部详核覆奏，请旨颁行，以节财用而策治安。抑臣更有请者，部臣鉴于迩来勇籍之多虚冒，务求核实归并，有云补半年欠饷，余欠悉令报效。值此度支万窘，几于筹无可筹。乃援明春裁营补发半年欠饷之请以为旧章，意谓似此清厘，虽较积欠大减，究于实数无亏。然于臣部各军，则情事大相径庭。查乡勇越境剿贼，始自故大学士曾国藩，由湘而推行于江西、湖北。厥后帅臣各就其乡招募，遂遍各省。臣曩隶老湘军，稔知勇夫之于领饷，亦若农人之占天时，按候无差。每届准假，算明找补，不爽丝毫，故咸踊跃用命。父兄死事，子弟继之。上无克冒之弊，下尽心力之能，规制森严，莫敢撄犯。以言乎剿则电掣风驰，无坚不破。以言乎防则修工护运，无役不从。感圣朝之信赏，争先恐后，发捻苗回，次第芟夷。湘楚各军从无折发旧饷之举。勇夫远戍穷边，离其父母、兄弟、妻子，至有十余年未获一还家者。少壮从戎，今且垂暮。平时存银，不能支取。家中或致冻饿，然犹有所待。上之所以慰勇者，曰俟后腾饷给假，分厘皆清。勇之所以慰家者，曰少迟领欠假旋，聊敷事畜。此实塞上征夫里闾老幼所赖以为养命之源、历年遵行不渝者也。

古语有之，政莫大于信。我皇太后、皇上平定四方，赋不少加，而偶灾必赈，俭以自奉。而养军惟优厚泽深仁，独超往古，薄海臣民，罔不沦肌浃髓。比者西陲敉靖，各勇方庆凯旋有日。前之归者，役期若干，领欠若干，还而自按。若竟短扣，能无寒心？况其甘于远役，原恃饷款，聊可为身家之计，岂料至于折发？勇数并无浮报，入营悉属的期，彰彰在人耳目，尽堪稽考。部臣极虞年积一年，姑具此说。微臣受恩深重，倘可强为试行，甚愿因之清欠。而身任其职，洞悉其隐，不敢缄默。朝廷亦何吝此，致失大信于功成之后耶？伏恳天恩，矜念久征之勇，俟其裁撤，仍照原欠之数算找，则所全实大矣。

全疆既筹经久之策，要在通力合作。将来统留兵勇三万一千人，三道所属纵横约二万里，共拟分兵二万一千，更难兼防外境。伊塔分驻万人，辖境比之昔年，已形狭小，防战亦应预筹。其与俄人交涉，守约立威，军垒务须整饬，城防务须布置，必兵数无缺，饷数无侵。斯镇守非虚，士气常振，纪律严明，则商贾不至裹足，户民得以安居，强邻亦当震慑。前者伊犁收还，臣即缕晰函商金顺，速为筹办，洎今未接其覆书。金顺成老硕望，战绩卓然，一经振刷精神，加之整顿，自足为西域之长城。统计新疆近费已不下数千万。俄壤紧接，嗣后但可进尺，不能退寸，尽在边臣激发天良，廉以持躬，恩以孚众，更精求武备，联为一气，勿存旗绿之见，尚可互借声援。积弊既除，铠仗一新。军容苟有可观，成效乃有可睹。如荷鸿慈垂诫，臣虽驽钝，惟罄人十己千之力，稍酬高天厚地之施。金顺等渥承眷畀，必当迅图振奋，力保严疆。久远之规，实基于此矣。

除关内兵饷一切另有督臣谭钟麟通筹具奏外，臣与金顺、张曜等相距过远，必待一一函商，须延数月，重以西饷万分拮据，去冬息借之银，订于四月归楚。不特无款可还，而本年报解寥寥，即每月应发之盐菜银两，亦苦无以点缀。万灶所托迫切，殆难言状。惟有恳恩迅饬提解，以济燃眉，边局幸甚。不揣冒昧，谨先恭折复陈。是否有当，伏乞皇太后、皇上圣鉴训示。施行。谨奏。光绪十年四月二十八日。

光绪十年五月十七日，军机大臣奉旨：该部议奏。钦此。①

0184. 审拟民人马银故杀人命一案缘由折

光绪十六年四月初六日（1890年5月24日）

头品顶戴护理甘肃新疆巡抚新疆布政使臣魏光焘跪奏，为故杀人命，核明定拟，恭折具陈，仰祈圣鉴事。

窃库尔喀喇乌苏厅客民马银因口角起衅，故杀缠回奴尔身死

①台北故宫博物院藏：《军机及宫中档》，文献编号：127021。又，中国第一历史档案馆藏：《朱批奏折》，档号：04-01-30-0214-017。

一案，据署库尔喀喇乌苏厅同知黄率淮验讯解省，议拟未妥，发回复审。值黄率淮撤任，接署同知周鼎铭讯明议详，由镇迪道兼按察使衔恩纶核转前来。

臣覆加查核，缘马银籍隶陕西泾阳县。光绪二年，来库尔喀喇乌苏城内，开设磨坊，与已死缠回奴尔素识无嫌。十一年，马银买羊十八只，交哈萨克哈的牧放，约定次年归还，不料哈的久不交给。十四年二月初，哈的来城，马银向索羊只，并投鸣哈萨克乡约。奴尔从场理论。哈的随称带有牛只二头，变价归清各散。讵哈的将牛变价，潜行逃走。马银向奴尔要人，奴尔以并未作保，斥其诈骗，势将逞凶。马银自料力不能敌，忍气而归。十九日下午，马银随带小刀，拟戳奴尔出气，走至街外，与奴尔撞遇，马银持刀向戳，奴尔逃跑被草兜绊跌。马银赶上，用刀连戳，致伤奴尔右臁肕、左肭脷，奴尔在地滚骂，声称伤好定要报复。马银愈加气忿，一时顿起杀机，有心致死，用刀戳其脊背一下，移时殒命。比据乡约报验获犯，讯供议拟解省，发回覆讯，详兼按察使衔核明转详，臣覆核无异。

查律载：故杀人者，斩监候等语。此案马银因口角起衅，故杀奴尔身死，自应按律问拟。马银合依“故杀人者，斩监候”律，拟斩监候，秋后处决，照例先行刺字。事犯虽在光绪十五年三月十六日恩诏以前，核其情罪，不在援免之列。哈的图骗羊只，肇衅酿命，饬厅查缉，获日另结。无干省释。凶刀案结销毁。是否有当？

除全案供招咨送刑部外，合将故杀人命，核明定拟缘由，恭折具陈。伏乞皇上圣鉴，饬部核议施行。谨奏。光绪十六年四月初六日。

（朱批：）刑部议奏。①

---

①台北故宫博物院藏：《军机及宫中档》，文献编号：408006691。

光绪十六年五月初九日，奉朱批：刑部议奏。钦此。[①]

0185. 奏为万胜常调署副将要缺缘由片

光绪十六年四月初六日（1890 年 5 月 24 日）

再，请补喀什噶尔回城协营副将现署该营副将黄万鹏，前经臣奏委署理阿克苏镇总兵篆务在案。所遗副将员缺，查有请补喀什噶尔提标中营参将现署该营参将万胜常，办事勤干，胆略兼优，堪以委署。除饬遵外，谨会同陕甘总督臣杨昌濬，附片具奏。伏乞圣鉴。谨奏。

（朱批：）兵部知道。[②]

光绪十六年五月初九日，奉朱批：兵部知道。钦此。[③]

0186. 覆陈修理城署等工请饬照册核销折

光绪十六年四月二十四日（1890 年 6 月 11 日）

头品顶戴护理甘肃新疆巡抚新疆布政使臣魏光焘跪奏，为覆陈新疆南北两路修理城垣、衙署并省城城垣、巡抚、藩司衙署用过银两，恳恩饬部仍照原册核销，恭折仰祈圣鉴事。

窃臣准工部咨：光绪十六年[④]十二月二十五日，议奏护理甘肃新疆巡抚魏光焘复奏新疆南北两路修理城垣、衙署，工料碍难援照例价造销等因。检查原册，并未开明做法细数及木植名目，工料银两，核与例价，大相悬殊，应令删减，另造清册，送部核办一折，奉旨：依议。钦此。又准咨奏新疆修理省城城垣、巡抚、藩司衙署，查册开工匠各项银两，系照该省市价开报，比甘肃省例价多至二三倍不等，应令核实删减，另造细数清册送部，再行

①中国第一历史档案馆藏：《录副奏折》，档号：03-7313-032。

②台北故宫博物院藏：《军机及宫中档》，文献编号：408006690-0-A。

③中国第一历史档案馆藏：《录副奏片》，档号：03-5869-096。

④此处应为光绪十五年，疑为笔误。

核办一折，奉旨：依议。钦此。各等因，到臣。当经转行司道据实详复前来。

查新疆修理各处城垣、衙署，业将高宽丈尺及砖瓦、木料大小长短于造销册内注载。木植一项，南北两路以白杨、松树为大宗，椽檩柱栌，均堪就用，价亦相等。工匠、物料，南路向较关内为昂，北路价值尤贵，其万难援照例价发给情形，迭经奏明在案。而开办以来，多资勇丁帮作，故前项城垣、衙署共计三十六起，实只用银五十二万余两，较之伊犁前修惠远一城请销二十四万余两，相去奚止倍蓰！新疆创设行省，百役繁兴，就地既无款可筹，丝毫仰给协拨，能省一分，既能多办一事，是以一切工程用项无不极力撙节，减而又减。现在部臣饬令删减，另造细册，自系为慎重帑项起见。惟各项银两均系核实造报，委属无从删减，相应吁恳天恩俯准饬部将新疆南北两路修理城垣、衙署，并省城城垣、巡抚、藩司衙署用过银两，仍照原册一律核销，以清积案，出自鸿慈！

谨会同陕甘总督臣杨昌濬，恭折具奏，伏乞皇上圣鉴训示。谨奏。光绪十六年四月二十四日①

光绪十六年五月二十九日，奉朱批：着照所请，该部知道。钦此。②

【案】此折之具奏日期，目录署“光绪十六年五月二十九日”即奉旨日期，原件文尾亦未署，未确。兹据录副校正。

---

①此具奏日期原件文尾未署，兹据录副校补。

②台北故宫博物院藏：《军机及宫中档》，文献编号：408006700。又，中国第一历史档案馆藏：《录副奏折》，档号：03-7158-021。

0187. 审拟锡伯营喀拉西图财害命一案折

光绪十六年四月二十六日（1890年6月13日）

头品顶戴护理甘肃新疆巡抚新疆布政使臣魏光焘跪奏，为图财害命，核明定拟，恭折具陈，仰祈圣鉴事。

窃伊犁锡伯营闲散喀拉西图财，谋杀汉民张帼义身死，弃尸灭迹一案，经伊犁理事同知联恩获犯，移会伊犁抚民同知骆恩绶，录供详报。因犯供游移，批饬覆审。嗣伊犁改设郡县，移交新设署宁远县知县高敬昌，起赃议拟，解署伊犁府知府潘效苏会同理事同知联恩，详署伊塔道英林审明，咨镇迪道兼按察使衔恩纶，核转前来。

臣覆加查核，缘喀拉西籍隶伊犁锡伯营，四牛录闲散，与已死天津县民张帼义素不认识。光绪十二年九月初七日早，喀拉西由家赴绥定城寻工，行约二十里，见张帼义赶有单套牛车，装载麦石，起意谋死，得财使用，跟至伊犁河滩，四下无人，乘张帼义下车，即举防身木棍，连殴其右太阳、偏右等处，登时身死。比向死者身上搜得洋帖银五两，遂负尸并凶棍抛弃河内，转回将牛车赶走，行至同旗达连巴图屋侧，因牛行迟缓，捏称自买麦石，寄放达连巴图家中，托其代售，随放空车赴宁远城，卖与缠回艾底拉，得银十五两。旋经尸亲认出牛车报官，获犯起赃，由县详府，会同理事同知详道，咨兼按察使衔核明转详，臣覆核无异。

查例载：图财害命，得财而杀死人命者，斩立决等语。此案喀拉西见张帼义车牛、麦石，起意图财，棍殴张帼义右太阳等处身死，弃尸已失，得其银两，车牛、麦石，赃证确凿，实属图财害命，自应按例定拟。喀拉西除弃尸已失轻罪不议外，合依“图财害命，得财而杀死人命者，斩立决”例，拟斩立决，先行刺字。犯事虽在光绪十五年三月十六日恭逢恩诏以前，核其情罪，不在查办之列。犯父老病昏愦，与寄放麦石之达连巴图、误买牛车之艾底拉，讯明不知图财害命情事，应均免议。原赃追给，无干省释。是否有当，除全案供招咨送刑部外，合将图财害命，核明定拟各缘由，恭折具奏。伏乞皇上圣鉴，饬部核覆施行。谨奏。光绪十六年四月二十六日。

（朱批：）刑部速议具奏。[1]

光绪十六年六月初一日，奉朱批：刑部速议具奏。钦此。[2]

0188. 审拟民人贺秉亭谋杀人命一案折

光绪十六年四月二十六日（1890 年 6 月 13 日）

头品顶戴护理甘肃新疆巡抚新疆布政使臣魏光焘跪奏，为挟仇谋杀，审明定拟，恭折具陈，仰祈圣鉴事。

窃吐鲁番厅客民贺秉亭挟借贷不遂之嫌，起意谋杀吴应全身死一案，据署吐鲁番厅同知张起宇获犯验讯，议拟招解，因犯供游移，发迪化府审拟去后。兹据署迪化府知府黄丙焜督同发审局委员讯明，详镇迪道兼按察使衔恩纶转解前来。

臣亲提审讯，缘贺秉亭籍隶四川东乡县，素称无赖，动辄逞凶。光绪十三年冬，来吐鲁番谋事，与已死吴应全同乡认识，先无嫌隙，陆续赊欠吴应全货银六两。十四年九月，贺秉亭托陈得三作保，向吴应全借银五十两还债。吴应全不特未允，并索欠帐。贺秉亭斥其薄情，加之外帐追逼，潜服洋药，至吴应全家中图赖，经乡约等灌救扶归。十五年二月不记日期，贺秉亭酒醉，夜过吴应全门首，触动宿忿，有心放火，随拆凉棚芦席，置放铺门，甫经点然，被查街委员撞见，登时扑灭，将贺秉亭责惩，念系酒醉放火未成，故未送厅究办。从此，四川同乡鄙其为人，贺秉亭谋生无路，益加忿恨，起意将吴应全谋死泄忿，无便下手。五月二十六日上午，吴应全从贺秉亭门外经过，贺秉亭瞥见，随拿小刀站在巷口等候，伺吴应全转回，即举刀向戳。吴应全用手搪抵，

[1]台北故宫博物院藏：《军机及宫中档》，文献编号：408006692。

[2]中国第一历史档案馆藏：《录副奏折》，档号：03-7313-037。

致伤左手膈脉，并带伤左胳肘。贺秉亭复用刀戳其左胁，吴应全倒地，贺秉亭又用刀戳其发际。经李守富救阻，贺秉亭逃逸。信知尸子抬回，医治罔效，延至六月十二日，因伤殒命，报厅验讯解省，因犯供游移，发迪化府审讯，解兼按察使衔核明转详，臣亲审无异。

查律载：谋杀人，造意者，斩等语。此案贺秉亭挟仇谋杀吴应全身死，自应按律问拟。贺秉亭除放火未成轻罪不议外，合依“谋杀人，造意者，斩”律，拟斩监候，秋后处决，照例先行刺字。李守富救阻不及，应毋庸议。无干省释。尸棺饬埋，凶刀案结销毁。是否允协？

除全案供招咨送刑部外，合将挟仇谋杀审明定拟缘由，恭折具奏。伏乞皇上圣鉴，饬部议覆施行。谨奏。光绪十六年四月二十六日。

（朱批：）刑部议奏。①

光绪十六年六月初一日，奉朱批：刑部议奏。钦此。②

0189. 恭报十六年二月雨雪粮价情形折

光绪十六年四月二十七日（1890年6月14日）

头品顶戴护理甘肃新疆巡抚新疆布政使臣魏光焘跪奏，为恭报光绪十六年二月分粮价并得雪情形，谨缮折具陈，仰祈圣鉴事。

窃照光绪十六年正月分各厅州县粮价并得雪情形，业经臣奏报在案。兹据署新疆布政使饶应祺详称：本年二月分，北路镇西得雪，积地一尺；迪化、绥来、奇台得雪，积地五寸；昌吉、阜康得雪，积地三寸；哈密、吐鲁番、库尔喀喇乌苏微雪。伊塔道属绥定、宁远微雪。南路疏勒、疏附得雪，积地六寸；拜城、英吉沙尔得雪，积地一寸；喀喇沙尔、库车、乌什、叶城微雪，余

---

①台北故宫博物院藏：《军机及宫中档》，文献编号：408006693。

②中国第一历史档案馆藏：《录副奏折》，档号：03-7313-036。

未得雪。

至通省粮价，镇西、哈密、喀喇沙尔、英吉沙尔、疏勒、莎车、和阗、迪化、昌吉、阜康、绥来、疏附、于阗等厅州县俱与上月相同，余均略有增减。汇详请奏前来。

理合恭折具陈，并缮粮价清单，敬呈御览，伏乞皇上圣鉴。谨奏。光绪十六年四月二十七日。

（朱批：）知道了。[1]

光绪十六年六月初一日，奉朱批：知道了。钦此。[2]

0190. 呈新疆光绪十六年二月粮价清单

光绪十六年四月二十七日（1890年6月14日）

谨将新疆各属光绪十六年二月分米粮时估价值，缮具清单，恭呈御览。

计开二月分

镇迪道属

迪化县：大米每京石价银二两九钱六分，小麦每京石价银一两六分一厘，莞豆每京石价银一两一钱五分二厘，青稞每京石价银七钱五分九厘，俱与上月相同。

昌吉县：大米每京石价银一两九钱八分二厘，小麦每京石价银八钱四分二厘，莞豆每京石价银九钱九分，青稞每京石价银八钱七分五厘，俱与上月相同。

阜康县：粟米每京石价银九钱五分五厘，小麦每京石价银九钱九分，莞豆每京石价银一两六分一厘，高粱每京石价银五钱三分，俱与上月相同。

奇台县：大米每京石价银二两二钱四分四厘，较上月减一钱七分二厘。小麦每京石价银七钱七分八厘，较上月增七分一厘。

①台北故宫博物院藏：《军机及宫中档》，文献编号：408006695。

②中国第一历史档案馆藏：《录副奏折》，档号：03-6892-001。

莞豆每京石价银八钱二分八厘，较上月减三分五厘。

绥来县：大米每京石价银一两七钱七分，小麦每京石价银八钱五分五厘，莞豆每京石价银九钱二分一厘，高粱每京石价银五钱六分三厘，俱与上月相同。

镇西直隶厅：小麦每京石价银一两五钱，莞豆每京石价银一两五钱一分，青稞每京石价银九钱二分，俱与上月相同。

哈密厅：粟米每京石价银一两四钱四分，小麦每京石价银一两一钱七分三厘，莞豆每京石价银一两四钱一分一厘，青稞每京石价银八钱二分二厘，俱与上月相同。

吐鲁番厅：小麦每京石价银一两二钱三分三厘，较上月增一钱一分五厘。大麦每京石价银五钱六分，与上月相同。高粱每京石价银六钱六分八厘，较上月增一钱八分六厘。黄豆每京石价银一两四钱九分三厘，与上月相同。

库尔喀喇乌苏厅：小麦每京石价银一两一钱三分，较上月减七分。高粱每京石价银七钱八分，较上月减一钱七分。莞豆每京石价银一两三钱五分，较上月减七分八厘。

伊塔道属

绥定县：大米每京石价银三两九钱四分八厘，小麦每京石价银九钱六分三厘，俱与上月相同。莞豆每京石价银一两二钱五分四厘，较上月减一分四厘。大麦每京石价银七钱九分一厘，与上月相同。

宁远县：大米每京石价银三两四钱四厘，较上月增一钱四分八厘。小麦每京石价银九钱一分八厘，较上月增二分一厘。大麦每京石价银六钱二分六厘，较上月增三分八厘。莞豆每京石价银一两八分，较上月增七分二厘。

阿克苏道属

温宿直隶州：大米每京石价银一两二钱一分六厘，小麦每京石价银六钱九分，大麦每京石价银三钱，俱与上月相同。包谷每京石价银四钱八厘，较上月增六分八厘。

拜城县：小麦每京石价银三钱九分，较上月增四分。大麦每京石价银一钱八分，莞豆每京石价银二钱六分，包谷每京石价银二钱六分，俱与上月相同。

喀喇沙尔直隶厅：大米每京石价银一两九钱二分四厘，小麦每京石价银六钱九分，莞豆每京石价银七钱二分，包谷每京石价银五钱一分二厘，俱与上月相同。

库车直隶厅：大米每京石价银一两三钱，较上月增一钱。小麦每京石价银五钱六分，较上月增七分。包谷每京石价银三钱二分，较上月增二分。莞豆每京石价银二钱八分，与上月相同。

乌什直隶厅：大米每京石价银一两六钱六分八厘，与上月相同。小麦每京石价银四钱七分五厘，较上月减三分九厘。大麦每京石价银二钱五分六厘，与上月相同。包谷每京石价银三钱九分九厘，较上月减七分二厘。

喀什噶尔道属

疏勒直隶州：大米每京石价银三两三钱，小麦每京石价银一两三钱八分，包谷每京石价银一两一钱五分二厘，高粱每京石价银八钱五厘，俱与上月相同。

疏附县：大米每京石价银三两三钱，小麦每京石价银一两三钱八分，包谷每京石价银一两二钱六厘，高粱每京石价银八钱五厘，俱与上月相同。

莎车直隶州：大米每京石价银二两二钱二分，小麦每京石价银八钱，大麦每京石价银五钱，包谷每京石价银五钱九分四厘，俱与上月相同。

叶城县：大米每京石价银二两六钱一分，与上月相同。小麦每京石价银八钱五分，较上月减四分。包谷每京石价银五钱四分，较上月减三分六厘。青稞每京石价银三钱五分，与上月相同。

和阗直隶州：大米每京石价银一两八钱二分，小麦每京石价银九钱三分八厘，包谷每京石价银五钱六分三厘，青稞每京石价银四钱九分七厘，俱与上月相同。

于阗县：大米每京石价银二两七分，小麦每京石价银九钱三分八厘，包谷每京石价银六钱四分，俱与上月相同。

英吉沙尔直隶厅：大米每京石价银二两七钱三分，小麦每京石价银五钱五分，包谷每京石价银四钱，大麦每京石价银二钱三分，俱与上月相同。

玛喇巴什厅：大米每京石价银三两二钱五分六厘，较上月减二钱九分六厘。小麦每京石价银八钱二分八厘，包谷每京石价银六钱四分，俱与上月相同。

（朱批：）览。①

0191. 第四次遵办郑工请饬核奖缘由折

光绪十六年四月二十七日（1890年6月14日）

头品顶戴护理甘肃新疆巡抚新疆布政使臣魏光焘跪奏，为新疆第四次遵办郑工捐输，恳恩饬部核奖，恭折仰祈圣鉴事。

窃臣于光绪十四年十二月初七日承准部咨：郑工捐输，仍展限一年等因。查新疆自光绪十四年三月十三日开捐起，截至十五年九月底止，各捐生报捐实官、职衔及收捐银两，分作三次奏咨在案。兹据署布政使饶应祺详称：自光绪十五年十月初一日起，截至十二月底，停捐止，各捐生报捐实官、职衔等项共一十七名，计收正项库平银二千九百八十两二钱，存库候拨，分别填发正实收，给予收执。其随收部饭、照费、填过副实收及从九职衔改捐监生应缴原领执照，并各捐生履历清册，一并赍解，详请具奏，并恳咨部填换执照，以凭转给等情。前来。

臣覆核无异，合无仰恳天恩俯准分别核奖，以资鼓励。除将清册、副实收、饭银、照费咨送吏、户两部及国子监外，所有新疆第四次遵办郑工捐输，恳请饬部核奖缘由，谨恭折具奏。伏乞

①中国第一历史档案馆藏：《单》，档号：03-6892-002。

皇上圣鉴训示。再，郑工捐输，业照部咨停止，自光绪十六年正月初一日起接办新海防捐输。合并陈明。谨奏。光绪十六年四月二十七日。

（朱批：）该部议奏。[①]

光绪十六年六月初一日，奉朱批：该部议奏。钦此。[②]

0192. 奏报李克常打仗受伤请免骑射片

光绪十六年四月二十七日（1890年6月14日）

再，臣查部议：打仗受伤武职员弁，必须手足受有重伤，方准请免骑射，一律考验枪炮等因。遵办在案。兹据头品顶戴留甘肃新疆尽先补用提督署玛纳斯协副将勒尔金巴图鲁李克常禀称：于咸丰十一年攻克湖南黔阳县城，左腿受矛伤一处；同治元年，攻克湖北来凤县城，右臂受枪子伤一处；二年，攻打贵州天柱县属九龙山，左臂腕受矛伤一处；六年，在陕西同朝击贼，左臂受枪子伤一处；八年，攻打甘肃灵州吴忠堡，背上受枪子伤一处；十一年，攻破西宁棹子山贼寨，左膀受石伤、右腿受枪子伤各一处；攻打小硖口，左腿受枪子伤一处；光绪二年，攻克新疆古牧地贼巢，右膝受矛伤一处。筋骨或被毁损，或至断折，虽随时医治就愈，而气血亏耗，时作疼痛，挽弓维艰，禀请奏免骑射前来。

臣亲加验看，委无捏饰情弊，合无仰恳天恩俯准将该员李克常免其骑射，改习枪炮之处，出自鸿慈。除咨部外，谨附片具陈，伏乞圣鉴训示。谨奏。

（朱批：）着照所请，兵部知道。[③]

光绪十六年六月初一日，奉朱批：着照所请，兵部知道。

---

①台北故宫博物院藏：《军机及宫中档》，文献编号：408006694。

②中国第一历史档案馆藏：《录副奏折》，档号：03-7082-071。

③台北故宫博物院藏：《军机及宫中档》，文献编号：408006695-0-A。

钦此。①

【案】此奏片之具奏日期，原件署“光绪十六年四月二十七日”，而录副则署“光绪十六年四月二十六日”。查光绪十六年六月初一日《随手档》②“朱批魏光焘折”，署有“报四百里，四月二十七日发”等字样。据此，原件确，录副误无疑。兹据校正。

0193. 奏闻恩纶开缺并陈名钰接署等情折

光绪十六年五月初七日（1890年6月23日）

头品顶戴护理甘肃新疆巡抚新疆布政使臣魏光焘跪奏，为道员开缺，委员接署，恭折仰祈圣鉴事。

窃臣据镇迪道兼按察使衔恩纶呈称：该员感患腿疾，近更痰喘交作，举动需人扶持，医治罔效，恳请开缺回旗调治等情，到臣。饬据署布政使饶应祺委员遵例验看，出具印结，详请具奏前来。

正核办间，恭阅邸钞光绪十六年三月十三日上谕：甘肃镇迪道恩纶，着开缺送部引见。钦此。自应钦遵开缺，即行遴员署理。查有三品衔新疆尽先补用道现署阿克苏道陈名钰，笃实廉明，识度深稳，堪以调署。未到任以前，应饬署布政使饶应祺暂行兼署。所遗阿克苏道员缺，查有三品衔遇缺尽先题奏道现任疏勒直隶州知州蒋诰，堪以暂行代理。至恩纶先本因病呈请开缺，现遵旨送部引见，应饬回旗调理就痊，赴部呈明办理。

除分别檄饬外，谨会同陕甘总督臣杨昌濬，恭折具奏。伏乞皇上圣鉴。再，镇迪道一缺，光绪四年奏准满汉兼用，现在新疆改设行省，镇迪道又兼按察使衔，管理刑名、驿传，责任尤重，

---

①中国第一历史档案馆藏：《录副奏片》，档号：03-5870-001。

②中国第一历史档案馆藏：《军机处随手登记档》，档案编号：03-0264-2-1216-174。

应由臣会商督臣于甘肃新疆实缺道员内，拣员请补，以资治理。合并声明。谨奏。光绪十六年五月初七日。

（朱批：）吏部知道。[①]

光绪十六年六月十四日，奉朱批：吏部知道。钦此。[②]

0194. 请以黄丙焜升补伊犁知府缘由折

光绪十六年五月初七日（1890年6月23日）

头品顶戴护理甘肃新疆巡抚新疆布政使臣魏光焘跪奏，为请调实任同知升补要缺知府，以裨地方，恭折仰祈圣鉴事。

窃据署新疆布政使饶应祺、镇迪道兼按察使衔恩纶会详称：伊犁改设官制，升原设之伊犁厅为伊犁府，设知府一缺，治绥定城，管辖绥定、宁远两县并霍尔果斯分防通判，为省城西北咽喉，界连俄境，蒙、汉、哈、缠各种民人交相杂处，边地冲疲，事务繁难，应请定为四项请调要缺，亟应拣员请补，以重职守。查伊犁添改各缺，前经抚臣刘锦棠奏准仿照吉林章程由外拣补一次，又于新疆补缺章程内声明甘肃候补以及实缺人员，如熟悉边情，调赴新疆差遣，遇有人地相宜缺出，准予分别升补、调补等语。

今改设伊犁府知府员缺，查有现署迪化府知府实任吐鲁番同知黄丙焜，年四十一岁，湖南长沙县人，由附生于光绪二年在湖南援防捐局报捐贡生，并加捐布理问双月选用。旋投效恪靖大营，克复吐鲁番等城案内汇保，四年二月初四日奉上谕：着免选本班，以知州分省归候补班前先补用。钦此。新疆南北两路荡平案内汇保，六年正月三十日奉上谕：着免补本班，以直隶州知州留甘肃新疆，归候补班前先补用。钦此。嗣经部议奏，关外沿边地方各缺均隶甘肃，应将甘肃新疆归候补班前先补用直隶州知州黄丙焜留于甘肃补用，奉旨：依议。钦此。新疆五次剿平边寇案内汇保，

①台北故宫博物院藏：《军机及宫中档》，文献编号：408006696。

②中国第一历史档案馆藏：《录副奏折》，档号：03-5266-044。

七年五月二十日奉上谕：着俟补缺，后再行送部引见，并赏戴花翎。钦此。是年六月二十二日，作为到省日期注册，试看年满甄别，以本班留省补用。九年，奏补吐鲁番同知。是年，札委先行署理斯缺，十一月二十四日到任。新疆六载边防案内汇保，十年十月初四日奉上谕：着照头等军功，交部从优议叙。钦此。经部议给予军功加三级。十二年，调署疏勒直隶州篆，十月初四日接印任事。十三年正月十五日，覃恩加一级。钦此。十四年，在新疆遵郑工例，由吐鲁番同知实缺报捐知府在任双月选用。十五年，调省差委。五月初四日，交卸疏勒州篆回省，旋委署迪化府知府，八月二十二日到任。查该员黄丙焜，才明识练，为守兼优，历任新疆各缺，边情熟悉，办理一切，诸臻妥协，舆情极为爱戴，以之调升伊犁府知府，实堪胜任，人地亦极相宜等情。详请具奏前来。

臣查该员黄丙焜才识练达，办事勤能，合无仰恳天恩俯念要缺需员，准调吐鲁番同知黄丙焜升补伊犁府知府，洵于地方有裨。如蒙俞允，俟奉部覆，并案给咨送部引见。该员各任内并无参罚案件。所遗吐鲁番同知系冲、烦、难三项请调要缺，应请由外拣补。谨会同陕甘总督臣杨昌濬，恭折具陈。伏乞皇上圣鉴训示。谨奏。光绪十六年五月初七日。

（朱批：）吏部议奏。①

光绪十六年六月十四日，奉朱批：吏部议奏。钦此。②

0195. 恭报十六年闰二月雨雪粮价情形折

光绪十六年五月二十七日（1890年7月13日）

头品顶戴护理甘肃新疆巡抚新疆布政使臣魏光焘跪奏，为恭报光绪十六年闰二月分粮价并得雨雪情形，谨缮折具陈，仰祈圣

---

①台北故宫博物院藏：《军机及宫中档》，文献编号：408006697。

②中国第一历史档案馆藏：《录副奏折》，档号：03-5266-043。

鉴事。

窃照光绪十六年二月分各厅州县粮价并得雪情形，业经臣奏报在案。兹据署新疆布政使饶应祺详称：本年闰二月分，北路奇台得雪，积地四寸，得雨入土五寸；迪化、昌吉得雨，入土三寸；绥来得雪，积地四寸，得雨入土一寸；阜康得雪，积地二寸；镇西微雪，库尔喀喇乌苏微雨。伊塔道属宁远、绥定、精河微雨；塔尔巴哈台得雪，积地四寸。南路拜城、和阗微雨，余未得雨雪，民情尚称安帖。

至通省粮价，镇西、乌什、昌吉、阜康、绥来、于阗等厅县俱与上月相同，余均略有增减。精河、塔尔巴哈台粮价从是月起，方行开报。汇详请奏前来。

理合恭折具陈，并缮粮价清单，敬呈御览。伏乞皇上圣鉴。谨奏。光绪十六年五月二十七日。

（朱批：）知道了。[①]

光绪十六年七月初二日，奉朱批：知道了。钦此。[②]

0196. 呈新疆光绪十六年闰二月粮价清单

光绪十六年五月二十七日（1890年7月13日）

谨将新疆各属光绪十六年闰二月分米粮时估价值，缮具清单，恭呈御览。

计开闰二月分

镇迪道属

迪化县：大米每京石价银二两八钱五分四厘，较上月减一钱六厘。小麦每京石价银一两六分一厘，莞豆每京石价银一两一钱五分二厘，俱与上月相同。青稞每京石价银七钱二分，较上月减三分九厘。

---

①台北故宫博物院藏：《军机及宫中档》，文献编号：408006698。

②中国第一历史档案馆藏：《录副奏折》，档号：03-6893-001。

昌吉县：大米每京石价银一两九钱八分二厘，小麦每京石价银八钱四分二厘，莞豆每京石价银九钱九分，青稞每京石价银八钱七分五厘，俱与上月相同。

阜康县：粟米每京石价银九钱五分五厘，小麦每京石价银九钱九分，莞豆每京石价银一两六分一厘，高粱每京石价银五钱三分，俱与上月相同。

绥来县：大米每京石价银一两七钱七分，小麦每京石价银八钱五分五厘，莞豆每京石价银九钱二分一厘，高粱每京石价银五钱六分三厘，俱与上月相同。

奇台县：大米每京石价银二两七分一厘，较上月减一钱七分三厘。小麦每京石价银八钱一分三厘，较上月增三分五厘。莞豆每京石价银九钱六分六厘，较上月增一钱三分八厘。

镇西厅：小麦每京石价银一两五钱，莞豆每京石价银一两五钱一分，青稞每京石价银九钱二分，俱与上月相同。

吐鲁番厅：小麦每京石价银一两一钱一分八厘，较上月减一钱一分五厘。大麦每京石价银五钱六分，与上月相同。高粱每京石价银五钱五分七厘，较上月减一钱一分一厘。黄豆每京石价银一两四钱九分三厘，与上月相同。

哈密厅：粟米每京石价银一两四钱四分，与上月相同。小麦每京石价银一两二钱五分五厘，较上月增八分二厘。莞豆每京石价银一两四钱四分，较上月增二分九厘。青稞每京石价银九钱五分二厘，较上月增一钱三分。

库尔喀喇乌苏厅：小麦每京石价银一两二钱，较上月增七分。高粱每京石价银七钱八分，与上月相同。莞豆每京石价银一两三钱四分，较上月减一分。

伊塔道属

绥定县：大米每京石价银四两四钱四分，较上月增四钱九分二厘。小麦每京石价银一两三钱八分，较上月增四钱一分七厘。莞豆每京石价银一两四钱一分，较上月增一钱五分六厘。大麦每京石价银九钱九分一厘，较上月增二钱。

宁远县：大米每京石价银四两一钱四分四厘，较上月增七钱四分。小麦每京石价银九钱一分八厘，大麦每京石价银六钱二分六厘，莞豆每京石价银一两八分，俱与上月相同。

塔尔巴哈台直隶厅：小麦每京石价银一两五钱三分三厘，大麦每京石价银七钱九分七厘，莞豆每京石价银一两二钱一分四厘。

精河直隶厅：大米每京石价银三两一钱四分五厘，小麦每京石价银一两一钱二分，大麦每京石价银八钱四分，莞豆每京石价银一两三钱三分。

阿克苏道属

温宿直隶州：大米每京石价银一两二钱一分六厘，小麦每京石价银六钱九分，俱与上月相同。大麦每京石价银三钱六分，较上月增六分。包谷每京石价银四钱八厘，与上月相同。

拜城县：小麦每京石价银三钱九分，大麦每京石价银一钱八分，包谷每京石价银二钱六分，俱与上月相同。莞豆每京石价银三钱，较上月增四分。

喀喇沙尔直隶厅：大米每京石价银一两九钱二分四厘，小麦每京石价银六钱九分，莞豆每京石价银七钱二分，俱与上月相同。包谷每京石价银五钱三分六厘，较上月增二分四厘。

库车直隶厅：大米每京石价银一两五钱，较上月增二钱。小麦每京石价银七钱一分，较上月增一钱五分。包谷每京石价银三钱二分，莞豆每京石价银二钱八分，俱与上月相同。

乌什直隶厅：大米每京石价银一两六钱六分八厘，小麦每京石价银四钱七分五厘，大麦每京石价银二钱五分六厘，包谷每京石价银三钱九分九厘，俱与上月相同。

喀什噶尔道属

疏勒直隶州：大米每京石价银三两，较上月减三钱。小麦每京石价银一两一钱八分六厘，较上月减一钱九分四厘。包谷每京石价银一两二分四厘，较上月减一钱二分八厘。高粱每京石价银八钱五厘，与上月相同。

疏附县：大米每京石价银三两，较上月减三钱。小麦每京石价银一两一钱八分六厘，较上月减一钱九分四厘。包谷每京石价银一两二分四厘，较上月减一钱八分二厘。高粱每京石价银八钱五厘，与上月相同。

莎车直隶州：大米每京石价银二两三钱六分八厘，较上月增一钱四分八厘。小麦每京石价银一两一分七厘，较上月增二钱一分七厘。大麦每京石价银六钱二分五厘，较上月增一钱二分五厘。包谷每京石价银九钱，较上月增三钱六厘。

叶城县：大米每京石价银二两六钱一分，与上月相同。小麦每京石价银七钱五分，较上月减一钱。青稞每京石价银三钱二分五厘，较上月减二分五厘。包谷每京石价银五钱四分，与上月相同。

和阗直隶州：大米每京石价银一两九钱六分，较上月增一钱四分。小麦每京石价银九钱八分，较上月增四分二厘。包谷每京石价银五钱八分八厘，较上月增二分五厘。青稞每京石价银五钱五分二厘，较上月增五分五厘。

于阗县：大米每京石价银二两七分，小麦每京石价银九钱三分八厘，包谷每京石价银六钱四分，俱与上月相同。

英吉沙尔直隶厅：大米每京石价银二两七钱三分，与上月相同。小麦每京石价银八钱三分，较上月增二钱八分。大麦每京石价银四钱五分六厘，较上月增二钱二分六厘。包谷每京石价银六钱七分，较上月增二钱七分。

玛喇巴什厅：大米每京石价银三两二钱五分六厘，与上月相同。小麦每京石价银九钱六分六厘，较上月增一钱三分八厘。包谷每京石价银七钱六分八厘，较上月增一钱二分八厘。

（朱批：）览。[①]

---

①中国第一历史档案馆藏：《单》，档号：03-6893-002。

0197. 请以陈名钰补授阿克苏道缘由折

光绪十六年五月二十七日（1890 年 7 月 13 日）

头品顶戴护理甘肃新疆巡抚新疆布政使臣魏光焘跪奏，为拣员请补巡道要缺，以裨地方，恭折仰祈圣鉴事。

窃臣于光绪十五年十二月初九日具奏阿克苏道袁垚龄调补喀什噶尔道，遗缺请以奏调新疆差遣陕西遇缺尽先题奏道王久铭补授。十六年四月二十九日奉部覆准。查王久铭于二月初六日未奉部文之先因病身故，所有阿克苏道缺，仍应作为袁垚龄遗缺，另行拣员请补，以重职守。查南路新设各缺，奏准由外拣补一次，以后援照甘肃变通章程，道、府、丞、倅、州、县以及佐杂各要缺，将现任各员按照应升官阶，任内无论有无升案，并是否到任实授，以及历俸、试俸未经期满各员，准择其人地相宜者，一律升调等语。

今阿克苏道系冲、繁、疲三项要缺，臣于现任人员内逐加遴选，实无堪以升调之员。惟查有三品衔留新疆尽先补用道陈名钰，年六十三岁，湖南永州府宁远县人，由廪生投效老湘营，于克复湖南东安等处案内汇保，咸丰六年五月十九日奉上谕：着以训导尽先选用。钦此。江西临江、吉安一带剿贼案内汇保，八年三月初十日奉上谕：着以本班不论双单月，遇缺即选，并赏加五品衔。钦此。克复江西抚州、建昌两府城、崇仁、宜黄、乐安、南丰四县城案内汇保，十二月十一日奉上谕：着赏戴蓝翎。钦此。克复安徽黟县、建德等县城暨迭次攻剿水陆各隘案内汇保，十一年七月初四日奉上谕：着免选本班，以知县遇缺即选，并赏加知州衔。钦此。克复安徽休宁、黟等县及徽州府，并迭次攻剿各岭隘案内汇保，是年十二月初九日奉上谕：着免选本班，以知州不论双单月尽先即选。钦此。安徽徽州解围案内汇保，同治元年十一月初八日奉上谕：着以知州留于安徽，遇缺即补，并赏换花翎。钦此。河南西华、上蔡剿贼获胜案内汇保，五年十二月二十七日奉上谕：

着以直隶州知州仍留安徽，遇缺即补。钦此。陕西同朝剿贼获胜、保固河防案内汇保，六年九月十六日奉上谕：着免补本班，以知府仍留原省，遇缺即补，并赏加道衔。钦此。克复陕西绥德州，并在直隶境内节次剿贼案内汇保请俟补缺后，以道员尽先升用，并请先赏三品衔，奉旨：着照所请，该部知道。钦此。肃清直隶山东案内汇保，七年八月初六日奉上谕：着赏给三品封典。钦此。八年，请咨赴部引见，奉上谕：着准其免补本班，以知府仍留安徽，遇缺即补，俟补缺后，以道员升用，并赏给三品衔。钦此。遵即领凭到省。十年，委署池州府知府，五月初十日到任，十一年四月初十日卸事。光绪元年二月，闻讣丁父忧，请咨回籍守制。三年五月，服满起复，回省候补。六年，请假回籍措资，旋奉调来甘，改归甘肃候补。九年，委署温宿直隶州知州，八月二十七日到任。十一年三月，借补斯缺。嗣于六载边防案内保举免补知府，以道员仍留甘肃尽先题奏，经部议奏，准其遇有甘肃道员缺出，无论应题、应调、应选之缺，按照例章，尽先题补、奏补，奉旨：依议。钦此。十三年，调署迪化府知府，十四年四月二十日交卸州篆，六月二十四日到任。八月，委署阿克苏道，是月二十八日交卸府篆，十月二十五日到任。是年，奏请开去温宿直隶州知州本缺，以道员仍留新疆叙补，部议照准。十六年五月，奏委署理镇迪道兼按察使衔员缺。

查该员陈名钰廉明笃实，通达政体，在新疆年久，边情最为熟悉，历任各缺及署任阿克苏道，措置均属裕如，以之请补阿克苏兵备道缺，实堪胜任，人地亦极相宜。合无仰恳天恩俯念边疆要缺需员治理，准以三品衔留新疆尽先补用道陈名钰补授阿克苏道员缺，洵于地方有裨。如蒙俞允，俟奉部覆，给咨送部引见。再，该员署任内并无参罚案件。合并声明。是否有当，谨会同陕甘总督臣杨昌濬，恭折具奏，伏乞皇上圣鉴训示。谨奏。光绪十六年五月二十七日。

（朱批：）吏部议奏。[①]

光绪十六年七月初二日，奉朱批：吏部议奏。钦此。[②]

0198. 委令潘时策署理疏勒知州缘由片

光绪十六年五月二十七日（1890年7月13日）

再，三品衔遇缺尽先题奏道现任疏勒直隶州知州蒋诰，业经奏委代理阿克苏道篆在案。所遗员缺查有候补知府潘时策，堪以委署。据署新疆布政使兼署镇迪道兼按察使衔饶应祺具详前来。除批饬给委外，谨会同陕甘总督臣杨昌濬，恭折具奏，伏乞圣鉴。谨奏。

（朱批：）吏部知道。[③]

光绪十六年七月初二日，奉朱批：吏部知道。钦此。[④]

0199. 恳请旌表节妇王郝氏等缘由折

光绪十六年六月初一日（1890年7月17日）

头品顶戴护理甘肃新疆巡抚新疆布政使臣魏光焘跪奏，为节妇年例相符，恳恩旌表，以维风化，恭折仰祈圣鉴事。

窃据署新疆布政使饶应祺详：据镇西直隶厅同知甘承谟详：准署镇西厅训导刘柱南牒：转绅士候选训导严荣等呈称：该厅节妇王郝氏，耆民郝兴都之女，年十七，适民人王世杰为室，克尽妇道。咸丰八年，世杰病故，氏年二十岁，恸不欲生，因姑老子幼，强起营葬奠。家甚贫，恒借纺绩，以资养赡。姑殁，祭葬如礼。服阕，即为子择配，以重宗祧，现年六十岁，计守节三十

①台北故宫博物院藏：《军机及宫中档》，文献编号：408006699。

②中国第一历史档案馆藏：《录副奏折》，档号：03-5267-002。

③台北故宫博物院藏：《军机及宫中档》，文献编号：408006698-0-A。

④中国第一历史档案馆藏：《录副奏片》，档号：03-5267-003。

三年。

又，节妇赵王氏，处士王修文之女，民人赵寿之妻，年十八于归，事姑孝。姑病，侍汤药维谨，既而姑殁，寿复寝疾，氏焚香祝天，愿以身代。咸丰六年，寿病故，氏年二十七岁，遗孤子二，长四龄，次尚在抱，茹苦含辛，抚养成立，婚配教读之费，皆取给于针黹，乡里贤之，现年六十一岁，计守节三十五年。

职等谊属梓里，见闻较确，未便听其湮没，造具事实册结，联名呈恳，由学转厅，依次加结，详司核转前来。

臣查定例：直省节孝妇女应旌表者，由该督抚、学政会同具题，并取具册结，送部核议，题准后，令地方官给银三十两，听本家建坊等因。历经遵办在案。兹节妇王郝氏、赵王氏，年例均属相符，合无仰恳天恩敕部核议，照例旌表，以彰节孝而维风化。

除将事实册结咨部外，谨会同陕甘总督臣杨昌濬、甘肃学政臣胡景桂[①]，恭折具陈。伏乞皇上圣鉴训示。再，此案改题为奏。合并声明。谨奏。光绪十六年六月初一日。

（朱批：）礼部议奏。[②]

光绪十六年七月初四日，奉朱批：礼部议奏。钦此。[③]

---

①胡景桂（1849—1905），字月舫，系直隶永年县人。同治十二年（1873），由拔贡生中式癸酉科顺天乡试举人。光绪九年（1883），中式癸未科贡士（二甲第二十三名），改翰林院庶吉士。十二年（1886），授职编修、会典馆详校官。十四年（1888），简放甘肃学政。十八年（1892），差满回京供职，充吏部撰文。二十一年（1895），考取汉御史，奉旨记名。十月，补授河南道监察御史。二十二年（1896），俸满截取，经都察院堂官保送，堪胜繁缺知府。初三日，吏部带领引见，奉旨照例用，蒙恩召见一次。十八日，补甘肃宁夏府知府，以治水有功擢宁夏道尹。二十五年（1899），升山东按察使。次年，署理山东布政使。二十八年（1902），丁忧回籍终制。三十一年（1905），调补山西按察使，因病卒于赴任途次。有《使甘奏版》一卷、《西台谏草》一卷、《山左公版》一卷、《求是斋文稿》《求是斋杂著》等存世。

②台北故宫博物院藏：《军机及宫中档》，文献编号：408006701。

③中国第一历史档案馆藏：《录副奏折》，档号：03-5553-064。

0200. 请以饶应祺调补镇迪道缘由折

光绪十六年六月初一日（1890 年 7 月 17 日）

头品顶戴护理甘肃新疆巡抚新疆布政使臣魏光焘跪奏，为拣员调补要缺道员，以重地方，恭折仰祈圣鉴事。

窃准部咨：光绪十六年三月十三日奉上谕：甘肃镇迪道恩纶着开缺，送部引见。钦此。等因，到臣。按照行文程限，扣至五月二十九日，作为开缺日期。查镇迪道系边、远、调三项最要缺，满汉兼用，臣前于恩纶开缺折内声明新疆改设行省，该道又兼按察使衔，管理刑名、驿传，应于甘肃新疆实缺道员内拣员请补在案。又，新疆北路旧有各缺，奏准援照变通章程，道、府、丞、倅、州、县以及佐杂各要缺，将现任各员按照应升官阶，任内无论有无升案，并是否到任实授，以及历俸、试俸未经期满各员，准择其人地相宜者一律升调等语。

今镇迪道兼按察使衔恩纶既经开缺，应即遴员调补，以资治理。查有调补喀什噶尔道现署新疆布政使兼署镇迪道兼按察使衔饶应祺，年五十二岁，湖北恩施县学附生。咸丰五年，于捐铸军炮案内议叙贡生不论单双月候选训导。同治元年，应壬戌恩科并补行辛酉正科本省乡试，中式举人。旋于防剿黔匪案内奏保，十月二十二日奉上谕：着加国子监学正衔。钦此。同治乙丑科会试，挑取誊录。七年，由拣选知县加捐主事，签掣刑部江西司行走，经前陕甘督臣左宗棠调营差遣，荡平金积堡案内奏保，十年十月十三日奉上谕：着免补主事，以直隶州知州留陕补用。钦此。十三年，引见到省。复于克复巴燕戎格案内奏保，八月初三日奉上谕：着免补本班，以知府仍留陕西前先补用。钦此。关陇肃清案内奏保，光绪三年二月初四日奉上谕：着俟补缺后，以道员用。钦此。九月，委署同州府事。陕西军需局出力人员请奖案内保加盐运使衔。旋经前陕甘督臣左宗棠专折奏保廉能，十一月初四日奉上谕：着交军机处存记，候旨录用。钦此。七年，经钦差大臣刘锦棠改奖粮台差使人员，奉部议奏，俟补道员后，加二品衔。八月二十八日奉旨：依议。钦此。八年正月，卸署同州府事，请咨引见，以知府仍留陕西前先补用，俟补缺后，以道员用。十年正月十八日奉上谕：甘州府知府着饶应祺补授。钦此。旋奏留核办陕西通省差徭，事竣给咨到省，十一月二十九日到甘州府任。十一年九月初七日奉上谕：甘肃兰州道着饶应祺补授。钦此。十一月到任。十二年，委署甘肃按察使。十三年四月二十五日交卸臬篆，仍回本任。十四年，复委署甘肃按察使。十五年，委署新疆布政使，九月十五日到任。是年七月十四日奉上谕：甘肃新疆喀什噶尔道员缺，着饶应祺调补。钦此。

查该员饶应祺诚笃闳毅，通达治体，历任陕甘府、道，两署甘肃按察使，现署新疆布政使，办理一切，措置裕如，以之调补镇迪道兼按察使衔员缺，实堪胜任，人地亦极相宜，合无仰恳天恩俯念要缺需员，准以喀什噶尔道饶应祺调补镇迪道兼按察使衔员缺，洵于地方有裨。如蒙俞允，该员系实缺道员调补道员，衔缺相当，毋庸送部引见。

所遗喀什噶尔道系冲、繁、疲、难四项最要缺，应请旨简放，以重职守。是否有当，谨会同陕甘总督臣杨昌濬，恭折具奏，伏乞皇上圣鉴训示。谨奏。光绪十六年初一日。

（朱批：）吏部议奏。①

光绪十六年七月初四日，奉朱批：吏部议奏。钦此。②

0201. 请将已故总兵徐占彪从优议恤折

光绪十六年六月初一日（1890 年 7 月 17 日）

头品顶戴护理甘肃新疆巡抚新疆布政使臣魏光焘跪奏，为开缺总兵积劳病故，恳恩饬部从优议恤，恭折仰祈圣鉴事。

---

①台北故宫博物院藏：《军机及宫中档》，文献编号：408006702。

②中国第一历史档案馆藏：《录副奏折》，档号：03-5267-011。

窃据署巴里坤镇总兵汤彦和、镇西厅同知甘承谟等呈报：头品顶戴记名提督赏穿黄马褂原任甘肃新疆巴里坤镇总兵云骑尉世职哈西巴巴图鲁徐占彪，上年因伤病时发，奏准开缺回籍调治，交卸总兵印务，拟于春间起程，不料加感风寒，伤病增剧，于本年二月二十四日身故等情。前来。

臣查该提督徐占彪，籍隶四川西充县。咸丰十一年，投效军营，以骁勇善战，名闻蜀中。同治初，随同道员黄鼎剿办陕西贼匪，每战陷阵，功冠其曹，委带蜀军正营，训饬士卒，步伐整齐，遇大敌以少击众，往往决胜擒渠，剿发、剿捻、剿回，汧、陇、凤、岐、同、朝间，皆血战立功之地。陕平，长驱度陇，驰逐平、庆、泾、固各属，战克攻取，军锋锐甚。前督臣左宗棠深器其材，檄总蜀军营务，分统正、左、新、后先锋各营；会剿金积堡贼巢，派由中路进师。时贼扼峡口险隘，筑三坚垒，悉力抗拒，聚悍党彰恩堡，以当前冲。而后路古、灵州一带，卡垒层峙，互相犄角。该提督领军至，夜袭彰恩堡，平明破之。逾牛头山，直薄峡口垒，率壮士，奋身恶斗，喋血先登，诸军继之，三垒立陷，疾趋古灵州。贼众壁秦、汉两渠间，该提督抢越汉渠，与贼对壁，乘夜践贼卡，夺复古灵州城。援贼大至，力战却之。逾日五鼓，复袭，破援贼卡，乘胜掩击，再接再厉，直逼洪乐堡立垒。计克逆堡二十余座，遂成夹攻金积堡之势，卒覆坚巢。

十年，总统蜀军并西征马队，进规肃州，节节扫荡，渐逼渐近，及薄城下，大小已数十战，出奇无穷。贼畏锋，敛避，凭坚城自守。苦兵单不能合围，分队扼扎，声势遥联，蹈瑕即攻，驰驱枪林炮雨中，意气闲整。贼虽负嵎稳抗，已困莫能为。厥后，诸军云集，左宗棠督师亲临。贼穷乞抚。乃收州城，关内至是一律肃清。其逼处一隅，聚族而歼，别无支蔓者，该提督频年苦战之功也。

光绪初，移军关外，攻取七克腾木、辟展、连木沁等处，会克吐鲁番满、汉两城，战功亦伟。八年，奏署巴里坤镇总兵，旋蒙简授。在任七年余，清伏莽，浚民渠，兴营屯，经画不遗余力，顾自少壮从戎，身负刀矛、枪炮子伤二十余处，时复举发，卒因伤病不起。

伏念该故提督赋性忠勇，胆略过人，其用兵厉以坚锐，运以神速，恒能出敌不意而骁果以制胜。平时与士卒同甘苦，战必身先，鳞伤遍体，肤如刻画。曩与会晤，偶数瘢痕，历述战状，令人动心骇目，虽抱沉疴，犹有据鞍矍铄之概。方冀开缺回籍后调治就痊，仍出为国家之用，不意遽止于是。臣闻耗之下，不胜惋悼！合无仰恳天恩俯准饬部将徐占彪照提督军营立功后积劳病故例，从优议恤，生平战绩宣付国史馆立传，并附祀陕西、甘肃、新疆省城前大学士左宗棠专祠，以彰忠荩，出自鸿施！

除将该故提督履历咨部外，谨会同陕甘督臣杨昌濬，恭折具奏。伏乞皇上圣鉴训示。谨奏。光绪十六年六月初一日。

（朱批：）另有旨。[①]

光绪十六年七月初四日，奉朱批：另有旨❶。钦此。[②]

❶【案】此折旋于是年七月初四日得旨允行，《上谕档》载曰：

光绪十六年七月初四日，内阁奉上谕：魏光焘奏，开缺总兵积劳病故，恳恩赐恤，并将事迹宣付史馆立传一折。已故前任新疆巴里坤镇总兵徐占彪，于咸丰、同治年间在陕甘军营，剿办发、捻、回逆。嗣复随同左宗棠出师关外，勇略过人，战功卓著，徐占彪着照提督军营立功后积劳病故例，从优议叙；生平战迹，准其宣付国史馆立传，并附祀陕西、甘肃、新疆等处左宗棠专祠，以彰劳勩。该衙门知道。钦此。[③]

---

①台北故宫博物院藏：《军机及宫中档》，文献编号：408006703。

②中国第一历史档案馆藏：《录副奏折》，档号：03-5870-049。

③《光绪朝上谕档》第16册，第221页。

0202. 奏报同知张起宇因病出缺缘由折

光绪十六年六月初一日（1890年7月17日）

头品顶戴护理甘肃新疆巡抚新疆布政使臣魏光焘跪奏，为同知病故出缺，恭折仰祈圣鉴事。

窃据署新疆布政使饶应祺详：据署迪化府知府黄丙焜转：据署迪化县知县杨其澍报：据前署吐鲁番同知张起宇之家丁甘顺禀称：窃家主张起宇，年六十二岁，湖南长沙县人，由文童于同治四年投效湘军，历保三品衔分省归军功候补班补用知府。光绪十一年，留于新疆差遣，五月二十一日到省，旋奏留甘肃新疆补用。十三年，奏补英吉沙尔同知。十四年，委署吐鲁番同知，九月二十八日到任。十五年，饬赴英吉沙尔同知本任。十二月十九日，交卸吐鲁番同知篆务，晋省，感寒致疾，医治罔效，于十六年四月初七日在省寓病故等情。转请具奏前来。

臣覆查无异，谨会同陕甘总督臣杨昌濬，恭折具陈，伏乞皇上圣鉴。所遗英吉沙尔同知员缺，系冲、繁、难三项要缺，应请由外拣补。再，此案改题为奏。合并声明。谨奏。光绪十六年六月初一日。

（朱批：）吏部知道。[①]

光绪十六年七月初四日，奉朱批：吏部知道。钦此。[②]

0203. 恭报十六年三月雨雪粮价情形折

光绪十六年六月二十六日（1890年8月11日）

头品顶戴护理甘肃新疆巡抚新疆布政使臣魏光焘跪奏，为恭报光绪十六年三月分粮价并得雨雪情形，谨缮折具陈，仰祈圣

①台北故宫博物院藏：《军机及宫中档》，文献编号：408006704。

②中国第一历史档案馆藏：《录副奏折》，档号：03-5267-012。

鉴事。

窃照光绪十六年闰二月分各厅州县粮价并得雨雪情形，业经臣奏报在案。兹据署新疆布政使饶应祺详称：本年三月分，北路奇台得雨，入土五寸；阜康得雨，入土三寸；迪化、昌吉、绥来、镇西、库尔喀喇乌苏得雨，入土二寸。伊塔道属精河得雨，入土四寸；绥定、宁远得雨，入土二寸；塔尔巴哈台得雪，积地一寸。南路疏勒、疏附、玛喇巴什得雨，入土四寸；和阗、英吉沙尔得雨，入土三寸；喀喇沙尔、于阗得雨，入土二寸；温宿、拜城、库车、乌什、莎车、叶城微雨，余未得雨雪。时值山中积雪融化，渠水畅流，土膏滋润，民情安帖。

至通省粮价，镇西、塔尔巴哈台、拜城等厅县俱与上月相同，余均略有增减。汇详请奏前来。

理合恭折具陈，并缮粮价清单，敬呈御览。伏乞皇上圣鉴。谨奏。光绪十六年六月二十六日。

(朱批：) 知道了。[①]

光绪十六年八月初一日，奉朱批：知道了。钦此。[②]

0204. 呈新疆光绪十六年三月粮价清单

光绪十六年六月二十六日（1890年8月11日）

谨将新疆各属光绪十六年三月分米粮时估价值，缮具清单，恭呈御览。

计开三月分

镇迪道属

迪化县：大米每京石价银二两九钱二分四厘，较上月增七分。小麦每京石价银一两一钱三分二厘，较上月增七分一厘。莞豆每京石价银一两一钱八分八厘，较上月增三分六厘。青稞每京石价

①台北故宫博物院藏：《军机及宫中档》，文献编号：408006705。

②中国第一历史档案馆藏：《录副奏折》，档号：03-6894-001。

银六钱九分，较上月减三分。

昌吉县：大米每京石价银一两八钱七分二厘，较上月减一钱一分。小麦每京石价银七钱七分六厘，较上月减六分六厘。莞豆每京石价银九钱二分，较上月减七分。青稞每京石价银八钱七分五厘，与上月相同。

阜康县：粟米每京石价银八钱八分四厘，较上月减七分一厘。小麦每京石价银九钱四分八厘，较上月减四分二厘。莞豆每京石价银一两一钱，较上月增三分九厘。高粱每京石价银五钱六分四厘，较上月增三分四厘。

奇台县：大米每京石价银二两二钱四分四厘，较上月增一钱七分三厘。小麦每京石价银八钱一分三厘，与上月相同。莞豆每京石价银八钱六分三厘，较上月减一钱三厘。

绥来县：大米每京石价银一两七钱七分，与上月相同。小麦每京石价银八钱二分八厘，较上月减二分七厘。莞豆每京石价银九钱二分一厘，高粱每京石价银五钱六分三厘，俱与上月相同。

吐鲁番直隶厅：小麦每京石价银一两四分四厘，较上月减七分四厘。大麦每京石价银七钱四分六厘，较上月增一钱八分六厘。高粱每京石价银五钱九分四厘，较上月增三分七厘。黄豆每京石价银二两二钱四分，较上月增七钱四分七厘。

镇西直隶厅：小麦每京石价银一两五钱，莞豆每京石价银一两五钱一分，青稞每京石价银九钱二分，俱与上月相同。

哈密厅：粟米每京石价银一两五钱八分四厘，较上月增一钱四分四厘。小麦每京石价银一两三钱八分，较上月增一钱二分五厘。莞豆每京石价银一两五钱八分四厘，较上月增一钱四分四厘。青稞每京石价银一两二钱，较上月增二钱四分八厘。

库尔喀喇乌苏直隶厅：小麦每京石价银一两二钱，高粱每京石价银七钱八分，俱与上月相同。莞豆每京石价银一两二钱七分，较上月减七分。

伊塔道属

绥定县：大米每京石价银四两四钱四分，与上月相同。小麦每京石价银一两二钱四分二厘，较上月减一钱三分八厘。莞豆每京石价银一两四钱一分，与上月相同。大麦每京石价银一两一分七厘，较上月增二分六厘。

宁远县：大米每京石价银四两一钱四分四厘，与上月相同。小麦每京石价银八钱二分八厘，较上月减九分。大麦每京石价银五钱八分八厘，较上月减三分八厘。莞豆每京石价银九钱三分六厘，较上月减一钱四分四厘。

塔尔巴哈台直隶厅：小麦每京石价银一两五钱三分三厘，大麦每京石价银七钱九分七厘，莞豆每京石价银一两二钱一分四厘，俱与上月相同。

精河直隶厅：大米每京石价银三两一钱四分五厘，与上月相同。小麦每京石价银一两一钱九分，较上月增七分。大麦每京石价银八钱七分五厘，较上月增三分五厘。莞豆每京石价银一两三钱六分，较上月增三分。

阿克苏道属

温宿直隶州：大米每京石价银一两二钱一分六厘，与上月相同。小麦每京石价银五钱五分二厘，较上月减一钱三分八厘。大麦每京石价银三钱，较上月减六分。包谷每京石价银三钱四分，较上月减六分八厘。

拜城县：小麦每京石价银三钱九分，大麦每京石价银一钱八分，包谷每京石价银二钱六分，莞豆每京石价银三钱，俱与上月相同。

喀喇沙尔直隶厅：大米每京石价银一两九钱二分四厘，小麦每京石价银六钱九分，莞豆每京石价银七钱二分，俱与上月相同。包谷每京石价银五钱一分二厘，较上月减二分四厘。

库车直隶厅：大米每京石价银一两五钱，与上月相同。小麦每京石价银六钱五分，较上月减六分。包谷每京石价银三钱二分，与上月相同。莞豆每京石价银三钱，较上月增二分。

乌什直隶厅：大米每京石价银一两六钱三分九厘，较上月减二分九厘。小麦每京石价银四钱四分八厘，较上月减二分七厘。大麦每京石价银二钱五分六厘，与上月相同。包谷每京石价银三钱九分三厘，较上月减六分。

喀什噶尔道属

疏勒直隶州：大米每京石价银三两，与上月相同。小麦每京石价银一两一钱四分五厘，较上月减四分一厘。包谷每京石价银一两三分六厘，较上月增一分二厘。高粱每京石价银八钱二厘，较上月减三厘。

疏附县：大米每京石价银三两，与上月相同。小麦每京石价银一两一钱四分五厘，较上月减四分一厘。包谷每京石价银一两八分五厘，较上月增六分一厘。高粱每京石价银八钱二厘，较上月减三厘。

莎车直隶州：大米每京石价银二两二钱二分，较上月减一钱四分八厘。小麦每京石价银九钱六分三厘，较上月减五分四厘。大麦每京石价银六钱二分五厘，与上月相同。包谷每京石价银七钱九分四厘，较上月减一钱六厘。

叶城县：大米每京石价银二两四钱六分五厘，较上月减一钱四分五厘。小麦每京石价银八钱五分，较上月增一钱。青稞每京石价银三钱五分，较上月增二分五厘。包谷每京石价银六钱七分二厘，较上月增一钱三分二厘。

和阗直隶州：大米每京石价银二两二厘，较上月增四分二厘。小麦每京石价银一两二分一厘，较上月增四分一厘。包谷每京石价银六钱一分四厘，较上月增二分六厘。青稞每京石价银五钱八分，较上月增二分八厘。

于阗县：大米每京石价银二两七分，与上月相同。小麦每京石价银九钱六分四厘，较上月增二分六厘。包谷每京石价银六钱六分五厘，较上月增二分五厘。

英吉沙尔直隶厅：大米每京石价银二两七钱三分，与上月相同。小麦每京石价银九钱三分，较上月增一钱。大麦每京石价银四钱六分，较上月增四厘。包谷每京石价银六钱七分，与上月相同。

玛喇巴什厅：大米每京石价银三两二钱五分六厘，与上月相同。小麦每京石价银一两七分六厘，较上月增一钱一分。包谷每京石价银九钱六分，较上月减一钱九分二厘。

（朱批：）览。[①]

0205. 委令甘承谟等署理知府等缺情形片

光绪十六年六月二十六日（1890年8月11日）

再，署和阗直隶州知州刘昭南卸署遗缺，查有镇西厅同知甘承谟，堪以调署。所遗员缺，查有候补直隶州知州易寿崧，堪以委署。又，署疏附县知县柳葆元卸署遗缺，查有叶城县知县请补迪化县知县黄袁，堪以调署。所遗员缺查有候补知县甘澍，堪以委署。据署新疆布政使兼署镇迪道兼按察使衔饶应祺具详前来。

除批饬分别给委外，谨会同陕甘总督臣杨昌濬，附片具陈。伏乞圣鉴。谨奏。

（朱批：）吏部知道。[②]

光绪十六年八月初一日，奉朱批：吏部知道。钦此。[③]

【案】此奏片之具奏日期，录副目录以朱批日期为之，未确，兹据原件校正。

---

①中国第一历史档案馆藏：《单》，档号：03-6894-002。

②台北故宫博物院藏：《军机及宫中档》，文献编号：408006705-0-A。

③中国第一历史档案馆藏：《录副奏片》，档号：03-5268-001。

0206. 奏请添设霍尔果斯底驿缘由片

光绪十六年六月二十六日（1890 年 8 月 11 日）

再，改设伊犁府分防通判驻霍尔果斯，距广仁城七十五里、绥定城九十里，为俄商出入通衢。该通判有管理中俄交涉、督捕弹压、兼管旗务之责，事务殷繁，文报不少，应添设霍尔果斯本城底驿一处，设马六匹、马夫三名、驿书一名，以资传递。所需经费银两，从设官到任日起，照新疆改设驿站奏定变通章程支给。据署新疆布政使兼署镇迪道兼按察使衔饶应祺详请奏咨立案前来。

臣覆核无异，除咨户、兵二部查照外，谨会同陕甘总督臣杨昌濬，附片具陈。伏乞圣鉴，饬部立案施行。谨奏。

（朱批：）该部知道。[①]

光绪十六年八月初一日，奉朱批：该部知道。钦此。[②]

【案】此奏片之具奏日期，录副目录以朱批日期为之，未确，兹据原件校正。

0207. 请将已故提督谭上连从优赐恤折

光绪十六年七月初二日（1890 年 8 月 16 日）

头品顶戴护理甘肃新疆巡抚新疆布政使臣魏光焘跪奏，为胪陈已故实任提督战绩事实，吁恳天恩从优赐恤，恭折仰祈圣鉴事。

窃查头品顶戴甘肃新疆喀什噶尔提督骑都尉世职伯奇巴图鲁谭上连，于本年三月因病出缺，业经臣暨陕甘总督臣杨昌濬先后奏报，并声明查取战绩事实另奏请恤在案。兹据署提标中军参将万胜常、疏勒直隶州知州蒋诰造赍履历清册，详请具奏前来。

---

①台北故宫博物院藏：《军机及宫中档》，文献编号：408006705-0-B。

②中国第一历史档案馆藏：《录副奏片》，档号：03-5710-087。

臣查该故提督谭上连，籍隶湖南衡阳县，自发逆倡乱，慨然有杀敌致果之志。咸丰八年，仗剑投湘军，随解宝庆府重围，转战湖北、安徽、江南等省，迭克名城，以骁勇闻，累保花翎副将。

同治六年，随前广东陆路提督刘松山援陕，剿办回、捻各匪，于乾、同、绥、德等州并追剿山东、直隶、山西、河南捻匪，所向克捷，每酣战辄入贼阵，夺矛奋杀。刘松山壮之，委带寿字后营马队，洊保总兵，以提督记名。捻平，转剿甘肃逆回。

八年，灵州失守，官军进逼郭家桥，贼势甚张。该故提督率队由右路进，奋威冲击，诸军继之，枪炮声震山谷，贼败遁，平卡垒二十余座。既诇知贼拟袭旧堡，断我后路。官军逆击之，杀毙无算。正追蹑间，吴忠堡逆回张马队作两翼，倾巢来扑。该故提督策马径进败之。节次复灵州，铲金积堡，并会克肃州，该故提督血战之功为多。旋委统领楚军副、中马步等营，兼带老湘十旗马队，驻扎肃州。

光绪二年，奉旨补授陕西汉中镇总兵。今抚臣刘锦棠正出关剿贼，饬该故提督提兵先进抵巴里坤，谍报贼骑由南山西窜，截我饷道，分兵扼之。自率两营，进屯古城，以待大军。当是时，逆回踞乌鲁木齐，倚南路安集延为声援，尤恃古牧地为屏蔽，负城设险，据山为营，闻官兵至，分路迎敌，安逆亦遣党助战。该故提督以不得此山则城不可下，分队绕贼后，自领亲兵，冒枪炮，一鼓而登，踏平山垒，遂破南关，合诸军拔其城。悍党凶渠，歼除净尽，乘胜直捣乌鲁木齐，克之。败贼窜达坂城，与安集延合。刘锦棠督师进剿，该故提督驻兵城后山阿。贼凭城擎枪指击，屹不为动。城高且坚，乃于城东筑炮台，连环施放飞子，焚贼火药，烟焰障天。贼大乱，开门狂窜。进据之。刘锦棠以达坂既下，逆贼胆落，议攻托克逊，开南路门户。时贼正焚攻庄堡，火光四起。我军由小草湖进，贼从旁庄抄出，围马队数匝。该故提督率劲卒，横贯其阵，围始解，会大军至，齐薄城下，贼惊溃，立复其城。该故提督自投营至此，大小已数百战，枪子穿肋嵌膝，几无完骨，刀枪痕尤重叠，不可辨。伤发，请假赴湖北就医。

五年，复调出关，历统马步等军，讲求军政，常若敌至，择要隘拨队填扎。所在盗贼屏迹，屹然为边陲保障。

九年，调补甘肃西宁镇总兵，以防务吃紧，奏署乌鲁木齐提督，旋移驻喀什噶尔。十五年，奉旨补授斯缺。

臣伏查该故提督，忠诚干练，晓畅戎机，每战身先士卒，摧锋陷阵，踔厉无前，顾善持重，猝遇巨寇，好整以暇，故在军数十年，未尝挫衄。其在喀什噶尔提督任内，选材练兵，弹压诸部，尤能恩威并用，中外翕然。上年旧创复发，犹强起巡阅各营旗，以固边防，其不敢安逸如此，洵属提镇中最为出力之员。嗣疾日增剧，吐血辄至数升，有骨时从血中咯出，皆向被炮冲碎入肺者。各将弁就榻问视，深以国恩未报，母年八十，远在衡湘，不得一诀为憾。死之日，案无积牍，箧鲜藏金，尤有足多者，宿将凋零，实堪悯念！合无吁恳天恩俯准，将已故喀什噶尔提督谭上连照军营立功病故例，敕部从优议恤，生平战绩事实宣付史馆，并附祀陕西、甘肃、新疆等省前大学士左宗棠专祠，以彰忠荩，出自鸿施。

除将履历咨部外，谨会同陕甘总督臣杨昌濬，恭折具奏。伏乞皇上圣鉴训示。谨奏。光绪十六年七月初二日。

（朱批：）另有旨。[①]

光绪十六年八月初八日，奉朱批：另有旨。钦此。[②]

【案】此折旋于十年八月初八日得允行，《清实录》：

以战功卓著，予故甘肃新疆喀什噶尔提督谭上连照军营立功后积劳病故例赐恤，战绩宣付史馆立传，并附祀陕西甘肃新疆左宗棠专祠，从巡抚魏光焘请也。[③]

---

①台北故宫博物院藏：《军机及宫中档》，文献编号：408006707。

②中国第一历史档案馆藏：《录副奏折》，档号：03-5871-011。

③《德宗景皇帝实录》（四），卷之二百八十八，光绪十六年八月，第834页。

0208. 修理城垣等工请饬仍照原册核销折

光绪十六年七月初二日（1890年8月16日）

头品顶戴护理甘肃新疆巡抚新疆布政使臣魏光焘跪奏，为新疆南北两路修理城垣、衙署，工料碍难援照例价，恳恩饬部仍照原册核销，恭折覆陈，仰祈圣鉴事。

窃准工部咨：光绪十六年三月十六日，议奏甘肃新疆南北两路修理城垣、衙署等工，核与定例不符，应令该抚转饬另造删减细册，送部核办一折，奉旨：依议。钦此。并钞录原奏。到臣，当经转行在案。

查新疆城垣、衙署各工应用工匠、物料，其艰窘、昂贵情形，历于估奏案内详晰声叙。嗣准部咨，饬照例价造报，复经据实登覆。此次部臣原奏内开：纵兵燹之后，元气未复，诸物不无昂贵，亦应核实办理，不得稍涉浮冒，检查原册内开工匠各项，比甘肃例价多至二三倍不等，碍难即行核准等因。伏查前项工程，需费极巨，抚臣刘锦棠以款不易筹，工不容缓，悉派营勇从役，以资节省。至于应需匠工、物料，价值虽昂，万不能省，时地所限，势实使然。若必绳以例价，经手各员计无从出，势必添造工料，牵匀估报，以抵市价之昂。既非核实之道，而责以核实造销，复强以援照例价，事势尤有所不能。且前后请销各册一工一料，南北两路，各自为价，原系核实办理，本无浮冒，碍难删减，况通计大小工程三十余起，造销仅四十万六百余两，惟其资用勇力，所省故多。只此工料价值，委属实用实销，如必删减另造，实无办法。饬据司道查明，详覆前来。

合无仰恳天恩俯准免援例价造报，敕部仍照原册核销，以清积案，出自鸿慈。除咨部查照外，谨会同陕甘总督臣杨昌濬，恭折覆奏。伏乞皇上圣鉴训示，施行。谨奏。光绪十六年七月初二日。

（朱批：）该部议奏。[1]

光绪十六年八月初八日，奉朱批：该部议奏。钦此。[2]

0209. 总兵唐华光保案有误请饬更正片

光绪十六年七月初二日（1890年8月16日）

再，据提督衔记名总兵唐华光禀称：该员由军功累保今职，惟荡平西宁府属立解府城重围并克复大通县城案内，应由千总请保，误以都司保补用游击，加参将衔；克复乌鲁木齐、玛纳斯各城案内，又误以补用参将保免补参将，以副将尽先推补，加总兵衔，致漏保守备、都司、参将三级，请附奏递减等情。前来。

臣覆核无异，合无仰恳天恩俯准将荡平西宁府属案内准保游击，改为拔补千总，请保免补千总，以守备尽先补用，加都司衔；克复乌鲁木齐、玛纳斯各城案内准保副将，改为免补守备，以都司尽先补用，加游击衔；新疆南北路一举荡平案内准保提督衔总兵，改为免补都司，以游击尽先补用，加参将衔。饬部逐层递减，以实官阶。至该员于攻克古牧地、达坂城、南北荡平、六载边防等案准保克勇、锋勇各勇号，并赏给封典、换给哈西巴巴图鲁勇号，可否均照原案注册，出自鸿施。除咨部外，谨附片具陈，伏乞圣鉴训示。谨奏。

（朱批：）兵部议奏。[3]

光绪十六年八月初八日，奉朱批：兵部议奏。钦此。[4]

---

①台北故宫博物院藏：《军机及宫中档》，文献编号：408006706。

②中国第一历史档案馆藏：《录副奏折》，档号：03-7158-037。

③台北故宫博物院藏：《军机及宫中档》，文献编号：408006706-0-A。

④中国第一历史档案馆藏：《录副奏片》，档号：03-5871-012。

0210. 副将刘乾福保案有误请饬更正片

光绪十六年七月初二日（1890 年 8 月 16 日）

再，臣据总兵衔留湖南补用副将刘乾福禀称：该员由军功历保今职，惟于陕西肃清案内应以蓝翎拔补千总底衔请保，比时误由都司请保以游击补用，致漏保守备、都司二级，请附奏递减，前来。

臣覆核无异，合无仰恳天恩俯准将陕西全境肃清案内准保游击，改为由蓝翎千总请免补千总，以守备尽先补用；荡平金积堡案内准保留湖南尽先补用参将，改为免补守备，以都司尽先补用；关陇肃清案内准保留湖南补用副将并换花翎，改为免补都司以游击尽先补用，并换花翎；新疆肃清案内准保总兵衔，改为副将衔。饬部逐层递减，以实官阶。至新疆肃清案内赏给三代正二品封典，可否仍照原案注册，出自鸿施！除咨部外，谨附片具陈，伏乞圣鉴训示。谨奏。

（朱批：）兵部议奏。①

光绪十六年八月初八日，奉朱批：兵部议奏。钦此。②

0211. 恭报十六年四月雨雪粮价情形折

光绪十六年七月十六日（1890 年 8 月 30 日）

头品顶戴护理甘肃新疆巡抚新疆布政使臣魏光焘跪奏，为恭报光绪十六年四月分粮价并得雨情形，谨缮折具陈，仰祈圣鉴事。

窃照光绪十六年三月分各厅州县粮价并得雨雪情形，业经臣奏报在案。兹据署新疆布政使饶应祺详称：本年四月分，北路奇

---

①台北故宫博物院藏：《军机及宫中档》，文献编号：408006706-0-B。

②中国第一历史档案馆藏：《录副奏片》，档号：03-5871-013。

台得雨，入土五寸；昌吉、绥来得雨，入土三寸；迪化、阜康、镇西、库尔喀喇乌苏得雨，入土一二寸不等；吐鲁番、哈密微雨。伊塔道属宁远、精河、塔尔巴哈台得雨，入土二寸；绥定微雨。南路英吉沙尔、疏勒、疏附、叶城、于阗得雨，入土一寸；温宿、拜城、喀喇沙尔、乌什微雨，余未得雨。幸值天气和暖，渠水畅流，地亩足资灌溉，民情安帖。

至通省粮价镇西、精河、喀喇沙尔、英吉沙尔、和阗、昌吉、绥来、拜城等厅州县俱与上月相同，余均略有增减。汇详请奏前来。

理合恭折具陈，并缮粮价清单，敬呈御览。伏乞皇上圣鉴。谨奏。光绪十六年七月十六日。

（朱批：）知道了。[①]

光绪十六年八月十九日，奉朱批：知道了。钦此。[②]

0212. 呈新疆光绪十六年四月粮价清单

光绪十六年七月十六日（1890年8月30日）

谨将新疆各属光绪十六年四月分米粮时估价值，缮具清单，恭呈御览。

计开四月分

镇迪道属

迪化县：大米每京石价银二两九钱二分四厘，小麦每京石价银一两一钱三分二厘，莞豆每京石价银一两一钱八分八厘，俱与上月相同。青稞每京石价银七钱二分四厘，较上月增三分四厘。

昌吉县：大米每京石价银一两八钱七分二厘，小麦每京石价银七钱七分六厘，莞豆每京石价银九钱二分，青稞每京石价银八钱七分五厘，俱与上月相同。

---

①台北故宫博物院藏：《军机及宫中档》，文献编号：408006709。

②中国第一历史档案馆藏：《录副奏折》，档号：03-6894-034。

阜康县：粟米每京石价银八钱八分四厘，与上月相同。小麦每京石价银九钱九分，较上月增四分二厘。莞豆每京石价银一两一钱，高粱每京石价银五钱六分四厘，俱与上月相同。

奇台县：大米每京石价银二两七分一厘，较上月减一钱七分三厘。小麦每京石价银七钱七分八厘，较上月减三分五厘。莞豆每京石价银七钱五分九厘，较上月减一钱四厘。

绥来县：大米每京石价银一两七钱七分，小麦每京石价银八钱二分八厘，莞豆每京石价银九钱二分一厘，高粱每京石价银五钱六分三厘，俱与上月相同。

吐鲁番厅：小麦每京石价银一两四分四厘，与上月相同。大麦每京石价银五钱六分，较上月减一钱八分六厘。高粱每京石价银五钱九分四厘，与上月相同。黄豆每京石价银二两四钱二分六厘，较上月增一钱八分六厘。

镇西直隶厅：小麦每京石价银一两五钱，莞豆每京石价银一两五钱一分，青稞每京石价银九钱二分，俱与上月相同。

哈密厅：粟米每京石价银一两六钱五分六厘，较上月增七分二厘。小麦每京石价银一两三钱八分，与上月相同。莞豆每京石价银一两六钱五分六厘，较上月增七分二厘。青稞每京石价银一两二分，较上月减一钱八分。

库尔喀喇乌苏厅：小麦每京石价银一两二钱，与上月相同。高粱每京石价银八钱五分，较上月增七分。莞豆每京石价银一两三钱五分，较上月增八分。

伊塔道属

绥定县：大米每京石价银四两四钱四分，与上月相同。小麦每京石价银一两一钱四厘，较上月减一钱三分八厘。莞豆每京石价银一两一钱二分八厘，较上月减二钱八分二厘。大麦每京石价银八钱四分七厘，较上月减一钱七分。

宁远县：大米每京石价银四两一钱四分四厘，与上月相同。小麦每京石价银八钱七分六厘，较上月增四分八厘。大麦每京石价银五钱八分八厘，与上月相同。莞豆每京石价银七钱二分，较上月减二钱一分六厘。

塔尔巴哈台直隶厅：小麦每京石价银一两五钱三分三厘，与上月相同。大麦每京石价银七钱七分七厘，较上月减二分。莞豆每京石价银一两二钱一分，较上月减四厘。

精河直隶厅：大米每京石价银三两一钱四分五厘，小麦每京石价银一两一钱九分，大麦每京石价银八钱七分五厘，莞豆每京石价银一两三钱六分，俱与上月相同。

阿克苏道属

温宿直隶州：大米每京石价银一两五钱二分，较上月增三钱四厘。小麦每京石价银六钱九分，较上月增一钱三分八厘。大麦每京石价银四钱四分四厘，较上月增一钱四分四厘。包谷每京石价银五钱三厘，较上月增一钱六分三厘。

拜城县：小麦每京石价银三钱九分，大麦每京石价银一钱八分，包谷每京石价银二钱六分，莞豆每京石价银三钱，俱与上月相同。

喀喇沙尔直隶厅：大米每京石价银一两九钱二分四厘，小麦每京石价银六钱九分，莞豆每京石价银七钱二分，包谷每京石价银五钱一分二厘，俱与上月相同。

库车直隶厅：大米每京石价银一两五钱，与上月相同。小麦每京石价银五钱六分，较上月减九分。包谷每京石价银三钱四分，较上月增二分。莞豆每京石价银三钱，与上月相同。

乌什直隶厅：大米每京石价银一两六钱三分九厘，与上月相同。小麦每京石价银四钱六分二厘，较上月增一分四厘。大麦每京石价银二钱五分六厘，与上月相同。包谷每京石价银四钱六厘，较上月增一分三厘。

喀什噶尔道属

疏勒直隶州：大米每京石价银二两八钱五分，较上月减一钱五分。小麦每京石价银一两一钱七分三厘，较上月增二分八厘。

包谷每京石价银一两四分九厘，较上月增一分三厘。高粱每京石价银八钱七分四厘，较上月增七分二厘。

疏附县：大米每京石价银二两八钱五分，较上月减一钱五分。小麦每京石价银一两一钱七分三厘，较上月增二分八厘。包谷每京石价银一两九分八厘，较上月增一分三厘。高粱每京石价银八钱七分四厘，较上月增七分二厘。

莎车直隶州：大米每京石价银二两二钱二分，大麦每京石价银六钱二分五厘，俱与上月相同。小麦每京石价银九钱五分二厘，较上月减一分一厘。包谷每京石价银七钱九分二厘，较上月减二厘。

叶城县：大米每京石价银二两四钱六分五厘，与上月相同。小麦每京石价银八钱，较上月减五分。青稞每京石价银三钱五分，与上月相同。包谷每京石价银五钱七分六厘，较上月减九分六厘。

和阗直隶州：大米每京石价银二两二厘，小麦每京石价银一两二分一厘，包谷每京石价银六钱一分四厘，青稞每京石价银五钱八分，俱与上月相同。

于阗县：大米每京石价银二两七分，与上月相同。小麦每京石价银九钱三分八厘，较上月减二分六厘。包谷每京石价银六钱五分二厘，较上月减一分三厘。

英吉沙尔直隶厅：大米每京石价银二两七钱三分，小麦每京石价银九钱三分，大麦每京石价银四钱六分，包谷每京石价银六钱七分，俱与上月相同。

玛喇巴什直隶厅：大米每京石价银二两九钱六分，较上月减二钱九分六厘。小麦每京石价银一两一钱四厘，较上月增二分八厘。包谷每京石价银八钱九分六厘，较上月减六分四厘。

（朱批：）览。[①]

①中国第一历史档案馆藏：《单》，档号：03-6894-035。

0213. 覆陈部议删除各款恳饬核销缘由折

光绪十六年七月十六日（1890年8月30日）

头品顶戴护理甘肃新疆巡抚新疆布政使臣魏光焘跪奏，为并案覆陈甘肃新疆光绪十一、十二两年报销部议删除行查各款，缮具清单，恳恩饬部核销，恭折仰祈圣鉴事。

窃准户部咨：议奏新疆巡抚刘锦棠造报甘肃新疆光绪十一年分防军、善后收支各款折稿、清单，并准咨奏刘锦棠造报光绪十二年分防军、善后收支各款一折、清单一纸等因。先后到臣，当经转行遵办去后。兹据粮台司道分年分款，详晰核明开单，详请奏咨前来。

查十一、十二两年报销，部臣分别删除行查，系为慎重度支起见。惟边疆情形不同，臣前在藩司本任内，抚臣刘锦棠深以各省协济维艰，省一分即纾一分饷力。凡支发款项，饬令再三核减，力求撙节，顾有未可，概从省啬，致形窒碍者，如统领公费、夫价，系照兼带酌加章程支发，若兼带底营，即不准给领。在各统领身受国恩，力图报称，万不敢计较经费之有无。惟多统一营，事务较繁，用费必增，未便令其赔贴。且十年以前未支薪公、夫价，既经报缴，此项已支银两，复令缴还，无论该统领等力有未逮，亦非所以仰体朝廷优待将领之意。至采买、津贴一节，查粮料、柴煤、草束，系照民价发给，较公中扣价定章均属昂贵。各勇丁或拔队移防，或奉调出差，为程动至千数百里不等，口粮只有此数，戈壁长途，耗费不少。若支领粮草复按采价扣还，公中省此津贴，勇丁必形窘乏。其不得不曲加体恤者，亦势所不容已也。其余各款均系实用实销，并于清单内逐一声覆。通计十一、十二两年支放银数，比较上案，实属有减无增。合无吁恳天恩饬部一律核销，以清款目。

除咨部查照外，谨会同陕甘总督臣杨昌濬，缮单并案覆陈。伏乞皇上圣鉴训示。谨奏。光绪十六年七月十六日。

（朱批：）该部议奏，单并发。[①]

光绪十六年八月十九日，奉朱批：该部议奏，单并发。钦此。[②]

0214. 呈防军善后收支删除行查各款清单

光绪十六年七月十六日（1890年8月30日）

谨将部议光绪十一、十二两年分防军、善后收支各款，除准销不计外，所有删除行查各款，理合逐一登复，缮具清单，恭呈御览。

计开

光绪十一年分

旧管项下：一、部议：册开上案截至光绪十年十二月底止，实存银一万七千七百九十两六钱二分三厘，按一零三三申合湘平一万八千三百七十七两七钱一分三厘，与上案册报实存库平银数目相符。惟查光绪八年销案尚有少扣粮价湘平银三两，前经行查此项粮价曾否扣存，归入何案列收，现尚未据登覆，应合九、十两年奏销案内行查银二万六百七十二两一钱二分九厘，一并行令声复。俟声复到部，再行核办等因。

查前项少扣粮价湘平银三两，已归入十三年分销案内列收，于二次登覆九、十两年销案内合行查银两一并声明在案，应请查核。

新收项下：一、部议：统计八款共收银二百十四万六千一百九十四两一钱九分九毫，散、总数目尚属符合。计此案管、收两项，共实收湘平银二百十六万四千五百七十一两九钱三厘九毫。

开除项下：一、部议：第一册开发马步各营、旗、哨薪粮、马干银一百二十八万九千六百四十两四钱三分八厘，按册核算，

①台北故宫博物院藏：《军机及宫中档》，文献编号：408006708。

②中国第一历史档案馆藏：《录副奏折》，档号：03-6626-081。

步队支数与定章符合。惟查行粮马队，每营副哨长四员，每员每日较上案多支银一分三厘三号三丝三忽四微，坐粮马队每旗哨长二员，每员每月较上案多支杂费钱六钱，共应删除银二百九十一两七钱六分。再，查马队支饷数目，前因该大臣报部原章所定支数过多，经臣部奏令该大臣各仿步队支饷总数办理，改定章程，送部立案，迄今未据该大臣奏报章程。兹查册造支饷总数，较步队支饷总数，或多或少，未能一律相符，应令查照臣部奏案，迅将改定章程送部查核。又，弁勇花名未据开列，亦应补造送部，以凭核办等因。

查上案行粮马队，每营大建月共支薪粮、马干银三千一百七十六两七钱，小建月共支银三千八十两二钱八分。每旗大建月共支薪粮、马干银一千六百七两七钱，小建月共支银一千五百五十九两六钱三分；小马队每哨大建月共支银七百六十两五钱，小建月支银七百三十五两一钱五分；坐粮马队每旗大建月共支薪粮、马干银一千一百二十二两九钱，小建月共支银一千八十八两四钱七分。嗣奉部准，自光绪十一年起，各仿步队支饷总数办理，遵即转饬各军营旗照办。旋据覆称：查光绪十一年起核减新章，行粮步队每营大建月共支银二千八百九十二两二钱，小建月共支银二千八百二两四钱六分。每旗大建月共支银二千一百五两六钱，小建月共支银二千四十两二钱八分。坐粮步队每旗大建月共支银一千六百七两七钱，小建月共支银一千五百五十六两三钱一分。马队营旗与步队营旗支饷总数，势难一律相符，应如何酌量增减，俾得各无参差之处，应请酌定等情。当查马队、步队人数不同，支款各别，饷数自难一律相符。若马队概按核准步队饷数牵合，则支饷必较上案浮多，未足以昭核实，是以谨遵部议，量为变通，以步队每营支饷数为准，酌量增减，行粮马队每营裁减公长夫五十名，每马日减干银一分八厘，月共减银二百八十六两八分。副哨长四员，每员日酌加银一分三厘三毫三丝三忽四微，月共加银一两六钱，余照上案支给，计大建月共支银二千八百九十二两二钱二分，较上案减银二百八十四两四钱八分；小建月共支银二千八百五两二钱八分，较上案减银二百七十五两。每旗裁减公长夫二十五名，每马日减干银一分八厘，余照上案支给，计大建月共支银一千四百六十四两一钱二分，较上案减银一百四十三两五钱八分；小建月共支银一千四百二十两八钱三分六厘，较上案减银一百三十八两七钱九分四厘。小马队哨改照行粮支给，计大建月共支银五百三十一两八钱四分，较上案减银二百二十八两六钱六分；小建月共支银五百一十五两一钱一分二厘，较上案减银二百二十两三分八厘。坐粮马队每旗裁减公长夫二十五名，月共减银六十两；哨长二员，每员月加杂费银六钱，月共加银一两二钱，余照上案支给，计大建月共支银一千六十四两一钱，较上案减银五十八两八钱；小建月共支银一千三十二两八钱九分，较上案减银五十五两五钱八分。

统计此册开支马队饷项，较上案章程共减银四万六千两之谱。酌加哨长口粮、杂费，共银二百九十一两七钱六分。前项银两分别开列，减数甚钜，加数无多。通上案计算，实属有减无增，应请照册核销。自十四年起，马队支款，业经奏定有案。至弁勇花名，已于登复九、十两年销案内声明，仍请免造。

一、部议：第二册开发开花炮队员弁勇夫薪粮等项银二万一千九百七十两五钱六分。查员弁勇夫薪粮及料草折价，均与奏定支数相符。除划归兵部核销料草折价二千四百六十三两八钱四分，臣部实准销银一万九千五百六两七钱二分等因。

查划归兵部银两，应由兵部核销。

一、部议：第三册开发统领公费、夫价银两，并未遵照旧制统至三千、五千、一万人以上成数支给，且内有所统人数不及三千人而有兼带底营者，既支底营薪公，又支统领公费、夫价，殊属不合。所有汤秀斋、谭上连、黄万鹏、武朝聘、夏辛酉五员所统人数，均不及三千人，既支底营薪公，毋庸再支统费、夫价。其未带底营之董福祥一员，所统弁勇数目不及五千人，按照兼带酌加定章，每月只应加给统费银一百两、夫价银三十两；汤彦和、徐占彪二员所统弁勇数目不及三千人，按照兼带酌加定章，均不应开支统费、夫价。惟以上三员并未自带一营，与兼带酌加者不同，自应按所统人数准照三千人以上应支银数章程，加减扣算支给，以资办公。统计此册共请销银七千六百五十五两七钱三分，内删除银三千七百六十二两二钱四厘，实准销银三千八百九十三两五钱二分六厘等因。

查楚军营制，统费、夫价向按所统营数，加减支给。统领一二营者，每月加银一百两、夫十名；三营以上者，每月加银一百五十两、夫十五名；五营以上者，每月加银二百两、夫二十名，已于前奏二十四条用款案内声明，叠奉部议，应照所统人数开支，当经转饬遵办。旋据覆称：按照所统人数开支统费、夫价，必统至三千、五千、一万人以上，方准开支，如不自带一营，即统领步队五营，共弁勇二千五百余人，五旗共弁勇一千八百余人，马队五营共弁勇一千二百余人，五旗共弁勇六百余人。以上均不及三千人，况所统有不及五营、五旗者，则人数更少，均不应开支统费、夫价。是名为统领，其实孑然一身，办理殊形掣肘。其有自带一营、兼带各营者，本营薪公本足敷用，然既为统领，各营公事悉听总裁，若不从优酌加统费、夫价，不惟办公无资，即差操训练、搜山巡卡、犒赏各费，势无从出，又经饬令遵照兼带酌加章程，各按所统人数扣算支领。迨光绪十三年清厘旧欠，复令各统领暨营旗各官，将十年以前未领薪公、夫价银两一律报缴，并声明自十一年起年清款，已经通饬遵办在案。

查光绪十一年分册造统费、夫价，系遵兼带酌加定章，按所统人数扣算支发。汤秀斋月支统费、夫价银九十余两，汤彦和月支银一百一十余两，董福祥月支银二百余两，谭上连月支银八十余两，黄万鹏月支银五十余两，武朝聘月支银二十余两，夏辛酉月支银一十余两，徐占彪月支银四十余两，统计此册共支统费、夫价银七千六百五十五两七钱三分，即以新疆定额二万一千人牵合，每年应需统费、公费、夫价，按每员统领三千人扣算，共需统费、夫价银一万余两；按每员统领三千人以上扣算，共需统费、夫价银九千余两。以本案支数较之，实属有减无增，且十年以前为支薪公、夫价已令一律报缴；本案已支统领、公费、夫价，未便复令缴还，所有部议删除银三千七百六十二两二钱四厘，应请核销。

一、部议：第四册开发马队各营、旗、哨倒马价值银九千三百九十两五钱一分一厘，事隶兵部，应归兵部核办。应由兵部核销。

一、部议：第五册开发营务文案、支应随员及各台局文武员弁薪水银两，查册造员数，与上案相符者，暂准开支；较上案浮多者，自应删除。至官阶、姓名与上案歧异者，自应行查明确，再行核办。查上案行营，文案委员，满年牵算共八员，本案满年牵算共九员，计多知县一员，且姓名不符者尚多。本案册造朱熉等十一员，皆与上案册造姓名不符。究系接替何人之差，原册均未声叙。又，道员陈晋蕃等十二员均与上案册造官阶不符，究系何年月日续升官阶，应行查明确，再行核办，并令将各台局文案、押运、差遣文武员弁酌定额数报部，以示限制。统计此册原请销银三万二千五十二两，内行查银九千四百十五两，实准销银二万二千六百三十七两等因。

查上案册造行营务五员、文案八员，本案裁减营务一员，酌添文案一员。朱熉接替营务道员魏炳蔚之差，张介祺、左兆凤接替易鼎元、陈方义，监印委员戴馨德接替萧经士，发审委员陶焕湘、任兆观接替陶炳南、左兆凤。又，王懋勋由台调营差遣，接替徐鼎藩，旋委发审，接替陶焕湘，恩陞接替张恒鸿，殴培墉接替颜廷奎，提调台务周发镛委署叶城县知县，提调差使以徐鼎藩接替，报销委员王懋勋调营差遣，报销差使以刘兆麟接替，均系随时更换接替，故姓名多与上案不符。

又，陈晋蕃、李征煦、王炳堃、张复观、成鸿庥、杨名树、刘承泽、刘冕、刘翊猷、张起宇、高涣泉、刘芬等十二员，均系六载边防案内续得升阶，已于光绪十年十月初四日钦奉上谕，并奉部覆有案，故各员官阶亦与上案不符。至各台局文案、支应、押运、差遣文武员弁，各有专司，仅敷差使。值此饷项支绌，力图撙节，十三年内已将行营营务、文案、支应、监印、巡捕各员概行裁撤，其余各项差使万难核减者，不得不酌量留用，即请以十三年销案为定额，统计此册共请销银三万三千五十二两，应请照册核销。

一、部议：第八册开发各台局护勇、长夫、通事口粮银两。查此项支数，系照楚军坐粮章程支给。其添设省城各局月日，亦与季报清单相符。惟查册内声称，哈密粮台移驻省垣，酌添护勇三十名，计什长三名，护勇二十七名，未据报有案。添设名数、月日是否相符，无从查核，应令查复，再行核办。至新设之省城采运局护勇名数及柴草局护勇、长夫名数，较向设之屯采总局及柴草局皆有浮多，因何不符，并令查复，再行核办。统计此册原请销银六千五十五两三钱六分，内行查银一千四百二十二两六钱八分，实准销银四千六百三十二两六钱八分等因。

查哈密粮台原设护勇一百名、缠回通事四名，嗣经核减，酌留护勇三十名、缠回通事二名，实不敷用。迨光绪十一年，大军进省，七月内调移省垣，酌添募护勇三十名，俾昭慎重。口粮银两自七月二十六日，由哈密开差之日起支。又，省城为各路通衢，五方杂处，储峙所在，防护宜固，兼以收发较多，迥非古城屯采、哈密柴草各处可比，护勇、长夫势不能不酌量从宽，故自光绪十一年三月初一日起，添设采运局，酌定护勇二十名；柴草局酌定护勇四名、长夫四名，以资应用。前项行查银两，应请核销。

一、部议：第十册开发采运粮料、柴草、津贴、价值银两。查定章军营官弁勇夫，各有应支薪粮，外向无津贴、粮料、柴草、价值名目。光绪七八两年报销案内，开支采买粮料、柴草价值银两，经臣部以关外粮料充积，何须另行采买，各营柴草已于七年正月截止，各局亦无开支柴草之条，迭次删驳，嗣据该抚奏请特旨准销，业经钦遵在案。惟七八两年准销之款究系钦奉特旨，似难援为常例。兹据册造复请开支津贴、粮料、柴草、价值银两，殊与定章不合，且查九十两年报销案内，均称扣回，不再请销，应请照案删除，以昭核实。计删除银一万五百九十九两九钱四分一厘等因。

查新疆北路地广人稀，粮料、柴草、煤炭价值昂贵，设局采买，以备供支。合计共发去采买银九万一千余两。除照章扣回银八万四百一十八两三钱八分七厘不再请销外，实津贴银一万五百九十九两九钱四分一厘。查前项粮料、柴煤、草束，实系各营旗随巡抚由哈密移驻省城，旋由省酌带营旗前赴伊犁清理欠饷，并调营帮修省城一切工程，沿途采供，非扎定营盘可比，所有津贴银两，仍请核销。至九十两年销案，除扣回之款尚有津贴，声明不再请销者，系属已经扣回之款。其余津贴应于该年请销。合并声明。

一、部议：第十一册开发新疆南北两路塘、台、驿站经费银六万三千九百五两八钱六分七厘等语。臣部查工食、纸张、油烛、粮料、草价、添购驿马、倒马价值、站价、驿马灌药等项银六万三千五百九十五两八钱二分七厘，应归兵部核办；修造马掌等项银三百十两四分，归工部核办，应有兵部、工部核销。

一、部议：第十二册开发各台局押运饷装、军火等项员役、护勇盘费、盐菜、口粮银两，均与上案相符。每粟米一石，折价银一两二钱，照依陕西善后报销成案办理，自应照准。惟粳米折价，据陕甘总督覆称：因甘肃并无例章可循，援照西安满营每石折银二两六钱核给。查甘肃之凉州、庄浪满营，新疆之乌鲁木齐、古城满营，粳米定价，均每石折银一两五钱。是甘肃新疆满营既有成案可循，且折价之数较减，自应比照开支，何得援照西安满营案据办理，致多糜费？应将浮支粳米折价银两照数删除。至押运军装、军火、军饷各若干，应派某项官阶文武员弁若干员，应令嗣后酌定画一章程，报部核办，以示限制。统计此册共请销银一千五百十三两四钱四分七厘，内删除银三十七两六分八厘，实准销银一千四百七十六两三钱七分九厘等因。

查新疆乌鲁木齐、古城满营粳米定价，每京石折银一两五钱，档案缺如，无从查照。在承平时粮价平减，事属可行。兵燹后，地广人稀，价增数倍，即每京石折银二两六钱，实属不敷购买，前项删除银两，仍请核销。至押运军装、军火、军饷各若干，应派某项官阶文武员弁若干，业于册内分次详细声明，随运随派，以期迅速，应俟标营设定，防务稍松，再行酌定章程。合并声明。

一、部议：第十三册开发官车、骡马、驮驼，委员薪水、护勇、长夫、牵夫工食，并骡马料草折价、灌药、饮水、歇店、灯油、油盐、添制什物等项，共银五万九千一百五十三两七钱二分八厘等语。臣部查工食、饮水、歇店、灯油、灌药、料草折价等项银五万二千三百三十九两四钱四分四厘，应归兵部核办；补修、制办等项银一千二百三十五两四钱八分四厘，应归工部核办。惟委员薪水、护运、长夫工食等项银五千五百七十八两八钱，应归臣部核办，查系遵照奏准章程支给，应准开销。查划归兵、工两部银两，应由兵、工两部核销。

一、部议：第十四册开发军装制办局招募浙、粤并关内、本地各匠工食银两支数、月日，均与案据相符。惟查册造省城军装局火夫八名，及查哈密军装局分拨名数只火夫七名，计省城军装局多列火夫一名，应即删除。其余各项名数有与上案相符者，有较上案尚少者，自应准其开销。统计此册共请销银六千二百四十六两五钱一分八厘，内删除银三十二两四钱五分，实准销银六千二百十四两八分八厘等因。

查哈密军装局原用火夫九名，内洋炮各匠用夫四名，铜铁各匠用夫二名，木锯各匠用夫二名，刷印各匠用夫一名。截至二月底止，哈密局酌留铁匠四名、用夫一名，木匠四名、锯匠二名、用夫一名，实拨交省局火夫七名，因铁匠分拨夫不敷用，即令匠头另雇火夫一名，随带赴省口粮银两。自三月初一日起，由省局支发开报。所有前项删除银两，应请核销。

一、部议：第十五册开发各台局医生工食银两，系遵照奏准章程支给。惟自三月初一日起，酌添医生二名，未据报部有案，究竟添设名数、月日是否相符，无从查核，应令声覆，再行核办。其余名数与上案实存数目相符，应准开销。统计此册原请销银四百两，内行查银一百两，实准销银三百两等因。

查十一年春间，大军移省，添设军装、采运、柴草各局、粮台，亦相继调移省城。各军营旗医生已截至十年底裁撤，省城仅迪化各局设医生一名，实不敷用，故令自三月初一日起，酌添医生二名，工食银两照章支给，应请照册核销。

一、部议：第十六册开发转运军装、军火等项水路脚价银四百五十二两七钱三分六厘，应归兵部核办。应由兵部核销。

一、部议：第十七册开发转运饷装、军火陆路脚价银十一万四千七百三十二两二钱七分八厘。查转运饷装、军火、粮料车脚，应归兵部核办。至押运员役骑骡脚价，前经兵部奏请，划归臣部核销。惟查定例关外并无开支骑骡脚价明文，究系照何例章开支，未据声叙，应令查明声覆，再行核办等因。

查押运员役骑骡脚价，系照依甘肃奏销成案办理，应请核销。

一、部议：第十八册开发病故员弁灵柩回籍车脚银一千五百七十四两八钱五分一厘，应归兵部核办。应由兵部核销。

一、部议：第十九册开发采制军装、军火、骡马、什物，并修整军装、器械、车骡、什物等项价值银三万一千七十三两八钱一分六厘，应归工部核办。应由工部核销。

一、部议：第二十册开发各处保甲局经费银两，查册开保甲十六局，与该抚奏报十一年分保甲局实存数目相符。惟据册称迪化州保甲局于五月初一日起改为省城保甲总局，酌添委员、经贴各书、护勇、油烛、纸张银两，未据该抚报部有案，无从查核，应令声覆，再行核办。再，查护勇口粮一项，前据该抚奏覆关外营饷杂支章程内称护勇口分，自十一年正月起，照楚军长夫坐粮章程，日支银八分，截至十二年，酌量裁改等语。兹据册开护勇什长每名日支银一钱三分，较定章每名日多支银五分。又，册开护勇每名日支银一钱一分，较定章程每日多支银三分。计十五局，其护勇什长十五名、护勇一百五名，按照十二个月六大建、六小建核算，应删除银一千三百八十两六钱。又，一局护勇什长一名、护勇七名，按四个月二大建、二小建核算，应删除银三十两六钱八分。其余各款尚无不合，应准开销。统计此册共请销银一万六千七百七两二分三厘，内删除护勇浮支银一千四百十一两二钱八分，行查银二千二百八十九两三钱三厘，实准销银一万三千六两四钱四分等因。

查新疆改设行省，以迪化州城为省会，本属冲要，往来人等种类不齐，巡抚、藩司先后到任，商贾辐辏，各路人民相继而来，兼以城垣散漫，迪化原设保甲一局，稽查难周，故令于五月初一日起改为省城保甲总局，委道员总司其事，并酌添东、西、南、北四关。委员、经贴各书、护勇人等，分段稽查，方期周妥。至护勇口粮一项，前令各局雇募土人，照楚军长夫坐粮章程，日支银八分。叠据各局员覆称：土人实难得力，仍请募用精壮勇丁，按照楚军坐粮章程，分别支给，俾得于公有济。因念核减尚多，而所增无几，且土人之不得力，本属实在情形，是以批照楚军坐粮章程，什长每名日支银一钱三分，护勇每名日支银一钱一分。且查十年分保甲经费，共开销银七百六十五两六钱，本案只开销银一万六千七百七两二分三厘，较上案共核减银四千余两。所有前项删除、行查两款银两，应请核销。

一、部议：第二十一册开发各处蚕桑局经费银五千二百四十二两八钱六分八厘。查文武员弁薪水、司事、工匠、艺徒、经贴各书、缠回、字识、通事、油烛、纸张等项，均与奏定新章相符，应准开销。惟护勇口粮一项，前据该抚奏覆关外营饷杂支章程内称，护勇口分自十一年正月起，照楚军长夫坐粮章程，日支银八分等语。兹查册造护勇每名日支银一钱一分，每名日多支银三分，计六局护勇二十四名，九个月除建二百六十五日，共浮支银一百九十两八钱，应令删除。统计此册，共请销银五千二百四十二两八钱六分八厘，内删除护勇浮支银一百九十两八钱，实准销银五千五十二两六分八厘等因。

查护勇口粮一项，原令各局雇募土人，照楚军长夫坐粮章程，日支银八分。叠据各局员覆称土人实难得力，仍请募用精壮勇丁，按照楚军坐粮章程支给，俾得于公有济。因念核减尚多，而所增无几，且土人之不得力，本属实在实形，是以批照楚军坐粮章程，护勇每名日支银一钱一分。前项删除银两，应请核销。

一、部议：第二十二册开发义学塾师薪水暨购办纸笔墨砚银二万七千五百八十六两五钱七分九厘等语。查购办书籍、纸笔墨砚等项银二千六百八十四两七钱七分九厘，应归工部核销。臣部核销塾师薪水、跟役口食等项银二万四千九百一两八钱，查与上案符合，应准开销。查应归工部银两，应由工部核销。

统计全册，通共开除银一百九十七万四千二百五十两九钱三厘，内除拨发嵩武军、乌鲁木齐都统、塔尔巴哈台参赞大臣、新疆藩司等处，各自列收报销共银二十五万六千四百三十一两五钱五分八厘。实请销支发银一百七十一万七千八百十九两三钱四分五厘，内应归兵部核销银二十六万七千七十二两六钱二分二厘，工部核销银三万五千三百四两一钱一分九厘，户部核销银一百四十一万五千四百四十二两六钱四厘。至行查、删除银两，均经按款声覆，应请一律核销。

实在项下：一、部议：据册开截至光绪十一年十二月底止，存银一十九万三百二十一两九毫。查本案收支两抵，实存数目相符。惟查光绪八年请销案内，尚有少扣粮价湘平银三两，应合本案删除银两，一并列存备查。至光绪九、十两年销案及本案行查银两，应令迅即声覆核办等因。

查少扣粮价银两、本案删除银两，九、十两年销案及本案行查银两，均经遵照登复。合并声明。

一、部议：据册开截至光绪十一年底止，欠发关外各军营、旗、哨十年以前并十一年分薪饷共银三百七万一千八百九十九两六分。查光绪十年，关外各营旗九年以前并十年存饷银二百七十五万九千五百二十六两四钱七分七厘，按一零三三申合湘平银二百八十五万五百九十两八钱五分，已据该抚奏报清理就绪，应俟补发欠饷册籍造报到日，再行核办。嗣后年清年饷，不应再有欠发名目。查本案册造开列欠发马步各军饷银二十一万九千四百十七两六钱一分，开花炮队饷银一千八百九十两六钱，按册核算，数目虽属相符，惟查本案实存项下尚有存项，何以不照收到饷数如数开支？殊不可解！此案欠发饷项，应令即由本案实存项下及陆续收到是年补解新饷内开支清款，以免轇轕，仍列入下案旧管项下报部，以备查考等因。

查本案实存银一十九万余两，欠发银二十二万一千余两，不敷清款，应俟十三年分将十年以前旧欠了清，嗣后新饷解足，如果实有长存，自应年清年款，不得再有欠发名目。理合声明。

光绪十二年分

旧管项下：一、部议：据册开上案截至光绪十一年十二月底止，实存银十九万三百二十一两九毫。查旧存银数与上案册报实存银数相符，惟上案删除银一万六千三百二十五两五钱三厘，光绪八年奏销案内少扣粮价湘平银三两，曾是否缴存，应合九、十、十一等三年销案内行查银四万二千五百六十五两一分七厘，并令声覆到部，再行核办等语。

查上案删除银两，已于上案声明，仍请核销。光绪八年奏销案内少扣粮价，已入十三年销案内列收。九、十、十一等三年行查银两，均经逐款声覆，应请查核。

新收项下：一、部议：统计册开五款，共新收银二百一十万一千三百一十二两九钱一分八厘，散、总各数均属符合。合此案管、收两项并计，共实收湘平银二百二十九万一千六百三十三两九钱一分八厘九毫。

开除项下：一、部议：第一册开发马步各营、旗、哨薪粮、马干等项银一百三十七万二百五十八两九钱二分七厘，按册核算，步队支数与定章符合。惟查行粮马队每营副哨长四员，每员每日较十年销案多支银一分三厘三毫三丝三忽四微；坐粮马队每旗哨长二员，每员每月较十年销案多支杂费六钱。统计此册，应删除银三百十三两一钱八分。再，查弁勇花名未据开列，应补造送部，以凭核办等因。

查此款已于上案声明，应请照册核销。

一、部议：第二册开发花炮队员弁勇夫薪粮等项银二万二千一百八两六分。查员弁勇夫薪粮及料草折价，均与奏定章程支数相符。除划归兵部核销车骡料草折价银二千四百六十三两八钱四分，臣部实准销银一万九千六百四十四两二钱二分等因。

查划归兵部银两，应由兵部核销。

一、部议：第四册开发统领公费、夫价银七千五百三十六两四钱五分四厘，内删除银三千六百七两三钱六分三厘，实准销银三千九百二十九两零九分一厘等因。

查此款已于上案声明，应请照册核销。

一、部议：第五册开发马队各营旗哨倒马价银九千八百六十四两九分六厘，事隶兵部，归兵部核办。应由兵部核销。

一、部议：第六册开发营务文案、支应随员及各台局文武员弁薪水银三万一千三百七十七两五钱，内应行查银九千四百四十五两，实准销银二万一千九百三十二两五钱等因。

查此款已于上案声明，应请照册核销。

又议：本案册造文案、委员朱熿等十一员，皆与十年销案姓名不符，究于何年月日接替何人之差，原册均未声叙等语。

查内有江景耀一员，系接替王懋勋差使。同知郑锡济、知州袁运鸿，官阶不符，查系六载边防案内续升官阶，余均于上案声明，应请查核。

一、部议：第九册开发各台局护勇、长夫、通事口粮银六千六百三十六两七钱二分，内行查银二千二百七十九两七钱六分，实准销银四千三百五十六两九钱六分等因。

查此款已于上案声明，应请照册核销。

一、部议：第十一册开支发津贴、粮料、柴草等项价值新平银九千八百三十九两九分三厘，上案开支此项银两业经删除，自应照案办理等因。

查此款已于上案声明，应请照册核销。

一、部议：第十二册开发押运饷装、军火等项员役、护勇盘费、盐菜、口粮银一千一百二十两四钱三分，内删除银十九两九分，实准销银一千一百一两三钱四分等因。

查此款已于上案声明，应请照册核销。

一、部议：第十三册开发官车、骡驼经费银四万七千一百九十八两二分六厘。查册开车夫工食、骡马料草、折价、灌药、饮水等银四万一千三百三十六两六钱三分五厘，应归兵部核办；补修、制办等项银六百八十五两二钱一厘，归工部核办。臣部应销委员薪水、护运长夫工食银五千一百七十六两二钱，查系遵照奏定章程支给，且委员、长夫名数较上案有减无增，应准开销等因。

查前项尚有应归兵部、工部核办之款，应由兵、工二部核销。

一、部议：第十四册开发军装制办局招募浙、粤并关内、本地各匠工食银六千二百九十一两三钱四分八厘，查与上案支数符合。惟陆续添雇本地工匠，较上案多开二百一十三工，应即删除。又，上案称由哈密军装局分拨省城军装局火夫七名，及查省城军装局实火夫八名，计多火夫一名，上案业经删除，本案自应比照办理，共应删除银七十七两二钱八分，实准销银六千二百一十四两六分八厘。

查火夫一层，已于上案声覆。至添雇工匠，系按修制军装、器械多寡，酌量添用，核实开报。所有前项删除银两，应请核销。

一、部议：第十五册开发各台局医生工食银四百二十两，行查银一百二十两，实准销银三百两等因。

查此款已于上案声明，应请照册核销。

一、部议：第十六册开发转运军装、军火等项水路脚价银二百八十二两七钱六分九厘，应归兵部核办。应由兵部核销。

一、部议：第十七册开发转运饷装、军火等项陆路脚价银四万九千二十九两一钱五分三厘，应归兵部核销转运军装、军火、粮料、车脚银四万三千五百四十两五分二厘；由臣部行查押运员役骑骡脚价银五千四百八十九两一钱一厘等因。

查押运员役骑骡脚价，系照依甘肃奏销成案办理，已于上案声明，应请核销，应归兵部银两，应由兵部核销。

一、部议：第十八册开发假遣员弁勇丁及残废、病故员弁勇丁灵柩回籍车脚银七千五百三十三两六钱四分五厘，归兵部核办。应由兵部核销。

一、部议：第十九册开发遣犯车辆、口分银五千二百五十两六钱二厘，查遣犯车脚应归兵部核办；开支口粮、盐菜应归臣部核销。惟原册支面斤、盐菜及面折、钱折银两，未据声叙系照何项例章，应令查明声覆，再行核办。统计此册共请销银五千二百五十两六钱二厘，应归兵部核销银四千六百七十三两五钱六分八厘，由臣部行查银五百七十七两三分四厘等因。

查遣犯口粮、盐菜、面折、钱折银两，前据各厅县禀报，遣犯络绎出关，应即时转解，当经酌定正犯每名每站给面一斤、盐菜钱五文。查照各处市价，核定每面百斤折银一两六钱，每钱五百文折银一两，均系实支实报，应请核销，应归兵部银两，应由兵部核销。

一、部议：第二十册开发采制军装、驼马、什物，并修整军装、器械、车骡驼、什物等项银二万四千六百五十一两九钱五分五厘，归工部核办。应由工部核销。

一、部议：第二十一册开发各处保甲局经费银一万三千六百三十三两九钱七分三厘。查册造保甲十六局与上案实存数目相符。

惟十一年销案据称迪化保甲局于十一年五月初一日改为省城保甲总局，酌添委员，经贴各书、护勇、油烛、纸张银两，未据该抚报部有案，曾经行查此案，自应照案办理。又，护勇什长口食每名多支银五分，护勇日多支银三分，共删除银一千三百一十一两一钱八分，行查银三千四百三十三两九钱五分五厘，准销银八千八百八十八两八钱三分八厘等语。

查前项删除、行查银两，已于上案声明，应请核销。

一、部议：第二十二册开发义学经费、塾师薪水暨购办纸笔墨砚等项银二万六千五百二十一两五钱二分二厘，应归工部核销购买书籍、笔墨纸张等项银一千六百一十九两七钱二分二厘，臣部应核销塾师薪水、跟役口食等项银二万四千九百一两八钱，查与上案相符，应准开销。归工部银两，应由工部核销。

统计全册，共开除银二百十二万四千九百五十二两九钱一分八厘，内除拨发前哈密办事大臣借支饷项及南路城工、衙署经费，共银十六万六千六百九十八两七钱八分四厘，均归另案办理外，本案实请销银一百九十五万八千二百五十四两一钱三分四厘，应划归兵部核销银十四万五百十二两四分五厘，工部核销银二万六千九百五十六两八钱七分八厘，户部核销银一百七十九万七百八十五两二钱一分一厘。所有部议删除、行查各款，现经逐一登覆，应请一律核销。

实在项下：一、部议：册开截至光绪十二年十二月底止，实存银十六万六千六百八十一两九毫。查本案收、支两抵，实存数目相符。惟光绪八年销案尚有少扣粮价三两，应合十一、十二两年删除银一并列存。又，光绪九、十、十一等年销案及本案行查银两，应令迅速声覆，以凭核办等因。

查光绪八年销案内少扣粮价银两，已入十三年销案列收。其删除、行查各款，已于上案及本案逐一登复，应请照册核销。合并声明。

一、部议：册开截至光绪十二年十二月底止，欠发关外各军营、旗、哨十年以前旧饷并十一、十二两年分新饷，共银二百九十一万六千六十七两六钱九分九厘。查册造欠发银数，尚与案符。惟查欠发关外各军营、旗、哨光绪十年以前旧饷湘平银二百八十五万五百九十两八钱五分，前据该抚奏报清理就绪，兹除本案补发银二十八万六千四百六十三两一钱一分外，仍欠发银二百五十六万四千一百二十七两七钱四分，应俟补发欠饷册籍造报到日，再行核办。至欠发关外各军营、旗、哨十一年分新饷银二十二万一千三百八两二钱一分，上案奏令即由十一年分实存项下及陆续收到是年补解新饷内开支清款。兹查此案除补发银二万四百七十六两四分外，仍欠发银二十万八百三十二两一钱七分。又，欠发十二年分新饷银十五万一千一百七两七钱八分九厘。查本案尚有实存银十九万余两，何以不将本案应发军饷如数发清，余款找发十一年分欠饷？殊难明晰！嗣后应令年清年款，如确有实存，不得再有欠发名目。所有十一、十二两年欠发新饷，应仍令由本案实在项下及陆续收到是年补解新饷内开支清款，以免套搭，仍列入下案旧管项下，以备查考等因。

查光绪十三年分销案，业经造报请销。所有十一、十二两年新饷尚有欠数，未能发清。窃虑延长套搭，致滋轇轕。十三年以后，如果新饷解足，实在项下确有长存，即当遵照所议，将新欠各年饷数按年补发，年清年款，自不得再有欠发名目。合并声明。

（朱批：）览。①

0215. 审拟玉素皮谋杀长兄身死一案折

光绪十六年八月初四日（1890年9月17日）

头品顶戴护理甘肃新疆巡抚新疆布政使臣魏光焘跪奏，为胞弟挟嫌谋杀长兄身死，核明定拟，恭折具陈，仰祈圣鉴事。

---

①中国第一历史档案馆藏：《单》，档号：03-6626-082。

窃莎车州缠民玉素皮因挟胞兄麻拉克下训责之嫌，起意谋杀泄忿，用刀戳伤胞兄咽喉登时身死一案，据莎车州知州刘嘉德验讯通报，未及详办卸事，接署知州潘震议拟招解，由署喀什噶尔道向邦倬审明，咨兼署镇迪道兼按察使衔饶应祺核转前来。

臣覆加查核，缘玉素皮籍隶莎车州，同胞兄弟六人，已死麻拉克下系属长兄。光绪十一年冬，其父毛拉土的将积存银三百两分作六股，每人给银五十两，因玉素皮不务正业，将伊名下之银交长兄麻拉克下经管。麻拉克下用银二十两为玉素皮娶妻，余银仍旧代存。讵玉素皮将妻退休，麻拉克下查知不依，玉素皮即行逃走，在外年余。十六年正月二十一日，回家向麻拉克下索讨存银，麻拉克下恐其花用未允，并因不听教训，屡次责惩。玉素皮挟嫌在心，起意谋杀泄忿。二月十一日中午，乘麻拉克下在外仰卧，玉素皮执刀向麻拉克下咽喉很戳一下，登时身死。经尸父报州验讯议拟，解道咨兼按察使衔转详，臣覆核无异。

查律载：谋杀期亲尊长已死者，凌迟处死等语。此案玉素皮挟胞兄训责之嫌，起意谋杀泄忿。查已死麻拉克下系该犯胞兄，自应按律问拟。玉素皮合依“谋杀期亲尊长已死者，凌迟处死”律，拟凌迟处死，先行刺字。麻拉克下代存该犯银两，身死无征。无干省释。尸棺饬埋，凶刀案结销毁。是否允协？

除全案供招咨送刑部外，合将胞弟挟嫌谋杀长兄身死，核明定拟缘由，恭折具陈。伏乞皇上圣鉴，饬部核覆施行。谨奏。光绪十六年八月初四日。

（朱批：）刑部速议具奏。①

光绪十六年九月初六日，奉朱批：刑部速议具奏。钦此。②

---

①台北故宫博物院藏：《军机及宫中档》，文献编号：408006710。

②中国第一历史档案馆藏：《录副奏折》，档号：03-7313-044。

0216. 审拟奸妇商同奸夫谋杀本夫一案折

光绪十六年八月初四日（1890年9月17日）

头品顶戴护理甘肃新疆巡抚新疆布政使臣魏光焘跪奏，为奸妇起意商同奸夫谋杀本夫身死，核明定拟，恭折具陈，仰祈圣鉴事。

窃莎车州缠民买买提明与缠妇黑里奇汉通奸，被本夫衣米褆查知殴责，黑里奇汉怀恨，起意商同奸夫买买提明将本夫衣米褆搯伤身死一案，据莎车州知州刘嘉德验明获犯，讯供通详，未及招解卸事，接署知州潘震议拟，解喀什噶尔道向邦倬审明，咨兼署镇迪道兼按察使衔饶应祺转详前来。

臣覆加查核，缘买买提明籍隶莎车州，与已死衣米褆素识无嫌。衣米褆娶妻黑里奇汉，多年和好，黑里奇汉娘家向同买买提明邻居，习见不避。光绪十年冬，不计月日，黑里奇汉回住娘家，买买提明见其独处，调戏成奸，遇便续旧。本夫衣米褆及娘家父母均不知情。十三年，衣米褆远贸，买买提明常来奸宿，不记次数，给过钱物，亦无确数。十五年十月，衣米褆回归，闻伊妻丑声，将其责打。黑里奇汉因此怀恨，起意谋死本夫，好嫁买买提明。十二月十五日，路遇买买提明，告知前情。买买提明恋奸情热，当即允从，约定二十三日夜动手。是夜三更，衣米褆睡宿，买买提明潜来，黑里奇汉轻开房门，正密商间，适衣米褆出房小解。黑里奇汉赶拢用手搯住伊夫下部，衣米褆抓住黑里奇汉头发，黑里奇汉喊叫买买提明快来帮忙，买买提明从后抱住衣米褆，揢按倒地，骑在身上，右手搯住衣米褆咽喉，左手按其右手。黑里奇汉一手按住本夫左手，一手紧按其口。衣米褆旋即殒命。黑里奇汉点灯，同买买提明将其尸身抬置房内。买买提明走后，黑里奇汉捏称伊夫病死。比经尸属看出咽喉有伤，投约报验获犯，讯供议拟，解由喀什噶尔道审明，咨兼按察使衔核明转详，臣覆核无异。

查律载：妻因奸杀死亲夫者，凌迟处死，奸夫斩候等语。此案黑里奇汉商同奸夫买买提明搭伤亲夫衣米禔身死，实属淫恶，应即按律分别定拟。奸妇黑里奇汉合依“妻因奸杀死亲夫者，凌迟处死”律，凌迟处死。奸夫买买提明合依“奸夫斩”律，拟斩监候，秋后处决，先行刺字。无干省释。尸棺饬埋，是否允协?

除全案供招咨送刑部外，合将奸妇起意商同奸夫谋杀本夫身死，核明定拟缘由，恭折具陈。伏乞皇上圣鉴，饬部核议施行。谨奏。光绪十六年八月初四日。

（朱批：）刑部速议具奏。①

光绪十六年九月初六日，奉朱批：刑部速议具奏。钦此。②

0217. 奏报查明新疆征收土药税银缘由折

光绪十六年八月初四日（1890 年 9 月 17 日）

头品顶戴护理甘肃新疆巡抚新疆布政使臣魏光焘跪奏，为覆陈新疆向征土药税银，汇入百货税款，造册咨部，嗣后谨钦遵谕旨按季专款开报，恭折仰祈圣鉴事。

窃臣于光绪十六年五月十九日承准兵部火票递到军机大臣字寄：光绪十六年四月十五日，奉上谕：总理各国事务衙门、户部奏整顿土药税厘，请饬详查妥办一折❶。内地栽种土药，为中国出产大宗，前据该衙门会奏，请饬各省体察情形，酌量加税，当依议行。诚以洋药充斥，久为中国漏卮。近年以来，民间栽种日多，获利甚重，骎骎有不可复遏之势，果能设法稽征，认真办理，既可裨益饷需，且亦收回利权之一助，并可以征为禁，隐寓崇本抑末之意。乃各省先后覆奏，多以窒碍为辞，数年之久，迄无切实办法。近闻吉林、黑龙江、呼兰热河及四川、云南、江南、淮徐等处土药出产日繁，各该省局卡征收税项，官吏隐匿入己，为数

①台北故宫博物院藏：《军机及宫中档》，文献编号：408006711。
②中国第一历史档案馆藏：《录副奏折》，档号：03-7313-045。

甚钜，弊端百出，尽饱私囊，以致征多报少，于国课毫无裨补，含混欺饰，实堪痛恨！若不及时整顿，于洋药并征办法大有关碍，税数必将日绌，何以昭核实而裕饷源！着盛京、吉林、黑龙江将军、各直省督抚、热河都统、奉天府府尹详察各该省地方情形，或于出产之处就地征收，或于贩运过境，严查走漏，或即就现在私收之项和盘托出，悉数归公，均由该将军、督抚等秉公严查，详细筹议。其从前匿报之员，咎有应得，朝廷姑从宽典，不追既往，着一并免其参处。经此次严谕之后，各疆臣务当破除情面，实力稽核，即将各该处出产行销及私征各实数详查声覆，按季专款开报，不得于百货厘金内笼统声叙，以免牵混。此事期在必行，着勒限三个月，各将原定、新定各办法迅速覆奏，不准空言塞责，仍前含混，致干重咎！该衙门前饬总税务司赫德[1]查开各处出产销路暨价值厘税数目，即着咨行该将军、督抚等以备参考。将此各谕令知之。钦此。遵旨寄信前来。等因。复准总理各国事务衙门钞录原奏并总税务司原呈二件，咨行到臣。

饬据署新疆布政使饶应祺查覆：新疆土药一项，出产绝少，行销亦属无多，缘南疆均系缠回，俗不嗜食，向未开种；北路虽汉、缠杂处，兵燹后，土旷人稀，现设行省，招徕民户，拨地给垦，概令播种正粮，间有土著户民于乡僻处所零星偷种，自收自食，并无大宗土药出售。其各处汉民、客商需用土药，率由内地贩运出关，然通计阖境人民，汉少缠多，故行销内地土药，为数并亦无几。自试办税务以来，经各局卡实力稽查，填给税票，照章抽收，因收数甚微，按月归入百货税款项下，造送省城总局查核，由司汇总造册详转咨部，未及另案办理。究系实征实报，涓

[1]罗伯特·赫德（Robert. Hart，1835—1911），英国政治家。咸丰四年（1854），来中国。十一年（1861），任上海海关总税务司。同治二年（1863），任海关总税务司。光绪三十四年（1908），离职回国。宣统三年（1911），卒于英国。清廷追赠太子太保。任内创建了税收、统计、浚港、检疫等一整套海关管理制度及中国现代邮政系统，著有《中国论集》等行世。

滴归公，并无绕越偷漏及隐匿、中饱各情弊。此后，自应遵照另行征收，专款开报等情。前来。

臣覆查新疆出产、行销土药，本乏大宗，与内地各省情形不同。从前税务虽未专案办理，尚无弊窦，以后惟当破除情面，实力稽核，以杜弊端而裕饷源，仰副朝廷整顿税务之至意！除行司转饬各局卡认真经理，按季专案造册，详转分咨查核外，所有遵旨查明新疆征收土药税银缘由，谨恭折覆陈。伏乞皇上圣鉴训示。谨奏。光绪十六年八月初四日。

（朱批：）该衙门知道。①

光绪十六年九月初六日，奉朱批：该衙门知道。钦此。②

❶【案】光绪十六年四月十五日，总理各国事务衙门王大臣奕劻等会同户部，奏报筹办土药税厘情形一折，曰：

总理各国事务多罗庆郡王臣奕劻等跪奏，为内地土药出产日盛，拟饬各省详细查覆，妥筹办法，以裕饷源而除积弊，恭折仰祈圣鉴事。

窃维各省所产土药，骎骎日甚，其势不可复遏。光绪十二年，总理各国事务衙门会同户部具奏开办洋药税厘并征折内，声明土药为中国所产，请饬下各直省督抚体察情形，应如何加税之处，分晰覆奏，再由臣等会同酌核开办。诚欲借以征为禁之法，杜偷漏侵蚀之私，下不至扰民，而上可以裕课也。乃各省覆奏，多以室碍为辞，数年之久，迄无切实办法。夫民间栽种罂粟，售之市廛，贩之邻省，原系小民生计攸关，说者谓与其任洋药充斥，为中国一大漏卮，不如听土药畅销，即使税不加多，而闾阎衣食所资，实非浅鲜。惟是种收土药，获利较厚，因地制宜，酌征税项，尚不至于病民，苟能设法稽征，杜绝走私之弊，所收税项，涓滴归公，不为官吏所侵匿，约略统计，实为土货大宗，未始非挹注饷源之一助。上年，臣等于接见总税务司赫

①台北故宫博物院藏：《军机及宫中档》，文献编号：408006712。

②中国第一历史档案馆藏：《录副奏折》，档号：03-6502-028。

德时，饬令各关税务司将土药各种出产地方并行销各路价值、完纳税厘一切情形，查明声覆，以备参酌。嗣经该总税司将查明各节及筹办情形，先后申覆前来。

臣等阅其所开销路之远近，出产之多寡，价值之高下，厘税之重轻，缕晰条分，尚称详悉。特以各省情形难于遥度，骤议加税，恐滋纷扰，故未敢奏催各省立法施行。乃近来风闻吉林、黑龙江、呼兰热河及四川、云南、江南、淮徐等处地方出产土药甚多，各省局卡久已征收税项，间有收数较多之处，官吏隐匿入己，为数甚巨，弊端百出，尽饱私囊。在各疆臣从前疏请缓征，容或未悉其中隐蔽，而历时既久，当不至觉察毫无。际此筹款维艰，无可设法，乃以巨万之资，暗归蠹吏，任其搜括穷檐，分肥宦橐，上官意存宽厚，多不欲尽发其隐，以致民间输纳照旧，种植愈繁，而于国课毫无俾补。若不及时整顿，非特利归中饱，且于洋药并征办法大有关碍，税数必将日短，尤为可惜！至于振兴税务，各省情势不同，臣等未便指定办法，应请饬下各省督抚及东三省将军、府尹、热河都统，审度情形，破除情面，详细筹度，或于出产之处就地征收，或于贩运过境严查走漏，或即就其现在私收之项，令其和盘托出，悉数归公。从前匿报之咎，免予参处，并将某处出产若干，某处行销若干，某处征收若干，详查具覆，按季开报，不得于百货厘金内笼统声叙，以免弊混。限此次奉旨三个月后，各将原定、新定办法迅速覆奏，再由臣等详加覆核，请旨遵办，并由臣等将赫德申呈各件咨行各省，以备参考。

现当帑藏支绌，如此事办理得法，岁获巨款，于时局不无裨益。事在必行，不得仍以空言敷衍了事。该将军、都统、督抚受恩深重，自必尽心筹画，不至畏难诿卸也。

所有臣等筹办土药税厘各缘由，是否有当，谨合词缮折具陈。伏乞皇上圣鉴训示。再，此折系总理各国事务衙门主稿，会同户部办理。合并声明。谨奏。光绪十六年四月十五日。

总理各国事务多罗庆郡王臣奕劻，协办大学士户部尚书臣宗室福锟，军机大臣兵部尚书臣许庚身，军机大臣刑部尚书臣孙毓汶，户部左侍郎臣续昌，户部右侍郎署刑部右侍郎臣徐用仪，礼部右侍郎署兵部左侍郎臣廖寿恒（感冒），太仆寺卿臣张荫桓，大学士管理户部事务臣张之万，户部尚书臣翁同龢，户部左侍郎臣孙诒经（感冒），户部右侍郎臣崇礼。①

0218. 审拟回民克拜故杀奸妇身死一案折

光绪十六年八月初十日（1890 年 9 月 23 日）

头品顶戴护理甘肃新疆巡抚新疆布政使臣魏光焘跪奏，为奸妇别故拒奸，致被奸夫故杀身死，核明定拟，恭折具陈，仰祈圣鉴事。

窃和阗州回民克拜与缠妇足木然通奸多年，因足木然别故拒绝，致被克拜起意故杀，刀戳足木然咽喉，登时身死一案，据署和阗州知州刘昭南获犯，验讯议拟，解署喀什噶尔道向邦倬审明，咨兼署镇迪道兼按察使衔饶应祺核转前来。

臣覆加查核，缘回民克拜籍隶和阗州。光绪四年，在散都拉家佣工，并无主仆名分，散都拉之妻足木然习见不避。是年冬，不记月日，克拜乘足木然独处，调戏成奸，以后遇便行奸，不记次数，并未给过钱物，本夫散都拉及其翁姑均不知情。光绪十五年六月，克拜到足木然房中嬉笑，经尸姑艾则子窥见，禁止足木然以后不准再与克拜来往。八月二十一日夜，散都拉赴水磨未归，尸姑令孙女艾以推然木与足木然作伴。是夜，克拜探知散都拉外出，潜来续旧，由天窗翻入房内。适足木然惊醒，因有女伴睡，恐其看破，再三推辞，克拜定欲行奸，足木然生气斥骂，克拜赶拢扑殴，足木然扭住克拜胸衣不放，唤女喊叫翁姑快来捉拿。克拜恐被捉获，临时顿起杀机，抽出身佩小刀，向足木然咽喉很戳一下，登时殒命。克拜开门逃逸。尸翁等闻喊趋视，足木然已被杀死。投约报验获犯，讯供议拟，解道咨兼按察使衔核明转详，

①中国第一历史档案馆藏：《朱批奏折》，档号：04-01-35-0567-006。

臣覆核无异。

查律载：先经和奸后因别故拒绝，致将被奸之人杀死者，俱仍照谋故关本律定拟。又，律载：故杀者，斩。各等语。此案克拜与足木然通奸多年，此次拒奸，乃因有女在侧，恐其窥破，系属他故拒绝，致相殴扭，克拜故杀足木然身死，自应按律问拟。克拜合依“先经和奸后因别故拒绝，致将被奸之人杀死者，俱仍照谋故关本律定拟；又故杀者，斩”律，拟斩监候，先行刺字，秋后处决。足木然与克拜通奸，罪有应得，业已身死，应毋庸议。无干省释。尸棺饬埋，凶刀案结销毁，是否允协？

除全案供招咨送刑部外，合将奸妇别故拒奸，致被奸夫故杀身死，核明定拟缘由，恭折具陈。伏乞皇上圣鉴，饬部议覆施行。谨奏。光绪十六年八月初十日。

（朱批：）刑部议奏。[1]

光绪十六年九月十二日，奉朱批：刑部议奏。钦此。[2]

0219. 审拟胞兄被弟殴伤毙命一案缘由折

光绪十六年八月初十日（1890年9月23日）

头品顶戴护理甘肃新疆巡抚新疆布政使臣魏光焘跪奏，为胞兄强奸弟妻未成，被弟事后寻论，殴伤胞兄殒命，审明定拟，恭折具陈，仰祈圣鉴事。

窃拜城县缠回尤奴斯因犬胞兄玉素普强奸伊妻塔妲比比未成，得信后往寻不依，玉素普避匿，尤奴斯受雇挖铜，不能久延，将妻寄回娘家，佯言退休，以免玉素普缠扰。嗣工竣回归，寻兄理斥，反被恃尊詈殴，尤奴斯忿激回殴，适伤玉素普偏右，越日殒命。据署拜城县知县杨廷珍验讯议拟，解该管州道覆审，咨镇迪道兼按察使衔恩纶核转。因案情支离，二次报驳，该县、州、道

---

①台北故宫博物院藏：《军机及宫中档》，文献编号：408006713。

②中国第一历史档案馆藏：《录副奏折》，档号：03-7313-048。

仍照前供具覆，又经恩纶详本任抚臣刘锦棠咨部，行令转饬确审妥拟等因。遵即转行在案。值杨廷珍交卸，接署拜城县知县李凌汉，亦因缠回言语不通，当未审出明晰口供，经署温宿州知州江遇璞随同署阿克苏道陈名钰，调原审知县李凌汉到道，择谙练通事，细心推鞫，委属强奸有据，忿激适伤，越日身死等情。议详。臣以案关伦纪，仍恐不实不尽，提省发审。兹据署迪化府知府黄丙焜审拟，详兼署镇迪道兼按察使衔饶应祺转解前来。

臣亲提研审，缘尤奴斯籍隶拜城县，佣工度日，同胞兄弟四人，已死玉素普系其长兄，分居另住，式好无尤。光绪十年，尤奴斯娶塔姐比比为妻。十一年八月初一日，玉素普来家，见塔姐比比独处，调戏图奸，塔姐比比支吾走脱。次日，尤奴斯外归，塔姐比比向其告知。尤奴斯因关颜面，嘱令隐忍。九月间，尤奴斯赴厂挖铜，玉素普时常来家笑谑。十月十九日中午，玉素普又复来家，见其同居之二胞弟夫妇均已外出，仅塔姐比比一人，抱住求奸。塔姐比比力拒。玉素普行强，将塔姐比比掀倒坑沿，捺压身上。塔姐比比哭喊，值二弟妻梅子拉汗回归，闻声进房，玉素普始行跑出。塔姐比比告诉前情，梅子拉汗以家丑不可外传，用言劝慰。塔姐比比不甘，寄信尤奴斯归家，一一哭诉。尤奴斯比寻玉素普不依，讵玉素普避匿。尤奴斯受雇挖铜，不能久延，随将塔姐比比寄回娘家，佯言退休，以免玉素普缠扰，仍赴铜厂。

十二月二十九日夜，工竣归家。次早，探闻玉素普在依思拉木舍黑家，稔知其家向有恶犬，路过邻妇塔依尔牛圈，顺取木棍防犬，行不数武，遇玉素普走来，尤奴斯即以不应强奸弟妻、行同禽兽之言向斥。玉素普骂其诬赖，举拳扑殴。尤奴斯忿激，顺用木棍回殴一下，适伤玉素普偏右。玉素普扑拢扭按，与尤奴斯一同倒地，经尼牙子赶拢拉开，将玉素普抬回，调治罔效，延至十二年正月初一日因伤殒命。报验讯供议拟，解该管州道覆审，咨兼按察使衔核转。因案情支离，驳令覆讯。复又详请咨部，行令确审妥拟等因。接署拜城县知县亦因缠回言语不通，当未审出明晰口供，经温宿州知州随同阿克苏道，调署拜城县知县到道审明，委系强奸起衅，忿激适伤，越日身死等情。议详。臣以案关伦纪，提省发审，由迪化府解兼按察使衔审转。臣亲讯无异，再三究诘，矢口不移，案无遁饰。

查律载：弟殴兄死者，斩。又例载：有服尊长强奸卑幼之妇未成，被本夫忿激致毙，系本宗期功卑幼、罪应斩决者，无论登时、事后，均照殴死尊长情轻之例，夹签声明，各等语。此案尤奴斯因胞兄玉素普强奸伊妻塔姐比比未成，事后寻论，反被恃尊詈殴，一时忿激回殴，适伤玉素普偏右，越日身死。查玉素普系该犯尤奴斯胞兄，伦纪攸关，自应按律定拟。尤奴斯一犯应照“弟殴兄死者，斩”律，拟斩立决，先行刺字。惟玉素普强奸弟妻未成，实属淫恶蔑伦，尤奴斯初次往论未遇，后寻理斥，反被恃尊詈殴，尤奴斯忿激回殴，适伤致毙，衅起强奸，殴由义忿，与无故干犯者不同，例应声明。再，尤奴斯犯事系在光绪十五年三月十六日恭逢恩诏以前，均应听候部议。玉素普强奸弟妻未成，罪有应得，业已身死，应毋庸议。塔姐比比被兄强奸，当即喊救，并无不合，应与阻救不及之尼牙子均免置议。无干省释。尸棺饬埋，凶棍案结销毁。是否允协？

除全案供招咨送刑部外，合将胞兄强奸弟妻未成，被弟事后寻论，殴伤胞兄殒命，审明定拟缘由，恭折具陈。伏乞皇上圣鉴，饬部核议施行。谨奏。光绪十六年八月初十日。

（朱批：）刑部速议具奏。①

光绪十六年九月十二日，奉朱批：刑部速议具奏。钦此。②

---

①台北故宫博物院藏：《军机及宫中档》，文献编号：408006714。

②中国第一历史档案馆藏：《录副奏折》，档号：03-7313-049。

0220. 奏报十五年征信册印发情形折

光绪十六年八月初十日（1890年9月23日）

头品顶戴护理甘肃新疆巡抚新疆布政使臣魏光焘跪奏，为新疆各属光绪十五年征信册籍遵章刷印散发，恭折具陈，仰祈圣鉴事。

窃照新疆各属光绪十四年征信册籍，业经奏咨并刷发各属绅民查阅在案。兹据署布政使饶应祺详称：各厅、州、县、县丞光绪十五年征信册籍底本，饬据各属陆续申覆，除镇迪道属之吐鲁番厅、哈密厅、济木萨县丞、呼图壁巡检及阿克苏、喀什噶尔两道属之各厅、州、县经征十五年已垦熟地、应征粮石，并温宿州、拜城县因灾缓至十五年分带征粮草，均于十五年下忙截数之前一律征收全完，应请毋庸造具征信册外，其镇西、迪化、昌吉、阜康、绥来、奇台、库尔喀喇乌苏、精河等八属经征十五年额粮，并催征、带征均有未完。济木萨县丞因灾缓征及催征节年民欠未完，陆续据各属造具征信册底本，由司发交经历司，雇募工匠，添刻活字印板，首列部议清厘民欠章程十条，次列各项民欠总、散数目，一律摆印，并委库大使会同校对。

计刊印镇西厅经征十五年未完并十四年民欠册各四十本，库尔喀喇乌苏厅经征十五年未完并催征十四年民欠册各三十本，迪化县经征十五年未完并催征节年民欠册各四十本，阜康县经征十五年未完册三十本，并催征节年及带征十一年灾缓民欠册各三十本；昌吉县经征十五年未完册三十本，并带征十一年灾缓及催征十三、十四等年民欠册各三十本，又催征节年民欠册三十本；奇台县经征十五年未完册四十本，并催征十四年民欠册四十本；绥来县经征十五年未完并灾缓民欠册各四十本；济木萨县丞催征节年民欠册三十本，并因灾缓征民欠册三十本；精河经征十五年未完册三十本。注明页数，钤用司印，内迪化府属各县、县丞，遵章移送镇迪道一半，发交迪化府一半；镇迪道属镇西厅、库尔喀喇乌苏厅则全送镇迪道；精河厅则全送伊塔道，分别转发各属绅民，分给各乡民，公同查阅，俾使周知。附赍各册，详请奏咨前来。

臣覆查无异，除将各册咨部查核外，所有新疆各属光绪十五年征收额粮及催征、带征民欠、灾缓未完粮石征信册，遵章刷印缘由，谨会同陕甘总督臣杨昌濬，恭折具陈。伏乞皇上圣鉴训示。谨奏。光绪十六年八月初十日。

（朱批：）户部知道。[①]

光绪十六年九月十二日，奉朱批：户部知道。钦此。[②]

0221. 恭报十六年五月雨雪粮价情形折

光绪十六年八月二十日（1890年10月3日）

头品顶戴护理甘肃新疆巡抚新疆布政使臣魏光焘跪奏，为恭报光绪十六年五月分粮价并得雨情形，谨缮折具陈，仰祈圣鉴事。

窃照光绪十六年四月分各厅州县粮价并得雨情形，业经臣奏报在案。兹据署新疆布政使饶应祺详称：本年五月分，北路奇台、镇西、哈密得雨，入土五寸；迪化、昌吉得雨，入土三寸；阜康、绥来得雨，入土二寸；吐鲁番、库尔喀喇乌苏微雨。伊塔道属宁远、塔尔巴哈台、精河得雨，入土二寸；绥定微雨。南路喀喇沙尔得雨，入土三寸；库车得雨，入土二寸；拜城、乌什、疏勒、疏附、英吉沙尔、玛喇巴什、叶城微雨，余未得雨。正值天气炎热，渠水畅流，地亩足资灌溉，民情亦均安帖。

至通省粮价，镇西、塔尔巴哈台、喀喇沙尔、温宿、库车、昌吉、阜康等厅州县俱与上月相同，余均略有增减。汇详请奏前来。

理合恭折具陈，并缮粮价清单，敬呈御览，伏乞皇上圣鉴。

---

①台北故宫博物院藏：《军机及宫中档》，文献编号：408006715。

②中国第一历史档案馆藏：《录副奏折》，档号：03-6236-058。

谨奏。光绪十六年八月二十日。

（朱批：）知道了。[1]

光绪十六年九月二十三日，奉朱批：知道了。钦此。[2]

0222. 呈新疆光绪十六年五月粮价清单

光绪十六年八月二十日（1890 年 10 月 3 日）

谨将新疆各属光绪十六年五月分米粮时估价值，缮具清单，恭呈御览。

计开六月分

镇迪道属

迪化县：大米每京石价银二两九钱二分四厘，与上月相同。小麦每京石价银一两一钱六分七厘，较上月增三分五厘。莞豆每京石价银一两二钱六分，较上月增七分二厘。青稞每京石价银七钱二分四厘，与上月相同。

昌吉县：大米每京石价银一两八钱七分二厘，小麦每京石价银七钱七分六厘，莞豆每京石价银九钱二分，青稞每京石价银八钱七分五厘，俱与上月相同。

阜康县：粟米每京石价银八钱八分四厘，小麦每京石价银九钱九分，莞豆每京石价银一两一钱，高粱每京石价银五钱六分四厘，俱与上月相同。

奇台县：大米每京石价银二两一钱四分，较上月增六分九厘。小麦每京石价银八钱一分三厘，较上月增三分五厘。莞豆每京石价银七钱九分四厘，较上月增三分五厘。

绥来县：大米每京石价银一两七钱六分八厘，较上月减二厘。小麦每京石价银八钱二分三厘，较上月减五厘。莞豆每京石价银九钱二分一厘，高粱每京石价银五钱六分三厘，俱与上月相同。

---

①台北故宫博物院藏：《军机及宫中档》，文献编号：408006716。

②中国第一历史档案馆藏：《录副奏折》，档号：03-6895-030。

吐鲁番厅：小麦每京石价银九钱六分九厘，较上月减七分五厘。大麦每京石价银四钱四分八厘，较上月减一钱一分二厘。高粱每京石价银五钱五分七厘，较上月减三分七厘。黄豆每京石价银二两四钱二分六厘，与上月相同。

镇西直隶厅：小麦每京石价银一两五钱，莞豆每京石价银一两五钱一分，青稞每京石价银九钱二分，俱与上月相同。

哈密厅：粟米每京石价银一两五钱八分四厘，较上月减七分二厘。小麦每京石价银一两二钱九分七厘，较上月减八分三厘。莞豆每京石价银一两五钱八分四厘，较上月减七分二厘。青稞每京石价银九钱五分二厘，较上月减六分八厘。

库尔喀喇乌苏厅：小麦每京石价银一两二钱八分，较上月增八分。高粱每京石价银一两，较上月增一钱五分。莞豆每京石价银一两四钱九分，较上月增一钱四分。

伊塔道属

绥定县：大米每京石价银四两一钱四分四厘，较上月减二钱九分六厘。小麦每京石价银一两三分五厘，较上月减六分九厘。莞豆每京石价银九钱八分七厘，较上月减一钱四分一厘。大麦每京石价银七钱九分一厘，较上月减五分六厘。

宁远县：大米每京石价银三两八钱四分八厘，较上月减二钱九分六厘。小麦每京石价银八钱二分八厘，较上月减四分八厘。大麦每京石价银五钱三分五厘，较上月减五分三厘。莞豆每京石价银七钱二分，与上月相同。

塔尔巴哈台直隶厅：小麦每京石价银一两五钱三分三厘，大麦每京石价银七钱七分七厘，莞豆每京石价银一两二钱一分，俱与上月相同。

精河直隶厅：大米每京石价银三两一钱四分五厘，小麦每京石价银一两一钱九分，俱与上月相同。大麦每京石价银八钱七分，较上月减五厘。莞豆每京石价银一两三钱六分，与上月相同。

阿克苏道属

温宿直隶州：大米每京石价银一两五钱二分，小麦每京石价银六钱九分，大麦每京石价银四钱四分四厘。包谷每京石价银五钱三厘，俱与上月相同。

拜城县：小麦每京石价银四钱三分，较上月增四分。大麦每京石价银一钱八分，包谷每京石价银二钱六分，莞豆每京石价银三钱，俱与上月相同。

喀喇沙尔直隶厅：大米每京石价银一两九钱二分四厘，小麦每京石价银六钱九分，莞豆每京石价银七钱二分，包谷每京石价银五钱一分二厘，俱与上月相同。

库车直隶厅：大米每京石价银一两五钱，小麦每京石价银五钱六分，包谷每京石价银三钱四分，莞豆每京石价银三钱，俱与上月相同。

乌什直隶厅：大米每京石价银一两五钱六分四厘，较上月减七分五厘。小麦每京石价银四钱三分五厘，较上月减二分七厘。大麦每京石价银二钱五分六厘，与上月相同。包谷每京石价银三钱九分三厘，较上月减一分三厘。

喀什噶尔道属

疏勒直隶州：大米每京石价银二两五钱五分，较上月减三钱。小麦每京石价银一两一钱四厘，较上月减六分九厘。包谷每京石价银九钱九分八厘，较上月减五分一厘。高粱每京石价银八钱七分四厘，与上月相同。

疏附县：大米每京石价银二两五钱五分，较上月减三钱。小麦每京石价银一两一钱四厘，较上月减六分九厘。包谷每京石价银一两四分五厘，较上月减五分三厘。高粱每京石价银八钱七分四厘，与上月相同。

莎车直隶州：大米每京石价银二两二钱二分，与上月相同。大麦每京石价银五钱，较上月减一钱二分五厘。小麦每京石价银七钱八分六厘，较上月减一钱六分六厘。包谷每京石价银六钱八分六厘，较上月减一钱六厘。

叶城县：大米每京石价银二两四钱六分五厘，与上月相同。小麦每京石价银七钱五分，较上月减五分。青稞每京石价银三钱五分，包谷每京石价银五钱七分六厘，俱与上月相同。

和阗直隶州：大米每京石价银一两八钱二分，较上月减一钱八分二厘。小麦每京石价银一两二分一厘，包谷每京石价银六钱一分四厘，俱与上月相同。青稞每京石价银四钱九分七厘，较上月减八分三厘。

于阗县：大米每京石价银一两八钱六分三厘，较上月减二钱七厘。小麦每京石价银九钱三分八厘。包谷每京石价银六钱五分二厘，俱与上月相同。

英吉沙尔直隶厅：大米每京石价银二两七钱三分，与上月相同。小麦每京石价银八钱七分，较上月减六分。包谷每京石价银六钱七分，大麦每京石价银四钱六分，俱与上月相同。

玛喇巴什厅：大米每京石价银二两六钱六分四厘，较上月减二钱九分六厘。小麦每京石价银九钱六分六厘，较上月减一钱三分八厘。包谷每京石价银八钱九分六厘，与上月相同。

（朱批：）览。①

0223. 奏请核销省城城垣等工用费折

光绪十六年八月二十日（1890年10月3日）

头品顶戴护理甘肃新疆巡抚新疆布政使臣魏光焘跪奏，为新疆省城城垣、巡抚、藩司衙署修竣用费银两，恳恩饬部核销，恭折仰祈圣鉴事。

窃查新疆南路已修城垣、衙署及北路哈密、古城、吐鲁番、绥来等处城工，业经先后奏请核销。其省城城垣、巡抚、藩司衙署，抚臣刘锦棠奏明拟照向章，派拨营勇，轮流应役，借资节省

①中国第一历史档案馆藏：《单》，档号：03-6895-031。

工料、犒赏等项经费。从减确估，省城城垣计需银六万三千余两，巡抚衙署二万九千余两，藩司衙署二万五千余两，并照部议在于善后项下匀挪应用，当饬委员动工兴修在案。兹据粮台司道详称：前项城署三起均经工竣，取具印委各员、丈尺、做法、工料银两图册，勘验保固印结，详请奏销前来。

臣查省城城垣系将满、汉两城合而为一，西北两面及东面迤北向有垣墙相接，惟城身低薄，增高培厚，无异新修；汉城东北及满城东南城身均一律铲平，以资宽展；东南一带，另行修筑城身，俾相联络。平旧拓新，工复加倍，抚、藩两署体制攸关，规模须具，概从新建，工程亦属浩大。北路匠工、物料向较南路尤为昂贵，加以行省初设，商民辐辏，修造室宇，工作繁兴，价值愈难跌减，公中雇办工料，不能不照市价发给。现计城署三起，派勇帮作，照章犒赏，共九十一万九千七百余工，按省城工价扣算，省银一十九万三千一百余两，计只用银一十一万八千七百余两，内扣回平余银九百余两，实用银一十一万七千八百余两，核与刘锦棠奏估数目尚属相符，均于善后项下撙节动支，委系实用实销，工料坚固，并无浮滥、草率情弊，相应开具清单，恭呈御览，恳恩饬部核销，以清款目。

除将册结、图说咨部查照并未竣各工容俟另案请销外，谨会同陕甘督臣杨昌濬，恭折具奏。伏乞皇上圣鉴训示。谨奏。光绪十六年八月二十日。

（朱批：）该部议奏，单并发。①

光绪十六年九月二十三日，奉朱批：该部议奏，单并发。钦此。②

---

①台北故宫博物院藏：《军机及宫中档》，文献编号：408006717。

②中国第一历史档案馆藏：《录副奏折》，档号：03-7158-057。

0224. 呈已修省城城垣等工经费银两清单

光绪十六年八月二十日（1890 年 10 月 3 日）

谨将已修省城城垣、巡抚、藩司衙署收支经费银两数目，缮具清单，恭呈御览。

计开

收款：一、收善后项下新饷平银一十一万七千八百六十九两九分五厘。

一、收扣回各项平余银九百六两二钱五分八厘。

以上共收新饷平银一十一万八千七百七十五两三钱五分三厘。

支款：一、改修省城城工，共支经费银六万三千二百七十四两一钱八分一厘。

一、建修巡抚衙署，共支经费银二万九千九百五十一两八钱五分四厘。

一、建修藩司衙署，共支经费银二万五千五百四十九两三钱一分八厘。

以上城工、衙署三起，共支发各款经费新饷平银一十一万八千七百七十五两三钱五分三厘。

查前项经费银两，均系新饷平支发，未另请款，在于善后项下匀挪应用，如数收支，并无存欠。

（朱批：）览。①

【案】此清单既未署具呈者，具呈日期仅署“光绪十六年”，亦未确。兹据内容判定，其为 03-7158-057 号折附件无疑。

①中国第一历史档案馆藏：《单》，档号：03-6627-113。

0225. 何光田等保案有误请饬更正片

光绪十六年八月二十日（1890 年 10 月 3 日）

再，据记名总兵何光田禀称：该员于荡平西宁府属立解府城重围，并克复大通县城案内，由拔补把总保以千总尽先拔补，并戴蓝翎；克复乌鲁木齐、玛纳斯各城案内，误由守备请保免补守备，以都司尽先补用，并换花翎，嗣由都司累保今职。又，据尽先补用都司谭福卿禀称：该员于荡平西宁府属立解府城重围，并克复大通县城案内，由蓝翎拔补把总保以千总尽先拔补，并给五品顶戴；六载边防案内误由守备保免补守备，以都司尽先补用，并换花翎。请附奏递减，各等情。前来。

臣覆核无异，合无仰恳天恩俯准将何光田于克复乌鲁木齐等城案内准保花翎尽先补用都司，改为蓝翎拔补千总请保免补千总，以守备尽先补用，仍换花翎；攻克达坂城、托克逊并会克吐鲁番城案内准保参将衔尽先补用游击，改为免补守备，以都司尽先补用，并加游击衔；克复西四城新疆南路一律肃清案内准保副将衔尽先推补参将，改为免补都司，以游击尽先补用，并加参将衔；五次剿平边寇案内准保尽先补用副将，改为免补游击，以参将尽先补用；六载边防案内准保记名总兵，改为免补参将，以副将尽先补用，仍请赏给义勇巴图鲁勇号。谭福卿于六载边防案内准保花翎补用都司，改为五品顶戴拔补千总请保免补千总，以守备尽先补用，仍换花翎。饬部逐层递减注册，俾得各实官阶，出自鸿施。

除咨部外，谨附片具陈。伏乞圣鉴训示。谨奏。

（朱批：）着照所请，兵部知道。①

光绪十六年九月二十三日，奉朱批：着照所请，兵部知道。

①台北故宫博物院藏：《军机及宫中档》，文献编号：408006717-0-A。

钦此。[①]

【案】此奏片之具奏日期，录副署“光绪十六年九月二十三日”，即朱批日期，未确。兹据原件校正。

0226. 请以汤秀斋借补玛纳斯协副将折

光绪十六年九月初三日（1890年10月16日）

头品顶戴护理甘肃新疆巡抚新疆布政使臣魏光焘跪奏，为拣员借补副将要缺，以重边防，恭折仰祈圣鉴事。

窃新疆抚属玛纳斯协营副将张清和丁忧，前经臣奏请开缺。旋准兵部咨：该副将员缺系题补之缺，应迅拣合例人员请补等因。臣查玛纳斯协营，地属要冲，巡防一切，最关紧要，非明干有为之员，难资得力。查有头品顶戴陕甘遇缺尽先题奏提督现署抚标中军参将阿克丹巴图鲁汤秀斋，精实勤干，晓畅戎机，且历署吐鲁番营游击、中军参将各缺，整顿营伍，均能认真，以之借补斯缺，洵堪胜任。合无仰恳天恩俯准以汤秀斋借补玛纳斯协营副将员缺，以期得力。如蒙俞允，应请敕部先给署札，俟防务大定，即行给咨送部引见，以符定制。

除饬取该员履历清册咨部查照外，谨会同陕甘总督臣杨昌濬，恭折具陈。伏乞皇上圣鉴训示。谨奏。光绪十六年九月初三日。

（朱批：）兵部议奏。[②]

光绪十六年十月初四日，奉朱批：兵部议奏。钦此。[③]

---

①中国第一历史档案馆藏：《录副奏片》，档号：03-5872-041。
②台北故宫博物院藏：《军机及宫中档》，文献编号：408006718。
③中国第一历史档案馆藏：《录副奏折》，档号：03-5873-011。

0227. 请以刘人佺补授库车直隶同知折

光绪十六年九月初三日（1890 年 10 月 16 日）

头品顶戴护理甘肃新疆巡抚新疆布政使臣魏光焘跪奏，为拣员请补直隶同知员缺，以裨地方，恭折具陈，仰祈圣鉴事。

窃据署新疆布政使兼署镇迪道兼按察使衔饶应祺详称：库车直隶同知潘震调补和阗直隶州知州，奉部覆准，系于光绪十五年十一月十六日奉旨，按照行文程限，应以十六年二月初三日作为开缺日期。所遗库车直隶同知员缺，应即由外拣员请补，以重职守。查南路新设各缺，奏准仿照吉林章程，由外拣补一次；以后出缺，援照甘肃变通章程办理。查章程内开：其试用人员，无论正、佐各官，如遇要缺，一并准其请补等语。

今库车直隶同知员缺，查有奏留新疆补用知州刘人佺，年三十三岁，湖南湘阴县人，由俊秀于光绪元年投效甘肃军营。二年，遵筹饷例，捐作监生，以府经历双月选用。攻克乌鲁木齐、玛纳斯各城案内汇保，是年九月初五日奉上谕：着免选本班，以知县不论双单月归部尽先即选。钦此。新疆六载边防案内汇保，十年十月初四日奉上谕：着免选本班，以知州仍归部，不论双单月尽先选用。钦此。十一年，留省候补，五月二十一日禀到。十五年，奏准留于新疆补用。

查该员年强才明，办事稳练，在新疆年久，边情最为熟悉，以之请补库车直隶同知，实堪胜任，人地亦极相宜。虽以知州请补同知，于例稍有未符，但新疆甫设行省，候补各班人少，与他省情形不同，且要缺需人，未便拘于常格等情。详请具奏前来。

臣查该员刘人佺，才识明敏，办事勤能，合无仰恳天恩俯准以奏留新疆补用知州刘人佺补授库车直隶同知，于地方实有裨益。如蒙俞允，俟奉部覆，即行给咨送部引见，以符定制。

是否有当，谨会同陕甘总督臣杨昌濬，恭折具奏。伏乞皇上圣鉴训示。谨奏。光绪十六年九月初三日。

（朱批：）吏部议奏。[1]

光绪十六年十月初四日，奉朱批：吏部议奏。钦此。[2]

0228. 回王阿密特年班请予展缓缘由折

光绪十六年九月十五日（1890年10月28日）

头品顶戴护理甘肃新疆巡抚新疆布政使臣魏光焘跪奏，为新疆库车回子郡王年老病剧，本年应行年班恳恩展缓，以资调理，恭折仰祈圣鉴事。

窃臣上年奏准新疆吐鲁番札萨克回子郡王玛木特补行光绪十四年年班，作为十五年正班，十六年以库车回子郡王阿密特该班。其自十七年起，以哈密、吐鲁番、库车回子王等三人挨次该班。并于十六年六月准理藩院咨：本年年班应饬库车回子郡王阿密特依限来京等因。转行遵照，各在案。兹据署布政使饶应祺详：据署库车厅同知张开鉴转据阿密特呈称：世爵往遭变乱，迁徙流离，积成劳瘵，近更年逾七十，衰病日增。兹值本届年班，正在料理北上，冀循入觐之例，借申恋主之忱。不料入夏以来，偶感风寒，旧疾增剧，筋疼足痿，行动需人扶掖。现在期限已迫，调治迄未就痊，请转详奏恳展缓等情。前来。

臣窃维回子王等恭值年班盛典，自应遵例办理，惟查库车回子郡王阿密特，年齿既迈，复患剧疾，委属实情，赴京期限有定，待其病痊起程，势已赶办不及，合无吁恳天恩俯念库车回子郡王阿密特年老病剧，暂缓本年应行年班，以资调理。如蒙俞允，一俟哈密、吐鲁番回子王二人自十七年起以次该班后，仍饬该回子郡王阿密特接续该班，以符定制。

是否有当，谨会同陕甘总督臣杨昌濬，恭折具奏。伏乞皇上圣鉴训示。谨奏。光绪十六年九月十五日。

---

①台北故宫博物院藏：《军机及宫中档》，文献编号：408006719。

②中国第一历史档案馆藏：《录副奏折》，档号：03-5270-015。

（朱批：）着照所请，该衙门知道。①

光绪十六年十月十九日，奉朱批：着照所请，该衙门知道。钦此。②

0229. 审拟缠民阿米提斗杀人命一案折

光绪十六年九月十五日（1890年10月28日）

头品顶戴护理甘肃新疆巡抚新疆布政使臣魏光焘跪奏，为斗殴毙命，核明定拟，恭折具陈，仰祈圣鉴事。

窃疏附县缠民阿米提因口角起衅，殴伤尼牙子偏左越日身死一案，据署疏附县知县柳葆元获犯，验讯议拟，解代理疏勒州知州王毓芬，转详署喀什噶尔道向邦倬审明，咨兼署镇迪道兼按察使衔饶应祺核转前来。

臣覆加查核，缘缠民阿米提籍隶疏附县，与已死尼牙子素不认识。光绪十六年二月二十九日，阿米提在东门外摊馍出卖，定价每馍一枚，红钱一文。尼牙子取馍三枚，只给红钱二文。阿米提不允，将馍夺下。尼牙子斥其不应在伊手中夺馍，举手直批其颊。阿米提被殴生气，顺拾砖头向掷，不期适伤尼牙子偏左倒地。巴海喝阻，帮同尸父肉则将尼牙子抬回，医治罔效，延至三月初一日午时，因伤殒命。投约报验获犯，讯供议拟，解州详道，咨兼按察使衔核明转详，臣覆核无异。

查律载：斗殴杀人者，不问手足、他物、金刃，并绞监候等语。此案阿米提因口角起衅，殴伤尼牙子偏左，越日身死，自应按律问拟。阿米提合依“斗殴杀人者，不问手足、他物、金刃，并绞监候”律，拟绞监候，秋后处决。巴海救阻不及，应毋庸议。无干省释。尸棺饬埋，凶器砖块，据供抛弃，邀免查起。是否

①台北故宫博物院藏：《军机及宫中档》，文献编号：408006723。

②此朱批日期与内容，据《军机处随手登记档》（档案编号：03-0265-1-1216-300）校补。

允协?

除全案供招咨送刑部外，合将斗殴毙命，核明定拟缘由，恭折具陈。伏乞皇上圣鉴，饬部核覆施行。谨奏。光绪十六年九月十五日。

(朱批:) 刑部议奏。[①]

光绪十六年十月十九日，奉朱批：刑部议奏。钦此。[②]

0230. 审拟客民穆大元斗杀人命一案折

光绪十六年九月十五日（1890年10月28日）

头品顶戴护理甘肃新疆巡抚新疆布政使臣魏光焘跪奏，为斗殴毙命，核明定拟，恭折具陈，仰祈圣鉴事。

窃乌什厅客民穆大元因口角起衅，殴伤张大轩身死一案，据乌什厅同知袁运鸿获犯，验讯议拟，解由署阿克苏道陈名钰审明，咨兼署镇迪道兼按察使衔饶应祺核转前来。

臣覆加查核，缘穆大元籍隶库车厅，光绪十一年，到乌什厅地方佣工。十五年春，与已死张大轩伙开面馆，素好无嫌。六月，停业收帐。七月二十三日早，穆大元将自置木桌借与邻居缠民八拉提使用，张大轩以尚未分伙，不应借人，彼此口角。张大轩举手向殴，穆大元用右手拦格，撞伤张大轩左手小指，复用拳殴伤其右眉丛。张大轩扑拢，扭住穆大元胸衣。穆大元即用手揪张大轩衣领，致指甲划伤张大轩咽喉。张大轩撞头，穆大元情急，举脚冒踢，适伤张大轩下部，松手倒地，垫伤右后肋。经蓝万青等喝阻，讵张大轩伤重，移时殒命。投约报验获犯，讯供议拟，解道咨兼按察使衔核明转详，臣覆核无异。

查律载：斗殴杀人者，不问手足、他物、金刃，并绞监候等语。此案穆大元因与张大轩口角起衅，殴伤张大轩身死，自应按

---

①台北故宫博物院藏：《军机及宫中档》，文献编号：408006721。

②中国第一历史档案馆藏：《录副奏折》，档号：03-7313-055。

律问拟。穆大元合依“斗殴杀人者，不问手足、他物、金刃，并绞监候”律，拟绞监候，秋后处决。八拉提借桌，并无不合，应与阻救不及之蓝万青，均免置议，无干省释。尸棺饬埋。是否允协？

除全案供招咨送刑部外，合将斗殴毙命，核明定拟缘由，恭折具陈。伏乞皇上圣鉴，饬部核议施行。谨奏。光绪十六年九月十五日。

（朱批：）刑部议奏。①

光绪十六年十月十九日，奉朱批：刑部议奏。钦此。②

0231. 塔城事务分隶巡抚划饷交接折

光绪十六年九月十五日（1890年10月28日）

头品顶戴护理伊犁将军副都统臣富勒铭额、太子少保头品顶戴陕甘总督臣杨昌濬、头品顶戴护理甘肃新疆巡抚布政使臣魏光焘跪奏，为塔尔巴哈台绿营及地方善后事宜分隶巡抚，拟划分饷数，定期交接，恭折陈明，仰祈圣鉴事。

窃臣昌濬等上年覆奏伊犁、塔尔巴哈台等处分隶巡抚管辖一折，光绪十五年六月初一日奉朱批：着照所请，该部知道。钦此。随准部咨：伊犁、塔尔巴哈台两处汉队现既分隶，所有营制、饷章，应由该将军、督抚等迅即详细分晰，奏咨立案等因。查伊犁绿营善后交接清楚，业经臣等先后奏报在案。塔尔巴哈台分隶事宜，额尔庆额于上年九月二十四日奏，因城工紧要，请暂缓移交❶，十一月初六日奉朱批：着照所请，该部知道。钦此。额尔庆额又于十一月二十六日具奏塔尔巴哈台地方文武仍归副都统专辖一折❷，本年二月二十二日奉朱批：该部议奏。钦此。旋准部咨：会议所请塔尔巴哈台地方文武归副都统专辖之处，应毋庸议，于

①台北故宫博物院藏：《军机及宫中档》，文献编号：408006722。

②中国第一历史档案馆藏：《录副奏折》，档号：03-7313-054。

十六年五月初四日具奏，奉旨：依议。钦此。钦遵知照前来，自应钦遵办理。

臣光焘查上年九月额尔庆额请缓原奏，声明数月以来，城工已收得半之功，现又将届一年，当可告竣，即有尾工未竟，交隶之后，原议划分军标汉队五百名，既可从役，如实勇力不敷，协标勇队仍可帮同工作，公家之事，自不因分隶稍有畛域。当具会稿，定期光绪十六年十月初一日交隶，分咨书奏。嗣准额尔庆额咨，以城工未竣，兵房、衙署须次第修建，若将标营分隶，诚恐意存观望，仍请暂缓交割等因。复经商拟，将饷数截至年底，展此一季，俾得从容料理，并拟饬借补塔尔巴哈台副将现署精河营参将张怀玉，挑选步队，先赴该处，帮同工作，以期迅速蒇役，未准咨覆。

查塔尔巴哈台绿营营制、饷章、地方善后，亟应分别办理，未便再行稽缓。臣等酌拟定期光绪十七年正月初一日，将塔尔巴哈台协标勇队、地方善后移交巡抚接管。截至本年冬季止，旗绿兵饷、善后经费概由额尔庆额清理，以后协标饷项、善后事宜，分由抚臣经管。届时交接，先将饷数划分，以清界限。查塔尔巴哈台十七年分饷项，业经额尔庆额奏准岁拨银三十三万两，内善后经费三万两[3]，既将地方善后移交巡抚接管，应归巡抚经收支发。其余饷装银二十九万两，岁各分银十四万五千两，均由甘肃藩司照数统收分解。其营制、饷章，容由将军、巡抚臣分别奏咨立案。该处新建城垣，光绪十四年经额尔庆额奏明，将来规复旧制，可作为满城旗兵驻防之所等语。应由额尔庆额一手经理，作为满城，副都统驻之。其绥靖旧城紧接俄境，形势扼要，且与屯地相近，拟请作为汉城，酌量修补，副将、同知等官驻之。至塔尔巴哈台参赞大臣一缺，前经奏准裁撤，将伊犁新设副都统二员，以一员移驻塔尔巴哈台，移交后应将原领参赞大臣印信缴销，并请饬刊分防塔尔巴哈台副都统印信，颁发敬领启用，以昭信守而符奏案。

所有塔尔巴哈台绿营及地方善后事宜分隶巡抚，拟划分饷数，定期交接各缘由，谨合词恭折具陈。伏乞皇上圣鉴。再，此折系臣光焘主稿。合并声明。谨奏。光绪十六年九月十五日。

（朱批：）着照所请，该部知道。[1]

光绪十六年十月十九日，奉朱批：着照所请，该部知道。钦此。[2]

❶【案】光绪十五年九月二十四日，塔尔巴哈台参赞大臣额尔庆额以城工紧要，请将塔尔巴哈台地方暂缓归辖巡抚，曰：

奴才额尔庆额跪奏，为塔尔巴哈台城工紧要，请将地方文武暂缓改归巡抚专辖，并分拨军饷仍由粮饷章京收发，以竟要工而维边局，恭折沥陈，仰祈圣鉴事。

窃奴才接准陕甘总督杨昌濬咨称：所有会议伊、塔等处统辖事宜一折，兹于本年六月十五日准兵部火票递回原折，奉朱批：着照所请，该部知道。钦此。钦遵咨行知照前来。并准护理甘肃新疆巡抚魏光焘咨称：塔城分拨汉队军饷，或截至本年秋季止从十月起，或截至冬季止从明年正月起，由新疆藩司解交塔城同知总理收发，以清界限等因。当经奴才札饬塔城粮饷理事通判遵照办理。兹据代理塔城粮饷理事通判候选县丞熊光瑶禀称：窃查塔城既经改设同知，所有分拨汉队军饷，自应遵照部章，概归同知收发，以符奏案。惟现在情形，实有碍难照办者，查塔城地方延袤二千里，幅员辽阔，人民稀少，兵燹之余，元气未复，城垣坍毁，阛阓萧条。前任参赞大臣锡纶始移驻于额敉勒河，兵单饷绌，勉力支持。前年营勇哗溃，戕官劫库，贻害地方，甫经安辑，粗有规模。无如习气已深，加以游匪煽诱，去年则有胡来有、岳富林等谋变之事，今夏又有王占魁、许万福等谋变之事，均赖访拿迅速，正法首恶多名，军民幸得安帖。现虽谣言顿息，廛市无惊，然不能不鳃鳃过虑，思患预防，不特此也。

---

①台北故宫博物院藏：《军机及宫中档》，文献编号：408006720。

②中国第一历史档案馆藏：《录副奏折》，档号：03-5755-040。

查通判衙署原系借赁民房，破壁颓垣，仅蔽风雨，孤悬沙碛，四望荒凉，既无城郭可凭，又无府库可守，军饷丝毫为重，设有疏虞，关系边疆大局，实非浅鲜。揆度情形，碍难照办，应恳仍照旧章暂交粮饷章京收发，俟绥靖城工告竣，衙署、仓廒修成，再行将分拨汉队军饷概交同知经理，以免疏失而专责成等情。据此，奴才查该员所禀系为慎重帑项起见，尚属实在情形，自应酌度办理。抑奴才更有请者，塔城荒瘠之区，虽经历任大臣抚绥整顿，民间仍未复元，兼之饷项支绌，故于城工、善后诸要务未遑筹办。去岁，经奴才恭折奏请择地修建城垣，以资镇抚，渥蒙圣明洞鉴，眷念边防，俯如所请，奴才曷胜钦佩！当经督饬承办各员克日开工，并经咨报在案。现在各营员弁勇夫或勤奋督催，或辛苦力作，数月以来，已收得半之功，实难骤易生手。若遽将地方改归巡抚专辖，所有现任人员势必纷纷更调，如此新旧交替，经年累月，未必遂得网领。合计在工夫役不下二千余人，工大款巨，糜费帑项者，其罪小；贻误边防者，其罪大。奴才再四筹思，惟有吁恳天恩俯准将塔尔巴哈台地方文武，暂缓改归巡抚专辖，并分拨军饷仍由粮饷章京收发，俾得将城工一切迅速蒇事，以竟要工而维边局，出自逾格鸿慈。

所有城工紧要，请将塔尔巴哈台地方暂缓归巡抚专辖，并分拨军饷仍由粮饷章京收发各缘由，奴才愚昧之见，是否有当，谨会同伊犁将军奴才色楞额，合词恭折沥陈。伏乞皇上圣鉴训示。谨奏。光绪十五年九月二十四日。

光绪十五年十一月初六日，奉朱批：着照所请，该部知道。钦此。①

❷【案】光绪十五年十一月二十六日，额尔庆额又奏请将塔尔巴哈台地方文武仍归属副都统专辖，并听巡抚节制，曰：

奴才额尔庆额跪奏，为塔尔巴哈台边防要地，请将地方文武仍归副都统专辖，并听巡抚节制，以重事权而维边局，恭折沥陈，仰祈圣

---

①中国第一历史档案馆藏：《朱批奏折》，档号：04-01-01-0968-001。又，《录副奏折》，档号：03-6116-094。

鉴事。

窃奴才于本年九月二十四日以城工紧要，请将地方文武暂缓改归巡抚专辖，以竟要工，业经恭折奏明在案。现在尚未奉到批回，自应恭候命下，何敢再事陈请，致滋烦渎！惟奴才昨准部咨，以新分汉队五百人，催令详定营制、章程，报部立案。并准护理甘肃新疆巡抚布政使魏光焘函商划分饷项、交割汉队日期，各等因。前来。

奴才仰蒙恩命，权篆塔城，到任以来，筹度地势，详审民情，因额敉勒河系驻札行营，商贾不前，人心未固，以致地方毫无起色，屡滋事端，故于去年，恭折奏请修建城垣，以资维系，幸邀睿鉴，俯如所请。嗣经筹垫款项，次第兴修，各营将卒极为踊跃。现在大工未竟，忽值议改新章，不免意存观望。奴才忝膺边寄，目睹情形，其中实有窒碍难行，不可改归巡抚专辖者数端，请为我皇上缕细陈之。

窃维新疆自隶版图，南北两路各城皆设参赞、办事、领队等大臣，以资镇抚；特设总统将军于伊犁，分设参赞大臣于塔城，俾声势联络，隐然为西北重镇。已故大学士左宗棠暨甘肃新疆巡抚刘锦棠奏改行省，于南路各员缺皆已议裁，而何以独留伊塔如故？亦明知该两处极边要地，任大责重，俄人乘隙伺衅，变幻莫测，不敢引为己任耳。兹复创为驻防之议，添立军标名目，事若可行，不知边地腹地迥不相同。历查《中枢政考》，如福建以海防为重，则福州将军统辖全省绿营；山西以边防为重，则绥远城将军亦辖宣、大雨镇。今之伊、塔紧要，实数倍于福建、山西，而令傲照内地驻防之例，诚不知其何为而可也！且副都统既设一标，人数仅止五百。驻防旗制，皆有专官。是此项标兵当用何等人员管带，不特于事局无补，抑与体制未符。此不可者，一也。

夫国家设官分职，首在治民，未有户口萧条而能以为政者也。查塔城延袤二千余里，硗瘠居多，沃壤甚少，兵燹之后，仅有孑遗。现在核计户民共一百四十四户，皆分住于哈巴河、阿克桥、三十里堡等处，相距或数十里，或数百里，甚至一千余里，半属穷苦，无力耕作，春借籽种之费，秋借收获之资，接济稍迟，立致饥困，名为户民，实则公家不能得颗粟束刍之用，缘此辈本系流民，并非土著。今年报垦，明年报逃，地方官吏无如之何，凋敝情形，不堪入目，而欲骤语按亩升科，输租纳课，恐非十年以内之事。查新疆改建行省，抚臣刘锦棠以人民稀少，特行奏请由各省遗犯发来新疆，助兴屯垦，安插于迪化府属境内，每户约费银七十余两，而皆不安生业，月有逃亡，缉捕公文络绎不绝。迪化如此，他处可知。安置遗犯如此，招致户民更可知，况塔城于光绪十一年勘分界务，虽以苇塘子为定界，自将巴尔鲁克山暂借俄夷，其实俄界直抵绥靖城外，西北旧日屯地半归俄属，地方愈形褊小。每当冬令雪深，本属蒙哈有逸至古城、阜康一带及科布多地面牧放者。现在各营屯田皆借种土尔扈特游牧之内，此外并无隙地，尚待开垦。塔城舆图具在可考，而知此不可者，二也。

又，查塔城境地，紧与俄邻，绥靖距俄属之苇塘子仅四十里，距斜米七站，而俄领事近踞肘腋，声息相闻，中外交涉之件纷至沓来，一经改革，则地方事宜自应归同知衙门办理，守边重臣尚虞不服箝制，区区牧令，岂能就其范围！设有参差，动关国体。副都统既辖旗营，即难干预，将坐视其偾事而不能，欲代为处置而不得，诚恐开边衅从此而生。此不可者，三也。

又，查塔城绿营，自副将以下皆有屯垦、操防之责，向归参赞大臣专辖，身臂相使，呼应灵通，百余年来，恪守成规，上下称便。今既改章，旗绿一分，则彼此毫无关涉。现在承平日久，边宇乂安，固不虑此，设有意外之虞，欲其进退从心，奉命维谨，恐非易致。而该管巡抚又远在千数百里之外，往返咨商，必多延误，是徒拥专阃之名，并无专阃之实，掠功诿过，事所必然。此不可者，四也。

又，查塔城向设理事通判一缺，专用旗员，俾资治理，原因此处本属蒙哈游牧之区，特归简便，借示羁縻。今既改设抚民同知，势必多用汉员，言语不通，性情不恰，拘泥文法，动苦烦苛，蒙哈不耐束缚，必致因而嗟怨。俄人垂涎蒙部，存心已久，设以甘言煽诱，诚恐梃而走险，溃我藩篱。此不可者，五也。

又，以地势而论，由古城至科布多，计程十三站；由库尔喀喇乌苏至塔城，计程十一站。科布多之与塔城，土地、人民，道里远近，蒙哈杂处，三者正复相同。查科布多之不能改设郡县，势限之也。今塔城同一形势，既不能强蒙哈以耕种，又不能拨地以安民，勉强招徕，势必多所侵占。傥汉、蒙交哄，其害何可胜言！此不可者，六也。

凡此数端，奴才再四筹思，与其自安缄默，贻朝廷西顾之忧，何如据实直隶，冀圣主刍荛之采。惟有仰恳天恩俯准将塔尔巴哈台地方文武仍归副都统专辖，并听巡抚节制，以重事权而免贻误。奴才因伊、塔改设郡县系属已成之局，未便骤议更张，不得已而思其次。似此变通办理，既于新疆大局无损，更于塔城边务有裨。如蒙俞允，所有应行酌定章程，再由奴才妥议具奏。

愚昧之见，是否有当，谨恭折沥陈。伏乞皇上圣鉴训示。谨奏。光绪十五年十一月二十六日。

光绪十六年正月十二日，奉朱批：该部议奏。钦此。①

❸【案】光绪十六年三月二十九日，塔尔巴哈台参赞大臣额尔庆额奏估光绪十七年以后塔城应需饷项，曰：

奴才额尔庆额跪奏，为遵照部议裁减款目，以资节省，并估计塔城旗、汉各营光绪十七年以后实在应需饷项银两数目，谨开单恭折具陈，仰祈圣鉴事。

窃查光绪十六年塔城旗、汉各营实在应需银两数目，业经奴才于去岁冬季详细开单，恭折奏明在案。旋准户部咨覆内称：除十六年新饷本部前已奏拨，应令遵照办理外，所有该大臣奏报杂款，仍令遵照上年十二月兵部会同本部奏案，核实裁减，总不得每年逾三十二万两之数。俟裁定后，迅将章程报部，再行查核。又，光绪十七年实在应需饷项，应令会同该将军、督抚等预行裁省，务于本年春间详估奏报立案，各等语。自应遵照办理。

奴才查塔城旗、汉各营，自改支坐粮后，皆系计口授食。其余应支杂款，亦皆针孔相符。兹于无可裁减之中，仍作力求撙节之法，拟将每年制办军装项下裁减银一万二千两；又参赞大臣旧有刍牧樵采蒙

①中国第一历史档案馆藏：《朱批奏折》，档号：04-01-01-0968-004。又，《录副奏折》，档号：03-5260-040。

古兵裁去一百名，每年节省银二千一百两；绿营公费项下裁减银五百两。以上三项，总计每年节省银一万四千六百两，其余仍照旧案支发。至善后经费一项，查照部议，应即照案停止。惟塔城开办城工及修建兵房、衙署等项，需款甚巨，业经户部奏准由陕甘总督设法筹垫，于塔城应分善后经费项下按年扣还，故仍请每年加拨银三万两，俟城工告竣，再行停止。计自光绪十七年起，每年实在应需军饷暨杂款等项银三十一万二千一百九十六两三钱一分一厘。再，遇有闰年分，应加放小建一月，共需银一万九千五百四十两二钱一分。此款仍属无出。按五年两闰扣算，每年拟请多拨银七千八百余两，另款存储，以备遇闰年分支发。通计塔城每年应请拨银三十二万两，谨缮具清单，恭呈御览，仰恳饬部立案，以便遵照办理。

所有奴才遵照部议裁减款项，以资节省，并估计光绪十七年实在应需军饷银两数目各缘由，除咨部查照外，谨会同伊犁将军色楞额、陕甘总督杨昌濬、护理甘肃新疆巡抚布政使魏光焘，合词恭折具陈。伏乞皇上圣鉴训示。谨奏。光绪十六年三月二十九日。

光绪十六年五月初九日，奉朱批：户部议奏，单并发。钦此。[①]

【案】光绪十六年九月初九日，塔尔巴哈台参赞大臣额尔庆额以塔城关系紧要，巡抚万难专辖，奏请毋庸设立郡县，仍归参赞镇守，曰：

奴才额尔庆额跪奏，为塔尔巴哈台地方关系紧要，巡抚万难专辖，拟请仿照科布多之例，仍归参赞大臣镇守专辖，以资简便而重边防，谨绘图贴说，恭折据实沥陈，仰祈圣鉴事。

窃奴才前以塔城城工紧要，请将地方文武暂缓改归巡抚专辖，以竟要工，并附片奏请将署理塔城屯防副将白占春暂留署任，使工程诸务告竣，再行饬令交卸，业经先后奉旨允准在案。嗣奴才以塔尔巴哈台边防要地，拟请仍归副都统专辖，并听巡抚节制，以重事权，钦奉珠谕：该部议奏。钦此。旋经兵部等部以陕甘总督杨昌濬等奏准有案

①中国第一历史档案馆藏：《朱批奏折》，档号：04-01-01-0974-074。又，《录副奏折》，档号：03-6118-093。

议驳，并恭录谕旨，钞录奏稿咨行知照前来，奴才自应钦遵办理，何敢再事渎陈，致干咎戾！惟奴才恭读上年正月三十日寄谕，有“边防紧要，不厌求详”之训。仰见圣度渊涵，遇事求是，跪聆之下，钦服莫名！奴才满洲世仆，屡沐恩施，苟有所知，又何敢缄默自安，自负生成之德！谨将塔城人民、土地、蒙哈各情形，为我皇上缕细陈之。

查塔城兵燹之后，仅有孑遗，合计户民一百四十四户，已不足当内地一村堡之众，且贫苦居多，皆待官为抚恤，故按亩升科之举尚须缓办，以培元气。奴才以户口萧条，虽经设法招民，佥以地气极寒，无任应募。署塔城抚民同知石本清强毅廉明，素称能吏，服官甘省，卓著循声。到任以来，亟思整顿，乃以荒瘠之区，欲招徕则无民，欲开垦则无地，限于方域，无可设施。此塔城人民之实在情形也。

又，查塔城周回距约二千里，其间万山丛杂，戈壁居多，膏腴甚少。自与俄人分界，借给巴尔鲁克山，地方愈形狭隘，旧日官屯，半归俄属，现在户民皆借种吐尔扈特之地，此外并无旷土可以兴屯。若勉强安民，势必多所侵占，惊扰游牧，蒙哈何以聊生？此塔城土地之实在情形也。

又，查蒙哈各部落，环边聚处，百有余年，涵濡圣泽，最为恭顺。频年以逼于俄人，节节内徙。冬夏，地方不敷住牧，屡因汉民占地，控案累累，官吏调停，始相贴服。若改归巡抚专辖，遇事变更旧制，劳扰必多。盖蒙哈习于宽简，羁縻之，则各安生业；烦苦之，则相率惊惶，加以紧与俄邻，偶失抚绥，诚恐潜逃俄境，为丛驱雀，自撤藩篱。其患皆宜预防者，此蒙哈之实在情形也。

凡此数端，皆形禁势格，不能改设郡县之明证。部臣居中驭远，未及周知，又以该督抚等奏准有案，自未便曲徇奴才所请，致涉两岐，以致援案议驳。兹准护理甘肃新疆巡抚布政使魏光焘一再函催商定交割日期，奴才欲照办，则恐贻误边疆；拟更张，又恐格于成议。彷徨旦夕，莫知所从！查奴才前请暂缓改归巡抚专辖者，原拟俟城工告竣，即将汉队交割，以一事权。嗣因查看此间形势，实有非巡抚所能遥制者，故续有仍归副都统专辖并听巡抚节制之请。现在伊犁业已交割，在地方则仅设道府等官数员而已，其于一切利病，未闻有所兴革也。在营伍则仅有一总兵而已，其于营汛饷章，未闻有所布置也。上下相安未几，即有该将军色楞额服毒之举。该处文武竟敢捏词具报，办理情形，概可想见。已故伊犁将军色楞额虽已交割于前，犹思挽回于后，屡次致奴才函牍，皆云伊犁局面变换，诸务棘手。每思剀切敷陈，冀回天听。乃以仓猝捐生，未及建言，赍志而殁！

奴才束发从戎年垂六十，边方效力能复几时，岂敢稍存争权竞利之心，为自便身家之地！其所以力排群议，一再渎请者，原思上为国计，下便民生，借酬高厚之恩，聊效涓埃之报！欣值我皇上天亶聪明，洞鉴万里，亲裁庶政，莫不一秉大公。兹塔城僻处一隅，巡抚万难专辖，且紧与科布多接壤，人民、土地情形正复相同。画疆而理，亦与新疆全省形势毫无关碍，拟请仿照科布多之例，仍由参赞大臣镇守专辖，以归简便而免分更。绘图贴说，恭呈御览。惟有仰恳宸衷独断，俯如所请，则边防大局实为幸甚！奴才俟奉到谕旨后，再行将地方未尽事宜详定章程，奏明办理；仍请俟三年以后，将汉队逐渐裁减，以符旧制而资节省。合并声明。

所有塔尔巴哈台地方关系紧要，巡抚万难专辖，拟请仿照科布多之例，仍归参赞大臣镇守专辖，以归简便而重边防各缘由，奴才愚昧之见，是否有当，谨恭折据实沥陈。伏乞皇上圣鉴训示。谨奏。九月初九日。

光绪十九年十月十九日，奉朱批：另有旨。钦此。①

0232. 请饬额尔庆额届时交割缘由片

光绪十六年九月十五日（1890 年 10 月 28 日）

再，臣光焘查塔尔巴哈台地方，外接俄疆，内与新疆库尔喀喇乌苏、精河、玛纳斯、奇台、古城一带境土毗连，间道四达，实为省城门户。该处名设汉兵二千，虚悬且半，其实不过千余人，兵饷每月仅发半关，隶伍皆游手无赖杂凑充数，平时乐其无操练

①中国第一历史档案馆藏：《录副奏折》，档号：03-5755-041。

约束之事，但得半饷果腹亦即相安，置存饷于不问。其桀黠之伦，间以索饷为辞，屡聚谋变，均幸事前发觉，然查办半属调停，未加惩创，历年以来，相沿成习。十三年，营勇劫库戕官。十四年，胡来有等谋叛。十五年，王占魁等谋叛，署塔城协副将白占春又为叛勇砍坠城下，脑耳重伤，当将该勇殴毙，余免跟究，幸弭变乱，然亦间不容发矣。

新疆连年于交界各属特置重防，兵逾定额，须就岁拨常饷，通融筹布，全局为之牵掣，因有改隶之议，隐忍以待，原冀接收后从新整顿，一劳可以永逸。乃额尔庆额于会奏改隶时专衔奏兴城工。迨定议分隶，即借城工奏展，旋又奏请专隶，方奉旨交议，复接续请补同知，拣补游击，若惟恐新疆巡抚或与其事。臣于奉准部咨仍议分隶后，函商护将军暨总督臣，定期本年十月初一日交接，具稿分咨，均先后书奏咨还，独额尔庆额不允书奏，仍以城工展缓咨覆。臣复与咨商，拟展至年底，并以精河一带防营现逾定额，拟饬准补塔尔巴哈台副将张怀玉，挑带队伍，前往帮修城工，仍俟年底交接后，始令接印任事。额尔庆额及以主客相形窒碍函覆，称另筹办法，另文咨达，而至今未接来咨。

伏查该处城工，原奏派队二成帮工，是在工之勇仅只四百名，今议绿营分隶，划五百名为军标，已逾原日在工人数，本与交接无碍，公事公办，亦何至因分隶各有畛域！臣准部咨内开：新疆改建行省，该处地方官业已奏请添设，一切城工、善后事宜，应会同地方官斟酌办理。新疆巡抚有管辖地方之责，应会同核实举办等因。虽因额尔庆额从无一字咨商，交隶之后，如果余工未竟，巡抚安得诿为分外之事？惟原估经费三十八万两，较新疆南路城工、衙署二十九起，共用银三十二万两，相去悬远。部议应就善后经费匀支，该处岁估善后银三万两，若须三十八万，非罄十余年经费，不能蒇事，故部咨有衙署、兵房虽应修建，究非紧要城工可比。当此库款支绌之时，京师应修各工尚且分别停缓，该处各项工程自应以城垣为紧要，兵房、衙署次之。至庙宇、仓廒则非必不可缓之工，应俟善后经费续收有款，次第修建等语。并令会同新疆巡抚斟酌缓急，办理盖必审势量力，因时展布，方不虞前突后竭，一举百废也。该处估修工程，既未准咨有案，亦不知如何斟酌缓急，迩因臣催定期交接，忽将城工饬停，加采木料，复派蒙哈砍运，为修建衙署、兵房各项工程张本。在额尔庆额身在事中，岂不知时绌举赢，必至有初鲜终？特欲以工程展缓交隶，以兴工势难中止抵制催交，终且得以经费不足，借事迁延，隐遂其专饷牟利之计。臣实不知其可！况一城即罄十余年之费，此外浚渠安户及地方应办善后各事，款将安出？无论其借工延展，交隶无期，即勉强交接，而经费早罄，又将何从措手？至郡县以民为本，该处膏腴千里，满目荒芜，办理善后有年，户口寥寥，秋获时派采粮石，勒令运交，价少费多，浮收短发，弊累不堪，遂致逃亡相继，蒙哈则勒派尤苛。伐木负土，则派工；搬运木料，则派费；兵勇帮工，每月赏给羊只，则又按户派羊。穷乏之户，虽妇女不免应役，甚有冻馁致毙者。阿尔泰山蒙哈千余户逃往科布多，中途阻雪折还，俯首受役，怨咨日久，设有意外之事，边局何堪设想！

臣维该处营务废弛，牵掣新疆全局如此；工程浮滥，关碍地方应办善后如此；汉、缠、蒙、哈各不聊生，至于咸思避地，有伤政体又如此。若复苟且迁就，设误国家大事，罪何可逭！是以会同护将军、总督臣定期，截至本年底止，将饷数划分，联衔具奏，应请旨饬下驻防塔尔巴哈台伊犁副都统额尔庆额，届时交割，可否仰乞天恩并饬该副都统先将城工修竣，其衙署、兵房、庙宇、仓廒等工，遵照部议，俟善后经费续收有款，会同新疆巡抚斟酌缓急，次第修建，以免前突后竭，一举百废之处，出自逾格鸿慈。谨据实附片陈明，伏乞圣鉴训示。谨奏。

（朱批：）另有旨。①

①台北故宫博物院藏：《军机及宫中档》，文献编号：408006718-0-A。

光绪十六年十月十九日❶，奉朱批：另有旨❷。钦此。[①]

❶【案】此奏片之具奏日期，原件目录署“光绪十六年九月初三日”，而录副则署为“光绪十六年九月十五日”，二者悬殊。据录副朱批日期“十月十九日”，查《随手档》[②]“朱批杨昌濬、富勒铭额、魏光焘折”栏，署有“报四百里，九月十五日发”等字样，内即有此片，且注为“魏单衔”。据此，此奏片之具奏日期当为“光绪十六年九月十五日”，录副确。兹据校正。

❷【案】此案旋于光绪十六年十月十九日得旨，《上谕档》载曰：

军机大臣字寄：陕甘总督臣杨，护理伊犁将军副都统富，接办塔尔巴哈台参赞大臣副都统额，传谕护理甘肃新疆巡抚布政使魏光焘：光绪十六年十月十九日，奉上谕：杨昌濬、富勒铭额、魏光焘奏，塔城分隶事宜，请饬遵照奏案，定期交接，并请颁发印信一折，已照所请行矣。本日，复据额尔庆额奏，塔城僻处偏隅，巡抚万难专辖，请仿照科布多之例，仍归参赞大臣镇守专辖等语。塔尔巴哈台地方营伍，前经杨昌濬等会奏分隶甘肃新疆巡抚管辖，定期交接，业经该部议准覆奏，降旨允行。该副都统自应遵照办理，何得辄生异议，致涉纷更！所有塔城勇队及地方善后各事，仍着额尔庆额于本年年底移交巡抚接管，不准再行借词延展，致干咎戾。塔城规制初更，办理一切，必须筹画万全，以为久远之计。该抚接办后，务将吏治、营制、饷章及安抚蒙哈各事宜实力整顿，以安边圉。其应修城垣等工，着遵照部议，酌量经费赢绌、工程缓急，次第办理。该大臣等身膺重寄，务当和衷共济，期于地方有裨，毋得各持意见，致误公事。是为至要！杨昌濬等折着钞给额尔庆额阅看。该副都统呈进图一件，留中。将此由四百里谕知杨昌濬、富勒铭额、额尔庆额，并传谕魏光焘知

---

①中国第一历史档案馆藏：《录副奏片》，档号：03-6185-075。

②中国第一历史档案馆藏：《军机处随手登记档》，档案编号：03-0265-1-1216-300。

之。钦此。遵旨寄信前来。①

0233. 恭报十六年六月雨雪粮价情形折

光绪十六年九月二十日（1890 年 11 月 2 日）

头品顶戴护理甘肃新疆巡抚新疆布政使臣魏光焘跪奏，为恭报光绪十六年六月分粮价并得雨情形，谨缮折具陈，仰祈圣鉴事。

窃照光绪十六年五月分各厅州县粮价并得雨情形，业经臣奏报在案。兹据署新疆布政使饶应祺详称：本年六月分，北路奇台得雨，入土六寸；镇西、昌吉、阜康、哈密得雨，入土三寸；迪化、绥来得雨，入土二寸；吐鲁番、库尔喀喇乌苏微雨。伊塔道属宁远、精河得雨，入土二寸；塔尔巴哈台得雨，入土三寸；绥定微雨。南路拜城、叶城得雨，入土五寸；喀喇沙尔、库车得雨，入土三寸；英吉沙尔、玛喇巴什得雨，入土二寸；和阗得雨，入土一寸；温宿、乌什、疏勒、疏附微雨，余未得雨。正值天气炎热，渠水畅流，地亩足资灌溉，民情亦均安帖。

至通省粮价，镇西、库尔喀喇乌苏、塔尔巴哈台、喀喇沙尔、温宿、昌吉、绥定、拜城等厅州县俱与上月相同，余均略有增减。汇详请奏前来。

理合恭折具陈，并缮粮价清单，敬呈御览，伏乞皇上圣鉴。谨奏。光绪十六年九月二十日。

（朱批：）知道了。②

光绪十六年十月二十四日，奉朱批：知道了。钦此。③

---

①《光绪朝上谕档》，第 16 册，第 301—302 页；又，《德宗景皇帝实录》（四），卷之二百九十，光绪十六年十月，第 866—867 页。

②台北故宫博物院藏：《军机及宫中档》，文献编号：408006725。

③中国第一历史档案馆藏：《录副奏折》，档号：03-6896-021。

0234. 呈新疆光绪十六年六月粮价清单

光绪十六年九月二十日（1890年11月2日）

谨将新疆各属光绪十六年六月分米粮时估价值，缮具清单，恭呈御览。

计开六月分

镇迪道属

迪化县：大米每京石价银二两九钱六分，较上月增三分六厘。小麦每京石价银一两一钱六分七厘，莞豆每京石价银一两二钱六分，青稞每京石价银七钱二分四厘，俱与上月相同。

昌吉县：大米每京石价银一两八钱七分二厘，小麦每京石价银七钱七分六厘，莞豆每京石价银九钱二分，青稞每京石价银八钱七分五厘，俱与上月相同。

阜康县：粟米每京石价银八钱八分四厘，与上月相同。小麦每京石价银一两一钱三分二厘，较上月增一钱四分二厘。莞豆每京石价银一两一钱六分七厘，较上月增六分七厘。高粱每京石价银九钱二厘，较上月增三钱三分八厘。

奇台县：大米每京石价银二两三分六厘，较上月减一钱四厘。小麦每京石价银七钱七分八厘，较上月减三分五厘。莞豆每京石价银六钱五分六厘，较上月减一钱三分八厘。

绥来县：大米每京石价银一两七钱六分八厘，与上月相同。小麦每京石价银八钱二分八厘，较上月增五厘。莞豆每京石价银九钱二分一厘，高粱每京石价银五钱六分三厘，俱与上月相同。

吐鲁番厅：小麦每京石价银八钱九分四厘，较上月减七分五厘。大麦每京石价银四钱四分八厘，高粱每京石价银五钱五分七厘，黄豆每京石价银二两四钱二分六厘，俱与上月相同。

镇西直隶厅：小麦每京石价银一两五钱，莞豆每京石价银一两五钱一分，青稞每京石价银九钱二分，俱与上月相同。

哈密厅：粟米每京石价银一两五钱一分二厘，较上月减七分二厘。小麦每京石价银一两二钱一分四厘，较上月减八分三厘。莞豆每京石价银一两七钱二分八厘，较上月增一钱四分四厘。青稞每京石价银九钱五分二厘，与上月相同。

库尔喀喇乌苏厅：小麦每京石价银一两二钱八分，莞豆每京石价银一两四钱九分，高粱每京石价银一两，俱与上月相同。

伊塔道属

绥定县：大米每京石价银四两一钱四分四厘，小麦每京石价银一两三分五厘，莞豆每京石价银九钱八分七厘，大麦每京石价银七钱九分一厘，俱与上月相同。

宁远县：大米每京石价银三两八钱四分八厘，与上月相同。小麦每京石价银九钱一分八厘，较上月增九分。大麦每京石价银六钱二分六厘，较上月增九分一厘。莞豆每京石价银一两八分，较上月增三钱六分。

塔尔巴哈台直隶厅：小麦每京石价银一两五钱三分三厘，大麦每京石价银七钱七分七厘，莞豆每京石价银一两二钱一分，俱与上月相同。

精河直隶厅：大米每京石价银三两一钱四分五厘，小麦每京石价银一两一钱九分，俱与上月相同。大麦每京石价银八钱七分五厘，较上月增五厘。莞豆每京石价银一两三钱六分，与上月相同。

阿克苏道属

温宿直隶州：大米每京石价银一两五钱二分，小麦每京石价银六钱九分，大麦每京石价银四钱四分四厘，包谷每京石价银五钱三厘，俱与上月相同。

拜城县：小麦每京石价银四钱三分，大麦每京石价银一钱八分，包谷每京石价银二钱六分，莞豆每京石价银三钱，俱与上月相同。

喀喇沙尔直隶厅：大米每京石价银一两九钱二分四厘，小麦每京石价银六钱九分，莞豆每京石价银七钱二分，包谷每京石价银五钱一分二厘，俱与上月相同。

库车直隶厅：大米每京石价银一两五钱六分，较上月增六分。小麦每京石价银五钱六分，包谷每京石价银三钱四分，莞豆每京石价银三钱，俱与上月相同。

乌什直隶厅：大米每京石价银一两五钱六分四厘，与上月相同。小麦每京石价银四钱二分二厘，较上月减一分三厘。大麦每京石价银二钱四分六厘，较上月减一分。包谷每京石价银三钱九分三厘，与上月相同。

喀什噶尔道属

疏勒直隶州：大米每京石价银二两二钱五分，较上月减三钱。小麦每京石价银一两四分八厘，较上月减五分六厘。包谷每京石价银九钱四分七厘，较上月减五分一厘。高粱每京石价银八钱五厘，较上月减六分九厘。

疏附县：大米每京石价银二两二钱五分，较上月减三钱。小麦每京石价银一两四分八厘，较上月减五分六厘。包谷每京石价银九钱九分一厘，较上月减五分四厘。高粱每京石价银八钱五厘，较上月减六分九厘。

莎车直隶州：大米每京石价银二两七分二厘，较上月减一钱四分八厘。大麦每京石价银五钱，与上月相同。小麦每京石价银六钱九分，较上月减九分六厘。包谷每京石价银五钱四分四厘，较上月减一钱四分二厘。

叶城县：大米每京石价银二两四钱六分五厘，与上月相同。小麦每京石价银六钱，较上月减一钱五分。青稞每京石价银三钱，较上月减五分。包谷每京石价银四钱八分，较上月减九分六厘。

和阗直隶州：大米每京石价银一两七钱五分，较上月减七分。小麦每京石价银八钱五分六厘，较上月减一钱六分五厘。包谷每京石价银五钱六分三厘，较上月减五分一厘。青稞每京石价银四钱六分九厘，较上月减二分八厘。

于阗县：大米每京石价银一两七钱九分四厘，较上月减六分九厘。小麦每京石价银八钱七分一厘，较上月减六分七厘。包谷每京石价银六钱五分二厘，与上月相同。

英吉沙尔直隶厅：大米每京石价银二两八钱九分，较上月增一钱六分。小麦每京石价银七钱四分五厘，较上月减一钱二分五厘。包谷每京石价银六钱七分，大麦每京石价银四钱六分，俱与上月相同。

玛喇巴什厅：大米每京石价银二两九钱六分，较上月增二钱九分六厘。小麦每京石价银八钱二分八厘，较上月减一钱三分八厘。包谷每京石价银七钱六分六厘，较上月减一钱三分。

（朱批：）览。[①]

0235. 审拟民人薛得澐因疯砍毙父命一案折

光绪十六年九月二十日（1890年11月2日）

头品顶戴护理甘肃新疆巡抚新疆布政使臣魏光焘跪奏，为审明逆伦重犯，按律惩办，恭折具陈，仰祈圣鉴事。

窃照绥来县民薛得澐因疯砍伤伊父薛兴福身死一案，经绥来县知县李原琳访闻，验讯通报。臣因案情重大，批司转饬该县押犯至省，发委迪化府审办。正提讯间，该逆犯疯病复发，不能取供，即饬医调治就痊。兹据署迪化府知府黄丙焜督同绥来县知县李原琳，讯明议详，由署镇迪道兼按察使衔陈名钰覆审解勘。

臣亲提研讯，缘薛得澐籍隶绥来县，已死薛兴福是其生父，平日孝顺，并无忤逆情事。光绪十六年正月间，薛得澐忽患疯病，时发时愈。薛兴福因其并不滋事，央允乡约邢添福、邻佑张玉成，未经报官锁锢。三月三十日，薛兴福在坑睡卧，薛得澐疯病复发，手执劈柴铁斧，砍伤薛兴福左太阳穴，仍复持斧，出外跳舞。经邻佑张玉成查看情形，知系疯病复发，奔告薛兴福，见其躺卧坑

---

①中国第一历史档案馆藏：《单》，档号：03-6896-022。

上，始知已被砍伤，当即投保将薛得濆捆住，一面医治薛兴福伤痕。讵薛兴福伤重，至四月初十日因伤殒命。该县正访闻查拿间，即据乡约报验，提讯薛得濆，目瞪口呆，语无伦次，饬医调治，渐次就痊，录供通详，批解至省，发委迪化府督同绥来县审拟，该犯疯病复发，又饬医痊，由兼按察使衔招解前来。臣亲讯无异，并非装疯捏饰，亦无起衅别故，案无遁饰。

查律载：子杀父者，凌迟处死。又例载：子杀父之案，无论是否因疯，悉照本律问拟。如距省在三百里以外，于审明后恭请王命，即在省垣正法，仍将首级解回犯事地方枭示。又例载：疯病之人，邻佑人等容隐不报，不行看守，致杀他人者，照知人谋害他人不即阻当，首报律杖一百，各等语。

此案薛得濆因疯，用斧砍伤亲父薛兴福左太阳穴身死，实系罪大恶极，虽由疯发无知，究属形同枭獍，仍应照律问拟。薛得濆合依"子杀父者，凌迟处死"律，凌迟处死。查绥来县距省在三百里以外，臣于审明后，当即恭请王命，饬委署镇迪道兼按察使衔陈名钰、署抚标中军参将汤秀斋，将该逆犯薛得濆绑赴市曹，凌迟处死，传首犯事地方悬竿示众，以昭炯戒。

乡约邢添福、邻佑张玉成，明知薛得濆得患疯病，辄听从薛兴福容隐不报，又不看守，致酿逆伦重案，亦应按律科罪。邢添福、张玉成合依"疯病之人，邻佑人等容隐不报，不行看守，致杀他人者，照知人谋害他人不即阻当，首报律杖一百"例，各拟杖一百，折责发落，邢添福仍革役。无干省释。尸棺饬埋，凶器销毁。

除全案供招咨送刑部外，所有审明逆伦重犯，按律惩办缘由。理合恭折具奏。伏乞皇上圣鉴，饬部查照施行。谨奏。光绪十六年九月二十日。

（朱批：）刑部知道。[①]

---

①台北故宫博物院藏：《军机及宫中档》，文献编号：408006724。

光绪十六年十月二十四日，奉朱批：刑部知道。钦此。[①]

0236. 请以彭桂馥借补济木萨营参将折

光绪十六年九月二十八日（1890 年 11 月 10 日）

头品顶戴护理甘肃新疆巡抚新疆布政使臣魏光焘跪奏，为拣员借补参将员缺，以重操防，恭折仰祈圣鉴事。

窃新疆抚属济木萨营参将员缺，业经奏准作为题缺，亟应拣员请补，以专责成。该处地属要冲，营伍甫经改设，弹压巡防，均关紧要，非精明干练、熟悉地方情形之员，难期得力。查有留陕甘尽先补用副将现署抚标右营游击彭桂馥，笃实勤廉，晓畅营伍，于署任内巡防、操练，均能认真，以之借补斯缺，洵堪胜任，合无仰恳天恩俯准以该员借补济木萨营参将员缺，于地方、营伍均有裨益。如蒙俞允，应请敕部先给署札，俟防务大定，即行给咨送部引见，以符定制。

除饬取该员履历清册咨部查照外，谨会同陕甘总督臣杨昌濬，恭折具陈。伏乞皇上圣鉴训示。谨奏。光绪十六年九月二十八日。

（朱批：）兵部议奏。[②]

光绪十六年十一月初二日，奉朱批：兵部议奏。钦此。[③]

0237. 请以李庆棠借补英吉沙尔直隶同知折

光绪十六年九月二十八日（1890 年 11 月 10 日）

头品顶戴护理甘肃新疆巡抚新疆布政使臣魏光焘跪奏，为拣员借补要缺同知，以重地方，恭折仰祈圣鉴事。

窃据署新疆布政使兼署镇迪道兼按察使衔饶应祺详称：英吉

---

①中国第一历史档案馆藏：《录副奏折》，档号：03-7313-056。

②台北故宫博物院藏：《军机及宫中档》，文献编号：408006726。

③中国第一历史档案馆藏：《录副奏折》，档号：03-5873-053。

沙尔直隶同知张起宇于光绪十六年四月初七日在省病故，应以病故本日作为开缺日期，业经奏明在案。所遗英吉沙尔直隶同知系冲、繁、难三项要缺，亟应遴员请补，以重职守。查南路新设各缺，奏准由外拣补一次。以后出缺，援照甘肃变通章程，丞、倅、州、县以及佐杂各要缺，将现任各员按照应升官阶，任内无论有无升案，并是否到任实授，以及历俸、试俸未经期满各员，准择其人地相宜者，一律升调。又定例：应调缺出，俱令于现任人员内拣选调补，如无合例堪调之员，始准以候补人员题补，各等语。

今英吉沙尔直隶同知要缺，于通省现任人员内逐加拣选，非现居要缺，即人地不宜。惟查有现署斯缺盐运使衔即补知府李庆棠，年四十六岁，湖南湘潭县人。同治六年，由文童投效湘军，剿办土、回各匪，肃清陕北并克复甘肃灵州案内汇保，九年闰十月二十五日奉上谕：陕北肃清案内着以从九品尽先即选，灵州案内着以主簿不论双单月尽先即选。钦此。荡平金积堡贼巢、宁灵肃清案内汇保，十年十月初三日奉上谕：着免选本班，以县丞分省，归候补班前补用。钦此。荡平西宁回逆及克复大通县案内汇保，十三年七月二十九日奉上谕：着俟补缺后，以知县补用，并赏给五品顶戴。钦此。克复乌鲁木齐、玛纳斯各城案内汇保，光绪三年九月初五日奉上谕：着免补本班，以知县留于甘肃，归候补班前补用，并赏戴蓝翎。钦此。攻克达坂城、托克逊贼巢，并会师克复吐鲁番满、汉两城案内汇保，四年正月二十五日奉上谕：着赏加同知衔，并赏换花翎。钦此。克复西四城、新疆南路一律肃清案内随折保奏，是年二月十二日奉上谕：着免补知县，以同知直隶州知州仍留原省，归候补班前尽先补用。钦此。新疆南路诸军五次剿平边寇案内汇保，七年五月二十日奉上谕：着免补本班，以知府仍留原省，归候补班前尽先即补。钦此。新疆六载边防搜捕余匪案内汇保，十年十月初四日奉上谕：着赏加盐运使衔。钦此。十一年，留省当差，五月二十一日禀到。十二年，委署迪化直隶州知州，二月初一日到任。嗣因改设迪化府知府，于八月二十一日卸事。十四年，委署英吉沙尔直隶同知篆务，五月十五日到任。

查该员朴质耐劳，实心任事，在新疆年久，土俗、边情最为熟悉，历署各缺筹办一切，诸臻妥协，舆情极为爱戴，以之请补斯缺，实堪胜任。虽以知府请补同知，与例稍有未符，但新疆甫设行省，各班人少，情形不同，且人地实在相需等情。详请具奏前来。

臣查该员李庆棠质实安详，办事勤谨，合无仰恳天恩俯念要缺需员，准以盐运使衔即补知府李庆棠借补英吉沙尔直隶同知，于地方实有裨益。如蒙俞允，俟奉部覆，即行给咨送部引见，以符定制。

是否有当，谨会同陕甘总督臣杨昌濬，恭折具奏，伏乞皇上圣鉴训示。再，该员各任内并无参罚案件。合并声明。谨奏。光绪十六年九月二十八日。

（朱批：）吏部议奏。[①]

光绪十六年十一月初二日，奉朱批：吏部议奏。钦此。[②]

0238. 恭报十六年七月雨雪粮价情形折

光绪十六年十月初六日（1890年11月17日）

头品顶戴护理甘肃新疆巡抚新疆布政使臣魏光焘跪奏，为恭报光绪十六年七月分粮价并得雨情形，谨缮折具陈，仰祈圣鉴事。

窃照光绪十六年六月分各厅州县粮价并得雨情形，业经臣奏报在案。兹据署新疆布政使饶应祺详称：本年七月分，北路镇西、奇台得雨，入土六寸；昌吉、阜康、绥来得雨，入土四寸；哈密、库尔喀喇乌苏、迪化得雨，入土二寸；吐鲁番微雨。伊塔道属宁远得雨，入土三寸；绥定、精河、塔尔巴哈台微雨。南路拜城得

①台北故宫博物院藏：《军机及宫中档》，文献编号：408006727。

②中国第一历史档案馆藏：《录副奏折》，档号：03-5271-003。

雨，入土七寸；库车、喀喇沙尔、叶城得雨，入土三寸；乌什、疏勒、疏附、英吉沙尔得雨，入土二寸；温宿、玛喇巴什、和阗微雨，余未得雨。

至通省粮价，镇西、吐鲁番、和阗、昌吉、阜康、绥来、拜城、于阗等厅州县俱与上月相同，余均略有增减。汇详请奏前来。

理合恭折具陈，并缮粮价清单，敬呈御览。伏乞皇上圣鉴。谨奏。光绪十六年十月初六日。

（朱批：）知道了。①

光绪十六年十一月初十日，奉朱批：知道了。钦此。②

0239. 呈新疆光绪十六年七月粮价清单

光绪十六年十月初六日（1890 年 11 月 17 日）

谨将新疆各属光绪十六年七月分米粮时估价值，缮具清单，恭呈御览。

计开七月分

镇迪道属

迪化县：大米每京石价银二两九钱六分，与上月相同。小麦每京石价银一两一钱三分二厘，较上月减三分五厘。莞豆每京石价银一两二钱六厘，较上月减五分四厘。青稞每京石价银七钱二分四厘，与上月相同。

昌吉县：大米每京石价银一两八钱七分二厘，小麦每京石价银七钱七分六厘，莞豆每京石价银九钱二分，青稞每京石价银八钱七分五厘，俱与上月相同。

阜康县：粟米每京石价银八钱八分四厘，小麦每京石价银一两一钱三分二厘，莞豆每京石价银一两一钱六分七厘，高粱每京石价银九钱二厘，俱与上月相同。

①台北故宫博物院藏：《军机及宫中档》，文献编号：408006729。

②中国第一历史档案馆藏：《录副奏折》，档号：03-6897-014。

奇台县：大米每京石价银二两七分一厘，较上月增三分五厘。小麦每京石价银七钱四分二厘，较上月减三分六厘。莞豆每京石价银六钱二分一厘，较上月减三分五厘。

绥来县：大米每京石价银一两七钱六分八厘，小麦每京石价银八钱二分八厘，莞豆每京石价银九钱二分一厘，高粱每京石价银五钱六分三厘，俱与上月相同。

吐鲁番厅：小麦每京石价银八钱九分四厘，大麦每京石价银四钱四分八厘，高粱每京石价银五钱五分七厘，黄豆每京石价银二两四钱二分六厘，俱与上月相同。

镇西直隶厅：小麦每京石价银一两五钱，莞豆每京石价银一两五钱一分，青稞每京石价银九钱二分，俱与上月相同。

哈密厅：粟米每京石价银一两四钱四分，较上月减七分二厘。小麦每京石价银一两一钱七分三厘，较上月减四分一厘。莞豆每京石价银一两五钱八分四厘，较上月减一钱四分四厘。青稞每京石价银八钱八分四厘，较上月减六分八厘。

库尔喀喇乌苏厅：小麦每京石价银一两一钱三分，较上月减一钱五分。高粱每京石价银八钱八分，较上月减一钱二分。莞豆每京石价银一两四钱九分，与上月相同。

伊塔道属

绥定县：大米每京石价银三两五钱五分二厘，较上月减五钱九分二厘。小麦每京石价银八钱二分八厘，较上月减二钱七厘。莞豆每京石价银七钱七分五厘，较上月减二钱一分二厘。大麦每京石价银五钱六分五厘，较上月减二钱二分六厘。

宁远县：大米每京石价银三两四钱四厘，较上月减四钱四分四厘。小麦每京石价银八钱九分七厘，较上月减二分一厘。大麦每京石价银四钱八分一厘，较上月减一钱四分五厘。莞豆每京石价银七钱二分，较上月减三钱六分。

塔尔巴哈台直隶厅：小麦每京石价银一两二分五厘，较上月减五钱八厘。大麦每京石价银八钱七分五厘，较上月增九分八厘。

莞豆每京石价银一两八分五厘，较上月减一钱二分五厘。

精河直隶厅：大米每京石价银三两一钱四分五厘，与上月相同。小麦每京石价银九钱四分五厘，较上月减二钱四分五厘。大麦每京石价银八钱七分，较上月减五厘。莞豆每京石价银一两三钱六分，与上月相同。

阿克苏道属

温宿直隶州：大米每京石价银一两五钱二分，与上月相同。小麦每京石价银五钱一分七厘，较上月减一钱七分三厘。大麦每京石价银三钱七分二厘，较上月减七分二厘。包谷每京石价银四钱二分一厘，较上月减八分二厘。

拜城县：小麦每京石价银四钱三分，大麦每京石价银一钱八分，包谷每京石价银二钱六分，莞豆每京石价银三钱，俱与上月相同。

喀喇沙尔直隶厅：大米每京石价银一两九钱二分四厘，小麦每京石价银六钱九分，莞豆每京石价银七钱二分，俱与上月相同。包谷每京石价银五钱一分三厘，较上月增一厘。

库车直隶厅：大米每京石价银一两五钱六分，小麦每京石价银五钱六分，俱与上月相同。包谷每京石价银三钱一分，较上月减三分。莞豆每京石价银二钱八分，较上月减二分。

乌什直隶厅：大米每京石价银一两五钱六分四厘，小麦每京石价银四钱二分二厘，俱与上月相同。大麦每京石价银二钱四分二厘，较上月减四厘。包谷每京石价银三钱九分三厘，与上月相同。

喀什噶尔道属

疏勒直隶州：大米每京石价银二两二钱五分，小麦每京石价银一两四分八厘，俱与上月相同。包谷每京石价银九钱二分一厘，较上月减二分六厘。高粱每京石价银八钱五厘，与上月相同。

疏附县：大米每京石价银二两二钱五分，小麦每京石价银一两四分八厘，俱与上月相同。包谷每京石价银九钱六分四厘，较上月减二分七厘。高粱每京石价银八钱五厘，与上月相同。

莎车直隶州：大米每京石价银二两七分二厘，与上月相同。大麦每京石价银五钱七分五厘，较上月增七分五厘。小麦每京石价银六钱二分一厘，较上月减六分九厘。包谷每京石价银五钱五分四厘，较上月增一分。

叶城县：大米每京石价银二两四钱六分五厘，与上月相同。小麦每京石价银五钱五分，较上月减五分，青稞每京石价银三钱，与上月相同。包谷每京石价银四钱五分六厘，较上月减二分四厘。

和阗直隶州：大米每京石价银一两七钱五分，小麦每京石价银八钱五分六厘，包谷每京石价银五钱六分三厘，青稞每京石价银四钱六分九厘，俱与上月相同。

于阗县：大米每京石价银一两七钱九分四厘，小麦每京石价银八钱七分一厘，包谷每京石价银六钱五分二厘，俱与上月相同。

英吉沙尔直隶厅：大米每京石价银二两八钱九分，与上月相同。小麦每京石价银七钱四分，较上月减五厘。包谷每京石价银六钱七分，大麦每京石价银四钱六分，俱与上月相同。

玛喇巴什厅：大米每京石价银二两六钱六分四厘，较上月减二钱九分六厘。小麦每京石价银七钱五分九厘，较上月减六分九厘。包谷每京石价银六钱四分，较上月减一钱二分六厘。

（朱批：）览。①

0240. 审拟疏勒民人马少元殴毙人命一案折

光绪十六年十月初六日（1890年11月17日）

头品顶戴护理甘肃新疆巡抚新疆布政使臣魏光焘跪奏，为斗殴毙命，核明定拟，恭折具陈，仰祈圣鉴事。

窃疏勒州客民马少元因口角起衅，殴伤李德越日身死一案，

①中国第一历史档案馆藏：《单》，档号：03-6897-015。

据疏勒直隶州知州蒋诰验明获犯，讯供通详，未及招解卸事，代理知州王毓芬拟议，解由喀什噶尔道向邦倬审明，咨署镇迪道兼按察使衔陈名钰转详前来。

臣覆加查核，缘马少元籍隶库车厅，光绪十二年来疏勒州义塾读书，与已死李德素识无嫌。本年闰二月，马少元向李德赊过麦面，所欠面价旋即清还。四月十一日午时，马少元携带镇纸铜条前往义塾，路遇李德，复索前欠。马少元以早已还清，斥其混讨。李德不服，赶拢扑殴，马少元情急，顺用镇纸铜条冒殴一下，适伤李德左额角，比经马化龙喝阻。讵李德伤重，于十三日殒命。投保报验，获犯讯供，未及招解卸事，代理州议拟解道，咨兼按察使衔核明转详，臣覆核无异。

查律载：斗殴杀人者，不问手足、他物、金刃，并绞监候等语。此案马少元因口角起衅，殴伤李德越日身死，自应依律问拟。马少元合依"斗殴杀人者，不问手足、他物、金刃，并绞监候"律，拟绞监候，秋后处决。马化龙救阻不及，应毋庸议。无干省释。尸棺饬埋，凶器案结销毁。是否允协？

除全案供招咨送刑部外，合将斗殴毙命审明，定拟缘由，恭折具陈。伏乞皇上圣鉴，饬部核覆施行。谨奏。光绪十六年十月初六日。

（朱批：）刑部议奏。①

光绪十六年十一月初十日，奉朱批：刑部议奏。钦此。②

0241. 请将知州姚文林等员革职缘由片

光绪十六年十月初六日（1890年11月17日）

再，新疆行省甫设，求治方殷，取材虽不能不宽，察劾要不可不严。兹查有花翎知府衔候补直隶州知州姚文林，心地糊涂，

①台北故宫博物院藏：《军机及宫中档》，文献编号：408006728。

②中国第一历史档案馆藏：《录副奏折》，档号：03-7313-059。

行为乖谬；候补县丞何有为，行为悖谬，有玷官箴；候补县主簿熊瑾儒，荒谬妄为，不知检束。当此整顿吏治之际，未便稍事姑容，相应请旨将姚文林、何有为、熊瑾儒等三员一并革职，以肃官常。谨附片具陈，伏乞圣鉴。谨奏。

（朱批：）着照所请，吏部知道。①

光绪十六年十一月初十日，奉朱批：着照所请，吏部知道。钦此。②

0242. 奏报莎车叶城等处被灾情形片

光绪十六年十月初六日（1890年11月17日）

再，喀什噶尔道属莎车、叶城两州县，七月初八九及十二三等日，雪水涨发；莎车州属上窝铺、下窝铺、塔罕奇、坡斯坎及和什拉普、阿拉里别什干、秋鲁克各大庄所属各小庄，约计被冲地三千余亩，房屋间有坍损；叶城县属啯玛、桑株、孔额塔三大庄所属各小庄，约计被冲地八九百亩。又，啯玛所属各小庄，六月二十八九等日，天气寒冷，包谷多被冻坏。先后由署莎车直隶州知州潘震、叶城县知县黄袁据各庄乡约禀报，逐段勘查，详由署布政使饶应祺详转前来。当饬移道委员分往该两州县，确切覆查被水、被冻实在亩数，钱粮应否分别蠲缓，并饬一面妥为抚恤，结报详办。

除俟详覆至日再行奏明办理外，所有莎车州被水，叶城县被水、被冻各情形，谨附片具陈。伏乞圣鉴训示。谨奏。

（朱批：）知道了。③

光绪十六年十一月初十日，奉朱批：知道了。钦此。④

---

①台北故宫博物院藏：《军机及宫中档》，文献编号：408006728-0-B。

②中国第一历史档案馆藏：《录副奏片》，档号：03-5271-035。

③台北故宫博物院藏：《军机及宫中档》，文献编号：408006728-0-A。

④中国第一历史档案馆藏：《录副奏片》，档号：03-6237-024。

【案】此奏片之具奏日期，录副目录署“光绪十六年十一月初十日”即朱批日期，未确。查《随手档》①“朱批魏光焘折”一栏，署有“报四百里，十月初六日发”等字样，栏内即有此片。据此，此奏片之具奏日期为“光绪十六年十月初六日”，原件确。兹据校正。

0243. 审拟回民马舍尔巴斗殴毙人命一案折

光绪十六年十月十六日（1890年11月27日）

头品顶戴护理甘肃新疆巡抚新疆布政使臣魏光焘跪奏，为斗殴毙命，核明定拟，恭折具陈，仰祈圣鉴事。

窃迪化县回民马舍尔巴因口角起衅，殴伤钱禄顶心越日身死一案，据迪化县知县杨其澍验明获犯，讯供议拟，解署迪化府知府黄丙焜审明，详署镇迪道兼按察使衔陈名钰审转前来。

臣亲提研讯，缘马舍尔巴籍隶迪化县，务农度日，与已死钱禄合伙种地，素好无嫌。光绪十六年四月二十五日晚，马舍尔巴向钱禄清算雇人工价，彼此口角。钱禄气忿，赶拢扑殴，马舍尔巴顺拾木棒抵格，适伤钱禄顶心。当经田受财喝阻。讵钱禄伤重，次早殒命。投约报验获犯，讯供议拟，解迪化府，详兼按察使衔审明转详，臣覆审无异。

查律载：斗殴杀人者，不问手足、他物、金刃，并绞监候等语。此案马舍尔巴因口角起衅，殴伤钱禄顶心，越日身死，自应按律问拟。马舍尔巴合依“斗殴杀人者，不问手足、他物、金刃，并绞监候”律，拟绞监候，秋后处决。田受财救阻不及，应毋庸议。无干省释。尸棺饬埋，凶器案结销毁。是否允协？

除全案供招咨送刑部外，合将斗殴毙命，核明定拟缘由，恭折具陈。伏乞皇上圣鉴，饬部核覆施行。谨奏。光绪十六年十月

---

①中国第一历史档案馆藏：《军机处随手登记档》，档案编号：03-0265-1-1216-321。

十六日。

（朱批：）刑部议奏。①

光绪十六年十一月二十一日，奉朱批：刑部议奏。钦此。②

0244. 请以雅尔杭阿等员补放佐领各缺折

光绪十六年十月十六日（1890年11月27日）

头品顶戴护理甘肃新疆巡抚新疆布政使臣魏光焘跪奏，为拣员请补古城满营佐领员缺，以重操防，恭折仰祈圣鉴事。

窃查乌鲁木齐、巴里坤满营迁并古城，遵照部议，暂设六旗，应设佐领、防御、骁骑校等官。上年，就满营旧补实缺及补用各员先行委署，并饬城守尉开具巴里坤满营旧补各员衔名，咨部开缺，另案请补，经臣奏咨在案。现在满营迁并定妥，正值整顿营伍之际，佐领各缺亟应另行请补，以专责成。兹据护理古城城守尉文裕拣员，呈请奏补前来。

臣逐加考验，镶黄正白旗佐领员缺，查有花翎佐领现署该旗佐领雅尔杭阿，堪以补授；镶白正蓝旗佐领员缺，查有蓝翎佐领现署该旗佐领哈隆阿，堪以补授；镶红镶蓝旗佐领员缺，查有蓝翎佐领现署该旗佐领多贵，堪以补授；左翼蒙古四旗佐领员缺，查有花翎尽先即补协领现署该旗佐领德克吉本，堪以借补；右翼蒙古四旗佐领员缺，查有花翎升用协领尽先即补佐领现署该旗佐领富尼善，堪以补授。至正黄正红旗佐领员缺，未据呈请补放，臣查花翎副都统衔尽先即补协领暂行护理城守尉文裕，堪以借补。

以上各员，当差年久，步骑各射，均属可观，营务亦极熟悉，合无仰恳天恩俯准以雅尔杭阿等六员补放佐领各缺，以资得力，遇有便差，给咨送部引见，俾符定制。

除饬取各员履历清册咨部查照外，谨会同陕甘总督臣杨昌濬、

---

①台北故宫博物院藏：《军机及宫中档》，文献编号：408006730。

②中国第一历史档案馆藏：《录副奏折》，档号：03-7313-063。

护理伊犁将军臣富勒铭额，恭折具陈。伏乞皇上圣鉴训示。再，请补佐领各缺，例应拟具正、陪，请旨简放。惟该营并无堪以拟陪之员，无从开列。合并声明。谨奏。光绪十六年十月十六日。

（朱批：）兵部议奏。①

光绪十六年十一月二十一日，奉朱批：兵部议奏。钦此。②

0245. 请以李克常借补精河营参将缘由折

光绪十六年十月十六日（1890年11月27日）

头品顶戴护理甘肃新疆巡抚新疆布政使臣魏光焘跪奏，为拣员借补参将要缺，以重边防，恭折仰祈圣鉴事。

窃新疆抚属新设精河营参将员缺，业经奏准作为题缺，亟应拣员请补，以专责成。该处紧接伊犁辖境，路径纷歧，回、汉、蒙部，种类错杂，最易藏奸，弹压巡防，均关紧要，非精明强干之员，难资得力。查有头品顶戴留甘肃新疆尽先补用提督现署玛纳斯协营副将勒尔金巴图鲁李克常，战功卓著，训练有方，边情极为熟悉，历委带队、署缺，办理一切，均能认真，以之借补斯缺，洵堪胜任，合无仰恳天恩俯准以该员借补精河营参将员缺，实于边防有裨。如蒙俞允，并恳敕部先给署札，俟防务大定，即行给咨送部引见，以符定制。

除饬取该员履历清册咨部外，谨会同陕甘总督臣杨昌濬，恭折具陈。伏乞皇上圣鉴训示。谨奏。光绪十六年十月十六日。

（朱批：）兵部议奏。③

光绪十六年十一月二十一日，奉朱批：兵部议奏。钦此。④

---

①台北故宫博物院藏：《军机及宫中档》，文献编号：408006731。
②中国第一历史档案馆藏：《录副奏折》，档号：03-5873-093。
③台北故宫博物院藏：《军机及宫中档》，文献编号：408006732。
④中国第一历史档案馆藏：《录副奏折》，档号：03-5873-095。

0246. 请将乌什大臣文与更为文兴缘由片

光绪十六年十月十六日（1890 年 11 月 27 日）

再，抚臣刘锦棠于光绪十三年二月二十八日具奏续查乌鲁木齐等处阵亡殉难官绅、兵民、妇女，汇案造册咨部请恤一折，奉旨：着照所请，该部知道。钦此。钦遵在案。现准兵部咨开：查此案原册内有阵亡乌什办事大臣文与一员，经军机处查明，原任乌什办事大臣系文兴。咸丰九年五月补放，并无文与其人，其册造请恤之文与自系错误，仍应由该抚奏明更正，再行核议等因。

臣覆查请恤底案，委系缮写错误，相应请旨饬部将前次册造乌什办事大臣文与，更作文兴，以免歧异。除咨部外，谨附片具陈，伏乞圣鉴。谨奏。

（朱批：）该部知道。①

光绪十六年十一月二十一日，奉朱批：该部知道。钦此。②

0247. 请将补用参将刘得胜革职缘由片

光绪十六年十月十六日（1890 年 11 月 27 日）

再，伊犁地处极边，外夷杂处，臣檄饬伊犁镇总兵张俊于交界隘口分段设卡，严密梭巡，俾此疆彼界不至漫无稽查，各营旗均各认真奉行。惟管带镇标后旗马队尽先补用参将刘得胜，毫不振作，诸事废弛，业经撤委，另行委员管带。现当整顿营务之际，此等劣员未便稍事姑容，相应请旨将补用参将刘得胜即行革职，以肃戎政。谨会同护理伊犁将军臣富勒铭额，附片具陈，伏乞圣鉴。谨奏。

---

①台北故宫博物院藏：《军机及宫中档》，文献编号：408006732-0-A。

②中国第一历史档案馆藏：《录副奏片》，档号：03-5873-096。

（朱批：）着照所请，兵部知道。[1]

光绪十六年十一月二十一日，奉朱批：着照所请，兵部知道。钦此。[2]

0248. 审拟莎车缠民肉则殴毙人命一案折

光绪十六年十月二十四日（1890 年 12 月 5 日）

头品顶戴护理甘肃新疆巡抚新疆布政使臣魏光焘跪奏，为斗殴毙命，核明定拟，恭折具陈，仰祈圣鉴事。

窃莎车州缠民肉则因麻木土占地起衅，用锄格抵，适伤麻木土心坎身死，并凶犯自首一案，据署莎车州知州潘震验讯议拟，解署喀什噶尔道向邦倬审明，咨署镇迪道兼按察使衔陈名钰转详前来。

臣覆加查核，缘肉则籍隶莎车州，务农度日，与已死麻木土同庄，素好无嫌。光绪十三年，肉则与麻木土公领荒地一百亩，开垦成熟，十六年二月将地平分，各立管业界址。三月二十七日早，肉则持锄赴地工作，见麻木土毁去原立地界，侵占地约亩许，肉则不依。麻木土恃强混骂，并举铁锄扑殴。肉则情急，用锄格抵，适伤麻木土心坎倒地。惟时，麻木土之妻立提普比比在地捡柴，闻闹赶拢，麻木土旋即身死。肉则赴案自首，由州验讯议拟解道，咨兼按察使衔核明转详，臣覆核无异。

查律载：斗殴杀人者，不问手足、他物、金刃，并绞监候等语。此案肉则因麻木土占地起衅，被殴向格，适伤其心坎身死，虽据自首，无因可免，自应照律定拟。肉则合依“斗殴杀人者，不问手足、他物、金刃，并绞”律，拟绞监候，秋后处决。麻木土占地，殊属不合，业已身死，应与赶救不及之尸妻立提普比比，均免置议。地界饬令照旧，各管各业。无干省释。尸棺饬埋，凶器铁锄案结销毁。是否允协？

---

①台北故宫博物院藏：《军机及宫中档》，文献编号：408006731-0-A。

②中国第一历史档案馆藏：《录副奏片》，档号：03-5873-094。

除全案供招咨送刑部外，所有斗殴毙命，核明定拟缘由，理合恭折具陈。伏乞皇上圣鉴，饬部核覆施行。谨奏。光绪十六年十月二十四日。

(朱批：) 刑部议奏。[1]

光绪十六年十一月二十八日，奉朱批：刑部议奏。钦此。[2]

0249. 奏报创办罗布淖尔地方事宜情形折

光绪十六年十月二十四日 (1890 年 12 月 5 日)

头品顶戴护理甘肃新疆巡抚新疆布政使臣魏光焘跪奏，为创办罗布淖尔地方事宜，以重边要而资保障，恭折仰祈圣鉴事。

窃维皇朝肇造区夏，中外一家。新疆僻在西陲，向为声教所不及，经列圣文谟武烈，平准、平回，环疆二万余里，尽隶版图，永为关内屏蔽，而罗布淖尔介南北路之中，犬牙相错，历未开辟，又为新疆要地。溯自汉开西域，劳师征剿，叛服无常。罗布淖尔以一隅之地，浑浑噩噩，与世无争，犹存太古遗风，盖天时、人事隐相辐辏，以待圣天子戎索之疆也。

该处即古蒲昌海，一名盐泽，壤地广袤，水草肥饶。光绪初年，前督臣左宗棠奉命进规新疆，南北底定，委员前赴该处勘查，抚臣刘锦棠复派员续勘，即思辟治，均以行省待建、经费支绌而止。臣在藩司任内禀商抚臣，酌拟开办，复以伊犁、塔尔巴哈台分隶事宜尚未定局而止。现在行省设定，地方善后具有规模，伊犁、塔尔巴哈台事宜亦渐有端绪，罗布淖尔地既膏腴，又属边要，非及时经理，则南北有扞格之虞。迩来，英俄游历人员接踵而往，荒僻穷乡，无从保护，时势所值，尤有不得不黾勉从事者。上年，与督臣往复函商，未便再事稽缓，饬据署布政使饶应祺遴委准补阜康县知县李时熙，携带书识、医士、通事、匠役人等，前往办

①台北故宫博物院藏：《军机及宫中档》，文献编号：408006733。

②中国第一历史档案馆藏：《录副奏折》，档号：03-7313-067。

理。该处户民罕见汉人，又忌天花，一人患痘，举庄迁避，不复过视，故幸生者绝少，户口不甚加增。委员入境，宣布朝廷德意，赏以茶布，并出示翻贴各庄，剀切开谕，俾知中国饮食居处之宜、稼穑桑麻之利。适值痘疫并行，人心惶恐，饬医诊治，应手就痊，远近争传，愿请医药，全活甚众，民情欢忭，共庆再生。旋据查勘禀报，绘赍图说前来。

其疆域东达敦煌，西抵库车，西南界于阗，南通前藏，东南接青海，北与吐鲁番、喀喇沙尔毗连，总计该处准乌里东西广一千六百余里，或数百里，南北袤延千余里及数百里不等。沿河两岸，土衍地旷，实为陕区。其河道塔里木河及渭干南河、渭干北河由库车入境，孔雀河由喀喇沙尔入境，屈曲萦绕，乍合乍分，至阿拉罕东北，四河之水，并而为一，趋入淖尔。切锵河自于阗入境，东北汇于淖尔，吞纳众流，潴为巨浸，潜行至青海境，乃出为星宿海，实据黄河上游。其物产则芦、蒲、蒹、苇、榆、柳，梧桐漫泽，被山弥望，葱蔚鳞介，卵育蕃衍，种类最多，而水、鸟、林、禽、熊、麋、獭、豕飞走之属毕萃焉。

其户民分处二十六庄，共六百四十余户，男女六千有奇，沿水聚居，不习耕种，捕鱼为粮，结芦为宇，风俗敦厚，并无争斗，间以牲畜出库尔勒贸易，言语略近缠回，在西域别为一类。臣当饬将全境区分段落，以英格可立等十三庄为中段，卡克里克等七庄为东段，托和拉克等六庄为西段，约共可安数万户，垦地百数十万亩。惟该处地面辽阔，又属创辟，若三段同时并举，势必兼顾不及，拟先尽中段，次及东西两段。英格可立地土平衍，居中扼要，饬立抚辑招徕总局，以便布置一切，并为修建城署地步；传集近局各户，散给各色籽种，教令试种，以审土宜，农具、牛只均由公中购发。随派补用副将刘乾福，招募缠勇五百名，会同局员，相度地势，芟除荆棘，俾膏腴之区豁然轩露，以资开垦。

查该处地亩，中西两段须引塔里木诸河之水灌注，东段须引切锵河之水灌注。旧有水沟均系随流刷成，脉络混杂，并无常道，将来应修正渠若干、支渠若干，旧沟或浚或填，由该委员等随所垦荒地，挨段察看，派勇工作，务使派别支分，以备蓄泄，用防旱涝；渠工完竣，前项缠勇应一律指拨地亩，令成土著，另于附近各属招集年壮知农事及有眷口缠民，分段安插，以气类相近自能耦俱无猜，且欲其生聚之速也。

其入境道路，查吐鲁克沁及桑树园至英格可立为程七八百里不等，水草缺乏，山径崎岖，车马既属难行，驿站又须多设。若由喀喇沙尔属库勒前往，计二百八十余里，路坦水饶，柴草亦便，应以此为通衢，业据藩司详请按照南路各驿章程，酌减夫马，先于英格可立、和拉里、孔雀河、克尼尔等处，暂设四站，盖造房屋，作为驿房、官店，以通文报而便行旅；并于迤南勒钭尔、乌兰达布逊山东南噶斯山各要处，酌设卡伦，稽查出入。

以上开办各节，一俟渐有端倪，凡蚕桑、纺织、畜牧及义学诸事，即当以次推行，将来民物日就殷繁，奏请建治设官，列为郡县，不独青海、前藏足以遥树藩篱，阳关道通，关内重增屏障，即南路各城间道四达，形势相联，声息不虞阻隔；且养民储粟，由该处舟行直达库车、莎车等处，俾数千里驼载车行之地得以一苇往来，飞艘转运，呼应尤觉灵通，辟穷边未竟之洪荒，实为要地；彰盛世无疆之丕冒，足备垣墉。此臣体察情形，急拟开办，非仅为收沃壤裕饷源计也。惟开辟、招徕，里以千计，户以万计，需费浩繁，暂于岁拨新疆善后经费项下垫支，杯水车薪，断难济用，容由臣会商督臣另行设法筹措，奏明办理。所发牛具、籽种、修盖房屋银两及土勇、驿站各章程，容俟咨部立案。

除绘具全境舆图咨送军机处备呈御览外，谨会同陕甘总督臣杨昌濬，恭折具奏，伏乞皇上圣鉴训示。谨奏。光绪十六年十月二十四日。

（朱批：）该部议奏，图并发。①

①台北故宫博物院藏：《军机及宫中档》，文献编号：408006734。

光绪十六年十一月二十八日，奉朱批：该部议奏，图并发。钦此。①

【案】同日，护新抚魏光焘即将此折咨呈军机处，曰：

头品顶戴护理甘肃新疆巡抚新疆布政使魏光焘，为咨呈事。窃照本护部院于光绪十六年十月二十四日，在新疆省城由驿具奏创办罗布淖尔地方事宜，以重边要而资保障一折。除俟奉到朱批咨呈外，相应钞稿咨呈。为此咨呈贵处，谨请鉴照施行。须至咨呈者。计赍备进呈图说壹张，另钞折稿壹纸、图说壹张。右咨呈军机处。光绪十六年十月二十四日。②

0250. 新疆新海防第一次捐输恳恩核奖折

光绪十六年十月二十四日（1890年12月5日）

头品顶戴护理甘肃新疆巡抚新疆布政使臣魏光焘跪奏，为新疆遵办新海防第一次捐输，恳恩饬部核奖，恭折仰祈圣鉴事。

窃照新疆郑工捐输业经分次奏咨核奖，并照部咨停捐，截至光绪十五年十二月底止，自十六年正月初一日起，接办新海防捐输在案。兹据署布政使饶应祺详称：自光绪十六年正月初一日开捐起，截至七月底止，先后据各捐生报捐实官、职衔各项共二十九名，计收正项库平银五千二百五十四两八钱九分六厘，存库候拨，分别填发正实收，给予收执。其随收饭银、照费、填过副实收并各捐生履历清册，一并赍解。详请具奏，并恳咨部填换执照，以凭转给，等情。前来。

臣覆核无异，合无仰恳天恩俯准分别核奖，以资鼓励。除将清册、副实收、饭银、照费咨送吏部、户部、国子监外，所有新

---

①中国第一历史档案馆藏：《录副奏折》，档号：03-5755-042。

②中国第一历史档案馆藏：《咨文》，档号：03-6026-054。再，咨呈日期上盖“甘肃新疆巡抚关防”印记。

疆新海防第一次捐输，恳请饬部核奖缘由，谨恭折具奏。伏乞皇上圣鉴训示。再，准部咨：自八月初一日起，收捐银两，拨归顺直赈务，容臣另案办理。合并声明。谨奏。光绪十六年十月二十四日。

（朱批：）户部议奏。①

光绪十六年十一月二十八日，奉朱批：户部议奏。钦此。②

0251. 奏陈加固罗布淖尔等处边防片

光绪十六年十月二十四日（1890 年 12 月 5 日）

再，罗布淖尔上年有无票俄民相率前往，迭饬地方官拦转递送回国。英俄各国请领护照来往游历者，更络绎不绝，托名猎取牲物，请求格致，任意逗遛，或至数月。该处地土腴美，户民又浑噩无知，万一外族以荒僻处所无人稽查，乘间抵隙，阴相要结，诚恐积重之后，补救维难，要害之区，终成隐患，不得不急行开办，以资防范而固边圉。臣等管见所及，谨附片密陈。伏乞圣鉴。谨奏。③

光绪十六年十一月二十八日，奉旨：原片归箍。④

【案】此奏片之具奏日期，录副目录以"光绪十六年十一月二十八日"即朱批日期为之，未确。查《随手档》⑤"朱批魏光焘折"栏，署有"报四百里，十月二十四日发"等字样。据此，此奏片具奏日期应为"光绪十六年十月二十四日"无疑。兹据校正。

---

①台北故宫博物院藏：《军机及宫中档》，文献编号：408006735。

②中国第一历史档案馆藏：《录副奏折》，档号：03-6119-128。

③中国第一历史档案馆藏：《录副奏片》，档号：03-6190-009。

④此朱批日期与内容，据《军机处随手登记档》（档案编号：03-0265-1-1216-338）校补。

⑤中国第一历史档案馆藏：《军机处随手登记档》，档案编号：03-0265-1-1216-338。

0252. 恭报光绪十六年八月雨雪粮价情形折

光绪十六年十一月初二日（1890 年 12 月 13 日）

头品顶戴护理甘肃新疆巡抚新疆布政使臣魏光焘跪奏，为恭报光绪十六年八月分粮价并得雨情形，谨缮折具陈，仰祈圣鉴事。

窃照光绪十六年七月分各厅州县粮价并得雨情形，业经臣奏报在案。兹据署理新疆布政使饶应祺详称：本年八月分，北路镇西、奇台得雨，入土五寸；昌吉、阜康得雨，入土二寸；迪化得雨，入土一寸；绥来、哈密、库尔喀喇乌苏微雨。伊塔道属宁远得雨，入土二寸；绥定、塔尔巴哈台微雨。南路拜城得雨，入土二寸，余未得雨。

至通省粮价镇西、塔尔巴哈台、精河、喀喇沙尔、和阗、昌吉、阜康、绥来、绥定等厅州县俱与上月相同，余均略有增减。汇详请奏前来。

理合恭折具陈，并缮粮价清单，敬呈御览。伏乞皇上圣鉴。谨奏。光绪十六年十一月初二日。

（朱批：）知道了。[①]

光绪十六年十二月初七日，奉朱批：知道了。钦此。[②]

0253. 呈新疆光绪十六年八月粮价清单

光绪十六年十一月初二日（1890 年 12 月 13 日）

谨将新疆各属光绪十六年八月分米粮时估价值，缮具清单，恭呈御览。

计开八月分

镇迪道属

①台北故宫博物院藏：《军机及宫中档》，文献编号：408006738。

②中国第一历史档案馆藏：《录副奏折》，档号：03-6898-012。

迪化县：大米每京石价银二两九钱六分，与上月相同。小麦每京石价银一两一钱三分二厘，与上月相同。莞豆每京石价银一两二钱六厘，与上月相同。青稞每京石价银七钱七厘，较上月减一分七厘。

昌吉县：大米每京石价银一两八钱七分二厘，小麦每京石价银七钱七分六厘，莞豆每京石价银九钱二分，青稞每京石价银八钱七分五厘，俱与上月相同。

阜康县：粟米每京石价银八钱八分四厘，小麦每京石价银一两一钱三分二厘，莞豆每京石价银一两一钱六分七厘，高粱每京石价银九钱二厘，俱与上月相同。

奇台县：大米每京石价银二两三分六厘，较上月减三分五厘。小麦每京石价银七钱四分二厘，与上月相同。莞豆每京石价银六钱二分一厘，与上月相同。

绥来县：大米每京石价银一两七钱六分八厘，小麦每京石价银八钱二分八厘，莞豆每京石价银九钱二分一厘，高粱每京石价银五钱六分三厘，俱与上月相同。

吐鲁番直隶厅：小麦每京石价银八钱九分四厘，与上月相同。大麦每京石价银四钱四分八厘，与上月相同。高粱每京石价银五钱五分七厘，与上月相同。黄豆每京石价银一两八钱六分六厘，较上月减五钱六分。

镇西直隶厅：小麦每京石价银一两五钱，莞豆每京石价银一两五钱一分，青稞每京石价银九钱二分，俱与上月相同。

哈密直隶厅：小麦每京石价银一两一钱四厘，较上月减六分九厘。粟米每京石价银一两三钱六分八厘，较上月减七分二厘。莞豆每京石价银一两五钱一分二厘，较上月减七分二厘。

青稞每京石价银八钱二分九厘，较上月减五分五厘。

库尔喀喇乌苏直隶厅：小麦每京石价银一两一钱七分，较上月增四分。莞豆每京石价银一两四钱二分，较上月减七分。高粱每京石价银八钱八分，与上月相同。

伊塔道属

绥定县：大米每京石价银三两五钱五分二厘，小麦每京石价银八钱二分八厘，莞豆每京石价银七钱七分五厘，大麦每京石价银五钱六分五厘，俱与上月相同。

宁远县：大米每京石价银三两二钱五分六厘，较上月减一钱四分八厘。小麦每京石价银八钱九分七厘，与上月相同。大麦每京石价银四钱八分一厘，与上月相同。莞豆每京石价银八钱六分四厘，较上月增一钱四分四厘。

塔尔巴哈台直隶厅：小麦每京石价银一两二分五厘，大麦每京石价银八钱七分五厘，莞豆每京石价银一两八分五厘，俱与上月相同。

精河直隶厅：大米每京石价银三两一钱四分五厘，小麦每京石价银九钱四分五厘，莞豆每京石价银一两三钱六分。大麦每京石价银八钱七分，俱与上月相同。

阿克苏道属

温宿直隶州：大米每京石价银一两五钱二分，与上月相同。小麦每京石价银六钱九分，较上月增一钱七分三厘。大麦每京石价银四钱二分，较上月增四分八厘。包谷每京石价银五钱三厘，较上月增八分二厘。

拜城县：小麦每京石价银三钱九分，较上月减四分。大麦每京石价银一钱八分，与上月相同。莞豆每京石价银二钱六分，较上月减四分。包谷每京石价银二钱六分，与上月相同。

喀喇沙尔直隶厅：大米每京石价银一两九钱二分四厘，小麦每京石价银六钱九分，莞豆每京石价银七钱二分，包谷每京石价银五钱一分三厘，俱与上月相同。

库车直隶厅：大米每京石价银一两六钱，较上月增四分。小麦每京石价银五钱二分，较上月减四分。莞豆每京石价银二钱八分，与上月相同。包谷每京石价银三钱一分，与上月相同。

乌什直隶厅：大米每京石价银一两四钱九分，较上月减七分四厘。小麦每京石价银四钱九厘，较上月减一分三厘。大麦每京石价银二钱三分五厘，较上月减七厘。包谷每京石价银三钱七分九厘，较上月减一分四厘。

喀什噶尔道属

疏勒直隶州：大米每京石价银二两二钱五分，与上月相同。小麦每京石价银九钱三分八厘，较上月减一钱一分。包谷每京石价银八钱三分二厘，较上月减八分九厘。高粱每京石价银七钱五分九厘，较上月减四分六厘。

疏附县：大米每京石价银二两二钱五分，与上月相同。小麦每京石价银九钱三分八厘，较上月减一钱一分。包谷每京石价银八钱七分一厘，较上月减九分三厘。高粱每京石价银七钱五分九厘，较上月减四分六厘。

莎车直隶州：大米每京石价银二两二分四厘，较上月减四分八厘。小麦每京石价银六钱九分，较上月增六分九厘。大麦每京石价银六钱二分五厘，较上月减五分。包谷每京石价银五钱五分四厘，与上月相同。

叶城县：大米每京石价银二两三钱二分，较上月减一钱四分五厘。小麦每京石价银五钱五分，较上月相同。青稞每京石价银三钱五分，较上月增五分。包谷每京石价银三钱六分，较上月减九分六厘。

和阗直隶州：大米每京石价银一两七钱五分，小麦每京石价银八钱五分六厘，包谷每京石价银五钱六分三厘，青稞每京石价银四钱六分九厘，俱与上月相同。

于阗县：大米每京石价银一两九钱三分二厘，较上月增一钱三分八厘。小麦每京石价银八钱五分七厘，较上月减一分四厘。包谷每京石价银六钱五分二厘，与上月相同。

英吉沙尔直隶厅：大米每京石价银二两八钱九分，与上月相同。小麦每京石价银八钱三分，较上月增九分。包谷每京石价银六钱七分，与上月相同。大麦每京石价银四钱六分，与上月相同。

玛喇巴什直隶厅：大米每京石价银二两三钱六分八厘，较上月减二钱九分六厘。小麦每京石价银八钱二分八厘，较上月增六分九厘。包谷每京石价银七钱六分八厘，较上月增一钱二分八厘。

（朱批：）览。①

0254. 审拟吐鲁番缠民朵思尔杀妻一案折

光绪十六年十一月初二日（1890年12月13日）

头品顶戴护理甘肃新疆巡抚新疆布政使臣魏光焘跪奏，为故杀妻死，审明定拟，恭折具陈，仰祈圣鉴事。

窃吐鲁番缠民朵思尔因妻胡则麻常回娘家往接起衅，故杀胡则麻咽喉，登时身死，并刀伤妻母则利沙发际平复一案，据署吐鲁番厅同知傅寿森验明获犯，讯供议拟，解署镇迪道兼按察使衔陈名钰转详前来。

臣亲提研审，缘朵思尔籍隶吐鲁番厅，种地度日。光绪十五年五月，娶胡则麻为妻，夫妇和好。胡则麻因夫家贫，常住娘家。本年闰二月初四日，又回娘家，连接不归。初十日夜，朵思尔亲自往接，胡则麻仍复支延。朵思尔拉衣拖走，胡则麻卧地泼闹，并称另行改嫁。朵思尔一时气忿，顿起杀机，有心致死，随手取切面刀，骑压胡则麻身上，两手拿刀向胡则麻咽喉很杀一下，登时身死。妻母则利沙扑拢不依，朵思尔举刀砍其发际倒地，朵思尔逃走，随将凶刀撩弃。次早，据尸兄投约报验获犯，讯供议拟，解由兼按察使衔审明，加看转详，臣覆讯无异。

查律载：夫殴妻死者，绞。注云：故杀者亦绞，等语。此案缠民朵思尔因妻胡则麻常回娘家往接拖走，胡则麻卧地泼闹，并有改嫁之言，朵思尔一时气忿，起意致死，用刀很杀其咽喉，登时殒命，实属故杀，自应按律问拟。朵思尔除刀伤妻母平复轻罪

---

①中国第一历史档案馆藏：《单》，档号：03-6898-013。

不议外，合依“夫故杀妻，绞”律，拟绞监候，秋后处决。胡则麻常回娘家，屡接不归，并称另行改嫁，虽系被夫拖走，负气之言，究属不合，业已被杀身死，应毋庸议。则利沙伤已平复，无干省释。尸棺饬埋，凶刀据供撩弃，邀免查起。是否允协？

除全案供招咨送刑部外，合将故杀妻死，审明定拟缘由，恭折具陈。伏乞皇上圣鉴，饬部核覆施行。谨奏。光绪十六年十一月初二日。

（朱批：）刑部议奏。①

光绪十六年十二月初七日，奉朱批：刑部议奏。钦此。②

0255. 请将万胜常改以总兵借补参将折

光绪十六年十一月初二日（1890年12月13日）

头品顶戴护理甘肃新疆巡抚新疆布政使臣魏光焘跪奏，为提督借补参将经部臣以漏保都司议驳，恳恩饬部递减更正，改为以总兵借补参将员缺，以重边防，恭折仰祈圣鉴事。

窃臣前以留甘肃新疆尽先补用提督讲阿巴图鲁万胜常，奏请借补喀什噶尔提标中军参将员缺，旋准兵部议奏，检查克复陕西绥德州案内并无万胜常之名，只有蓝翎守备衔拔补千总黄胜常，请免补守备以都司尽先补用，并换花翎，当经奏准改为免补千总，以守备尽先补用。今请借补参将，应令详查该员究于何案保奖都司，黄胜常是否另有其人，确切奏明声覆，再行核办等因。奉旨：依议。钦此。钦遵咨行到臣。查克复陕西绥德州原保底案，实系万胜常由蓝翎守备衔拔补千总，保免补守备，以都司尽先补用，换戴花翎，并无黄胜常其人，自系缮写时误将“万”字作为“黄”字。至部议改为免补千总以守备尽先补用一层，饬据该员查覆前项行知并未奉到，遂由都司累保今职等情。前来。

---

①台北故宫博物院藏：《军机及宫中档》，文献编号：408006736。

②中国第一历史档案馆藏：《录副奏折》，档号：03-7313-069。

臣覆核无异，查武职借补章程，提督总兵均准借补参将。该员在新疆年久，边情熟悉，现署喀什噶尔回城协营副将，办事尤能认真，合无仰恳天恩俯准饬部将黄胜常改为万胜常。其得保守备以后各阶递减为记名总兵，仍以该员借补喀什噶尔提标中军参将员缺，以资得力，于借补章程亦属相符。

除饬取履历清册咨部外，谨会同陕甘总督臣杨昌濬、喀什噶尔提督臣董福祥，恭折具陈。伏乞皇上圣鉴训示。谨奏。光绪十六年十一月初二日。

（朱批：）兵部议奏。①

光绪十六年十二月初七日，奉朱批：兵部议奏。钦此。②

0256. 奏为李宗宾调归新疆差委缘由片

光绪十六年十一月初二日（1890年12月13日）

再，新疆政务殷繁，需员差委，查有盐运使衔存记遇缺尽先题奏道开缺甘肃宁夏府知府李宗宾③，堪以调归新疆差委。经臣与督臣杨昌濬往复商调，咨送到省，并咨会由臣奏请将李宗宾归道

---

①台北故宫博物院藏：《军机及宫中档》，文献编号：408006737。

②中国第一历史档案馆藏：《录副奏折》，档号：03-5874-018。

③李宗宾（1833—1898），湖北蕲州人，咸丰六年（1856），以文童投效于前荆州将军多隆阿军营。七年（1857），因攻剿童司牌等处地方营垒，经前大学士湖广总督官文等会保六品蓝翎。九年（1859），回援宿、太及前攻克太湖县城，经官文等会保从九品、府经历县丞。同年，保知县。十一年（1861），保同知直隶州知州，并赏换花翎。同治元年（1862），保知府。同年，奉前荆州将军多隆阿札委，总理营务处，随同援陕。三年（1864），赏加道衔。四年（1865），保道员，并赏加盐运使衔。六年（1867），署理甘肃宁夏府知府。七年（1868），补授云南临安府知府。八年（1869），经穆图善奏留，代理宁夏府知府。十年（1871），补授甘肃肃州府遗缺知府，旋授宁夏府知府。十二年（1873），署理巩昌府知府。十三年（1874），回宁夏府本任，晋布政使衔。光绪二年（1876），因亲老呈请开缺终养。同年，以前在宁夏府任内查禁罂粟不力，经左宗棠奏参，暂行革职。五年（1879），丁母忧，回籍守制。九年（1883），开复原官。十二年（1886），总理行营营务，会办文案。十四年（1888），暂留金顺军营办理甘肃粮台事务。十六年（1890），经护理甘肃新疆巡抚魏光焘奏准，以道员归于新疆补用。十九年（1893），补授阿克苏兵备道。二十四年（1898），在任病故。

员补用，前来。

查该员历保盐运使衔遇缺尽先题奏道，补授宁夏府知府，于查禁罂粟案内暂行革职，旋奏准开复，给咨送部引见，仍回原省，奉调总理东三省练军营务处，经前钦差大臣穆图善[①]，以廉静明练、处事精详保奏。奉朱批：交军机处存记。钦此。钦遵在案。

臣查该员李宗宾心细才长，器识闳远，本系尽先题奏道员补授实缺知府，业已开去知府底缺，合无仰恳天恩俯念新疆委任需人，准将盐运使衔存记遇缺尽先题奏道开缺甘肃宁夏府知府李宗宾，以道员归于新疆补用，俾资得力。

除取具该员履历清册咨送吏部外，谨会同陕甘督臣杨昌濬，附片具陈。伏乞圣鉴训示，施行。谨奏。

（朱批：）着照所请，吏部知道。[②]

光绪十六年十二月初七日，奉朱批：着照所请，吏部知道。钦此。[③]

0257. 请将提督彭礼堂等员留于新省补用片

光绪十六年十一月初二日（1890年12月13日）

再，投效新疆及从前征剿出力各武员，迭经奏留甘肃新疆补用，并声明俟续查有应行留省之员，再行陈奏，奉旨允准钦遵在

---

①穆图善（1828—1886），字春岩，那拉搭氏，世居黑龙江齐齐哈尔，隶满洲镶黄旗。道光二十六年（1846），充骁骑校。咸丰三年（1853），补委参领。五年（1855），赏戴蓝翎。六年（1856），赏换花翎。七年（1857），升防御。八年（1858），授佐领。九年（1859），迁协领。十年（1860），加副都统衔。次年，加西林巴图鲁勇号。同治元年（1862），补西安左翼副都统，晋都统衔。三年（1864），署钦差大臣，督办关陇军务。同年，调补荆州将军。四年（1865），授宁夏将军。六年（1867），兼署陕甘总督。十二年（1873），授云骑尉。光绪元年（1875），署正白旗汉军都统、吉林将军。三年（1877），补青州副都统。是年，授察哈尔都统。五年（1879），调补福州将军。十一年（1885），授钦差大臣，会办东三省练兵事。十二年（1886），卒于军，谥果勇。

②台北故宫博物院藏：《军机及宫中档》，文献编号：408006737-0-A。

③中国第一历史档案馆藏：《录副奏片》，档号：03-5272-018。

案。臣兹查有头品顶戴记名提督奇臣巴图鲁彭礼堂、提督衔记名总兵德楞额巴图鲁黄清发、提督衔记名总兵精济巴图鲁赵有正、记名总兵英勇巴图鲁项鹄、尽先推补总兵李良辉、总兵衔两江补用副将慧勇巴图鲁刘清和、总兵衔陕西补用副将刘显扬、尽先推补副将汤辅廷、参将衔尽先补用游击谢复胜、游击衔尽先补用都司孙厚发、游击衔尽先补用都司辜荣义、尽先补用都司谭迪安、尽先补用守备陈明山等十三员，均在新疆多年，防务、边情极为熟悉，合无仰恳天恩俯准将头品顶戴记名提督奇臣巴图鲁彭礼堂等十三员一并以原官原衔留于甘肃新疆尽先补用，于边防、营伍实有裨益。

除饬取该员等履历清册咨部查照并俟续查有应行留省人员随时奏请外，谨会同陕甘总督臣杨昌濬，附片具陈。伏乞圣鉴训示。谨奏。

（朱批：）着照所请，兵部知道。①

光绪十六年十二月初七日，奉朱批：着照所请，兵部知道。钦此。②

0258. 奏报伊犁将军色楞额灵柩回旗情形片

光绪十六年十一月初二日（1890年12月13日）

再，臣准礼部咨：光绪十六年五月初三日奉上谕：伊犁将军色楞额老成谨慎，前在军营带兵剿贼，著有战功，历任副都统、驻藏大臣，洊升将军，宣力有年，克称厥职。兹闻溘逝，轸惜殊深！着加恩照将军例赐恤，任内一切处分悉予开复；应得恤典，该衙门察例具奏；灵柩回旗时，沿途地方官妥为照料。该将军子孙几人，着魏光焘查明具奏，候旨施恩。钦此。等因，到臣。当即钦遵饬查去后。兹据署伊塔道英林详转署绥定县知县邓以潢申：

---

①台北故宫博物院藏：《军机及宫中档》，文献编号：408006737-0-B。

②中国第一历史档案馆藏：《录副奏片》，档号：03-5874-019。

据已故伊犁将军色楞额之家丁齐德明呈称：家主一子早故，并无亲孙，尚有胞侄，均在京内，将来应以何人承继，俟灵柩回旗后，呈请本旗具奏等情。详覆前来。

臣查色楞额宣力戎行，功勋懋著，早在圣明洞鉴之中。其莅任伊犁将军以来，于裁遣客勇，训练旗队，办理交涉，整顿钱币，举凡有益地方事宜，靡不尽心筹措，力图报称，不幸赍志以殁！一子早故，并无亲孙，灵柩回旗，官民感怀遗爱，同声哀悼。应俟回旗后，议定承继之人，呈由本旗具奏请旨，听候恩施。

所有遵旨查明缘由，理合附片具陈，伏乞圣鉴。谨奏。

（朱批：）该衙门知道。①

光绪十六年十二月初七日，奉朱批：该衙门知道。钦此。②

0259. 奏报建修忠义祠以资祭祀缘由片

光绪十六年十一月初二日（1890年12月13日）

再，官军克复乌鲁木齐湘军阵亡将士，经抚臣刘锦棠捐修忠义祠一所，奏明在案。臣查逆回变乱，南北两路满汉官绅、兵民、妇女死事惨烈者，尤属不少，迭经乌鲁木齐都统臣恭镗③、抚臣刘锦棠先后设局采访，共计二万四千八百三十八员名，五次奏奉旨准从优议恤，具见朝廷褒扬忠义之至意。惟春秋祀典，尚属缺然，

---

①台北故宫博物院藏：《军机及宫中档》，文献编号：408006737-0-C。

②中国第一历史档案馆藏：《录副奏片》，档号：03-5873-017。

③恭镗（1837—1889），字振魁，满洲正黄旗人，博尔济吉特氏，生员出身。咸丰初年，充刑部笔帖式。四年（1854），选吏部主事。同治元年（1862），补员外郎。次年，升御史。三年（1864），兼管内务府银库员外郎。同年，升郎中，兼内务府六库郎。五年（1866），充总理各国事务衙门章京、理藩院内外馆监督。六年（1867），兼理步军统领衙门章京。是年，放湖北荆宜施道，加按察使衔。十年（1871），迁奉天府府尹。光绪元年（1875），署盛京将军。三年（1877），授二等侍卫，任乌鲁木齐领队大臣。同年，署乌鲁木齐都统。五年（1879），擢乌鲁木齐都统。九年（1883），调补西安将军。十二年（1886），署黑龙江将军。十四年（1888），授黑龙江将军。十五年（1889），补授杭州将军。同年，晋京陛见，卒于天津途次。

臣上年饬署抚标右营游击彭桂馥、迪化县知县陈希洛，于省城东门内择定基址，另建通省忠义祠一所，以祀死事满汉官绅、兵民、妇女。现在，祠工完竣，需用祭器亦均备具。据署布政使饶应祺转详请奏前来。

臣覆查无异，相应请旨饬部立案，岁时由地方官致祭，以垂久远而昭激劝。用费银两均系捐集，邀免造报；岁修经费，容俟另行筹办。除咨部外，谨附片具奏。伏乞圣鉴训示。谨奏。

（朱批：）该部知道。①

光绪十六年十二月初七日，奉朱批：该部知道。钦此。②

0260. 奏报呼图克图驰抵新疆日期片

光绪十六年十一月初二日（1890年12月13日）

再，棍噶札拉参呼图克图经抚臣刘锦棠会奏安插库尔喀喇乌苏八英沟地方，请旨饬下理藩院催令速来新疆，光绪十五年三月二十四日奉朱批：着照所请，该衙门知道。钦此。旋经总理各国事务衙门会同理藩院奏，该呼图克图拟赴甘肃新疆安插徒众，请由驿前往。奉旨：依议。钦此。钦遵在案。查该呼图克图业于本年十月十五日驰抵新疆省城。

除将安插事宜商妥再行详晰具奏外，所有棍噶札拉参呼图克图由驿驰抵新疆日期，理合附片具陈。伏乞圣鉴。谨奏。

（朱批：）该衙门知道。③

光绪十六年十二月初七日，奉朱批：该衙门知道。钦此。④

---

①台北故宫博物院藏：《军机及宫中档》，文献编号：408006736-0-A。

②中国第一历史档案馆藏：《录副奏片》，档号：03-5874-020。

③台北故宫博物院藏：《军机及宫中档》，文献编号：408006738-0-A。

④此朱批日期与内容，据《军机处随手登记档》（档案编号：03-0265-1-1216-346）校补。

0261. 审拟客民木萨斗殴杀人命一案缘由折

光绪十六年十一月初十日（1890 年 12 月 21 日）

头品顶戴护理甘肃新疆巡抚新疆布政使臣魏光焘跪奏，为斗殴毙命，核明定拟，恭折具陈，仰祈圣鉴事。

窃宁远县客民木萨因口角起衅，拾获车板回殴，适伤汉民林彦左耳根，移时身死一案，据宁远县知县高敬昌验明获犯，讯供议拟，解署伊犁府知府潘效苏，转详署伊塔道英林审明，咨署镇迪道兼按察使衔陈名钰核转前来。

臣覆加查核，缘木萨籍隶疏附县。光绪十六年正月，来宁远县属东乡种地，与已死汉民林彦素好无嫌。本年四月十九日早，木萨至林彦家闲坐，谈及修渠，争辩口角。林彦揭取车板抛打，木萨闪开，拾起车板回殴一下，适伤林彦左耳根。经同住吴占魁赶拢喝住，木萨即行逃回。讵林彦伤重，旋即身死。据吴占魁投约报验，获犯议拟，解府详道，咨兼按察使衔核明转详，臣覆核无异。

查律载：斗殴杀人者，不问手足、他物、金刃，并绞监候等语。此案缠民木萨因与林彦口角争殴，林彦揭取车板抛打，被木萨拾起回殴，适伤林彦左耳根，移时身死，自应按律问拟。木萨合依“斗殴杀人者，不问手足、他物、金刃，并绞监候”律，拟绞监候，秋后处决。吴占魁救阻不及，应毋庸议。无干省释。尸棺饬埋，凶器车板案结销毁。是否允协？

除全案供招咨送刑部外，合将斗殴毙命，核明定拟缘由，恭折具奏。伏乞皇上圣鉴，饬部核覆施行。谨奏。光绪十六年十一月初十日。

（朱批：）刑部议奏。①

---

①台北故宫博物院藏：《军机及宫中档》，文献编号：408006739。

光绪十六年十二月十八日，奉朱批：刑部议奏。钦此。[①]

0262. 审拟艾立克行窃被追拒杀事主一案折

光绪十六年十一月初十日（1890 年 12 月 21 日）

头品顶戴护理甘肃新疆巡抚新疆布政使臣魏光焘跪奏，为窃盗被追，弃财逃走，拒杀事主，核明定拟，恭折具陈，仰祈圣鉴事。

窃温宿州贼犯艾立克行窃被追，弃财逃走，复被事主扭住衣服。该犯图脱拒捕，刃伤事主玉素普肚腹，越日身死一案，据温宿州知州陈希洛验明获犯，讯供议拟，解代理阿克苏道蒋诰审明，咨署镇迪道兼按察使衔陈名钰核转前来。

臣覆加查核，缘艾立克籍隶温宿州，游荡度日，从未为匪，与已死玉素普向不认识。艾立克因贫难度，闻玉素普家道殷实，起意行窃。光绪十六年五月三十日二更，由家起身，随带撬门小刀，行抵事主玉素普门首，见院墙不高，遂翻墙入室，窃得皮靴两双，正在寻赃，不料事主惊喊，艾立克携赃，仍由原路翻墙出外，被事主瞥见赶捕。该犯弃财逃走，玉素普跟追，扭住衣服。该犯情急图脱，用刀冒戳一下，适伤玉素普肚腹，松手倒地。该犯即行跑回。玉素普之兄哈生木随后赶至，拾回皮靴，将玉素普扶归调治。讵玉素普伤重，于六月初二日早因伤身死。投保报验，获犯议拟，解道咨兼按察使衔核明转详，臣覆核无异。

查例载：窃盗弃财逃走，被事主追逐拒捕，因而杀伤人者，拟斩监候，各等语。此案艾立克行窃被追，弃财逃走，复被追获图脱，拒伤事主玉素普身死，自应按例问拟。艾立克合依“窃盗弃财逃走，被事主追逐拒捕，因而杀人者，拟斩监候”例，拟斩监候，秋后处决，照例先行刺字。失察该犯为匪之牌甲，照例责惩。尸棺饬埋，凶刀案结销毁。是否允协？

---

①中国第一历史档案馆藏：《录副奏折》，档号：03-7313-076。

除全案供招咨送刑部外，合将窃盗被追，弃财逃走，拒杀事主，核明定拟缘由，恭折具陈。伏乞皇上圣鉴，饬部核覆施行。谨奏。光绪十六年十一月初十日。

（朱批：）刑部议奏。①

光绪十六年十二月十八日，奉朱批：刑部议奏。钦此。②

0263. 请以宋贤声借补巴里坤镇标游击折

光绪十六年十一月初十日（1890年12月21日）

头品顶戴护理甘肃新疆巡抚新疆布政使臣魏光焘跪奏，为拣员借补游击要缺，以重操防，恭折仰祈圣鉴事。

窃巴里坤镇标中军游击员缺，前经奏准作为题缺，亟应拣员请补，以重职守。该中军游击一缺，有经管钱粮暨督率操防之责，非干练有为之员，难期得力。查有留甘肃新疆尽先补用提督现署古城营游击绷僧额巴图鲁宋贤声，训练娴熟，办事勤能，历在新疆带队并署游击员缺，于巡防一切，均能认真整顿，以之借补斯缺，洵堪胜任，合无仰恳天恩俯准以宋贤声借补巴里坤镇标中军游击员缺，实于营伍有裨。如蒙俞允，应请敕部先给署札，俟防务大定，即行给咨送部引见，以符定制。

除饬取该员履历清册咨部查照外，谨会同陕甘总督臣杨昌濬、喀什噶尔提督臣董福祥，恭折具陈。伏乞皇上圣鉴训示。谨奏。光绪十六年十一月初十日。

（朱批：）兵部议奏。③

光绪十六年十二月十八日，奉朱批：兵部议奏。钦此。④

---

①台北故宫博物院藏：《军机及宫中档》，文献编号：408006740。

②中国第一历史档案馆藏：《录副奏折》，档号：03-7358-050。

③台北故宫博物院藏：《军机及宫中档》，文献编号：408006741。

④中国第一历史档案馆藏：《录副奏折》，档号：03-5874-064。

0264. 盛泽均保案有误请饬更正片

光绪十六年十一月初十日（1890 年 12 月 21 日）

再，臣据蓝翎补用守备盛泽均禀称：该员于新疆南北路一举荡平案内由蓝翎拔补把总保以守备补用，奉到行知，系填注“盛泽”，委因开保时漏写“均”字。请附奏添注前来。臣覆查无异，合无仰恳天恩饬部查案添注，以免歧异，出自鸿施。除咨部外，谨附片具陈。伏乞圣鉴训示。谨奏。

（朱批：）兵部知道。①

光绪十六年十二月十八日，奉朱批：兵部知道。钦此。②

0265. 奏报饬令江遇璞迅赴同知本任片

光绪十六年十一月初十日（1890 年 12 月 21 日）

再，喀喇沙尔同知员缺，臣前请以奏留新疆候补直隶州知州江遇璞借补，经部议准在案。兹查该员别无委办事件，应即饬赴本任，以专责成。据署新疆布政使饶应祺、镇迪道兼按察使衔陈名钰会详前来。

除由臣批饬给委外，谨会同陕甘总督臣杨昌濬，附片具奏。伏乞圣鉴。谨奏。

（朱批：）知道了。③

光绪十六年十二月十八日，奉朱批：知道了。钦此。④

①台北故宫博物院藏：《军机及宫中档》，文献编号：408006741-0-A。

②中国第一历史档案馆藏：《录副奏片》，档号：03-5711-073。

③台北故宫博物院藏：《军机及宫中档》，文献编号：408006741-0-B。

④中国第一历史档案馆藏：《录副奏片》，档号：03-5272-063。

0266. 请以柳葆元补授精河抚民同知缘由折

光绪十六年十二月初二日（1891年1月11日）

头品顶戴护理甘肃新疆巡抚新疆布政使臣魏光焘跪奏，为拣员请补要缺同知，以裨地方，恭折仰祈圣鉴事。

窃据署新疆布政使饶应祺、署镇迪道兼按察使衔陈名钰会详称：伊犁改设官制，移前设之精河巡检驻博罗塔拉，设精河直隶抚民同知一缺，隶伊塔道。该处为伊犁冲要，东达省城，西临俄境，南出登努斯口，北抵塔尔巴哈台，毗连蒙哈，事务繁难，应请定为冲、繁、难三项要缺，亟应遴员请补，以重职守。查伊犁添改各缺，奏准仿照吉林新章，由外拣补一次，今精河直隶同知系属改设，事同创始，一切均需整理，非精明干练之员，难胜其任。

查有补用知府补缺后补用同知现署疏附县知县柳葆元，年四十七岁，湖南长沙县人，由文童于同治四年投营差遣，克复广东嘉应州城发逆全股荡平案内汇保，五年十二月初五日奉上谕：着以从九品不论双单月尽先选用。钦此。嗣调赴陕甘军营，剿办捻、回各逆。七年，捻匪全股荡平、直东肃清案内汇保，是年八月初六日奉上谕：着以本班留于陕西补用。钦此。陕西全境肃清案内汇保，九年十二月二十六日奉上谕：着俟补缺后，以县丞补用。钦此。荡平金积堡贼巢、宁灵肃清案内汇保，十年十月初三日奉上谕：着免补本班，以县丞仍留原省补用。钦此。克复巴燕戎格厅城案内汇保，十三年八月初三日奉上谕：着免补本班，以知县仍留原省前先补用。钦此。关陇肃清案内汇保，光绪二年二月初四日奉上谕：着赏加五品衔。钦此。嵩武、蜀军会克新疆吐鲁番城案内汇保，四年二月初四日奉上谕：着俟补缺后，以同知补用。钦此。新疆南北两路一律肃清案内汇保，六年正月三十日奉上谕：着赏戴花翎。钦此。是年十月，请咨赴部引见。七年五月初十日，经钦派王大臣验放，奏请照例发往。十一日复奏，奉旨：依议。

钦此。旋经军机大臣左宗棠奏委赴涿州察勘水利。嗣因莅任两江总督，复奏调随同亲军前赴江南。八年，又经奏请以原官改留江苏补用，是年二月初九日奉上谕：准调赴江苏差遣委用。钦此。先于新疆五次剿平边寇案内汇保，俟同知补缺后以知府补用，并请赏给四品封典，经部核议，以知府补用注册，所请赏给四品封典，核与定章不符，应令另核请奖。旋经钦差大臣刘锦棠奏请赏给五品封典，经吏部议准。嗣于收复淮盐引地案内被议，经钦差兵部右侍郎臣彭玉麟[1]查办覆奏，八年八月初八日奉上谕：着以府经历县丞降补。钦此。

七年，办理涿州永定河工，奏保随带加二级。八年八月二十四日，吏部议奏，柳葆元现经奏参以府经历县丞降补，该员所请随带加二级，仍应照准，奉旨：依议。钦此。十年，两江督臣左宗棠奏准发往广西军营差遣，旋于广西主客各军出关援剿越南，克复文渊州谅山省长庆府各城案内奏保，十一年八月二十一日奉上谕：着开复降补处分，仍以原官、原衔、翎枝留于陕西前先补用。钦此。嗣钦差大臣左宗棠奉旨督办福建军务，奏调赴营差委，事竣请咨离营。十三年，经抚臣刘锦棠调赴新疆。十四年三月，委署疏附县知县，六月初四日到任。

查该员年强才敏，练达有为，现在署任内措置裕如，舆情极为爱戴，以之请补精河直隶抚民同知，实堪胜任。虽衔缺不甚相

---

①彭玉麟（1816—1890），又名玉麐，字雪琴、雪岑，号退省散人、南岳山樵、吟香外史、七十二峰樵父、古今第一痴人。湖南衡阳人，县学附生。道光末年，充协标书识。咸丰四年（1854），保以同知选用，戴蓝翎；同年，保知府，换花翎，加同知衔。五年（1855），保道员；同年，补浙江金华府知府。翌年，升广东惠潮嘉道。七年（1857），加按察使衔。次年，晋布政使衔。十一年（1861），迁广东按察使；同年，擢安徽巡抚。同治元年（1862），补兵部右侍郎。三年（1864），封一等轻车都尉，加太子少保衔。四年（1865），兼署漕运总督。十一年（1872），任宫门弹压大臣，赏紫禁城骑马。光绪七年（1881），署两江总督，兼署通商大臣。九年（1883），授兵部尚书。十二年（1886），捐建船山书院。十四年（1888），巡阅长江水师，旋开缺回籍。十六年（1890）卒于籍。赠太子太保，谥刚直。著有《彭刚直公奏稿》《彭刚直公诗集》等。

当，而以边苦之区又系移巡检改设之缺，为地择人，极属相宜等情。详请具奏前来。

臣查该员柳葆元才具练达，举止安详，合无仰恳天恩俯念要缺需员治理，准以补用知府补缺后补用同知现署疏附县知县柳葆元，补授精河直隶抚民同知员缺，实于地方有裨。如蒙俞允，俟奉部覆，即饬将应缴捐复银两赴部呈缴，并给咨送部引见，以符例章。是否有当，谨会同陕甘督臣杨昌濬、护理伊犁将军臣富勒铭额，恭折具奏，伏乞皇上圣鉴训示。再，该员署任内，并无参罚案件。合并声明。谨奏。光绪十六年十二月初二日。

（朱批：）吏部议奏。[①]

光绪十七年正月初八日，奉朱批：吏部议奏。钦此。[②]

0267. 恭报光绪十六年夏秋禾收成分数折

光绪十六年十二月初二日（1891年1月11日）

头品顶戴护理甘肃新疆巡抚新疆布政使臣魏光焘跪奏，为查明甘肃新疆光绪十六年夏秋禾收成分数，缮具清单，恭折仰祈圣鉴事。

窃查新疆每年收成分数，历经奏报在案。兹据署布政使饶应祺详称：据各属先后申报，光绪十六年收成分数，牵匀计算，通省夏禾实在八分有余，秋禾实在八分有余。汇案详请具奏前来。臣覆查无异，相应缮具清单，恭呈御览。

除咨部查照外，谨会同陕甘总督臣杨昌濬，恭折具奏，伏乞皇上圣鉴。谨奏。光绪十六年十二月初二日。

（朱批：）知道了。[③]

---

①台北故宫博物院藏：《军机及宫中档》，文献编号：408006742。

②中国第一历史档案馆藏：《录副奏折》，档号：03-5275-014。

③台北故宫博物院藏：《军机及宫中档》，文献编号：408006743。

光绪十七年正月初八日，奉朱批：知道了。钦此。[①]

0268. 呈新疆十六年夏秋收成分数清单

光绪十六年十二月初二日（1891 年 1 月 11 日）

谨将甘肃新疆光绪十六年各属夏、秋禾收成分数，开具清单，恭呈御览。

计开

夏禾约收十分者：库尔喀喇乌苏厅。

约收九分者：喀喇沙尔厅、疏附县、叶城县。

约收八分者：昌吉县、吐鲁番厅、宁远县、精河厅、温宿州、拜城县、库车厅、乌什厅、疏勒州、莎车州、于阗县、英吉沙尔厅、玛喇巴什厅。

约收七分者：迪化县、济木萨县丞、奇台县、绥来县、镇西厅、绥定县。

约收六分者：呼图壁巡检、阜康县、哈密厅、和阗州。

秋禾约收九分者：库车厅、疏附县、叶城县。

约收八分者：迪化县、昌吉县、阜康县、库尔喀喇乌苏厅、拜城县、乌什厅、喀喇沙尔厅、莎车州、于阗县、英吉沙尔厅、玛喇巴什厅。

约收七分者：呼图壁巡检、奇台县、绥来县、吐鲁番厅、宁远县、精河厅、温宿州、疏勒州、和阗州。

约收六分者：济木萨县丞、绥定县。

约收四分者：哈密厅。

再，镇西厅地气较寒，向不种植秋禾，故无分数。莎车州、叶城县收成分数系除被灾地亩计算；塔尔巴哈台地方事宜尚未移交，收成分数，无从造报。合并声明。

---

①中国第一历史档案馆藏：《录副奏折》，档号：03-6722-001。

（朱批：）览。[①]

0269. 奏请颁发标营各员关防缘由片

光绪十六年十二月初二日（1891年1月11日）

再，改设新疆抚标巴里坤镇属哈密协并新设喀什噶尔、阿克苏提镇各标营副将、参将、游击、都司、守备等官，均经接准部咨，分别委员署理，暂行刊给木质钤记启用在案，亟应循例颁发铜质关防、条记，俾垂久远。至玛纳斯协副将、济木萨营参将、库尔喀喇乌苏营游击、喀喇巴尔噶逊营守备，从前均归乌鲁木齐提属，现已改设归巡抚管辖，仍用原颁关防、条记，镌有“提属”字样，亦应一并换铸。兹据署新疆布政使饶应祺查明，抚、提、镇协各标营新设、改设副将、参将、游击、都司、守备已经委署、补授有员，各缺共应颁发关防二十七颗、条记二颗，开折详请附奏前来。

臣覆核无异，相应请旨饬部分别铸造，颁发启用，以昭信守。除将清折咨部查照外，谨会同陕甘总督臣杨昌濬、喀什噶尔提督臣董福祥，附片具奏。伏乞圣鉴训示。谨奏。

（朱批：）该部知道。[②]

光绪十七年正月初八日，奉朱批：该部知道。钦此。[③]

0270. 恭报十六年八月雨雪粮价情形折

光绪十六年十二月初七日（1891年1月16日）

头品顶戴护理甘肃新疆巡抚新疆布政使臣魏光焘跪奏，为恭报光绪十六年九月分粮价并得雨雪情形，谨缮折具陈，仰祈圣

---

①中国第一历史档案馆藏：《单》，档号：03-6722-002。

②台北故宫博物院藏：《军机及宫中档》，文献编号：408006742-0-A。

③中国第一历史档案馆藏：《录副奏片》，档号：03-5876-015。

鉴事。

窃照光绪十六年八月分各厅州县粮价并得雨情形，业经臣奏报在案。兹据署理新疆布政使饶应祺详称：本年九月分，北路镇西得雪，积地八寸；迪化得雪，积地六寸；奇台、阜康、绥来得雪，积地四五寸不等；昌吉得雪，积地二寸；库尔喀喇乌苏微雪。伊塔道属宁远得雨，入土三寸；塔尔巴哈台得雪，积地六寸；绥定、精河微雨，余未得雨雪。

至通省粮价，塔尔巴哈台、乌什、英吉沙尔、昌吉、拜城等厅县俱与上月相同，余均略有增减。汇详请奏前来。

理合恭折具陈，并缮粮价清单，敬呈御览，伏乞皇上圣鉴。谨奏。光绪十六年十二月初七日。

（朱批：）知道了。[①]

光绪十七年正月十二日，奉朱批：知道了。钦此。[②]

0271. 呈新疆光绪十六年九月粮价清单

光绪十六年十二月初七日（1891年1月16日）

谨将新疆各属光绪十六年九月分米粮时估价值，缮具清单，恭呈御览。

计开九月分

镇迪道属

迪化县：大米每京石价银二两九钱二分四厘，较上月减三分六厘。小麦每京石价银一两一钱三分二厘，与上月相同。莞豆每京石价银一两二钱六厘，与上月相同。青稞每京石价银七钱七厘，与上月相同。

昌吉县：大米每京石价银一两八钱七分二厘，小麦每京石价银七钱七分六厘，莞豆每京石价银九钱二分，青稞每京石价银八

①台北故宫博物院藏：《军机及宫中档》，文献编号：408006749。

②中国第一历史档案馆藏：《录副奏折》，档号：03-6900-008。

钱七分五厘，俱与上月相同。

阜康县：粟米每京石价银九钱五分五厘，较上月增七分一厘。小麦每京石价银一两一钱三分二厘，与上月相同。莞豆每京石价银一两一钱三分二厘，较上月减三分五厘。高粱每京石价银九钱二厘，与上月相同。

绥来县：大米每京石价银一两七钱六分八厘，与上月相同。小麦每京石价银八钱二分八厘，与上月相同。莞豆每京石价银九钱九分三厘，较上月增七分二厘。高粱每京石价银五钱六分三厘，与上月相同。

奇台县：大米每京石价银二两七分一厘，较上月增三分五厘。小麦每京石价银六钱七分二厘，较上月减七分。莞豆每京石价银六钱二分一厘，与上月相同。

吐鲁番直隶厅：小麦每京石价银八钱九分四厘，与上月相同。大麦每京石价银四钱四分八厘，与上月相同。高粱每京石价银五钱五分七厘，与上月相同。黄豆每京石价银一两五钱六分八厘，较上月减二钱九分八厘。

镇西直隶厅：小麦每京石价银一两三钱八分，较上月减一钱二分。莞豆每京石价银一两四钱，较上月减一钱一分。青稞每京石价银七钱二分，较上月减二钱。

哈密直隶厅：小麦每京石价银一两九分，较上月减一分四厘。粟米每京石价银一两三钱六分八厘，与上月相同。莞豆每京石价银一两四钱六分八厘，较上月减四分四厘。青稞每京石价银八钱一分六厘，较上月减一分三厘。

库尔喀喇乌苏直隶厅：小麦每京石价银一两六分，较上月减一钱一分。莞豆每京石价银一两三钱五分，较上月减七分。高粱每京石价银八钱五分，较上月减三分。

伊塔道属

绥定县：大米每京石价银三两八钱四分四厘，较上月增二钱九分二厘。小麦每京石价银一两三分五厘，较上月增二钱七厘。

莞豆每京石价银九钱八分七厘，较上月增二钱一分二厘。大麦每京石价银七钱九分一厘，较上月增二钱二分六厘。

宁远县：大米每京石价银三两四钱四分，较上月增一钱八分四厘。小麦每京石价银八钱二分八厘，较上月减六分九厘。大麦每京石价银四钱八分一厘，与上月相同。莞豆每京石价银七钱二分，较上月减一钱四分四厘。

塔尔巴哈台直隶厅：小麦每京石价银一两二分五厘，大麦每京石价银八钱七分五厘，莞豆每京石价银一两八分五厘，俱与上月相同。

精河直隶厅：大米每京石价银三两一钱四分五厘，与上月相同。小麦每京石价银九钱四分五厘，与上月相同。莞豆每京石价银一两三钱六分，与上月相同。大麦每京石价银七钱三分五厘，较上月减一钱三分五厘。

阿克苏道属

温宿直隶州：大米每京石价银一两三钱三分二厘，较上月减一钱八分八厘。小麦每京石价银五钱一分，较上月减一钱八分。大麦每京石价银三钱七分二厘，较上月减四分八厘。包谷每京石价银四钱八分三厘，较上月减二分。

拜城县：小麦每京石价银三钱九分，包谷每京石价银二钱六分，莞豆每京石价银二钱六分，大麦每京石价银一钱八分，俱与上月相同。

喀喇沙尔直隶厅：大米每京石价银一两九钱二分四厘，与上月相同。小麦每京石价银七钱九分，较上月增一钱。莞豆每京石价银七钱二分，与上月相同。包谷每京石价银五钱一分三厘，与上月相同。

库车直隶厅：大米每京石价银一两六钱，与上月相同。小麦每京石价银四钱九分，较上月减三分。莞豆每京石价银二钱八分，与上月相同。包谷每京石价银三钱，较上月减一分。

乌什直隶厅：大米每京石价银一两四钱九分，小麦每京石价银四钱九厘，大麦每京石价银二钱三分五厘，包谷每京石价银三钱七分九厘，俱与上月相同。

喀什噶尔道属

疏勒直隶州：大米每京石价银一两九钱五分，较上月减三钱。小麦每京石价银九钱六分六厘，较上月增二分八厘。包谷每京石价银七钱九分三厘，较上月减三分九厘。高粱每京石价银六钱九分，较上月减六分九厘。

疏附县：大米每京石价银一两九钱五分，较上月减三钱。小麦每京石价银九钱六分六厘，较上月增二分八厘。包谷每京石价银八钱三分，较上月减四分一厘。高粱每京石价银六钱九分，较上月减六分九厘。

莎车直隶州：大米每京石价银一两五钱五分四厘，较上月减四钱七分。小麦每京石价银七钱五分九厘，较上月增六分九厘。大麦每京石价银五钱六分二厘，较上月减六分三厘。包谷每京石价银四钱八分八厘，较上月减六分六厘。

叶城县：大米每京石价银二两三钱二分，与上月相同。小麦每京石价银五钱，较上月减五分，包谷每京石价银三钱六分，与上月相同。青稞每京石价银三钱五分，与上月相同。

和阗直隶州：大米每京石价银一两七钱五分，与上月相同。小麦每京石价银八钱五分六厘，与上月相同。包谷每京石价银四钱七分四厘，较上月减八分九厘。青稞每京石价银四钱六分九厘，与上月相同。

于阗县：大米每京石价银一两九钱三分二厘，与上月相同。小麦每京石价银八钱九分七厘，较上月减四分。包谷每京石价银六钱五分二厘，与上月相同。

英吉沙尔直隶厅：大米每京石价银二两八钱九分，小麦每京石价银八钱三分，包谷每京石价银六钱七分，大麦每京石价银四钱六分，俱与上月相同。

玛喇巴什直隶厅：大米每京石价银二两二钱二分，较上月减一钱四分八厘。小麦每京石价银八钱九分七厘，较上月增六分九厘。包谷每京石价银六钱四分，较上月减一钱二分八厘。

（朱批：）览。[1]

0272. 防营员弁勇丁等十六年上半年数目折

光绪十六年十二月初七日（1891年1月16日）

头品顶戴护理甘肃新疆巡抚新疆布政使臣魏光焘跪奏，为新疆防营员弁勇丁及各台、局、义学，自光绪十六年正月初一日起至六月底止实在数目，分别缮具清单，奏明立案，恭折仰祈圣鉴事。

窃新疆马步营旗、炮队、台局、义学截至光绪十五年十二月底止实在数目，前经分别奏咨在案。兹据新疆粮台详称：自十六年正月初一日起，接收伊犁镇标步队一营三旗、马队十一旗，并添募步队一营二旗、马队一旗，其营制均照奏定标营章程办理。通截至十六年六月底止，实存马步九十六营旗一哨、开花炮队三哨，共计额设营书、弁勇二万三千七百四十三员名，火勇一千六百三十八名，额设营、旗、哨官三百六十四员，巡查一百二十一员，额外火夫、私夫、马夫、车夫六千一百二十四名。至各台局、义学于六月底止并无增减，缮具清单，详请奏咨前来。

臣覆核无异，所有新疆防营员弁勇丁、台、局、义学，自光绪十六年正月初一日起至六月底止实在数目，除咨部外，谨缮具清单，恭呈御览。伏乞皇上圣鉴，饬部立案施行。谨奏。光绪十六年十二月初七日。

（朱批：）该部知道，单二件并发。[2]

光绪十七年正月十二日，奉朱批：该部知道，单二件并发。

---

①中国第一历史档案馆藏：《单》，档号：03-6900-009。

②台北故宫博物院藏：《军机及宫中档》，文献编号：408006748。

钦此。①

0273. 呈防营十六年上半年兵马数目清单

光绪十六年十二月初七日（1891年1月16日）

谨将新疆驻防马步营旗员弁勇丁、夫马、炮车数目自光绪十六年正月初一日起至六月底止，缮具四柱清单，恭呈御览。

旧管：光绪十五年十二月底止，实存防军标营章程马队一营四十一旗、步队二十二营一十三旗一哨、开花炮队三哨，共计旧存额设营、旗、哨官二百九十八员，旧存额设巡检一百员，旧存额设营书、弁勇一万九十七百三十三员名，旧存额设火勇一千三百九十二名。

查前项营书、正勇、火勇十五年二月底止奏报实存项下，系将营书分列，正勇、火勇合列，共计营书二百一十六名，正勇、火勇二万九百九员名。兹将营书、正勇归并一起，并将火勇分裁，以符奏案而便稽查。合并声明。

旧存额外火夫六百一名，旧存额外私夫、马夫、车夫四千二百六十七名，旧存额马五千五百匹，旧存炮车一十八辆、车骡四十八头。

新设：光绪十六年正月初一日起，接收伊犁镇标中营步队一营，遵照标营章程，新添额设营哨官五员，新添额设巡检二员，新添额设营书、弁勇四百四十八员名，新添额设火勇四十三名，新添额外私夫二十八名。

光绪十六年正月初一日起，接收伊犁镇标副中营、左营、右营兼开花炮队，共步队三旗，遵照标营章程，新添额设旗哨官十二员，新添额设巡检三员，新添额设营书、弁勇九百九十员名，新添额设火勇九十六名，新添额外私夫四十八名，新添拉炮马四匹，新添车夫四名。

---

①中国第一历史档案馆藏：《录副奏折》，档号：03-6121-005。

光绪十六年正月初一日起，接收伊犁镇标中营、副中营、前营、副前营、左营、副左营、右营、副右营、后营、副后营、先锋营马队一十一旗，遵照标营章程，新添额设旗哨官三十三员，新添额设巡查一十一员，新添额设营书、弁勇一千三百四十二员名，新添额外火夫一百五十四名，新添额外马夫、私夫八百六十九名，新添额马一千四百八匹。

光绪十六年闰二月初一日起，添募阿克苏城守营、喀什噶尔提标前营，共步队二旗，遵照标营章程，新添额设旗哨官八员，新添额设巡查二员，新添额设营书、弁勇六百六十员名，新添额设火勇六十四名，新添额外私夫三十二名。

光绪十六年三月初一日起，添募杨威中旗马队一旗，遵照标营章程，新添额设旗哨官三员，新添额设巡查一员，新添额设营书、弁勇一百二十二员名，新添额外火夫一十四名，新添额外马夫、私夫七十九名，新添额马一百二十八匹。

光绪十六年四月初一日起，添募平字左营步队一营，遵照标营章程，新添额设营哨官五员，新添额设巡查二员，新添额设营书、弁勇四百四十八员名，新添额设火勇四十三名，新添额外私夫二十八名。

开除：无项。

实在：光绪十六年六月底止，实存防军标营章程马队一营五十三旗、步队二十四营一十八旗一哨、开花炮队三哨，共计实存额设营、旗、哨官三百六十四员，实存额设巡查一百二十一员，实存额设营书、弁勇二万三千七百四十三员名，实存额设火勇一千六百三十八名，实存额外火夫七百六十九名，实存额外私夫、马夫、车夫五千三百五十五名，实存额马七千三十六匹，实存炮车一十八辆、车骡四十八头、额马四匹。

（朱批：）览。[①]

---

①中国第一历史档案馆藏：《单》，档号：03-6121-006。

0274. 呈十六年上半年各台局义学数目清单

光绪十六年十二月初七日（1891 年 1 月 16 日）

谨将新疆各台、局、义学数目自光绪十六年正月初一日起至六月底止，缮具四柱清单，恭呈御览。

旧管：光绪十五年十二月底止，实存新疆粮台，省城军装总局，省城采运局、柴草局，哈密军装局。

哈密新城、吐鲁番新城、喀喇沙尔、库车、阿克苏、乌什、英吉沙尔、喀什噶尔汉城、叶尔羌、和阗、古城、绥来、迪化、省城等处十三保甲局。

哈密、巴里坤、昌吉、吐鲁番、喀喇沙尔、库车、阿克苏、乌什、喀什噶尔、英吉沙尔、玛喇巴什、叶尔羌、和阗等处十三牛痘局。

哈密义学五堂，吐鲁番义学六堂，喀喇沙尔义学四堂，库车义学五堂，拜城义学二堂，温宿义学三堂，乌什义学三堂，疏勒义学三堂，疏附义学二堂，玛喇巴什义学三堂，英吉沙尔义学三堂，莎车义学五堂，叶城义学二堂，和阗义学二堂，于阗义学二堂，巴里坤义学四堂，奇台义学四堂，济木萨义学三堂，阜康义学二堂，迪化义学六堂，昌吉义学二堂，绥来义学四堂，呼图壁义学二堂，共计义学七十七堂。

新收：无项。

开除：无项。

实在：光绪十六年六月底止，实存新疆粮台，省城军装总局，省城采运局、柴草局，哈密军装局。

哈密新城、吐鲁番新城、喀喇沙尔、库车、阿克苏、乌什、英吉沙尔、喀什噶尔汉城、叶尔羌、和阗古城、绥来、迪化、省城等处十三保甲局。

哈密、巴里坤、昌吉、吐鲁番、喀喇沙尔、库车、阿克苏、乌什、喀什噶尔、英吉沙尔、玛喇巴什、叶尔羌、和阗等处十三牛痘局。

哈密义学五堂，吐鲁番义学六堂，喀喇沙尔义学四堂，库车义学五堂，拜城义学二堂，温宿义学三堂，乌什义学三堂，疏勒义学三堂，疏附义学二堂，玛喇巴什义学三堂，英吉沙尔义学三堂，莎车义学五堂，叶城义学二堂，和阗义学二堂，于阗义学二堂，巴里坤义学四堂，奇台义学四堂，济木萨义学三堂，阜康义学二堂，迪化义学六堂，昌吉义学二堂，绥来义学四堂，呼图壁义学二堂，共计义学七十七堂。

（朱批：）览。①

0275. 莎车等处额征粮草恳恩蠲缓缘由折

光绪十六年十二月初七日（1891年1月16日）

头品顶戴护理甘肃新疆巡抚新疆布政使臣魏光焘跪奏，为新疆莎车、叶城两州县被灾地亩应征粮草分别蠲缓，恭折仰祈圣鉴事。

窃喀什噶尔道属莎车州被水、叶城县被水、被冻，业将大概情形奏明，并饬司移道委员分往确查被灾实在亩数，钱粮应否蠲缓，再行详办在案。兹据署布政使饶应祺详：据各印委结报：莎车州被灾较重，上窝铺、下窝铺、塔罕奇、坡斯坎及和什拉普、阿拉里、别什干、秋鲁克各大庄所属各小庄，共计被冲地四千三百八十三亩六分九厘，应征粮一百一十五石八斗五升二合六勺，应征草一万二千九百一十二斤四两。查前项被冲地亩，均属无存，应另拨荒地耕种。应征粮草，请自本年起一律豁除，俟拨地成熟，再行查明升科。叶城县啯玛所属各小庄被冻地三万三千九百一十八亩七分五厘，额征粮七百一十三石二斗一升九合二勺，草八万五千八百八十八斤一两七钱二分，请缓至来年秋后带征。该两州

①中国第一历史档案馆藏：《单》，档号：03-7197-111。

县被灾各户，均经檄饬加意抚恤，额征粮草先行出示停收。至叶城县属咽玛、桑株、孔额塔被水地亩额征粮草应否蠲缓，俟勘报至日，另案办理等情。详请具奏前来。

臣覆核无异，除各灾户来春应否接济届时查明汇办外，所有莎车被水、叶城被冻，额征粮草合无仰恳天恩俯准分别蠲缓，以示体恤。如蒙恩准，俟钦奉谕旨，饬司将蠲缓粮草数目分别敬刊誊黄，遍行晓谕，以广皇仁而昭实惠。

是否有当，谨会同陕甘总督臣杨昌濬，恭折具陈。伏乞皇上圣鉴训示。谨奏。光绪十六年十二月初七日。

（朱批：）另有旨。①

光绪十七年正月十二日，奉朱批：另有旨❶。钦此。②

❶【案】此折于光绪十七年正月十二日得旨允行，《上谕档》载曰：

光绪十七年正月十二日，内阁奉上谕：魏光焘奏，莎车等处被灾，请将应征粮草蠲缓一折。新疆莎车、叶城两州县所属地亩被水、被冻，致成灾歉。若将应征粮草照常征收，民力实有未逮，加恩着照所请，所有莎车州被灾较重上窝铺、下窝铺、塔罕奇、坡斯坎及和什拉普、阿拉里别什干、秋鲁克各大庄所属各小庄被冲地四千三百八十三亩零，应征额粮一百十五石零、草一万三千九百十二斤零，着一律豁除。叶城县咽玛所属各小庄被冻地三万三千九百十八亩零，额征粮七百十三石零、草八万五千八百八十八斤零，着缓至本年秋后带征，以纾民力。余着照所议办理。该护抚即刊刻誊黄，遍行晓谕，务使实惠均沾，毋任吏胥舞弊，用副轸念民艰至意。该部知道。钦此。③

①台北故宫博物院藏：《军机及宫中档》，文献编号：408006746。

②中国第一历史档案馆藏：《录副奏折》，档号：03-7104-051。

③《光绪朝上谕档》，第17册，第12页。

0276. 奏报刘嘉德呈请开缺赴引缘由折

光绪十六年十二月初七日（1891年1月16日）

头品顶戴护理甘肃新疆巡抚新疆布政使臣魏光焘跪奏，为实任直隶州知州呈请开去本缺，以知府给咨赴部引见，恭折仰祈圣鉴事。

窃照莎车直隶州知州刘嘉德于光绪十五年禀请交卸，赴部引见，当经奏明在案。兹据署新疆布政使饶应祺、镇迪道兼按察使衔陈名钰会详：据该员呈称：现年五十三岁，安徽霍邱县人，由附贡生报捐双月选用县丞。光绪二年，投效军营，递保留甘归候补班前尽先补用直隶州知州；又于乌鲁木齐历办边防、善后案内汇保，九年十月初八日奉上谕：着俟补缺后，以知府用，先换顶戴。钦此。新疆六载边防案内汇保，十年十月初四日奉上谕：着赏戴花翎。钦此。十二年，委署莎车直隶州篆，四月初三日到任，旋借补英吉沙尔同知，调补莎车直隶州知州员缺。十六年闰二月十一日交卸，请咨赴部，恳请开去本缺，以知府送部引见等情。详请具奏前来。

臣查莎车直隶州知州刘嘉德，前于乌鲁木齐边防、善后案内曾保俟补直隶州缺后，以知府用，现请开去底缺，以知府给咨送部引见，尚属与例相符。合无仰恳天恩俯准开去该员莎车直隶州知州本缺，以知府给咨赴部引见，出自鸿施。

谨会同陕甘督臣杨昌濬，恭折具奏。伏乞皇上圣鉴训示。再，莎车直隶州知州系冲、繁、难三项要缺，应请扣留由外拣补。合并声明。谨奏。光绪十六年十二月初七日。

（朱批：）着照所请，吏部知道。①

光绪十七年正月十二日，奉朱批：着照所请，吏部知道。钦此。②

---

①台北故宫博物院藏：《军机及宫中档》，文献编号：408006744。

②中国第一历史档案馆藏：《录副奏折》，档号：03-5275-021。

0277. 查明新疆无需应行调剂抚恤缘由折

光绪十六年十二月初七日（1891年1月16日）

头品顶戴护理甘肃新疆巡抚新疆布政使臣魏光焘跪奏，为遵旨查明新疆有无被灾地方应行调剂抚恤，恭折具陈，仰祈圣鉴事。

窃臣于光绪十六年十一月初八日承准军机大臣字寄：光绪十六年十月初三日奉上谕：本年顺天、直隶各属被水成灾，钦奉懿旨发给内帑银五万两，以拯灾黎，并降旨拨给京仓米二十万石、部库银五万两、大钱五十万串，近京各乡镇添设粥厂。复准李鸿章①所请，提拨直隶藩库等银六万两，截拨奉天粟米一万二千七百余石、江北漕米三万六千石，广为散放，并因山东濮州等处被水，

①李鸿章（1823—1901），字少荃，安徽合肥人，优贡生。道光二十四年（1844），中举人。二十七年（1847），中式二甲三十六名进士，改庶吉士。道光三十年（1850），授武英殿编修、国史馆协修；从曾国藩游，讲求经世之学。咸丰三年（1853），办理团练。五年（1855），以军功赏知府衔，并戴花翎。六年（1856），以功保道员，请旨简放，并加按察使衔。九年（1859），授福建延建邵道（未赴任）。同治元年（1862），署江苏巡抚，旋实授，署办理通商事务钦差大臣，兼南洋通商大臣。二年（1863），署五口通商大臣，晋太子少保衔。三年（1864），赏骑都尉，戴双眼花翎，封一等肃毅伯，任江南乡试监临官。四年（1865），署两江总督。五年（1866），授钦差大臣。六年（1867），调补湖广总督，赏骑都尉。七年（1868），总统北路军务，晋太子太保衔，擢协办大学士。八年（1869），兼署湖北巡抚，督办剿苗军务。九年（1870），督办陕西军务，调直隶总督，摄长芦盐政，兼北洋通商事务大臣。十二年（1873），授武英殿大学士。十三年（1874），改文华殿大学士。光绪五年（1879），加太子太傅衔。六年（1880），巴西通商，以全权大臣订约。八年（1882），丁母忧，服满，驻天津督练各军，并署通商大臣。九年（1883），署直隶总督，兼通商大臣。十年（1884），补直隶总督，兼北洋通商事务大臣、文华殿大学士。十一年（1885），授全权大臣，与法增减前约。十二年（1886），以全权大臣定法国通商滇粤边界章程。二十年（1894），赏三眼花翎。二十一年（1895），抵马关，与日订约。旋任致贺俄国加冕头等专使大臣。二十二年（1896），命直总理各国事务衙门，兼经筵讲官。二十三年（1897），授武英殿总裁。二十五年（1899），调商务大臣，署两广总督。二十六年（1900），充议和全权大臣，总督直隶，兼北洋通商大臣，权长芦盐。二十七年（1901），充政务处督办大臣，旋署总理外务部事。是年，卒于任。赠太傅，晋封一等侯，谥文忠。著有《李文忠公全集》，修《钦定大清会典事例》，重修《畿辅通志》，监修《保定府志》《畿辅通志》等行世。

谕令张曜截留新漕五万石，提拨粮道库银十万两，借资赈济。吉林珲春、宁古塔被水，省城被火；安徽安庆等处被水，盱眙县被火；江西星子等县被水；福建省城及延平等处被水，霞浦等县被风；台湾、台北等府属被风、被水；湖北施南等府被水；湖南巴陵等县被水；河南洛阳县被雹，淮宁等县被风；陕西商南等县被雹，商州等处被水；甘肃阶州等处被水；广西灵川等县被火，郁林州等属被水；云南安平、蒙化等处被水。均经该将军、督抚等查勘抚恤，小民谅可不至失所。惟念来春青黄不接之时，民力未免拮据，着传谕该将军、督抚等体察情形，如有应行接济之处，即查明据实覆奏，务于封印以前奏到，候朕于新正降旨加恩。再，安徽安庆等处被旱，江西瑞昌等处被水、被旱，浙江杭州等府属被风、被雹、被水、被旱，河南彰德等府属被水，甘肃西宁县地震、金县等处被雹、河州等处被雹、被水，广东南海等县被水，广西苍梧等处被水，均经该督抚等委员查勘，即着迅速办理，并将来春应否接济之处一并查明，于封印前奏到。此外，各省有无被灾地方应行调剂抚恤之处，着该将军、督抚等一并查奏，候旨施恩。将此各谕令知之等因。钦此。

仰见皇上轸念民依之至意！查光绪十六年新疆喀什噶尔道属莎车州境被水，叶城县境被冻，额征粮草业经臣奏请分别蠲缓，并饬妥为抚恤，来春应否酌借食粮、籽种，届时察看情形核办，并声明叶城县被水地亩粮草应否蠲缓，俟勘报至日另行办理在案。其余各属夏、秋禾收成均称中稔，并无被灾地方应需接济。饬据署布政使饶应祺详覆前来。

臣覆查无异，所有遵旨覆陈新疆有无被灾地方应行调剂抚恤缘由，谨会同陕甘总督臣杨昌濬，恭折具陈。伏乞皇上圣鉴。谨奏。光绪十六年十二月初七日。

（朱批：）知道了。①

①台北故宫博物院藏：《军机及宫中档》，文献编号：408006745。

光绪十七年正月十二日，奉朱批：知道了。钦此。①

0278. 部议新疆收支银粮各款请饬核销折

光绪十六年十二月初七日（1891 年 1 月 16 日）

头品顶戴护理甘肃新疆巡抚新疆布政使臣魏光焘跪奏，为部议甘肃新疆自光绪四年起至九年止及十年分收支银粮各款，谨并案分缮清单，恳恩饬部核销，以清积案，恭折仰祈圣鉴事。

窃臣准户部咨：议奏新疆巡抚刘锦棠造报自光绪四年起至九年止收支银粮折稿、清单，并准咨奏光绪十年分收支各款一折、清单一件等因。当经转行遵办去后。兹据粮台司道详晰具覆前来。臣逐加覆核，委属实情。查新疆南北两路地方事件，从前或隶将军、都统，或归办事、参赞各大臣办理，一切类有定章。自经兵燹，案牍散失，应征赋税及铜、铁、铅矿等项，均无从稽考。前陕甘督臣左宗棠于光绪四年设局开办。六年，抚臣刘锦棠接绾钦符，督办全疆事宜，头绪纷繁，诸同创始，或无案可查，不得不随时酌办；或办理窒碍，不能不稍为变通。按诸例章，虽未能一一牵合，然以边事艰难，饷项支绌，固已悉心稽核，力杜虚糜，经手各员亦无不实事求是。检查案卷银粮出入，委系尽征尽解，实用实销。现在前项销案尚未清厘，以后造销，深虞积滞，相应分缮清单，并案覆陈，吁恳天恩俯准饬部将新疆自光绪四年起至九年止并十年分收支各款，一律核销，以清积案，出自鸿慈！

除咨部外，谨会同陕甘总督臣杨昌濬，恭折覆陈。伏乞皇上圣鉴训示。谨奏。光绪十六年十二月初七日。

（朱批：）该部议奏，单并发。②

光绪十七年正月十二日，奉朱批：该部议奏，单并发。

①中国第一历史档案馆藏：《录副奏折》，档号：03-7104-052。

②台北故宫博物院藏：《军机及宫中档》，文献编号：408006747。

钦此。[1]

0279. 呈部议收支银粮各款请饬核销清单

光绪十六年十二月初七日（1891年1月16日）

谨将部议行查甘肃新疆司库光绪十一年分收支银粮、草束，逐一登复，开具清单，恭呈御览。

计开

旧管银两项下

一、部议行查上案删除库平银一千七百三十九两四钱三分一款。

查此项删除银两系防军、善后报销案内之款，已由粮台查明造报。理合登明。

旧管粮石项下：一、部议行查旧管项下粮石总数与上案实存项下总数不符，其色样、散数又与上案歧异，并库尔喀喇乌苏、精河二粮员旧存粮石十年以前并未开列一款。

查库尔喀喇乌苏、精河二粮员旧存粮石，兵燹之后，所收粮石均系随收、随支，尚多不敷，十年以前均系报归伊犁将军办理。迨至十一年藩司到任后，始改归新疆藩司办理，是以十年以前并无粮员收款，亦无漏造。

至旧管列收各色粮二十九万九十九石七斗一升一合三勺，内库尔喀喇乌苏、精河二粮员存粮二百二十七石四斗九升六合六勺，各属实存各色粮二十八万九千八百七十二石二斗一升四合七勺。

查十年底止保存各色粮石，内稻谷一项有已经折成大米者，有未经折成大米仍以稻谷造报者；其各色粮石色样，有与十年底止较多者，有与十年底止较少者，两相抵除，旧管项下仍多粮八千七百三石二斗九合九勺，内多小麦五千九百七十石三斗一升九合九勺，包谷四千四百四十二石三斗一升五合三勺，高粱一百四

[1]中国第一历史档案馆藏：《录副奏折》，档号：03-6628-004。

十一石六斗五升八合九勺，谷子八十六石七斗六升五合，糜谷四百八十五石二斗九升六合九勺，莜麦一勺，少莞豆七百三十八石七斗一升九合一勺，大麦三百石七斗六升七合七勺，小谷九石六斗九升，糜子五百四十石二斗一升八合三勺。稻谷折成大米合算，少八百三十三石七斗五升一合一勺，系因十年分征收未完粮石，各属于十一年正、二月内埽数征完，司中办理报销划归旧管项下，而粮台仍照十年底止征收实数造报。又，有司库接办报销，行查各属盘明实存粮石，间有增多，亦有十年以前各属借出籽种，民间归还以此色抵还彼色，情形不同，以致多寡、色样微有参差，而以总数合计，有赢无绌，司库系照查明各属实在数目造报，此后应请仍照此数接续造报，以归实在。理合登明。

旧管草束项下

一、部议行查十一年旧管草数，与上案实存项下存数不符一款。

查前项草束较十年底止多存三千四十三斤九两五钱二分，亦系各属十一年正、二月内征收十年底止未完之款，司中办理报销划归旧管项下造报，与前款粮石事同一律，应请仍照次数接续造报，以归实在。理合登明。

银两收款项下

一、部议行查新疆粮台拨解司库十年分折色粮草银两一款。

查此项银两系十一年藩司未到任以前由粮台在于各属征存粮草银两内，拨发各厅州县廉俸银两，照数拨归司库作收、作付，并非带征十年之款。其某属征收若干，有无未完，已由粮台造报。理合登明。

一、部议行查新疆粮台解到库车厅铜斤铸钱合银一款。

查鼓铸红钱折收铜斤章程，应归另案详覆核办。其支给炉匠工炭、器具、员役薪水等项，已于后款声明。至总册内列收行营粮台解到，系属错误，应请更正。理合声明。

一、部议行查征收园地课租、折色粮草一款，内库车厅十年分征草折色及铜斤铸钱合银两项散册内业已分晰造报，总册内未经提出，以后遵照部议，分晰开造。粮石色样已于本折粮石册内分晰开造，粮草折色章程，已于十年以前报销案内登覆。园地租课一项，内精河巡检、吐鲁番厅两属原额地亩及已垦、未垦荒熟地应征课银，均于田赋册内造报在案。惟迪化、奇台两县旧日征课地亩，军兴以来业已荒废，现在征收租课之地，均系官地，佃民承种，尽收尽解，兴征收房租相同，无从开造地亩。所有册内报收之数，均系征完之数，并无未完银两。库车厅草束折色一项，系该厅十一年带征十年之款，计草三十一万六千七百九十九斤四两四钱八分，每百斤折征银五分，共折征银一百五十八两四钱，均已征收完数，并无未完。温宿、拜城、库车征铜一项，查该各属原日征铜地亩，十一年藩司到任后，饬令各属清厘田赋，因征铜不便于民，经抚臣刘锦棠饬令一律改征粮石，归入田赋册内造报，以后并无征铜地亩。其册造征收铜斤系未改章之先各属已征之款，随时鼓铸红钱，照民间行用章程，以五百文合银一两；铜斤折耗系按生铜下炉实在折耗数目开报；匠工、炭价、器具用费，监铸员役薪粮等项，亦系按照铸铜若干，随时酌定，实用实效，应请查核。

一、部议行查新疆粮台拨解各属十年分牲税、房租、契税三项一款。

查此项银两，亦系十一年藩司未到任以前由粮台拨发各属，解由司库作收、作付之款，与前款折色粮草之款事同一律。应请查核。

一、部议行查征收牲税税余、房租、水磨碓税、契税、金课、地租、草湖税等项一款。

查牲税、房租、水磨碓税、契税、草湖税等项，向无定额，尽收尽解，并无未完。金课一项，十年以前，和阗州系按地征课。十一年清厘田赋案内，因征金不便于民，经抚臣刘锦棠饬令改征粮石，另行招夫，试办金厂，酌量收税，十一年分并无征收。惟叶尔羌金课系色勒库尔地方头目按年应缴之款，每年应缴金二十七两七钱，共折缴银七十四两八钱七厘。十一年分报收金折银三十九两五钱六分七厘，计漏报银三十五两二钱四分，应由列入十四年分报销案内补收。理合登明。

一、部议行查征收百货土产税银一款。

查吐鲁番厅征收葡萄商税，系常年应征列入交代之款，十年以前防军、善后报销案内曾报收银五千余两。惟和阗、于阗、英吉沙尔三属征收茧税、油税，早年征收厘金税，本有征收，至七年内停止抽收。设官以后，自十一年起，未经开办土产之先业已征收，故于册内分别声叙，以昭核实。理合登明。

一、部议行查扣收减平银两一款。

查新疆初设行省，各项收款无多，不敷例支，前经奏准在于协饷内提拨银一十五万两，归入司库支发造报，是新疆支发各款，以本地所入仍属不敷，尚赖协饷，方资接济，实与他省情形迥不相同。前经户部奏催各直省欠解减平银两案内，查甘肃、云南、贵州及东三省扣存减平银两，经部奏准按年留抵俸饷，于拨册内声明在协饷项下扣抵。

又，四川、直隶、闽省等处奏请将减平银两暂留，备拨饷需，免予提解，亦经部议准。新疆各项收款，入不敷出，自应援照甘肃成案办理，所有前项扣存减平银两及以后应扣收之减平银，应请留抵俸饷，归入司库，就地动支，仍于拨册内声明在于提拨司库银十五万两内扣抵，按年分别造报，一俟将来收款渐多，再行循例扣解，以符定章。理合声明。

一、部议行查防营领草扣收草价银两一款。

查防营领用草束每百斤扣收银五分，系按照定章扣收。至未缴价草，已准粮台于十二年内照数解缴清款，归入十二年报销案内列收造报。理合登明。

一、部议行查驿站书夫领面扣价银两一款。

查未扣银两系因各该属尚有未领驿费银两，故无从扣收，后据各该属请领驿费银两时已照数扣收，归入十二年报销案内列收造报。理合登明。

一、部议行查玛纳斯营长支俸薪银两一款。

查前款长支银两，除已扣收外，尚有未扣收银两，已于十二年扣收，归入十二年报销案内列收在案。理合登明。

一、部议行查扣收前乌鲁木齐金提督运昌缴还报销册内长支、薪蔬等项银两一款。

查前项原缴银九百一十七两四钱七厘六毫二丝九忽系属湘平，司库照依库平折合造报，故与原数不符，并未错误。理合登明。

粮石新收项下

一、部议行征收各色粮石一款。

查新疆各属征收粮石，自收复以后，前督臣左宗棠饬照什一征收，系属权益办理。光绪九年，新设郡县，始行委员清丈地亩，减定科则。迨十一年藩司到任，复经饬属逐一清查，造具田赋清册，已于十三年分分别奏咨，所有各属征粮按照清丈减定章程，实收实报。九、十两年民欠数目，从前并未另行造册，迨造办十一年报销时，由司饬行各属造册赍司，分别稽核，另造带征清册，以备查考。稻谷折收大米一项，每稻谷一石，照依民间碾米成数，或四斗五升，或五斗、六斗、三斗六升不等，缘固地有肥硗，谷有轻重，不能一致，系照依实数开报，应请查核。至经征钱粮考成，新疆初设行省，一切例案尚未举行，应由司另案详请办理。所有十一年分考成清册，应请免其开造。理合登明。

草束新收项下

一、部议行查征收草束一款。

查草束地亩及考成均于前款声叙，应请查核。理合登明。

统计光绪十一年分，原册共报收银四十六万二千九百七十一两八钱五分，又湘平银二千四百七十四两一钱，本色京斗粮一十七万二百三十石五升八合四勺，本色草一千一百三万一千一十五斤九两三钱八分，以散合总，数目相符。惟以上各款尚须查覆，应俟查覆到日，再行核办。

查以上各款，均已逐款登覆，应请查核准销。理合登明。

开除银两项下

一、部议行查开支文职廉俸、工费银两一款内，各官支款并未分别职名，亦未分晰实任、署理、代理、护理等因。

兹已分晰造具清册，随案呈赍，应请查核。库尔喀喇乌苏、精河二粮员开支官役、斗级、壮役名数、盐菜、工食银两，系咨由甘肃藩司钞送，查照向例额支成案照发。

又，散册内列支湘平、库平银数，与总册内不符一项。

查系散册内由道库支发湘平银六千二百七十三两九钱六分一款，总册内折合库平，散册内未经折合，致有不符，其实仍属相符。

又，藩司俸银按照例章岁支银一百五十五两，兹册报少支银五两，系属错误，应请照例补支，仍俟补支后，归入十四年报销案内造报。

又，阜康、奇台两县廪生各一名，与《赋役全书》内载阜康县廪生二名，奇台县无廪生，不符一项。

查新疆初设行省，章程尚未划一，兵燹之后，亦与承平时情形不同，前项廪饩系照依该学查明实在数目支发，由司另行奏咨立案。

又，镇迪道加按察使衔以后公费，并哈密厅添设书办二名，系十二年议准，不应于十一年起支一项。

查镇迪道加按察使衔系十一年分奏准，奉到部覆，即行颁发关防，虽加增公费之案系于十二年奏咨，而银两则已于颁发关防之日起支，应请准销。哈密通判添设书办二名，因该厅办事需人，由督臣左宗棠核准，支发有年，亦系奏咨在后，支银在前，并请准销。

又，开支俸工廉费照依湘平未扣减平一项。

查系藩司未到任以前，由粮台支发，拨由司库作收、作付、造报，当时系按军需、善后章程支发，现在事隔数年，无从追还，应请免扣，以免全案轇轕。

又，巡抚养廉并未匀闰一项。

查新疆巡抚系属新设，抚臣刘锦棠于十年十月初二日奉旨补授，系在闰月以后，以前并无摊支之员，应请准销。

又，藩司衙门经书各役月支工食银两与旧制、新章浮多一项。

查藩司衙门书役系属新设，所有工食银两，前经奏咨自十二年起，照定案支发，并随案声明，未经定章以先，照实支数目开报，经部覆准，应请准销。

又，玛喇巴什通判衙门书役与北路哈密通判及乌鲁木齐通判衙门额设书役浮多一项。

查玛喇巴什原设抚民通判管理水利、钱粮、仓库，事务较繁，所需书役除回文书办、通事外，仿照乌鲁木齐通判之例，额设书办二名；又仿照密通判之例，额设各役四十二名，并酌添斗级三名，以资办公，应请准销。

又，奇台县禁卒六名与旧制奇台县禁卒五名之数浮多一项。

查该县禁卒系禀由督臣左宗棠核准，照依阜康、昌吉等县额设禁卒六名支发，盖以军务底定之后，按照地方情形，随时酌办，应请准销。

一、部议行查开支驿站经费银两一款。

查驿站经费银两，已经兵部行查，另案登覆，应请查核。

一、部议行查开支武职廉俸、薪蔬、纸红、马干、公费、兵饷一款内，原册并未开报衔名一项。兹已遵照开具衔名清册，随案呈赍，应请查核。

又，马步兵丁未扣朋合小建一项。

查甘肃军兴之后，标营旧制未复，经督臣左宗棠酌定，不分马步、守兵，每名每岁暂支银一十二两，历年由甘肃藩库支发，并未扣除朋合小建。新疆藩库亦照依甘肃藩库章程支发，未经扣除，应请免扣。

又，册造兵丁马二百余匹，何年添备、何时报部一项。

查新疆标营兵饷，仅只巴里坤一属军兴之后募设马兵，均经随时禀明，有兵一名，即有马一匹，均系核实支销，并无浮冒。

又，乌鲁木齐提标实缺、署事各员弁向皆兼充旗哨一项。

查乌鲁木齐提标兵丁，兵燹之后，并未安设。嗣经募设土勇，即旧有标营各官管带，勇饷归军需项下支发，官俸照依定例给领，并未另支薪粮。公费一项，照依甘肃新章，以三成支给，既未照依定章，自无细数可造，且各官专带土勇，并无兵丁。是此项土勇即与标兵无异，既未另支营勇薪工，此项公费自应给发，以资办公，应请准销。

又。马兵数目总册内称四百八十一名，而散册内开支四百八十七名一项。

查总册内四百八十一名之数系属误缮，应请更正。

牧马兵丁鞦鞋、盐菜一项。

查巴里坤镇标兵丁尚未复额，所有兵饷均系实支实销，并无空旷可扣，应请准销。

一、部议行查支发祭祀银两一款。

查各属向无额设祭祀之处，前因开设行省，均经各属随时禀请添设，照章支给祭祀银两，或由各属在于牲税项下禀明动支，章程尚未画一。十二年由司定章，声明从十三年为始，照章支发，所有未经定章之先支发之款，均系实用实销，应请准销。

一、部议行查开支哈密、古城两税局局费银两一款。

查哈密、古城两局于十一年复经开局试办收税，局费等项本属较多，业于报销案内声明，俟办有成效，再行随时酌减。至抚臣刘锦棠前奏局费，不得逾二成之数一节，系只[1]十三年以后添设省城总、分各局收数较多合算而言，并非以前之事。所有此项局费银两系属实支之款，应请准销。

---

①只，当为“指”。

一、部议行查乌鲁木齐、巴里坤、古城三旗营经费银两一款。

查巴里坤旗营收支奏销，业经咨催送部，应请查核。至按四分核扣湘平一节。查乌鲁木齐、巴里坤、古城各旗营原议迁并伊犁，所有解到旗营经费银两，当已转解伊犁，嗣以旗营迁并古城，复将前项银两由伊饷内扣还，以符原拨之数。惟于未经扣还解司之先，系由粮台在于新饷内挪拨，仍系照依粮台原拨湘平数目折合库平，嗣后改定湘平，始以九六折合，已于报销案内声明，应请照数核销，毋庸核扣，以免轇轕。

开除粮石项下

一、部议行查开支通省各衙门书役口食、粮石一款。

查此项工食、粮石已于前款声明，应请查核准销。

一、部议行查开支通省驿站书夫食粮一款。

查驿站银两已经兵部行查，此项粮石应请划归兵部核准。所有支粮未经扣收价银，已于前款声明，应请查核。

一、部议行查拨发乌鲁木齐、古城、巴里坤三旗营粮料一款。

查巴里坤旗营粮料奏销，现已咨催送部。至乌鲁木齐、古城满营粮料，奏销册内未经列收，亦经饬行古城城守尉查案造报，以凭查核。

一、部议行查开支标营马料一款。已于前款声明，应请核销。

一、部议行查开支孤贫、残废口食、寒衣一款。

查新疆初设行省，孤贫、残废并无定章，前已饬属查明，分别定章。自光绪十三年为始，照章开支造报，未经定章之先，照依各属实支数目报销。至抚臣刘锦棠前次咨部吐鲁番孤贫七十四名，镇迪道属每名每年支花布银一两之数，系属定章以后之事。其定章以前实支之款，应请照数核销。

一、部议行查支发递解监犯人名口粮一款。

查新疆地方瘠苦，未经设省以前，此项人犯口粮，无论内结、外结、在禁、在营，均由地方随时禀请给发食粮，核实开报。藩司到任以后，查明定章，请自十三年起，照依定章办理，未经定章以前，照依各属实支数目开报。所有前项支发粮石无多，而案情既属琐碎，姓名尤属繁多，应请仍照实支之数准销，免其开造案由、花名清册，以期简捷。

一、部议行查支发防营及善后领用扣价粮石一款。

查前项扣收价银章程，已于防军、善后案内声明，应请查核。

一、部议行查支发户民借领籽种粮石一款。

查前项民欠籽种，实固民力拮据，据各属禀报，未能一律归还，准其归入下年带征造报，委无以完作欠情弊。至照依社仓加收还仓一节，新疆民情困苦，每岁春耕，非恃官为接济，不能依时下种，而收成丰歉不一，借款间有不能全还。若额外加收，民力实有未逮，不能不量为体恤，以纾民力，应请毋庸按照社仓之例加收。理合登明。

一、部议行查支发乌鲁木齐提标各营例马料一款。

查前项补支各营光绪八、九、十等年例马料豆细数，应归甘肃藩司造报，应请查核准销。

一、部议行查支发赈济被灾户民食粮一款。

查奇台县十一年被灾地亩分数，前经抚臣刘锦棠奏明有案。其赈济男妇大小户口，亦经造具花名清册咨部。所发粮石实系按户、按口、按日，照例支发，并无浮冒，应请准销。

一、部议行查支发军台弁兵及旧章驿站书夫食粮一款。

查此项应请划归兵部核销。

开除草束项下

一、部议行查支发各防营领用草束扣价一款。

查此项草束扣价已于收款项下声明，应请查核。

统计光绪十一年分原报总册共开除银二十六万六千七百一十两七钱五分八厘，又湘平银二千四百七十四两一钱，内除支发乌鲁木齐、古城、巴里坤三旗营经费及支解新疆行营粮台，共银七万六千三百六两一钱六分一厘，应归另案列收外，实请销支发银十九万四百四两五钱九分七厘，又湘平银二千四百七十四两一钱，内除由兵部核销驿站经费银三万七千二百二十四两九钱一分三厘外，应由户部核销银十五万三千一百七十九两六钱八分四厘，又湘平银二千四百七十四两一钱，内行查银十五万一千一百七十九两六钱八分四厘，又湘平银二千四百七十四两一钱，实准销银二千两。

又，开除各色京斗粮一十七万二千九百八十二石七斗六升二合三勺，内除拨发乌鲁木齐、古城、巴里坤三旗营官兵粮料京斗粮五千八百一十一石七斗四升三合二勺，应归另案列收外，实请销支发京斗各色粮一十六万七千一百七十一石一升九合一勺，内除由兵部核销各色京斗粮四千六百九十一石七斗四升三合外，应归户部核销各色京斗粮一十六万二千四百七十九石二斗七升六合一勺，均应行查。

又，开除草六百二十万三千五百十三斤十五两六钱，亦应行查，统俟声覆，再行核办等因。

查支发银粮、草束各款，均已逐款登覆，应请查核，照数准销。理合登明。

实在项下

一、部议行查存银一十九万六千二百六十一两九分二厘，内司库存银一十四万五千五百四十六两九钱八分一厘，镇迪道库存银四千八百五十四两三千六分九厘，阿克苏道库存银一万四千八百五十九两三钱七分二厘，喀什噶尔道库存银三万一千两三钱七分等语。通核四柱，尚属相符。惟查历案尚有行查银两，应俟声覆，再行核计。再，查上案删除银一千七百三十九两四钱三分，系应列实存之款，应令于下案旧管项下跟接造报，以凭查核等因。

查银两现已逐款登覆，所有实在存银数目，应请仍照原数核存，接续造报，以免轇轕。

一、部议行查实存京斗各色粮二十八万七千三百六十四石九斗八升一合二勺，内大米九千六百五十石二升六合五勺，小麦二十万九百二十六石八斗三升四合五勺，包谷六万二千七百八十七石八斗六升九合四勺，高粱一万二千一百一十五石二斗六升七合，莞豆八百四十三石四斗七升四合，大麦五十一石六斗七升一合，小谷六十五石八升九合六勺，糜子三百九石二斗五升一合六勺，莜麦八石四斗七升八合三勺，小米三十四石九斗五升七合四勺，谷子八十六石七斗六升五合，糜谷四百八十五石二斗九升六合九勺。又，库尔喀喇乌苏粮员不敷支发京斗小麦一十七石九斗七升三合八勺等语。通核四柱，实存及不敷粮数相符。惟本案旧管粮石与上案不相跟接，已于旧管项下行查。又，历案均有行查粮石，系尚未准销之款，统俟声覆，再行核定等因。

查行查各款粮石，现已逐款登覆，所有实存粮石数目，应请仍照原数核存，接续造报，以免轇轕。

一、部议行查实存草八百三十三万四千七百一十斤一两三钱等语。通核四柱，实存草束相符。惟历案支款内有行查草束，系尚未准销之款，俟声覆后，再行核定准驳等因。

查草束现已逐款登覆，所有实存草束数目，应请仍照原数核存，接续造报，以免轇轕。合并声明。

（朱批：）览。①

0280. 请以萧元亨借补哈密协营副将折

光绪十六年十二月十六日（1891年1月25日）

头品顶戴护理甘肃新疆巡抚新疆布政使臣魏光焘跪奏，为拣员借补副将要缺，以重边防，恭折仰祈圣鉴事。

窃巴里坤镇属哈密协营副将员缺，前经奏准作为题缺，亟应拣员请补，以重职守。哈密系新疆南北要冲，弹压巡防，均关紧要，非熟悉边情、明干有为之员，弗克胜任。查有头品顶戴留甘肃新疆尽先补用提督骑都尉现署该营副将巴克坦巴图鲁萧元亨，

①中国第一历史档案馆藏：《单》，档号：03-6628-005。

朴诚勇敢，办事勤能，历在新疆带队，著有战功，自署任以来，营伍操防尤能认真经理，以之借补斯缺，洵堪胜任，合无仰恳天恩俯准以该员借补哈密协营副将员缺，于地方、营伍均有裨益。如蒙俞允，应请敕部先给署札，俟防务大定，即行给咨送部引见，以符定制。

除饬取该员履历清册咨部查照外，谨会同陕甘总督臣杨昌濬、喀什噶尔提督臣董福祥，恭折具陈，伏乞皇上圣鉴训示。谨奏。光绪十六年十二月十六日。

（朱批：）兵部议奏。[①]

光绪十七年正月二十一日，奉朱批：兵部议奏。钦此。[②]

0281. 循例年终密考新疆实任文武情形折

光绪十六年十二月十六日（1891 年 1 月 25 日）

头品顶戴护理甘肃新疆巡抚新疆布政使臣魏光焘跪奏，为新疆实任提镇循例年终密考，缮具清单，恭折仰祈圣鉴事。

窃照定例提、镇、司、道、知府各官，由督抚于年终出具考语，密行陈奏。新疆实缺文武等官，上年年终经臣密陈在案。兹本年又已届期，各员操守、才具，臣平日详加察看，自应分别注考，循例办理。除巴里坤镇总兵、古城城守尉、藩、臬两司并各道府或系署事，或系护理、代理，或实缺尚未到任，例不注考外，谨就现任提镇出具切实考语，密缮清单[③]，恭呈御览。伏乞皇上圣鉴。谨奏。光绪十六年十二月十六日。

（朱批：）知道了，单留中。[④]

---

①台北故宫博物院藏：《军机及宫中档》，文献编号：408006750。

②中国第一历史档案馆藏：《录副奏折》，档号：03-5876-028。

③此清单查无下落，待考。

④台北故宫博物院藏：《军机及宫中档》，文献编号：408006752。

光绪十七年正月二十一日，奉朱批：知道了，单留中。钦此。①

0282. 查勘旗屯民屯量地划界情形折

光绪十六年十二月十六日（1891年1月25日）

护理伊犁将军副都统臣富勒铭额、护理新疆巡抚臣魏光焘跪奏，为查勘伊犁旗屯、民屯，量地画分耕种，以清界畔，绘图贴说，进呈御览，恭折仰祈圣鉴事。

窃臣魏光焘前于光绪十六年四月初六日具奏拟办伊犁地方事宜大概情形折内，陈明伊犁向分旗屯、兵屯、回屯、民屯，旗屯地亩应由将军饬令画丈，计户授田，联成片段，不与各屯参杂，以示区别等因。于光绪十六年五月初九日奉朱批：知道了。该衙门知道。钦此。臣等伏查伊犁满营，承平之时，向有旗屯地亩拨给闲散壮丁耕种，借资养胆。迨兵燹后，地方蹂躏，以致兵民荡析离居，旗民屯地久以荒芜，渠畔被水冲刷，半成沟涧，经界不清，无以区别，仰赖圣谟边圉重新奠定，正值新疆议开行省，设立郡县，从前历任将军、大臣皆未暇计及。臣等和衷商办，凡有关于地方兴复事宜，靡不悉心谘访，妥为经营，现当满营甫经规复，一切旧例亟应次第举办。伊犁虽有旗民屯地，弃置年久，此时清厘画分，势同创始，又因旧卷遗失，无案可稽，访诸地方孑遗兵民，咸莫知其所以。或有一二知者，及至其地半为水冲沙淤，某系旗屯，某为民屯，漫无分别，若非亲往履勘，何以正经界而分旗、民之屯？

臣富勒铭额率领满营协领暨绥定、宁远两县知县、善后局委员等，遍履踏勘，自塔勒奇上游屯地引用泉水灌溉，绥定城迤东牛录湾红白嘴至新旧惠远城红柳湾屯地以及城东北一带屯地皆引用乌哈里克河及通惠渠水灌溉稻地，通惠渠、中渠、南渠屯地皆

①中国第一历史档案馆藏：《录副奏折》，档号：03-5275-050。

引用伊犁河水灌溉。阿齐乌苏渠屯地引用哈什河水灌溉，惠宁城屯地引用辟里沁、莫霍图阿里木图河水灌溉。自辟里沁疏浚，水磨渠迤南阿齐乌苏渠迤北屯地引用辟里沁河水灌溉。

以上统共查勘旗屯、民屯，综计可耕之地十二万八千余亩。此项地亩向不与兵屯、回屯交涉。臣富勒铭额就现已查勘旗屯、民屯，悉心酌核，公同分拨，拟将塔勒奇上游屯地约八千余亩、阿齐乌苏屯地约五万四千余亩，自辟里沁水磨渠迤南、阿齐乌苏迤北屯地约五千余亩，共六万七千余亩，均拨归民屯，交绥定、宁远两县接收经理，招户屯垦。自绥定城迤东牛录湾、红山嘴至新旧惠远城红柳湾屯地，并城东北一带地及通惠渠地，约一万七千余亩稻地，通惠渠中渠、南渠，地约九千余亩，惠宁城引用辟里沁、莫霍图阿里木图河灌溉地约三万五千余亩，共六万一千余亩，均拨归旗屯，内除教场、新筑惠远城地基贸易圈，以及官兵、民人坟茔、日行小拴马厂，并苇湖沙碛之外，仅有可耕之地约三万八千余亩，按轮年歇种，实得地一万九千余亩，就近拨交满营，饬令兵丁及时播种，秋收后所获粮石，交仓存储，以备不虞。惟思伊犁地处极边，壤接外夷，巡防操练，尤宜随时讲求，每于该官兵农隙之暇，督饬勤加操演，庶于整顿营务，兼习耕作，均有裨益。

所有臣等为量地画分旗屯、民屯界畔，免致参杂相争起见，是否有当，谨合词恭折具陈，并绘图贴说，恭呈御览。伏乞皇上圣鉴训示。再，此折系臣富勒铭额主稿。合并声明。谨奏。光绪十六年十二月十六日。

（朱批：）该部知道，图并发。[1]

光绪十七年正月二十七日，奉朱批：该部知道，图并发。钦此。[2]

---

①中国第一历史档案馆藏：《朱批奏折》，档号：04-01-30-0278-016。

②中国第一历史档案馆藏：《录副奏折》，档号：03-9555-017。

0283. 奏闻旗官彭文英被枪殒命缘由折

光绪十六年十二月十八日（1891年1月27日）

头品顶戴护理甘肃新疆巡抚新疆布政使臣魏光焘跪奏，为旗官误被枪伤殒命，并放枪营兵畏罪自尽，分别办理，恭折具陈，仰祈圣鉴事。

窃据署库尔喀喇乌苏厅同知周鼎铭禀称：光绪十六年十月二十八日辰刻，据署库尔喀喇乌苏游击谭用宾差弁面称：顷间，伊营各哨演放排枪，适管带伊犁镇标副右旗马队补用游击彭文英来署，甫进头门，误被枪伤等语。随即亲往验明，彭文英小腹枪伤从右穿左，枪子飘出两孔焦黑，围圆均约寸许。据彭文英声称：因拟马步合操，特来商约，不料甫进头门数步，误中枪子等语。经谭用宾延医调治罔效，于二十九日酉时因伤殒命等情。臣当饬统带库尔喀喇乌苏、精河等营准补塔尔巴哈台副将张怀玉，亲往确查，并饬谭用宾查明放枪勇丁，交案讯办。兹据张怀玉覆称：遵即驰抵库尔喀喇乌苏城，详细访查，并传集已故彭文英所带哨弁周承蝺等及是日跟随彭文英家丁冯应智，面加盘问，佥称实系误伤毙命，委无别故。又查得库尔喀喇乌苏营，十月二十七日，曾在城外打靶，每勇发子药封条五个，左哨三棚勇丁王彦升演放三枪未中，即行中止。因此，剩有子药封条二个，误合无子封条，一并装入袋内。次早，该营左哨队伍在头门左侧操练，演放排枪，至第二轮，烟雾弥漫，王彦升于忙迫之中，误将有子药封条装入施放，值彭文英进署，致被误伤。据王彦升供：二十八日早，演放排枪至第二排，觉得有力，疑系昨日打靶所剩有子封条误灌枪内，当摸袋内，果只有子药封条一个，等供。该哨把总徐汉章即向谭用宾回明，提问如前。正拟将王彦升送厅审办，乃王彦升畏罪情急，潜服洋药，灌救无效，延至十一月初三日身死。报经库尔喀喇乌苏厅同知验明详报在案等情。前来。

臣覆查无异。此案营兵王彦升将打靶剩有子药封条误灌枪内，演放排枪，以致适伤旗官彭文英殒命，罪有应得，业已畏罪自尽，应毋庸议。署库尔喀喇乌苏营游击谭用宾、署该营右哨把总徐汉章，于营兵王彦升所剩子药封条，当不查缴，以致误伤人命，迨查出王彦升，又不严加看守，任其服毒毙命，种种疏忽，咎实难辞，相应请旨将提督衔记名总兵署库尔喀喇乌苏营游击谭用宾交部议处，署该哨把总徐汉章即行革职，以昭炯戒。副将衔湖北抚标补用游击彭文英随原任伊犁将军金顺，转战数省，驻防伊犁，勤劳卓著；臣调驻库尔喀喇乌苏，操防颇称得力。今因商约合操，误遭枪毙，殊堪悯恻。可否照在军营积劳病故例从优议恤，出自鸿慈。

所有旗官误被枪伤殒命，并放枪营兵畏罪自尽，分别办理缘由，谨会同陕甘总督臣杨昌濬，恭折具陈。伏乞皇上圣鉴，饬部议覆施行。谨奏。光绪十六年十二月十八日。

（朱批：）该部议奏。[①]

光绪十七年正月二十四日，奉朱批：该部议奏。钦此。[②]

0284. 奏闻伊犁设立局卡义学恳饬立案折

光绪十六年十二月十八日（1891年1月27日）

头品顶戴护理甘肃新疆巡抚新疆布政使臣魏光焘跪奏，为新疆伊犁各城设立局卡、义学，恳恩饬部立案，恭折仰祈圣鉴事。

窃照伊犁地方事宜，前准将军臣色楞额移交，自光绪十六年正月初一日起归巡抚管辖，业经臣将办理大概情形奏明在案。查该处地属极边，界连俄境，中外交涉及善后各事均关紧要。自光绪十四年改设道、府、厅、县，分别委员署理，当饬设立中俄通商局、宁远县保甲局，其余善后、保甲总、分各局卡并各城义学，或由色楞额移交，或交隶后由臣先后饬令开办。薪粮等银，酌量

①台北故宫博物院藏：《军机及宫中档》，文献编号：408006753。

②中国第一历史档案馆藏：《录副奏折》，档号：03-7314-007。

支给，汇入善后销案造报，仍俟办理就绪，陆续裁撤，以节糜费。至塔尔巴哈台应设局卡、义学，俟接交清楚，再行开办，另案具奏。据署布政使饶应祺、署镇迪道兼按察使衔陈名钰，汇详请奏前来。

臣覆核无异，相应将伊犁现设局卡、义学各数目，缮具清单[①]，恭呈御览。除咨总理衙门及户、礼、刑三部查照外，谨会同陕甘总督臣杨昌濬，恭折具陈。伏乞皇上圣鉴，饬部立案施行。谨奏。光绪十六年十二月十八日。

（朱批：）该衙门知道，单并发。[②]

光绪十七年正月二十四日，奉朱批：该衙门知道，单并发。钦此。[③]

0285. 审拟宁远客民蔡泳汰斗殴毙命一案折

光绪十六年十二月十八日（1891 年 1 月 27 日）

头品顶戴护理甘肃新疆巡抚新疆布政使臣魏光焘跪奏，为斗殴毙命，核明定拟，恭折具陈，仰祈圣鉴事。

窃宁远县客民蔡泳汰索欠口角，刃伤俄回王三娃仔辜限内因伤身死一案，据宁远县知县高敬昌获犯，会同俄领事验讯，详署伊塔道英林，咨镇迪道恩纶核明转详。臣以案关中外交涉，批饬提省，发迪化府讯办。兹据署迪化府知府黄丙焜督同发审局员审明，解署镇迪道兼按察使衔陈名钰，审转前来。

臣亲提审讯，缘蔡泳汰籍隶甘肃隆德县，光绪九年来宁远县赶车度日，与已死俄回王三娃仔素好无嫌。十四年三月间，蔡泳汰借王三娃仔胞弟依斯玛皮袄一件、车篷一个，王三娃仔向讨，蔡泳汰因系伊弟所借，延未归给。王三娃仔即将蔡泳汰扭至俄领

①此清单查无下落，待考。

②台北故宫博物院藏：《军机及宫中档》，文献编号：408006754。

③中国第一历史档案馆藏：《录副奏折》，档号：03-5514-026。

事处理，论谕令归还借物各散。七月二十六日中午，王三娃仔路遇蔡泳汰，复索借物。蔡泳汰推缓，王三娃仔不依斥骂，蔡泳汰回詈，王三娃仔扑殴，蔡泳汰顺用身带小刀，戳伤其左肋。王三娃仔弯身拾石，蔡泳汰即闪至右边，戳伤其右脊膂。王三娃仔随用右手扭住蔡泳汰胸衣，左手夺刀，蔡泳汰情急，又连戳两下，适伤其左胳肘、左胎膊。经马有儿赶拢喝阻，告知依斯玛，将王三娃仔扶回，投约报验，获犯取辜，王三娃仔左肋等处均已结痂。惟左胎膊一伤溃肿，延至八月二十日因伤殒命。覆经报验，详由伊塔道咨镇迪道兼按察使衔核转。臣因案关中外交涉，批饬提省，发交迪化府审明，解兼按察使衔议拟转详，臣覆审无异。

查律载：斗殴杀人者，不问手足、他物、金刃，俱绞监候。又，辜限内因伤身死者，以斗杀论。又，刃伤人者，限三十日，各等语。此案蔡泳汰于光绪十四年七月二十六日与王三娃仔口角争斗，刃伤王三娃仔左胎膊，越二十三日辜限之内因伤殒命，自应按律问拟。蔡泳汰合依“辜限内因伤身死者，以斗杀论；斗殴杀人者，不问手足、他物、金刃，并绞监候”律，拟绞监候，秋后处决。该犯犯事到官在光绪十五年三月十六日恭逢恩诏以前，核其所犯情节，应在援免之列。见证马有儿讯系救阻不及，请免置议。凶刀由俄领事收存，无干省释。尸棺领埋。是否允协？

除将全案供招咨送刑部外，所有斗殴毙命，核明定拟缘由，谨恭折具陈。伏乞皇上圣鉴，饬部核覆施行。谨奏。光绪十六年十二月十八日。

（朱批：）刑部议奏。[①]

光绪十七年正月二十四日，奉朱批：刑部议奏。钦此。[②]

---

①台北故宫博物院藏：《军机及宫中档》，文献编号：408006755。

②中国第一历史档案馆藏：《录副奏折》，档号：03-7314-004。

0286. 审拟奸夫拒捕杀死本夫一案缘由折

光绪十六年十二月十八日（1891 年 1 月 27 日）

头品顶戴护理甘肃新疆巡抚新疆布政使臣魏光焘跪奏，为奸夫拒捕杀死本夫，奸妇喊救首告，审明分别定拟，恭折具陈，仰祈圣鉴事。

窃吐鲁番厅缠民加拉尔与排独尔之妻纳自尔通奸，本夫捕捉，被奸夫加拉尔拒捕，刃伤本夫排独尔身死，奸妇纳自尔在场喊救，并事后首告一案。据署吐鲁番厅同知张起宇获犯，验讯通报，未及招解卸事，接署厅傅寿森审拟，解兼署镇迪道饶应祺提审，犯供游移，发交迪化府审讯。兹据署迪化府知府黄丙焜督同发审局员审明，详署镇迪道兼按察使衔陈名钰转详前来。

臣亲提审讯，缘缠民加拉尔籍隶吐鲁番厅，小贸度日，与已死排独尔素识往来，排独尔之妻纳自尔习见不避。光绪十四年四月，不记日期，加拉尔路遇纳自尔，四顾无人，调戏成奸，以后遇便续奸，不记次数，给过钱物，也无确数，本夫排独尔并不知情。十五年十一月十三日初更，加拉尔探闻排独尔出外，找纳自尔续旧。正在说笑，讵排独尔回归，加拉尔将镫吹灭，夺门逃跑。排独尔赶出，双手扭住加拉尔右边腰带。加拉尔起意拒捕，侧身用左手拔出身佩小刀，连戳两下，致伤其右臀、右腿等处，排独尔仍紧揪不放，一同倒地。加拉尔挣起，排独尔随起，脚仍跪地。维时，纳自尔大声喊救，执镫走出。加拉尔虑被捉获，忙用右手将排独尔侧身按住，左手执刀很戳脊背一下，排独尔松手，加拉尔逃脱。适克令木闻声赶至，与纳自尔一同扶救，不料排独尔伤重身死。纳自尔随央克令木通知尸兄阿提八亥来家，纳自尔哭告情由，投约报验，获犯讯供，议拟解省。因犯供游移，发府覆审，由兼按察使衔覆审转详，臣亲审无异。

查律载：罪人拒捕，杀所捕人者，斩。又例载：奸夫并无谋杀本夫之心，其因本夫捉奸，奸夫情急拒捕，奸妇在场，当时喊救与事后即行首告，奸妇仍只科奸罪。又，军民相奸者，奸妇枷号一个月，杖一百，各等语。此案加拉尔与排独尔之妻纳自尔通奸，经排独尔捕获，辄敢用刀拒伤排独尔身死，自应按律问拟。加拉尔除犯奸轻罪不议外，合依“罪人拒捕，杀所捕人者，斩”律，拟斩监候，秋后处决，仍照例先行刺字。纳自尔于奸夫加拉尔拒捕时，在场喊救，事后首告，照例只科奸罪。纳自尔合依“军民相奸者，奸妇枷号一个月，杖一百”例，拟枷号一个月，杖一百，系犯奸之妇，杖决枷赎。克令木救阻不及，应请免议。无干省释。尸棺饬埋，凶刀据供抛弃，邀免查起。是否允协？

除全案供招咨送刑部外，所有奸夫拒捕，杀死本夫，奸妇喊救首告，审明分别定拟缘由，谨恭折具奏。伏乞皇上圣鉴，饬部核覆施行。谨奏。光绪十六年十二月十八日。

（朱批：）刑部议奏。①

光绪十七年正月二十四日，奉朱批：刑部议奏。钦此。②

0287. 审拟缠民艾思尔拉故杀人命一案折

光绪十六年十二月十八日（1891 年 1 月 27 日）

头品顶戴护理甘肃新疆巡抚新疆布政使臣魏光焘跪奏，为故杀人命，核明定拟，恭折具陈，仰祈圣鉴事。

窃疏附县缠民艾思尔拉因卖海螺起衅，故杀韩云身死一案，据署疏附县知县柳葆元获犯，验讯议拟，解署疏勒州知州潘时策，详署喀什噶尔道向邦倬审明，咨镇迪道兼按察使衔陈名钰核转前来。

臣覆加查核，缘缠民艾思尔拉籍隶疏附县，与已死收买荒货之韩云素不相识。光绪十六年正月，不记日期，艾思尔拉需钱使用，将伊父再丁收存海螺一个售与韩云，当得红钱七十五文。嗣

①台北故宫博物院藏：《军机及宫中档》，文献编号：408006756。

②中国第一历史档案馆藏：《录副奏折》，档号：03-7314-005。

被伊父知觉，向艾思尔拉责打追索，艾思尔拉凑成红钱七十五文，于是年四月十四日定更后，至韩云铺外喊门。韩云开门查问，艾思尔拉声称正月内所卖海螺，愿备原价赎取。韩云当以已卖之物不能翻悔。艾思尔拉随即进内，定要赎回，韩云斥骂，将艾思尔拉向外拖走。艾思尔拉气急，顿起杀机，起意将韩云致死，右手抽出身带小刀，左手抓住韩云发辫，向其咽喉很戳一下，艾思尔拉逃跑。尸妻赶出查看，韩云业已受伤身死。喊同街邻，投保报验，获犯讯供，解州详道，咨兼按察使衔核明转详，臣覆查无异。

查律载：故杀者，斩监候等语。此案缠民艾思尔拉欲赎已卖之物，韩云不允，起意致死，实属故杀，自应按律问拟。艾思尔拉合依“故杀者，斩监候”律，拟斩监候，秋后处决，先行刺字。无干省释。尸棺饬埋，凶刀据供抛弃，邀免查起。是否允协？

除将全案供招咨送刑部外，合将故杀人命，核明定拟缘由，恭折具陈。伏乞皇上圣鉴，饬部核覆施行。谨奏。光绪十六年十二月十八日。

（朱批：）刑部议奏。①

光绪十七年正月二十四日，奉朱批：刑部议奏。钦此。②

0288. 保举道员向邦倬等员缘由片

光绪十六年（1890年）

再新疆开设行省，内则汉、缠杂处，诸部错列，抚驭既属维艰；外则紧与俄邻，交涉关系重大，非得练习时务、善持大体之员，不足以资表率而求治理。查有二品顶戴甘肃候补道新疆喀什噶尔道向邦倬，通达事理，心细才长，历署甘肃司道，均称职守。现在署任，措置裕如；经理通商，尤能悉心筹画，操纵得宜。又，升补迪化府知府伊犁府知府潘效苏，识练才明，勇于任事，历任

①台北故宫博物院藏：《军机及宫中档》，文献编号：408006757。

②中国第一历史档案馆藏：《录副奏折》，档号：03-7314-006。

陕甘、新疆各州县，卓著循声。现署伊犁府，创办一切，条理秩然。

以上二员，实为新疆不可多得之材。朝廷眷顾西陲，期在得人而理，臣敢敬举所知，以备圣明采择，谨附片密陈。伏乞圣鉴。谨奏。①

①中国第一历史档案馆藏：《录副奏片》，档号：03-5274-073。